Batya Gur
Das Lied der Könige

Batya Gur

Das Lied der Könige

Roman

Aus dem Hebräischen
von Vera Loos und
Naomi Nir-Bleimling

Goldmann Verlag

Die Originalausgabe erschien 1996
unter dem Titel המרחק הנכון bei
Keter Publishing House Ltd., Jerusalem

Umwelthinweis:
Dieses Buch und der Schutzumschlag
wurden auf chlorfrei gebleichtem Papier gedruckt.
Die Einschrumpffolie (zum Schutz vor Verschmutzung)
ist aus umweltfreundlicher und recyclingfähiger PE-Folie.

Der Goldmann Verlag
ist ein Unternehmen der Verlagsgruppe Bertelsmann

1. Auflage

Satz: Filmsatz Schröter GmbH, München
Druck: Presse-Druck, Augsburg
Bindung: Großbuchbinderei Monheim
Printed in Germany
ISBN 3-442-30667-1

Für meinen Vater,
Zwi Mann, in memoriam

1

Brahms' Erste

Schon als er die CD auflegte und das Gerät einschaltete, meinte Michael Ochajon ein Schreien zu hören. Ein paar Laute, dann war es wieder still. Er schenkte der Sache keine allzu große Beachtung, sondern blieb mit dem Beiheft in der Hand neben dem Regal stehen und schaute auf die Buchstaben, ohne sie zu lesen. Er zögerte, ob er es zulassen sollte, daß diese Klänge, der dramatische Zusammenklang von Streichern und Pauken, die Ruhe störten, die der Feiertag verbreitete. Es war einer der letzten Sommerabende, und in der Dämmerung wurde die Luft ganz allmählich kühl und klar. Er dachte über die Frage nach, ob der Mensch sich der Musik hingab, damit sich ihm verborgene Welten auftaten. Ob er in ihr eine starke Resonanz auf seine Wahrnehmungen suchte oder ob er ihr lauschte, damit sie eine bestimmte Stimmung schuf, wenn er sich leer und dumpf fühlte und die Beschaulichkeit des Feiertags sich nicht recht auf ihn zu übertragen schien. Wenn es die Stimmung wäre, meldete sich in seinem Innern eine schwache Stimme zu Wort, hätte er sich nicht ausgerechnet für dieses Werk entschieden, das nichts mit der feiertäglichen Jerusalemer Stille gemein hatte.

Jerusalem hatte sich sehr verändert, seit er als junger Internatsschüler hergekommen war. Mit den Jahren war er Zeuge geworden, wie es sich allmählich von einem verschlossenen, introvertierten, asketischen Provinznest zu einer Stadt mit dem Flair einer Metropole gemausert hatte. Durch die engen Straßen krochen Autoschlangen, und hektische Fahrer, die mitunter auch mit den Fäusten drohten und durch übellaunig verzogene Mienen ihren Unmut demonstrierten, veranstalteten hilflose Hupkonzerte. Es verblüffte Michael immer wieder, wie gleichwohl zu Beginn der Feiertage (wenn auch nur für ein paar Stunden und auch nur bis zum Einbruch der Dunkelheit) nach der lärmenden, ohrenbetäubenden Geschäftigkeit plötzlich eine versöhnliche Gelassenheit herrschte und vollkommene Ruhe einkehrte.

So vollendet war die Stille, bevor die Musik einsetzte. So ungetrübt war sie, als ob jemand einen Taktstock gehoben hätte, vor dem ersten Akkord tief durchgeatmet und der ganzen Welt absolute Lautlosigkeit geboten hätte. Mit einem Schlag verschwanden die nervösen, fahrigen Blicke der gehetzten Menschen aus seinem Bewußtsein, die vor den klingelnden Kassen im Supermarkt lange Schlangen gebildet hatten. Er vergaß allmählich die Hektik in den Augen der Menschen, als sie mit Plastiktüten und behutsam balancierten Präsentkörben beladen in fieberhafter Eile die Jaffa-Straße überquerten. Die Menschen hatten sich bang durch die Kolonnen der Autos geschlängelt, deren Motoren zitterten und deren Fahrer auf die Hupen drückten, während sie die Köpfe aus den heruntergekurbelten Fenstern streckten, um herauszufinden, was diesmal der Grund für die lästige Wartezeit war. All diese Eindrücke fielen von ihm ab.

Gegen 16 Uhr waren die Autohupen und das Motorengebrumm verstummt. In der Welt war es friedlich geworden. Es herrschte ein Friede, der Michael an seine Kindheit erinnerte, an das Haus seiner Mutter und an die Freitagnachmittage, wenn er vom Internat nach Hause kam.

Sobald es an den Feiertagen still wurde, sah er wieder das strahlende Gesicht seiner Mutter vor sich. Wie sie, um die Aufregung zu verbergen, beherrscht an ihrer Unterlippe nagte, während sie am Fenster stand und auf ihren Jüngsten wartete. Sie hatte ihm, obwohl ihr Mann nicht mehr am Leben war und obwohl Michael ihr jüngstes Kind war, erlaubt, das Haus zu verlassen. Nur einmal alle zwei Wochen kam er für ein kurzes Wochenende und für die Feiertage nach Hause. Am Freitagnachmittag war er an der Endstation aus dem letzten Bus gestiegen und hatte den langen Weg hinter dem Hügel bis zur Straße am Ortsrand eingeschlagen. Die Menschen waren frisch gewaschen und hockten behaglich in ihren Häusern, erfüllt von einer Sicherheit und Zufriedenheit, die in der Vorfreude des Feiertags begründet lag. Wenn sie sich in gebügelten, weißen Hemden mit ihren Lieben um die Küchentische versammelten, die von den Feiertagsspeisen überquollen, hatte diese Ruhe – während er die enge Straße zu dem grauen Haus hinaufstieg – ihn zärtlich willkommen geheißen.

Auch rings um seine Wohnung, die er schon vor ein paar Jahren bezogen hatte, wurden die Bewohner still. Man mußte ein paar Stufen hinuntersteigen, um in die Wohnung zu gelangen, und erst wenn man im Wohnzimmer stand und durch die große Glastür, die zu einem schmalen Balkon führte, auf die umliegenden Hügel und das Orthodoxe-Lehrerinnenseminar-Gebäude schaute, das sich wie eine weiße Schlange krümmte, stellte man fest, daß die Wohnung an einem Hang lag und keine Kellerwohnung war.

Die Stimmen der Kinder, die schon längst ins Haus gerufen worden waren, verstummten. Selbst das Cello, das in den letzten Tagen vor einer Bachsuite stundenlang Tonleitern geübt hatte, schwieg nun. Nur vereinzelte Autos fuhren über die kurvenreiche Straße, auf die Michaels Blick fiel, als er abwesend den Knopf betätigte. Seine Hände waren seinem Verstand und seinem Ringen zuvorgekommen. Sie waren es, die bestimmten, daß genau zu diesem Zeitpunkt Akkorde aus dem ersten Satz der ersten Symphonie von Brahms den Raum erfüllten. Und binnen einer Sekunde löste sich die friedliche Harmonie, von der er geglaubt hatte, sie nach langen ruhelosen Tagen erlangt zu haben, in nichts auf.

Denn bereits bei den ersten, spannungsgeladenen Akkorden der Pauken und der Streichinstrumente, die unter der Berührung der Bögen zitterten, überkam ihn eine neue starke Unruhe. Sie begann sich einen Weg zu bahnen und ihm auf den Magen zu schlagen. Lauter kleine Ängste, längst vergessene quälende Belastungen, schnürten ihm die Kehle zu. Er blickte nach oben auf die Feuchtigkeit an der Küchendecke. Die Flecken wurden von Tag zu Tag größer, und ihre Schattierungen färbten sich von schmutzigem Weiß zu sattem Grau und Schwarz. Dieses Bild, das sich auf seine Brust legte und wie schwere Erdschollen auf ihr ruhte, ließ ihn nicht mehr los. Die Flecken würden Michael zwingen, sich baldmöglichst an die Nachbarn in der darüberliegenden Wohnung zu wenden, und ihn zu einem Gespräch mit der hochgewachsenen Frau mit den schläfrigen Augen und der nachlässigen Kleidung nötigen.

Schon vor zwei Wochen hatte er einmal an ihre Tür geklopft. Sie hatte ein brüllendes, sich windendes Baby auf dem Arm gehalten, dem sie zärtlich auf den Rücken geklopft und das sie gewiegt hatte, während sie Michael an der Schwelle ihrer Wohnung gegenüberstand. Hellbraune Locken umrahmten ihr Gesicht, das sie gegen die Wange des Babys schmiegte. Auf einem großen, bunten, abgetretenen Teppich hatten hier und da aufgeschlagene Notenhefte und ein paar hüllenlose CDs gelegen, und in einem großen, offenen, mit grünem Filz bespannten Kasten ruhte vor einem Notenständer das Cello, ein glänzendes, braunrotes Instrument. Schon damals, als Michael ihre hellen Augen gesehen hatte, die tief lagen und von bleichen Wimpern umsäumt waren, und die dunklen Ränder unter den Augen, die ihre Hilflosigkeit betonten, schon damals hatte er sich schuldig gefühlt, daß er sie überhaupt belästigt hatte. Er hatte offen über ihre Schulter geblickt, wie um ihr einen Hinweis zu geben. Denn er hatte erwartet, daß hinter ihr der bärtige Mann erscheinen würde, dem er einmal am Hauseingang begegnet war. Michael hatte gehört, wie dieser Mann die Tür im Stockwerk über seiner Wohnung aufgesperrt hatte, und er dachte, daß es ihr Ehemann war, an den er sich nun wenden und der ihr die zusätzliche Beschwerlichkeit ersparen könne. Aber sie hatte mit zusammengepreßten Lippen, als beantworte sie seinen über sie hinweggleitenden Blick, gesagt, daß sie das Problem erst in ein paar Tagen in Angriff nehmen könne. Das Baby müsse erst von einer Mittelohrentzündung genesen. Auch habe nicht sie, sondern der Vormieter die Flecken verursacht.

Sie hatte eine tiefe Stimme, angenehm und vertraut, und dennoch hatte Michael plötzlich gemeint, sein Körper sei zu groß und zu aufrecht. Sie schien sich kleiner zu machen, als ob ihr daran gelegen sei, ihn von unten anzusehen. Ihre Hand war fahrig vom Zipfel der dünnen Decke, die das Baby einhüllte, zu den Locken gewandert, die auch auf ihre Schultern fielen, und er hatte die eigenen Schultern sinken lassen, sich entspannt und sich sogleich einverstanden erklärt.

Es war das erste Mal gewesen, daß er mit ihr gesprochen hatte. In allen Wohnungen, in denen er bisher gewohnt hatte, vor allem nach seiner Scheidung, hatte er streng darauf geachtet, den Kontakt zu den Nachbarn zu vermeiden. Auch zu den Mieterversammlungen war er nie gegangen. In diesem Hochhaus begnügte er sich ebenfalls mit der Lektüre der Mitteilungen an der Korktafel am Eingang. Seine Schecks für Heizkosten, Gartenpflege und Treppenhausreinigung warf er wie die Sonderzahlungen, die er ohne Widerrede leistete (zweimal für die Reparatur von Rohrbrüchen, einmal für einen defekten Heizkessel), in den Briefkasten der Samirs aus dem dritten Stock, von denen er nicht einmal wußte, wie sie aussahen. Obgleich er den Verdacht hegte, daß der kleine, ältere Glatzkopf, den er ab und zu im Treppenhaus traf und der ihm forschende, argwöhnische Blicke zuwarf, der Hausverwalter sein mußte. Und somit der Verfasser jener Mitteilungen, die per Computer angefertigt wurden, Rechnungen auflisteten und nach ein paar Wochen auch die Namen der Familien, die in Verzug waren.

Als er vor der Tür im Stockwerk über ihm gewartet, das mit Klebstreifen angebrachte Namenschild »Van Gelden«

gelesen und schließlich zögernd an die Tür geklopft hatte, hatte er das Gefühl, gegen eine Angewohnheit zu verstoßen, an der er all die Jahre beharrlich festgehalten hatte. Auch in dem Mietshaus, in dem er gewohnt hatte, als Juwal noch ein verhungerter Pubertierender gewesen war, der eines Tages entdeckte, daß der Zucker ausgegangen war, und vorschlug, sich bei den Nachbarn etwas zu borgen, hatte Michael sich zurückgezogen.

»Keine Nachbarn«, hatte er zu verstehen gegeben. »Es beginnt damit, daß du sie um etwas Zucker bittest, und zum guten Schluß endest du als ihr Hausverwalter.«

»Es wird dir auch so nicht erspart bleiben«, hatte Juwal prophezeit. »Du kommst auch noch an die Reihe. Ich bin mir ganz sicher. Mutter hat es schon erwischt, aber für sie ist Opa eingesprungen.«

»Wenn es mich nicht gibt, brauche ich auch für niemanden den Hausverwalter zu spielen.« Michael war hartnäkkig geblieben.

»Was soll das heißen – wenn es dich nicht gibt? Es gibt dich aber doch!« hatte Juwal mit dem belehrenden Ton protestiert, den er immer dann annahm, wenn sein Vater in den Wolken zu schweben schien. Er hatte den Kopf mit kritischem Blick gesenkt, der forderte, daß sein Vater mit dem Schwachsinn aufhören sollte.

»Als ob es mich nicht gäbe«, hatte Michael präzisiert. »Dies gelingt mir am besten, wenn ich nicht für ein Glas Zucker oder Mehl bei jemandem an die Tür klopfe. Das ist scheinbar der einzige Punkt oder zumindest einer der wenigen, in dem deine Mutter und ich uns von Anfang an einig waren.«

Juwal, der offensichtlich befürchtet hatte, noch mehr über die Gemeinsamkeiten und Differenzen seiner Eltern zu erfahren, hatte sich beeilt, das Thema zu beenden, und klein beigegeben: »Gut, dann eben nicht, ich werde einen Kakao trinken, da ist schon Zucker drin.«

Michael hatte Angst vor dem lästigen Gespräch mit der

Nachbarin, das sich nicht mehr umgehen ließ, da die Flekken größer wurden und einen äußerst trostlosen Anblick der Vernachlässigung und Armut boten. Der Gedanke an Klempner, abgeklopfte Kacheln, Hammerschläge, Durcheinander und ähnliches sowie die Erkenntnis, daß er vergessen hatte, frischen Kaffee für den Feiertag zu besorgen, beunruhigten ihn mehr und mehr. Seine Angst und Anspannung wuchsen, je länger die Klänge des ansteigenden, dramatischen Themas der Eröffnung des ersten Satzes andauerten. Um sich abzulenken, fing Michael an, das Beiheft zu studieren. Er zog es aus der durchsichtigen Plastikhülle, die mit einemmal nackt und nichtssagend aussah, legte den Finger auf das schöne Antlitz von Carlo Maria Giulini, betrachtete das glänzende Haar, das die hohe Stirn nicht verbergen konnte, und wunderte sich, wie ein Italiener wie Giulini mit den Berliner Philharmonikern harmonierte.

Er lauschte aufmerksam der Musik und versuchte hartnäckig, sein Herz vor den Klängen zu verschließen, um wenigstens einmal beim Hören dieser Symphonie seinem Verstand die Oberhand zu lassen. Erst dann blätterte er langsam in dem Beiheft, verweilte bei dem französischen Text, der Brahms' Lebenslauf zusammenfaßte, und las – nicht zum ersten Mal – den Text zu dieser Symphonie, die Brahms spät in seinem Leben komponiert hatte und die häufig »Beethovens Zehnte« genannt wurde.

Sechzehn Jahre hatte Brahms an diesem Werk gearbeitet bis zur Vollendung der gesamten Symphonie. Im September 1868, nach einem äußerst schmerzhaften, längeren Zerwürfnis mit Clara Schumann, hatte er ihr zum Geburtstag eine Glückwunschkarte geschickt, auf der er schrieb: »Also blus das Alphorn heut«, und auch das Alphornthema, das das Finale durchdringt, notierte er auf ihre Geburtstagskarte. Aber die nüchternen Worte des Beihefts, die die Chromatik beschrieben, auch etwas zur »Schlußfloskel« der Flöten sagten, und ein paar geistreiche Erklärungen für die Spannung zwischen aufsteigenden und absteigenden

Tönen lieferten, konnten die Überflutung durch die Musik nicht aufhalten. Zunächst schien sie das Zimmer zu erfüllen, den Raum um ihn herum einzunehmen. Durch sein Beharren auf einer genauen Identifizierung der Bläser und ihres Kampfes gegen Pauken und Streicher versuchte Michael, zwischen der musiktrunkenen Luft und ihm selbst eine Grenze zu ziehen. Er bemühte sich, den Kontrabaß einzeln herauszuhören, und deklamierte sogar laut und deutlich:

»Erster Satz un poco sostenuto – *allegro*: Eröffnung, Takt eins bis siebenunddreißig ... neuer Gedanke ...«

Doch seine Worte drangen kaum in sein Inneres, denn der Klang der Musik überlagerte sie, stellte sie in den Schatten und nahm ihnen jede Bedeutung. Eine ganze Weile stand Michael wahrhaftig zitternd da, und eine Stimme in seinem Innern wunderte sich und verspottete ihn, wie er hinter der magischen Kraft der vertrauten Akkorde hertrottete. Sie wies ihn an, das Gerät abzuschalten und sich, wenn überhaupt, etwas anderes anzuhören.

Doch eine weitere Stimme, die stärker war als er, fügte sich gerade der Erregung, die ihm den Atem raubte. Die Klänge waren nahezu unheilvoll bedrohlich, dunkel und düster, und dennoch waren sie so schön. Sie riefen dazu auf, ihnen zu folgen, sich der unheilverheißenden Finsternis hinzugeben. Sie fluteten, strömten, zeigten ihre Stärke, jagten einander, drehten und bekämpften sich.

Michael setzte sich und legte das Beiheft auf die Sessellehne. Er dachte daran, daß einer der Wege, quälende Bürden abzuschütteln, sie schlummern zu lassen und zu einer Art Ruhe zurückzukehren, darin bestand, sie einfach zu ignorieren. Es gab aber auch Zeitgenossen, die überzeugt waren, daß die Sorgen dann von hinten über einen herfallen würden, wie Diebe in der Nacht (»Wenn du am wenigsten mit ihnen rechnest, ausgerechnet dann, stecken dir all diese Probleme, denen du zu entrinnen versuchst, von hinten ein Messer zwischen die Rippen«, pflegte Maja zu sagen. Die Erinnerung an den dünnen Finger, der warnend vor seinem Gesicht hin- und herpendelte und zärtlich auf seiner Wange landete, an ein angedeutetes Lächeln und an Augen, die ihn mit großer Strenge fixierten, versetzte ihm wieder einen Stich). Auf einmal wollte er den Grund herausfinden, warum er so aufgewühlt war.

Deshalb mußte er diesen Zustand genau durchleuchten. Er mußte den richtigen Abstand wahren und durfte es vor allem nicht zulassen, daß die Erregung ihn überwältigte und Besitz von ihm ergriff. Vielmehr mußte er ergründen, wie sie zustande kam.

Man konnte die Musik zum Schweigen bringen, und man konnte hartnäckig sein und die CD wieder von Anfang an hören. Man konnte aufmerksam den Feinheiten lauschen, der Weichheit des *forte* in dieser Aufnahme, oder den Einsatz des zweiten Themas und sogar die Durchgangspassagen zwischen den Themen heraushören.

Er ging in die Küche und sah auf die Decke in der Hoffnung, die Flecken seien kleiner geworden oder zumindest nicht noch weiter ausgelaufen. Doch es war ganz offensichtlich, daß sie sich vergrößert hatten, seit er sie zuletzt, vor zwei Tagen, einer ernsthaften Untersuchung unterzogen hatte.

Was gingen ihn die Flecken an, fragte er sich aufgebracht, als er in der Küchentür stand – die Klänge erfüllten die gesamte Wohnung. Im Grunde war die Reparatur Sache der Mieter über ihm, und für ihn ging es nur um ein rasches Überpinseln der schwarz-grünlichen Flecken, rief er sich zur Räson. Nichts weiter als ein kurzer Anstrich, der die Flekken verschwinden lassen würde.

Er schaute erneut auf das Heft, das auf der Sessellehne lag, ging zum Regal und drückte auf den Knopf. Nun herrschte wieder völlige Ruhe. Das Telefonkabel, das er aus der Buchse gezogen hatte und das sorgfältig zusammengerollt dalag, könnte ihm Rettung bringen.

Wenn er das Telefon nun wieder einstöpselte, würde es

vielleicht läuten. Und dann? Nehmen wir einmal an, es läutet tatsächlich, fragte er sich, was dann? Gehen wir einmal davon aus, er räume der Welt die Möglichkeit ein, in seine vier Wände einzudringen. Das Resultat könnte ein Abendessen im Hause Schorer sein, oder ein Besuch bei Zila und Eli und nicht zuletzt ein Abend bei Balilati, dem Michael allerdings bereits vor zwei Tagen eröffnet hatte, daß er den Feiertag bei seiner Schwester verbringen würde. Er hatte diesen Vorwand gebraucht, um sich das Nörgeln zu ersparen, was ihm schließlich nicht gelang (»wozu fährst du den ganzen Weg«), und um das Seder*-Szenario vom letzten Mal nicht wieder über sich ergehen lassen zu müssen.

Dani Balilati, der zwar ein festliches weißes Hemd getragen hatte, aber trotzdem wie üblich verschwitzt war, als ob er die Strecke vom Norden der Stadt bis in den Westen joggend zurückgelegt hätte, war plötzlich hereingeschneit. Sein dicker Bauch bebte, er rasselte mit den Autoschlüsseln und verkündete mit kindlich betroffenem Grinsen und dennoch siegesgewiß: »Wir haben beschlossen, daß eine Einladung per Telephon nicht die feine Art ist. Wir können den Seder ohne dich nicht beginnen.« Er hatte seine kleinen Augen verengt, als sein Blick auf den braunen Sessel in der Ecke fiel und auf den gelblichen Lichtkreis, den die Leselampe auf den grünlichen Bucheinband warf, und hatte verdutzt und argwöhnisch ausgerufen: »Dann verbringst du also den Sederabend tatsächlich allein und schmökerst auch noch in russischer Literatur.« Die obere Hälfte seines Körpers hatte sich in Richtung Schlafzimmer gebogen, und sein Blick wanderte von dem Buchdeckel dorthin, als erwarte er, daß hinter der verschlossenen Tür eine attraktive Blondine aufkreuzte, die ihren nackten Körper hinter einem rosa Handtuch verbarg.

* Mit einem Sternchen gekennzeichnete Wörter sind im Glossar am Ende des Buches erläutert.

»Wenn wenigstens noch jemand hier wäre ...«, er kratzte sich den Schädel, »könnte ich es noch verstehen. Obwohl auch sie sich sicher bei einem Seder in einer großen Familie mit dem herrlichen Fraß, den wir vorbereitet haben, besser fühlen würde.«

In den letzten Jahren war er zum Hobbykoch avanciert. Nun beschrieb er detailliert, wie er zu einem halben Lamm gekommen war, was genau er mit den Koteletts und mit der Keule angestellt hatte, wie seine Frau sich auf die Fleischbrühe konzentriert hatte, die wohl ihre Spezialität war, und wie sie die leckeren Salate und die griechischen Auberginen abgeschmeckt hatte. Er hatte dagestanden, Michael flehend angesehen und gejammert wie ein Kind.

»Wenn Juwal nicht in Südamerika wäre, würdest du sicherlich mitkommen. Mati bringt mich um, wenn ich ohne dich aufkreuze.«

Und aus purer Verlegenheit hatte Michael sich schließlich breitschlagen lassen, auf den geruhsamen Abend zu verzichten, auf den er sich den ganzen letzten Monat sehnsüchtig gefreut hatte.

»Was unterscheidet diese Nacht von anderen Nächten*«, hatte er Balilati, noch neben dem Sessel stehend, gefragt, und Balilati hatte mit dem Tschechow herumgefuchtelt (seine Finger steckten zwischen den Blättern, an der Stelle, an der das Buch aufgeschlagen gewesen war), und bestimmt:

»Keine Philosophie bitte. An Feiertagen soll man nicht allein bleiben. Das bringt einen zur Verzweiflung. Es ist ein offenes Geheimnis, daß die Feiertage für Alleinstehende eine Katastrophe sind.«

Michael hatte das aufgedunsene Gesicht des Nachrichtenoffiziers angesehen. Am liebsten hätte er etwas über die Bedrohung bemerkt, die seinesgleichen für bürgerliche Existenzen darstellte, und daß diese Einladung, die er nur mangels einer passenden Entschuldigung nicht ausschlug, nichts, aber auch gar nichts mit seinem eigenen Wohlbefinden zu tun hatte. Vielleicht war sie ja nichts anderes als die brutale Rache der Eheleute an Singles, die ihr Alleinsein genossen. Um ein Haar hätte er etwas von Erpressung verlauten lassen, doch statt dessen hörte er sich lächelnd sagen: »Merk dir, daß das hier eine Vergewaltigung ist.«

»Und wenn schon«, hatte Balilati abgewunken, »in meinen Augen ist es eine gute Tat.«

Dann hatte er das Buch behutsam auf die Sessellehne zurückgelegt und klagend hinzugefügt: »Was soll das? Warum machst du so eine große Sache daraus. Es ist nur ein einziger Abend im Leben. Tu es für Mati.«

Michael hatte die Sätze heruntergeschluckt: Warum soll gerade ich etwas für deine Frau tun? Du bist es, der sie glücklich machen sollte. Und wenn du endlich aufhören würdest, hinter jedem Busenpaar herzulaufen, wäre sie wohl schon zufrieden.

Er war ins Schlafzimmer gegangen, hatte sich für seine Schwäche verachtet und nach einem langärmeligen weißen Hemd gesucht. Als seine Hand über seine rauhe Wange glitt und er sich fragte, ob eine Rasur angebracht wäre, hatte er sein Gesicht im Spiegel zurechtgewiesen, es solle sich nicht so anstellen und das Leben auf die leichte Schulter nehmen. Was war schon so schlimm an einem Abend, einem einzigen, der sinnlos verstreichen würde. In seiner Jugend war er nicht so übertrieben kleinlich gewesen, wie er sich die Zeit vertrieb.

Vielleicht hätte er gleich dem Bitten seiner Schwester Yvette nachgeben und den Sederabend mit ihr verbringen sollen. Und überhaupt, dieses Ringen mit sich selbst war das Resultat seiner Unbeweglichkeit, die ein Zeichen des Alterns war. Vielleicht war sie auch, wie Schorer behauptete, eine der unabdingbaren Konsequenzen des Alleinlebens. Wie die immer wieder erlebte Enttäuschung der Hoffnung, die man an ein gemeinsames Abendessen mit Bekannten knüpfte, die Enttäuschung über banale Gespräche, mit denen man die Zeit nutzlos vertat.

Und schon wurde er von Selbstmitleid gepackt, von dem

es nicht mehr weit war zu kalter Wut über sich selbst und sein Absondern, das nur von Hochmut und Überheblichkeit zeugte.

»Du bist nicht besser als alle anderen«, raunte er seinem Spiegelbild zu, während er an einer neuen grauen Haarsträhne zupfte.

»Du mußt es stoisch sehen. Was in der Wirklichkeit geschieht, ist mitunter bedeutungslos. Der Geist ist frei«, redete er sich ein und zog sich eilig an. Er trieb sogar eine Flasche französischen Wein auf, die er Mati an der Tür übergab. Sie hatte mit strahlender Miene gemeint, daß das doch nicht nötig gewesen wäre, und dann hatte er brav zwischen den Gästen Platz genommen, die einen traditionellen Seder zelebrierten.

Zwischen den Gängen hatte er sich angestrengt mit der Tochter von Mati Balilatis ältestem Bruder unterhalten. Dabei war ihm eingefallen, wie Dani Balilati beim ersten Mal, als er bei ihnen gewesen war, versucht hatte, ihn mit seiner Schwägerin zu verkuppeln. Er bemühte sich, mit dem ihm verbliebenen Humor und Leichtmut den anspornenden Blicken zu begegnen, die Balilati ihnen bei seinen Gängen zwischen Küche und Sedertisch zuwarf.

Mati Balilati hingegen hatte sich besonders große Mühe gegeben, den Blickkontakt zu vermeiden. Erst als Michael sie für das wunderbare Essen lobte, hatte sie ihre braunen, bänglichen Augen erhoben und gefragt: »Ist es auch wirklich nach deinem Geschmack?« Und er hatte nicht daran gezweifelt, daß sie dabei nicht nur das Essen meinte. Ihre Nichte war errötet und hatte sich schleunigst an den Rändern der Serviette zu schaffen gemacht.

Vor einer Woche war Michael nach zweijähriger Abwesenheit, in deren Verlauf Dani Balilati darauf geachtet hatte, die »Verbindung aufrechtzuerhalten«, was er bei jedem Anruf und bei jeder Einladung betonte, wieder zum Dienst erschienen. Balilati hatte ihm auf den Arm geklopft, und weil sie ein paar Tage zuvor miteinander telefoniert hatten, hatte er diesmal auf seinen Willkommensschrei verzichtet, als er durch den Flur des zweiten Stockwerks rannte. Er hatte Michael nur laut zugerufen: »Laß nur nichts anbrennen, Michael, das Leben ist sowieso bald vorbei, den Feiertag nächste Woche verbringst du bei uns. Mati macht Kuskus.«

Weil Michael Balilatis Enthusiasmus nicht mit entschiedener Höflichkeit bremsen konnte, die nach überheblicher Kälte geklungen und Balilatis aufrechten Wunsch nach etwas Nähe verletzt hätte, hatte er am Morgen das Telefon ausgestöpselt.

Jetzt schaute er auf die Kabelrolle und fragte sich betreten, wofür er so vehement gekämpft hatte. Was war so großartig an seinem hartnäckigen Wunsch, den Feiertag allein zu verbringen, wenn er sich sowieso ständig mit den feuchten Flecken an der Decke und mit dem Zettel, den er in seinem Briefkasten vorgefunden hatte, herumquälte. Auf dem Zettel stand in knappen Worten die Forderung, daß er in den dritten Stock kommen solle, um von den Samirs die vollständigen Unterlagen der Hausverwaltung entgegenzunehmen. Auf der Mieterversammlung, die zwei Tage zuvor stattgefunden und an der Michael wie üblich nicht teilgenommen habe (die Worte »wie üblich« hatte der Verfasser handschriftlich vermerkt), sei der Beschluß gefaßt worden, daß er an der Reihe sei, die Bewohner seines Blocks zu vertreten.

Für einen Moment dachte Michael, daß es vielleicht besser für ihn wäre, sich mit jemandem, irgend jemandem, zu unterhalten, bevor er völlig in Niedergeschlagenheit versinken würde. Er spielte mit dem Telefonkabel, doch er vermied es, den Apparat anzuschließen.

Zwar konnte es sein, daß Balilati, auch ohne daß das Telefon funktionierte, hereinschneite, aber niemand würde sich sonst zu so etwas erdreisten. Wenn er den Apparat anschließen würde und Imanuel Schorer anriefe, würde das Ganze mit einer weiteren Einladung zu einem Feiertagsessen in Familie enden. Am Telefon würden sie ohnehin kein tiefgründiges Gespräch führen können. Er würde Schorer nur einen zusätzlichen Beweis für dessen Behauptung liefern, daß Michael unmöglich weiterhin allein leben konnte.

»Was schlägst du vor?« hatte Michael ihn bei ihrem letzten Treffen wütend gefragt. »Willst du mir eine Therapie vorschlagen?« verspottete er ihn, nachdem Schorer die Anzeichen aufgelistet hatte, die er »Deformationen, die auf dauernde Einsamkeit zurückzuführen sind«, nannte.

»Gute Idee«, meinte Schorer mit dem Ausdruck eines »du kannst mir keine Angst einjagen«. »Ich halte zwar nichts von Psychologen, aber schaden können sie sowieso nur deinem Geldbeutel. Warum also keine Therapie?«

Ohne auf eine Antwort zu warten hatte Schorer ergänzt: »Von mir aus kannst du dir aus dem Kaffeesatz lesen lassen. Hauptsache du etablierst dich endlich. Ein Knabe in deinem Alter! Du bist fast fünfzig.«

»Siebenundvierzig«, hatte Michael ihn korrigiert.

»Das macht keinen Unterschied. Was habe ich gesagt. Selbstsüchtig. Geht keine Bindungen ein. Läßt sich mit allen möglichen ... ein, einerlei.«

»Was ist einerlei, nichts ist einerlei«, hatte Michael insistiert, »von welchen möglichen redest du?«

»Von den verschiedensten Unmöglichen, von verheirateten und unverheirateten, vor allem von solchen, bei denen nichts herauskommt, sogar von Awigail ... wie auch immer. Ein Mensch braucht eine Familie!« hatte er bestimmt.

»Wozu eigentlich?« hatte Michael gefragt, um irgend etwas zu sagen.

»Was heißt hier wozu?« hatte Schorer konsterniert gefragt. »Der Mensch braucht sie einfach, was weiß ich, man hat noch keine bessere Lösung gefunden, man braucht Kinder, man braucht einen Rahmen, so will es die menschliche Natur.«

»Ich habe schon ein Kind.«

»Er ist kein Kind mehr. Ein langer Lulatsch, der sich in

der Welt herumtreibt und in Südamerika nach sich selber sucht. Er ist kein Kind mehr.«

»Er ist schon bis nach Mexico City gekommen.«

»Tatsächlich? Gott sei Dank!« hatte Schorer mit sichtbarer Erleichterung gesagt. »Wenigstens ein Ort mit Zivilisation.«

Plötzlich war er aufgebraust: »Du weißt schon, was ich meine. Bring mich bloß nicht dazu, dir eine Rede über den Schutz der Familie zu halten. Der Mensch braucht jemanden, mit dem er sprechen kann, wenn er nach Hause kommt. Nicht nur die nackten Wände. Nicht nur Weibergeschichten. Mann, du bist schon mehr als zwanzig Jahre geschieden. Es ist zehn Jahre her, seit du eine feste Beziehung hattest, wenn man von Awigail einmal absieht. Wie lange willst du noch warten? Ich dachte, daß man bei einem Studium, jedenfalls in zwei Jahren Uni, Leute kennenlernt ...«

Michael hatte geschwiegen. Er hatte bisher nichts von Maja erzählt, und bis zu dieser Stunde war es Michael nicht klar, was Schorer über sie wußte.

»Ich will nicht einmal behaupten, daß du schlecht aussiehst«, hatte Schorer vorsichtig hinzugefügt, »es ist nicht, daß du dicker oder kahl geworden bist. Es stimmt, daß du bei Frauen gut ankommst. Wie ich höre, brauchen dich sämtliche Weiber weit und breit kaum anzusehen, und schon wollen sie ...« Sein Arm war in einer unklaren Geste durch die Luft gekreist.

»Wollen was ...?« hatte Michael ironisch gefragt. Wieder beschlich ihn der Verdacht, daß vielleicht auch simpler Neid und nicht nur die Sorge um den Freund die Ruhe seiner Mitmenschen störte.

»Was weiß ich? Sie wollen halt! Das ist eine Tatsache. Sogar die neue Tippse. Wie alt ist sie denn, gerade mal fünfundzwanzig, sieht aus wie ein Teenager, hübsch, was?«

Er hatte die Augen gerollt. In diesem Moment erinnerte Schorer Michael an Balilati. Er fragte sich, warum bei diesem Thema beide im gleichen Tonfall sprachen. Was war es, das der Stimme Schorers auf einmal den Zungenschlag eines Zuhälters verlieh? Hatte es tatsächlich damit zu tun, daß sie fühlten, wie ihr eigenes Leben besiegelt war, während sich ihm noch grenzenlose Möglichkeiten offenbarten? In ihren Augen konnte es zumindest so aussehen. Könnte er sich ihnen öffnen, würden sie einiges über seine Ängste und Verzweiflungen zu hören bekommen.

»Du hast mich bereits gefragt, ob sie mir gefällt.«

»Sie hat sich schon über dich erkundigt«, hatte Schorer sich entschuldigt. »Sie sehen dich mit deiner guten Figur, zuvorkommend, traurig, still, mit diesen Augen. Und wenn sie dann noch feststellen, daß du ein Intellektueller bist ... stellen sie Fragen ... wollen sofort ... wollen dir den Kummer versüßen.«

»Na und, warum machst du dir dann Sorgen?«

»Ich spreche von dir, nicht von ihnen. Auf einmal tut er, als verstehe er nicht, was man ihm sagt!«

»Was wollte sie wissen?«

»Sie hat nach dir gefragt, nun, sie fragen alle, ist er verheiratet, hat er jemanden, warum nicht, Fragen dieser Art.«

»Und was antwortest du ihnen?«

»Ich? Mich fragen sie doch nicht! Wie kämen sie darauf, mich zu fragen?! Zila fragen sie. Sie tut ihr Bestes. Aber sie hat es nicht gerade leicht. Du hast dir ein Beispiel an deinem Onkel genommen. Und der war kein gutes Beispiel. Jacques war ein Windhund. Er hat das Leben genossen. Und du, du nimmst dir alles und jedes zu Herzen. Sieh dir nur an, wie jung er gestorben ist, obwohl er ein Windhund war. Sogar die Statistik zeigt, daß Männer, die allein leben, früher sterben.«

»Aha, die Statistik«, Michael hatte die Arme ausgebreitet, »wenn sogar die Statistik gegen mich ist – was soll ich dann dazu sagen. Wer bin ich, gemessen an Statistiken.«

Schorer hatte einen Laut der Erschöpfung ausgestoßen. »Fang jetzt nicht an mit deinen Theorien über statistische Erhebungen.«

Michael hatte den Blick gesenkt und sich bemüht, nicht zu grinsen, denn etwas an der Art, wie Schorer sich bei diesem Thema ereiferte, rührte ihn. Vielleicht befriedigte er auch Michaels Bedürfnis nach einer Vaterfigur, eine Rolle, die Schorer erfüllte, seit er Michael bei der Polizei untergebracht und ihn auf schnellstem Wege die Leiter hochklettern ließ. Die Art, wie er ihm zu einem weiteren Jahr unbezahlten Urlaubs für Studienzwecke verholfen hatte und auch wie er ihn hin und wieder wegen Umgehung des Dienstweges in den Senkel stellte.

»Na schön, wenn ich das Gefühl hätte, daß du zufrieden und glücklich bist und daß es dir dabei gutgeht«, hatte Schorer geknurrt »aber ich sehe, daß dem nicht so ist.«

»Würde eine Hochzeit mich zufriedener machen? Ist das der Weisheit letzter Schluß?« hatte Michael nachgehakt.

»Von mir aus brauchst du nicht zu heiraten. Du kannst auch mit jemandem zusammenleben. Mach einen Vertrag, Hauptsache etwas Festes. Nicht irgendeine, bei der von vornherein feststeht, daß nichts daraus wird.«

»Woher soll man so was im voraus wissen?« hatte Michael protestiert. »Auch der Zufall spielt bei diesen Dingen eine Rolle.«

»Was du nicht sagst?! Zufall?! Auf einmal glaubst du an Zufälle. Gleich kommst du mir mit dem Schicksal. Entschuldigung, ich kann dich nicht für voll nehmen. Du widersprichst dir selbst. Ich habe tausend Zeugen, daß du tausendmal erklärt hast, daß es absolut keine Zufälle gibt.«

»Gut, vielleicht muß ich tatsächlich einen Fachmann konsultieren«, hatte Michael verstohlen lächelnd erwidert.

»Ich glaube nicht, daß Menschen sich wegen irgendwelcher Psychologen ändern«, meinte Schorer, der den Sarkasmus nicht bemerkt hatte, »es muß von innen kommen. Sonst ist es, als ob man sich mit irgendwelchen Mittelchen das Rauchen abgewöhnt, ohne es wirklich zu wollen. Ich verstehe nicht, warum eine beschissene Hochzeit, die vor mehr als zwanzig Jahren stattgefunden hat, den Menschen für sein ganzes Leben traumatisieren kann. Was vorbei ist, ist vorbei. Nira mitsamt ihrem Vater und ihrer Mutter und dem ganzen Drumherum mögen Polen sein, natürlich sind sie Polen, aber sogar sie sind keine Ungeheuer.«

»Sag mal«, hatte Michael mit der Nervosität erwidert, die ihn immer überfiel, wenn Schorer von seiner Ex-Frau anfing, als ob dieser immer wieder einen Schandfleck in seiner Vergangenheit aufdeckte, als ob er ihn jedesmal aufs neue mit dem fatalen Fehler, den er versehentlich begangen hatte, konfrontierte.

»Glaubst du wirklich, ich will niemanden finden, keine Frau lieben und mit ihr zusammenleben?«

Schorer hatte ihn prüfend gemustert: »Ich bin mir nicht sicher. Nach allem, was bisher vorgefallen ist. Willst du die Wahrheit hören?«

Michael hatte geseufzt.

»Am Anfang«, hatte Schorer geklagt, »war es noch zu früh nach der Scheidung, und dann war es zu spät nach der Scheidung und es hatten sich Gewohnheiten eingeschlichen. Man stellt Rechnungen auf, das ist eine Tatsache. Wie viele Jahre sind es nun?«

»Wie viele Jahre ist was?«

»Wie viele Jahre bist du nun schon allein? Wenn man deine Affären nicht berücksichtigt, und auch nicht die eine da, die mit dem Peugeot, die Arztfrau?« Schorer hatte zur Seite geschaut.

»Fast achtzehn, abgesehen ...«

»Also achtzehn Jahre lang allein«, hatte Schorer ihn unterbrochen und erneut Awigail ins Spiel gebracht.

Wegen dieser Gespräche hatte Michael die Telefonleitung unterbrochen. Sie fanden bevorzugt am Sabbatausgang und an den Feiertagen an der Autotür statt, wenn Michael schon im Begriff war, in seine Wohnung zurückzufahren. Immer mehr hatten sich die anderen in letzter Zeit in seine Privatangelegenheiten eingemischt.

Auch der Tonfall der Sympathie und der Sorge, der vor

den Feiertagen in den Bemerkungen all seiner Kollegen lag, war ein Grund gewesen. Selbst in den Stimmen von Zila und Eli, deren Karrieren unter seiner Regie begonnen hatten, hatte er ihn wahrgenommen. Nach und nach waren sie zu seinen engsten Freunden geworden, die stets darauf achteten, ihm mit einem gewissen Respekt zu begegnen, und die seinen Wunsch nach Privatsphäre akzeptierten.

Die Erkenntnis, daß er jedenfalls in eine familiäre Atmosphäre eindringen würde, hielt ihn ebenfalls davon ab, zum Hörer zu greifen. Er faßte die Lage für sich zusammen und kam zu dem Schluß, daß es keinen Sinn machte, seine Situation durch einen künstlich herbeigeführten Ersatz zu retuschieren. Im Gegenteil, es war besser für ihn, wenn er seine Gefühle auslebte, bis ihre Intensität sich von selbst legte; dazu gehörte, die erste Symphonie von Brahms bis zu ihrem Ende zu hören, denn die Musik bot einen Trost, der kein billiger Ersatz war.

Tatsächlich machte er Anstalten, den Knopf erneut zu betätigen und zum zweiten Satz überzugehen, als er innehielt und ein Schreien hörte, das wie das schwache Weinen eines Säuglings klang.

Es amüsierte ihn, daß er mit Sicherheit ausmachen konnte, daß es nicht das Baby von oben drüber war, dessen Geplärre man nie als schwach bezeichnen konnte. Der Gedanke belustigte ihn, daß in seiner näheren Umgebung ein Baby wohnte, dessen Weinen ihm vertraut war. Er konnte unterscheiden, wann es klagend und heiser brüllte und wann es laut vor Hunger schrie und schlagartig verstummte. Was er da vernahm, war eher ein Winseln, schwach und verzweifelt, doch deutlich vernehmbar, als ob es von unten käme. Aber weil die Schreie streunender Katzen oder das, was er dafür hielt, in der letzten Zeit seine Nächte störten und er mehr als einmal von etwas erwacht war, das in seinen Ohren wie das Weinen eines Babys geklungen hatte, und stundenlang aufmerksam lauschend in der Dunkelheit wachgelegen hatte, bis er ganz sicher war, daß das Geschrei aus der Wohnung über ihm kam, versuchte er nun das Geräusch zu ignorieren.

Das Gewimmer, das nichts mehr mit einem wollüstigen Jaulen gemein hatte und das sogar etwas beinahe Menschliches hatte, brachte ihn auf den Gedanken, daß die schwarze Katze, die er so verabscheute, womöglich unten im Keller, unter seiner Wohnung, geworfen hatte. Er öffnete die Tür und streckte den Kopf raus, als suche er den Fußabtreter nach Katzen ab. Eine Katze fand er dort nicht vor, sondern einen braunen Umschlag. Er sah hinein. Zwischen den Papieren – den letzten Kassenabrechnungen der Hausverwaltung – kam ein Quittungsblock zutage, in dem ein gefalteter Zettel steckte, auf dem sie ihm ein gutes neues Jahr und viel Erfolg wünschten.

Michael schob den Block hastig zurück in den Umschlag, als verschwinde er, wenn Michael nur nicht an ihn dachte. Er schmiß den Umschlag in die Wohnung, denn das Jaulen wurde deutlicher und eindringlicher und übertönte ohne Schwierigkeit die Geräusche, die durch die geschlossenen Wohnungstüren in das Treppenhaus drangen. Wie ein Resonanzkasten verstärkte es in diesem Moment das laute Schimpfen einer Frau und das Kreischen eines Mädchens, die Stimmen aus Fernsehgeräten, die hartnäckigen Akkorde eines tiefen Streichinstruments, das Klappern von Tellern und Töpfen. Dieses Stimmengewirr konnte das Schreien von unten jedoch nicht übertönen. Das Geschrei machte deutlich, daß schleunigst gehandelt werden mußte. Wenn im Keller eine Katze geworfen hatte, war Eile geboten. Er mußte sie aus dem Gebäude bugsieren, bevor ihre Jungen hier Quartier bezogen.

Je näher er zum Keller kam, der auch als Luftschutzbunker diente, desto eigenartiger wurde das Geräusch. Es erinnerte ganz und gar nicht mehr an eine Katze. Die Kellertür stand weit offen, und auf der Schwelle lag in einer kleinen Pappschachtel, auf einem Polster aus Zeitungen, die mit durchsichtiger Plastikfolie abgedeckt waren, in eine verschlissene, gelbliche Wolldecke gehüllt, ein echtes Baby, das zornig plärrte und mit den Beinchen strampelte.

Schon als er das Kind auf den Arm nahm und mit ihm in sein Schlafzimmer ging, wo er unbeholfen Zeitungen und ungebügelte Wäsche vom Bett fegte, auf das er das Baby legte, überlegte er, daß er seit dem späten Vormittag die Wohnungstür nicht mehr geöffnet hatte. Er hatte keine Ahnung, wann die Pappschachtel deponiert worden war. Trotzdem versuchte er zu rekonstruieren, wann er das Schreien zum ersten Mal gehört hatte. Aber er konnte nicht mehr sagen, ob das Geräusch, das er in den letzten Stunden immer wieder gehört hatte, von Katzen stammte oder ob es tatsächlich dieses Plärren gewesen war.

Das Baby lag im Schlafzimmer auf dem Bett. Es schien etwa einen Monat alt zu sein. Seine Augen waren wach und blau, und ein dichter Flaum heller, feuchter Haare bedeckte seinen winzigen Kopf. Es ballte seine kleinen Fäuste, die durch die Luft schwangen, hin und wieder das Gesichtchen trafen, doch nie den Weg zum Mund fanden. Michael nahm das Baby wieder auf den Arm. Für ein paar Sekunden verstummte das Schreien, verwandelte sich in ein Hecheln, schwoll aber sofort wieder zu einem lauten, beleidigten Gebrüll an. Michael schob seinen Daumen vorsichtig in den winzigen Mund zwischen die rosa Kiefer, die sich mit großer Kraft um ihn schlossen. Er begriff, daß er es mit einem ausgehungerten Säugling zu tun hatte und keine Möglichkeit hatte, ihm etwas zu trinken zu geben.

Er beugte sich tiefer über das Bett und schlug die Babydecke auf, von der ein modriger Geruch ausging und die gelbliche Wollflusen verlor. Aber das glatte Gesicht des Babys, das völlig durchnäßt war, und sein Hals verströmten den süßlichen Geruch, der Säuglingen eigen ist. Noch bevor Michael das Kind auf den Rücken legte, um die Strampelhose auszuziehen, in der es steckte, fing er automatisch an, zwischen den Fingern und den Halsfalten des Babys winzige, gelbliche Wollfasern zu entfernen, die die kleinen Körper Neugeborener mit unergründlicher magnetischer Kraft aus ihrer Umgebung ansaugen und die man, selbst wenn man sie jeden Tag badete, stets zwischen ihren Hautfalten und ihren Fingern auffindet.

Das Baby zuckte und zappelte in der Mitte des Betts. Seine Ärmchen fuchtelten durch die Luft, und seine Beinchen strampelten kräftig. Michael nahm es wieder hoch. Er legte es auf seinen linken Unterarm, der allein den ganzen Körper aufnahm, und preßte den Arm gegen den Bauch. All diese Handlungen verrichtete er aus einem inneren Impuls heraus, wie in Trance, als ob er mit einem Mal dreiundzwanzig Jahre zurückgeworfen worden wäre. Vor dem schreienden, hungrigen Säugling wurde in ihm ein altes Gefühl der Hilflosigkeit wach, und plötzlich empfand er eine gewisse Freude. Er hörte sich mit seiner vertrauten Stimme sprechen, wie er in langen wachen Nächten zu Juwal gesprochen hatte. Noch bevor er das Baby entkleidete, während er es noch an die Brust gedrückt hielt, ging er mit ihm ins Badezimmer und ließ warmes Wasser in das Waschbecken laufen. Er flüsterte in das rötliche kleine Ohr, was er als nächstes zu tun gedachte, tauchte den Ellbogen in das Wasser im Waschbecken und breitete ein großes, verwaschenes rosa Badetuch auf der Waschmaschine aus. Dann kramte er in seinem Apothekerschrank nach Talkpuder, und mit abwesender Stimme gestand er dem Baby, daß er nicht fündig geworden war.

Er flüsterte unentwegt in den winzigen Gehörgang, denn er war überzeugt, daß die permanente Berieselung den Hunger in den Hintergrund drängen würde. Die blauen Augen hingen wie hypnotisiert an ihm. Dieser Blick, daran hegte Michael keinen Zweifel, würde nicht lange so offen bleiben. Wenn er das Kind erst gebadet und Schenkel und Po eingecremt hätte, um den wunden Stellen Erleichterung zu bringen, die inzwischen wohl nicht nur rot, sondern nässend waren, und wenn seine Worte und das Wiegen auf dem Arm nicht mehr genügten und für ausreichend Ablenkung sorgten, würde er keine Möglichkeit haben, das einzig Wahre zu tun. Denn ein Fläschchen besaß er nicht.

Als das Wasser die richtige Temperatur hatte, legte Michael den kleinen Körper auf das Badetuch, das er über die Waschmaschine gebreitet hatte. Jedem geballten Fäustchen bot er einen seiner Finger an. Erst viel später würde er sich über die Stärke der Instinkte wundern, die sein Verhalten in diesem Moment diktierten. Das Baby klammerte seine Händchen kräftig um die Finger, um nicht vollkommen verloren zu sein. Es sperrte erschrocken den Mund auf, fing an zu zappeln, und seine Lippen verzogen sich. Michael beugte sich über das kleine Gesicht und drückte seinen Mund zwischen den gemurmelten Worten auf die kleine Wange, als er einen Finger von dem verzweifelten Griff eines Fäustchens befreite. Mit einer Hand öffnete er die Druckknöpfe und beruhigte sich selbst vor dem zu erwartenden Geschrei mit dem Gedanken an ein in Zuckerwasser getränktes Stück Stoff, mit dem er den kleinen Mund füllen könnte, der sich verzerrte, der zuckte und sich zu einer neuen Attacke öffnete.

Er suchte in seiner Hosentasche nach einem sauberen Taschentuch – dies war eine mögliche Antwort an alle, die sich wunderten, was er in der Ära des Papiertaschentuches mit gebügelten Stofftaschentüchern anfing –, und er fragte sich, ob er gleich in die Küche gehen sollte, um Zuckerwasser anzusetzen. Dann zog er die Klebebänder der Windel ab, die sich längst aufgelöst hatte, und rollte sie zusammen, wobei er darüber nachdachte, daß Juwal noch mit Stoffwindeln gewickelt worden war. Damals hatte es noch keine Einwegwindeln gegeben. Da erstarrte er für einen Moment und hörte sich selbst einen erstaunten Laut ausstoßen, bevor er schallend lachte. Damit hatte er nicht gerechnet. Er war sich mit dem Geschlecht ganz sicher gewesen, daß sogar sein gebannter Blick auf die Schamlippen, die wahrhaft rot und wund von Urin waren, ihn nicht sofort überzeugen konnte.

»Du bist ja ein kleines Mädchen!« sagte er und beugte sich über die Kleine.

»Nicht, daß es uns etwas ausmachen würde«, murmelte er in das winzige Ohr, »ein Baby ist ein Baby, auch wenn es ein Mädchen ist. Seltsam, wie unflexibel die Menschen manchmal sind. Wer einen kleinen Jungen gewickelt, gebadet und gefüttert hat, denkt nicht daran, daß ein bekleideter Säugling ein Mädchen sein kann. Wenn ich das gleich gewußt hätte, hätte ich mich nicht gewundert, daß du dich nicht hin und her wirfst, wenn man dich auszieht. Ich habe schon gehört, daß Mädchen schon als Babys viel friedlicher sind.«

Der kleine Körper war nun vollkommen entblößt. Ein bläuliches Adernetz stach von der weißlichen Brust ab. Rötliche Wundflecken übersäten den Bauch. Und bevor die Beine zu strampeln begannen, zog Michael das Kind auf seinen Arm, drückte es fest gegen die Brust und ließ es langsam in das warme Wasser gleiten, die Beine zuerst, dann den Po und zuletzt seinen eigenen Arm. Das Baby zitterte wie von einem Krampf geschüttelt und begann laut zu krähen. Michael nahm sein Murmeln wieder auf und legte seine Hand auf das Gesichtchen und den Hals. Seine Gesten waren hastig, als er die Kleine einseifte und abwusch. Schnell legte er den Körper zurück auf das Handtuch, schlug ihn ein und verpackte ihn, wühlte im Apothekerschrank nach einer Creme und fand schließlich die weiße Salbe in der blauen Blechdose, die Juwal vor vier Jahren, als er bei der Armee war, benutzt hatte.

Als das Baby in dem Badetuch mit zappelnden Beinchen auf seinem Arm lag, mußte er an Nira denken. Wenn er Juwal vor den Mahlzeiten gebadet hatte, hatte sie in der Tür gestanden, den Rücken gegen den Rahmen gelehnt, und die Hände in die Ohren gesteckt, um sich vor dem Geschrei zu schützen. Er mußte sie mehrmals ermahnen, dem Baby einen Finger zu reichen, den es mit der Faust greifen konnte, um ihm die schreckliche Angst zu nehmen, völlig verloren zu sein. Immer wenn er sie aufgefordert hatte, hatte sie sich beeilt, ihm Folge zu leisten, und irgendwie ließen ihre

Hilflosigkeit und ihr Gehorsam in ihm stets ein Gefühl der Unfehlbarkeit entstehen. Er mochte sich selbst nicht leiden, wenn er sie anwies, wie sie ihren Sohn zu behandeln hatte, doch er konnte sich auch nicht beherrschen.

Er fand es sonderbar, die Haut eines Mädchens abzutrocknen und einzucremen. Als er die dickflüssige Paste auf ihrem Unterleib verrieb, untersuchte er den Nabel, der zu sehr hervorstand und ebenfalls gerötet war. Plötzlich befürchtete er, es könnte sich um einen Nabelbruch handeln, den die Kleine sich als Ergebnis des stundenlangen Schreiens zugezogen hatte. Nur ein Kinderarzt würde dies mit absoluter Sicherheit diagnostizieren können. Der Gedanke an einen Kinderarzt löste in ihm Unwillen und Angst aus. Ein Kinderarzt bedeutete, daß jemand von dem Säugling erfahren würde, den er eigentlich sofort in die Kinderabteilung eines Krankenhauses bringen müßte. Darum mußte man jeden Gedanken daran verwerfen. Der Kinderarzt mußte warten. Bis auf den Nabel und die wunden Stellen war die Haut des Kindes glatt und rein. Es schrie wieder, und sein Gesicht lief blau und rot an.

Als Michael mit dem Baby in die Küche ging, Zuckerwasser zubereitete und sein Taschentuch hineintauchte, wußte er noch nicht, was er der Nachbarin aus der Wohnung über ihm sagen würde. Sie war die beste Lösung, die ihm einfiel, was Fläschchen, Brei, Windeln und sogar ein paar Kleidungsstücke zum Wechseln betraf. Michael brachte es nicht über sich, der Kleinen die abgelegten Kleidungsstücke überzuziehen. Auch in die Pappschachtel wollte er sie nicht mehr legen. Sie blieb in dem großen Badetuch, in das er sie gewickelt hatte, mitten auf dem Bett liegen und hatte ein sauberes, zusammengerolltes, in Zuckerwasser getränktes Taschentuch in dem rötlichen Mund, an dem ihre Lippen eifrig lutschten. Michael baute um sie herum eine Mauer aus Kissen und hastete die Stufen zum nächsten Stockwerk hoch.

Als er der Nachbarin schon gegenüberstand, fand er immer noch keine Worte. Sie hatte die Tür einen Spaltbreit geöffnet. Eine Hand hielt den Griff, die zweite fuhr durch die Locken, die sie zusammenzufassen versuchte, und berührte dann den Kragen des langen lila Oberhemdes. Michael erkannte in ihrem Gesicht die Befürchtung, beinahe die Angst, er könnte wegen der Feuchtigkeit an der Decke gekommen sein.

»Darf ich reinkommen?« bat er. Hilflos kapitulierend, doch mit offenkundigem Widerwillen öffnete sie die Tür und rückte ein Stück zur Seite, bis Michael im Raum stand, ganz in der Nähe des Laufstalls, gegen den der Cellokasten gelehnt war.

In dem Laufstall lag das rundliche Baby auf dem Rücken, die Arme nach den Seiten ausgestreckt. Es hatte die Beine durchgedrückt und atmete rasselnd. Das Cello selbst lag auf einem kleinen Sofa neben einem Haufen Wäsche unter einem großen Ölgemälde, einer aufgezogenen Leinwand ohne Rahmen, das nach einem eiligen Blick eine schwarz, weiß, graue Landschaft im Nebel darzustellen schien. Die Nachbarin räusperte sich und sagte immer noch von ihrem Standort an der Tür, daß sie wegen der Feiertage keinen Klempner habe finden können. Michael fing an zu erklären, daß er nicht wegen der Feuchtigkeit hier sei, doch sie war nicht zu bremsen, entschuldigte sich weiter, daß durch das Baby und die Notwendigkeit, wieder zu arbeiten, und die ganzen Feiertage ...

Michael winkte ungeduldig mit der Hand.

»Darum geht es gar nicht«, beschwichtigte er sie. »Das ist gar nicht der Grund, weshalb ich hier bin. Lassen wir das jetzt.«

Er stierte auf das Gesicht des schlafenden Babys im Laufstall, dessen Lippen gespreizt waren und aus dessen Mund der Schnuller geglitten war.

»Ich bin hier, um Sie zu bitten ... ich habe unten bei mir ein Baby und keine Sachen ...«

In den Sekunden, in denen sie ihn erstaunt musterte und

sich die tiefen, hellen Augen verengten, so daß sich an deren Rändern kleine Krähenfüße bildeten, kam ihm die rettende Idee: »Meine Schwester hat ihre Enkeltochter bei mir abgegeben und all ihre Sachen zu Hause vergessen.«

»Welche Sachen?« fragte die Frau. Das sanfte Licht, das noch durch das große Fenster fiel, verfing sich in den weißen Strähnen zwischen ihren Locken, bevor es einen kleinen Fleck mit aufgelösten Umrissen über ihrem linken Busen anstrahlte.

»Alles. Fläschchen, Brei, Windeln und so weiter«, murmelte er verlegen, weil er spürte, daß seine Geschichte kaum glaubwürdig war. Wieder spürte er die Angst, da erneut die Erkenntnis in ihm keimte, etwas Unrechtes zu tun. Doch er verdrängte sie hastig.

»Alles ist zu. Wegen des Feiertags machen die Geschäfte zwei Tage lang nicht mehr auf. Ich kann meine Schwester nicht telefonisch erreichen. Sie ist religiös, müssen Sie wissen ... Sie wohnt auch nicht in der Nähe.«

In den Augen der Frau bildete sich eine Mischung aus Befremden und Mißtrauen, als sie fragte: »Was? Das Baby bleibt über die ganzen Feiertage? Wohnen Sie allein?«

Michael nickte unwillig.

»Verzeihen Sie, daß ich frage«, sagte sie erschrocken, »es ist nur, weil ... Wissen Sie denn, wie man mit einem Baby umgeht?«

»Ich denke schon ... Es ist schon eine Weile her, seit ... Mein Sohn ist schon erwachsen, aber ein Baby ist ein Baby. Ich glaube nicht, daß man die Handgriffe vergißt ...« Seine Stimme verstummte für einen Moment, als er sich stottern hörte.

»Auf jeden Fall«, sagte er entschieden, »habe ich gar keine Wahl. Die Kleine ist hier, und ich habe nicht einmal ein Fläschchen oder eine Windel, und ich dachte, Sie könnten mir weiterhelfen, weil ...« Er wies mit der Hand Richtung Baby.

»Wie alt ist sie? Ich habe ein paar Fläschchen und genügend Milchpulver, denn ich habe angefangen zuzufüttern«, sagte sie, während sie in den hinteren Raum der Wohnung ging. Michael wartete, bis sie zurückkam, und verfolgte ihre Bewegungen, als sie auf einen runden Tisch in der Eßecke ein verpacktes Babyfläschchen und eine verschlossene Milchpulverdose stellte. Sie blieb stehen und wartete auf eine Antwort.

»Fünf Wochen«, sagte Michael aus einem Instinkt heraus, der ihn anwies, keine runde Zahl zu nennen, hastig.

»Das ist noch sehr klein«, erschrak die Frau. »Wie kann man ein Neugeborenes ohne ...«

»Es ist etwas Unerwartetes passiert«, sagte Michael eilig und blinzelte. Diese Lüge könnte ein wirkliches Unglück nach sich ziehen. Wie damals, als er gelogen und behauptet hatte, Juwal wäre erkrankt, worauf noch am selben Abend die Windpocken bei ihm ausgebrochen waren. »Ich kann im Moment niemanden erreichen, sie sind alle unterwegs ... haben die Stadt verlassen ... und das Baby ist hier ... es schreit vor Hunger.«

Wieder ging sie in das Hinterzimmer und brachte ein großes Paket Wegwerfwindeln, das sie neben das Fläschchen stellte. Sie legte einen Schnuller in einem Plastiktütchen daneben, blieb stehen und dachte einen Augenblick nach. Sie ging noch einmal los und kehrte nach einer Weile mit einem Stapel Babykleidern, einer Stoffwindel und einer runden Plastikdose, aus der ein duftendes feuchtes Papiertuch ragte, zurück. Sie deponierte alles auf dem Tisch und bohrte einen Finger in die Wange, während sie den Tisch musterte. Sie warf Michael einen kurzen Blick zu, als ob sie mit sich rang.

»Er ist gerade mitten im Spiel eingeschlafen, kommen Sie, ich helfe Ihnen. Ich gehe mit Ihnen runter. Das erste Fläschchen ist nicht ganz einfach ...«

»Nein, nein«, sagte Michael bestürzt. Er stellte sich ihren Gesichtsausdruck vor, wenn ihr Blick auf die Pappschachtel fallen würde. Vermutlich erriete sie dann alles. Er wußte, daß er nicht zugeben durfte, daß er die Kleine gefunden hatte. Man würde sie ihm zweifellos sofort wegnehmen.

»Ich will Sie nicht länger belästigen. Nur meinetwegen sollen Sie Ihr Baby nicht allein lassen.«

»Das ist gar kein Problem«, sagte sie freundlich und begann, die Kleider ruhig in eine Tüte zu füllen. »Ido ist gerade erst eingeschlafen. Er wird so schnell nicht wach werden. Es macht mir keine Umstände, einen Moment mit herunterzukommen.«

Michael schielte auf den Laufstall, legte eine Hand auf ihren Arm und sagte: »Ich komme wieder, wenn ich Probleme habe.«

Sie sah ihn zweifelnd und verständnislos an, kam ihm aber mit den Griffen des Windelpakets zu Hilfe. »Wo sind die Eltern des Babys? Es ist erst fünf Wochen alt, und sie lassen es so zurück?«

»Ihre Mutter … liegt im Krankenhaus. Eine Komplikation nach der Geburt, und der Vater …« Er dachte fieberhaft nach, glotzte auf die Wand und stieß aus: »Er … es gibt keinen Vater. Sie ist alleinerziehend.«

Verständnis und Fürsorge erhellten ihr Gesicht. »Gut, kein Problem«, sagte sie. Ihre vollen, schmollenden Lippen, die ihrer Mundgegend einen verärgerten Ausdruck verliehen hatten, gingen zu einem großzügigen Lächeln auseinander. »Wir werden den Feiertag mit ihr gut hinter uns bringen. Ich schlage noch einmal vor, daß Sie mir erlauben, Sie ein wenig zu unterstützen. Ido ist gerade erst knapp fünf Monate alt. Ich kenne mich noch bestens aus.« Plötzlich erschrak sie, denn es fiel ihr etwas ein. »Sie haben sie unten allein gelassen, sie schreit sicherlich gottserbärmlich. Warum holen Sie sie nicht hoch?«

»Nein, nein«, winkte Michael ab. Aus irgendeinem Grund war es ihm völlig klar. Die Frau mit der Kleinen zusammenzubringen würde bedeuten, das Baby zu verlieren. Die Frau strahlte nun mit diesem Lächeln, das ihre Erscheinung vollkommen veränderte. Die bedrückende Last verschwand aus ihrem Gesicht, und ihre hellen Augen wurden groß wie zwei Teiche und wiesen keinerlei Rötung mehr auf. Michael wußte nicht, warum er sich so sicher war. Er horchte nur auf eine panische innere Stimme, von der er meinte, sie noch nie in sich gehört zu haben und der er nachkam. Jeden Anflug einer logischen Überlegung schob er beiseite.

»Haben Sie abgekochtes, lauwarmes Wasser?« hörte er sie hinter ihm herrufen, während er mehrere Stufen gleichzeitig nahm. Die Kleidertüte und die Windeln hielt er in der Hand, und unter dem Arm klemmte der Beutel mit den restlichen Sachen. »Für das Milchpulver braucht man ...« Den Rest hörte er schon nicht mehr, nur noch das Schreien, das durch die geschlossene Tür drang. Er stellte sein Gepäck an der Schwelle zur Schlafzimmertür ab und hob das Baby auf den Arm. Er drückte es gegen die Brust. Die gelbe Decke und das rosa Badetuch waren naß. Eine warme Feuchtigkeit breitete sich auf seinem Hemd aus. Er schmiegte seine Wange eng an das kleine Gesicht. Die Wangen der Kleinen glühten. Im ersten Moment fiel ihr Kopf wie durch einen Krampf zurück. Der Körper zappelte widerstrebend, aber dann hörte das Weinen auf, und die Gesichtsmuskeln entspannten sich.

Für ein paar Sekunden war die Welt wahrhaftig vollkommen und friedlich, es fehlte an nichts. Wie von weit her waren die schwachen Klänge weicher Saiten zu hören. Das Baby zappelte und bog sich auf seinem Arm und stieß ein lautes Geschrei der Beleidigung und Frustration aus. Es verging eine Weile, bis Michael verstand, daß es das Cello war und daß die Nachbarin über ihm vor dem Notenständer neben ihrem schlafenden Sohn saß und eine vertraute Melodie spielte. Er fand nicht heraus, welches Stück es war, das sein Herz vor süßem Schmerz erweichte. Er bückte sich und hob die Tüte mit den Fläschchen und dem Pulver auf. Er fragte sich, wie lange sie wohl schon dort oben wohnte und wieso er sie nie im Treppenhaus bemerkt hatte. Er dachte, wie schön ihre Augen waren und wie hübsch ihr Lächeln. Wenn sie sich nicht so gehenließe, könnte sie richtig gut aussehen.

Er las die Anweisungen auf dem Deckel der Dose und setzte sich, damit er das Baby weiter auf dem Arm halten konnte. Auch als er den Öffner, den er seit seiner Militärzeit besaß, in das Blech der Dose drückte und an dem gelblichen Pulver roch, murmelte er in das Öhrchen: »Woher soll einer wissen, wieviel Wasser man für das richtige Verhältnis braucht, damit es so gelingt, wie ein kleines Mädchen es mag.« Aus irgendeinem Grund machte die Tatsache, daß das Baby ein Mädchen war, die Sache schlimmer. Als ob die Kleine mehr Schutz und Pflege brauchte, als er womöglich bieten konnte. Michael maß die nötige Menge Pulver ab, gab zur Sicherheit noch ein wenig mehr in das Fläschchen und verzog erneut das Gesicht, als er das Pulver roch. Er war skeptisch. Ob es sein konnte, daß das Fläschchen der Kleinen schmeckte? Er stellte den elektrischen Heißwasserbereiter an und goß Wasser in ein Glas. Da er den Griff des Babys nicht lockern wollte, dessen Schreie sich jedesmal legten, wenn er seine Handlungen in sein Ohr kommentierte, konnte er keinen Wassertropfen zur Probe auf sein Handgelenk geben. Eine Geste, die ihm seit Juwal in Fleisch und Blut übergegangen war. Und so tauchte er den Finger einfach in das Glas.

»Ein Finger ist weniger empfindlich«, brummte er in die rötliche Ohrmuschel. Das Baby brüllte, obwohl er mit ihm sprach, und das Plärren trieb ihn zur Eile an.

»Du mußt wissen, daß man keinen Handgriff vergißt«, versprach er, während er das Kind fest an sich drückte, »es ist wie Schwimmen oder Fahrradfahren.« Er goß das Wasser bis zur Markierung in das Fläschchen, drehte den Sauger fest und schüttelte kräftig. Er mußte dazu seinen Griff um das Baby lockern, das brüllte wie am Spieß und dessen Körper sich auf seinem Arm bog. Tropfen einer weißlichen Flüssigkeit fielen auf seine Haut. Die Temperatur war in

Ordnung. Er setzte sich auf einen Stuhl, nahm das Kind auf den Schoß und schob ihm das Fläschchen in den Mund.

In der Stille, die nun herrschte, war von oben wieder das Spiel zu hören, gefühlvoll und vor süßer Trauer bebend. Er liebte den Klang des Cellos. Was für ein Glückskind die Nachbarin war, das schönste aller Instrumente so zu beherrschen.

Das Baby saugte kräftig, hörte auf, und die Augen fielen ihm zu. Es schien seine Kräfte aufgebraucht zu haben und zu kapitulieren. Vermutlich war es zu hungrig zum Trinken. Michael gab nicht auf. Er befeuchtete die Lippen der Kleinen mit der Milch, die nur aus dem Sauger austrat, wenn er die Flasche schüttelte. Plötzlich begriff er, daß das Loch im Sauger zu eng sein mußte. Vielleicht hatte die Kleine nichts herausbekommen. Wie um diesen Verdacht zu bestätigen, ging der runde Mund auf, rot und makellos, der Kopf fuhr hektisch suchend von Seite zu Seite, und ein neuer Schrei durchfuhr das Zimmer und brachte jeden anderen Ton zum Schweigen. Nur für einen Moment geriet er in Panik. Für einen kurzen Augenblick, bis ihm einfiel, wie er Stecknadeln über der Gasflamme erhitzt hatte und sie in die Nippel von Saugern gebohrt hatte, deren Löcher zu eng gewesen waren. Sogar der Geruch nach verbranntem Kunststoff war ihm wieder gegenwärtig. Und wie er manchmal zu sehr geschmolzen und die Löcher zu groß geworden waren, so daß die Milch in einem großen Schwall ausgetreten war und die Mundhöhle überschwemmt hatte.

»Das Kind erstickt!« hatte Nira in dieser Situation geschrien, und er hatte Juwal schleunigst auf den Bauch gedreht. Juwal war ein gefräßiges Kind gewesen. Die Kleine hier, die noch keinen Namen hatte, oder vielleicht doch, nur kannte er ihn nicht, schien nicht mehr an die Möglichkeit, an Nahrung zu gelangen, zu glauben. Es war, als ob sie wahrhaftig kapitulierte.

Wenn Juwal sehr hungrig gewesen war, konnte er nicht trinken.

»Zu hungrig zum Trinken«, hatte Michael verkündet und seine spezielle »Methode« eingesetzt. Er ließ die Flüssigkeit auf seinen Finger tröpfeln und von dort in den Mund des Babys gleiten. Geduld und Ausdauer führten stets dazu, daß Juwal am Ende trank. Dann erfüllte sich der Raum mit dem Geräusch gleichmäßigen Nuckelns, das er jetzt so liebend gern aus dem Mund des Babys hören würde und das gewiß erst dann einsetzen würde, wenn es einen Großteil der Flasche geleert hätte.

Er schüttelte das Fläschchen fest, so daß es seinen Finger befeuchtete, den er behutsam in den aufgesperrten Mund schob – die Mundhöhle war warm, die Kiefer preßten sich auf den Finger, und die Lippen umschlossen ihn. Dann tauschte er flink den Finger gegen den Nippel aus, den er zuvor mit seinen Zähnen bearbeitet hatte, um das Saugloch zu vergrößern.

Erst als das Kind zu saugen begann, gierig und regelmäßig, nahm Michael sich die Freiheit, sich vorsichtig gegen die splittrige Holzlehne des Küchenstuhls zu lehnen. Erst da, als seine Beinmuskeln vor Erschöpfung zu zittern begannen, spürte er, wie sehr sein Körper bis zu diesem Augenblick angespannt gewesen war.

Eigentlich erst jetzt hatte er die Muße, das Gesicht der Kleinen in Ruhe anzusehen. Er berührte mit seiner Linken, der Hand, die sie hielt, die wohlgeformte zierliche Nase, die hellen, zarten, nur angedeuteten Brauen und den dünnen weichen Flaum rings um die Ohren. Die Augen, die kurz zugefallen waren, öffneten sich in milchigem Blau. Der winzige Mund war um den Nippel gerundet, aus dem sie ausdauernd saugte. Sie seufzte zwischen zwei Saugbewegungen, und ein Schweißfilm sammelte sich auf ihrer Oberlippe. Ohne das Fläschchen zu bewegen, stand Michael mit dem Baby auf dem Arm auf und ging zum Sessel vor der Balkontür.

Die Sirene einer Ambulanz jaulte unermüdlich in der Ferne. In der Glastür, die den Hügeln zugewandt war, ging langsam die Sonne unter. Die Welt schwieg. Nur er und das Baby kauerten in dem breiten Sessel mit dem schäbigen Bezug, der das einzige Möbelstück war, das ihm aus den Tagen seiner Ehe geblieben war. In diesem Sessel hatte er in den Winternächten gesessen und Juwal gefüttert. Er hatte seinen Atemzügen gelauscht, dem Nuckeln, den Seufzern der Befriedigung und wieder und wieder der »Winterreise« von Schubert. Die Atmosphäre jener abendlichen Kälte – Juwal war im Herbst zur Welt gekommen – war wieder gegenwärtig. Das Schweigen, das nur von Saugen unterbrochen worden war, die Einsamkeit, die keine wirkliche Einsamkeit gewesen war, sondern eine Art stummes, vollkommenes Miteinander. Das Spiel oben hörte auf, und er hatte immer noch nicht herausgefunden, was für ein Musikstück sie gespielt hatte. Wie oft mußte man ein Stück hören, um es benennen zu können.

»Wir sind autark«, flüsterte er, und sein Gesicht grub sich in die flachsgelben weichen Haare. Es wurde dunkel, die Flasche wurde leer, und die Augen des Babys fielen zu. Sein erleichtertes Stöhnen wurde zu einem gleichmäßigen Atmen. Die Lippen fielen auseinander und ließen den Nippel frei. Michael zog das Fläschchen behutsam aus dem Mund, prüfte, was die Kleine übriggelassen hatte, und stellte es zu seinen Füßen ab. Dann knipste er die Leselampe an. Ein gelbes, sanftes Licht leuchtete die Zimmerecke aus. Der restliche Raum lag im Schatten. Michael legte das Baby über seine Schulter und begann hin und her zu gehen, bis er den Laut ausgestoßener Luft hören würde. Er hatte sich auf eine lange Reise eingestellt und war überrascht, das Aufstoßen schon zu hören, kaum daß er das Kind über die Schulter gelegt hatte. Er grinste erfreut – wie wenig es manchmal bedurfte, um froh zu sein. Mitunter genügte es, sich auf eine Strapaze einzustellen, und das Gegenteil traf ein. Wer nicht pedantisch war, konnte solche Momente als glücklich bezeichnen. Er spürte das Gewicht des Körpers entspannt und gelöst auf seiner Schulter. Er legte das Baby vorsichtig auf seinen Arm, kehrte zurück zum Sessel, bettete das Baby auf seinen Schoß, schaute in die Dunkelheit und auf die sich spiegelnde Lampe.

Und was nun, fragte er sich. Was willst du eigentlich, hakte er nach. Doch anstatt seinen Verstand einzusetzen, ließ er sich treiben. Schon in diesem Moment begannen sich in ihm die bösen Geister zu regen in Form der Frage, wie lange er das Baby wohl behalten konnte. Er handelte gegen die Vorschriften. Schließlich wußte er, welche Schritte es zu unternehmen galt. Es war klar, daß er die zuständige Abteilung des Polizeipräsidiums am Migrash Harussim* verständigen mußte, die an seine Abteilung grenzte. Zu seinen Gunsten konnte man einwerfen, daß es ein Feiertag war und irgendeiner sie bis zum Ende des Feiertags mit nach Hause genommen oder ins Krankenhaus gebracht hätte. Aber die Wahrheit war, der springende Punkt, daß er sich seinen Wunsch, sein unbestrittenes Bedürfnis, sie für sich zu behalten, eingestehen mußte. Wie flüchtig und kurz die Momente sind, in denen der Körper und der Geist völlige Ruhe genießen. Schon ein Läuten genügt, um sie zu stören. Auch ein Klopfen. Auch wenn es zaghaft ist. In diesem Augenblick ergriff ihn Panik. Und was, wenn draußen schon jemand stand, um sie abzuholen?

Er hatte bis zu diesem Zeitpunkt nicht daran gedacht, daß man sie noch heute abholen könnte. Bis zu dem Moment, in dem er das Klopfen hörte, das schon weniger schüchtern war und dem ein weiteres, hartnäckiges folgte. Er wußte nur eins, daß er die Anwesenheit des Babys geheimhalten mußte. Vielleicht sollte er das Klopfen ignorieren. Doch wegen der Panik, die es in ihm auslöste, stand er auf und lugte durch den Spion. Völlige Dunkelheit. Ohne nachzudenken hörte er sich erschrocken fragen: »Wer ist da?«

»Ich bin Nita, von oben«, sagte die tiefe Stimme hinter der Tür. Jetzt kannte er auch ihren Namen.

»Einen Moment bitte«, brummte er und sah sich um. Er schloß rasch die Schlafzimmertür, damit sie die Pappschachtel nicht sah, in der das Baby gebracht worden war, als sei es ein junger Hund. Jetzt hatte sie einen Namen, die große Frau in der Jogginghose und dem lila Männerhemd, auf deren Arm das dunkle runde Baby lag, dessen braune Augen ihn mit großem Ernst fixierten. Im Wohnzimmer standen sich beide gegenüber, ein jeder mit seinem Baby auf dem Arm. Ihre gewölbte Unterlippe zitterte. Sie nestelte an den glatten braunen Haaren ihres Kindes, strich mit peinlicher Sorgfalt über den Kragen seines Schlafanzuges, hob die Augen zu Michael und lächelte verlegen.

»Ich bin nur hier, um Ihnen noch ein paar Sachen zu bringen, die Sie vielleicht brauchen werden.« Sie schwang eine Tüte. »Babyseife, Reinigungsmilch, eine Schutzcreme für den Po und eine kleine Decke. Ich wollte nur sehen, wie Sie zurechtkommen. Ich hoffe, ich störe nicht, denn ...«

»Es ist völlig in Ordnung, vielen Dank«, sagte Michael. Beide blieben wortlos stehen.

»Wie wir wohl aussehen«, grinste sie belustigt, »jeder mit seinem Baby auf dem Arm. Was für ein Bild.« Dann kam sie ganz nah heran und beugte sich vor, um das Mädchen zu betrachten.

»Sie ist hübsch«, sagte sie ehrfürchtig, als sie die Augen hob. Sie hatten nicht die gleichen Körpermaße, und dennoch schauten ihre Augen direkt in seine. »Wie ich sehe, hat sie getrunken. Sie sieht ganz zufrieden aus«, sagte sie staunend. »Sie haben es tatsächlich hingekriegt. Fünf Wochen ist sie alt?«

Michael nickte.

»Sie haben sie noch nicht angezogen. Wie heißt sie eigentlich?« Sie huschte mit einem Finger über das nackte Beinchen, das aus dem Handtuch lugte.

Für einen Moment erstarrte er. »Noa«, hörte er sich laut sagen, während er seinen Kopf über den Flaum beugte, als bitte er diesen für die schnelle, willkürliche Wahl um Vergebung. Er holte tief Luft und wandte der Nachbarin sein Gesicht zu, in das allmählich das Blut zurückkehrte.

»Ido«, sagte sie zu ihrem Kind, dessen Lider flatterten, als sei es im Begriff einzuschlafen, »du hast eine neue Freundin. Das ist Noa. Noa wurde auf dem Feld geboren.« Michael zuckte erschrocken zusammen, doch dann begann sie die Melodie zu summen, und das Lied fiel ihm wieder ein.

Ido legte den Kopf in die Vertiefung zwischen ihrer Schulter und ihrem Hals. »Ich habe sie noch nicht angezogen«, sagte Michael entschuldigend. »Ich wollte sie zuerst füttern. Es schien mir dringender zu sein.«

»Aber Sie müssen sie nicht die ganze Zeit herumtragen. Wenn sie still ist, können Sie sie ruhig hinlegen. Man kann auch mal einen Kaffee trinken, vor allem, wenn man nicht stillt«, sagte sie mit einem schüchternen Lächeln.

Michael setzte sich. Ihm zitterten die Arme. Wo sollte er sie denn hinlegen? Daran hatte er nicht gedacht. Er war nicht bereit, sie wieder in den Karton zu legen. Er sah in das schmale, asketische Gesicht der großen Frau, betrachtete die Augen, die in diesem Augenblick aussahen, als seien sie in eine grünlich-blaue Strenge getaucht, das Grübchen, das er mit einemmal auf dem Wangenknochen und nicht in der Mitte der Wange entdeckte. Er räusperte sich laut. Schließlich würde er eh einen Komplizen brauchen. Allein würde er es nicht schaffen, sagte er sich. Nicht einmal die paar Tage. Über die nächsten Tage wollte er jetzt nicht nachdenken. Eine kleine Stimme in ihm meldete sich und fragte, um welche nächsten Tage es hier ging. Ob er durchgedreht war, oder was. Was willst du, verlangte sie. Er drehte ihr die Luft ab und konzentrierte sich erneut auf die Frage, ob er sich tatsächlich von der Frau helfen lassen sollte. Aber ihr Ehemann.

»Ihr Ehemann«, sagte er unsicher. Ihr Lächeln erlosch.

»Einen Ehemann gibt es nicht.« Ihre Lippen waren geschürzt, was ihr ein beinahe trotziges Aussehen verlieh.

»Es gibt keinen?« fragte er verwirrt. Er war sich mit dem Bärtigen ganz sicher gewesen. »Ich bin nicht verheiratet«, sagte sie, diesmal mit Gelassenheit. »Es ist nicht so ungewöhnlich. Sie haben selbst gesagt, Ihre Nichte sei eine alleinerziehende Mutter. Es scheint eine Mode zu sein, wenn nicht sogar eine Seuche«, fügte sie hinzu, und der Hauch eines Grübchens tauchte kurz auf und verschwand.

»Nein«, entschuldigte er sich. »Ich dachte nur ... ich sah ... es schien mir ... ich habe einen Mann mit Bart gesehen ...«

»Einen Mann mit Bart oder einen unrasierten Mann? Wenn es ein bärtiger Mann war, war es mein jüngerer Bruder, der unrasierte war mein ältester Bruder, aber den hätten Sie vielleicht erkannt. Er war zweimal hier.« All diese Worte hatte sie hastig ausgespuckt, als wollte sie etwas, was sie bedrückte, sofort wieder vertreiben.

»Ein kurzer Bart, nicht rasiert, ich weiß es nicht mehr genau, warum sollte ich Ihren großen Bruder erkannt haben?«

»Es ist kein richtiger Bart, sondern eher eine schlechte Rasur. Das ist jetzt modern. Sie tragen doch auch ...«

»Ich habe nur Urlaub«, korrigierte er sie und ließ seine Hand über seine drei Tage alten Stoppeln gleiten. »Ich habe ihn nicht erkannt. Müßte ich ihn kennen?«

»Mein ältester Bruder ist ziemlich berühmt. Theo. Haben Sie noch nie von Theo van Gelden gehört?«

»Der Dirigent?«

»Ja.«

»Das ist Ihr Bruder?«

»Mein ältester Bruder.«

»Van Gelden, das ist ein holländischer Name.«

»Unsere Eltern kommen aus Holland.«

»Und Sie haben noch einen Bruder? Ist das der Geiger? Auch ein Musiker?« fragte er sie, während er in seinem Gedächtnis nach Zeitungsartikeln und Gerüchten kramte.

»Ja. Auch mein zweiter Bruder, Gabriel, Gabi, der mit dem Bart«, seufzte sie. »Auf jeden Fall haben Sie hier weit und breit keinen Ehemann gesehen«, sagte sie lächelnd, und verlegen fügte sie hinzu: »Ich bin gekommen, um Sie zu mir einzuladen. Vielleicht würden die Kleinen schlafen, und wir könnten zur Feier ... zur Feier des neuen Jahres eine Tasse

Kaffee zusammen trinken, alles Gute zum neuen Jahr... Entschuldigung«, grinste sie. »Wie heißen Sie?«

»Michael. Wie kommt es, daß Sie nicht bei einer Familienfeier sind?«

»Meine beiden Brüder sind zur Zeit im Ausland. Mein Vater lebt schon seit ein paar Jahren allein. Er ist krank und allein und interessiert sich für nichts mehr. Ich habe ihn heute schon besucht. Wir waren bei ihm«, verteidigte sie sich. »Und einfach so zu jemandem zu gehen... hatte ich keine Lust. Ich dachte nur, daß Sie... Ich meinte ja nur...« Sie wurde still und schlang beide Arme um das Baby.

Michael sah die Kleine an. Er konnte sie doch nicht so einfach Noa nennen, nicht schon jetzt. »Wir beide bieten wirklich einen komischen Anblick mit diesen zwei Babys«, sagte er nachdenklich.

»Ich will Sie nicht drängen. Wissen Sie, ich weiß, wie schwer es ist, mit einem fünf Wochen alten Baby, und ich dachte...«, sagte sie schüchtern. Plötzlich hatte er den Eindruck, daß es gar nicht so schlecht wäre, den Abend mit ihr zu verbringen. Sie verhieß einen Kontakt, der weder bedrohlich noch banal war. Mit einemmal wollte er es ihr unbedingt sagen, und um sich zurückzuhalten, bemerkte er: »Ich muß das Kind erst anziehen. Sie können auch hier unten bleiben.«

»Es wäre mir lieber, wir treffen uns bei mir. Ich würde mich weniger aufdringlich fühlen«, lächelte sie angestrengt und zupfte am Saum des lila Hemds. »Außerdem ist Ihr Baby noch unproblematisch. Ido muß schon in einem Gitterbett schlafen, und es ist schon halb acht«, sagte sie und stellte die Tüte ab. Sie sah sich wieder schnell und verstohlen im Zimmer um. »Kommen Sie hoch, wenn Sie fertig sind?«

Michael nickte entschlossen. Auf einmal war er sich nicht mehr so sicher. Was war, wenn sie nur schnüffeln wollte. Was, wenn der hysterische Drang sie überkam, auf der Stelle die Behörden zu alarmieren. Wie sollte er ihr auch den unverständlichen, peinlichen, wenn man darüber nachdachte vielleicht sogar beschämenden Wunsch erklären, das Baby für sich zu behalten? Sie könnte seine Wünsche deuten, seinen Beweggrund analysieren wollen, über den man wahrhaftig besser nicht nachdachte. Er war für sich zu dem Schluß gekommen, daß er ausnahmsweise einmal seinen Gefühlen nachgeben würde. Aber daß er das Baby nicht mehr hergeben wollte, war ihm peinlich und beunruhigte ihn.

Die Kleine schlief weiter, als er ihr einen hellblauen Strampelanzug überstreifte, den er aus der Tüte der Nachbarin gefischt hatte. Einmal zuckte sie zusammen, und einmal, als er ihr Kinn berührte, verzog sie sogar mit geschlossenen Augen die Lippen zu einer Grimasse, die wie ein Lächeln aussah. Es fiel ihm ein, daß Babys in diesem Alter nicht wirklich lächelten und man nur von einer instinktiven Reaktion sprach.

Bevor sie ihm die Tür öffnete, war es ihr gelungen, im Zimmer ein wenig Ordnung zu schaffen. Der Wäschestapel war verschwunden. Das Cello stand in seinem Kasten in der Ecke neben dem abgebauten Laufstall. Auf einem großen armenischen Teller, der auf einem runden Kupfertischchen stand, waren ein paar Apfelspalten um ein Schüsselchen Honig arrangiert.

»Kommen Sie rein, legen Sie die Kleine hierhin!« sagte sie. Sie zog einen Kinderwagen hinter sich her. »Man kann die Tragetasche abnehmen«, erklärte sie. »Sie können sie dann später darin mitnehmen.« Da sie neben ihm stand und ihn musterte, wie er die Kleine in den Wagen legte, stellte er sich ungeschickt an. Allein schon den Geruch des Babys einzuatmen, seine Wange in aller Öffentlichkeit gegen die Wange der Kleinen zu drücken, beschämte ihn. Die Art, wie er sie zudeckte, hatte etwas Unbeholfenes. Alles geschah unter einem, wie er meinte, prüfenden, mißtrauischen, ungehaltenen Blick. Doch was er sah, als er sich aufrichtete, war ein warmer, offener Ausdruck in Nitas Gesicht. Jetzt schien es ihm, daß ihre Augen grau waren und daß eine Trauer in ihnen lag, die frei von jeder Verbitterung war.

Er setzte sich auf das kleine Sofa unter dem Bild und schaute auf die gegenüberliegende Wand. Dort hing ein großer Druck, eine Pastellzeichnung eines bärtigen, stattlichen Mannes, der eine dicke Zigarre rauchte und dessen Finger auf der Tastatur eines Klaviers ruhten, das gemessen an seiner Gestalt zierlich wirkte. Die Figur kam ihm bekannt vor. »Brahms«, sagte Nita, die seinem Blick gefolgt war. »Er ist 1897 gestorben«, dachte Michael laut. »Erst heute habe ich es gelesen. Ich dachte immer, er hätte ein Jahrhundert vorher gelebt. Er ist nicht alt geworden. Ungefähr sechzig.«

»Er hat an einem schweren Krebsleiden gelitten. Er selbst hat immer von ›Gelbsucht‹ gesprochen. Wissen Sie was Dvořák kurz nach seinem Tod über ihn sagte?«

»Was denn?«

»Er hatte Dvořák ja gefördert, er hatte ihm seinen Verleger vermittelt, und Dvořák war von Brahms sehr beeindruckt. Er hat ihn sehr geliebt und bewundert, auch schon vorher, bevor Brahms ihm geholfen hatte. Als Brahms im Sterben lag, rannte er zu ihm und hätte gern einen Priester gerufen, aber Brahms wollte natürlich nichts davon hören. Seine Religiosität war etwas vollkommen anderes.« Sie sah die Zeichnung an und lächelte. »Und Dvořák hat immer gesagt, daß er keinen Menschen kannte, der so gütig und rein war wie Brahms. Er hat auch behauptet, daß Brahms an nichts glaubte, daß er keinen Bezug zu Gott hatte. Aber das stimmt nicht.«

»Was stimmt nicht?«

»Daß er keinen Bezug zu Gott hatte. Natürlich hatte er einen, nur nicht zu Dvořáks Gott«, murmelte sie und senkte den Kopf, als ob sie die kurzen Beine, die die Pedale des Klaviers traten, mustern wollte.

»Dann kam die erste Symphonie aus Ihrer Wohnung? Diese Musik ist nichts für Babys. Es ist eine Musik der Angst.«

Michael war verblüfft. »Wird sie immer so gesehen? Ist das allgemein bekannt?«

Sie zuckte die Schultern. »Keine Ahnung. Ich sehe es so.«

»Ich frage mich«, sagte er zurückhaltend, »ob Musik überhaupt ein Gefühl wie Angst auslösen kann. Als ich mir die Symphonie angehört habe, sind mir tatsächlich die Flecken an der Decke und ähnliche Unannehmlichkeiten in den Sinn gekommen, denen ich sonst wenig Beachtung schenke. Könnte meine Kümmernis mit der Musik im Zusammenhang stehen?«

»Natürlich. Musik weckt doch Gefühle, nicht wahr?«

»Was macht die Symphonie von Brahms so beängstigend?«

»Nun, es gibt verschiedene Aspekte. Ich glaube, es sind zum einen die Einleitungsakkorde«, sie faßte ihre Locken zusammen, »und auch die Instrumentation. Die Symphonie ist in c-Moll geschrieben, einer an sich schon dunklen Moll-Tonart, wissen Sie, als ob ...« Sie stockte. »Vor allem das c-Moll. Es hat schon fast Tradition. Es ist die Tonart, in der Beethovens Fünfte, sein drittes Klavierkonzert und Mozarts Klavierkonzert Nr. 24 geschrieben sind. Ja, sie ist wirklich düster.«

»Die Tonart ist es, die einem Angst einflößt?« überlegte er verwundert. »Das klingt nicht plausibel.«

»Gut, nicht nur die Tonart. Es kommt darauf an, was man mit ihr macht, wenn die Geigen und Celli aufsteigen und die Bläser absteigen, und wenn diese Spannung durch die Paukenschläge hinzukommt ...«

»Mozarts Klavierkonzert macht mir nicht angst.«

»Gut, es ist inzwischen zur Hintergrundmusik für alles Mögliche und Unmögliche degradiert worden. Aber in einer regulären Aufführung kann es einen auch heute noch sehr traurig stimmen.«

»Aber es macht einem nicht angst. Die Symphonie von Brahms allerdings ... Ich möchte einfach wissen, ob es für diese Dinge … irgendein … irgendein objektives Kriterium gibt«, entschuldigte er sich.

»Es ist nicht so sehr eine Frage der Harmonie. Eher eine Frage des Klangraums«, sagte sie nachdenklich. »Und Brahms gibt in der Einleitung ein *forte* vor, nicht einmal ein *fortissimo*. Doch das *forte* ist bedrückend und hat etwas Nervenaufreibendes. Und die Paukenschläge schaffen eine Spannung, die sich viele Takte lang nicht auflöst, und dann, in dem schnellen Teil, steigert sie sich sogar noch. Die Symphonie ist voller beängstigender Ereignisse.«

»Was versteht man unter ›beängstigenden Ereignissen‹ in der Musik? Kann man Musik so interpretieren? Kann es beängstigende Ereignisse in einem Musikstück geben? Ohne Worte?«

»Natürlich«, sagte sie erstaunt. »Sie haben es doch selbst gehört. All die Passagen und … die Themen, bis sie enden und wie sie enden, der Dialog zwischen den Instrumenten, all das sind Ereignisse, und sie können durchaus furchteinflößend sein.«

Er sah das Cello an. »Spielen Sie?« wagte er sich vor. »Ich meine, sind Sie Berufsmusikerin?«

Sie nickte, kaute auf der Unterlippe und ging in die Küche. »Sie können sich inzwischen eine Schallplatte aussuchen«, rief sie aus der Küche. »Sie sind im Schrank.« Der einzige Schrank im Raum war ein schweres, braunes Möbelstück, hoch und schmal, das in der Ecke zwischen Sofa und Wand stand, in der eine Glastür zum Balkon führte. Er stand auf und stellte sich vor den Schrank. Für einen Moment schaute er auf die breite Straße und die Hügel, die durch die Glastür schienen, als stelle er überrascht fest, daß die Aussicht identisch war mit dem Panorama, das er von seiner Wohnung aus kannte. Die braunen Schranktüren waren mit einer Schnitzerei verziert, zwei Engel schwebten um eine vergoldete Harfe. Zwei kupferne Hände, die einander hielten, verbanden die Türen miteinander. Er öffnete sie und stand vor vollen Regalen. »Wie ein Kind in einem Süßwarenladen«, sagte Nita. Er drehte sich um und sah auf ihrem Gesicht ein gewisses Lächeln, während sie noch in der Küchentür stand.

»Gibt es ein System?« hörte er sich fragen. Er würde es ihr nicht sagen können. Er wußte nichts über sie. Er zog eine Packung »Noblesse« und eine Streichholzschachtel aus der Tasche und sah sie fragend an. Sie deutete auf einen blauen gläsernen Aschenbecher, der neben dem Telefon stand. »Ich kann die Kleine zu Ido schieben. Sie können auch die Tür zum Balkon aufmachen, oder wollen Sie vielleicht einen Moment warten, bis der Kaffee fertig ist?«

Er legte die Zigaretten auf das Kupfertischchen und kehrte zu dem Schrank zurück. Auf den oberen Borden drängten sich alte Schallplatten. Auf den übrigen Regalen standen in zwei Reihen hintereinander CDs, von denen er zwei herauszog. »Andante con variazione« von Haydn, die er nicht kannte. Er legte die CD auf den kleinen Tisch, als wollte er noch ein wenig darüber nachdenken, und betrachtete die zweite CD. Zuerst das Photo auf dem Cover. Es war Nita in einem schwarzen Abendkleid mit entblößten Schultern, die in der linken Hand ein Cello hielt und in der rechten einen Bogen. Sie war hübsch. Neben ihr, am Klavier, saß ein älterer, kahlköpfiger Mann. Dann fiel sein Blick auf die Schrift: »Nita van Gelden und Benjamin Thorp spielen die Sonate Arpeggione von Schubert.« Er nahm die CD, die zuletzt gespielt worden war, aus dem CD-Player, las die Aufschrift und legte sie vorsichtig zurück in ihre Kassette, in der noch zwei weitere CDs lagen. Es war die Oper »Wilhelm Tell«, die er nicht kannte. Dann legte er die Schubertsonate auf. Die Klänge, die nun den Raum erfüllten, erweckten in ihm die Hoffnung, es ihr doch sagen zu können. Erst ein paar Takte waren erklungen, als sie mit starrem Gesichtsausdruck im Raum stand. Sie biß sich auf die Lippen und streckte die Hand in Richtung Gerät, hielt jedoch in der Luft inne. »Tun Sie mir einen Gefallen«, sagte sie leise, »lassen Sie mich das abstellen.«

Er nickte, und sie unterbrach die Musik.

»Wo haben Sie die gefunden?« fragte sie, während sie die Aufnahme zurück in ihre Hülle legte. Er sah sie an und stotterte: »Sie hat dort gesteckt, im Schrank. Es war Zufall ...«

Ihre Lippen erschlafften. Sie war verlegen. »Ich habe sie schon lange nicht mehr gehört, fast zwei Jahre. Heute würde ich es ganz anders spielen«, entschuldigte sie sich. Aber das war keine Erklärung. Er schwieg. »Ich bringe jetzt den Kaffee«, sagte sie, ging in die Küche und kam sofort zurück. Sie trug ein großes Holztablett, auf dem eine Glaskanne, zwei Tassen, Milch und Zucker standen. Sie deponierte das Tablett auf dem Kupfertisch und starrte es an. Dennoch hatte er das starke Gefühl, daß sie mit ihren Gedanken abwesend war und nichts aufnahm.

»Löffel, es fehlen die Löffel«, sagte er.

Sie lächelte, als erwache sie. »Ich wußte, daß ich etwas vergessen habe«, entschuldigte sie sich und ging wieder in die Küche. Das Baby im Wagen rührte sich. Es wimmerte kurz und war wieder still. Nita stand über dem Wagen. In einer Hand hielt sie zwei kleine Löffel, die andere lag über dem Metallgriff des Kinderwagens, als mache sie Anstalten, das Baby zu schaukeln. Wie konnte er sie in sein Geheimnis einweihen? Sie war eine vollkommen fremde Frau, von der er nichts wußte. Selbst das Cello sagte nichts aus. Die »Arpeggione« half auch nicht weiter. »Man muß gleich reagieren, wenn es noch schwach ist. Es darf nicht mehr werden«, bestimmte sie.

»Was meinen Sie?«

»Das Schreien. Wenn man sie gleich ein wenig schaukelt, schlafen sie manchmal wieder ein. Manchmal auch nicht«, seufzte sie. Doch, er wußte sehr wohl etwas über sie. Die Tatsache, daß sie ihm fremd war, würde vielleicht sogar hilfreich sein. Er beobachtete die verhaltenen Gesten, mit denen ihre Hände den Kaffee einschenkten. Es wunderte ihn, daß diese Hände, die die Äpfel in dünne Spalten geschnitten hatten, die Hände waren, die die ersten Töne der »Arpeggione« auf der Aufnahme gespielt hatten, daß diese großen weißen Hände, die das zierliche Milchkännchen hielten und eine Zigarette aus seiner Schachtel zogen, Hände waren, die eine Schubertsonate spielen konnten.

Sie manövrierte vorsichtig den Kinderwagen durch den engen Flur in das Nebenzimmer, in dem ihr Sohn lag, setzte sich steif in den kleinen blauen Sessel und zündete die Zigarette an.

»Und ich habe noch gefragt, ob Sie Berufsmusikerin sind«, sagte er bedauernd.

Sie inhalierte den Rauch und winkte ab. »Heute kann sich jeder eine Aufnahme machen lassen«, sagte sie heiser.

Zögernd fragte er, ob das ihre einzige Aufnahme war.

»Es gab noch ein paar. Nicht viele«, sagte sie leise mit gesenkten Augen. »Lassen Sie sich davon nicht so sehr beeindrucken. Was vorbei ist, ist vorbei«, fuhr sie fort und sah ihn an. Eine senkrechte Linie grub sich zwischen ihre dunklen Augenbrauen. »Es sagt nichts über die Zukunft aus. Ich bin schon seit über einem Jahr nicht mehr aufgetreten und habe auch nicht mehr gespielt.«

»Wegen des Kindes?«

Sie gab keine Antwort. Er wagte es nicht, sie mit der Frei heit auszufragen, die er gewohnt war. Er sah sie an und fragte sich, worüber man überhaupt sprechen konnte. Sie legte die Zigarette auf den Rand des Aschenbechers und umfaßte mit beiden Händen die Tasse. Ihre langen Finger berührten einander. »Nach Jom Kippur* gebe ich ein Konzert, das erste nach einer Pause von über einem Jahr«, stieß sie plötzlich mühsam hervor. Ihre Augen starrten auf die große Glastür, vor der sie saß. Der Sessel schien zu klein für ihre Ausmaße. Sie schlug die Beine übereinander und stützte die Ellbogen auf die schmalen Lehnen. Es schien ihm, daß sie den Kopf zwischen die Schultern zog und ihre Muskeln anspannte, um Herr über ihr Zittern zu werden. Plötzlich sah sie ihn an, riß die Augen weit auf und flüsterte: »Ich sterbe vor Angst. Vielleicht habe ich es verloren.«

Man hätte nachfragen können: »Was meinen Sie?«, aber da er verstand, wovon sie sprach, fragte er nur: »Was werden Sie spielen?«

»Verschiedene Stücke. Es wird zwei Konzerte geben. Bei dem ersten Konzert spiele ich ein kleines Solo aus der Ouvertüre zu ›Wilhelm Tell‹, als erstes Cello. Mein Bruder Theo wird dirigieren, und mein jüngerer Bruder spielt die erste Geige. Das Konzert wird die Saison eröffnen.« Sie stellte die Tasse ab. »Zwischen beiden Konzerten liegen zwei Wochen. Beim zweiten Konzert werde ich sein Doppelkonzert spielen.« Sie zeigte mit dem Kopf in Richtung auf den Druck von Brahms. »Es sollte mit einem jungen talentierten Geiger besetzt werden, den mein Bruder Theo entdeckt hat. Es ist eine Stärke meines Bruders, junge Talente zu entdecken. Pianisten aus Italien, Geiger aus Südkorea und manchmal auch Musiker aus diesem Land. Aber der junge Mann ist krank geworden. Er kann auf keinen Fall auftreten. Darum spielt Gabi auch in diesem Konzert die Geige. Es wird ein feierliches Konzert werden, auch wegen der Vierten Symphonie von Mahler.«

»Ich habe Sie vorhin gehört. Es war kein Stück von Brahms, was Sie gespielt haben. Es kam mir bekannt vor, was war es denn?« fragte er stockend. Er wollte nicht ungebildet erscheinen.

»Rossini, die Ouvertüre zu ›Wilhelm Tell‹. Kennen Sie sie nicht?«

»Ich kenne mich nicht sehr in diesen Dingen aus«, rechtfertigte er sich eilig. »Ich bin nur ein Amateur, der die Musik liebt, nichts weiter.«

»Das ist schon viel. Liebe. Man kann eine Menge lernen, wenn man nur will.« Sie widmete sich wieder der Tasse.

»Ich habe Sie gehört, wie Sie gespielt haben. Die Musik kam mir bekannt vor, ich konnte allerdings nicht herausfinden, was es war.«

»Gibt es Stücke, die Sie gleich erkennen würden?«

»Die gibt es, natürlich. Das Doppelkonzert beispielsweise, das Sie, war es nicht gestern, spielten, und sogar die Bachsuite.«

Sie nickte.

»Ich beneide Sie darum, daß Sie Cello spielen können. Es ist ein Instrument, das so ... traurig ... macht«, hörte er sich erstaunt sagen. »Ich liebe es sehr. Ich glaube, wenn man die Musik nicht mit der Muttermilch aufgenommen hat, wenn man nicht von Kindesbeinen an damit konfrontiert wurde und auch kein besonderes Talent hat, kann man sie nicht verstehen.«

»Man muß sie doch gar nicht verstehen«, sagte sie. »Es genügt, sie zu lieben und zu brauchen. Vor allem muß man sie brauchen.«

»Gut, Sie sind wahrscheinlich mit ihr aufgewachsen. Haben Sie etwas mit der Musikhandlung ›Van Gelden‹ zu tun?«

Sie nickte.

»Ich bin vor ein paar Tagen dort vorbeigegangen. Das Geschäft war geschlossen. Wird es aufgelöst?«

»Es ist schon seit einem halben Jahr geschlossen. Keiner wollte es übernehmen. Mein Vater ist zu alt, und meine Brüder sind mit anderen Dingen beschäftigt. Und ich? ... Von uns kann keiner alles stehen- und liegenlassen, um Noten und historische Instrumente aufzuspüren, und dann auch noch die Abteilung mit den Schallplattenraritäten. Man müßte in das Geschäft investieren ... Wir haben keine Wahl ... Inzwischen ... Auf jeden Fall hat Vater das Geschäft nicht verkauft, obwohl er ein paar Angebote hatte ... Er hat keinen passenden Nachfolger gefunden ... Keiner ist ihm gut genug ...« Sie kicherte.

»Sie haben das Cello doch aufgegeben«, wagte er einzuwenden.

Er mußte mehr über sie herausfinden. Hätte er gewußt, wohin dieser Satz führte, hätte er es sich zweimal überlegt, ob er ihn äußern sollte. Vielleicht auch nicht.

Sie antwortete nicht sofort. Als sie sich schließlich zu einer Antwort entschloß, sagte sie zunächst: »Ich habe es nicht aufgegeben.« Und sogleich fügte sie hinzu: »Wie kommen Sie darauf, daß ich es aufgegeben habe?« Sie richtete sich auf und ging in die Küche.

Es verstrichen ein paar Minuten, ohne daß etwas passierte. Er sah sich um, stand auf und ließ seinen Blick von der gegenüberliegenden Wand hinter das Sofa wandern und von dort auf die Küchentür. Er öffnete die Balkontür, reckte sich und atmete die herbstliche Luft ein. Dann faßte er Mut und ging zu ihr in die Küche. Sie stand am Spülbecken – Töpfe und Teller türmten sich darin, und aus mehreren umgedrehten Tassen war eine braune Flüssigkeit geronnen. Der Gasherd wies eingebrannte Flecken auf, als wäre dort immer wieder Milch übergelaufen, die niemand aufgewischt hatte. Der Fußboden war klebrig, und der Wasserhahn tropfte.

Sie hielt ihr Gesicht in den Händen vergraben. Ihre Schultern bebten. Als sie seine Schritte hörte, nahm sie die Hände vom Gesicht, das trocken und kreidebleich war. Sie blinzelte. »Es tut mir leid«, flüsterte sie. »Ich bin schrecklich müde.«

»Wir gehen gleich«, sagte er bestürzt. Wie er sich ihr aufgedrängt hatte!

»Nein, nein, das habe ich nicht gemeint. Im Gegenteil, bleiben Sie, das heißt, wenn Sie bleiben wollen. Ich glaube, ich habe mich schon lange mit keinem Menschen mehr unterhalten. Verzeihen Sie, daß ich es ausspreche, aber das Gespräch mit Ihnen tut mir gut. Ich will Sie nur nicht … mit meinen Problemen belästigen. Entschuldigen Sie bitte mein Verhalten, aber …« Sie verstummte und schien sich zu verschließen. Wie sie so allein neben dem Spülbecken stand, strahlte sie etwas so Einsames aus, daß er sie am liebsten in den Arm genommen und seine Hand auf ihre braunen Locken gelegt hätte. Aber er wagte es nicht, die Distanz zwischen der Küchentür und ihr aufzuheben.

»Entschuldigen Sie bitte«, sagte sie wieder. »Es ist mir

peinlich, daß Sie das hier sehen ... das ganze Chaos ...« Sie lächelte verlegen und rieb sich die Augen. »Jetzt, wo die Kinder Ruhe geben, fange ich an zu jammern.«

Michael schaute sich um. Hier war tagelang, wochenlang nicht mehr aufgeräumt worden. »Haben Sie denn gar keine Hilfe?«

Sie schüttelte den Kopf.

»Haben Sie heute überhaupt schon etwas gegessen?«

Sie schien nachzudenken, ließ eine Hand über ihre Haare gleiten und zog die Nase hoch. »Nur eine Kleinigkeit«, gestand sie. »Aber ich habe eine Menge getrunken«, führte sie zu ihrer Rechtfertigung an.

»Und Sie stillen auch noch!« tadelte er sie.

Sie senkte den Kopf.

»Vielleicht sollten wir uns etwas zu essen machen. Wir könnten runter zu mir gehen ...«, schlug er unentschlossen vor, nachdem er sich erneut umgesehen hatte.

»Ich kann Ido jetzt nicht aus dem Bett holen. Wir könnten auch hier etwas essen ... Im Kühlschrank sind noch ...«

»Wenn es Ihnen lieber ist ...«, zögerte er. »Wir könnten auch versuchen, hier ein wenig Ordnung zu machen. Ich helfe Ihnen, wenn Sie wollen«, sagte er und horchte mit einem Ohr, ob im Nebenzimmer alles ruhig war.

»Sie schlafen«, sagte sie.

»Machen wir uns an die Arbeit?« fragte er.

Vielleicht würde er es ihr sagen, vielleicht auch nicht. Das schwierigste würde die Begründung sein, für sie und für ihn.

»Ich weiß nicht, ob ich einen Bissen runterbekomme«, sagte sie, als sie ihm zusah, wie er Eier aufschlug und Käse aufschnitt.

»Putzen Sie erst einmal das Gemüse, alles, was wir aus Ihrem Kühlschrank retten konnten«, fügte er grinsend hinzu. »Dann sehen wir weiter. Während Sie die Zutaten für den Salat schälen und kleinschneiden, können Sie erzählen.«

»Erzählen?«

»Warum nicht?«

»Was denn? Was soll ich erzählen?«

»Was immer Sie wollen, vielleicht erzählen Sie mir, warum Sie ein Jahr lang nicht mehr gespielt haben.«

Sie fischte einen Gemüseschäler aus der untersten Schublade des Küchenschranks und ließ ihn mit raschen Bewegungen über die Gurke gleiten. »Da gibt es nicht viel zu erzählen. Meine Geschichte ist banal. Ich habe einen Mann geliebt. Ich dachte, er liebt mich auch. Es stellte sich heraus, daß dem nicht so war. Ich wurde schwanger, er war verheiratet, alles geschah heimlich. Als ich schwanger wurde«, sie schluckte, räusperte sich und begann zu husten, »als ich schwanger wurde, hat er mich verlassen. Ich komme ganz einfach nicht darüber hinweg. Ich schaffe es nicht. Ich habe Ihnen gleich gesagt, daß es ziemlich banal ist. Ein Melodrama, ein indischer Liebesfilm, ein Dreigroschenroman.«

»So läßt sich jede Beziehung beschreiben. Es ist völlig normal, daß Sie so verletzt sind. Nicht jeder kann sich das eingestehen.« Er scheuerte die Pfanne, die er vom Grund des Spülbeckens nach oben befördert hatte.

»Ich wollte die Schwangerschaft nicht abbrechen, verstehen Sie das? Ich weiß nicht, warum ich Ihnen das alles erzähle. Es tut mir leid.«

Er hob den Kopf vom Spülbecken. »Es freut mich, daß Sie so offen zu mir sind.«

»Ich habe ein paar Jahre lang in einer Seifenblase gelebt, selbst in meinem Spiel habe ich nicht alles gegeben, was ich hätte geben können. Und dann – dann war das Kind da. Selbst als der Mann mich vor die Wahl stellte, konnte ich nicht auf das Kind verzichten, ich konnte es einfach nicht ... Ich wollte es sogar allein großziehen. Ich habe immer das getan, was andere für richtig hielten. Sie wissen schon, ein verwöhntes Nesthäkchen mit zwei großen Brüdern. Der Psychologe läßt grüßen.« Sie schnitt die Gurke in kleine Würfel.

»Es klingt nach einer glücklichen Kindheit«, sagte Michael von seinem Platz am Herd. »Sie werden einen anderen finden.«

»Oder auch nicht«, sagte sie und sah ihn erwartungsvoll an.

Er erwiderte lächelnd ihren Blick. Ihre vollen Lippen und der ernste, entschiedene Ton, mit dem sie ihm widersprach, obwohl sie auf eine Bestätigung wartete, hatten etwas Süßes. »Oder auch nicht«, bestätigte er.

»Man kann auch ohne Liebe leben, das heißt ohne romantische Liebe«, erklärte sie.

»Man kann«, seufzte er. »Es ist schwierig, aber es geht.«

»Eine Menge Menschen leben auf diese Weise«, sagte sie beharrlich und nahm sich eine Tomate vor.

»Eine ganze Menge.«

»Sie leben, sie arbeiten und so weiter«

»Durchaus. Sie machen sogar Musik.«

Sie häufte die Tomatenwürfel in die Glasschüssel, die sie aus dem Küchenschrank geholt hatte. »Das schwierigste ist«, erklärte sie nachdenklich, »einen Grund zum Weiterleben zu finden. Das, was man gemeinhin als Lebenssinn bezeichnet.« Sie lächelte wieder. »Manchmal glaube ich, daß ich das Kind haben wollte, damit es mich zwingt, Verantwortung zu übernehmen, und dann kommt es mir vor, als hätte ich verdammt egoistisch gehandelt. Es ohne Vater aufzuziehen und all das, nur um einen Grund zu haben.« Das Grübchen zeichnete sich ab und verschwand.

»Vielleicht sollten Sie nicht so streng und kritisch mit sich ins Gericht gehen. Vielleicht ist es besser, einfach die eigenen Unzulänglichkeiten zu akzeptieren und es dabei bewenden zu lassen. Warum haben Ihrer Meinung nach Ehepaare Kinder?«

»Soll das eine ehrliche Frage sein?« sagte sie kühl. »Bei Ehepaaren ist es ein selbstverständlicher Schritt, der sich von allein ergibt. Ich habe dieses Baby behalten, obwohl ich mich der Tatsache stellen mußte, daß ich dem, dem ich einmal bedingungslos vertraut habe, nicht länger glaubte.«

»Sie haben ihm bedingungslos vertraut? Man sollte niemandem bedingungslos vertrauen«, sagte Michael, wendete das Omelett und drehte die Flamme klein. »Jemandem bedingungslos zu vertrauen bedeutet in gewisser Weise, sich auf den Stand eines Säuglings zurückzuversetzen. Es gibt keinen Menschen ohne Schwächen. Man muß die Schwächen berücksichtigen, und sich für ein bedingungsloses Vertrauen zu entschließen würde bedeuten, daß man die Schwächen zu ignorieren versucht.« Er löschte das Feuer.

»Was macht der Salat?«

Sie zog die Nase hoch und hob die Augen von der Schüssel.

»Er ist fertig. Ich muß ihn nur noch würzen. Wozu dann das Ganze. Wenn man nicht vertrauen kann? Was ist Liebe, wenn nicht Vertrauen?«

»Ich habe nicht gesagt ›Vertrauen‹, ich sagte ›bedingungsloses Vertrauen‹. Es gibt da einen Unterschied. Haben Sie Olivenöl?«

Sie nickte. »Wir essen drüben, hier ist es zu schmutzig«, sagte sie nüchtern und gefaßt. Sie trug das Geschirr und den Salat ins Wohnzimmer. Er folgte ihr, wartete, bis sie Platz genommen hatte, und ließ vorsichtig die Hälfte des Omeletts auf ihren Teller gleiten. Die Apfelschnitze, die nun völlig braun waren, schob er beiseite, um Platz für die Challa* zu schaffen, die er aufgeschnitten hatte. Bevor er selbst sich setzte, ging er ins Kinderzimmer und lugte in den Wagen. Das Baby lag reglos auf dem Rücken. Erschrocken beugte er sich vor und legte seine Wange nah an das Näschen. Erst als er den gleichmäßigen, stillen Atem auf seiner Haut spürte, kehrte er ins Wohnzimmer zurück.

»Daran gewöhnt man sich nie«, sagte Nita, »die Angst, daß sie plötzlich sterben könnten, legt sich nie. Auch noch nach fünf Monaten prüft man, ob sie noch atmen, wenn es zu still ist.«

»Ist das normal, daß sie so lange am Stück schläft? Ich

kann mich nicht erinnern, daß mein Sohn in diesem Alter länger als eine Stunde zusammenhängend geschlafen hat.«

»Es geht ihr anscheinend gut. Sie hat genug getrunken und ist zufrieden. Sie ist ein pflegeleichtes Kind.« Sie stierte auf den Teller, und mit einer langsamen, trägen Bewegung bohrte sie die Gabel in das Omelett.

»Sie vertrauen einem uneingeschränkt. Aber auch sie können ihrer Sache nicht immer sicher sein«, sagte Michael und dachte an die Pappschachtel. »Nur wenn sie Glück haben.«

»Es geht nicht«, sagte sie mit erstickter Stimme und schob den Teller beiseite, »ich kriege nichts runter.«

»Auch dafür müssen Sie sich entscheiden«, sagte Michael.

»Alles macht mir angst und demütigt mich, alles tut weh«, sagte sie angewidert. Eine Träne kroch aus ihrem Augenwinkel in Richtung Nase. »Verzeihen Sie mir. Ich bin vermutlich gar nicht mehr in der Lage, mit Menschen zusammen zu sein. Menschen in meiner Situation sollten besser ins Kloster gehen, wo sie anderen nicht zur Last fallen.«

»Nicht, wenn sie ein fünf Monate altes Baby haben, das ihnen sein vorbehaltloses Vertrauen entgegenbringt.«

Sie lächelte, wischte sich die Augen und zog den Teller wieder zu sich. Er sah sie an und wußte längst, daß er es ihr sagen würde. Aber nicht an diesem Abend.

»Wie lange ist es her?«

»Seit wir uns getrennt haben? Es war gleich zu Beginn der Schwangerschaft. Rechnen Sie selbst nach!« Ihre Stimme brach sich. »Widerlich, wie ich rede. Ich triefe vor Selbstmitleid, unfähig, meinen Fehler und meine Dummheit zu akzeptieren.« Sie verstummte. Er aß ein Stück Käse.

»Ich habe mir zuviel vorgemacht. Ich ließ mich täuschen. Ich habe an ihn geglaubt. Ich habe mich durch und durch in ihm geirrt«, sagte sie. »Können Sie sich das vorstellen? Er hat gesagt, er könne ohne mich nicht leben, und ich habe ihm geglaubt. Vielleicht haben sie mich falsch erzogen«, fragte sie sich nachdenklich.

»Was für ein Kerl ist er? Ist er Politiker? Wer kann denn allen Ernstes so etwas aussprechen, von Vertretern und Verkäufern einmal abgesehen, und von Politikern. Ist er Politiker?«

»Er ist in der Versicherungsbranche«, sagte Nita und lachte schallend auf.

»Ganz zu schweigen von jemandem, der solchen Beteuerungen glaubt und sie für bare Münze nimmt.« Er sah sie skeptisch an und schaufelte etwas von dem Gemüsesalat auf ihren Teller.

Sie spießte einen kleinen Gurkenwürfel auf die Gabel. »Ich habe ihm geglaubt. Ich habe es Ihnen doch bereits gesagt ... Sie haben mich zu sehr verwöhnt«, wieder füllten sich ihre Augen mit Tränen.

»Es funktioniert meistens umgekehrt«, murmelte Michael. Wenn man ihm das Baby überließe, würde er es beweisen können, durchfuhr es ihn. Er würde der Kleinen wirklich etwas geben können ... »Vielleicht lagen die Dinge nicht ganz so, wie Sie sie darstellen«, dachte er laut. »Auf jeden Fall, wer musiziert wie Sie, hat keinen Grund, sich derart zu hassen und, verzeihen Sie mir, sich so zu bemitleiden. Glauben Sie nicht, daß Sie großes Glück haben? Mit solch einem Talent?« Sie sperrte den Mund auf, schloß ihn wieder, nickte und sagte: »Wenn man damit lebt, vergißt man, daß es etwas Besonderes ist. Es wird Teil von einem, man vergißt, daß es ...«

»Sie geben ein Konzert. Wann genau?«

»Das erste direkt nach Jom Kippur, das zweite am Laubhüttenfest.«

»In zwei Wochen? Sie könnten sich in die Arbeit stürzen, und dann ist da ja auch noch das Kind. Die Welt ist voller Angebote, man muß sie nur wahrnehmen.«

Sie nickte entschieden, und ein Lächeln huschte über ihre Lippen.

»Wie lange trauern Sie ihm nun schon nach? Mehr als ein Jahr? Reicht Ihnen das noch nicht? Man könnte sagen, Sie haben mehr als genug getrauert, nun fängt das Leben wieder an. Wenn Sie erst wieder begonnen haben zu leben, werden Sie die Dinge wieder ins rechte Licht rücken und nicht so kritisch mit sich sein.« Er machte eine Pause. »Ich möchte Ihnen auch sagen, daß ...« Sie sah ihn erwartend an. »Vielleicht ist es auch besser, wenn ich es lasse«, rang er mit sich.

»Sagen Sie es!«

»Ich kenne zwar keine Einzelheiten, aber Sie müssen wissen, daß ich ähnliche Geschichten schon häufig mitbekommen habe.«

Sie straffte sich.

»Was meinen Sie damit?«

»Daß Menschen, das heißt vor allem Frauen, denn Männer reden nicht so offen darüber, über eine verflossene Liebe weinten. Sie dachten alle, ihr Leben sei vorüber und sie hätten nichts mehr zu erwarten. Und schon nach relativ kurzer Zeit war das Ganze nicht mehr relevant. An ihre gebrochenen Herzen habe ich wahrscheinlich länger gedacht als sie selbst. Das hat mich zu einer äußert ironischen Einstellung gegenüber gebrochenen Herzen geführt. Außerdem schadet auch ein wenig Fatalismus nichts: Wenn es so gekommen ist, ist der Beweis erbracht, daß er nicht der Richtige war. Er scheint mir Ihnen eh nicht angemessen gewesen zu sein, verzeihen Sie, wenn ich das sage.«

»Meinen Sie wirklich? Es ist immer die gleiche Geschichte?« Sie schien verbittert. »Und was ist mit der Callas«, konterte sie.

»Was für eine Callas? Die Callas? Wie kommen Sie darauf... Was hat sie damit zu tun?«

»Kennen Sie ihre Geschichte nicht?« fragte sie enttäuscht. »Wissen Sie nicht, wie sehr sie eine Null liebte? Einen Milliardär, aber eine totale Null? Diesen Onassis, der in der Oper eingeschlafen ist, wenn sie sang. Können Sie sich das vorstellen?« Skeptisch fügte sie hinzu: »Haben Sie sie je singen hören?«

Er nickte.

»Ich frage Sie, kann man einschlafen, wenn sie singt?!«

Er schüttelte entschieden den Kopf. Sie sah ihn weiter prüfend an. »Man kann es nicht«, sagte er schließlich und überwand seinen Unmut über ihre Art, ihm seine Antworten vorzugeben. Denn dadurch verloren seine Worte jegliche Bedeutung. »Ich jedenfalls könnte es nicht.«

»Was haben Sie von ihr gehört?«

Er überwand auch den Wunsch, sich dem Test zu widersetzen. »Einiges. ›Norma‹, ›La Traviata‹. Wie kommen Sie in diesem Zusammenhang überhaupt auf sie?«

»Sie ist schwanger geworden, als sie schon ziemlich alt war. Sie wollte das Kind so sehr, aber er hat von ihr verlangt, daß sie es abtreiben ließ. Sie tat, was er forderte, damit er bei ihr blieb. Später hat er sie trotzdem verlassen. Wegen Jacqueline Kennedy. Sie ist allein geblieben, eine gebrochene Frau, und dann ist sie an gebrochenem Herzen gestorben. Genau so war es. Man kann aus Liebe sterben, müssen Sie wissen.«

»Ich habe nicht gesagt, daß man es nicht kann«, verteidigte er sich.

»Das gibt es nicht nur in Büchern und Filmen.«

»Aber die Callas hatte kein Kind. Sie hat abgetrieben. Es war ihre Entscheidung. Das ist kein belangloser Akt, sondern ein tragischer Schritt. Sie haben es nicht getan. Vielleicht sind Sie doch nicht die Callas. Es tut mir leid, daß ich das sagen muß.«

»Aber wie oft kann es im Leben eines Menschen passieren?«

»Was? Daß man sich verliebt? Daß man jemandem bedingungslos vertraut? Daß man einem begegnet, der einem in die Auge schaut und behauptet, nicht mehr ohne einen leben zu können? Es kommt darauf an.«

»So habe ich es nicht gemeint.«

»Ich kenne Sie nicht«, sagte er vorsichtig, »ich habe nur gehört, wie Sie spielen, und habe gesehen, wie Sie mit Ihrem

Baby umgehen. Sie spielen so schön, wirklich, so wunderbar ... Wie können Sie daran zweifeln, sich wieder verlieben zu können? Daß Sie wieder an den Falschen geraten könnten, war das Ihre Frage? Es wäre möglich.« Er streckte die Beine aus und legte die Hand unter das Kinn.

»Wovon sprechen Sie?!« Sie war gekränkt. »Ich ... nein auf keinen Fall ...«

Er lächelte. »Dann ist das der Punkt«, sagte er, während er die Challascheibe in die Salatsoße tunkte. »Vielleicht quält Sie die Geschwindigkeit, mit der Sie scheinbar von der Sache loskommen, das heißt, wie schnell Sie ohne ihn zurechtkommen. Vielleicht sogar besser als mit ihm. Letztendlich war er verheiratet, es war ein Schattendasein, was soll man dazu sagen – es war eine ständige Demütigung. Vielleicht wäre es keine schlechte Idee, sich völlig von ihm zu lösen. Es wäre sicherlich eine Erleichterung. Vielleicht erschreckt Sie der Gedanke, wie gut und richtig es für Sie wäre.«

Sie würgte den letzten Bissen des Omeletts herunter. »Was verstehen Sie schon davon«, sagte sie schließlich, »lachen Sie nur über mich.«

»Gott behüte. Ich lache Sie nicht aus. Ich weiß genau, wovon ich spreche. Erstens bin ich selbst geschieden, außerdem habe ich selbst geliebt und auch einiges von anderen mitbekommen.«

»Da sehen Sie es selbst«, sagte sie triumphierend. »Sie leben doch auch allein. Das ist eine Tatsache. Wissen Sie, wie alt ich bin?«

Er schüttelte den Kopf.

»Achtunddreißig!« sagte sie trotzig. »Wie oft kann ich noch jemandem vertrauen?«

Er warf den Kopf in den Nacken und lachte auf. Er fand sie nett, vielleicht ein wenig naiv. Er hätte sie gern in den Arm genommen. Ihr Gesicht wurde mürrisch, sie sah ihn beleidigt an. Er hörte auf zu lächeln. »Ein wunderbares Alter, achtunddreißig, phantastisch. Solange die Kinder schlafen, könnte ich Ihnen ein wenig in der Küche zur Hand gehen. Wie wäre es, wenn Sie inzwischen etwas Musik auflegten?«

Sie machten sich an die Arbeit. Im Wohnzimmer spielte Alfred Brendel das »Andante con variazione« von Haydn. Ab und zu hielt Nita inne und lauschte der Musik. Einmal sagte sie zu ihm: »Hören Sie nur, wie schön.« Sie summte mit der Musik, und einmal rief sie aus: »Was für ein Mensch Haydn war! Ein geniales Talent!«

Michael schwieg. Die Musik, die er nicht kannte, erweckte mit ihrer Sanftheit und ihrer überraschenden Melodik Sehnsucht und Trauer in ihm. Er achtete auf den ruhigen, reinen Klang des Klaviers in den Variationen und wußte, daß er sie von nun an überall heraushören würde, schon nach den ersten Tönen. Er sagte kein Wort. Wieder wurde ihm die Peinlichkeit seines inneren Zwangs bewußt, das Baby für sich zu behalten, und das starke Gefühl überkam ihn, daß sein Impuls einer Schattenseite seines Charakters entsprach und in krassem Gegensatz zu dem Bild stand, das man sich von ihm machte. Vielleicht benutzte er das Baby einfach, um seinem Leben einen neuen Sinn zu geben, wie Nita es genannt hatte. Plötzlich löste die Musik – überraschend, weich und melancholisch und so anders als alles, was er von Haydn kannte – den starken Wunsch in ihm aus, leise zu weinen. Im Spülbecken war kein Geschirr mehr. Nita goß Wasser aus dem Kessel in die beiden Fläschchen und rührte das gelbliche Pulver hinein. Ihre Blicke trafen sich, und sie lächelte. Die Musik ging zu Ende.

»Noch einmal bitte!« sagte Michael.

»Ja, es ist wirklich schön«, bestätigte sie, als sie in die Küche zurückkam und die Melodie des Andante wieder einsetzte. »Ich wünschte, ich hätte einmal mit ihm spielen können. Ich habe schon mit sehr guten Pianisten gespielt«, sagte sie schüchtern. »Er ist wirklich großartig!«

Die Stühle standen auf dem Küchentisch. Der Fußboden war fast trocken. Alles blitzte vor Sauberkeit. Aus Idos

Zimmer kam immer noch kein Ton. Es schien Jahre her, seit er das letzte Mal so etwas wie Freundschaft empfunden und eine normale Beziehung gehabt hatte. Diese angenehme Empfindung überwältigte ihn so sehr, daß er erschrak. »Müssen wir sie wecken, um sie zu füttern?« fragte er.

»Auf gar keinen Fall«, bestimmte sie. »Wie alt ist eigentlich Ihr Sohn?«

»Fast dreiundzwanzig.«

»Hat man damals die Kinder noch schreien lassen und nur alle vier Stunden gefüttert?«

»Ich glaube nicht. So genau weiß ich es nicht mehr.« Er lächelte. »Es scheint mir, daß wir ihn permanent gefüttert haben. Seine Hauptbeschäftigungen waren Trinken und Schreien. Seine Großeltern waren der Meinung, daß ich ihn zu sehr verwöhnte, weil ich ihn dauernd auf den Arm nahm, anstatt ihn schreien zu lassen. Ich brachte es nicht übers Herz.«

»Seit wann sind Sie geschieden?«

»Schon lange.«

»Und was war der Grund?«

»Wir hätten gar nicht erst heiraten sollen. Wir haben nicht zusammengepaßt. Wir haben uns nicht geliebt.«

»Und danach haben Sie nicht wieder geheiratet?«

»Nein.«

»Warum nicht?«

Er zuckte mit den Schultern. »Es ist nicht dazu gekommen.«

»Nicht dazu gekommen?!«

Er schwieg und ging ins Wohnzimmer, kam zurück in die Küche, hob die Stühle vom Tisch, rückte einen Stuhl zurecht und setzte sich, zog noch einen Stuhl vor und schob ihn neben den seinen. Dann stellte er den blauen Aschenbecher vor sich auf den Tisch, zündete sich eine Zigarette an und deutete auf den Platz an seiner Seite. Er hatte die Absicht, es ihr jetzt zu sagen, noch in diesem Augenblick, aber aus

Idos Zimmer kam ein lautes Plärren. Die Kleine war aufgewacht, und ihr Kreischen war lauter als die Musik und weckte auch Ido.

»Was machen Sie beruflich?« fragte sie, als beide mit den Kindern auf den Armen nebeneinander auf den Stühlen saßen.

»Ich arbeitete bei der Polizei«, sagte er, ohne seine Augen von dem roten Mund zu lassen, der um den Nippel klebte. Während er das Baby beim Saugen beobachtete, spürte er plötzlich ein Kribbeln in der Brust. Es verwirrte ihn, und er horchte mit großer Aufmerksamkeit in seinen Körper, um herauszufinden, ob in ihm eine beängstigende Geschlechtsumwandlung stattfand, ein beunruhigender Anstieg des weiblichen Elements, von dem er gehört hatte, daß er bei Männern in der Lebensmitte anzutreffen war. Vielleicht waren es auch nur Ammenmärchen.

Wie erwartet, war Nita von seiner lakonischen Antwort überrascht. Sie kannte bisher niemanden, der bei der Polizei arbeitete. Sie hatte gedacht, daß dort alle ... sie suchte nach einem Wort und verstummte.

»Vorurteile«, brummte er. Sie brachte Ido zurück ins Bett, und er legte die Kleine in den Kinderwagen. Es hat auch Zeit bis morgen, tröstete er sich, als er feststellte, daß es beinahe Mitternacht war.

»Was machen Sie bei der Polizei?« fragte sie, als er unentschlossen neben dem Wagen stand.

»Ich komme gerade von einem zweijährigen Bildungsurlaub zurück. Ich habe noch mal studiert.«

»Was haben Sie studiert?«

»Jura.«

»Haben Sie das Studium etwa nach zwei Jahren abgeschlossen?«

»Nein. Ich werde erst in ein oder zwei Jahren fertig werden. Ich studiere neben der Arbeit weiter.«

»Und was machen Sie jetzt dort? Etwas, das mit Ihrem Studium zusammenhängt?«

»Ich bin bei der Kriminalpolizei. Mordkommission«, beantwortete er die nächste zu erwartende Frage.

»Eine verantwortungsvolle Tätigkeit, eine unheimliche«, sagte sie mit naiver Ehrfurcht. Ihre Augen weiteten sich.

»Sehr verantwortungsvoll«, antwortete er. Sie sah ihn mit solchem Ernst an, daß er grinsen mußte. »Habt ihr Holländer keinen Humor?«

Sie überlegte. »Nein. Ich weiß nichts über die Holländer, aber wo ich herkomme, kennt man keinen Humor. Bei uns zu Hause ging es sehr ironisch zu, wenn Sie das als Humor bezeichnen wollen.«

»Die Ironie setzt einen Hang zur Komik voraus, zumindest eine kreative Intelligenz«, sagte er nach einer Bedenkzeit, »aber genaugenommen ...«

»Ja?«

»Es sind gegensätzliche Begriffe. Ironie und Humor. Ironie ist immer aggressiv. Sie muß es sein, weil sie im Grunde eine Schutzfunktion hat.«

»Wenn das zutrifft, muß mein Vater ein äußerst aggressiver Mensch sein.«

Michael schwieg. Der Moment schien ihm unpassend. Er schob den Kinderwagen hin und her. Das Baby lag mit geöffneten, milchigblauen Augen da und schnalzte mit der Zunge – es sah aus, als fixiere es ihn.

»Sehen Sie nur, wie hübsch sie ist«, sagte Nita anerkennend, »und so brav.«

»Beschreien Sie es nicht«, bat er und klopfte auf die Holzlehne des Sofas.

»Sind Sie etwa abergläubisch? Bei aller Logik in Ihren Aussagen sind Sie abergläubisch?«

»Ja«, gestand er, und im Tonfall der Frauen, an die er sich aus seinem Geburtsort erinnerte, fügte er hinzu: »Was will ich machen.« Er stand auf.

»Gehen Sie noch nicht«, bat sie. »Bleiben Sie noch ein wenig. Wir könnten einen Kognak oder etwas anderes trinken.« Er setzte sich nicht wieder, machte aber auch keine

Anstalten zu gehen. »Solange Sie hier sind, kommen die bösen Gedanken nicht zurück, um mich zu quälen«, erklärte sie mit gesenkten Augen. »Nur wenn Sie wollen, das heißt, wenn Sie nicht müde sind oder so ...«, stammelte sie.

Das Baby schien zufrieden. Auch die Wohnung verströmte nun einen reinlichen Geruch. Es gab keinen Grund zur Eile. Bei einem Glas Kognak könnte er es ihr sagen. Wenn er es ihr gesagt hätte, würde er sich besser fühlen. Vielleicht. Es würde ihn erleichtern. Jetzt war er sich vollkommen sicher, auf jeden Fall bis zu dem Moment, in dem er sich wieder setzte und eine Zigarette anzündete. Während seine Augen an dem Getränk hingen, fing er wieder an zu zaudern. Er schaute sie an und stellte sich vor, wie sie bleich wurde, wie sie rot anlief, wie sie in Panik geriet, wie sie verlangen würde, sofort zu handeln, die Kleine gleich wegzubringen, es zu melden, die Suche nach der Mutter auszulösen. Wie sie ihn nach dem Warum fragen würde. Warum. Wieder übermannte ihn eine Mischung aus Bedrückung und Scham über sein Verhalten, das er selbst nicht verstand. Aber sie saß mit übereinandergeschlagenen Beinen ruhig vor ihm. Nachdem sie geputzt hatten, hatte sie sich umgezogen. Die hellblaue Bluse, die sie jetzt trug, war zwar nicht gebügelt, aber sie hatte keine Flecken. Nun zeichnete sich auch ihre Magerkeit ab. Sie drehte das Glas zwischen ihren großen Handflächen und sah ihn gütig an.

»Was ist Nita für ein Name? Ist das eine Abkürzung?« fragte er, um Zeit zu gewinnen.

»Nein, es ist der volle Name. Ich heiße nach Nita Bentwich, der Schwester von Thelma Yellin. Ich sollte eigentlich Thelma heißen, aber meine Mutter kannte eine Thelma, die sie verabscheute, eine Mitschülerin, und darum hat sie beschlossen, mich nach ihrer Schwester zu nennen, die vor Thelma starb.«

»Thelma Yellin? Nach der die Schule benannt ist?«

Sie nickte.

»Ich glaube, sie war auch eine Cellistin.«

»Eine ausgezeichnete sogar. Sie spielte mit Schnabel, Feuermann schenkte ihr sein Cello, und Casals hatte ihr Unterricht gegeben.«

»Die Familie Bentwich stammt aus Zikhron Yaakov. Hat Nita Bentwich nicht Selbstmord begangen?«

»Ich weiß es nicht genau. Ich weiß nur, daß sie krank war«, wich sie aus.

»Dann haben Ihre Eltern von vornherein bestimmt, daß Sie einmal Cellistin werden würden?«

»Sie haben es immer abgestritten«, kicherte sie. »Sie haben behauptet, es sei ihr kleiner Beitrag zur Erinnerung an Thelma Yellin. Sie war so eine große Persönlichkeit. Meine Mutter benutzte immer das Wort ›groß‹, wenn sie von ihr sprach. Sie kannte sie persönlich. Sie hat mir oft erzählt, wie Thelma ein Orchester gründete, von ihrer Kammermusik, vom Musikleben, das sie maßgeblich beeinflußte, wie aktiv sie war, und solche Dinge ... Sie hatten sich zunächst vorgestellt, daß ich Klavier spielen würde, wie meine Mutter. Ich habe mich dann für das Cello entschieden. Im Alter von vier Jahren habe ich angeblich ein Cello spielen hören und nicht lockergelassen, bis sie mir ein Instrument kauften. Die Sache mit Thelma Yellin haben sie dann noch hinzugedichtet.«

Konnte man jemandem vertrauen, der mit einem Silberlöffel im Mund geboren wurde? Das war die Frage, die ihn nun beschäftigte. Sie zeigte keine Spur von Arroganz, rief er sich in Erinnerung, doch zur Sicherheit zögerte er es noch hinaus. »Und Ihre Mutter?«

»Was meinen Sie?«

»Hat sie auch ein Instrument gespielt?«

»Ich habe Ihnen doch gesagt, daß sie Klavier spielte. Aber ihre Karriere endete früh. Zuerst kam der Krieg, dann die Einwanderung nach Israel, und dann mußte sie sich dem Geschäft widmen, zusammen mit meinem Vater. Sie haben alles zusammen gemacht.« Ihre Lippen verzogen sich mißmutig. »Für das Geschäft hat sie das Spielen aufgegeben. Sie ist ein klassisches Beispiel für eine Frau, die verzichtet hat. Auch wegen des Krieges. Aber wenn sie gefragt wurde, hat sie immer behauptet, daß sie glücklich ist. Sie spielte für den Hausgebrauch.«

»War sie auch so ironisch?«

»Nein«, lachte sie und nippte an dem Kognak. »Nein, wirklich nicht, sie war ein eher ängstlicher Mensch. Ständig machte sie sich Sorgen um mich. Man mußte es immer vor ihr verbergen, wenn ich irgendwelche Schwierigkeiten hatte. Als ich in Amerika studierte und Examen machte, war sie aufgeregter als ich selbst. Und wenn ich ein Konzert gab, hatte sie schreckliches Lampenfieber. Immerzu lebte sie in der Angst, in New York könnte mich jemand überfallen. Wissen Sie«, sagte sie nachdenklich, »so aufzuwachsen ist sehr schwierig. Es darf dir nie schlechtgehen, denn das macht deine Mutter kaputt. Überhaupt, wenn man das Nesthäkchen war und doch von allen geliebt wurde, wie konnte es einem da schlechtgehen?«

»Warum denn auch?«

»Ich ... ich habe nie etwas leichtnehmen können. Vielleicht wird man so geboren, übersensibel, entschuldigen Sie den Ausdruck, ich meine das nicht als Selbstlob, sondern es ist eine Tatsache.«

»Vielleicht hängt es damit zusammen, daß Sie Künstlerin sind?«

»Kann sein, dann sollte ich die Kunst ernster nehmen.«

Man konnte den Augenblick noch hinauszögern, aber er ertrug die Spannung nicht länger, diese Ungewißheit über ihre Reaktion. Ausgerechnet in diesem Moment, in dem ein scheinbar angenehmes Schweigen herrschte, hörte er sich sagen: »Was das Baby anbelangt ...«

Sie schaute auf ihr Glas. »Noa?«

»Von mir aus, dann eben Noa.«

»Was heißt, von mir aus. Das ist doch ihr Name, oder etwa nicht?«

»Das ist nicht ganz klar«, sagte er vorsichtig. Sein Herz raste, und sein Atem wurde kurz. Sie streckte die Beine aus, richtete sich in dem blauen Sessel auf, stellte das Glas auf das Kupfertischchen, zog die Augenbrauen zusammen und sagte schließlich: »Ich verstehe nicht ganz.«

Er erklärte es ihr.

»Ich glaube es nicht!«

Er nickte.

»In einer Pappschachtel? Im Luftschutzbunker? Wo sind wir hier? Wer setzt denn ein Kind, einen Säugling, in einem Bunker aus? Sagen Sie mir überhaupt die Wahrheit? Ist das eine wahre Geschichte? Wirklich?«

Er nickte.

»Aber so ein süßes Baby und ... sie ist hellhäutig ... und so lieb ...«

»Was hat das damit zu tun?«

»Wer sollte solch ein Baby aussetzen?! Wissen Sie, wie viele Menschen liebend gern ... wie viele es sich wünschen ... danach suchen ... Wer kann denn ein Kind einfach irgendwo liegenlassen?«

»Einer, der keine andere Wahl hat.«

»Man hätte sie zur Adoption freigeben können«, sagte sie auflehnend. »Wenn es schon sein mußte.«

»Nicht, wenn man nicht will, daß einer von ihrer Existenz erfährt«, warf er ein.

Sie schwieg. Er zündete sich noch eine Zigarette an.

»Was haben Sie jetzt vor?« fragte sie vorsichtig.

Eine Weile antwortete er nicht. Sie wartete. Ihre Augen waren auf seine Augen geheftet, auf das, was ihm wie gespannte Wachsamkeit vorkam. In seinem Mund lagen schon Worte, aber er konnte sich nicht dazu überwinden, sie laut zu äußern: Ich will, daß sie bei mir bleibt. Auch als der Satz sich in seinem Innern artikulierte, hatte er einen irrationalen, verrückten Klang und brachte ihn dazu, sich selbst zu verabscheuen. Er hustete. Schließlich sagte er nur: »Wir reden morgen darüber. Ich muß eine Nacht darüber schlafen. Jedenfalls ist sie erst einmal hier und muß ein Geheimnis bleiben.«

»Ich rede sowieso mit keinem Menschen«, beruhigte sie ihn.

»Auch wenn Sie es tun sollten«, warnte er.

»Auch dann würde ich kein Wort sagen«, versprach sie.

2

Rossini, Vivaldi und Schwester Nechama

Wie schön und streng spielte das Cello die Cellocantilene der Ouvertüre zu »Wilhelm Tell« von Rossini, das erste Stück, das an diesem Abend aufgeführt wurde. Und wieviel Trauer enthielt die Antwort der fünf Celli. Tief und dunkel war der erste Ton, der Anfangston. Ihm folgte wie eine Kaskade die Klangelegie der übrigen Celli. Michael kannte längst jede Pause, jeden Atemzug. Jeden Ton. Und jede Berührung des Bogens mit den Saiten, jedes Heben des weißen Arms, der durch den schwarzen weiten Ärmel zu sehen war, erschien ihm wie ein Echo auf jene Worte, die Nita am späten Nachmittag geäußert hatte, als sie vor der Glastür gestanden und auf die gegenüberliegenden Hügel geschaut hatte. Sie hatte das Cello in einer Hand, den Bogen in der anderen gehalten und nach draußen gestiert. »Manchmal ...«, ihre Stimme brach. Sie schluckte angestrengt. »Es kommt ganz plötzlich, ohne Vorankündigung, ich fühle es hier, diese Sehnsüchte, ich kann sie gar nicht definieren, sie sind so ...« Sie hatte mit dem Bogenfrosch auf ihre Brust gezeigt. »Und dann«, ihre Augen waren feucht und glänzend, »frage ich mich, warum das so sein muß und was ich falsch gemacht habe. Wie ich es hätte besser machen können, wenn überhaupt, warum alles so gekommen ist und ... Meine Mutter ist tot ...« Sie weinte.

Er saß in der Ecke des kleinen Sofas und hielt das Baby auf dem Arm. Ido pochte mit einem roten Klotz gegen das Gitter seines Laufstalls. Er beklagte sich, als der Baustein zu Boden fiel, packte seinen Fuß und versuchte, den großen Zeh in den Mund zu stecken. Nita sah ihn an und kämpfte erneut mit den Tränen. Ihre Stimme überschlug sich, als sie sagte: »Und dann würde ich am liebsten das Rad zurückdrehen und zu Vertrautem zurückkehren.« Sie lächelte, das heißt ihre Lippen verzogen sich ein wenig. Das Grübchen blieb verschwunden. »In diesen Momenten hasse ich mich selbst. Ich weiß, daß man sich diesen Sehnsüchten und Wünschen nicht ausliefern darf, daß ich sie in die Musik einfließen lassen müßte und daß ich ein Glückspilz bin, wie du gesagt hast. Daß die meisten Menschen nicht mein Talent haben. Und trotzdem bin ich beinahe süchtig nach diesen banalen, romantischen Träumen.« Man konnte den Ekel in ihren Augen sehen. Sie senkte den Blick. »Du verachtest mich sicherlich«, stieß sie hervor.

»Das tue ich nicht«, sagte er leise, um das Baby nicht zu wecken. »Wie könnte ich dich verachten. Es tut nun mal weh, und ich sehe, wie du dich quälst und gegen den Schmerz ankämpfst, als könne man ihn abschwächen. Es gibt keine Abschwächung. Was immer du auch tust, es tut weh. So geht es einem, der sich entschlossen hat, an der Liebe zu vergehen. An der Idee der Liebe. An ihrer Phantasie, die in keinem Zusammenhang zu dem Subjekt steht, das eine regelrechte Vogelscheuche sein kann, wie du gestern selbst gesagt hast.«

Sie weinte lautlos. Mit dem Rücken der Hand, die den Bogen hielt, wischte sie ihre dicken Tränen ab, rieb auch über ihre Nase und zog sie hoch. Ihre Nasenspitze wurde rot, und die Sommersprossen auf dem Nasenrücken erblaßten.

»Ich staune immer wieder darüber, wie Menschen, vor allem Frauen, jemanden lieben oder vermissen können, vor dem sie keine Achtung haben.« Wieder wischte sie sich über die Augen.

»Eigentlich«, sagte sie nüchtern, »ist es so, wie du gestern gesagt hast. Wonach ich mich tatsächlich sehne, ist, wieder ein Kind zu sein, jemandem nah zu sein, von jemandem abzuhängen.« Plötzlich fing sie an zu zittern und sah ihn an: »Warum sind deine Augen so traurig?«

Er lächelte jetzt im Konzertsaal, als er sich an den Tonfall der Frage erinnerte. Er war erschrocken und schuldbewußt gewesen. »Mache ich dich so traurig? Verzweifelst du an mir?« hatte sie gefragt.

»Nein, ich verzweifele nicht an dir. Wie kann man an jemandem verzweifeln, der wie du das Doppelkonzert spielt? Ich habe an meinen Sohn gedacht.«

»Woran genau hast du gedacht? Vermißt du ihn?« Er antwortete mit einem schwachen »Ja«. Aber nicht die Sehnsucht war es, die ihn in diesem Moment gequält hatte, sondern die Erinnerung an etwas, das ihm gerade eingefallen war und das plötzlich in seiner Brust nagte. Es war zunächst ein kurzer Gedanke an Maja gewesen, die in ihm völlig verblaßt war. Wie wenig er im letzten Jahr an sie gedacht hatte! Später hatte er dieses Bild vor sich gesehen. Klar und deutlich hatte er den vierzehnjährigen Juwal auf der schmalen Bettkante sitzen sehen, das Gesicht in den Händen vergraben, und sich selbst, wie er in der halboffenen Tür des Zimmers stand. Er fragte erschrocken: »Was ist los?« und setzte sich rasch neben Juwal, wiederholte seine Frage, legte ihm den Arm um Schultern und Brust, horchte erschrocken dem bitteren Schluchzen des Heranwachsenden und einer gebrochenen Stimme, die mal hoch und mal tief war. Er schnappte Satzfetzen auf, aus denen er sich eine Geschichte zusammensetzte, deren Essenz war: Roni-will-nicht-mehr, nicht mal reden. Er fand keine Worte, wußte nicht, was er antworten sollte. Er behielt Juwal nur im Arm, hielt ihn fest und schwieg. Später hatte er ihn nie wieder weinen sehen.

Nita hatte recht. An den Stellen, an denen Rossinis Musik nicht komisch war, war sie voller Melancholie. Von den vier Teilen der Ouvertüre mußte der erste eine idyllische Naturlandschaft in den Schweizer Alpen suggerieren, hatte Nita erläutert. Aber sie erwähnte auch die unvermeidliche Spannung zwischen der Idylle und der tragischen Bedrohung, die über ihr schwebte. Der Donnerschlag der Pauken störte jetzt die süße Trauer des Cellos. Er sollte an dieser

Stelle nur ein schwaches Echo geben, aber unter den Händen Theo van Geldens war das Paukenecho zu laut und zu mächtig. Er schwang den kleinen silbernen Taktstock, von dem Nita voller Stolz geschildert hatte, wie er ihn als anerkennendes Geschenk von Leonard Bernstein höchstpersönlich erhalten hatte, nachdem er die New Yorker Philharmoniker vor mehr als zwanzig Jahren zum ersten Mal dirigiert hatte. Nach dem Echo stach das zurückhaltende, elegische Cello um so mehr hervor. Erst jetzt, als sein Atem ruhiger wurde, begriff er, wie angespannt er war. Erst jetzt, als er den bekannten Schmerz im Unterkiefer spürte, den das Zusammenbeißen seiner Zähne verursachte, erkannte er, wie sehr sich ihr Lampenfieber auf ihn übertragen hatte.

Nita behauptete, das Cello müsse elegisch und doch pastoral klingen. Immer wieder lauschte sie ihrem eigenen Spiel – wenn er ihr dabei zusah, bewunderte er ihre Konzentration. Ihr ganzer Körper schien sich in eine große Ohrmuschel zu verwandeln, die streng und kritisch war. Zwischen ihren Augenbrauen tauchten zwei senkrechte Linien auf, und für Sekunden verzog sich ihr Mund zu dem Ausdruck des Schmerzes. Sie schüttelte mürrisch den Kopf: »Kitsch!« beurteilte sie sich abfällig. In seinen Ohren jedoch klangen ihre Töne ganz wunderbar. Sie schnitten ihm ins Herz und berührten einen bestimmten Punkt. Manchmal schämte er sich für die Erregung, die ihr Spiel in ihm auslöste. Vor allem, wenn er ihren Körper sah, wie er sich über das Cello beugte, die kühle Kraft, die in ihrem Arm lag, der sich mit solcher Sicherheit bewegte, hier und da einen Ausdruck der Entschlossenheit und des Genusses und die geschlossenen Augen.

In den vergangenen Tagen hatte er immer stärker gespürt, wie sehr er es liebte, im Zimmer zu sein, während sie spielte. In diesen Augenblicken erschien sie ihm stark und in sich ruhend, unnahbar und schön. Sie erweckte in ihm den starken Wunsch, in ihrer Nähe zu sein und immer wieder ihre kindliche Sanftheit zu spüren, die so offenkundig war, wenn sie ihren Sohn oder das Baby ansah. Die Schwäche, die am ersten Abend ihres Zusammentreffens zu erkennen war, die Verletztheit, die sie in unerwarteten Momenten im Alltag ausstrahlte, alles schien von ihr abzufallen, wenn sie spielte. In den Stunden, in denen sie musizierte, hatte er das Gefühl, daß eine große Kraft wie eine Woge Grundwasser in ihr hochstieg. Daß diese Kraft alles übrige an den Rand drängte und daß diese Stärke ihr wahres Wesen war und alles andere für Nita eine Herausforderung zu sein schien, an der sie sich erprobte.

Es war merkwürdig, mit welcher Geschwindigkeit diese Intimität zwischen ihnen entstanden war. Sie gestattete ihr, Selbstgespräche zu führen, wenn sie in seiner Anwesenheit übte, und hinderte ihn nun daran, mit Bestimmtheit zu wissen, ob das, was ihn dahinschmelzen ließ, das mit solcher Intensität in ihn drang, ihr reales Spiel war oder die ganze Welt der Hoffnungen und Wünsche, die er kennengelernt hatte. Wieder hörte er ihre Theorie über das, was entscheidend war. »Was du fühlst, das ist die Wahrheit.« Aber wie konnte man mit Sicherheit wissen, was man fühlte? Wie konnte man die Wirkung des Spiels von allen übrigen Empfindungen isolieren? Und was war, wenn er dem Spiel Nitas vertraute Gefühlswelt entnahm, und nicht den reinen Ausdruck der Musik an sich? Gab es das überhaupt, den »reinen Ausdruck der Musik«? Hatte die Musik einen Wert, wenn es niemanden gab, der sie wahrnahm? Was zählte überhaupt das Gespräch über Musik und Gefühl, wenn man an den physikalischen Prozeß dachte, wie ein Ton sich dem Hirn mitteilte. Denn man mußte berücksichtigen, daß das Empfangen eines Klangs im Grunde das Ergebnis eines physikalischen Vorgangs war und erst im Hirn die im Ohr empfangenen Schallwellen als Musik interpretiert wurden.

Er schielte auf den bärtigen Mann, der zu seiner Rechten saß. Weil Michael Nitas Gast war, saß er in der Reihe der Ehrengäste. Er hatte noch nie so nah an der Bühne gesessen. Er konnte das rechteckige Holzstück sehen, in dessen

Schlitz der Kontrabassist den Metalldorn gesteckt hatte, um sein Instrument zu stabilisieren, oder den schwarzen glänzenden Streifen entlang eines Hosenbeins, ja sogar die schiefen Absätze der Bratschistin, die ihre Beine unter dem Sitz verschränkt hatte, während sie die Bratsche auf die Schulter legte und ihr das linke Ohr zuneigte. Der Mann zu seiner Rechten machte sich eine Notiz auf den Rand des Programmheftes. Was ging beispielsweise in diesem Ehrengast vor, zweifelsohne ein Musikkritiker, der die Beine ausgestreckt hatte und der die Mundwinkel zu einem Ausdruck verzog, der besagte: »Mal sehen, was sie zu bieten haben?« Hörte auch er die Trauer, die von den Saiten des Cellos ausging? Konnte er sich überhaupt so sehr bewegen lassen?

Der Sitz zu seiner Linken war leergeblieben. Eigentlich sollte Nitas Vater dort sitzen. Vor dem Konzert hatte sie Michael ihren Brüdern vorgestellt. Theo van Gelden hatte ihn mit flüchtiger Neugier gemustert, seinen Frack zugeknöpft und ihm kräftig die Hand geschüttelt. Es war seltsam, in seinem Gesicht die männliche, dunkle Variante von Nitas Zügen zu erkennen. Auch sein Gesicht war lang und schmal, und seine Augen waren hell und lagen sehr tief hinter einer Brille mit feinem Rand. Er war dreizehn Jahre älter als Nita, und von seinen Lippen, die voll waren wie die ihren, gingen zwei tiefe, kurze Furchen aus, und sein spitzes Kinn stach vor. Gabriel, der nur zehn Jahre älter war als Nita, hatte ein rundes Gesicht und einen kurzen Bart, der seinen dicken, kurzen Hals berührte. Seine weißlich rosa Gesichtshaut war mit hellen Flecken übersät, die von den Wangen zur hohen Stirn kletterten, und auf seinem Hals prangte ein dunkles Mal, das wie ein Knutschfleck aussah. Er versuchte an der Schläfe ständig eine Haarlocke zu bändigen, eine Mischung aus einem rötlichen Braun mit weißen Strähnen durchwoben. Auch seine Augen, klein und braun, lagen tief in ihren Höhlen. Sie blinzelten mehrmals, als er seine Arme verschränkte und eine Seite seines Mundes zu einer Art schiefem Lächeln verzog, als Nita sagte: »Und das ist mein kleiner großer Bruder, der sich einverstanden erklärt hat mitzumachen, damit wir alle zusammen spielen, obwohl er mit Theo in keinem Punkt übereinstimmt und selbst bald ein wichtiges Orchester gründen wird.« Sie hatte gekichert und Gabriel in den Arm gekniffen, der sanft auf ihre Handfläche geklopft hatte, wobei ein goldener Ring mit grünem Stein zu sehen war. Er war nur ein wenig größer als Nita und lugte hinter ihrer Schulter hervor. Er fragte: »Und wo ist Vater? Sollte er nicht mit dir kommen? Hatten wir nicht abgemacht, daß du ihn abholst?«

»Nein«, sagte Nita und fuhr mit der Hand über seine Schulter. »Er hat heute morgen angerufen. Er hatte vergessen, daß er einen Zahnarzttermin hat, und wollte direkt von der Praxis mit einem Taxi kommen. Du hast dir schon wieder den Rücken mit Gips schmutzig gemacht. Ich habe dir schon hundertmal gesagt, du sollst dich nicht gegen diesen Pfeiler lehnen. Du bist ganz weiß.« Sie zog ihn von dem schmalen Pfeiler, ging um ihn herum und klopfte ihm heftig auf den Rücken. »Er wird schon noch kommen. Sei nicht so nervös. Es genügt, daß ich in Panik bin, nach einem Jahr ...«

»Du wirst wunderbar spielen«, hatte Gabriel zerstreut eingewendet. Er hatte seinem Bruder einen Blick zugeworfen, der sich begeistert mit einer Frau in Schwarz unterhielt – sie blies in das Mundstück der Oboe und hielt den Korpus des Instruments in Händen. »Hör schon auf, dir Sorgen zu machen«, hatte Nita ihn zurechtgewiesen. »Du weißt, wie er es haßt, hinter der Bühne herumzulaufen, er wird direkt in den Saal gehen. Wir haben noch eine Viertelstunde.«

Gerade strich Gabriel über seinen runden, kleinen Bart und sah von seinem Platz im vorderen Teil der Bühne zu dem leeren Platz, dem einzigen roten Fleck im fast ganz besetzten Saal. Er drehte den Kopf ein paarmal zum Nebeneingang, und auch die Stufen, die überfüllt waren mit sitzenden und stehenden Zuschauern, musterte er prüfend mit zusammengekniffenen Augen. Als das erste Thema, das die Celli spielten, abgeschlossen war, beugte Gabriel sich zu

Nita, und Michael hatte den Eindruck, daß ihre dunklen Augenbrauen sich hoben und ihr Gesicht blaß wurde. Sie neigte sich vor und schaute angestrengt von ihrem Platz in der Mitte zwischen den Geigen und Bratschen nah am Pult des Dirigenten auf den leeren Sitz. Dann begannen die Geigen von neuem, und nach und nach fielen die Flöte, die Oboe, die Klarinette und das Fagott ein und antworteten den Geigen. Und schon brach das Gewitter los, der zweite Teil der Ouvertüre. Ein Drama. Und es herrschte nicht nur Chaos, sondern auch angespannte Dunkelheit, und alles wies auf das kommende tragische Geschehen hin. Sie stiegen und stiegen in einem schnellen *crescendo*, bis alle Instrumente des Orchesters sich anschlossen und Theo van Gelden die Arme schwang und versuchte, die Echos des Gewitters, an dem sich nun alle beteiligten, auch die Pauken und die große Trommel, und das schaurig und beängstigend war, in der Luft zu umarmen. Der Sturm schwoll ab und schwoll an, bis er sich beinahe legte, dann wieder aufflackerte und mit den Klängen der Flöte ausklang.

Als der dritte Teil der Ouvertüre begann und die Flöte die schöne bekannte Melodie sang, die das Englischhorn aufgriff, dem dann die tiefen Streicher folgten, die nun am Dialog teilnahmen, war Michael in die Musik vertieft wie in eine Geschichte. In einem bestimmten Augenblick bemerkte er sogar verlegen, daß sein Mund offenstand. Die Triangel und die Oboe diskutierten mit den Streichern die Natur der geheimnisvollen Welt, aber sie malten auch Sonne und Wiesen, Wälder und Haine. Bis zum Blasen der Trompeten, die den Aufmarsch der Rebellen ankündigten. Glocken und Streichinstrumente ließen Pferde galoppieren und im Saal eine Welt aus Rebellion, Heldenmut und Unglück entstehen, doch war auch das Echo eines anderen Rossini zu hören, eines viel fröhlicheren, der Michael geradezu zum Lachen brachte. (Es gibt keinen Komponisten, dessen Musik so humorvoll ist wie Rossini, hatte Maja vor Jahren behauptet. Dadurch war in ihm der Eindruck von etwas Unseriösem entstanden, und dies war der Grund, weshalb er sich nie mit Rossini auseinandergesetzt hatte. Als er ihn in den letzten Tagen entdeckte, als er das Cello in der Ouvertüre hörte, konnte er nicht mehr verstehen, wie er bis jetzt auf Rossinis Werk verzichten konnte).

Und dennoch, bei dem Jubel, der beim Galopp der Schützen aufkam, nachdem der Sturm sich endgültig gelegt hatte, verlor Michael die Konzentration und sah sich im Saal um. Die Trompetenfanfare, die das Alphorn und das Singen der Vögel zum Schweigen gebracht hatte, spielte nun jenes Thema, das ein fester Bestandteil im Repertoire des Polizeiorchesters bei offiziellen Anlässen war. Sein Blick fiel auf das breite Lächeln des alten Mannes, der vor ihm saß und mit den Fingern auf die Sessellehne trommelte. Die junge Frau neben dem Alten lehnte ihren Kopf gegen dessen Schulter, und ihr dunkles, langes Haar fiel über den Sitz und berührte das Knie des Musikkritikers – jetzt bestand kein Zweifel mehr an seiner Profession –, der mit dem Kopf nickte und pausenlos Notizen machte. Hinter Michael, nicht weit von seinem Ohr, wurde langsam und sorgfältig ein Bonbon aus seinem Papier befreit. Das Rascheln des Zellophans störte ihn erheblich. Er drehte sich um und fixierte demonstrativ zwei ältere Damen, um ihnen zu suggerieren, daß sie aufzuhören hatten, als seine Augen sich vertrauten Knopfaugen gegenübersahen. In einer Furche zwischen einem Doppelkinn und einer schweren Brust funkelten grüne Perlen. Es waren die Perlen, die auf dem Busen der Krankenschwester geruht hatten, die ihm zwei Tage zuvor von der Fürsorge geschickt worden war. Sie lächelte ihm jetzt von ihrem Sitzplatz hinter seinem wissend zu, schob ein gelbes Bonbon in ihren Mund, neigte sich zur Seite und flüsterte etwas in das Ohr ihrer Nachbarin.

Er drehte sich wieder um und sah zur Bühne. Doch das Bild der Ohrläppchen, die sich unter dem Gewicht rotgoldener, mit blauen Steinen besetzter Ohrringe gefährlich in die Länge zogen, konnte er nicht mehr aus seinem Kopf vertreiben. Die Krankenschwester Nechama, die sie geschickt hatten, um zu überprüfen, ob er als Pflegefamilie geeignet war, saß nun genau hinter ihm und konnte sich mit eigenen Augen davon überzeugen, daß er untauglich war. Denn er war hier, und das Baby? Beinahe hätte er sich umgedreht, um ihr von der Kinderfrau zu erzählen und daß er hiersein mußte wegen Nita. Doch statt dessen heftete er seinen Blick auf den Rücken Theo van Geldens, der am Dirigentenpult mit den Füßen aufstampfte. Dann stützte er die Ellbogen auf die Lehne seines Sitzes und legte sein brennendes Gesicht in seine kühlen Handflächen. Er redete sich zu, ruhig zu bleiben, und zwang sich, gleichmäßig weiterzuatmen. Er rief sich in Erinnerung, daß weder diese Krankenschwester noch die Leiterin des Jugendamtes, noch die Sozialarbeiter einen Grund hatten zu bezweifeln, daß Nita und er zusammenlebten und sich um ihre Kinder kümmerten. Es mußte ihnen auch einmal erlaubt sein, ein Konzert zu besuchen, unter der Bedingung, daß die Kinder beaufsichtigt wurden. Aber er konnte sich einfach nicht beruhigen. Er riß sich zusammen und kehrte gedankenschwer zurück zur Musik. Die Ouvertüre ging gerade zu Ende, und das Publikum applaudierte frenetisch. Um ihn herum erklangen »Bravo«-Rufe. Der Bärtige zu seiner Rechten allerdings verzog keine Miene und applaudierte auch nicht.

Ein plötzliches Frösteln durchfuhr ihn wegen der Knopfaugen, die auf seinen Nacken gerichtet waren – er wußte, daß sie nicht von ihm abließen –, und auch weil er sah, wie Nita sich von ihrem Platz auf der Bühne erhob, um den Sitz neben seinem besser sehen zu können, der noch immer leer war. Er bemerkte auch, wie Gabriel van Gelden, der aufgestanden war, um die Hand des Dirigenten zu schütteln, seinen Kopf dem Nebeneingang zum Saal zuwandte. Und es entging ihm nicht, daß auch Theo van Gelden, der sich inzwischen tief verneigte und die Aufmerksamkeit des Publikums auf die Solocellisten – Nita verbeugte sich ungeschickt –, das Orchester und den ersten Geiger lenkte, für einen Moment erstarrte, als sein Blick auf die Reihe fiel, in der Michael saß. Er drehte den Kopf nach rechts und links zu den Nebeneingängen und tupfte sich in einer typischen Dirigentengeste mit einem Taschentuch, das er aus dem Frack zog, den Schweiß von der Stirn. Er wies erneut auf das Orchester, und das Publikum applaudierte in gleichmäßigem Rhythmus.

Michael zupfte an seinen weißen Manschetten, damit sie aus den Ärmeln seines grauen Anzugs hervortraten, und grinste über die penible Sorgfalt, die er Kleidung und Rasur angedeihen ließ. Wie in den ersten Konzerten, die er vor dreißig Jahren besucht hatte (Dreißig? fragte er sich schokkiert. Dreißig Jahre ist es her? Was war in den Jahren passiert? Wo waren sie geblieben?). Damals hatte Becky Pomeranz, die Mutter von Usi Rimon, seinem besten Schulfreund, ihn zu den Abonnementskonzerten mitgenommen und mit ihrem Jagdgespür Michaels musikalische Erziehung mit seiner sexuellen Leidenschaft verwoben. Seltsam, daß sein Bezug zur Musik, die Erregung, die sie in ihm auslöste, die Stücke, die ihn aufwühlten, mit den Frauen zusammenhingen, zu denen er sich hingezogen fühlte. Becky Pomeranz hatte dies alles ausgelöst. Sie brachte ihn dazu, daß sein Herz schon am Morgen heftig klopfte, wenn ihn am Abend ein Konzert erwartete. Mit ihr hatte die Zeremonie des Ankleidens und der Rasur ihren Anfang genommen – damals hatte er ein langärmeliges, weißes Hemd und einen blauen Pullover mit hellbraunen Quadraten besessen, den ihm seine Mutter gestrickt hatte. Die ganze Geschichte hatte nur einen Winter und einen Frühling überdauert, bis Usi einmal die Tür geöffnet hatte, im Zimmer gestanden und sie überrascht hatte. Ihretwegen wurde sein Atem kurz, wenn er einen Konzertsaal betrat. Auch jetzt noch konnte er sie hören, wie sie in sein Ohr flüsterte: »Behalte diesen Moment in Erinnerung, vergiß nie, daß du heute abend hiergewesen bist, daß du Oistrach höchst persönlich Sibelius spielen gehört hast und nicht nur auf einer

Platte.« Ihr Atem war so süß gewesen, und nun war sie schon über ein Jahr tot.

Theo van Gelden war eine beeindruckende Erscheinung, und er war wirklich nicht der Mann, den er im Hausflur gesehen hatte. Hier im Saal wirkte er größer, als er tatsächlich war, und überraschend dunkel. Seine dunkle Haut und sein silbernes Haar, der Frack, der ihm solch ein würdiges Aussehen verlieh, seine energischen Schritte, wenn er zum zweiten Mal die Bühne verließ, und die herrische Leidenschaft, die er ausstrahlte, all dies erklärte seinen Erfolg bei Frauen – oder auch seinen Mißerfolg, je nachdem, wie man drei Scheidungen und die in alle Winde verstreuten Kinder deuten wollte. »Mille e tre«, hatte Nita ihn nachsichtig lächelnd charakterisiert. Es war eine Weile vergangen, bis Michael verstand, daß sie die Register-Arie des Leporello aus »Don Giovanni« zitierte.

Die Bühne begann sich zu leeren. Die große Trommel wurde in den Hintergrund geschoben, auch die Becken. Die Bläser packten Trompeten und Posaunen in ihre Koffer, und ein paar Geiger, Cellisten und Bratschisten verließen die Bühne. Die Musik setzte wieder ein. Eine koreanische Flötistin in blauem Kleid spielte das Konzert »La notte« von Vivaldi. Der Sitz zu seiner Linken war noch immer leer. Wieder betrachtete Michael Nita. Sie sah bezaubernd aus in ihrem schwarzen Abendkleid, mit dem rötlichbraun glänzenden Haar und den weißen Schultern. Er war stolz auf sie, als wäre sie seine Schwester oder seine Tochter. Die dunklen Halbmonde unter den hellen Augen, die auf der blassen Olivenhaut ihres Gesichts lagen, konnte man aus dieser Entfernung nicht sehen. Michael hatte sie unterwegs überredet, die Augenränder zu überschminken, nachdem sie ununterbrochen davon gesprochen hatte, daß alle anwesend sein würden – alle hieß ihre Brüder und ihr Vater. Es war ihm vollkommen bewußt, wie sehr er sich danach sehnte, ein Teil dieses Kreises zu sein, wie das, was als Zweckgemeinschaft begonnen hatte, eine Inszenierung für das Jugendamt, nach und nach zu einer echten Bindung wurde. Es lag an der Kombination, sagte er sich jetzt, von Kindlichkeit, einem verzweifelten Wunsch nach Liebe und der völligen Hingabe zu allem, womit sie sich beschäftigte, an den verschiedenen Stimmen, die aus ihr sprachen, und auch, obwohl es dafür keine Erklärung gab, an der Art, wie sie spielte, der Strenge, mit der sie ihren Körper manchmal streckte, gemessen an der Geschmeidigkeit, mit der sie sich über das Instrument beugte, der Art, mit der sie hin und wieder Ido in der Mitte des Zimmers auf den Arm hob, ihn durch die Luft schwang und ihm einen Vortrag über musikalische Fragen hielt. Es hatte einen Moment gegeben, an dem sie die Kleine auf dem Arm gehalten und summend gewiegt hatte, in dem – er hatte sie aus der Küche dabei beobachtet – alles vollkommen und richtig zu sein schien, so daß er sich nur schwer zurückhalten konnte, um beide nicht zu umarmen. Manchmal zweifelte er und dachte, er wolle wohl nur dem Baby einen passenden Rahmen geben. Er hatte sich dazu entschlossen, ihm ein anständiges Leben zu bieten, und dazu gehörte eine Frau. Aber er wollte auch, daß die Kleine nur ihm gehörte. Wie Nita selbst von ihrem Baby sprach.

Wie groß das Glücksgefühl sein könnte beim Klang der reinen Triller der Flöte, die die zierliche Künstlerin mit solcher Leichtigkeit hielt. Ihr Körper bewegte sich bei jedem Beginn einer Passage in einem Bogen und richtete sich wie ein Blumenstiel auf, wenn die Passage zu Ende ging. Wie groß das Gefühl des Glücks sein könnte, wenn die Dinge anders lägen. Wenn die drückende Last nicht alles verderben würde. Für einen Moment sah er das süße Gesicht des Babys vor seinen Augen. Bei sich nannte er sie immer noch das Baby, obwohl er sich auch an den Namen gewöhnt hatte, den er ihr damals hastig gegeben hatte, weil ihm kein passenderer eingefallen war. Auch die Gedanken an die langen Nächte, in denen sie alle zwei Stunden aufwachte, als ob sie den bodenlosen Hunger noch nicht überwunden hätte, und die Ruhe, mit der er sofort aufstand und sie fütterte, mit ihr in der Wohnung herumlief und sie nach dem Trinken über seine Schulter legte, allein mit sich selbst und doch ganz und gar nicht allein. Wieviel Süße enthielt diese Sache, die etwas verhieß, nach dem er sich sehnte. Dieses Antlitz einer menschlichen Kreatur, deren Wünsche und Bedürfnisse man voll und ganz befriedigen konnte, die man glücklich machen konnte.

Aber er konnte erneut das Mißtrauen auf dem Gesicht der Krankenschwester nicht ganz verdrängen, die man von der Fürsorge geschickt hatte. Michael hatte die Tür geöffnet. Es war kurz vor ihrem Feierabend, zwei Tage vor Jom Kippur. Seit dem Morgen hatte er auf sie gewartet. Zunächst hatte er mit dem Gedanken gespielt, zur Arbeit zu gehen. Nita hatte an dem Tag im Schlafzimmer geübt, das ein wenig abseits lag, damit die Beauftragte von der Fürsorge sie nicht bei einer anderen Beschäftigung sah als der Pflege der Babys. Er hatte mit ihr geübt, was sie antworten sollte, wenn sie gefragt würde, und war dabei davon ausgegangen, daß er nicht zu Hause sein würde. Aber natürlich war es ihnen lieber gewesen, daß sie kam, während er da war, damit sie gemeinsam das Bild eines perfekten Paares abgeben könnten.

»Du bist gerissener«, sagte Nita ohne Kritik, nachdem sie gehört hatte, wie er am Telefon mit der Verantwortlichen vom Jugendamt gesprochen hatte. »Ich bin zu naiv und zu blöd.« In dem Moment, als sie das Wort »blöd« aussprach, hatte sich ihre Miene verfinstert, und er hatte gleich gewußt, woran sie dachte. Aber er hatte ihre Meinung geteilt, daß er der Gerissenere war und daß es deshalb ratsam war, daß er zu Hause blieb. »Ich habe sowieso das Gefühl, daß mich jeder sofort durchschaut. Ich gebe auch immer sofort auf. Die Verlockung zu gestehen ist groß«, hatte sie geklagt.

Der Besuch der Schwester sollte überraschend erfolgen. Nicht einmal den Tag kannten sie genau. Und das war es, was die Sache wie einen Hinterhalt erscheinen ließ, wie eine

Fallgrube. Und das war es auch, was ihn jetzt noch wütend machte, als er die Anwesenheit der Krankenschwester in seinem Nacken spürte. Obwohl Zila, die sowohl zu den Kollegen vom Jugendamt als auch zu den Schwestern von der Fürsorge gute Beziehungen unterhielt, ihm erklärte, daß er es nicht persönlich nehmen durfte und daß sie beide es mit Leichtigkeit schaffen würden, als Pflegefamilie durchzugehen. Doch weil das Baby noch so klein war und sie schon ein Baby hatten, und weil die Kleine gesund und munter war, mußten sie die Prüfung über sich ergehen lassen. Zila war bei der Untersuchung durch den Kinderarzt dabeigewesen, der sich über die Kleine gebeugt und mit großer Zufriedenheit festgestellt hatte: »Ein richtiges Hexlein!« Michael war ein wenig eingeschnappt gewesen, doch der Arzt hatte gelacht und gemeint, dies sei seine liebevolle Bezeichnung für kleine Mädchen, die kerngesund waren. Er war mit ihrem Tonus sehr zufrieden. Michael hatte über seine Schulter gelugt, als er an ihren Beinen zog und wieder losließ, um den Widerstand ihrer Beinmuskulatur zu prüfen. Sie hatte geschrien, als sie nackt auf Idos Wickelkommode lag. Der Arzt hatte einen Bericht für das Jugendamt angefertigt. Zila war es auch gelungen, es so hinzubiegen, daß ihrer besten Freundin der Fall und die Suche nach der Identität der Mutter übertragen wurden. Sie hatte geschworen, keiner Menschenseele etwas zu verraten, und hatte Wort gehalten.

Die Wachtmeisterin Malka hatte sich hauptsächlich mit Nita unterhalten. Sie war ein Jahr zuvor aus Kirjat Chaim nach Jerusalem gezogen und wußte nichts von Michael. So war der vorläufige Stand der Dinge (wie ein Messer durchfuhr ihn ab und zu das Wort »vorläufig«). Kein Mensch bei der Polizei, nicht einmal Schorer, wußte, daß sein plötzliches Verschwinden und Nachhausehasten einem Baby galten. Seine Abwesenheiten wurden mit völligem Verständnis akzeptiert, weil jeder wußte, daß er der Mordkommission zugeteilt war, aber noch nicht offiziell die Arbeit aufgenommen hatte. »Nach den Feiertagen«, sagte Schorer und stöhnte selbst über das Klischee, aber er wiederholte es.

Alle möglichen Dinge, vor denen Michael sich gefürchtet hatte, hatten sich in beruhigender Weise geregelt. Zila, die jahrelang mit ihm in der Mordkommission gearbeitet hatte, hatte sich gleich beim ersten Treffen gut mit Nita verstanden, in dem tiefen Verständnis, das Frauen füreinander aufbrachten, wenn sie begriffen, daß es an der Zeit war, sich um wirklich wesentliche Dinge zu kümmern und keine Minute mit Nebensächlichkeiten zu verschwenden. Nicht einmal mit der geringsten Andeutung zeigte Zila auch nur den Schatten der Erwartung einer anderen Beziehung zwischen Michael und Nita als der, die er ihr beschrieben hatte – es ist eine starke Freundschaft, hatte er gesagt, eine neue, aber auch in unsrem Alter kann man noch Freunde finden. Man wundert sich, was alles passieren kann, wenn man einem anderen vertraut, wenigstens in gewisser Weise. Es ist nicht mehr zwischen uns. Bau nicht darauf. Zila hatte beleidigt Augen und Mund aufgerissen, aber er hatte ihr keine Chance gelassen. Ich sage es dir gleich, damit du weißt, daß es hier um einen Deal geht und um ein vorübergehendes gemeinsames Interesse. Sie hatte auch nichts über seinen Wunsch, das Baby zu behalten, geäußert und auch keine kritische Bemerkung über seinen Tagesablauf verlauten lassen. Sie hatte ihn in den ersten Tagen nach dem Feiertag gedeckt, wenn er sich früher zu Nitas Wohnung schlich. Sie hatte auch die Kinderfrau gefunden, die es Nita ermöglichte, tagsüber zu spielen und an den Proben teilzunehmen.

Gerade wegen den Babys war die Beziehung zwischen Nita und Michael zweckmäßiger Natur, frei von jeglicher Romantik. Wir sind ein Kinderheim, hatte Nita gesagt. Er berührte sie nie, abgesehen von einem Streicheln des Arms, einem Kuß auf die Wange. Gesten der Zuneigung, die offenkundig unschuldig waren. Manchmal, wenn sie nah beieinander standen, beispielsweise beim Baden der Babys, achtete er darauf, sie nicht zufällig zu berühren, als ob er spürte, daß jede Berührung ihr gefährlich werden könnte. Außerdem hatte er das starke Gefühl, sie zu benutzen. Sie war zufällig im richtigen Moment dagewesen und hatte gepaßt. Und obwohl sie ihm immer wieder bestätigte, wie sehr ihr das Zusammensein mit ihm guttat, sogar wenn er wußte, daß sie es auch so meinte, und obgleich er sie sehr mochte und sich keine Minute mit ihr langweilte, konnte er nicht das Gefühl loswerden, daß er sie ausnutzte. Es lag auch etwas in ihrer Magerkeit, in der asketischen Zerbrechlichkeit ihrer hochgewachsenen Silhouette, das keine Begierde in ihm aufkommen ließ. Wenn er den Drang verspürte, sie zu berühren, ging es darum, sie an den Schultern zu packen und ihr Gesicht zu streicheln, sie vor Momenten der Angst und des Selbsthasses zu schützen. Vor ihrer zwanghaften Neigung, Bilder und Worte zu rekonstruieren, die man ihr in der Vergangenheit gesagt hatte, an die sie glaubte und denen sie sich auslieferte und die sie sich immer wieder krampfhaft in Erinnerung rief, um sie mit dem Geschehen in der Gegenwart zu konfrontieren. Beleidigung und Zorn brachten sie plötzlich, in unerwarteten Momenten, zum Zittern. Er lernte, was dahintersteckte, auch wenn die Beleidigung und die Wut hinter banalen Aussagen zum Vorschein kamen, die für ein fremdes Ohr vollkommen nichtssagend waren, wie: »Was zählt, sind nur Taten. Worte sind Schall und Rauch.« Oder: »Die Versprechungen von ewiger Verbundenheit zwischen Menschen sind wertlos. Alles ist temporär und vergänglich.« Oder: »So was wie die Liebe gibt es gar nicht. Alles ist entweder Sexualität oder Leidenschaft und flaut sofort ab. Viel besser ist Freundschaft ohne Leidenschaft, denn sie ist zumindest nicht von vornherein zur Nichtigkeit verdammt.«

In solchen Momenten versuchte er sie abzulenken und ihre Aufmerksamkeit auf simple, alltägliche Fragen zu lenken. Er wollte den genauen Termin wissen, an dem die Dreifachimpfung vorgenommen werden sollte, oder bemerkte, wie früh Ido doch zahnte und wie viele Schlafstunden in der kommenden Nacht zu erwarten waren. Er wunderte sich über die Energie, mit der sie an den Gedanken über Erniedrigung und Beleidigung festhielt. Einmal sprach er es aus. Er wollte es ihr zärtlich sagen, aber es brach mit einer Schärfe aus ihm heraus, die er nicht beabsichtigt hatte. »Ich weiß es nicht, aber wenn man mich erniedrigt hätte, wenn ich mich so betrogen fühlen würde, würde ich mich unbedingt davon freimachen und das Ganze nicht jede Minute aufs neue durchleben, es geht ja schließlich nicht mehr um Liebe. Du liebst ihn doch längst nicht mehr. Vielleicht hat das Ganze ja etwas mit Masochismus zu tun?«

»Ich werde die erste sein, die an jede negative Bemerkung über mich glaubt, gleich, von wem sie stammt«, antwortete sie und kniff die Lippen zusammen. Aber sobald Ido eingeschlafen war, war sie zu der Arbeit an der Cellostimme im Doppelkonzert zurückgekehrt und spielte den ersten Satz besser als gewöhnlich. Und es hatte auch einen Abend gegeben, an dem er zwischen Küche und Wohnzimmer stand, auf dem Weg in seine Wohnung, und ihr bei einem zusammenhängenden Spiel des ersten Satzes gelauscht hatte. Es schien, daß es von einer Vollkommenheit war, wie er sie noch nie gehört hatte. Eine Tiefe wurde hier vor seinen Ohren produziert, wie er sie nie zuvor wahrgenommen hatte. Erschüttert war er mit dem Baby im Arm in seine Wohnung gegangen. Letztendlich, sagte er sich, als er an seinem Fenster gestanden hatte und den Klängen über sich zuhörte, waren seine schönsten Stunden wahrhaftig die, die er allein mit dem Baby verbrachte. Auch wenn die Möglichkeit, zu einem Künstler in enger Beziehung zu stehen, einen eigenen Reiz hatte. Er hatte die Kleine angesehen und sich das Leben ausgemalt, das er ihr bieten würde.

Zwei Dünen hatte das Doppelkinn der Schwester von der Fürsorge. Als er ihr Gesicht sah, wußte er, wie man mit ihr umzugehen hatte. Auch vorher hatte er schon eine Vermutung, aber als er das schwere, erschöpfte Gesicht vor sich hatte, war er sich ganz sicher. Es war ein Gesicht ohne

Anmut und Gnade. Das Gesicht einer Frau mittleren Alters, mit der das Leben nicht allzu hart umgegangen war, sich aber auch nicht allzusehr bemüht hatte. Eine Frau, deren Haare zu rötlich-gelblichen Locken gedreht waren und deren Bauch vorstand. Ihre Beine schienen zu dünn, um den Rumpf zu tragen. Die Füße steckten in plumpen Gesundheitssandalen, und die mit kitschigem Rosa lackierten Fußnägel ragten unter einem langen weiten Rock vor. Auch wegen der Beine, so vermutete er, änderte sie ständig das Standbein. Als er ihre kleinen argwöhnischen, gelangweilten Augen sah, war er ganz besonders froh, zu Hause geblieben zu sein. Die hätte Nita in der Pfeife geraucht, dachte er. Sie hätte sie vielleicht sogar zu einem Geständnis veranlaßt.

»Wissen Sie, daß das Schild auf ihrem Briefkasten unleserlich ist«, tadelte sie ihn schon am Eingang und keuchte, als wäre sie zum vierten Stock hochgeklettert. Er entschuldigte sich mit Wortfetzen und versprach, das Schild auszuwechseln. Sie gab sich nicht zufrieden. »So eine Schlamperei kann fatale Folgen haben. Wenn ich nicht so hartnäckig wäre, wäre ich nun nicht hier«, sagte sie mit heiserer Stimme, als wäre sie eine Kettenraucherin. Dabei sah sie eher aus, als hätte sie noch nie eine Zigarette zwischen den Fingern gehalten. Er wiederholte, daß er das Problem noch heute beheben würde. Sie schwieg und sah sich mit ihrem griesgrämigen, gleichgültigen Gesicht um, als suche sie nach einem neuen Objekt, an dem sie herummäkeln könnte. Aber dann fielen ihre Augen auf sein Gesicht. Sie sah ihn an und lächelte plötzlich. Ein kleines Lächeln, das kokett zu sein versuchte. Seine Mundmuskeln schritten sogleich zur Tat. Er erwiderte ihr Lächeln und fragte bereitwillig und bemüht, ruhig und angstfrei zu wirken, ob sie die Kleine sehen wolle.

Schwester Nechama schlitzte die Augen, bis sie beinahe geschlossen waren, stellte sich breitbeinig auf, klopfte wie zum Ansporn auf ihre Schenkel, ließ den Rock fallen, mit dem sie sich etwas Kühlung verschafft hatte, und zog stapelweise Formulare aus ihrer Tasche, zwischen die sie zwei blaue Bogen Pauspapier schob. »Kann ich vielleicht ein Glas Wasser bekommen, bevor wir uns an die Arbeit machen und ich mir das Kind ansehe, draußen herrscht eine Affenhitze, es ist weiblichen Geschlechts, nicht wahr?«

Er beeilte sich und kehrte mit dem Wasserkrug und einem blitzsauberen Glas zurück. Sie kontrollierte aufmerksam das Glas, bevor sie sich aus dem Krug etwas Wasser einschenkte. Er hatte gleich gewußt, daß es um Reinlichkeit gehen würde, obwohl sie so tun würde, als wäre die Hauptsache die Beziehung und die für die Kinderbetreuung aufgewendete Zeit. Sie stürzte das Wasser herunter und ließ ihn dabei nicht aus den Augen.

»Ja«, sagte sie schließlich und rückte mit dem Stuhl, auf den sie sich gesetzt hatte, nah an den runden Eßtisch. »Was haben wir denn da?« knurrte sie. Sie leckte an ihrem Finger, blätterte in den Formularen, eine Seite und noch eine Seite, wühlte in einer großen schwarzen Tasche, deren Griffe kurz davor waren, sich gänzlich aufzulösen, und hob erneut den Kopf. »Haben Sie vielleicht einen Stift für mich, ich finde meinen Kugelschreiber nicht.«

»Bitteschön.« Michael reichte ihr geistesgegenwärtig den Stift, der in seiner Brusttasche gesteckt hatte.

Sie musterte den Kugelschreiber eingehend, doch er wies keine Besonderheiten auf. Dann setzte sie die kleine Brille auf, die an einer dicken Goldkette über einer langen grünen Perlenkette zwischen Doppelkinn und Brust baumelte. »Was haben wir denn da?« seufzte sie und bat – der Kopf war zur Seite geneigt, und ihre Augen öffneten sich, als ob sie ihren leeren desinteressierten Blick mit Leben füllen wollte –, daß er ihr nochmals den genauen Hergang wiedergab, über den sie vom Jugendamt schon informiert worden war. Er trug die Formulierungen vor, auf die er sich mit Nita geeinigt hatte. Daß sie das Mädchen am Morgen des zweiten Tages des Neujahrsfestes gefunden hatten, und weil es ein Feiertag gewesen war, hatten sie bis zum Abend gewartet, damit ein Arzt das Kind untersuchen konnte, und hatten den Vorfall der Polizei erst am kommenden Tag gemeldet, denn er wußte ja selbst zur Genüge, daß der diensthabende Beamte am Feiertag niemanden freistellen konnte, um nach der Mutter zu suchen.

Auch jetzt, als die in Frankreich aufgewachsene Nordkoreanerin ihren zarten Körper vor und zurück bewegte, und zarte, gefühlvolle Klänge produzierte, während der Cembalist im vierten Satz des Konzerts »La notte« ein und denselben Ton wiederholt anschlug, klang der mißtrauische, häßliche Tonfall, der sich angeblich um Korrektheit bemühte, in seinen Ohren nach: »Aber Sie haben sie nicht ins Krankenhaus gebracht, um feststellen zu lassen, daß ihr wirklich nichts fehlte.«

Mit großer Geduld erklärte er ihr, daß der Kinderarzt bestätigt hatte, daß dies nicht nötig war, daß sie sich dort mit Krankheiten infizieren konnte und daß man die Sache für den Augenblick auf sich beruhen lassen sollte.

»Aber wozu haben wir Vorschriften!« protestierte sie und machte sich auf die Ränder der ersten Seite des Formulars eifrig Notizen. Sie befeuchtete die Lippen, während sie über dem Bogen saß. Obwohl der Besuch gut verlaufen war und sie sogar beim Anblick der Babys gelächelt hatte und bemerkte: »Die haben es aber gut hier«, und obgleich sie ihn wohlwollend angesehen und beim Abschied gesagt hatte: »Die Sache geht vermutlich klar, ich darf Ihnen nichts sagen, aber glauben Sie mir, es wird in Ordnung gehen«, war es ihm damals wie heute klar, daß nichts klappen würde. Im Publikum war das Räuspern und Husten zwischen den Sätzen zu hören. Schon vier von sechs Sätzen waren gespielt, zwei *larghi* und zwei *presti* waren verstrichen, ohne daß er sie wahrgenommen hätte. Nach dem ersten Einsetzen der Flöte, die die Nordkoreanerin mit solcher Virtuosität spielte, hatte er abgeschaltet, als wäre er gar nicht anwesend.

Zum guten Schluß würde entweder die Mutter aufgetrieben und das Baby zur Pflege einem der kinderlosen Paare überlassen werden, die schon viele Jahre warteten, daß sie an die Reihe kamen. Die Schwester hatte bei ihrem Besuch ein paarmal von diesen Leuten gesprochen. Oder man fand sie nicht, und das Gericht würde die Kleine nach einer bestimmten Frist zur Adoption freigeben, und dann würde er sie sowieso verlieren. Es wäre besser, wenn er sich in der Zwischenzeit nicht so sehr an sie band. Die ganze Idee war Wahnsinn. Hätte er nur verstanden, was seine Handlungen in dem Moment bestimmte, als er die Entscheidung traf, das Baby zu behalten. Wenn es denn überhaupt eine bewußte Entscheidung war. Die meiste Zeit schien es ihm, daß eine fremde Macht ihn lenkte. Doch er verstand es nicht. Das eine Mal, daß er ohne zu überlegen seinem Gefühl gefolgt war, mußte er feststellen, wieviel Gefahr damit verbunden war. Und wie recht er hatte, wenn er stets darauf bedacht war, nicht spontan zu handeln. Sofort sagte er sich: Aber nehmen wir an, ich hätte sie zum Krankenhaus gebracht, und dort wäre sie jetzt. Auf der Säuglingsstation würde niemand sie auf den Arm nehmen, schon gar nicht ich. Warum nicht das Jetzt genießen, ohne an die Zukunft zu denken. Nichts dauert ewig. Tatsache war, daß Juwal, der auch einmal so klein wie dieses Baby gewesen war, in vielerlei Hinsicht nicht mehr zu ihm gehörte. Er seufzte. Der maßregelnde Blick des Bärtigen zu seiner Rechten zeigte ihm, daß er zu laut geseufzt hatte.

Dreimal rief man sie zurück auf die Bühne, und sie gab noch eine Zugabe. Große Schönheit mußte in ihrem Spiel gelegen haben, aber er war nicht mit dem Herzen bei der Sache gewesen, und nichts von dieser Schönheit war auf ihn übergesprungen. Die Lichter im Saal brannten nun. Der Bärtige eilte aus dem Saal, bevor die Menge sich erhob. Die Bühne leerte sich. Michael fragte sich, ob er in der Pause zu Nita gehen sollte und ob sie wegen der Abwesenheit ihres Vaters immer noch so nervös und besorgt war. Aber statt dessen hastete er zur Telefonzelle. Erst nach einem Gespräch mit dem Babysitter, der ihn beruhigte, nahm er sich die Zeit, eine Zigarette anzuzünden und die Schlange zu betrachten, die sich vor der Kaffeetheke bildete. Automatisch gesellte er sich zu der wartenden Menge. Wie im Schlaf spürte er, wie man ihn berührte, wie man ihn vorwärts schob, wie Frauen in Stöckelschuhen und eleganten Kleidern sich mit den Ellbogen zwischen ihm und dem Mann, der die Pappbecher ausgab, einen Weg bahnten, bis ihn schließlich jemand nach seinen Wünschen fragte. Später rauchte er eine Zigarette und hielt einen Pappbecher mit Kaffee in der Hand, an dessen Rand er hin und wieder nagte.

Er sollte eigentlich beschwingt sein, in Erwartung der »Symphonie fantastique« von Berlioz, die Becky Pomeranz so sehr geliebt hatte. Jahre waren vergangen, seit er sie das letzte Mal gehört hatte. Damals hatte er sie wieder und wieder angehört und jeden einzelnen Ton gekannt. Er wußte, daß sie eines der Musikstücke war, auf deren Interpretation Theo van Gelden sich spezialisiert hatte und mit der er berühmt geworden war. Es hieß, daß er das Beste von Bernsteins Interpretation übernommen hatte und daß auch eine Aufführung unter seiner Leitung das *glissando* der Flöte im letzten Satz deutlich herausstellte.

»Weißt du, was ein *glissando* ist?« wollte Nita wissen, als sie ihm laut ein paar Absätze eines Zeitungsinterviews vorlas, das Theo zur Saisoneröffnung gegeben hatte. Als sie sah, daß er sich krampfhaft zu erinnern versuchte und verlegen den Kopf schüttelte, beeilte sie sich zu sagen: »Es sind schnelle Läufe«, und pfiff schrill ein paar Töne. »Und wenn er ein gutes Orchester hat«, las Nita weiter, »kommt seine anerkannte Fähigkeit, der Symphonie den Sturm ihrer gegensätzlichen Gefühle zu entlocken und die Dramatik des musikalischen Geschehens, des Liebesleids, zu betonen, zum Tragen.«

Nita zitierte diese gängige Meinung und bemerkte trokken, Theo wäre der letzte, der dazu in der Lage wäre, denn er wäre noch nie ein leidender Liebender gewesen, sondern nur ein Liebhaber, der Leid verursachte. »Vielleicht ist das der Grund, weshalb er es kann«, hatte Michael erwidert, und sie hatte ihn nachdenklich angesehen und gesagt: »Manchmal kannst du richtig banal sein.« Sie hatte sich sofort entschuldigt. Aber all dies interessierte in diesem Augenblick nicht. Die Anspannung, die zum Teil auf das lange Sitzen vor den Augen von Schwester Nechama zurückzuführen und teilweise Resultat einer sich steigernden Übermüdung war – das Baby wurde in der Nacht immer noch alle zwei Stunden wach –, und die permanente Furcht, die in unterschiedlicher Intensität Besitz von ihm ergriff, all dies war der Grund dafür, daß er fast mit Abscheu an jene Klänge dachte, die ihm bestens vertraut waren und die er einmal so sehr geliebt hatte.

Auf seinem Weg zurück in den Saal, nachdem er die Möglichkeit verworfen hatte, schon jetzt nach Hause zurückzufahren, hallten in ihm wie ein Echo die Glockenklänge des »Gangs zum Schafott« und das schrille Pfeifen des »Hexensabbats«. Er unterdrückte ein tiefes Seufzen, als er sich neben dem Bärtigen niederließ, der sein übergeschlagenes Bein nervös und gelangweilt rhythmisch schwang. Michael schlug das Programmheft auf, um noch einmal die Überschriften der »Episode aus dem Leben eines Künstlers« anzustieren. Der Text, der mit überflüssiger Fülle prunkte, ermüdete ihn – Rêveries,. Bal, Marche au Supplice, Songe d'une Nuit du Sabbat. Auch der Gedanke an das Liebesleid, an eine tragische Geliebte, an Zerwürfnisse und Streitigkeiten, die Todessehnsucht des Helden, das Bild der Hinrichtung, Hexen und klappernde Skelette – alles kam ihm in diesem Moment fragwürdig und naiv vor. Wie die ferne Kostprobe einer Sache, von der er gehört, die er aber nie persönlich gekostet hatte.

Mir ist Rossini lieber, bestimmte er in seinem Innern, als die Oboistin aufstand und das A blies, nach dem das Orchester die Instrumente stimmte. Wieder füllte sich die Bühne mit Musikern; wieder waren sie zahlreich. Er versuchte, sie zu zählen. Etwa dreißig Geigen, zwanzig Bratschen und acht Celli. Auf hohen Sitzen am rechten Bühnenrand hinter sechs Kontrabässen saßen sechs Posaunisten, und links neben den zweiten Geigen, den Pauken, Becken und den Kesselpauken schwebten die beiden Händepaare der Harfenistinnen, und in den Reihen hinter den Cellisten drängten sich die Holzbläser, dahinter die Trompeten. Über dem Dirigentenpult baumelten die Mikrophone, die das Konzert live im Radio übertrugen, und nun kamen blendende Scheinwerfer hinzu, und zwei Kameramänner liefen auf der Bühne auf und ab, zogen Kabel, änderten Winkel und schoben die Oboistin nah an die Klarinette. Der zweite Teil des Konzerts sollte auch im Fernsehen übertragen werden. Ein Raunen ging durch das Publikum, als das Licht eines großen Scheinwerfers die ersten Reihen des Publikums überflutete und blendete. Michael senkte den Kopf, als das Licht auf sein Gesicht fiel, und vertrieb den Gedanken, daß er jetzt in seinem Sessel sitzen und die Übertragung im Radio und im Fernseher verfolgen könnte. Er hätte sich vielleicht darauf beschränkt, wenn er Nita nicht hätte begleiten wollen. Er dachte an das besondere Vergnügen, das einem ein Konzertbesuch bescherte und daß er mit Augen und Ohren Dinge wahrnahm, die man nicht übertragen konnte. Denn es gelang wohl nie, alle Eindrücke festzuhalten.

Wieder war Gabriel van Gelden der erste Geiger. Wieder stand er mit dem Rücken zum Publikum und strich den Bogen seiner Geige. Er lauschte dem Stimmen der Bratschen, der Celli und schließlich der übrigen Geigen. Auf seinem Hochsitz wiederholte der Klarinettenspieler immer wieder die »Idée fixe« der Symphonie. Die Bühne lärmte in völliger Kakophonie. Der Saal füllte sich mit dem Lärm der stimmenden Instrumente, in dessen Verlauf der Kopf Gabriel van Geldens sich immer wieder in Richtung Nebeneingang drehte.

Theo van Gelden verneigte sich bereits kurz vor dem Publikum, und der alte Mann, der vor Michael saß, wurde still, griff aber erneut nach der Hand mit den langen Fingernägeln. Wieder bemerkte Michael, wie Nitas dunkle Augenbrauen sich zusammenzogen, wenn ihr Blick auf den leeren Sitz neben dem seinen fiel. Der Vater war nicht gekommen, und er würde dieses Konzert wohl kaum hören, dachte Michael, als das Orchester leise mit dem Thema des ersten Satzes begann. Wie hatte er die zarte Eröffnung der Holzbläser vergessen können und den stufenweisen Einsatz der Streicher. Das Husten des Publikums übertönte beinah das Flötenpaar, das Oboenpaar und die Klarinetten. Es dauerte an, solange die Musik *pianissimo* war. Michael dachte an die vollen, glatten, braunen Arme von Becky Pomeranz und an den Tag, an dem sie ihm die »Symphonie fantastique« vorspielte, und an den verführerischen Klang ihrer Stimme, als sie ihm schilderte, wie der Musiker phantasierte, wie er seine Geliebte tötete, wie er zum Schafott geführt wurde und wie die Glocken in der Ferne klangen. Klar und deutlich hörte er sie nun, wie sie ihm beschrieb, wie die Bläser die Häßlichkeit der Hinrichtung mit den tiefen Posaunenklängen ausmalten und wie aus der Ferne wieder das Thema der Geliebten zu hören war, als der Kopf rollte. Und wie später das Bild der Hexen auftauchte, unter denen die Geliebte sich befand, häßlich wie die Hexen, gefährlich wie die Hexen. Ihr Thema, das so himmlisch war, so zärtlich, tauchte erneut mit grotesker Vulgarität auf, angedeutet durch die hohen, schrillen Klänge der Pikkoloflöten und der Klarinette. »Alles eine Frage der Orchestrierung, die Melodie ist immer die gleiche«, hatte sie gesagt (er war damals zu ängstlich und schüchtern gewesen, um zu fragen, was sie meinte) und hatte seine Aufmerksamkeit auf die Nachahmung des Skelettklapperns gelenkt, das die Geiger suggerierten, wenn sie die Bögen umdrehten und auf die Saiten schlugen.

Plötzlich erkannte er das Leitmotiv wieder, das im Saal

nun zum ersten Mal erklang. Er freute sich über die ihm vertrauten Klänge, und zugleich überkam ihn eine große Trauer über die Zeit, die verstrichen war, und darüber, was nicht mehr war und niemals wieder sein würde. Die braunen Augen von Becky Pomeranz, die klug und verführerisch glänzten, die unbedarfte Naivität, mit der er sie begehrt hatte, und die Angst vor sich selbst und vor seiner Begierde. Plötzlich bemerkte er, daß er lächelte, weil er an eine Zeichnung dachte, auf die er einmal in einer alten Zeitschrift gestoßen war. Eine Karikatur aus der Mitte des 19. Jahrhunderts, in der Berlioz ein grandioses Orchester dirigierte (unter ihm, in einer Art Wanne, häuften sich gigantische Trompeten und eine große Kanone, Äxte und gewaltige Hämmer), und in der Luft schwebten verschiedene Schlaginstrumente und Triangeln. Und um ihn herum saß ein schockiertes Publikum, taub vom Lärm.

Auch hier war das Publikum völlig gebannt. Als er zur Seite schielte, sah er, wie der Kritiker den Stift ein paar Sekunden lang über das Programm schwang, als ob er darauf wartete, den Einsatz der Streicher zu beurteilen. Aber auch nach ihrem Einsatz benutzte er den Stift nicht, sondern legte seinen Arm auf die Sessellehne. Den ganzen ersten Satz über rührte sich niemand um Michael herum. Die Luft im Saal schien zu stehen. Kein Mensch hustete mehr. Die schwarzhaarige junge Frau saß aufrecht da, und bei den leisen Passagen glaubte er, den schwerfälligen Atem des Alten hören zu können. Theo van Gelden hob und senkte seine Arme, und das Orchester spielte wie verhext. Ein Ton jagte den anderen, und als die Passagen erklangen, die in einem langen *crescendo* abschweiften und ins Nichts führten, ließ Michael sich von ihnen täuschen und folgte ihnen in der vergeblichen Hoffnung, daß sie irgendwo mündeten.

Schließlich gab es stürmischen Applaus, und einige Male kehrte Theo van Gelden zurück auf die Bühne, ließ das Orchester aufstehen und winkte den Musikern mit gefalteten Händen. Er nahm einen Blumenstrauß von einem jungen

Mädchen entgegen, das er auf die Wange küßte. Erst nachdem das Publikum sich überzeugt hatte, daß nun nichts mehr folgte, und die junge Frau dem Alten erstaunt zuflüsterte: »Es hat mir doch gefallen!«, gingen die Lichter an, und die Zuschauer, von denen viele lächelten, verließen langsam den Saal. Nita kam an den Bühnenrand, sah ihn an und machte ihm Zeichen, näher zu kommen. Er bahnte sich einen Weg zur Bühne. Ihr Kopf beugte sich vor, und sie ging ein wenig in die Knie. Er hob an, ihr zu sagen, wie schön sie Rossini gespielt hatte, doch sie unterbrach ihn: »Vater scheint nicht gekommen zu sein. Ich verstehe das nicht, er geht nicht ans Telefon. Ich habe in der Pause versucht ihn anzurufen. Auch Theo hat es versucht.«

Nachdem sie ein paarmal wiederholt hatte, daß ihr Vater nicht gekommen sei, fügte sie hastig hinzu, es bliebe nichts anderes übrig, als in seine Wohnung zu fahren, um nachzusehen, ob ihm etwas zugestoßen sei. Aber »vorher«, sagte sie verzweifelt, »ist da noch der feierliche Empfang, an dem wir alle drei teilnehmen müssen. Erst später können wir ...«

Zögernd fragte sie, ob er Wert auf den Empfang lege, und er erwiderte schnell, daß er lieber zu den Babys zurückkehren und warten würde, bis sie kommen könnte, was auf ihrem Gesicht eine gewisse Erleichterung hinterließ. Aber wieder kehrte ein düsterer Ausdruck auf ihre Stirn und in ihre Augen zurück. Wieder sagte sie: »Ich verstehe das nicht. Er ist immer so pünktlich. Ich weiß nicht, was ich davon halten soll. Wir haben sogar seinen Zahnarzt angerufen. Aber es war niemand mehr in der Praxis. Nur der Anrufbeantworter war eingeschaltet. Auch in seiner Privatwohnung geht niemand an den Apparat. Der Zahnarzt war sicherlich auch hier, er ist verrückt nach Musik und hat ein Abonnement.«

Michael suchte nach beruhigenden Worten und stellte Vermutungen über Zahnschmerzen an. Aber Nita sagte noch einmal, daß bei ihm zu Hause niemand abhob, und dann meinte sie: »Und Gabriel dreht durch. Wir müssen ihn mit Gewalt hierbehalten. Denn wenn er plötzlich verschwindet, wird sofort etwas nach außen dringen, und es werden genug Leute anwesend sein, die etwas dazu bemerken würden, wenn er nicht da wäre. Es wäre wirklich das beste, ich meine, wenn du willst, wie es dir lieber ist ...«

Michael nickte, streichelte beruhigend über ihre Schulter und ging schnell hinaus in die kühle Luft zu seinem Auto, das auf dem Parkplatz in die Augen stach, der sich inzwischen fast geleert hatte.

Die Alltagsroutine, das Gespräch mit dem Babysitter und seine Bezahlung, das Zudecken von Ido, der sich freigestrampelt hatte, das Füttern der Kleinen, die wach geworden war, all diese Dinge ließen den Gefühlssturm schnell verfliegen, den das Konzert in ihm ausgelöst hatte. Nachdem sie getrunken hatte, legte er sich die Kleine lange auf den Bauch. Er wollte sie nicht sofort wieder in ihre Wiege legen, atmete ihren Geruch ein und berührte sanft ihre Wange. In solchen Momenten fühlte er sich mitunter regelrecht überwältigt von Mitgefühl und Wärme. Gefühle, die er schon längst verloren geglaubt hatte. Hier wurde nicht gekämpft, sie brauchte ihn ganz einfach, und er mußte sich nicht vor ihr schützen. Wie zart ihr Geruch war, und wie er glauben konnte, wenn er sie ansah, daß in ihrem Leben noch alles möglich, alles denkbar war. Er brachte sie zurück zu ihrer Wiege, und weil er so erschöpft war, nickte er auf dem kleinen Sofa im Wohnzimmer ein, das für seine Größe viel zu kurz war. Dennoch schlief er tief und fest, sogar tief und friedlich, was aus der Gewißheit resultierte, daß im Nebenzimmer die beiden Kleinen schliefen. In diesem Schlaf wurde er überrascht und sprang auf, als das Telefon klingelte.

Theo van Gelden war am anderen Ende der Leitung. Er war es, der ihm von dem Einbruch berichtete und dem Alten, der gefesselt und tot aufgefunden worden war. Er flüsterte mit monotoner Stimme und erklärte ihm, daß Nita gerade mit der Polizei sprach und daß sie »in einem furchtbaren Zustand« war. »Der Arzt hat ihr ein Beruhigungsmittel gegeben. Man kann nichts machen«, seufzte er plötzlich, »unser Vater ist tot. Er ist tot, Schluß, aus.« Er zog die Nase hoch und richtete aus, daß Nita Michael darum bitte, in ihrer Wohnung zu übernachten und zu warten, bis sie zurückkam. Ohne daß sie es abgesprochen hatten, war es klar, daß sie die Nächte getrennt verbrachten, und jeden Abend, nach der Nachtmahlzeit des Babys, schlug er die Kleine in die rosa Decke, die Zila mitgebracht hatte, ging ein Stockwerk tiefer und bettete sie in den Stubenwagen, den er von Zimmer zu Zimmer schob.

Da er schlagartig begriff, daß er sich mitten in einer Katastrophe befand, die alles zerstören würde, und wegen des abweisenden Tons von Theo, fragte Michael, ob er wirklich nicht ein paar Worte mit Nita wechseln konnte. Er hörte eine kurze Pause. Theo van Gelden schien nachzudenken und sagte schließlich: »Besser nicht. Hier wimmelt es von Polizisten, Krankenwagen und so weiter.«

»Gerade deshalb ...«, setzte Michael an, doch er besann sich eines Besseren. Er hatte vorgehabt, sie zu fragen, ob sie wünschte, daß er zur Wohnung des Vaters kam, ob sie ihn dort bräuchte, aber schon als er anhob zu sprechen, sah er ein, daß er die Kinder nicht allein lassen konnte, und noch mehr: In diesem Moment wurde ihm klar, daß die Sache mit dem Baby auffliegen würde, falls der Leiter der Ermittlungen ein Bekannter war. Darum riß er sich zusammen und fragte, wann der Einbruch stattgefunden hatte und der Tod eingetreten war.

»Man kann es noch nicht mit Bestimmtheit sagen«, antwortete Theo van Gelden, »sie vermuten heute abend oder am späten Nachmittag. Sie haben noch nicht ...«, er verschluckte sich, seufzte, »sie haben den Zusammenhang zwischen Raumtemperatur und ... Leichenstarre noch nicht ermittelt.«

»Können Sie frei sprechen?« erkundigte sich Michael.

»Ich bin in der Küche«, präzisierte Theo, ohne sich über die Frage zu wundern.

»Wissen Sie, wie der Kriminalbeamte heißt, den man geschickt hat?«

»Hier sind zwei, nein, drei. Und eine Frau von der Spurensicherung. Ein Arzt und noch ein paar andere Leute, ich weiß es schon nicht mehr so genau.«

»Aber einer leitet doch die Ermittlungen? Wer erteilt dort die Anweisungen?«

»Einer«, sagte Theo von Gelden ungeduldig, »der ununterbrochen redet. Er ist recht beleibt. Aber ich kann mich nicht an seinen Namen erinnern.«

Einen Moment lang fragte sich Michael, ob er Theo van Gelden bitten sollte nachzufragen, aber das hätte schon etwas Verdächtiges gehabt. Wenn der Sohn, der gerade die Leiche seines Vaters gefunden hat, an den Tatort zurückging, um nach dem Namen des ermittelnden Beamten zu fragen, würde man ihn verhören, warum der Name ihn interessierte. Man konnte Theo auch nicht bitten, Michaels Namen aus dem Spiel zu lassen. Etwas in Michael lehnte sich dagegen auf, daß er so im unklaren gelassen wurde. Für einen Moment dachte er daran, einen Babysitter zu suchen oder sogar die Kinder mitzunehmen. Es durfte doch nicht wahr sein, daß er gerade in dieser Situation dazu verdammt war hierzubleiben!

»Warum wollen Sie das wissen? Kennen Sie jemanden hier?« fragte Theo van Gelden nervös. Michael fiel ein, daß Theo van Gelden nichts über ihn wußte. Nicht einmal etwas über seine Arbeit bei der Polizei. Es war besser, entschied er, ihm in diesem Moment nichts darüber zu sagen. Plötzlich hörte er im Hintergrund ein rauchiges Husten und danach eine laute, wohlvertraute Stimme, die sagte: »Herr van Gelden ... wir brauchen Sie einen Moment.«

Theo van Gelden sagte in den Hörer: »Ich bin gleich fertig, es ist wegen des Babys meiner Schwester, denn ...«

»Alles klar, kein Problem, sobald Sie fertig sind«, brummte die bekannte Stimme.

Es bestand kein Zweifel, und dennoch flüsterte Michael

in den Hörer: »Dani Balilati? Ist das der Name des Beamten?«

»Ich glaube, ja«, bestätigte Theo van Gelden, »aber jetzt muß ich ... Sie haben es gehört. Soll ich ihr sagen, daß es klargeht? Werden Sie bei dem Kind bleiben?«

»Bis sie zurückkommt, rühre ich mich nicht vom Fleck, sagen Sie ihr das«, versprach Michael. »Sagen Sie ihr auch, sie soll mich anrufen, und sie soll meinen Namen nicht erwähnen«, fügte er widerwillig hinzu. Er staunte über seine eigenen Worte (schließlich ist es Balilati, sagte ihm die andere Stimme), »aber das sagen Sie ihr leise.«

Theo van Gelden murmelte etwas Unverbindliches, das ihn nicht beruhigte.

Michael setzte sich und hörte sein Herz klopfen. Es war dumm von ihm zu glauben, daß er das Baby geheimhalten könnte. Wenn es bis jetzt geklappt hatte, war das ein Wunder. Aber jetzt, wo Dani Balilati im Spiel war und in nächster Zeit ständig bei Nita auftauchen würde, gab es keine Möglichkeit mehr, irgend etwas geheimzuhalten. Und warum blieb er dann freiwillig hier, zwischen Babys und Küchengeschirr? Etwas in ihm konnte nicht glauben, daß er es war, der dort neben dem Spülbecken stand, anstatt an den Ort zu eilen, an dem er gebraucht wurde.

Er wusch das Geschirr im Spülstein und trocknete es ab. Dann bereitete er eine Flasche für Ido und eine weitere für das Baby vor. Er zählte fünf Zigarettenkippen, als das Telefon erneut läutete. Nita sprach mit leerer Stimme: »Mein Vater ist tot«, sagte sie. »Er ist heute gestorben. Jetzt habe ich keinen Vater mehr, und auch eine Mutter habe ich nicht mehr.«

Er wußte nicht, was er sagen sollte.

»Auch deine Eltern sind schon tot.«

»Schon lange.«

»Wir sind Waisen«, weinte sie in den Hörer. »Wir alle sind verwaist.«

Er fand keine Worte.

»Jetzt konzentrieren Sie sich noch mal auf das Bild. Sie haben schon festgestellt, daß Schmuck entwendet wurde, aber wir können das Photo von dem Bild nicht finden. Sie haben es einfach aus dem Rahmen geholt. Ich weiß nicht, ob Vater schon tot war, als ...« Sie schwieg eine Weile und versuchte, ihre Atemzüge zu beruhigen. »Er hatte ein Tuch im Mund, über dem ein Pflaster klebte. Er ist erstickt, ich weiß nicht, wie lange ...«

Michael schwieg. Er konnte keinen Weg finden, ihr zu sagen, daß ihr Vater nicht gelitten hatte und vermutlich sofort tot war. Es ist kein Mord, sagte er sich, nur ein bewaffneter Raubüberfall. Das ist gar kein Fall für dich.

Als ob sie seine Gedanken hören könnte, sagte sie, und ihre Stimme war wieder leer: »Sie haben mich nicht zu ihm gelassen. Gabriel hat ihn gefunden. Er war im Schlafzimmer. Sie haben ihn dorthin geschleppt. Theo hat ihn auch gesehen. Mich haben sie nicht reingelassen. Ich weiß nicht, ob er Angst hatte und wie lange er Angst hatte. Es ist so furchtbar, so furchtbar ...«

Michael murmelte bedeutungslose Silben. Dann faßte er sich und fragte: »Genügt es nicht, daß deine beiden Brüder bleiben? Können sie dich nicht nach Hause gehen lassen?« Er konnte selbst nicht glauben, was er da sagte. Er hatte vollkommen unbedarft gesprochen. Wie einer, der das Vorgehen der Polizei nicht kannte. Als ob es zwei Menschen in ihm gäbe.

»Ich bin gerade erst fertig geworden, ihnen den Schmuck zu beschreiben. Keiner von uns kann sich genau an den Schmuck erinnern. Wir mußten auch alle drei etwas zu dem Bild sagen.«

»Was für ein Bild?«

»Ich habe es dir doch schon gesagt«, antwortete sie ohne ihre typische Ungeduld. »Alles ist wegen dem Bild passiert. Sie müssen gewußt haben, daß es hier war. Es hat einen Wert ... Ich weiß nicht genau, eine halbe Million Dollar vielleicht.«

»Um was für ein Bild geht es?«

Plötzlich sickerte irgendein Gefühl in ihre Stimme: »Habe ich dir nicht davon erzählt? Ich habe dir doch davon erzählt, daß mein Vater ein Bild besaß, eine Vanitasdarstellung von Hendrik van Steenwijk aus dem 17. Jahrhundert. Das spielt jetzt keine Rolle. Sie haben es aus dem Rahmen geholt. Es ist nicht mehr hier. Sie haben die ganze Wohnung auf den Kopf gestellt. Und wir ...« Sie schnappte nach Luft. »Wir waren ihm böse, daß er nicht zum Konzert gekommen ist! Wenn ich an die Stunden denke, die er hier gelitten hat, während ...«

»Auf keinen Fall waren es Stunden. Es ist eine Sache von Minuten, wenn nicht Sekunden«, sagte er energisch.

»Bist du sicher? Oder sagst du das nur einfach so?«

»Ich weiß es.«

»Auch so ist es schon schrecklich genug. Ich weiß überhaupt nicht... wie es jetzt... Genug! Ist mit Ido alles in Ordnung?«

»Völlig in Ordnung. Er schläft wie ein Murmeltier. Darum brauchst du dir jetzt keine Sorgen zu machen.«

»Sie haben ihn weggebracht. Sie haben ihn von hier weggebracht. Jetzt sind nur noch wir hier und dieser Kriminalbeamte, der wartet, bis wir gehen, um ... um die Wohnung zu versiegeln. Das hat er gesagt.«

»Es tut mir leid, daß ich nicht bei dir sein kann«, sagte er.

Sie überhörte seine Worte. Ihre Stimme zitterte jetzt: »Sie sind noch nicht fertig mit den Untersuchungen. Sie haben nur einen Teil auf Spuren untersucht. Wir dürfen nichts mehr anfassen. Wir dürfen uns nur in der Küche aufhalten, bis sie ihre Arbeit abgeschlossen haben.«

»Was heißt das, sie sind noch nicht fertig?« fragte er verwundert. »Sie sind gegangen, bevor sie die Spurensuche abgeschlossen haben?«

»Der eine ist noch da, dieser Mann. Er redet ununterbrochen.«

»Balilati?« vergewisserte er sich.

»Ja«, flüsterte sie, »hör zu«, sagte sie zitternd, »ich weiß, daß du nicht wolltest, daß ich zugebe, dich zu kennen. Ich habe auch nichts gesagt, aber wäre es denn nicht besser, wenn …«

»Nein«, bestimmte er. »Ich werde es dir erklären, glaube mir. Es ist völlig in Ordnung. Er wird alles richtig machen, auch ohne daß du mich erwähnst.«

Sie schwieg.

»Frag ihn, wann du heimfahren kannst.«

»Ich habe schon gefragt. Er gibt mir keine Antwort. Er redet eine Menge, aber er beantwortet keine Fragen.«

»Es wird nicht mehr lange dauern«, versprach er.

»Als ob es noch etwas ausmachen würde«, murmelte sie. »Jetzt ist wirklich schon alles, alles, völlig …« Ihr Ton änderte sich und wurde wieder leer. Im Hintergrund erklangen dumpfe Männerstimmen. »Sie wollen, daß ich rüberkomme«, sagte sie, »um die Schmuckliste zu begutachten. Als ob das noch etwas bringt.«

Er legte sich nicht mehr schlafen. Ido wachte nur einmal auf. Das Baby zweimal. Aber auch in den Stunden, in denen beide ruhig waren, konnte er nicht wieder einschlafen. Zuerst legte er die Kleine auf seinen Bauch. Ihre Füße reichten ihm bis zur Taille, ihr Kopf war in seinem Hals vergraben. Ab und zu holte sie tief Luft, erschauderte, zitterte und änderte die Kopflage. Schließlich brachte er sie in die Wiege zurück. Auch lesen konnte er nicht. Er lag in der Dunkelheit und rauchte. Er stierte auf den roten Lichtfleck am Ende der Zigarette und horchte aufmerksam auf die Geräusche, die von der Hauptstraße kamen, obwohl er sehr genau wußte, daß er das Auto, mit dem Nita kommen würde, nicht hören würde. Denn sie würden an der anderen Seite des Gebäudes anhalten, der Seite, der die Wohnungsfenster nicht zugewandt waren, sondern der Küchenbalkon. Schließlich stellte er sich auf den Küchenbalkon und rauchte über das Geländer gebeugt. Die Asche schnippte er in einen leeren Blumentopf, der in der Ecke stand. Und so sah er schließlich, im ersten milchig-bleichen Licht des Morgengrauens, Gabriel van Gelden, der Nitas Arm stützte, ihr aus einem großen Wagen half und sie in das Gebäude führte.

3

Vanitas

»Wer hätte an so etwas gedacht!« rief Theo van Gelden, der vor dem Schlafzimmer in Nitas Wohnung stehenblieb. Er starrte auf die geschlossene Tür und fing wieder an, in dem engen Flur auf und ab zu gehen. Seine Hände steckten in den Hosentaschen. Ab und zu, in regelmäßigen Abständen, stampften seine Füße kräftig auf die Fliesen auf, als folge er einem strengen Rhythmus, der ihm von außerhalb diktiert wurde. »Nach allem, was er im Leben durchgemacht hat«, sagte er, als er nah am Wohnzimmer stand, in dem Nita und Gabriel saßen. »Da muß einer zweiundachtzig werden, die Nazizeit in Holland durchmachen, immer wieder gerettet werden, um in seiner Wohnung, hier in Erez Israel, ausgeraubt und umgebracht zu werden!«

Etwa um diese Zeit, es war gegen sechs Uhr morgens, begannen die Avocadoschnitzel auf den Broten, die Gabriel belegt hatte, sich dunkel zu verfärben. Gabriel war der einzige, der eine ganze Scheibe Brot und zwei Tassen Kaffee zu sich genommen hatte. Theo hatte nur von dem weichen Teil des Weißbrots etwas genommen, auf dem er geistesabwesend herumkaute, und Nita warf nicht einmal einen Blick auf den Kupfertisch, auf dem der gefüllte Teller stand. Von dem Moment an, in dem Michael nach dem ersten Gespräch mit Theo van Gelden den Hörer aufgelegt hatte, wußte er, daß der Druck, der mit einemmal auf ihm lastete, sich nicht auflösen würde. Er wollte nicht darüber nachdenken, was mit dem Baby geschehen würde, nachdem er herausgefunden hatte, daß es Balilati war, der die Ermittlungen im Fall Felix van Gelden leitete. Denn in diesem Moment begriff er plötzlich, daß durch diesen Vorfall die Sache mit dem Baby nicht mehr geheimgehalten werden konnte. Denn wenn Dani Balilati mit dem Fall beauftragt worden war, würde er mit seinem Spürsinn und seiner vermeintlich lässigen, leichtfertigen Art hinter alles kommen.

Als Michael Nita an der Wohnungstür gesehen hatte, hatte sich sein Gewissen zu Wort gemeldet. Sie war barfuß, hielt die Stöckelschuhe in der Hand und trug noch immer das schwarze Abendkleid. Ihr Blick war leer und starr. Er hatte sich nur mit der Geheimhaltung seines Geheimnisses beschäftigt, mit seinem persönlichen Anliegen, mit der Frage, wie er jetzt noch das Baby behalten konnte. Was als Rahmen gedacht war, in dem sie beide Schutz suchten, war von einer Minute zur anderen zu einem Rohr im Wind geworden. Was ein Zufluchtsort zu sein schien, existierte nicht mehr. Und wie schon häufig in den letzten Tagen, eigentlich seit er das Kind gefunden hatte, wurde ihm quälend bewußt, daß er die Kleine verlieren könnte. Und das Gefühl eines großen Versäumnisses, eines untröstlichen Verlustes überwältigte ihn. Er verdrängte sogleich die Gedanken daran, ließ die Angst wie ein Holzstück auf dem Strom der allgemeinen Sorgen treiben und versuchte an Nita zu denken.

Als Nita Ido gefüttert hatte, der aufgewacht war, kaum daß sie die Wohnung betreten hatten, hatte sie ihr Gesicht in dessen Hals vergraben. Als sie ihn wickelte, hatte sie gelächelt. Michael hatte vorgeschlagen, es für sie zu übernehmen, aber sie hatte nur den Kopf geschüttelt und stur weitergemacht. Sie hatte ihr Gesicht auf Idos rundliche Brust gelegt und irgend etwas gemurmelt. Schließlich hatte sie ihn wieder in sein Bett gelegt, sich in die Sofaecke gesetzt, die Beine angezogen und die Knie umfaßt. So saß sie schon eine ganze Weile da. Einerseits war das Zusammensein mit ihr und ihren Brüdern für Michael in diesem Augenblick die natürlichste Sache der Welt. Schon oft in seinem Leben hatte er mit Menschen zusammengesessen, die um einen Ermordeten trauerten, hatte sich angehört, was sie zu sagen hatten, und Fragen gestellt. Aber diesmal lagen die Dinge anders. Vor allem, weil er sie nicht ausfragen konnte, aber auch, weil Nita so nah war und doch so weit entfernt.

»Es ist nicht sicher, daß sie hinter Geld her waren«, präzisierte Gabriel. »Es kann auch jemand gewesen sein, der es speziell auf das Bild abgesehen hat. Du hast gehört, was dieser Kriminalbeamte gesagt hat.«

Michael wollte fragen, was »dieser Kriminalbeamte« genau gesagt hatte, aber seine Frage erübrigte sich, da Theo, der nicht aufhören konnte zu sprechen, so wie er auch nicht aufhören konnte, auf und ab zu laufen, neben der großen Glastür stehenblieb, auf die Hügel schaute, die hinter einem gräulichen Dunst verschwanden, und murmelte: »Ich habe gehört, was er gesagt hat. Aber er hat nur eine Vermutung ausgesprochen. Sie haben ja auch das ganze Geld mitgenommen, die ganzen Dollars und die Gulden, die nicht mehr an ihrem Platz sind. Und sie haben das Haus auf den Kopf gestellt und alle Papiere und den Schmuck mitgenommen und nicht etwa liegengelassen. Wie kommt dieser Polizist überhaupt darauf, uns, uns (!) zu fragen, wo wir vor dem Konzert waren.«

»Tu mir einen Gefallen, Theo«, sagte Gabriel, »leg den Schlüsselbund irgendwohin, ich kann das Geklapper nicht mehr ertragen.«

Theo zog die Hände aus den Taschen und legte den kleinen Schlüsselbund, mit dem er ununterbrochen gespielt hatte, auf das Regal. Er trug immer noch die Frackhose, das Jackett hatte er abgelegt. Seine Manschettenknöpfe, in Gold gefaßte Perlen, prangten auf den Rändern der weißen Hemdärmel und funkelten, als er unter der Lampe stand und ab und zu mit den Armen fuchtelte. Er nahm seinen Gang durch den Flur wieder auf, warf einen Blick in Idos Zimmer und sagte: »Glücklich, wer sich seinen Babyschlaf bewahren kann.« Dann marschierte er wieder ins Wohnzimmer.

»Es ist nicht nur einfach eine Vermutung. Die Frau von der Spurensicherung hat gesagt, daß es ein Profi war, der die Leinwand aus dem Rahmen entfernt hat, daß es jemand mit Erfahrung war«, warf Gabriel nervös ein. Er legte seine Hand auf sein rechtes Lid, das unbeherrscht zuckte. Der grüne Stein funkelte in der letzten Windung seines goldenen Rings. Erst jetzt, aus der Nähe, sah Michael, daß der Ring die Form einer Schlange hatte.

»Dann ist alles nur wegen des Bildes passiert. Ich habe es schon immer gehaßt«, verkündete Theo, hielt wieder für einen Moment vor der großen Glastür an und starrte nach draußen. »Eine phantastische Aussicht hat diese beschissene Wohnung, das muß man ihr lassen!« bemerkte er in Richtung Nita, die zusammengekauert in der Sofaecke saß und kein Wort über die Lippen brachte. »Ich habe es immer gehaßt, ich mag diese ganzen Vanitas-Attribute nicht, diese Totenköpfe. Immer winken sie mit ihrem Memento mori, als könne man vergessen, daß man sterblich ist. Ich hasse diese Symbolik, auch wenn das Original tatsächlich schön war.« Er zog die Brille ab und legte sie auf das Kupfertischchen. Nita stützte ihr Kinn auf die angezogenen Knie. »Wißt ihr noch, wie wir zur Bar-Mizwa* von Gabi nach Amsterdam geflogen sind und das Bild im Rijksmuseum gesehen haben?«

Gabriel rieb sich die Augen, zupfte an seinem Bart, verbarg sein Gesicht in den Händen und schwieg. Nita hob den Kopf und starrte vor sich hin, als hätte sie seine Worte nicht gehört. »Du kannst dich nicht mehr daran erinnern, du warst erst drei Jahre alt«, sagte Theo zärtlich.

Wieder fragte Michael sich, warum er an der Küchentür stehenblieb. Ob er nicht überflüssig war, wo alle bei ihr waren? Nachdem er sich mit eigenen Augen überzeugt hatte, wie sie sich um Ido gekümmert hatte, wußte er, daß man sie ruhig allein lassen konnte. In ein paar Stunden würde die Kinderfrau hiersein, und dann würde er das Baby bei ihr lassen und zu seiner täglichen Arbeit an den Migrash Harussim aufbrechen. Dort konnte er durch Zila in Erfahrung bringen, wieviel Balilati schon herausgefunden hatte. Diesen Gedankenfluß brachte er rasch zum Stocken und rief sich in Erinnerung, daß es jetzt Nita war, um die er sich zu kümmern hatte, und sei es nur, weil er in ihrer Schuld stand. Und was mit dem Baby passieren würde, mußte man abwarten. Zweimal fragte er sie leise, als beide an der Wickelkommode standen und er auf ihre Hände schaute, die über Idos Körper glitten, und auf ihre Finger, die über sein Gesicht huschten, ob sie wolle, daß er blieb, oder ob er besser ginge. Sie hatte mit ihrer leeren Stimme zweimal gesagt, er solle bitte bleiben. »Wenn es geht«, hatte sie erschrocken hinzugefügt, für den Fall, daß sie zuviel von ihm verlangte. Dieser Schreck war es, der ihrer Stimme etwas Leben verliehen hatte, wenn auch nur für einen kurzen Augenblick. Michael begriff erneut, daß Nitas verbliebene Kraft sich ganz in der Sorge für den anderen, in der Notwendigkeit, Rücksicht zu nehmen, erschöpfen würde. Es war der einzige Weg, sie aus der Reserve zu locken.

Es war ihm klar, daß der Tod ihres Vaters, vor allem die Art und Weise, wie er ums Leben gekommen war, das, was wie der Anfang einer möglichen Genesung ausgesehen hatte, zurückwerfen würde. Er hatte gespürt, daß diese Genesung mit seiner Anwesenheit zusammenhing, was ihn sehr befriedigt hatte. Panische Angst drohte nun erneut von ihm Besitz zu ergreifen, als er an Nitas Zusammenbruch dachte, der in den nächsten Tagen erfolgen würde. Auf einmal schwebte der Schatten des allwissenden Lächelns von Schwester Nechama über der Wickelkommode. Aber Michael verdrängte die dunklen Gedanken mit aller Macht. Man mußte es nehmen, wie es kam, hielt er sich vor Augen. Es hieß, daß ein Ungeborenes die Empfindungen seiner Mutter spürt. Verstand dieses Baby womöglich, daß er nun die zentrale Figur in seinem Leben war? Konnte es nachfühlen, auf welch schwachen Beinen seine Welt stand? Er hielt das Kind fest in seinem Arm. Es krümmte sich. Er sah das glatte Gesicht an, das rosa vom Schlaf war. Für einen Moment schien ihm das Baby in seinem Arm vollkommen sicher. Beinahe hätte er laut ausgesprochen: »Ich werde nicht zulassen, daß man dir ein Haar krümmt!« Aber schon im nächsten Augenblick, während die Kleine noch auf seinem Arm lag, wurde er von Zweifeln geplagt.

»Es war eine schreckliche Reise damals, die Reise anläßlich deiner Bar-Mizwa«, sagte Theo abwesend. »Sie sind mit uns von Museum zu Museum gezogen, in Wien, in Amsterdam, in Paris. Vater hat es für sich selbst und für dich gemacht. Ich war an solchen Dingen damals gar nicht interessiert ... und Nita war ja fast noch ein Baby.« Er schaute in ihre Richtung, und Nita vergrub ihr Gesicht erneut zwischen ihren Knien.

Als sie vor mehr als einer Stunde in die Wohnung gekommen waren, war sie sofort ins Kinderzimmer gegangen, zu Idos Bett – Michael war ihr gefolgt und an der Tür stehengeblieben –, dann war sie ins Schlafzimmer geeilt, hatte die Stöckelschuhe in die Ecke geschmissen, die Tür hinter sich geschlossen und war mit einem weiten Blumenrock und einem schwarzen Pulli wieder herausgekommen. Jetzt war der Rock um sie ausgebreitet und verdeckte ihre Silhouette. Erst als sie ihre Knie angezogen, sie eng gegen die Brust gedrückt und ihr Gesicht zwischen ihnen verborgen hatte, war ihre Magerkeit wieder andeutungsweise zu sehen gewesen. Plötzlich hatte er das Bedürfnis, sich neben sie zu setzen und seine Arme um ihren Körper zu legen. Erst gestern hatte sie so herzlich gelacht. Das Grübchen war auf ihrer Wange erschienen, und in ihren Augen hatte ein lausbübischer Glanz gelegen. Es war so einfach, sie zum Lachen zu bringen. Er hatte den Eindruck, daß er sie wirklich froh machte, und dieser Gedanke hatte ihn in den letzten Tagen sehr befriedigt. Es waren erst ein paar Stunden vergangen, seit er ihr an der Tür auf ihrem Weg nach draußen gesagt hatte: »Ich habe beschlossen, daß ich dich glücklich machen will. Ich will es von ganzem Herzen, und ich weiß, daß es passieren wird.« Sie hatte ihn ernst, naiv und vertrauensvoll angesehen.

Ein kühler Wind, der frühe Morgenwind in Jerusalem, blies plötzlich durch die Balkontür und erweckte die Illusion, daß der Herbst nun tatsächlich hereinbrach, während Michael die noch zu erwartende Hitze in den Knochen spürte. »Ach, wie unglücklich ich damals gewesen bin«, murmelte Theo, »vor allem wegen Dora Sackheim, die mit mir ganz und gar nicht zufrieden war, nur mit dir, Gabi, weißt du noch? Aber wegen ihr sind wir überhaupt gefahren. Sie hatte gesagt, mehr Allgemeinbildung und ein normales Leben täten uns gut. Es war ja ein Teil ihrer umfassenden Weltanschauung, daß man ein normales Leben führen sollte. Als ob es eine Chance auf ein normales ...« Er schwieg und atmete tief und geräuschvoll ein. »Als wir zurückkamen, bin ich nicht mehr zu ihr gegangen. Erst später, viele Jahre später, habe ich gedacht, daß es eine elegante Lösung war, eine elegante Lösung von ihr, mich dazu zu bringen, daß ich aufgab. Aber schon damals habe ich gespürt, ohne es zu wissen, daß sie es war, die mich aufgegeben hatte. Ich weiß selbst nicht, warum ich nicht mehr zu ihr ging. Du hast das nicht verstanden. Dich hat sie ja geliebt.« Gabriel rutschte in dem Korbsessel, auf dem er saß, hin und her, als ob er die richtige Position noch nicht gefunden hätte, und rieb sich die Augen. »Aber das Bild im Rijksmuseum habe ich gesehen«, fuhr Theo fort, »ich erinnere mich noch genau daran, wahrscheinlich wegen des Gemäldes, das bei uns zu Hause hing.«

Michael räusperte sich. Das lange Schweigen schien seine Kehle auszutrocknen, und er fragte entschuldigend: »War euer Bild ein Original? Ich verstehe nicht, wenn ihr sagt, daß es in Amsterdam hing, wie ist es dann zu eurem Vater gekommen?«

»Was daheim bei unserem Vater hing«, sagte Gabriel und nahm die Hände vom Mund, »war eine von drei Studien, die van Steenwijk angefertigt hat, bevor er das große Gemälde malte. Auch sie waren in Öl auf Leinwand.«

Theo, der bisher Michael kaum direkt angesprochen hatte, lehnte sich gegen das Bücherregal und schaute aus dem Fenster, als er sagte: »Ich weiß nicht, ob Sie diese ZVanitas-Stilleben kennen, es war ein gängiges Thema in der flämischen und holländischen Malerei des 17. Jahrhunderts. Van Steenwijk gehörte der Generation Vermeers an. Er war nicht so ein großer Maler wie Vermeer, aber groß genug. Kunstexperten stufen ihn gemessen an Vermeer als drittrangigen Maler ein. In seinen Bildern findet man das Vermeersche Licht, Sie wissen schon, dieses weiche gelbliche Licht. Nur findet man bei Vermeer keine Vanitas-Symbole.«

»Du hast seine Frage nicht beantwortet«, bemerkte Gabriel, »erklär es ihm, er hat dich nach dem Bild bei uns zu Hause gefragt.«

»Das große Bild, das im Rijksmuseum in Amsterdam hängt, ist wie alle Vanitasdarstellungen ein Stilleben. Ich glaube, es stellt eine Flöte, Bücher, Früchte und eine Medaille dar und ...«

»Und einen Totenkopf, der auf einem Bücherstapel ruht«, ergänzte Gabriel. »Ein Totenkopf ist abgebildet anstelle einer Fliege oder eines Wurms.«

»Von was für einer Fliege redest du?« fragte Theo und sah seinen Bruder erschrocken an.

»Nun, auf den Vanitas-Stilleben sind häufig Schalen mit makellosen Früchten abgebildet oder Vasen mit Blumen in allen Farben der Welt, aber es gibt immer eine oder zwei Fliegen, die über ihnen schwirren oder gerade von ihnen abheben, oder einen Wurm, der aus irgendeiner tadellosen Frucht herauskriecht, damit man nicht vergißt, daß alles einmal verrotten wird, daß alles vergänglich ist.«

»Ich hasse es«, sagte Theo und erschauerte, »ich hasse es!« Er schüttelte sich erneut und schlang die Arme um sich selbst. »Auf jeden Fall«, wandte er sich an Michael, sein linker Arm hielt noch seine rechte Schulter, »gibt es drei Bilder, die er vor dem großen Gemälde malte. Frühe Studien von Details des großen Gemäldes, wesentlich kleiner, aber auch in Öl. Es ist bekannt, daß es insgesamt drei davon gibt, die zusammengehören. Unser Bild war seit Generationen im Besitz unserer Familie und stammte schon von Vaters Urgroßvater, glaube ich. Vater hat es uns immer gern erklärt, wie man dank der Bücher, die sie damals führten, heute die finanzielle Lage Rembrandts und anderer Maler rekonstruieren kann. Durch sie weiß man auch, daß es drei Studien und nicht mehr zu diesem Bild gab. Jede der Studien enthält Details des großen Gemäldes aus verschiedenen Ansichten gemalt«, führte er aus und bewegte zur Erklärung den Arm in der Luft. »Zwei der Studien hat irgendein schottischer Lord zu Beginn des 19. Jahrhunderts auf einer Reise durch Europa erworben, damals pflegte man durch Italien und Holland zu reisen und Gemälde zu kaufen, denn dort fand man einen verarmten Adel, Fürsten und Herzöge, die nicht genug zu essen hatten. Unsere Studie zeigte die Flöte und den Schädel auf dem Bücherstapel. Es war ein kleines Bild.« Theo hielt seine Hände etwa zwanzig Zentimeter auseinander. »Die beiden anderen sind im Besitz eines schottischen Sammlers«, fügte er hinzu. »Gabi hat das Bild geliebt, nicht wahr? Gabi, dir stand es am nächsten, habe ich recht?« Ein Schimmer von Intimität lag in seinen Augen, als er seinen Bruder ansah.

»Sie haben das Bild aus dem Rahmen geholt«, erklärte Gabriel dem Teppich, aber Michael kam es vor, als ob er mit seiner dumpfen Stimme zu ihm sprach. »Es war jemand, der von dem Bild wußte, der seinen Wert kannte. Ich verstehe nur nicht, daß der Einbruch nicht geschah, als Vater nicht daheim war. Warum mußte es ausgerechnet passieren, als er in der Wohnung war? Der Einbruch hätte doch erfolgen können, als er beim Zahnarzt war.«

»Wie hieß noch der Typ von der Polizei, Balileti?« sagte Theo und verzog den Mund.

»Balilati«, präzisierte Michael, der zunächst die Absicht hegte, die Diskrepanz zwischen Dani Balilatis Aussehen und seinen Fähigkeiten zu erläutern, jedoch kurzfristig beschloß, es besser zu lassen. Was ging es ihn an, was Theo über Dani Balilati dachte.

»Ich will nicht, daß wir die Schiw'a* sitzen«, sagte Theo unvermittelt. »Ich hasse diese Kondolenzbesuche, und ich glaube auch nicht, daß es uns guttun wird, nun mit dem Arbeiten auszusetzen. Der Kerl wird mich auch nicht dazu zwingen, Verpflichtungen abzusagen, was meint ihr?« Nita reagierte nicht. Sie drehte ihm nicht mal den Kopf zu. Aber Gabriel hob das Gesicht vom Teppich, sah ihn an und hob die Schultern. »Mir ist es gleich«, sagte er schließlich, »was spielt das noch für eine Rolle.«

»Vater haßte die Religiösen und die Religion. Er hätte es nicht gewollt. Er war Atheist und hat diese Zeremonien verabscheut«, behauptete Theo.

»Aber bei Mutter haben wir die Trauerwoche eingehalten«, sagte Gabriel erstickt durch seine Hände, in denen er sein Gesicht verbarg. Er zog die Nase hoch. Theo sah ihn an: »Für Mutter haben wir es gemacht, weil sie die Religion nicht so vehement abgelehnt hat. Es ist nicht zu vergleichen. Für Mutter haben wir es auch getan, um mit Vater zusammenzusein, damit er nicht allein war.« Es herrschte Stille. Theo, der das Schweigen nicht ertragen konnte, sah Nita an, die immer noch völlig erstarrt in ihrer Sofaecke saß. »Du solltest dich ein bißchen hinlegen«, sagte er. »Du bist ganz fertig.« Es fröstelte sie, aber sie lehnte ab. »Sag du es ihr, Gabi«, sagte Theo. »Du hast mehr Einfluß auf sie als ich.«

Gabriel sah Nita an, und Michael folgte seinem Blick. Ihr Gesicht war sehr weiß, und sie zitterte. Das Zittern hörte nicht auf. Sie bebte an Armen und Beinen. Unter ihren Augen waren die Halbmonde dunkler als sonst. Und die Augen selbst waren schwer, wie damals, als Michael sie zum ersten Mal sah. Ihre Haare waren durcheinander, als ob sie sie gerauft hätte, als ob sie die Finger in die Locken gesteckt und damit ihr Haar nach den Seiten gezogen hätte. Wie fremd war ihm der unausgesetzte Drang, jetzt neben ihr zu sitzen und sie in seine Arme nehmen. Wären die Brüder nicht gewesen, hätte er es sicherlich getan. Es waren kaum zwei Wochen vergangen, seit er sie kennengelernt hatte, und schon war er mit ihrem Leben verstrickt. Es war seltsam, einer Frau so nah und doch so fern zu sein.

»Sie wird uns zusammenbrechen, und wir haben noch einen langen Weg vor uns«, warnte Theo. »Außer den Konzerten, die wir nicht annullieren werden, müssen wir die Verhöre dieses Polizisten über uns ergehen lassen, dem jedesmal etwas Neues einfällt, das er uns fragen könnte ...«

Aus dem Kinderzimmer drang ein lauter Schrei. Das Baby war erwacht, und Michael gab ihm im Kinderzimmer die Flasche. Ido bewegte sich in seinem Bettchen, und Michael rechnete aus, wie lange er noch schlafen würde. Er fragte sich, ob Nita in der Lage war, sich um ihn zu kümmern. Bald würde die Kinderfrau kommen, die ihr den Morgen zum Arbeiten freihalten sollte. Nun würde er sie bitten müssen, mit Ido spazierenzugehen. Nita würde heute nicht spielen können, in der Wolke der Erstarrung, in der sie sich befand. Er ging zurück ins Wohnzimmer.

»Er hätte es diesem verrückten Schotten schon vor fünf Jahren verkaufen sollen, keiner hätte ihm mehr dafür geboten«, sagte Theo van Gelden. »Hätte er es verkauft, wäre das alles nicht passiert.«

»Er hat das Geld nicht gebraucht. Das Bild war eine Geldanlage«, rief Gabriel ihm in Erinnerung. Michael wollte mehr über den Schotten wissen und über dessen Angebot, aber er wagte es nicht zu fragen. Er versuchte sich im Hintergrund zu halten und wollte die Tatsache, daß er selbst bei der Polizei arbeitete, so gut wie möglich vertuschen. Als ob das Vertuschen auch die Sache mit dem Baby verbergen würde. Aber Theo sah ihn plötzlich an, als hätte er seine Gedanken gelesen, und sagte: »Nita sagte, Sie sind ein hohes Tier bei der Polizei. Vielleicht können Sie etwas tun.«

»Woran denken Sie?« fragte Michael vorsichtig. »Was erwarten Sie von mir?«

»Was weiß ich, Sie könnten vielleicht die Untersuchung beschleunigen, ihn uns vom Leib halten, ihm sagen, er soll uns nicht auf die Nerven gehen. Er will, daß ich in der nächsten Zeit das Land nicht verlasse. Er sagt, daß er uns noch braucht. Ich gebe in zwei Wochen drei Konzerte in Tokio, glauben Sie, daß er uns in zwei Wochen rausläßt? Wie soll ich diesen Termin absagen? Glauben Sie, die Japaner hätten dafür Verständnis? Der Konzerttermin steht seit zwei Jahren fest. Es wird mein zweiter Auftritt in Japan sein.«

»Dani Balilati ist in Ordnung«, sagte Michael. »Sie täuschen sich in ihm. Er ist ein seriöser Mann. Auch wenn er ein bißchen viel redet«, beeilte er sich hinzuzufügen.

»Wer hätte das gedacht«, lamentierte Theo. »Wie oft habe ich ihm gesagt, er soll an den Schotten verkaufen. Jedesmal hat er erwidert, daß er das auf keinen Fall machen würde. Dieser bedauernswerte Schotte hat immer wieder angerufen. Schon zweimal hat er Vater besucht.« Er wandte sich an Michael, als ob er in ihm ein dankbares Publikum gefunden hätte. »Der Schotte ist kein unsympathischer Mann. Er besitzt die anderen beiden Exemplare und wollte seine Sammlung vervollständigen. Ein Urahn seines Großvaters hatte die Bilder 1820 erstanden. Damals hatte der Großvater unseres Großvaters wohl Vaters Bild gekauft. Das Bild ist seit fünf Generationen in unserem Besitz. Der Schotte hat Vater mehr als eine halbe Million Dollar angeboten, mehr als ihm das Stedelijk in Leuven geboten hat. Er wollte alle drei Bilder zusammenbringen, aber Vater wollte auf keinen Fall verkaufen.«

»Warum reden wir nur über das Bild?« fragte Gabriel. »Schließlich wurde festgestellt, daß auch das Geld weg ist und der Schmuck. Wie kommst du darauf, daß das Bild der Grund war?«

»Du selbst hast es vor einer Minute gesagt ...«, entgegnete Theo verwundert.

»Dann habe ich es eben gesagt ...«, reagierte Gabriel heftig. »Jetzt denke ich noch einmal darüber nach. Nicht, daß es eine Rolle spielt!«

»Dieser Balilati«, Theo sah Michael an, »er meint, die anderen gestohlenen Sachen seien nicht so wichtig. Aber er hat keine Ahnung, um wieviel Geld es dabei ging, und wir wissen es auch nicht genau. Wir wissen nur, wo er es aufbewahrt hat.« Wieder sah er Michael an und fuhr fort: »Vater hat nicht an Banken geglaubt. Wegen Feuchtwanger, erinnern Sie sich an die Feuchtwanger-Bank, die Konkurs gemacht hat?« Michael nickte schwach und sah Nita aus den Augenwinkeln an. Sie schien kein Wort zu hören. Man konnte nicht mehr mit ihr rechnen. Das sah er immer klarer vor Augen. Er durfte nicht schon jetzt in Panik geraten. Er mußte abwarten und sehen, wie die Dinge sich entwickelten. Es war besser, weiter zuzuhören, was Theo zu sagen hatte. »Da er Geld in der Feuchtwanger-Bank angelegt hat und alles verlor, begann er, zu Hause ausländische Währungen zu horten. Er hatte ein Versteck, oder mehr als eins. Ich weiß nicht einmal, ob das in Israel legal ist. Aber was spielt das jetzt noch für eine Rolle. Es war viel Geld, ich wußte, wo er es aufbewahrte. Er hatte es mir gezeigt. Auch Nita hatte er es gezeigt. Dir auch?«

Gabriel nickte.

Theo stand auf und ging erneut auf und ab. »Ich dachte, er hätte es dir nicht gezeigt. Du warst damals nicht da. Ich dachte ...«

»Er hat es mir gezeigt, als ich zurückgekommen bin. Für den Fall, daß ihm etwas zustoßen würde und du nicht im Land wärst. Er hat sich so sehr um Nita gesorgt.« Nita zog die Arme fester um ihre Knie.

»Er hat es getan, damit wir Bescheid wußten, falls ihm

plötzlich etwas zustieß. Er hatte eine Menge Geld. Beim letzten Mal hat er mir Gulden gezeigt, zehntausend Dollar in Gulden. Ich hatte ihn gefragt, wieso. Wieso hortest du Gulden? Aber er gab mir keine Antwort. So war er, wenn er nicht wollte, hat er einfach nicht geantwortet.« Theo gab eine Art Kichern von sich, das an ein Schnarchen erinnerte, und wischte sich über das Gesicht. »Hat er es dir erklärt, Gabi?«

»Nein, ich habe keine Ahnung«, antwortete Gabriel dumpf. Er starrte erneut auf den Teppich. »Was ich nicht verstehe«, sagte Gabriel, »was ich nicht verstehe, ist, was einer mit dem Bild anfangen will. Schließlich kann es niemand verkaufen. Wozu wurde es dann gestohlen?« Er sah Michael an, als erwarte er eine Antwort.

Gegen seinen Willen war Michael, der sein Arbeitsgebiet und seine Sachkenntnis am liebsten verschwiegen hätte, gezwungen, etwas zu sagen. Er entschied sich zu der Bemerkung, daß er nicht genug von diesen Dingen verstand, die nicht in seinen Bereich fielen. Soviel er wußte, kooperierte man in solchen Fällen mit Interpol. Normalerweise, jedenfalls seines Wissens – nahm er seine Worte ein wenig zurück –, erfolge Kunstraub auf Bestellung. Es seien Auftragsarbeiten. »Wie es vermutlich beim Diebstahl der Uhren aus dem Islam-Museum der Fall gewesen ist. Das macht es so schwer, die gestohlenen Gegenstände wiederzufinden«, hatte er sich hinreißen lassen hinzuzufügen.

»Der Schotte!« stieß Theo aus. »Es war vielleicht der Schotte, der jemanden beauftragt hat, das Bild zu stehlen, das Vater ihm nicht verkaufen wollte.«

»Jetzt dreh nicht durch«, warnte ihn Gabriel, der sich aufrichtete. »Ich habe ihn auch einmal kennengelernt. Wir haben ihn zusammen getroffen, weißt du das nicht mehr? Er ist ein sehr netter Mensch, sehr sympathisch, das waren deine eigenen Worte. Sein Wunsch, das Bild zu kaufen, ist doch nachvollziehbar. Er hat schon die beiden anderen Bilder. Es fehlt ihm nur das dritte. Dieser Schotte kann doch keiner Fliege etwas zuleide tun.«

»Was wissen wir, wer jemandem was zu leid tun kann und wer nicht«, winkte Theo ab.

»Doch nicht der Schotte!« sagte Gabriel beharrlich.

»Erstens«, sagte Theo, »war Vaters Tod wohl ein Unfall. Schließlich bestand offensichtlich nicht die Absicht, ihn zu ermorden, er ist gestorben, weil ...« Er warf Nita, die sich nicht rührte, einen Blick zu. »Er ist erstickt. Wegen dem Tuch und dem Emphysem.« Theo sah Michael an, nahm jedoch sofort die Augen von ihm und erklärte: »Vater litt hochgradig an einem Lungenemphysem. Es gab Tage, an denen er ein Sauerstoffgerät benutzen mußte.« Er sah erneut Nita und dann Gabriel an. »Daran ist er schließlich gestorben. Es gibt einen medizinischen Fachausdruck dafür. Er ist mir entfallen. Der Arzt hat ihn heute nacht benutzt.« Wieder sah er seinen Bruder an.

»Asphyxie«, sagte Gabriel, ohne den Kopf zu heben.

»Der Polizist, Ihr Bekannter«, wandte Theo sich an Michael, »sagte, daß er nicht begreift, warum jemand eingebrochen ist, während Vater in der Wohnung war. Schließlich hätte ein Einbrecher die Sache planen und einsteigen können, wenn niemand daheim war. Ich habe es ja schon gesagt – er hätte kommen können, als Vater beim Zahnarzt war oder im Konzert oder in seiner Loge. Unser Vater war bei den Freimaurern. Einmal die Woche haben sie sich getroffen. Die Treffen fanden mit größter Zuverlässigkeit statt – eher wäre die Welt untergegangen ...«

»Falls er überhaupt beim Zahnarzt war«, bemerkte Gabriel. Theo erstarrte. Nita hob den Kopf von den Knien und sah Gabriel an. »Vielleicht hatte er den Termin abgesagt. Vielleicht hatte er auch gar keinen Termin«, flüsterte Gabriel. Seine Stimme wurde lauter, als er ergänzte: »Vater haßte es, zum Zahnarzt zu gehen. Er wollte doch auch unbedingt das Konzert hören. Das letzte, was er getan hätte, war, vor einem Konzert von uns dreien zum Zahnarzt zu gehen.«

»Es ist kein Problem, das zu überprüfen«, bemerkte Michael.

»Da mußte einer all das durchmachen, um schließlich so zu enden«, deklamierte Theo, als ob er selbst nicht mehr hinter seinen Worten stand, sondern nur einem zwanghaften Bedürfnis nachkam, seine eigene Stimme zu hören. »Nach allem, was er durchgemacht hat«, sagte er, stand auf und marschierte mit den Händen in den Hosentaschen weiter. »Und ich dachte, daß er einfach zu schwach war für das Konzert«, sagte er, als er über Gabriel stand. »Wir müssen den Zahnarzt anrufen«, bestimmte er.

»Überlaß das der Polizei«, sagte Gabriel barsch. »Was geht uns der Zahnarzt an. Er ist tot, es zählt nicht mehr. Ich will mich nicht länger mit den Umständen beschäftigen.« Seine Wangen waren eingefallen, unter seinen tiefliegenden Augen zeigten sich Tränensäcke. Seine schweren Atemzüge waren im Zimmer zu hören. Theo beugte sich zu der Zigarettenschachtel, die Michael auf das Kupfertischchen gelegt hatte. »Darf ich?« fragte er. Ohne auf eine Antwort zu warten zündete er sich eine Zigarette an. Eine Wolke weißlichen Rauchs legte sich über Gabriel, der mit den Händen wedelte, um sie zu zerstreuen.

»Gabi«, sagte Theo unvermittelt, »es gibt etwas, das ich nicht verstehe, vielleicht ... vielleicht sollte ich warten, bis wir beide allein sind. Ich möchte dich fragen ... es ist nicht wichtig.« Er warf einen Blick auf Michael und verstummte. Nita sah beide an. Ihre Augen gingen weit auf, die dunklen Halbmonde unter ihnen betonten ihre helle Farbe. Um die Pupillen, die graublau-grünlich waren, lag ein dünner dunkler Kreis, als ob jemand eine schwarze Kontur gezeichnet hätte, um die Grenze zu markieren. Eine Linie, die er vorher nicht bemerkt hatte.

»Was wolltest du sagen, Theo?« fragte sie ängstlich. »Hör auf, mich wie ein Baby zu behandeln. Vor mir müßt ihr nichts mehr verbergen. Ich habe längst bewiesen, daß ich etwas verkraften kann ...«

»Es ist nicht deinetwegen, Nita«, sagte Theo und sah sie flehend an. »Wirklich nicht deinetwegen. Auch wenn du für mich immer das kleine Mädchen bleibst. Was soll ich machen? Ich dachte nur ...« Er wandte Michael seinen Kopf zu und sah Gabriel erneut an. »Es hat auch keinen Zusammenhang zu irgend etwas, denn ...«

»Du kannst vor ihm sprechen«, bestimmte Nita. »Für mich gehört er zur Familie. Er steht mir sehr nah, und ich habe bedingungsloses ... ich habe Vertrauen zu ihm.« Sie schwieg und senkte den Blick.

»Aber mir steht er nicht nah«, argumentierte Theo. »Ich weiß nicht, ob ich ihm vertrauen kann.« Er fuchtelte mit dem Arm in der Luft und murmelte: »Ich bitte um Vergebung, es ist nichts Persönliches.«

»Auch nicht, wenn ich dir sage, daß du ihm wirklich vertrauen kannst?« Nitas Augen füllten sich mit Tränen.

»Was wolltest du sagen, Theo? Von mir aus, sage es«, raunte Gabriel mit der dumpfen Stimme, die aus dem Teppich zu dringen schien.

Michael ging in die Küche, um frischen Kaffee aufzubrühen. Von der Küche aus hörte er Theo flüstern. Er konnte den Inhalt seiner Worte jedoch nicht verstehen. Bis er dessen Ausruf hörte, der beinahe ein Schrei war: »Ich verstehe es nicht. Mir kannst du es wenigstens erklären!« Wieder erklang ein Murmeln – er konnte den Sprecher nicht identifizieren. Michael kehrte zurück ins Zimmer und stellte das Tablett ab. Er registrierte, daß sie seinetwegen ihre Unterhaltung unterbrachen. Er stellte eine Tasse vor Nita, doch sie schüttelte nur den Kopf und zeigte auf ihren Hals mit einer Bewegung, die eine Sperre beschrieb. »Geh nicht!« wies sie ihn an, als er Anstalten machte, sich ins Schlafzimmer zurückzuziehen.

Theo setzte seine Brille wieder auf. Er kreiste um den Korbsessel, in dem sein Bruder saß, stellte sich neben das Fenster und ließ sich schließlich auf den geflochtenen Stuhl fallen. Als Gabriel weiter schwieg, fing Theo wieder zu sprechen an: »Gut, Nita. Sie hat nichts zu verbergen. Jeder ihrer Schritte steht wegen des Kindes von vornherein fest. Und wer beim Friseur war, hat ... Aber ich zum Beispiel habe die Zeit mit etwas verbracht, über das ich nicht sprechen will. Ich mag es nicht, wenn jemand seine Nase in meine Angelegenheiten steckt, und obwohl ... du hast gesehen, daß es mir unangenehm war, und trotzdem habe ich es ihm gesagt. Und du? Was wäre dabei gewesen, es ihm zu sagen? Schließlich ist es für ihn nur Routine. Keiner denkt dabei wirklich an einen von uns«, er unterbrach sich mit einem grunzenden Kichern.

Gabriel rührte sich nicht.

»Was suchst du da auf dem Teppich?« fragte Theo. »Warum antwortest du mir nicht?!«

»Theo«, bat Nita. »Hört auf. Ich kann das jetzt nicht ertragen.«

»Ich frage nur«, verteidigte sich Theo. »Wir streiten nicht, es ist keine Sache der ... der ... Ich will nur wissen, warum du es nicht sagen wolltest. Warum hast du ihm nicht gesagt, wo du warst?!«

Gabriel hob sein Gesicht empor. Das bärtige Gesicht, das von dem Licht hinter ihm braun, rötlich und weißlich erleuchtet wurde, sah aus wie eine zornige Maske. Sein Mund verzerrte sich, seine Lippen verzogen sich. »Was geht es dich auf einmal an?« fauchte er. »Was dich interessiert, sind deine Konzerte in Japan, daß wir nicht zu arbeiten aufhören, daß deine Pläne, Gott behüte, nicht gestört werden. Und wenn wir schon von deinen Plänen reden, dann vergiß nicht, daß du jetzt dein Bayreuth in Ruhe durchziehen kannst, keiner wird dir mehr im Weg stehen. Du mußt wissen, daß ich dir Vaters letzten Anfall nie verzeihen werde. Als du ihm von dem Wagnerfestival erzählt hast und er solch einen Anfall bekam! Du bist einfach weggegangen, hast die Tür zugeknallt, aber ich bin geblieben, um mich um das Sauerstoffgerät zu kümmern und so weiter. Hättest du nicht warten können, bis er ... bis er in Ruhe gestorben ist?!

Du hast es ihm ja unbedingt sagen müssen, ihm von Wagner erzählen müssen, und dann bist du gegangen. Wieso soll ich dir jetzt erklären, warum ich es nicht gesagt habe?!« Gabriel verbarg sein Gesicht wieder in seinen Händen, seine Schultern bebten. Immer wieder war seine erstickte Stimme, eine Mischung aus Weinen und Seufzen, durch die Hände zu hören.

Theo drückte den Zigarettenstummel energisch in dem blauen Aschenbecher aus. Sein Gesicht war jetzt aschfahl. Er verschränkte die Arme. Michael sah Nita an. Sie zog die Arme von den Knien und musterte Theo bestürzt.

»Was soll das? Theo? Wovon redet er?!« fragte sie zittrig.

»Nichts, es ist unwichtig. Laß das jetzt«, versuchte es Theo. »Wirklich, es ist nicht wichtig.«

»Ich will es wissen!« beharrte sie, und etwas Lebendiges strahlte plötzlich aus ihren Augen, als sie sagte: »Ich habe die Nase voll. Ständig verbergt ihr etwas vor mir. Ich bin achtunddreißig und habe selbst ein Kind. Es ist langsam Zeit, daß ihr aufhört, mich länger wie ein Kind zu behandeln!«

»Es ist nicht meine Schuld«, behauptete Theo und sah auf den gebeugten Kopf seines Bruders. »Er hatte es gar nicht von mir, später, als er mich danach fragte, was hätte ich da machen sollen, vielleicht lügen? Hätte ich sagen sollen, daß ich von nichts weiß?« Theo zündete sich noch eine Zigarette an, die er aus der Schachtel gezogen hatte. Auch Michael sehnte sich nach einer Zigarette, aber er wagte es nicht, seinen Platz zu verlassen, um seine Anwesenheit nicht in Erinnerung zu rufen. Damit man ihn weiter ignorierte, bewegte er sich nicht und atmete vorsichtig.

»Woher hat er was gewußt? Ich will wissen, worüber ihr redet? Warum sagt ihr mir nichts?« Das Satzende klang wie ein Krächzen. Ein Anflug von Hysterie lag in ihrer Stimme, die dünner und schriller wurde. Wieder füllten sich ihre Augen mit Tränen, wieder wischte sie sie mit dem Handrücken ab. Sie streckte ihre langen Beine aus und raffte den Rock.

»Es ist nichts«, bereute Gabriel seine Worte. »Wirklich Nita, es ist nichts.«

»Wenn es mit Vater zusammenhängt und mit Wagner und mit dem Emphysem, kann es nicht nichts sein!« schrie Nita. Es war das erste Mal, daß Michael sie laut werden hörte. Ihr Schrei war durchdringend und ein klein bißchen heiser. »Ich habe diese Rolle satt. Ich will es wissen! Theo, wovon redet er? Wovon redet ihr? Antworte mir! Auf der Stelle!«

»Er spricht über ein Interview mit mir in der *Times*«, sagte Theo sachlich. »Was ich dort gesagt habe, was man als meine Worte zitierte, war, daß es mein Traum ist, daß es in Jerusalem einmal ein Wagnerfestival geben wird und daß man aufhören sollte, ihn zu ignorieren, und daß dieser Traum nächstes Jahr in Erfüllung gehen soll. Es war in einem langen Interview für eine ausländische Zeitung. Ich habe nicht daran gedacht, daß es in Vaters Hände gelangen könnte.«

»Und dann«, betonte Gabriel, »kam es natürlich doch zu Vater, so wie er immer alles mitbekommen hat, und er hat Theo danach gefragt. Kannst du dir Vater vorstellen?! Er erfährt von einem Wagnerfestival in Jerusalem, nachdem man all diese Jahre hindurch im musikalischsten Haus von ganz Jerusalem keinen Ton Wagner gehört hatte. Nachdem er, der Gewalt verabscheut hat, den Mann in Schutz genommen hat, der in den fünfziger Jahren Jascha Heifetz die Hand gebrochen hat.«

»Es war nicht die Hand, und sie war auch nicht gebrochen, und ich bin mir nicht einmal sicher, daß es wegen Wagner war. Ich glaube, es war wegen Strauss, und es war überhaupt Menuhin und nicht Heifetz«, flüsterte Theo.

»Er wollte nicht lügen, er hat Vater die Wahrheit gestanden, er ist ein Mann der Wahrheit geworden«, stieß Gabriel hervor.

»Irgend jemand, ich weiß nicht, wer, hat es Vater erzählt. Na gut, du kannst dir ja vorstellen, wie Vater reagiert hat. Aber das war es nicht, was sein Leben verkürzt hat. Ich kann nicht mein ganzes Leben lang auf das verzichten, woran ich glaube, nur weil es nicht in Vaters Denken paßt. Wenn es nach ihm gegangen wäre, würde ich jetzt das Geschäft leiten, er hat meine Meinung einfach nicht akzeptiert.«

»Er mußte seinen Wagner unbedingt in Jerusalem haben«, sagte Gabriel und starrte auf jenen Punkt auf dem Teppich. »Bayreuth hat ihm nicht gereicht. Das Glyndebourne-Festival hat ihm nicht gereicht. Es mußte hier in Jerusalem sein.«

»Dort war ich nicht der Festivalleiter«, verteidigte sich Theo. »Dort habe ich nur den ›Parsifal‹ dirigiert, und ich erwarte nicht von dir, daß du verstehst, warum ich das brauche. Überhaupt, dir fehlt die Phantasie für diese Dinge. Du hast keine Ahnung, was es heißt, den ›Fliegenden Holländer‹ oder den ›Ring‹ aufzuführen. Diese Musik interessiert dich überhaupt nicht, denn sie hat mehr zu bieten als zwei historische Geigen. Du kannst es einfach nicht ertragen ...«

»Eine perverse Musik«, schrie Gabriel. »Eine perverse Musik, das ist es, was ich zum ›Tristan‹ zu sagen habe.«

»Hört endlich auf!« schrie Nita und preßte sich die Hände gegen die Ohren. »Hört auf! Es ist noch nicht lange her, erst heute nacht ...« Sie wurde still. Theo senkte den Kopf.

»Diese Scheinheiligkeit«, zischte Theo. »Weißt du, wie viele Menschen hier leben, die die ganze Sache noch interessiert? Sie sind doch alle tot. Fünfzig Jahre sind vergangen! Wen interessiert es denn noch?!«

»Vater hat es interessiert.«

»Weißt du, daß sie in den letzten Monaten hier im staatlichen Radiosender Wagner spielen? Zwei-, dreimal die Woche, ohne daß jemand eine große Sache daraus machte.«

»Tatsächlich?!« Gabriel stieß einen ärgerlichen Laut aus. »Man hat keine große Sache daraus gemacht?! Beim ersten Mal haben sie etwas aus dem ›Tannhäuser‹ gespielt, und anschließend mußte die Ansagerin sich für die Störung entschuldigen, denn die Sendung war für mehr als eine Minute unterbrochen worden, als ob jemand Sabotage verübt hätte. Irgend etwas ist falsch gelaufen. Sie hat auch darum gebeten, daß die Hörer ihre Anrufe beim Sender einstellen sollten. So wenig hat es die Leute interessiert.« Sein Gesicht war stark gerötet, während er sprach und Theo ansah, jedoch den Blickkontakt vermied.

Theo zog an der Zigarette. »Er ist nicht meinetwegen gestorben«, sagte er mit schwacher Stimme.

»Du hättest es ihm nicht sagen dürfen«, beharrte Gabriel, aber seine Stimme war versöhnlicher, und sein Blick konzentrierte sich wieder auf den Teppich.

»Ich konnte ihn doch nicht anlügen«, sagte Theo flehend. »Ich bin kein Kind mehr und kann zu meinen eigenen Ansichten stehen. Es ist unmöglich, daß ... Wagner war zu bedeutend. Man kann ihn nicht einfach ignorieren.«

»Von dieser Erkenntnis bis zu einem Bayreuth in Jerusalem ist es noch weit«, sagte Gabriel mürrisch.

»Es ist noch kein konkretes Projekt«, sagte Theo. »Es wird noch eine Weile dauern ...«

»Dann sei vorsichtiger mit deinen Äußerungen«, verlangte Gabriel und hob sein Gesicht, das immer noch stark gerötet war. »Wir müssen über die Trauerwoche zu einer Entscheidung kommen. Ein Begräbnis wird es sowieso nicht geben.«

Michael spürte, wie sich seine Beinmuskeln spannten. Aber Nita sagte: »Es wird sehr wohl ein Begräbnis geben. Ich bin nicht einverstanden mit dieser Sache, daß er selbst seinen Körper der Wissenschaft zur Verfügung gestellt hat. Er ist ermordet worden. Er wird obduziert. Ich bin nicht einverstanden.«

»Das wird dir nichts nützen, wenn es öffentlich bekannt

ist. Wenn er seine Absicht offiziell mitgeteilt hat, haben sie einen gesetzlichen Anspruch darauf«, warnte Gabriel.

»Er hatte es noch nicht amtlich gemacht«, sagte Theo.

»Woher weißt du das?« wollte Gabriel wissen und sah ihm in die Augen.

»Hast du davon gewußt?« Theo legte das Gewicht auf das zweite Wort.

»Ich habe es gewußt«, sagte Gabriel, »er hat mit mir über sein Testament gesprochen.«

»Mit mir auch«, erwiderte Theo. »Daher weiß ich, daß er einen entsprechenden Zusatz anfügen wollte. Die Frage ist, ob Spiegel informiert ist. Ob er ihn überhaupt konsultiert hat. Das ist Sache des Anwalts. Die Familie hat keinen Einfluß darauf. Der Letzte Wille des Toten muß respektiert werden.«

»Ich will, daß er anständig beerdigt wird!« sagte Nita stur. »Und nicht erst in einem Jahr. Mir geht diese holländische Offenheit für die Wissenschaft auf die Nerven. Ich will ... ich bestehe darauf, meinen Vater zu beerdigen«, beharrte sie. »Wenigstens das soll angemessen verlaufen«, murmelte sie und neigte den Kopf. »Er wußte nicht, daß er mit gefesselten Händen sterben würde. Wenn er nicht anständig gestorben ist, soll er wenigstens anständig begraben werden. Wo ist eigentlich Herzl? Wir müssen Herzl informieren!«

Die Brüder sahen zuerst sie und dann einander schweigend an. Michael hörte sein Herz pochen. Wenn es kein Begräbnis gab, wenn es keine Berichterstattung in den Zeitungen gab, wenn Balilati es nicht erfahren würde, würde es vielleicht auch Schwester Nechama nicht erfahren. Wer ist Herzl, wunderte er sich und wagte nicht zu fragen.

»Und noch etwas«, sagte Nita mit entschlossener und ganz und gar nicht hohler Stimme, »ich habe noch etwas zu sagen, von dem ich möchte, daß ihr es euch merkt, ein für allemal! Nun ist Schluß damit, daß ihr mich ausschließt. Ich will wissen, was vorgeht! Ohne Ausnahme! Alles, was ihr wißt, will ich auch wissen. Nehmt es endlich zur Kenntnis, ich bin achtunddreißig Jahre alt.«

»Letztes Jahr«, sagte Theo vorsichtig, »warst du nicht ansprechbar.«

»Ihr habt es gar nicht versucht!« behauptete sie. »Du bist nicht hergekommen, um mir zu sagen, daß du von einem Wagner-Festival in Jerusalem träumst. Bist du völlig übergeschnappt?!« fragte sie plötzlich, als ob sie verstand, was sie da gesagt hatte. »Über so etwas hast du mit Vater gesprochen?! Nach der Sache mit Yehudi Menuhin und dem ganzen Drumherum?!«

»Schon wieder Menuhin?!« bäumte Theo sich auf. »Niemand hat ihm die Hand gebrochen«, sagte er erschöpft. »Es ist nichts weiter als einer dieser Mythen derer, die mit Vorliebe ihre Loyalität zu Ideologien unter Beweis stellen.«

»Ich habe euch gefragt, warum keiner Herzl Bescheid sagt?«

»Du hast doch gehört, was wir dem Polizisten in der Nacht gesagt haben. Herzl ist nirgends aufzutreiben. Ich suche ihn schon seit zwei Monaten ...«, sagte Gabriel.

»Was soll das heißen, er ist nirgends aufzutreiben?!« fuhr sie ihn an. »Ist er vom Erdboden verschluckt worden? Er kann doch nicht im Ausland sein. Er haßt es zu verreisen. Und er ist auch nicht tot, denn das hätten wir erfahren ... Es ist ausgeschlossen, daß er nach all diesen Jahren nichts von Vaters Tod erfährt und nicht an seinem Begräbnis teilnimmt. Ich sage euch noch einmal, es wird ein Begräbnis geben!«

»Wenn du willst, daß ich Spiegel anrufe, um herauszufinden, ob wir legale Mittel haben ...« Es läutete an der Tür, und Gabriel wurde still.

»Sind das schon die Journalisten?« erschrak Theo. »Überfallen uns jetzt die Paparazzi?«

»Wie kommst du auf Journalisten?« winkte Gabriel ab. »Keiner weiß, daß wir hier sind. Das war doch der Grund, weshalb wir mitgekommen sind. Nita steht nicht im Rampenlicht wie du. Nicht mal wie ich.« Wieder läutete die Klingel.

»Meinst du, sie wissen es schon?« fragte Theo mit unverändert erschrockenem Tonfall.

»Was geht mich das an. Hierher kommen sie nicht. Und wenn doch, werden wir nicht mit ihnen reden. Sie können uns nicht dazu zwingen. Nicht einmal von dir erwartet man, daß du in solch einer Situation kooperierst und freundlich bist«, fügte Gabriel verbittert hinzu.

Michael sah Nita an. Sie warf ihm einen flehenden Blick zurück. Er öffnete der Kinderfrau die Tür und schaute in ihr breites Gesicht, das unter dem Tuch strahlte, als sie sich verlegen umsah; zusammen mit ihr sah er das Bild, das sich im Zimmer bot. Nita saß in der Ecke des kleinen Sofas, Gabriel im Korbsessel. Auf dem schwarzen Satinband auf Theos Hosennaht, der in der Mitte des Zimmers stehengeblieben war, ruhte ein Sonnenstrahl. Michael ging mit der Kinderfrau ins Kinderzimmer und erzählte ihr, was vorgefallen war. Er sah die bestürzte Verwirrung, die sich auf ihre Züge legte, und ihre rauhen Finger, die sie unter das Tuch steckte. Er wartete, bis sie seufzte und sagte: »Die Ärmste, die Ärmste, die Ärmste.« Unbeteiligt sah er sie an, als sie sich über die Augen fuhr, von denen er wußte, daß sie gewöhnlich brannten und ihr zusetzten. Sie war eine einfache Frau, und ihr Gesicht leuchtete, wenn sie ein Baby auf dem Arm hielt. Auch jetzt, als sie sich über die Wiege beugte und die Kleine ansah, murmelten ihre Lippen undeutliche Silben, die ihn an die Segnungen und Beschwörungen seiner Großmutter erinnerten, und eine leichte Röte färbte erneut ihre Wangen. Sie stützte ihre Arme auf das Gitter von Idos Bettchen, und ihre goldenen Armreifen klirrten. Ido schlug die Augen auf. Er streckte die Arme aus, und sofort nahm sie ihn hoch, drückte ihn fest an ihre breite Brust, legte ihre Wange an seine, und ihr Gesicht strahlte erneut. Schließlich bat Michael sie, länger zu bleiben und Ido zu einem langen Spaziergang mitzunehmen.

Sie nickte bereitwillig und murmelte: »Die Ärmste, der arme Kleine.«

»Natürlich werden wir Ihnen beistehen«, sagte sie und legte Ido auf die Wickelkommode. »Und die Kleine?« fragte sie, als sie über Ido stand, der strampelte und sich umzudrehen versuchte. Ihre rote breite Handfläche lag auf Idos Bauch. »Was soll ich mit der Kleinen machen?«

Das Telefon läutete ein paarmal. Nita rief nach Michael. »Stimmt es?« fragte Zila von der anderen Seite der Leitung. »Ich habe es in den Nachrichten gehört. Nita hat es bestätigt. Es stimmt also?« Er bestätigte es ihr erneut. »Wie kommt ihr zurecht? Wie geht es bei euch weiter?« fragte Zila zurückhaltend.

»Es geht schon«, sagte Michael leise, während er drei Augenpaare auf seinem Rücken fühlte. »Ich muß mit dir reden«, kündigte er an und sah auf die Uhr. »In zehn Minuten mache ich mich auf den Weg.«

»Sag doch was«, sagte Theo zu Nita, nachdem Michael den Hörer aufgelegt hatte. Sie zuckte mit den Schultern.

»Es ist noch zu früh, Theo«, meinte Gabriel.

»Ich fühle mich verantwortlich. Bis jetzt hat Vater sie unterstützt. Das ganze Jahr lang hat sie keinen Unterricht gegeben. Und diese Null wird nicht plötzlich anfangen sie zu unterstützen, wenn das Kind ... Wie alt ist er eigentlich, Nita?!«

»Fast sechs Monate«, sagte Gabriel. »Vor lauter eigenen Kindern weißt du nichts über Nitas Kind.«

»Das stimmt nicht«, ereiferte sich Theo. »Sag mir nichts über meine Beziehung zu Nita und dem Kind. Was du behauptest, stimmt nicht.«

»Gabi«, flehte Nita, »hör endlich auf. Er war im letzten Jahr nicht oft hier, aber er hat häufig angerufen. Ich wußte, wenn ich etwas brauchen würde, hätte er mir alles gegeben, worum ich ihn gebeten hätte. Es gibt Schlimmere als ihn, glaube es mir.« Sie kniff die Lippen zusammen.

Theos Blick wurde sanfter. »Das gilt auch für dich«, sagte

Nita zu Gabriel, der sich aus dem Korbsessel erhob, »ohne euch beide und... ohne ihn«, verschluckte sie sich und zeigte auf Michael, »wäre ich nicht...«

»Sie hat nicht viele Freunde«, entschuldigte sich Gabriel und sah Michael in die Augen. »Sie hat nicht immer hier gelebt. Sie hat in New York studiert, und ihre beste Freundin wohnt in Paris. So ist das bei erfolgreichen, talentierten Musikern. Sie hat viele Bekannte, aber keine engen Freunde. Auch mein Bruder und ich leben ähnlich. Wir sind hier nicht richtig verwurzelt. Es sieht nur so aus, als wären wir hier daheim«, kicherte er, »im Grunde sind wir Nomaden. Fragen Sie Nita, als sie klein war, vielleicht fünf, hatte sie schon ein kleines Cello. Sie wollte unbedingt wie alle anderen sein, aber sie hat sich nie zugehörig gefühlt. Dabei ist sie hier geboren!«

»Nita hat uns von ihrem Baby erzählt«, sagte Theo. »Es ist eine merkwürdige Geschichte«, wagte er sich vor und sah ihn ängstlich an. »Sie hat etwas... Sie klingt wie ein Märchen... Seltsame Sache. Meine Kinder sind schon groß.«

Gabriel warf ihm einen zweifelnden Blick zu.

»Es stimmt, daß sie von ihren Müttern aufgezogen wurden...«, entschuldigte sich Theo. »Aber es ist schön, was Nita uns erzählt hat und wie ihr das Ganze organisiert habt.« Er hustete verlegen. »Gabi hat keine Kinder«, erklärte er plötzlich, als erkläre das etwas. »Er hängt mehr an Nitas Baby als ich«, gestand er mühsam. Nita stand nah bei der Wohnungstür, die sich zum Wohnzimmer öffnete. »Nita ist der gemeinsame Nenner«, fügte Theo mit einem halben Lächeln hinzu. »Auch unser Vater liebte Nita mehr als den Rest der Familie. Vielleicht noch Mutter. Auch Gabi.« Solange er sprach, lief er auf und ab. Jetzt stand er bei Nita, sah sie liebevoll an und fuhr ihr durch die Locken. »Gehen Sie jetzt zur Arbeit?« fragte er Michael.

Michael nickte und legte seine Hand auf den Türgriff. »Soll die Kleine auch hier bei Alisa bleiben? Ich kann Alisa mit den Kindern zu ihr nach Hause bringen, wenn du willst«, bot er Nita an.

»Wie du willst, entscheide du.«

»Vielleicht können Sie ja einmal mit diesem, wie heißt er noch, Balilati sprechen?« fragte Theo.

»Laß ihn, Theo, es ist besser, wenn niemand von meiner Beziehung zu ihm erfährt. Ich bitte dich, Theo«, sagte Nita.

»Okay«, sagte Theo und hob die Arme mit ausgestreckten Händen. »Schon gut, es kommt ohnehin, wie es kommen muß.«

4

Der Lauf der Welt birgt eine Logik

»Was, du hattest noch nie mit solch einem Fall zu tun?« wunderte sich Balilati. »Ich war mir sicher, daß du in dem Fall mit den Uhren ... Warst du nicht mit der Sache mit den Uhren aus dem Islam-Museum beschäftigt ...? Hier, sieh mal!« Er zog einen gelblichen, gepolsterten Umschlag heraus, dem er ein paar Photos entnahm, ging sie rasch durch, als handele es sich um einen Stapel Spielkarten und legte ein Bild vor Michael, der die Fassade eines großen, gepflegten, beinahe eleganten Wohnhauses ansah, die Messingbeschläge der großen Türen und den breiten Gehweg.

»Das ist irgendwo im Ausland, in Europa«, murmelte er und fragte: »Schweiz?«

»Zürich«, präzisierte Balilati. Auf dem Photo waren die Briefkästen und eine Klingenreihe mit den Namen der Bewohner zu sehen. Die Aufschrift »Fischer« war rot umrandet. Balilatis Atemzüge waren schwer, als er sich in dem kleinen Eckzimmer, das zuletzt das Büro der Sekretärin Imanuel Schorers, des Chefs der Kriminalpolizei, und vor Jahren auch Michaels Zimmer gewesen war, von der anderen Seite des Tisches über das Photo beugte und seinen Bauch gegen die Metallplatte preßte. Eine Gipswand trennte diesen Raum von dem Büro, das man Michael nach seiner Rückkehr zugeteilt hatte. Schon jetzt fragte er sich, wie er hier etwas vor Balilati geheimhalten sollte, der schon von weitem die Flöhe im Gras husten hörte. Obwohl die Gipswand gut den Lärm abhielt und Michael in seinem Büro nicht einmal das Telefon in Balilatis Zimmer klingeln hörte, verstärkte die physische Nähe das Gefühl der Belagerung, und es bedrückte ihn, daß sein Leben nun vor allen offen lag und Balilati, und nach ihm alle anderen, in den Eingeweiden seines Leben wühlen konnten, wann immer es ihnen gefiel.

»Hier, solch eine Adresse zum Beispiel, was meinst du, was sich dahinter verbirgt?« fragte Balilati und lehnte sich auf seinem Stuhl zurück. »Was sehen wir zunächst? Eine Galerie. Eine solide, seriöse Gesellschaft mit beschränkter Haftung, die Künstler und Agenten repräsentiert. Wollen Sie etwas sehen, interessieren Sie sich für etwas Bestimmtes, hier bitteschön! Du rufst bei denen an und vereinbarst einen Termin – ohne Termin läuft hier nichts –, und man sitzt in einem großen leeren Raum. Es steht vielleicht ein Stuhl drin, ein Sessel und eine große Staffelei, auf der sie die Bilder präsentieren, die du sehen willst. Du sitzt gemütlich da, bekommst vielleicht sogar Kaffee oder Tee, vielleicht auch sonst ein Gläschen, du bist der Kunde.« Er zog einen Zahnstocher aus der Tasche, steckte ihn zwischen die Lippen und zog ihn wieder raus, als er weitersprach: »Aber es gibt solche Kunden und solche, es gibt solche Gemälde und solche. Es gibt welche auf dem Tisch und welche unter dem Tisch.«

Michael sah die übrigen Photos aus dem Umschlag an und legte sie eines nach dem anderen vor sich. Er ordnete sie in einem Halbkreis an, von rechts nach links. Zuerst eine Vergrößerung der Wohnungstür mit einem roten Kreis, mit dem man das aufgebrochene Schloß markiert hatte. Daneben legte er eine Ablichtung des durchwühlten Zimmers. Dann den leeren Sessel. Er sah auf die Kreidelinie, die die Kollegen von der Spurensicherung um den Sessel gezogen hatten, in dem man die Leiche Felix van Geldens gefunden hatte. Ein Strick, mit dem seine Hände anscheinend gefesselt waren, hing noch über der schmalen Holzlehne des Sessels. Er sah auf das Photo eines ungemachten Doppelbettes und eines Wandschranks, dessen Türen aufgerissen waren und vor dem sich Kleider, Schuhe, eine alte Kamera und Photoalben türmten. Er legte die Nahaufnahme der ausgekippten Schubladen daneben, dann das Photo eines breiten, verschnörkelten Bilderrahmens, dessen vergoldete, gerundete Ränder ihm ein schweres Aussehen verliehen. Leer, ohne Bild, war er in die Zimmerecke geworfen worden.

»Ideal für Bilder, die kein Rembrandt sind«, sagte Balilati mit stolzer Kompetenz und wedelte mit dem Photo des Züricher Wohnhauses. »Es gibt Leute, die hingehen, um eine bestimmte Bestellung aufzugeben. Angenommen es gibt jemanden, der hinter einem bestimmten holländischen Gemälde aus dem 17. Jahrhundert her ist, dessen Besitzer ein gewisser van Gelden ist, der in Jerusalem wohnt und nicht verkaufen will. Sie können was für ihn tun. Er muß gar keine Einzelheiten erfahren, nur bezahlen muß er, und zwar ziemlich viel, um zu bekommen, was er will. Man beschafft ihm die Ware und liefert, und er bewahrt sie an einem geheimen Ort auf, in einem Keller, was weiß ich, bis sie nicht mehr so heiß ist.«

»Aber kein Museum der Welt wird die Ware kaufen, auch nicht, wenn etwas Zeit verstrichen ist. Die Geschichte kursiert sicherlich unter allen Experten, jeder weiß, daß das Bild gestohlen wurde«, bemerkte Michael.

»Sei dir da nicht so sicher! Der Konservator des Tel Aviv Museums hat mir gestern erzählt, daß man auch in den Museen von solch einer Ware nicht abgeneigt ist. Sie können etwas mutmaßlich oder tatsächlich unwissend erwerben und in ihren Magazinen aufbewahren. Auch in den Museen arbeiten nur Menschen«, kicherte Balilati. »Sie können sich solch eine Gelegenheit nicht durch die Lappen gehen lassen. Schließlich sind auch die Museumsleute zwanghafte Sammler. Und auch noch mit der Legitimation, dem Allgemeinwohl zu dienen. Und diese privaten Sammler! Sie sind eine Welt für sich. Es sind keine Menschen, die anderen ihr Vermögen präsentieren wollen. Das ist ein ganz bestimmter Menschenschlag. Es geht ihnen einfach darum, die Sachen zu haben. Wir reden über Leute, die irgendwelche Schlösser in irgendeiner Schweiz besitzen, Sommerresidenzen, Paläste, so etwas eben. Das ist ein bestimmter Menschenschlag ... Sie haben eine Beziehung zu diesen Dingen, wie ... ich weiß nicht ... Es geht ihnen nicht um Geld, auch nicht um Geltung. Ich verstehe es nicht ganz«, gab er schließlich zu.

»Das ist wirklich eine Sache, die man in Betracht ziehen muß«, murmelte Michael. »Man muß darüber nachdenken, um es zu verstehen.«

»Was gibt es da zu verstehen«, protestierte Balilati. »Im Grunde ist es ganz simpel. Begriffe wie Habsucht, Geldgier, Machtgeilheit, alles, was für Geld und Vermögenswerte zutrifft, gilt auch hier«, sagte er verächtlich. »Daß es sich um Bilder handelt, um Kunst, scheint dich zu der Annahme zu veranlassen, daß es um höhere Beweggründe geht, aber das stimmt nicht. Es sieht nur so aus, als ob es sich um edlere Motive handelt. Tatsächlich ist es nichts anderes als – einfache Habsucht und Geldgier, in einem Bereich, der uns Respekt einflößt. Und du kannst einfach das Wort Bild, sagen wir aus dem 17. Jahrhundert, gegen das Wort Diamanten tauschen, und schon kapierst du, wie der Hase läuft.«

»Ich sehe es nicht so«, bemerkte Michael. »Du hast selbst gesagt, daß sie keinen Profit damit machen. Die Dinge sind doch etwas komplexer. Es hängt mit der Liebe zur Ästhetik zusammen, mit dem ständigen, exklusiven Zugang zur Schönheit, mit dem Wunsch, die Schönheit bei sich zu verwahren, in unmittelbarer Nähe, beinahe in seinem Innern, und gerade die Geheimhaltung bewirkt, daß sie einem um so mehr gehört. Es ist wahrhaftig viel komplizierter. Vermutlich haben die Psychologen eine Theorie dazu.« Seine Stimme erlosch.

Balilati verzog das Gesicht mit nachdenklicher Skepsis. Michael zündete sich eine Zigarette an und spürte, wie dieses Gespräch zu einer Art vorsichtigem Tanz um die Sache wurde, die anzusprechen man vermied. Zila hatte ihn am Eingang zum Gebäude getroffen. »Es wird nicht funktionieren«, hatte sie gesagt. Schon seit zwei Tagen überlegten sie hin und her, wie sie mit Balilati verfahren sollten. »Ich habe schon ein paar Anrufe erhalten, sie haben mich nach Einzelheiten gefragt. Beim Jugendamt schenkt man dem seelischen Zustand der Pflegemutter besonderes Augenmerk«, zitierte sie giftig und verzog die Lippen. »Bereite dich auf weitere Besuche vor«, warnte sie. »Sie sind ›unschlüssig‹, und ›es gibt keinen Präzedenzfall‹! Das waren ihre Worte.«

»Aber es gibt doch nichts Neues von der Mutter? Kommen sie in dieser Sache nicht voran?« fragte er ängstlich.

»Nichts«, sagte Zila. »Aber das hat nichts damit zu tun. Sie haben keinen Hinweis auf die Mutter, vor allem, weil das Baby älter als einen Tag ist und keiner genau sagen kann, wann und wo es geboren wurde. Anhand der Geburtsregister der letzten zwei Monate kann man so schnell nichts herausfinden. Aber die werden zur Zeit überprüft. Unterschätze Malka nicht, sie ist nicht so einfältig, wie sie aussieht. Sie ist sehr gründlich. Ich habe gesehen, wie sie die Liste der Geburten der letzten zwei Monate durchging.«

»Man kann auch zu Hause gebären. Man braucht dazu nicht unbedingt ein Krankenhaus«, sagte Michael.

»Vielleicht«, sagte Zila zweifelnd. »Vielleicht ist diese Mutter ja gar nicht mehr hier in Israel«, fügte sie hinzu. »Vielleicht ist sie ja irgendeine Beduinin oder Araberin, die in ihrem Dorf entbunden hat. Manchmal haben sie solche hellhäutigen Babys. Vielleicht sogar von einem Juden. Aber mit Balilati würde ich mich nicht anlegen.«

»Was meint Eli dazu? Hast du mit ihm darüber gesprochen?« fragte er bekümmert.

Er nahm an, daß sie es ihrem Mann erzählt hatte, auch wenn sie sich nicht abgesprochen hatten. Im Lauf der Jahre, die die drei zusammengearbeitet hatten, war Michael der engste Zeuge der Windungen ihrer Beziehung geworden. Zilas zartes, hartnäckiges Werben, die Hochzeit, die Geburt der beiden Kinder. Er hatte keine Angst vor einem Vertrauensmißbrauch. Nur die Verlegenheit, eine Art Scham über den Wunsch, das Baby zu behalten, hinderte ihn daran, direkt mit Eli darüber zu reden.

»Er ist der gleichen Meinung«, sagte Zila und senkte die Augen.

»Welcher denn?«

»Daß man Balilati einweihen sollte.«

»Mit seinem großen Mundwerk«, dachte Michael laut.

»Ich habe ihn schon sehr diskret erlebt. Außerdem hast du keine Wahl«, sagte Zila. »Du wirst nur eine Menge Schwierigkeiten bekommen. Es liegt doch auf der Hand, daß er es herausfindet. Er weiß am Ende immer alles.« Wieder spürte er den Stein im Magen, ein Rumoren, für das es keine objektive Rechtfertigung gab. Denn selbst wenn er davon ausging, daß Balilati von dem Baby und seiner Beziehung zu Nita erfuhr, rief er sich zur Ordnung, war es klar, daß Balilati das Jugendamt und die Fürsorge nicht informieren würde. Selbstverständlich würde Balilati keine Mitteilung machen, daß Michael und Nita nicht wirklich zusammenlebten. Wovor hatte er also Angst? Vor der Preisgabe des Geheimnisses an sich, sagte er zu sich selbst, während er aus dem Fenster schaute und den Zigarettenrauch inhalierte. Vor dem Eindringen eines plumpen, fremden Fußes in seinen ganz persönlichen Lebensbereich. Balilati würde ihn wegen seiner Sentimentalität verspotten. Er sagte sich, daß er sich davor fürchtete, sich lächerlich zu machen, für dumm gehalten zu werden.

Plötzlich war er mittendrin, in der Angst, die das Eindringen der Außenwelt in seine Privatsphäre verursachte. Das Gesicht des Babys, seine Wangen, die langsam rund wurden, die großen Augen, die ihn verfolgten, wenn er es fütterte, wenn er mit ihm spielte, schwebten in der Luft. In den letzten zwei Tagen hatte er auch etwas Ähnliches wie ein Lächeln bemerkt, eine Art Zuckung der Lippen, und wenn Nita nicht hartnäckig darauf beharren würde, daß es zu früh war, wäre er überzeugt, daß es lächelte. Hätte er nicht diese Beziehung zu Nita, müßte er sich nun nicht bloßstellen.

Aber wäre er nicht mit Nita zusammen, ginge er nicht als Pflegefamilie durch. Er würde mit Balilati sprechen, beschloß er noch, als Zila auf seinen Arm klopfte, zur Seite schielte und sagte: »Ich muß los. Sie bringen mich um, wenn ich nicht pünktlich bin.« Sie setzte sich in Bewegung, die Gummisohlen ihrer Sportschuhe knirschten bei jedem Schritt. Sie kam zu spät zur Sitzung der Mordkommission. Sie war mitten in einem Fall, der die Stadt schon seit mehr als sechs Wochen in Aufruhr versetzte. Es ging um das Pärchen, das erdrosselt im Auto aufgefunden worden war. Er würde mit Balilati sprechen, beschloß er erneut, und die Asche, die er in den Kaffeesatz geschnippt hatte, zischte. Vielleicht würde er sich sogar von ihm helfen lassen. Am Ende würden sie die Mutter finden. Man kann das Verschwinden eines Babys nicht auf Dauer geheimhalten, es sei denn, man verläßt das Land, man stirbt oder ändert den Namen. Oder war es doch möglich?

»Ja«, sagte Balilati nach einer längeren Pause. »Aber es geht ihnen nicht um Geld, und sie sammeln auch nicht wegen des finanziellen Gewinns. Sag mal«, wechselte er plötzlich das Thema, »reden wir nun über die Psychologie von Sammlern? Wolltest du darüber mit mir reden?«

Balilatis Gesicht war verschlossen, als wolle er sich von Anfang an gegen jegliche Beeinflussung schützen. Es hatte keinen Sinn mehr, um den heißen Brei herumzureden. Es lag plötzlich auf der Hand, daß er längst Bescheid wußte. Wie zwei beduinische Stammesfürsten, die mit Hilfe traditioneller Riten den Abschluß eines entscheidenden Handels herauszögerten, saßen sie zu beiden Seiten des Tisches über ihren Kaffeetassen.

»Du arbeitest mit Interpol«, sagte Michael, um die Sache noch etwas hinauszuzögern.

Balilati zuckte mit den Schultern. »Hier kann man nicht viel machen. Ich brauche Informationen aus Europa, das steht fest.«

»Ich habe dich schon lange nicht mehr so unlustig ermitteln sehen«, bemerkte Michael. Sie sprachen ruhig, als ob sie nichts Wichtiges zu besprechen hätten.

»Was soll ich von hier aus machen«, winkte Balilati ab und drehte die Kaffeetasse in seiner wuchtigen Hand hin und her, überprüfte ihren Inhalt wie eine Wahrsagerin, die aus dem Satz lesen wollte. »Keine Frage, daß es Punkte gibt, die nicht stimmig sind. Am wenigsten verstehe ich, warum der Einbruch nicht in seiner Abwesenheit stattfand. Das ist das Seltsamste, denn er hatte feste Gewohnheiten, der Alte, man hätte es tun können, ohne ihn umzubringen. Es ist selten, daß Profis einen Mord riskieren. Und hier geht es ja auch nicht um irgendeinen Picasso.«

»Aber es hat keine Mordabsicht bestanden, es war doch ein Unfall, ein Arbeitsunfall sozusagen.«

»Ich bin mir nicht so sicher. Selbst diesen ›Unfall‹ hätte man vermeiden können, wenn der Täter eingestiegen wäre, als van Gelden nicht zu Hause war. Es steht fest, daß es Profis waren. Die von der Spurensicherung haben gesagt, wer das Bild aus dem Rahmen gelöst hat, war ein Fachmann, einer, der wußte, was er in der Hand hielt. Nicht mal eine Faser der Leinwand ist im Rahmen zurückgeblieben. Es war übrigens gar nicht der Originalrahmen, sonst hätten sie das Bild mit dem Rahmen mitgenommen. Van Gelden hatte das Bild den ganzen Krieg über versteckt. Es war sein Schatz. Im Krieg hat er sich mit seiner Frau und seinem Sohn, der mitten im Krieg geboren wurde, in einem kleinen holländischen Dorf versteckt. Ein paar Dinge hatte er mitgenommen. Aber dieses Bild hat er mehr behütet als alle andere. Es war drei oder vier Generationen vor ihm schon im Besitz seiner Familie. Für ihn war es wie ... wie der Thoravorhang, den der Vater meines Großvaters aus der Synagoge seines Dorfes gerettet hat. Die Einbrecher haben es mit äußerster Vorsicht auseinandergenommen. Auch das Türschloß haben sie erst auseinandergeschraubt, nachdem sie schon auf anderem Weg in die Wohnung gelangt waren. Es stimmt, daß sie auch Bargeld und Schmuck an sich genommen haben. Und es trifft ebenfalls zu, daß die Wohnung auseinandergenommen worden ist und alle Papiere herumlagen, alle Schubladen ausgekippt und alle Bücher aus den Regalen gezogen worden waren, aber es steht außer Frage, daß das nur ein Ablenkungsmanöver war. Fingerabdrücke haben wir nur von Personen gefunden, die sich berechtigterweise dort aufhielten. Von seinen Söhnen, seiner Tochter, der Putzfrau, na ja, ich habe schon alle Experten flottgemacht, Gott und die Welt, es gibt nicht mal den Schatten eines Hinweises auf einen Verdacht. Absolut nichts. Nada. Nichts. Alle Spezialisten weit und breit haben Alibis und waren bei ihrer Familie oder bei anderen gesellschaftlichen Ereignissen. Niemand kommt in Frage. Der Enkel von Goslan feierte Bar-Mizwa«, kicherte Balilati melancholisch. »Alle waren da, und keiner hat was gehört. Sie hören sich für mich um, aber einer, der mir einen Gefallen schuldet, hat mir schon gesteckt, daß es keiner von hier war. Wenn es einer aus dem Ausland war, können wir nicht viel tun. Außer mit unserem Kontaktmann in Europa zu sprechen, der mit den Schweizern zusammenarbeitet und mit Interpol.«

Michael schwieg.

»Warum siehst du mich so an? Mit diesem Blick, als ob ich zum Verhör vorgeladen wäre?« lehnte Balilati sich auf. »Stimmt etwas nicht an dem, das ich dir erzähle?«

Michael schwieg.

»Hast du eine Frage?« sagte Balilati herausfordernd.

Michael wollte etwas antworten, aber er stützte sein Kinn auf die Hand und wartete. Sein Mund war trocken. Er wollte sprechen, aber er brachte kein Wort heraus. Er wollte mit einfachen Worten von dem Baby erzählen, aber auf einmal fand er den Ort nicht passend. Die Atmosphäre im Raum war drückend. Auf dem Tisch zwischen ihnen standen die Kaffeetassen, eine Fliege, die von Tasse zu Tasse flog, summte laut. Vögel zwitscherten vor dem Fenster, das für die frische Herbstluft offenstand. Dem Anschein nach war der Boden für ein Gespräch bereitet. Aber die Worte wollten ihm nicht über die Lippen.

Balilati verschränkte die Arme und sah ihn an. Sie saßen beide da, als folgten sie einer Regieanweisung, die Michael selbst einmal verfaßt hatte. Er hatte Balilati vor Jahren die Macht des Schweigens nahegebracht. Er selbst hatte die Theorie Schorers über den Rhythmus des Schweigens und die Früchte der Geduld, den Sieg dessen, der an seinem Schweigen festhielt, weiterentwickelt und verbessert. Er konnte sehen, wie Dani Balilatis graue Zellen arbeiteten und wie ihm eine innere Stimme zu schweigen gebot. »Die Menschen«, pflegte Michael zu sagen, wenn sie gemeinsam an einem Fall arbeiteten, »können in der Regel kein langes Schweigen ertragen. Sie wollen nichts anderes, als daß man sie mag. Alle wollen das, sogar Psychopathen, oder wenigstens die Mehrheit. Wenn du schweigst, wenn du die Kraft hast zu schweigen, sagen sie schließlich irgend etwas, damit du wieder mit ihnen redest.« Balilati sah in seine Augen und schwieg. Wenn nicht die Angst gewesen wäre, richtige Angst, die ihn lähmte, hätte Michael gelächelt. Balilati brach das Schweigen als erster. »Ich dachte, wir sind Freunde«, sagte er gekränkt. »Aber ich sehe, daß du mir nicht vertraust.«

»Es ist keine Frage des Vertrauens«, sagte Michael eilig, »du weißt doch, daß ich hier bin, um es dir zu sagen, dein Tempo ...«, fügte er anerkennend an. »Es ist erst zwei Tage her, und schon blickst du durch.«

»Also, ich muß doch schwer bitten«, winkte Balilati ab, »wo leben wir denn. Ich weiß schon eine ganze Weile von dieser Sache«, sagte er verlegen, ohne zu kichern.

»Noch bevor van Gelden ermordet wurde?!« staunte Michael.

»Natürlich vorher.«

»Was? Spionierst du mir nach?«

»Komm schon!« winkte Balilati ab. »Es war reiner Zufall. Durch Zufall bin ich dahintergekommen.«

»Was heißt das, durch Zufall?!« erschrak Michael. »Reden sie hier schon darüber? Sind alle eingeweiht? Wenn es zur Fürsorge dringt, zum Jugendamt, und wenn sie herausfinden, daß ich und Nita nicht wirklich ...«

»Nicht wirklich?« wunderte sich Balilati. »Was heißt, nicht wirklich?«

»Nita und ich ... Wir ... Es ist nichts zwischen uns«, Michael wand sich und spürte, wie er errötete. »Das heißt, nicht das, was du denkst.« Mit jedem Wort fühlte er sich plumper. Wo ist deine Gerissenheit, wer hat dich überhaupt gefragt, ob zwischen euch etwas läuft oder nicht? Seit wann erteilst du freiwillig Auskunft über dein Liebesleben? Was geht es dich an, wenn sie davon ausgehen? Du kannst ihm die Sache mit dem Baby ohnehin nicht erklären. Was willst du ihm denn sagen? schimpfte er sich selbst schweigend aus. Willst du ihm etwas von einer zweiten Chance erzählen? Von deiner Phantasie, diesmal alles anders zu machen?

Ein belustigtes Grinsen zeichnete sich in Balilatis Mundwinkeln ab, und er sagte: »Ich kann mich nicht erinnern, daß ich eine Andeutung gemacht hätte, ich weiß nicht, was zwischen euch läuft, ich weiß nur, daß du bei ihr wohnst ...«

»Es ist nicht ganz so«, Michael war nervös und spürte, wie er mit jedem Wort tiefer in die Falle trat, die er sich selbst gelegt hatte.

»Und daß ihr auch ein Baby bei euch habt, dessen Vater niemand kennt«, sagte Balilati nonchalant. »Und auch von dem Baby, das ihr gefunden habt, daß ihr eine Pflegefamilie seid. Weiß der Geier, was nicht sonst noch alles.«

»Reden sie schon darüber? Wissen alle Bescheid?« Wie sehr er sich für diese Frage verachtete.

»Keiner außer mir weiß etwas«, versprach Balilati eifrig. »Ich habe kein Sterbenswörtchen darüber verloren.«

»Und woher weißt du es?«

»Ich bin per Zufall draufgekommen.« Balilati stellte sich unschuldig. »Ich schwöre, es war reiner Zufall.«

Michael hob die Augenbrauen.

»Was spielt es für eine Rolle«, hielt Balilati ihn mit sichtlichem Vergnügen hin.

»Balilati«, drohte Michael.

»Weißt du noch, der Kinderarzt? Der, der nach dem Feiertag bei euch war?«

Michael nickte.

»Seine Frau ...«

»Und?«

»Sie ist die Cousine meiner Schwägerin!«

»Und?«

»Der Arzt ist dir mal bei uns begegnet. Oder sie, irgendeiner, ich weiß es nicht mehr. Er hat dich erkannt und sich erinnert, daß wir miteinander zu tun haben. Er hat mich beschworen, kein Wort darüber zu verlieren, weder vor dir noch vor sonst jemandem. Aber er hat gefragt, was Sache ist. Er dachte, daß ich eingeweiht bin, denn er ging davon aus, daß wir Freunde sind. Als er herausfand, daß dem nicht so war, daß ich nichts wußte, hat er es sehr bereut!«

»Ich könnte ihm den Hals umdrehen«, flüsterte Michael.

»Zum Glück war ich derjenige. Nur ich weiß Bescheid«, sagte Balilati und senkte scheinheilig den Kopf, »von mir erfährt keiner ein Wort.«

»Der Junge ist ihr Kind«, sagte Michael. »Ich bin nicht der Vater.« Der Geschmack des Verrats lag in diesen Worten.

Balilati schwieg.

»Ich sage es dir noch einmal, ich bin nicht der Vater«, sagte er gegen seinen Willen. »Warum sollte ich lügen?«

»Okay. Es ist gut. Aber vielleicht erklärst du mir einmal die ganze Geschichte.«

Michael erzählte ihm von der Pappschachtel, vom Jugendamt, von der Fürsorge, von Nita.

Balilati lauschte konzentriert. »War das alles? Ist das die ganze Geschichte?« fragte er schließlich, als Michael noch eine Zigarette aus der Schachtel zog. Michael nickte. »Jetzt weißt du alles«, sagte er und forschte in seinem Innern, ob er nun irgendeine Erleichterung verspürte. Nichts von dem quälenden Druck, der zuvor auf ihm gelastet hatte, war gewichen. Er hatte sogar zugenommen.

»Warum muß bei dir immer alles so kompliziert sein?« beklagte sich Balilati. »Hier haben wir eine junge Frau. Ganz einfach. Ich habe sie gesehen, an ihr ist nichts auszusetzen. Sie ist jung, erfolgreich, hübsch, nett, gesund, es ist wirklich alles an ihr dran. Wenn man ein Kind haben will, macht man ein Kind. Warum muß sie ein Kind von einem anderen haben, und du mußt noch eins dazu von der Straße auflesen? Wie ziehst du nur all diese Probleme an? Du hättest... du hättest jede haben können, die du wolltest. Schließlich sind die Weiber alle verrückt nach dir. Was soll das?«

Michael senkte die Augen. »Das ist die große Frage«, sagte er schließlich.

»Ich halte dicht«, sagte Balilati und legte die Hand aufs Herz, »von mir erfahren sie nichts«, verkündete er feierlich, »aber diese Dinge lassen sich nicht lange verheimlichen. Du weißt so gut wie ich, daß du keine Möglichkeit hast, allein ein Kind großzuziehen, verzeih mir, wenn ich das sage.«

»Warum nicht?« wollte Michael wissen, legte die Hand unter seine Brust und preßte sie an die Stelle, an der der Stein lag.

Die kleinen, hellen Augen Balilatis öffneten sich mit einem Staunen, das mit Mitleid vermischt war. »In dem Moment, in dem du einen Fall bekommst«, sagte er einfach, »irgendeinen, hast du weder Tag noch Nacht Zeit. Ein Baby, wie du sicher weißt, ist ein Geschöpf, das Pflege braucht. Ein 24-Stunden-Job. Hast du das vergessen? Erinnerst du dich nicht mehr daran, wie es mit Juwal war? Wie er immer wieder auf dich gewartet hat?«

»Vielleicht wird es jetzt anders«, murmelte Michael.

Balilati seufzte. »Umgekehrt. Der umgekehrte Weg. Es muß umgekehrt laufen.«

Michael fühlte sich wie ein Kind zurechtgewiesen. Das Gespräch machte ihm angst, weil es Wendungen nahm, auf die er nicht vorbereitet war. Er hatte keinen Grund zur Annahme, daß Balilati sich über ihn lustig machte. Vielleicht wäre es besser gewesen, wenn er sich lustig gemacht hätte.

»In unserem Alter«, dachte Balilati laut und zerbrach den Zahnstocher, »weiß man längst, daß nicht alles, was die anderen machen, Mist ist. Das heißt – manchmal sind es die simplen Dinge, die eine Logik in sich bergen. Es ist umgekehrt, zuerst liebt man eine Frau, man findet eine passende, dann zieht man ein Kind groß. Das ist die richtige Reihenfolge, das hat eine Logik, das ist der Lauf der Welt, du weißt es so gut wie ich.«

Michael kniff die Lippen zusammen und nickte. »Gut, mal sehen, mal sehen, was daraus wird«, sagte er in die Luft und schaute auf das offene Fenster, hörte auf das Zwitschern der Vögel und das Summen der Fliegen, nahm den Geruch des Herbstes wahr.

»Wie hat sie es aufgenommen, die Sache mit ihrem Vater«, fragte Balilati nüchtern.

Michael breitete die Arme aus. »Schwer, so genau weiß ich es nicht.«

»Sie stehen sich sehr nah, sie und ihre Brüder«, sagte Balilati, der eine große Farbphotographie aus der Tischschublade zog. »Hier ist das Bild. Hast du es mal gesehen? Sieh es dir mal genau an. Es ist eine Photographie, die van Gelden von einem holländischen Museum hatte. Dieses Museum hatte einen Experten geschickt, der die Aufnahme von dem Gemälde gemacht hat. Wir haben Stunden gebraucht, bis wir sie gefunden haben in all dem Durcheinander.«

Der Totenkopf auf dem Bücherstapel glänzte in gelblichem Licht. In der rechten unteren Ecke lag eine kleine rötliche Holzflöte. Die Bücher türmten sich in einer vermeintlichen Unordnung, auf dem Einband des unteren Buchs konnte man gotische Buchstaben erkennen, und die verblichenen Goldränder der beiden Bücher darüber waren mit großer Sorgfalt gearbeitet. Das obere Buch war aufgeschlagen und schien im Begriff, herunterzugleiten und den Stapel zu Fall zu bringen. Zwischen Flöte und Totenkopf schwebte das zarte, rosagraue Gesicht einer Frau, deren rotes Haar ihr auf die Schulter fiel. Eine Schulter war nackt. Ein weißes, glänzendes Licht ging von der Frau aus. Gerade dieses Gesicht, dachte er, betont die Wirkung des Totenkopfs als etwas tatsächlich Vergangenes, Lebloses. »Vanitas«, sagte er laut, »eine *nature morte.*«

»Eine halbe Million Dollar und nicht versichert«, bemerkte Balilati.

»Nicht versichert?«

»Nein. Er war nicht bereit, die nötigen Vorkehrungen zu treffen, eine Sicherheitstür, vergitterte Fenster. Keiner wollte ihm das Bild so versichern. Er wohnte in diesem alten Haus in Rehavia mit einer einfachen Holztür und zwei einfachen Schlössern, eins oben und eins unten, jedes mit zwei Schlüsselumdrehungen zu öffnen. Keine Alarmanlage. Sein Sohn meinte, sein Vater hatte ein gestörtes Verhältnis zu Banken und hat sein Bares daheim aufbewahrt. Devisen. Er wollte auch nichts von einer Stahltür wissen. Er war ein Original, der Alte, hast du ihn nicht gekannt?«

Michael schüttelte den Kopf.

Balilati sah auf seine Uhr. »Ich warte auf einen Anruf aus der Schweiz«, erklärte er. »Es ist noch zu früh. Es ist erst zwei Tage her. Wenn sie über alle Berge sind, sind sie vielleicht noch nicht mal dort, wo sie hinwollen. Es wäre kein Problem, das Bild in einem gewöhnlichen Koffer aus dem Land zu schmuggeln, zwischen den Hemden oder in einer Tragetasche.«

»Ich habe ihn, glaube ich, einmal gesehen, vor ein paar Jahren, in seinem Geschäft. Juwal brauchte Gitarrennoten. Später hat er dann aufgehört, Gitarre zu spielen, so wie er aufgehört hat, Flöte zu spielen. Ich kann mich nicht mehr erinnern, wie der Alte aussah. Ich habe ihn groß in Erinnerung.«

»Da hast du was verpaßt«, verkündete Balilati stolz. »Er war ein richtiges Original. Ich kannte ihn ganz gut«, sagte er und blinzelte, um sachlich zu klingen, aber er konnte nur mühsam seinen Stolz verbergen. »Schon vor Jahren habe ich ihn in der Loge kennengelernt.«

»In was für einer Loge?«

»Na, in der Loge.« Balilati widmete sich seinem Husten. »In der Freimaurerloge. Er war Ehrenmitglied. Ich gehe seit zwanzig Jahren zu ihren Treffen, wegen meines Vaters. Ich habe den Alten dort regelmäßig getroffen.«

»Ich wußte gar nicht, daß es hier Freimaurer gibt, und schon gar nicht, daß du Mitglied bist …« staunte Michael.

»Nein, das hast du nicht gewußt«, stimmte Balilati ihm zu. »Es ist kein großes Geheimnis. Es ist nur nicht so, daß ich es überall herumposaune. Aber ich habe auch nie ein Geheimnis daraus gemacht.«

»Seit zwanzig Jahren?«

»Seit neunzehn Jahren, fast zwanzig.«

»Ich … für mich … Ich wußte zwar, daß die Freimaurer bis heute in England aktiv sind. Trotzdem sind sie für mich so etwas wie märchenhafte Gestalten. Etwas, das nach Alexandre Dumas zu Ende ging, oder eigentlich nach Mozart.«

»Was hat Mozart damit zu tun?« wunderte sich Balilati.

»Er war vor zweihundert Jahren Mitglied der Freimaurer in Wien. Kennst du nicht ›Die Zauberflöte‹?«

»Ich habe davon gehört«, sagte Balilati verlegen, »aber sie haben sich in den letzten zweihundert Jahren sehr vergrößert.«

»Seit wann gibt es sie denn in Israel?«

»Ach, schon seit den Briten. Sie haben sie mitgebracht. In Jerusalem gibt es ein paar Logen.«

»Und sie existieren noch heute? Und das funktioniert? Wie sieht es mit jungen Mitgliedern aus? Haben sie Nachwuchs?«

»Natürlich existieren sie«, sagte Balilati beleidigt. »Es

gibt dort ein paar Mitglieder in meinem Alter. In meiner Loge sind wir nicht viele, aber immerhin. Einmal im Monat treffen wir uns, pünktlich wie die Maurer.«

»Habt ihr heute auch noch einen Geharnischten, einen Torhüter und all diese Geschichten? Auch Masken? Und Roben? Orden und Bänder?«

»Es gibt einen Aufseher«, sagte Balilati mit distanziertem Ernst, als ob das Gespräch darüber ihm unangenehm wäre, »er läßt nicht jeden rein. Er schaut durch den Spion, und wenn er dich nicht erkennt, mußt du eine Losung sagen. Masken gibt es nicht, wie kommst du auf Masken? Es gibt auch keine Roben, aber wir haben ein besonderes Kleidungsstück, keine Robe, so eine Art Schürze für die, die ein Amt bekleiden, für den Logenmeister. Van Gelden war vor zwei Jahren der Logenmeister. Auch bei uns«, kicherte er plötzlich, »haben wir einen Totenkopf. Er steht auf einem Podest. Damit wir ja nicht vergessen, was wir sind und zu was wir werden. Einmal im Jahr wählen wir einen Logenmeister und auch die anderen, einen Kassenwart, einen Offizier und all das.«

»Ich glaube es einfach nicht«, sagte Michael, der sich beherrschte, um nicht zu grinsen. »Seid ihr nur Männer?«

»Manchmal dürfen wir auch Frauen mitbringen. Zu besonderen Vorträgen. Dann versammeln wir uns im Vortragssaal im unteren Stockwerk. Es gibt sogar mehrere Logen in der Stadt. Eine France Loge, eine Buffalo Loge, es gibt mehrere.«

»Und was macht ihr da genau?« wollte Michael wissen. »Hat es etwas mit Politik zu tun?«

»Keine Politik!« rief Balilati aus, und mit deutlichem Unmut fügte er hinzu: »Wir machen dort dieses und jenes. Es ist ein Verein mit gegenseitiger Hilfe«, sagte er ausweichend, »ein durch und durch positiver Verein. Sogar die Bußgelder werden gespendet.«

»Welche Bußgelder?«

»Wir spenden für alle möglichen Organisationen. Wir

zahlen Mitgliedsbeiträge und Bußgelder. Wenn einer die Rede eines anderen unterbricht oder stört, dann wird er vom Offizier der Loge zur Kasse gebeten. Es steht da so eine Silberschale«, sagte Balilati und machte sich an den Knöpfen seines Streifenhemdes zu schaffen.

»Geht es bei den Treffen um Geselligkeit?«

»Sieh mal«, sagte Balilati, »ich rede nicht gern darüber. Wenn du ernsthaft interessiert bist, wenn du es dir einmal ansehen willst, um zu überlegen, ob du mitmachen willst, kann ich dich gern mal als Gast einführen. Ich bin meinem Vater zuliebe dazugestoßen. Als er gestorben ist, bin ich geblieben ... Ich finde die ganze Sache nicht schlecht. Van Gelden war übrigens eine herausragende Figur. Darum fühle ich mich meinem Bruder verpflichtet. Wir nennen uns untereinander Brüder«, beeilte er sich zu erklären. »Die Verpflichtung der Brüder füreinander hat vor fast allem Vorrang. Nicht gerade vor der Familie, aber sonst vor fast allem.«

»Ja, aber von den Spenden und den Vorträgen abgesehen, was macht ihr sonst noch?«

»Verschiedene Dinge. Rituale. Diskussionen. Man informiert uns über die Aktivitäten der Großen Loge in England, über Änderungen in der Verfassung, alles mögliche. Wir treffen uns, Menschen die sich zu gegenseitiger Hilfe verpflichtet haben, innerhalb der Loge und außerhalb der Loge.«

»Ich habe noch nie davon gehört«, sagte Michael erstaunt. »Ich war sicher, daß sie ... daß sie längst nicht mehr existieren. Wo treffen sie sich, ich meine, wo trefft ihr euch, habt ihr einen bestimmten Ort, ein Gebäude, eine Wohnung?«

»Wir haben ein ganzes Gebäude«, sagte Balilati eingeschnappt. »Ein ordentliches Gebäude mitten in der Stadt, in der Even-Yisra'el-Straße.«

»Allen Ernstes?«

»Es ist völliger Ernst«, Balilati legte die Hand auf seine

Brust. »Warum nicht? Was ist daran auszusetzen? Sogar der frühere Polizeipräsident war Mitglied der Loge. Viele Leute dort sind Professoren, Intellektuelle. Es sind Leute dabei, die hohe öffentliche Ämter bekleiden, wir haben einen Richter, Wissenschaftler ... Was wundert dich so daran?«

»Ich glaube, es ist wegen Mozart. Wegen der Zeit, die seither vergangen ist. Wegen der ›Zauberflöte‹.« Er sah Balilati verlegen an, als frage er sich, ob es einen Sinn machte, es ihm zu erklären. Balilatis Augen waren auf ihn geheftet, und darum sagte er unentschlossen: »Es ist eine Oper von Mozart. Es gibt darin eine ganze Geschichte über die Mächte des Lichts und die Mächte der Finsternis und die Zeremonien der Freimaurer. Kennst du die Oper?« Balilati schüttelte den Kopf.

»Ich weiß nicht, ob es bei euch genauso ist ... Aber in der Oper ... In der Oper muß der Held eine Mutprobe bestehen ... Die ganze Sache ist sogar in der Oper sehr ... Mozart und sein Vater waren auch ...«

Balilati verlor die Geduld: »Und so habe ich die Bekanntschaft von van Gelden gemacht. Ich bin auch hin und wieder in seinen Laden gegangen und habe mich mit ihm über Sigi beraten. Du weißt ja, wie schön ihre Stimme war. Ich wollte, daß sie etwas daraus macht. Sie hat die Stimme meiner Mutter. Ich habe mit ihm darüber gesprochen. Wir haben sie zum Gesangsunterricht geschickt, mit Noten und all dem Drumherum, am Ende ist nichts daraus geworden. Auch sein Geschäft war etwas Besonderes.«

»Ich kann mich nur an Noten- und Bücherstapel erinnern und an merkwürdige Instrumente.«

»Er wußte genau, wo alles lag«, versicherte Balilati. »Er hatte alles im Kopf. Er sah nur aus wie ein Wirrkopf, in Wahrheit stand er mit beiden Beinen auf der Erde. Was er nicht wußte, wußte sein Adjutant. Diese Vogelscheuche Herzl Cohen.«

»Was für ein Adjutant?«

»Er hatte einen Angestellten. Der war seine rechte Hand

und wußte über alles Bescheid. Frag doch deine Freundin.«

Michael dachte an die Beharrlichkeit Nitas, Herzl zu informieren, aber etwas hinderte ihn daran, sie in dieser Situation zu erwähnen: »Warum ist er nicht im Bilde, dieser Angestellte?«

»Zur Zeit? Meinst du, wo er jetzt ist? Wir suchen ihn ...«

»Habt ihr euch auch außerhalb getroffen, außerhalb der Loge? Ich meine, hast du dich mit van Gelden außerhalb der Loge, beispielsweise bei ihm daheim, getroffen?«

Balilati schnalzte. »Das gehört nicht zu unseren Gepflogenheiten. In diesem Fall gibt es ein paar Einzelheiten, die ich nicht verstehe«, dachte er laut, »beispielsweise, daß er gar keinen Zahnarzttermin hatte.« Er schaute in seine Kaffeetasse, auf deren Boden Satz klebte. »Van Gelden hatte keinen Termin, aber seinen Kindern hat er gesagt, daß er einen Termin hätte. Wo war er also? Mit wem hat er sich getroffen? Ich habe die Kinder gefragt, wer in Frage käme. Sie wußten nicht allzuviel über ihn. Nicht einmal sein zweiter Sohn Gabriel, der ihm am nächsten stand.«

»Was meinst du denn, wo er war?« fragte Michael. Es kribbelte ihm in den Fingerspitzen, als ob seine Hand eingeschlafen wäre.

Balilati breitete die Arme aus. »Ich habe keine Ahnung«, deklarierte er mit einem Lächeln. »Ich weiß auch nicht, wie ich diese Tatsache beurteilen soll. Man könnte meinen, daß man über einen Menschen wie ihn, in seinem Alter, dessen Kinder im Rampenlicht stehen, mehr wüßte. Er war derjenige, der alles über alle wußte. Genau wie in seinem Laden. Nur er wußte letztendlich bis ins kleinste Detail, wo was zu finden war. Man mußte immer auf ihn warten, ihn fragen, denn das war es, was er im Grunde wollte. Dadurch hatte er eine Machtposition. Er war Holländer, aber er hatte eine Jecke-Seele. Er war einer von denen, weißt du, die schon immer Pazifisten waren. Aber er machte nie Geschäfte mit den Deutschen. Er und sein Herzl, der wie eine Krauthexe aussah und dem die Haare zu Berge standen«, Balilati rollte einen Bogen Papier zusammen und richtete ihn auf seiner Stirn auf, »etwa so. Dieser Herzl hat vor einiger Zeit dem Geschäft den Rücken gekehrt. Ich weiß nicht, worüber sie sich nach vierzig Jahren gestritten haben, auch keines von van Geldens Kindern weiß, worum es ging. Ich habe dir schon gesagt, daß ich versuche, ihn aufzuspüren. Vielleicht weiß er was.«

»Was könnte er wissen, der Laden ist doch schon ein halbes Jahr geschlossen.«

»Frag mal seine Tochter. Dieser Herzl war Teil der Familie. Er besaß einen Haustürschlüssel.«

»Er kommt also auch als Täter in Frage«, staunte Michael.

»Keiner weiß, wo er sich herumtreibt«, sagte Balilati. »Die Kinder behaupten, daß er unmöglich etwas mit der Sache zu tun haben kann. Man konnte sich hundert Prozent auf ihn verlassen. Er soll sowieso einen Sprung in der Schüssel haben. Ihn interessierte angeblich kein Geld und auch nicht das Bild ... Sie haben es ganz weit von sich gewiesen, man konnte sehen, daß sie es nicht im geringsten für möglich halten. Sag mir jetzt nicht, daß man schon Pferde kotzen sah. Ich suche ihn ja, ich habe es dir schon gesagt.«

»Um welche Uhrzeit ist er genau gestorben? Was sagte der Gerichtsmediziner?«

»Der Gerichtsmediziner kann bis jetzt nur sagen, daß es am Nachmittag war, vielleicht um 16:00 Uhr, um 16:30 Uhr. Um fünf, um sechs, auf jeden Fall vor sieben.«

Michael rang mit sich. In gewisser Weise war die nächste Frage ein Verrat: »Wo waren seine Kinder zur Tatzeit?«

»Du weißt, wo sie war«, blähte Balilati die Lippen, »beim Friseur.«

»Und die anderen?«

Balilati verengte die Augen, drückte auf das Feuerzeug und überprüfte die Flamme. »Warum hängst du dich in den Fall?« sagte er unwirsch, hob den Kopf und sah Michael fest an. »Keiner zwingt dich dazu. Willst du es denn tatsächlich?«

Michael zuckte die Schultern.

»Theo van Gelden steckt jeden stadtbekannten Hurenbock in die Tasche, Pardon, ich weiß, daß du dieses Wort nicht magst. Alle Lustmolche der Stadt. An besagtem Nachmittag traf er sich mit einer Fünfzigjährigen und anschließend mit einer Neunzehnjährigen. Beide hat er …« Sein Stoßen der Handfläche gegen den Ellbogen war unmißverständlich und ließ keinen Zweifel an Theos Aktivitäten offen. »Und sein Bruder, sein Bruder ist ganz anders.« Balilatis Gesicht wurde finster.

»Er wollte nichts erzählen«, verriet er Michael.

»Er wollte nichts erzählen, denn er wollte nicht, daß seine Geschwister davon erfuhren. Er hat sich angeblich mit dem Anwalt seines Vaters getroffen. Beide, sowohl der Rechtsanwalt als auch er, weigern sich, sich darüber auszulassen. Momentan habe ich keine Handhabe, sie dazu zu zwingen.«

»Es gibt da einen Schotten …«, sagte Michael.

Balilati klopfte auf den Tisch. »Ich habe von ihm gehört. Sein Name ist McBridy«, sagte er. »Schon in der Nacht nach der Tat habe ich von ihm erfahren, aber es hat sich herausgestellt, daß er in einem Krankenhaus in Edinburgh liegt. Er ist Diabetiker und hat damit zur Zeit ein Problem, sie haben ihm ein Bein amputiert. Er hat derzeit kein Interesse an der Malerei … Was soll man dazu sagen. Es ist besser, jung und gesund zu sein als alt und krank. Selbst wenn du Kohle hast.«

»Wie groß ist deiner Meinung nach die Chance, den Fall aufzuklären?«

»Gering«, gab Balilati zu. »Obwohl ich ihn wirklich gerne aufklären würde. Schon wegen der Loge und so. Wenn es jemand aus dem Ausland war, gibt es kaum eine Aussicht auf Erfolg. Es sei denn, irgendwas Unvorhergesehenes passiert. Wie du zu sagen pflegst, ›man hat schon

Pferde kotzen sehen‹. Es gibt nichts, was es nicht gibt. Es ist noch alles drin.«

Michael sah auf die Uhr. »Ich muß los«, sagte er kleinlaut. »Ich habe versprochen, sie abzuholen ...«

»Also, von heute auf morgen bist du Familienvater geworden«, lachte Balilati, »gewissermaßen.«

»Ich muß die Kinderfrau heute früher ablösen.« Er spürte, wie er rot wurde, als er auf die Tür zuging. Balilati stand auf und beeilte sich, ihm die Tür aufzuhalten. Er sah im Flur nach rechts und nach links, packte Michael am Arm und fragte in verschwörerischem Tonfall: »Hast du Schorer auch nicht eingeweiht?«

»Kein Wort habe ich ihm gesagt«, stieß Michael erschrocken aus. »Und du sagst ihm auch nichts!«

»Ich?!« fragte Balilati eingeschnappt. »Ich wollte nur wissen, ob du es ihm gesagt hast. Ich dachte, er weiß alles über dich.« Die Genugtuung in seinem Lächeln war nicht zu übersehen.

Die Kinderfrau ließ die Eingangstür hinter sich ins Schloß fallen, als er Ido die Windel wechselte. Ido strampelte mit den Beinen und blubberte fröhlich. Es läutete. Er beeilte sich, die Klebebänder zu befestigen, und hielt Ido auf dem Arm, als er Schwester Nechama die Tür öffnete, die keuchte und ihn überrascht ansah. »Ich habe vor einer halben Stunde mit der Kinderfrau telefoniert. Hat sie es nicht ausgerichtet?« Er rang nach Luft und konnte sich nur mit Mühe beherrschen, um nicht zu fragen, ob sie gekommen war, um Noa abzuholen. Er öffnete die Tür weit und lächelte angestrengt. »Sie sind blaß«, sagte sie besorgt, als sie auf den Stuhl fiel, auf dem sie bei ihrem letzten Besuch gesessen hatte. »Ihr habt es nicht leicht«, fügte sie mit offener Sympathie hinzu. »Was euch da passiert ist, ist eine schreckliche Geschichte.«

Michael setzte sich auf den Stuhl neben ihr und nahm Ido auf seine Knie. Ido interessierte sich für die lange Kette und bäumte sich auf, um nach ihr zu greifen. Schwester Nechama breitete die Arme aus. »Willst du zu Nechama? Nechama holt dich auf den Schoß«, sagte sie verheißungsvoll und zog die Kette und die Schnur, an der die Brille baumelte, aus. Die Augen Idos folgten der Kette, die sie auf den Tisch legte, und der kleine Körper wand sich zwischen ihren Armen, während er versuchte, den grünen Blitz mit den Händen zu fangen. Die Schwester setzte ihn wieder auf Michaels Schoß.

»Noa ist gerade eingeschlafen.« Er fand endlich seine Stimme wieder.

»Wie macht sie sich?« fragte Schwester Nechama, reckte die Schultern und rieb sich den Nacken, als wolle sie ihn von einer Spannung befreien. Dann brachte sie Kette und Brille wieder zurück an ihren Platz.

»Ich denke, es geht ihr gut«, sagte Michael und rügte sich ob der Lähmung, die ihn überfiel. »Die Ereignisse scheinen sie völlig unberührt zu lassen«, wagte er sich vor.

»Nun ja, wir haben keine Möglichkeit, das herauszufinden«, warf Schwester Nechama ein. »Sie erzählen uns ja nichts.« Sie zwinkerte und kicherte. »Die Frage ist nur, ob das Verhalten der Kleinen sich geändert hat. Trinkt sie tüchtig, schläft sie schön? Ist sie friedlich?« Michael nickte, aber er begriff augenblicklich, daß das nicht genügen würde.

»Kommen Sie, vergewissern Sie sich selbst«, sagte er und stand mit Ido auf dem Arm auf. »In meinen Augen geht es ihr prächtig.« Er versuchte, sie von seinem Platz an der Tür zum Besuch des Kinderzimmers zu überzeugen. Er bemühte sich, das winzige Zimmer, in dem es nicht einmal genug Platz für zwei Kinderbetten geben würde, mit den Augen von Schwester Nechama zu sehen.

»Sie schläft ja gar nicht!« lachte Schwester Nechama schallend. »Sie ist ja hellwach, sehen Sie selbst.« Das Baby lag mit offenen Augen auf dem Rücken und spielte mit der Spieluhr, die über dem Kinderwagen baumelte. Die Schwester zog an der Schnur. Als sie die ersten Klänge des Wiegenlieds von Brahms hörte, wedelte die Kleine mit den Armen. Schwester Nechama bewunderte sie. »Sie hat sich gut entwickelt. Ich habe sie jetzt zwei Wochen lang nicht gesehen. Sie ist so groß geworden, und sie ist aufgeweckt und friedlich. Wahrhaftig, als wäre nichts geschehen. Schade, daß ich die Mutter nicht angetroffen habe. Findet die Schiw'a nicht hier statt?« fragte sie neugierig mit einem übertriebenen Neigen des Kopfes.

Michael murmelte ein paar undeutliche Silben. »Wir tun unser Bestes«, sagte er schließlich. »Wir wollten das ganze Durcheinander hier vermeiden, ihre Brüder sind sehr ...«

»Ja, ich kann es mir vorstellen«, sagte die Schwester in einem Ton, der nach Ehrfurcht klang. Also, beruhigte er sich selbst, wichtige Persönlichkeiten beeindrucken sie. Aber sein Körper wurde nicht ruhig, seine Knie zitterten.

»Ich werde Ihnen die Wahrheit sagen«, kündigte die Schwester an und brachte damit seinen Atem zum Stocken. »Ich bin nicht offiziell hier. Wir haben im Büro nur gedacht, ihr braucht vielleicht Unterstützung.« Sie sah sich um. »Eine Beratung oder so etwas. In ein, zwei Tagen kommt auch die Leiterin der Fürsorge, sie ist es, die die Entscheidung treffen wird. Und wie geht es Frau van Gelden? Wir könnten ihr einen Psychologen schicken, falls die Polizei das nicht übernimmt ...«

»Es geht ihr ganz gut«, sagte Michael. »Sie spielt sogar wieder Cello. Alles geht seinen normalen Gang«, sagte er und erschrak vor sich selbst. »Relativ normal«, beeilte er sich hinzuzufügen. »Natürlich ist es sehr schwer für sie. Die Polizei wird ihr sicherlich psychologischen Beistand anbieten. Sie ist schon darauf angesprochen worden.« Er heftete den Blick auf die Lampe. Wer konnte schon wissen, wie schwer es ihr fallen mußte, das Gesicht zu wahren und keinen Anlaß zu bieten, daß man das Baby fortnahm. Er legte Ido auf den Teppich und hob die Kleine auf den Arm.

»Wir dachten, wenn es euch im Moment schwerfällt, wenn ihr sie vielleicht lieber abgeben würdet ...«

»Auf gar keinen Fall!« rief Michael alarmiert. »Sehen Sie«, sagte er und packte Schwester Nechamas Arm, »für uns ist sie ein Trost. Sie ist eine große Freude, eine richtige Hilfe, wir würden zusammenbrechen, wenn man sie uns jetzt wegnähme.« Er sah in ihre Augen, die sich zu zwei Schlitzen verengten. »Das würde uns den Rest geben, vor allem Nita. Ich weiß, daß Sie mich verstehen, ich spüre, daß Sie mit uns fühlen«, sagte er. Er schlug einen verzweifelten Ton an und ließ seinen Blick in das öde Hellgrün ihrer Augen tauchen.

Schwester Nechama riß die Augen auf. »Es freut mich, daß Sie es so sehen«, sagte sie und machte mit aufgerichtetem Rücken Anstalten, geschmeichelt den Raum zu verlassen. »Es stimmt, ich mag euch und den ganzen Fall. Ich habe doch versprochen, daß es in Ordnung gehen wird. Nur hängt es nicht von mir ab. Die Leiterin kommt in zwei Tagen. Die Kleine ist wirklich sehr süß. Es wird nicht schwierig sein ...«

»Aber wir hängen an ihr, wir wollen uns um sie kümmern«, bettelte er und spürte, wie sein Gesicht glühte.

»Wir hoffen das Beste«, murmelte Schwester Nechama, »wie man so sagt, ich hoffe, die Dinge regeln sich von selbst«, faßte sie zusammen, als sie sich der Tür zuwandte. »Wir bleiben in Kontakt«, versprach sie wie zur Beruhigung. Sie schob die Gurte ihrer Schultertasche zurecht und verzog die Lippen zu einem professionellen Lächeln, freundlich und unantastbar.

Das hast du verdient, sagte er sich tonlos, als er Ido anzog und ihn in die Wippe setzte. Das hast du verdient, sagte er noch mal, als er Noa für einen Ausgang anzog. Wenn man etwas so sehr möchte, irgend etwas, wird man zu einer Beute für jedermann. Er war Freiwild. Balilati und Schwester Nechama waren erst der Anfang. Was willst du eigentlich? »Was willst du eigentlich?« brummte er in Richtung der Kleinen, als er die Druckknöpfe des bläulichen Strampelanzugs schloß. Sie sah ihn mit großem Ernst an, mit ihren Augen, die in den letzten Tagen größer und dunkler geworden zu sein schienen. Nun wiesen sie eine bräunlichblaue Tönung auf. Sie lächelte. Es war nicht das willkürliche Verziehen der Lippen, das er in der vergangenen Woche bemerkt hatte, sondern ein echtes Lächeln, das die Kiefer bloßlegte und die Augen überflutete, die nicht von ihm abließen.

Eine Sekunde verging, bis er sagte: »Du lächelst mich an. Du kennst mich schon.« Seine Augen wurden feucht, als er ihr Lächeln erwiderte. »Wir müssen es notieren«, verkündete er lauthals, als er sie in den Tragekorb legte, den er vom Wagen genommen hatte. »Wir müssen aufschreiben, daß du heute – was für ein Datum haben wir überhaupt, den zwanzigsten, den einundzwanzigsten –, auf jeden Fall im September 1994 im Alter von ... sagen wir sechs Wochen, zum ersten Mal bewußt gelächelt hast.« Er trug beide Kinder in Richtung Tür. »Auf geht's«, sagte er feierlich, »wir gehen Nita erzählen, daß du mich angelächelt hast. Vielleicht schenkst du ihr ja auch ein Lächeln.«

Er ging durch den Künstlereingang in den Saal, dessen schwere Holztür er mit der Schulter aufschob, weil er in einer Hand die Wippe hielt und in der zweiten die Tragetasche trug, in deren Ecke er die Tasche gestopft hatte, die die Windeln, die Fläschchen und den Rest der Babysachen enthielt. Er setzte sich in die zweite Reihe, an das Ende, das nahe an der Eingangstür des halbdunklen Saals lag, und stellte Wippe und Tragetasche zu seinen beiden Seiten ab. Erst dann sah er auf die Bühne. Die Probe sollte schon vor ein paar Minuten beendet sein, aber sie schien noch voll in Gang zu sein. Auf den Sitzen ringsumher lagen Instrumentenkästen, vor Michael stand ein geöffneter Geigenkoffer, in dessen Deckel Photos klebten und in dem Ersatzsaiten und ein Lappen neben den Ausbuchtungen steckten, die für das Instrument vorgegeben waren. Über einem Sitz hing lässig eine leichte Jacke, unter der ein weiterer Kasten zum Vorschein kam. Das Orchester saß in voller Besetzung auf der Bühne. Ein paar Musiker hatten die Instrumentenkästen unter ihre Sitze geschoben, andere hatten sie vor der Bühne abgestellt.

Auf der Kante eines hohen, schmalen Stuhls saß Theo van Gelden, stampfte mit den Füßen und klatschte mehrmals in die Hände. »Meine Herrschaften!« rief er. »Wir gehen hier nicht raus, bis die Synkopen sitzen.« Ein Lärm des Protests stieg aus den hinteren Reihen auf. Der erste Geiger, ein weißhaariger Mann, auf dessen Nase eine Brille prangte, klopfte mit dem Bogen auf den Rücken seiner Geige. »Meine Herrschaften«, sagte er, »wir können sowieso nicht aufhören, bevor die Tontechniker die Klangprobe nicht abgeschlossen haben. Wir fangen einfach morgen später an.« Es war noch hier und da ein Nörgeln zu hören, ein sehr junger Mann, der eine Klarinette hielt, ging auf Theo zu, wandte sich an die Musiker und schrie: »Warum benehmt ihr euch, als würdet ihr bei der Krankenkasse arbeiten?« Einer aus der entfernten Reihe der Geiger machte eine Bemerkung. Alle um ihn herum lachten. »Hört euch den Grünschnabel an!« rief der Trompeter von hinten. »So waren wir alle einmal.« Wieder ertönten Lachsalven.

Nita beschattete die Augen, sah in den Saal und winkte Michael mit dem Arm. Sie und Gabriel saßen im vorderen Teil der Bühne in unmittelbarer Nähe Theos. Aus der Entfernung schien ihre untere Körperhälfte mit dem weiten Rock, den das Cello ausbuchtete, eine Art bläulicher Hügel zu sein. Jetzt, als er sie so sah, erschien sie ihm wunderschön. Strahlend schön. Für einen Moment nahm er den Geruch ihrer Haut wahr. Vor zwei Tagen, als sie in der Küchentür ihrer Wohnung gegeneinandergestoßen waren, hatte er sie plötzlich geküßt. Ihre Lippen waren sanft gewesen, und ihre völlige Hingabe hatte ihn überrascht. Nita hatte die Angewohnheit, die Menschen, die ihr nahestanden, zu berühren. Von jenem Moment an berührte sie ihn ständig. Es waren sanfte, kleine Berührungen. Als sie ihn am nächsten Tag ansah, strahlte ihr Gesicht hingebungsvoll und begeistert, und in der Freude ihres Körpers über ihn lag etwas Verheißungsvolles – vor allem nach der spröden Art Awigails. Sie könnte mein Zuhause werden, dachte er jetzt mit glücklichem Staunen. Er war stolz, wie nah sie einander waren.

Gabriel hielt den Geigenkörper zwischen Schulter und Wange und strich eifrig den Bogen mit Kolophonium ein. Ein Musiker drehte sich um und stieß gegen den Cellokasten, der zwischen Gabriel und Nita lag. »Kann ich ihn hier wegbringen?« fragte er laut. Nita nickte. Er hob den Cellokasten auf und trug ihn auf den Armen durch den Künstlereingang hinter die Bühne. Theo sah seinen Bruder ungeduldig an. Gabriel legte das Kolophonium in den Kasten unter seinem Stuhl. Der erste Geiger stand neben Theo und sah ihn erwartungsvoll an.

Theo sagte: »Einen Augenblick noch!«

»Von Anfang an?« fragte der erste Geiger. Michael gab sich Mühe hinzuhören, doch er verstand die Antwort nicht. Er hörte nur ein dumpfes Murmeln aus Theos Mund, der den dünnen Mantel über seiner Schulter abstreifte und zu seinen Füßen legte.

»Takt 1«, rief der erste Geiger. »Was? Von Anfang an?« fragte die Musikerin verbittert, die hinter den Kesselpauken stand. »Number one«, sagte Theo und hob die Hände. »Vier Takte, Tutti, dann ein Cellosolo, der Reihe nach, wir machen den ersten Satz, dann sehen wir weiter.«

Zwei Tontechniker zogen Kabel durch den Saal und stellten sich unterhalb der Bühne auf. Michael drehte sich um; am Rand des Saals, über den letzten Sitzen des Ranges, brannte hinter einer großen Glasscheibe Licht. Dahinter waren drei Gestalten zu erkennen, die sich lautlos wie in einem Aquarium bewegten. Sie winkten den Tontechnikern im Saal. Diese knieten sich hin und verlegten Elektrokabel unterhalb der Bühne. Theo van Gelden senkte die Arme, und das ganze Orchester spielte die ersten Takte. Mit dem ersten Akkord hüpfte Idos Kopf in der Wippe, seine Augen weiteten sich, und seine Lippen spreizten sich. Michael beeilte sich und legte ihm eine Hand auf die Wange, mit der anderen Hand suchte er in der Wippe nach dem Schnuller, den er Ido in den Mund steckte. Ido entspannte sich, die Augen blieben jedoch weit offen. Er schien konzentriert dem Einsatz des Cellos zu lauschen, das mit dem rezitativischen Anfangsthema begann.

Theo unterbrach nach ein paar Takten. »Was hat Brahms hier vorgegeben? Er schrieb in der Art eines Rezitativs, aber immer *a tempo*. Nicht so frei, Nita, ich bitte dich. Von Anfang an!« sagte er und klatschte in die Hände. Das Orchester wiederholte die ersten Takte. Nita spielte mit geschlossenen Lippen die Noten, die sie in den letzten Wochen Tag und Nacht geübt hatte. Dreiundzwanzig Takte, an deren Ende – er wußte es, sie hörte nicht auf, davon zu reden – ein langes f war, das zu einem e wurde. Dann setzten die vier Hörner und die Klarinette ein, Theo unterbrach sie nach zwei Takten und machte eine Bemerkung. Das Baby in dem Tragekorb regte sich. Michael legte seine Hand auf den Bauch der Kleinen, als Theo rief: »Noch einmal, Solocello von dem f an, vom f bis zum e, neuer Einsatz.«

Diesmal ließ er sie länger spielen. Gabriel legte den Bogen über die Geige, glitt über die Saiten und deutete das Thema mit einem warmen hellen Klang an. Es war das erste Mal, daß Michael ihn das Solo spielen hörte. Nita hatte ihm erzählt, was für eine Karriere er als Sologeiger vor sich hatte, wenn er nicht vom »Wahn der historischen Aufführungspraxis«, wie sie es nannte, befallen worden wäre. Er erinnerte sich auch daran, daß sie gesagt hatte: »Er kann Brahms nicht mehr ausstehen. Für ihn gibt es nur noch Barockmusik! Er hat einen Ekel vor dem ganzen 19. Jahrhundert. Aber vielleicht wird er unseretwegen dazu zurückkehren. Immerhin war er bereit, mit uns zu spielen.«

Die Klänge der Geige fand Michael wunderschön, doch sie berührten ihn nicht wie die Klänge von Oistrach auf der

Aufnahme, die ihm seit Jahren vertraut war. Er kritisierte sich für seine Unbeweglichkeit. Dann fiel das Orchester ein, um das Thema ganz zu spielen. Im dritten Takt klopfte Theo auf seine Schenkel und schrie: »Nein! Nein! Nein! So geht das nicht! So geht das ganz und gar nicht!«

Das Orchester hörte auf zu spielen. Der Techniker stieg auf die Bühne, rückte die Mikrophone zurecht und machte dem Mann hinter der Scheibe ein Zeichen.

»Was ist das hier?« fragte Theo und erhob sich von seinem hohen Stuhl. »Wir haben hier Triolen der Geigen und der Flöten, anstelle der zwei Viertel müssen Sie drei Viertel zusammenziehen! Ich bitte darum! Ich bitte um Vergebung«, sagte er und verbeugte sich vor den Bratschen. »Verzeihen Sie mir, daß ich Sie zurück zur Grundschule schicke. Lassen Sie jetzt die Gefühle und Brahms einmal ganz beiseite. Ich bitte Sie kurzerhand darum, wieder zählen zu lernen! Sie alle! Oboen, Klarinetten, Trompeten und Bratschen!« Er verweilte für einen Moment und hob die Hand in Richtung Bläser. »Sie alle! Sie lassen sich dazu hinreißen, die zwei Viertel mit den Triolen zu spielen, und das ist verwirrend! Ich sage es noch einmal: Hören Sie nicht auf die Triolen der Flöten und Geigen. Nicht hinhoren! Nein! Awram«, beugte er sich zum ersten Bratschisten vor. »Hören Sie, was ich sage? Nicht auf die Triolen hören!« Der erste Bratschist nickte, wandte sich an die Gruppe der Musiker hinter sich und wiederholte die Anweisung. »Nicht auf die Triolen hören, zählen! Zählen bitte! Noch mal ab der 40. Vom Ende der Geige an. Gabriel, ich will eine ausdrucksstarke Geige, keine historische.«

Gabriel sagte etwas. Theo stieg von seinem Stuhl und stand vor seinem Bruder. »Gabriel«, sagte Theo sehr laut und mit drohendem Ton. »Was soll ich deiner Meinung nach tun? Soll ich wie Bernstein vor seinem Konzert mit Glenn Gould dastehen? Soll ich dem Publikum sagen, daß ich in dem langsamen Tempo spiele, das du bestimmt hast, ganz im Gegensatz zu meinem Verständnis und meiner musikalischen Auffassung? Ist es das, was du willst?!« Etwas Künstliches, nahezu Mutwilliges, lag in dieser Aussage, als ob Theo die Szene inszeniert hätte, um sich eine Gelegenheit zu verschaffen, eine Anekdote über Bernstein und Glenn Gould zum besten zu geben.

Wieder machte Gabriel eine Bemerkung.

»In der nächsten Probe«, bestimmte Theo. Gabriel blähte die Wangen, zog an den Rändern seines Barts und blies geräuschvoll aus.

»Wir fangen an!« rief Theo. Sie spielten ein paar Takte, als die großen Holztüren sich weit öffneten, grelles Licht im Saal anging und alle erstarrten. Theo drehte den Kopf mit dem Ausdruck eines Schocks in Richtung Saaleingang und starrte ein paar Sekunden lang auf die Horde, die da hereinstürmte, auf die Scheinwerfer, auf die Fernsehkameras und auf die junge Frau, die den Arm von Teddy Kollek, der mit langsamen, schwerfälligen Schritten den Saal betrat, stützte. Er ging mit schleppendem Schritt – sein Kopf war gesenkt –, ohne zu den Seiten zu schauen, als ob er überprüfte, ob er korrekt über den Marmorboden ging. Die Schöße seines zerdrückten blauen Staubmantels wippten, als er behutsam die Stufen hoch auf die Logenplätze im Saal zuging. Sein Arm ruhte auf dem Arm der jungen Frau, die laut sprach. Dort oben angekommen, ließ er sich auf den Sitz fallen. Hinter ihm kamen zwei Kameraleute und zwei weitere Personen in grauen Arbeitsanzügen, die riesige Scheinwerfer schoben.

»Entschuldigung, was soll das?« wollte Theo wissen, setzte die Brille ab und sprang von der Bühne. Das Baby regte sich in der Tragetasche, Ido schmatzte laut und rieb sich mit den kleinen Fäusten die Augen. »Was soll das?!« rief Theo erneut. Er stand am Rand der Reihe, in der Teddy Kollek saß, der ihn freundlich grüßte und seine Hand Richtung Bühne schwang. »Guten Tag allerseits!« sagte Teddy Kollek mit zerstreuter Autorität. Er legte seinen Arm auf die Lehne des Sitzes.

»Aber wir haben hier eine Orchesterprobe!« rief Theo entgeistert.

»Hat denn niemand Bescheid gesagt?« fragte die junge Frau und schloß ihr helles Jackett. »Das deutsche Fernsehen ist hier. Hier wird ein Interview mit Herrn Kollek für das deutsche Fernsehen aufgenommen. Der Termin steht schon seit ein paar Wochen fest«, sagte sie erbost.

»Mich hat niemand informiert!« verkündete Theo mit einem Ton, in dem Beleidigung und Ungläubigkeit für das Geschehen mitschwangen. »Es wird nicht lange dauern«, sagte die Frau, »höchstens eine halbe Stunde«, versprach sie.

Theo breitete die Hände aus. Teddy Kollek verschränkte die Arme und starrte mit deutlichem Desinteresse vor sich hin.

»Wo ist der Manager? Wo ist Sisovic? Warum hat er sich nicht mit mir abgesprochen?« sagte Theo und begann die Stufen Richtung Bühne hinabzusteigen. Er war kreidebleich. Er stand vor der Bühne und sah auf das Orchester, drehte sich zu Teddy Kollek, der sein schweres Gesicht auf seine große Handfläche stützte und dessen Augen halb geschlossen waren. Im Saal waren deutlich die deutschen Sätze der Frau zu hören, auf deren Gesicht die Kamera gerichtet war. Theo stemmte die Arme in die Seiten und ließ sie in einer Geste der Machtlosigkeit sinken. »Pause!« verkündete er und setzte seine Brille auf.

Der erste Geiger erhob sich hastig, beugte sich zu Theo und flüsterte ihm etwas zu.

»Meine Herrschaften!« sagte Theo. »Ich weiß, daß wir den Zeitplan nicht einhalten. Ich bitte um eine weitere Stunde. Dann werden wir halt heute einmal eine Stunde später aufhören. Wir müssen den ersten Satz abschließen.«

An der Unzufriedenheit der Musiker bestand kein Zweifel. Die Paukerin zog ihr weites T-Shirt straff und fischte demonstrativ und geräuschvoll nach Plastiktüten, die sie hinter der Pauke versteckt hatte. Ohne Eile erhoben sich die Musiker von ihren Plätzen. Michael packte die Griffe der

Wippe mit einer Hand, die der Tragetasche mit der anderen und verließ den Saal.

Nita folgte ihm. Sie öffnete die Gurtschnalle vor Idos Bauch und nahm ihn auf den Arm. Er legte sein Gesicht auf ihre Schulter, kuschelte sich einen Moment an sie, warf den Kopf zurück und bäumte sich auf. Nach einer kurzen Bedenkzeit beschlossen sie, daß Michael bis zum Ende der Probe warten würde. Sie kehrte zurück in den Saal, um Ido hinter der Bühne zu stillen, in der Hoffnung, daß er einschlafen würde. Michael blieb auf dem roten Samtsessel in der Eingangshalle sitzen. Das Baby schlief. Ein paar Mitglieder des Orchesters kamen ebenfalls aus dem Saal und ließen sich in seiner Nachbarschaft nieder.

»Ein Terrorist«, murmelte die Paukerin, die ein belegtes Brot aus einer Tüte zog.

»Es ist gegen die Statuten«, beklagte sich der Klarinettist und goß sich aus einer blauen Thermoskanne Kaffee ein.

»Jammert nicht«, sagte ein großer, beleibter Mann mit einem schweren, russischen Akzent. »Bei seinem Bruder erwartet uns mehr Arbeit.«

»Werden Sie zu ihm wechseln?« fragte die Paukerin mit vollem Mund. »Werden Sie zu seinem Orchester wechseln?«

»Nun«, sagte der Mann, »seine Bedingungen sind besser. Er zahlt viel mehr. Aber es wird auch mehr Arbeit geben. Er wird nach den Probestunden bezahlen.« Er rülpste. »Kapitalismus!« erklärte er lächelnd. »Es wird auch keine festen Anstellungen geben«, fügte er hinzu.

»Ich würde das Risiko nicht eingehen«, sagte die Paukerin und faltete die Tüte pedantisch zusammen. »Sie können einen von heute auf morgen entlassen, und man geht leer aus.«

»Nun, Sonja hat er schon vor zwei Wochen rausgeschmissen. Izik auch.«

»Welchen Izik?« fragte der Klarinettist, der den leeren, tropfenden Becher auf die Thermoskanne schraubte.

»Nun, Izik.«

»Der Trompeter oder der Geiger, es gibt zwei Musiker namens Izik«, erinnerte die Paukerin.

»Der Geiger, der Geiger«, sagte der Russe.

»Er hat Izik rausgeschmissen?!« fragte sie erstaunt. »Izik schmeißt man nicht raus. Wer kommt auf die Idee, Izik rauszuschmeißen!«

»Der, der ein historisches Orchester gründet«, lachte der Klarinettist. »Wieso hat er Izik überhaupt genommen? Das ist es, was ich daran nicht verstehe.«

»Das wird ein phantastisches Orchester«, sagte der Russe und sah Michael an. »Solch ein hervorragendes Barockensemble hat es hier noch nicht gegeben.«

»Wie kann es hervorragend sein, wenn es für euch nur ein Nebenjob ist, ihr Auserwählten!« sagte der Klarinettist.

»Nun, lange wird es so nicht weitergehen, es wird kein Nebenjob bleiben«, versicherte der Russe.

»Er testet ständig neue Leute.«

Jemand kam in die Eingangshalle und klatschte in die Hände. »Wir machen weiter. Sie sind fertig!« rief er von der Tür aus. Die Spieler gingen zurück in den Saal. Der Russe hielt die Holztüren auf, als Teddy Kollek in Begleitung der Frau, die ihn stützte, bedächtig herauskam. Die beiden wurden verfolgt von Kameramännern und den Beleuchtern. Die Musiker versammelten sich auf der Bühne. Theo van Gelden saß schon auf seinem hohen Stuhl. Nita machte Michael ein Zeichen, in den Saal zu kommen. Sie legte Ido in seine Arme. »Er schläft jetzt erst einmal«, versprach sie und streichelte Michaels Arm. »Aber wenn er nicht schläft und Probleme macht, fährst du einfach allein zurück, und ich komme nach, wenn wir fertig sind.«

Er ging wieder an den Rand der Reihe, stellte Idos Wippe auf seine rechte Seite und Noa in der Tragetasche auf die andere. Alle saßen bereit, und Theo rief: »Ab der 40.« Sie begannen mit den Tönen vor dem Einsatz der Geige und spielten bis zur Einführung des kompletten Themas des ersten Satzes. Nach ein paar Takten unterbrach Theo. »Ist das hier eine Feuerwehrkapelle, oder was?« rief er den Bläsern und den Paukern zu. »Sehen Sie denn nicht, was da steht?!« klagte er. »Sehen Sie denn nicht, daß für alle dort *fortissimo* steht, für alle außer für wen? Außer für die Hörner, die Trompeten und die Pauken, für sie gilt – *forte! Forte* und nicht *fortissimo*!« Mit weicherer Stimme fügte er hinzu: »Brahms meinte, daß die Orchestrierung ausgeglichen sein soll. Man soll die Geigen und die Klarinette hören, und wenn auch die Trompeten und die Pauken *fortissimo* spielen, und die Pauken so laut sind, klingt das Ganze wie eine Feuerwehrkapelle.«

In diesem Moment, ohne Voranmeldung und ohne Vorzeichen, begann das Baby laut zu plärren. Aus dem Orchester war ein Kichern zu hören. Theo drehte sich mit finsterer Miene um, aber er sagte kein Wort. Michael beeilte sich, beide Kinder aus dem Saal zu tragen. Er sah auf die Uhr und beschloß in der Eingangshalle zu warten, bis die Probe zu Ende war. Hinter den geschlossenen Türen konnte er hören, wie der erste Satz von Anfang an gespielt wurde, von Theos Kritik unterbrochen. Immer wieder wiederholten sie einzelne Takte, während er Noa das Fläschchen gab. Er lauschte der Musik und den lauten Sauggeräuschen und den Seufzern gleichermaßen, die sie in den kurzen Trinkpausen ausstieß. Ido war tatsächlich eingeschlafen, und darum konnte Michael Noa, die nun still war, auf dem Arm behalten und sich in der Nähe der Türen aufhalten, vor denen er auf und ab ging, bis er die ausgestoßene Luft hörte, und gleichzeitig die Musik hören. Er dachte daran, daß er sich nie vorgestellt hätte, er könne jemals so hautnah Zeuge eines musikalischen Schaffensprozesses werden, diese Knochenarbeit erleben, die prosaischen Momente des Raschelns von Plastiktüten, die Pausen und herabgezogenen Mundwinkel, die Klagen, die später am Abend, im Rampenlicht, in die Augen beispielsweise einer Becky Pomeranz Tränen treiben würde.

Er hörte Theo rufen: »Genug für heute! Okay, wir sind

fertig«, und räumte den Platz vor der Tür. Er setzte sich in einen Sessel und wartete mit den beiden Babys, bis Nita mit dem Cello in Händen aus dem Saal kam. »Warte nicht auf mich!« bat sie. »Es war ein Fehler, dich mit den Kindern herzubestellen. Wir müssen noch bleiben und ein paar Dinge klären, und wenn Theo von ein paar Dingen spricht, kann man nie wissen, wie lange es dauert. Wenn Gabriel oder Theo mich nicht nach Hause bringen, komme ich mit einem Taxi«, fügte sie beim Anblick seines offenkundigen Zögerns hinzu. »Mir geht es gut«, beruhigte sie ihn. »Wenn ich arbeite, geht es mir gut«, versicherte sie.

Ein paar Stunden später, als er neben Gabriels Leiche kniete, dachte er zum ersten Mal an das, was ihn noch lange beschäftigen würde. Weniger als drei Stunden waren vergangen zwischen seinem beharrlichen Pfeifen des Themas des ersten Satzes des Doppelkonzerts und der quälenden Frage, was anders gelaufen wäre, wenn er nicht auf sie gehört hätte. Was hätte er verhindern können? Hätte er überhaupt etwas verhindern können, wenn er an dem Ort gewartet hätte, an dem Gabriel van Gelden ermordet worden war?

5

*Morendo cantabile**

Die Leiche lag im Flur hinter der Bühne unterhalb des schmalen Betonpfeilers. Die obere Körperhälfte schwamm in einer Lache Blut, das aus dem klaffenden Hals stammte. Michael, dem sich schon viele grauenhafte Anblicke geboten hatten, sah nur für einen kurzen Moment auf den Kopf, der beinahe gänzlich vom Körper getrennt war. Nur ein schmaler Hautstreifen im Nacken verband ihn noch mit den Schultern. Er schien Michael an einem seidenen Faden zu hängen und schon im nächsten Augenblick gänzlich vom Rumpf zu fallen, in den Flur zu rollen, von dort auf die Bühne und schließlich Stufe für Stufe die Treppe hinunter in den Saal zu kullern.

Als er vor der Leiche stand, den Blick abkehrte und den Brechreiz, der in ihm aufzusteigen drohte, unterdrückte, durchfuhr ihn der Gedanke, daß es das erste Mal war, daß er das Mordopfer kurze Zeit vor dessen Tod wohlbehalten erlebt hatte, noch dazu musizierend. Überhaupt stand er zum ersten Mal in seinem Leben vor der Leiche eines Menschen, mit dem er kurz zuvor in Kontakt gewesen war. Dieser Gedanke, dieses Staunen an sich, machte ihn nervös, und er erkannte dumpf, daß diesmal alles anders sein würde, daß er in diesen Fall auf eine Art und Weise involviert war, die nicht korrekt und richtig war, und daß es folglich besser war, wenn er schon jetzt außer Zila noch einen weiteren Kollegen benachrichtigen würde, einen, der den Fall übernehmen konnte, falls er selbst zusammenbrach. Wieso zusammenbrechen, dachte er erbost, seit wann brach er zusammen, und was hatte dieses Wort überhaupt zu bedeuten? Zusammenbrechen, umkippen, dachte er empört.

Hieß es, daß er damit rechnete, seine Fähigkeit, logisch zu denken, einzubüßen? Daß er kollabierte? Daß er das Bewußtsein verlor? Man konnte meinen, er wäre hier der Betroffene, und nicht Gabriel oder Nita.

Mit dem Gedanken an Nita – es war nicht einmal ein Gedanke, eher ein sekundenlanger Stich durch ein gehetztes Bewußtsein – und ihre Verwandtschaft mit diesem Mann, dessen Kehle aufgeschlitzt war und der in einer Blutlache lag, kam er langsam wieder zu sich. Er zwang sich, die Leiche zu betrachten. Ein zweites Mal. Der zweite Blick unterschied sich erheblich vom ersten Anblick, der durch das Entsetzen zunächst oberflächlich und verschwommen und anschließend nicht nüchtern genug gewesen war. Dieses Mal sah Michael den toten Gabriel schon wie eine gewöhnliche Leiche an, wie einen Fall, denn er wußte bereits, was ihn erwartete. Als er ihn zum zweiten Mal betrachtete, sagte er sich, daß er es durchstehen würde, daß Gabriel nichts weiter als ein Fall war. Aber an Nita wagte er nicht mehr zu denken. Für einen Moment sah er ihr Gesicht vor sich, und er schloß die Augen, als wolle er sie verjagen, als wolle er ihr sagen: »Jetzt nicht«, als schiebe er die Erinnerung an ihre Existenz beiseite und lege sie gewaltsam auf Eis – dazu war in der Tat Kraft erforderlich.

Die Ärztin des Roten Davidsterns, die schon vor der Polizei gerufen worden war, verhielt sich, als hätte sie nur auf ihn gewartet, um eine vertraute Geste zu wiederholen – das Auseinanderbreiten der Arme zu einer Gebärde der Hilflosigkeit und ein Klopfen auf ihre schweren Schenkel. »Ich habe ihn so vorgefunden. Es war nichts mehr zu machen. Ich habe ihn nicht bewegt, ich habe ihn kaum angefaßt«, versicherte sie und beeilte sich, Nitas Reaktion zu schildern, die sie als »pathologisch hysterischen Anfall« bezeichnete. Sie detaillierte: »Sie schrie und schrie und schrie. Wir konnten das Schreien nicht zum Stillstand bringen.« Das Entsetzen und der Anflug von Kritik, der der Schilderung anhaftete, waren nicht zu überhören. Während sie berichtete, wiederholte sie ständig, so etwas habe sie noch nicht erlebt. Dann sagte sie: »Ich habe ihr schließlich eine Spritze gegeben. Die beiden hier mußten mir helfen und sie festhalten.«

Die junge Ärztin zeigte auf zwei Jugendliche, die in der Ecke des schmalen Flurs standen, neben den Eisenschränken, die den Durchgang zum nächsten Flügel verstellten, der breiter war und in dem sich, wie sich herausstellte, die Räume des Dirigenten und der Orchesterdirektion befanden. »Es sind freiwillige Helfer. Sie haben so etwas noch nie gesehen«, sagte sie vorwurfsvoll. »Für einen Sechzehnjährigen ist es noch ein bißchen früh«, fügte sie hinzu. Einer der Jungen, die dort standen, zeigte ein maskenhaftes Lächeln, das nicht aus seinem Gesicht wich, und der zweite lehnte sich mit dem Rücken zu ihnen gegen einen Eisenschrank.

Der erste Geiger erschien hinter der Biegung des Flurs, drängte sich an den Eisenschränken vorbei und bewegte sich taumelnd vorwärts. Auch er drehte den Kopf ab, als er die Leiche passierte. Er war es, der die Ambulanz und später die Polizei alarmiert hatte. »Ich wußte nicht... Ich wußte nicht, ob er wirklich tot ist, ich dachte, man könnte vielleicht noch etwas machen«, entschuldigte er sich.

Schwere Schritte waren hinter der dünnen Mauer zu hören, die die Bühne von der Hinterbühne trennte. Keuchend erschien der Gerichtsmediziner. Seine Atemzüge klangen wie ein Summen, dachte Michael, als er widerwillig feststellte, daß Elijahu Solomon Bereitschaftsdienst hatte. Solomon folgten die beiden Kollegen von der Spurensicherung. Michael fragte sich, ob zwei Leute ausreichen würden. Er erkannte schweigend die Schnelligkeit an, mit der sie trotz des Verkehrsstaus eingetroffen waren.

Auch sein Weg durch die King-David-Straße war versperrt gewesen und hatte ihn schließlich gezwungen, an einer Ampel des Mamilla-Viertels die Sirene einzuschalten, um sich zum Musikzentrum einen Weg zu bahnen. Er hatte die Skelette der prachtvollen Gebäude begutachtet, die auf den Trümmern des alten Viertels in die Höhe schossen. Immer wenn er sein Auto an der Kreuzung anhielt, staunte er – mitunter begleitet von Unmut über die Veränderung des Stadtbildes, das sich hinter der Ampel den Augen bot. Er sah nach links zum Moslemischen Friedhof und nach rechts zum Palace Gebäude, dem runden prachtvollen Bau, der das Wirtschaftsministerium beherbergte, und registrierte erleichtert, daß beide noch standen. Seit Monaten verfolgte er die systematische Zerstörung der alten Bausubstanz. Wie ein einzelner Zahn in einem alten Mund war nur das Gebäude verschont geblieben, das Herzl einmal besucht hatte. Wie ein Gebiß, das in weißem Porzellan glänzte, standen nun die schicken Bauten da, und ein großes Schild verhieß: »Die Paläste Davids«.

Man hatte ihn über Funk gerufen, als er schon auf dem Weg zum Migrash Harussim war, nachdem er die Babys der Kinderfrau für den Nachmittag überlassen hatte. Er stand in dem Moment an der Ampel im Mamilla-Viertel und starrte auf die Aufkleber »Das Volk mit dem Golan« und »Judäa und Samaria liegen hier« auf der Heckscheibe des Autos vor ihm. Der Fahrer wurde von einer in Lumpen gekleideten Frau, der Bettlerin, die die »Irre von Mamilla« genannt wurde – sie pflegte sich zwischen den Autokolonnen durchzuschlängeln, ihre schmutzige Hand durch die Scheiben zu stecken und mit ihrem schwarzen Mund zu fauchen –, beschimpft und kurbelte rasch das Fenster zu. Die Adresse, die die Telephonistin ihm im Namen Schorers ausrichtete, versetzte ihn in Panik. »Er hat versucht, Sie zu Hause zu erreichen«, hatte sie gesagt, und ihre Stimme – ein bekanntes Krächzen – verursachte ihm Gänsehaut, als ob jemand mit einem Stein über Glas fuhr.

»Ich war unterwegs«, hatte er in das Funkgerät geantwortet, hauptsächlich um irgend etwas zu sagen, und fuhr auf den rechten Fahrstreifen. Die Kälte, die sich von innen seiner bemächtigte, die seinen Bauch füllte, als er die Adresse hörte, eine eisige Kälte, die selbst bei den Worten »eine männliche Leiche« nicht verschwand, nahm zu, je näher er dem Gebäude kam und an einer langen Autoschlange vorbeiraste, die bis in die Kreuzung, an der die Ampeln ausgeschaltet waren, stand.

Er fror, seine Knie wurden weich, und seine Zähne klapperten. Wie sollte Schorer ihn finden, wo er seine Tage mit dem Warten auf Kinderfrauen verbrachte, warf er sich lautlos vor und erhöhte die Geschwindigkeit. Die Kinderfrau für den Nachmittag, die sie eigens für die Phase der Proben engagiert hatten, hatte sich um eine halbe Stunde verspätet. »Wegen dem Stau«, hatte sie aufgebracht gesagt und in allen Einzelheiten beschrieben, wie die Buslinien wegen des Besuchs des amerikanischen Staatssekretärs von ihren normalen Routen abgewichen waren. »Und vorgestern wegen der Beerdigung von Rabbi Freundlich«, hatte sie verächtlich ausgestoßen. »Dreihunderttausend schwarze Orthodoxe für einen, von dem noch nie einer ein Sterbenswörtchen gehört hat! In dieser Stadt kann man kein normales Leben führen – entweder es gibt einen Terroranschlag oder ein wichtiges Begräbnis oder einen Staatsbesuch mit Kolonnen von Limousinen und Motorrädern, für die sie alles absperren. Auch wenn sie nur von der King-David- zur Balfour-Straße fahren, sperren sie die ganze Stadt. Was interessiert es sie? Sie kommen nicht zu spät.«

Zwischen Schüttelfrostattacken hörte er sich selbst nach der Spurensicherung fragen, ob man die Sachverständigen schon informiert habe und ob sie unterwegs seien. Er vernahm seine nüchterne, ruhige Stimme, die bekannte Stimme, die sich in manchen Situationen automatisch und routiniert einstellte. Dennoch klang sie ihm fremd, als er fragte, ob man einen Gerichtsmediziner zum Tatort beordert habe. Als er in der Nähe des Hintereingangs einparkte, benutzte er erneut das Funkgerät und bat darum, Zila zu schicken. Die junge Ärztin des Roten Davidsterns stand neben dem mageren Pathologen, dessen kariertes Hemd seine eingefallene Brust und seine hageren, behaarten, weißlichen Arme betonte. Er putzte ordentlich und gründlich die Gläser seiner runden Brille und stellte ein paar kurze Fragen. Er summte ununterbrochen, machte Bemerkungen, erteilte Antworten, als studiere er einen langen Sprechgesang ein. Er wandte sich mit dieser singenden Stimme an die Ärztin, die kurz angebunden und mit ersichtlicher Nervosität antwortete. Als man sie gerufen hatte, »war schon alles zu spät«, sagte sie, und bei dieser Wortfolge kam zum ersten Mal ihr leichter russischer Akzent zum Tragen. »Die Leiche lag schon in dieser Position, in der sie jetzt zu sehen ist. Tot, zusammengekauert in einer Blutlache, zu Füßen des Betonpfeilers.« Sie hatte nicht zugelassen, daß jemand ihn berührte, versicherte sie, keiner außer ihr hatte den Toten angefaßt. Sie erzählte wieder, diesmal verzichtete sie auf den kritischen, vorwurfsvollen Tonfall, von Nitas hysterischem Anfall und erklärte, daß sie sie in das Büro von Herrn van Gelden gebracht hatten.

»Welches van Gelden?« fragte Michael.

»In das Büro des zweiten, der noch am Leben ist«, antwortete sie, ohne nachzudenken. Sie wurde verlegen und schüttelte sich.

»Wo ist dieses Büro?« fragte Michael den ersten Geiger, der auf die Biegung des Flurs wies und darauf zuging. Er drehte sich um, um sicherzugehen, daß Michael ihm folgte. Vor der Tür, vor der er stehenblieb, fragte er mit sichtlicher Nervosität, die sich rasch in offene Angst verwandelte: »Waren Sie heute nicht bei der Probe?« Michael nickte andeutungsweise, klopfte an die Tür und öffnete sie, ohne auf eine Antwort zu warten.

Nita lag zusammengerollt auf einem hellen Sofa, das in der Ecke stand. Unter der karierten Wolldecke konnte man ihre Knie erkennen, die nah an ihren Körper gezogen waren. Ihre Augen waren geschlossen, und ihr bleiches Gesicht wirkte wie eine Wachsmaske. Er ging mit raschen Schritten auf sie zu, bückte sich und griff nach ihrem Handgelenk. Er fühlte ihren schwachen Puls. Alles war verloren, sagte er sich, als er ihr Gesicht ansah. Von dieser Geschichte wird sie sich nicht mehr erholen. Sie würde nie wieder mit strahlendem Gesicht ihren Lockenkopf auf seine Schulter legen und ihre Wange an seinem Arm reiben. Für einen kurzen Augenblick wollte er sie in den Arm nehmen und mit ihr fliehen. Dann rief er sich voller Selbstverachtung zur Ordnung. Sie lebt, rief er sich in Erinnerung.

Theo saß auf einem kleinen Stuhl in unmittelbarer Nähe des Sofas. Als die Tür aufging, zog er die Hände vom Gesicht und drehte seinen Kopf zum Eingang. »Sie?« staunte er. »Man hat Sie geschickt?« stieß er schockiert aus. Sofort faßte er sich und fuhr sich mit ein paar fahrigen Bewegungen durchs Gesicht. »Vielleicht ist es gar nicht schlecht«, murmelte er. »Gerade weil Sie sie kennen ... Ich weiß nicht, wie sie damit zurechtkommen wird, sie ... Sie ist in einer solch schrecklichen Verfassung«, sagte er mit zittriger Stimme, »ich habe keine Ahnung, was wir mit ihr machen werden, wenn sie aufwacht. Ich fürchte diesen Augenblick.«

»Es wird noch ein paar Stunden dauern, bis sie wach wird.«

»Ich kann es nicht fassen«, flüsterte Theo, »innerhalb von zwei Wochen, nicht einmal zwei Wochen sind vergangen, und nun beide ... ich finde keine Worte.«

»Wer hat ihn gefunden?« fragte Michael.

»Nita«, antwortete Theo entsetzt, als könnte er erst in diesem Moment den Anblick nachvollziehen, der sich seiner Schwester geboten hatte. »Nita hat ihn gesucht. Er wurde erwartet. Ich habe noch mit der Paukerin auf der Bühne gearbeitet. Sie hat nach ihm gesucht.« Er holte tief Luft und zischte: »Und sie hat ihn auch gefunden.«

Michael schwieg. Er ließ die Hand los und setzte sich auf die Kante des Sofas.

»Es war vor ... ungefähr einer Stunde. Haben Sie ihn gesehen?« Michael nickte, aber Theo vergrub erneut sein Gesicht in den Händen und sah das Nicken nicht. Darum wiederholte er seine Frage. Diesmal hob er den Kopf und zeigte sein Gesicht, das gelblichgrau war und die Schattierung alten Bienenwachses aufwies. Unter seinen Augen lagen schwarzgrüne Ringe, wie Michael sie an den ersten Tagen, nachdem er Nita kennengelernt hatte, an ihr bemerkt hatte.

»Ich habe ihn gesehen«, sagte Michael, »aber ich habe keine Informationen.«

»Wer kann denn so etwas tun?!« flüsterte Theo hitzig. »Und auch noch auf diese Weise, das ganze Blut ...«

Michael schwieg.

»Ich verstehe es einfach nicht, als ob man ihn erdrosselt hätte ... oder als ob man versucht hätte, ihn zu köpfen. Wer wollte Gabriel den Kopf abhacken?!«

»In der Zwischenzeit bleiben Sie hier und denken weiter über diese Frage nach. Sie ist ernst zu nehmen.«

»Es ist unglaublich«, murmelte Theo durch seine Handflächen, in denen er erneut sein Gesicht verbarg.

Michael widmete sich Nita. Sie rührte sich nicht. Ihre Atemzüge waren so flach, daß er gezwungen war, sich tief über sie zu beugen, und er richtete sich erst auf, als er ihren Atem auf seinem Gesicht spürte. »Ich komme bald wieder«, sagte er und schloß die Tür hinter sich.

Die zuständigen Leute von der Spurensicherung liefen schon mit vorsichtigen Schritten am Tatort hin und her, der Gerichtsmediziner umkreiste den Flur mit kleinen Schritten, und der erste Geiger stand mit dem Rücken gegen einen Eisenschrank und fragte, ob er noch gebraucht werde. Niemand gab ihm eine Antwort, und so blieb er in seiner Ecke stehen. Michael drehte sich zu ihm um: »Wo sind denn die anderen? Wo sind die Musiker?« wollte er wissen.

»Ein Teil ist schon weg, sie sind gegangen, bevor wir ihn gefunden haben, bevor wir davon erfahren haben ...«

»Und der Rest?«

»Sie sind dort, am Eingang«, sagte der erste Geiger und massierte seinen Nacken. »Ich habe ihnen gesagt, sie sollen nicht weggehen. Aber sie könnten auch gar nicht gehen ... Wer Gabriel nicht mit eigenen Augen gesehen hat«, er schluckte mühsam seinen Speichel, »der hat ihre Schreie gehört. Vor Angst ist einem das Blut in den Adern geronnen, darum hat niemand es gewagt zu gehen«, gestand er.

Michael bat ihn, den Musikern auszurichten, daß sie bleiben sollten. Der erste Geiger verlagerte sein Gewicht von einem Bein auf das andere und murmelte, diese Aufgabe wolle er nicht übernehmen. »Ich weiß nicht, wie sie reagieren werden. Sie sagen es ihnen am besten selbst.«

Michael machte Jafa, der jungen Frau von der Spurensicherung, die er kannte, ein Zeichen. Sie schaute auf den Tatort, dann auf Michael, und schließlich sagte sie zu dem ersten Geiger: »Kommen Sie mit, Awigdor, ich werde es ihnen ausrichten.« Beide gingen über die Bühne.

Wieder waren schwere Schritte in Richtung Ausgang zu hören, die Zilas leichten Gang übertönten, die, mit den Autoschlüsseln klappernd und nach Atem ringend, gerade eintraf. »Ich habe Eli auch gebeten herzukommen«, flüsterte sie, als sie neben ihm stand. Er nickte, und sie gestand: »Ich bin furchtbar erschrocken. Ich dachte zuerst, es geht um sie.« Sie senkte die Stimme noch mehr: »Ich habe mich erst beruhigt, als ich gehört habe, daß es eine männliche Leiche ist.« Als ob sie selbst eine gewisse Absurdität in ihren Worten wahrnahm, fügte sie verlegen hinzu: »Ich meine, wenn es eine Frau gewesen wäre ... Nun gut, was läuft hier?« Sie faßte sich und sah Gabriels Leiche. Die Schlüssel rasselten nun nicht mehr. Zunächst behielt sie sie in der Faust. Sekunden später fielen sie zu Boden, und Michael bückte sich, um sie aufzuheben. Sie drehte den Kopf weg. »Wer ist das?« fragte sie. Ihre Hand kletterte über ihren Hals, und sie achtete darauf, nur Michael zu fixieren.

»Gabriel van Gelden«, antwortete er. Der junge Mann von der Spurensicherung bückte sich in der Nähe der Leiche und sammelte mit einer kleinen Pinzette etwas in die kleine Plastiktüte, die er aus seiner Tasche gezogen hatte. »Der zweite Bruder Nitas, nicht der älteste«, präzisierte Michael.

»Und ich bin Dr. Solomon«, sagte der Gerichtsmediziner. Er straffte die Schultern und blähte geräuschvoll seine eingefallene Brust. Er summte weiter, als er in seiner Tasche kramte und nacheinander ein Thermometer, eine Kamera, eine Lupe und ein paar Handschuhe herausfischte, die er zu seinen Füßen zu einer geraden Linie anordnete. »Fallen Sie uns hier bloß nicht in Ohnmacht«, sagte er zu Zila und kniete sich neben die Blutstropfen, die sich außerhalb der Pfütze befanden, nicht weit von dem beinahe abgeschnittenen Hals Gabriels. Er streifte die Handschuhe über, nahm das Vergrößerungsglas zur Hand und näherte sich einem der Tropfen, wobei er ununterbrochen summte und brummte. Er strahlte den Tropfen mit einer Taschenlampe an und sagte mit dumpfer Stimme: »Kann ich etwas mehr Licht haben?« Der Mann von der Spurensicherung knipste einen beweglichen Scheinwerfer an, stellte ihn an die Wand und richtete ihn auf die Leiche.

Jafa kehrte vom Nebeneingang zurück, gefolgt vom ersten Geiger, der den Kopf gesenkt hielt. »Awigdor, bleiben Sie bitte einen Moment hier stehen!« wies Jafa ihn an. Sie deutete in die Ecke neben dem Eisenschrank. »Wir haben ihnen Bescheid gesagt«, berichtete sie. »Sie warten in der Halle, bis Sie kommen.« Der Kollege von der Spurensicherung stand neben dem Gerichtsmediziner und hielt eine Kamera in der Hand. Er machte Aufnahmen von der Leiche und nahm die Blutstropfen aus der Nähe auf. Dann photographierte er aus nächster Nähe kleine Ausschnitte von der Umgebung der Leiche. Hin und wieder hielt er sich bei einer Bodenfliese auf, bis er schließlich die Kamera beiseite legte, aus der Brusttasche einen dicken Stift zog und bei der Leiche wartete.

»Was haben wir denn da?« murmelte der Pathologe summend über seiner Lupe. »Wir haben einen Tropfen, der ganz und gar nicht rund ist, kommen Sie einmal her und sehen Sie selbst«, winkte er Michael heran, der ebenfalls auf die Knie ging und durch die Lupe schaute. »Sehen Sie diese

Konturen?« fragte Solomon. »Sehen Sie, daß die Tropfen hier nicht rund und die Konturen verwischt sind und daß sie Zacken aufweisen, die wie kleine Stacheln aussehen?« Michael nickte. Jafa photographierte schweigend die Blutflecken. »Dann können wir schon jetzt sagen«, faßte Dr. Solomon zusammen, »daß sie von oben auf den Boden gefallen sind. Das heißt, daß das Opfer stehend umgebracht wurde. Dieses Blut ist geflossen, als van Gelden stand. Der Sturz erfolgte nach dem ... Ich weiß nicht, ob ich von Erdrosseln sprechen soll oder ob der Schnitt so schnell erfolgte, daß er keine erdrosselnde Wirkung hatte.«

Zilas Gesicht, die neben Michael kniete und auf Gabriels Hals starrte, war kreidebleich, und ihre Unterlippe war zwischen ihren Zahnreihen verschwunden.

»Sehen Sie, daß sich die Schnittstelle hier beinahe um den ganzen Hals herum zieht?« fragte der Pathologe, und ohne auf eine Antwort zu warten, untersuchte er mit dem Vergrößerungsglas die betreffende Stelle. »Gut, wir werden gleich darauf zurückkommen«, versicherte er mit seiner singenden Stimme. »Zuerst die Temperatur«, bestimmte er, »in der Zwischenzeit könnt ihr eure Skizze anfertigen«, wies er die Kollegen von der Spurensicherung an. »Bis ich ihn bewege, könnt ihr photographieren. Ich werde auch ein paar Aufnahmen machen, noch vor der Temperatur«, verkündete er, zog seine Kamera zu sich heran und machte sich an die Arbeit. Ein paar Sekunden lang hörte man das Klicken der Kameras. Dann machte der Gerichtsmediziner dem Mann Platz, der sich nach vorn neigte und mit seinem Stift die Leiche umriß, bis eine weiße klare Linie sie umgab. Jafa photographierte erneut. Sie schien mit geschlossenen Augen zu arbeiten, um den Anblick der klaffenden Gurgel zu vermeiden, deren Innenleben sich den Umstehenden präsentierte.

Der Pathologe machte sich nun mit einem Thermometer in der Hand an der Leiche zu schaffen. »Zuerst die Außentemperatur«, sagte er. »Jetzt hier«, murmelte er und drehte den Toten auf die Seite. Mit scharfen, schnellen Gesten zog er dem Toten die Kleider aus. »Ah, so ist das!« sagte er, nachdem er das Thermometer prüfend angesehen hatte und er seinen Blick zu dem Pfeiler streifen ließ, zu dessen Füßen Gabriel lag. Er wischte mit der Hand über den Pfeiler und musterte interessiert den Handschuh. »Sehen Sie?« wandte er sich an Michael. »Schauen Sie mal, der Pfeiler gibt Gips ab. Den hat er auf dem Hemd. Sehen Sie die Flecken auf dem Hemd?« Michael folgte dem Finger des Pathologen. »Wenn er ein helles Hemd tragen würde, hätten wir es erst im Labor festgestellt, aber weil das Hemd dunkel ist, kann man es schon jetzt erkennen. Das Weiß auf dem Hemd muß von dem Pfeiler stammen. Verzeihen Sie, daß ich mich in die Arbeit der Kollegen von der Spurensicherung einmische. Es ist ihr Bereich. Aber in diesem Fall interessiert mich das Weiß auf dem Hemd wegen der Position.«

»Was heißt das?« fragte Zila.

»Das heißt«, sagte der Pathologe, »das heißt, daß wir nicht nur wissen, daß er stand, sondern an der Position der Flecken erkennen wir auch, daß er sich mit dem Kopf gegen den Pfeiler gelehnt hat, etwa so«, er warf den Kopf in den Nacken, als lehne er ihn gegen einen Pfeiler. »Und vielleicht, ich sage, vielleicht, nicht mit Sicherheit, vielleicht hat sich jemand von hinten an den Pfeiler herangeschlichen und – fatz ...« Dr. Solomon ahmte mit einer Hand einen Schnitt nach. Er kniete sich wieder neben die Leiche. Nach ein paar Minuten, in denen völlige Stille herrschte, die nur gelegentlich unterbrochen wurde von den Mitarbeitern der Spurensicherung, die über den langen Flur liefen, verkündete Dr. Solomon: »Ein bis zwei Stunden.«

»Wo ist Nita?« fragte Zila, worauf der erste Geiger aus seiner Ecke kam und es ihr erklärte.

»War sie es, die ihn gefunden hat? Hat sie ihn etwa so gefunden?« fragte Zila entsetzt.

»Ja«, antwortete der erste Geiger, der auf sie zukam. Er neigte den Kopf, und zwischen zwei Lockenreihen, die zu beiden Seiten seiner Glatze wie zur Entschuldigung wuchsen, glänzte seine Kopfhaut.

»Wann?«

»Vor ... ungefähr um drei, sagen wir Viertel nach drei. Ich bin mir nicht sicher, aber es war, als wir schon fertig waren. Es waren nur noch diejenigen da, mit denen Gabriel über sein Barockensemble sprechen wollte. Er hatte neue Ideen, hatte Änderungen vor«, erklärte er und verstummte. »Wir haben ihn nicht gefunden«, fügte er plötzlich hinzu, und beinahe ungläubig sagte er: »Plötzlich war er nicht mehr da, plötzlich, plötzlich war er verschwunden, und dann ...« Er schrie auf und verstummte, verbarg sein Gesicht für einen Moment in den Händen, zog die Hände weg und schüttelte den Kopf. »Es ist kaum zu fassen«, murmelte er mit gebrochener Stimme. »Es ist so ... so absurd.« Dann ließ er die Schulter hängen, nahm seine Brille ab, und mit demonstrativer Sachlichkeit ging er dazu über, den Zeitplan zu erörtern. »Wir waren um Viertel nach zwei, halb drei mit der Probe fertig. Da war er noch dabei, das heißt eine Minute vorher, und jetzt ...«, sagte er zögernd und sah auf die Uhr.

»Jetzt ist es vier Uhr siebenundvierzig«, sagte der Pathologe. »Dann haben wir auch diesen zeitlichen Anhaltspunkt. Wenn wir davon ausgehen, daß die Körpertemperatur um ein Grad pro Stunde sinkt ... so in etwa, legen Sie mich nicht fest«, warnte er den Sachverständigen von der Spurensicherung, der neben ihm kniete, »ich rufe es uns nur in Erinnerung, daß sie in der Regel um ein Grad die Stunde sinkt. Wenn wir einmal von dieser Berechnung ausgehen, könnten wir folglich von zwei Stunden oder von anderhalb Stunden sprechen. Das heißt, der Tod müßte zirka gegen halb drei, drei Uhr eingetreten sein«, erklärte er Michael. »Aber lassen Sie mich auch die Leichenstarre überprüfen, damit wir soviel Anhaltspunkte wie möglich haben.«

Er untersuchte Gabriels Gesicht, tastete den Unterkiefer ab und stopfte sanft seine gelblichen Gummifinger in die

Mundhöhle. »Die Zunge ist nicht geschwollen, wie ich es mir gleich gedacht habe«, verkündete er befriedigt. »Erinnern Sie mich daran, es später zu notieren, machen Sie auch davon ein paar Aufnahmen, es könnte wichtig sein. Und die Kiefer«, stieß er aus, »lassen sich noch öffnen, nicht leicht, aber sie gehen noch auseinander. Sie wissen, wie das ist«, sagte er zu Zila, und sein Blick machte deutlich, daß er auf eine Antwort wartete oder selbst zu einer Erklärung ausholen würde.

Zila nickte und deklamierte wie eine fleißige Schülerin: »Wenn die Kaumuskeln steif sind – sind seit dem Tod drei Stunden vergangen. Wenn man die Hände nicht mehr bewegen kann, sechs Stunden. Starre in den Beinen – bedeutet seit acht Stunden Exitus.«

»Bei einem Wetter wie heute«, präzisierte der Gerichtsmediziner, »nur wenn das Wetter so wie heute ist, so herbstlich.«

»Dann liegt vermutlich noch kein Rigor mortis vor«, stellte Michael fest.

»Wir sind kurz davor«, versicherte der Pathologe, »jeden Moment. Jetzt lassen Sie uns mal sehen, was der Livor mortis macht.« Er drehte die Leiche auf die Seite und schob das Hemd hoch. »Sehen Sie, die Flecken waren auf dem Rükken. Als ich ihn auf die Seite gedreht habe, sind sie in diese Richtung ausgelaufen. Wenn ich auf diesen Leichenfleck drücke«, sagte er und preßte gegen die blauviolette Hautfärbung, »verdrängt der Druck das Blut nach den Seiten.«

»Schon jetzt? Nach ein, zwei Stunden?« wunderte sich Michael.

»Wir müssen das Lebensalter berücksichtigen. Wie alt ist der Tote?«

»Siebenundvierzig, wenn ich mich richtig erinnere.«

»Nun, in diesem Alter treten schon Durchblutungsstörungen auf«, murmelte der Pathologe. »Es ist nicht ungewöhnlich, in diesem Alter kommt es schon nach einer Stunde zu Leichenflecken, das sehen wir hier.«

»Was für eine Farbe!« murmelte Zila. Unter dem weißen grellen Licht des Scheinwerfers blühten die Flecken blauviolett.

»So ist das mit einem Blut, das nicht mit Sauerstoff angereichert ist«, trällerte Solomon. »Sie sehen so was doch nicht zum ersten Mal.«

»Man gewöhnt sich nicht daran«, seufzte sie und ließ die Finger durch ihre kurzgeschorenen Haare gleiten.

»Bah«, winkte der Pathologe ab, »wenn man keine Wahl hat, gewöhnt man sich sehr wohl daran. Man gewöhnt sich an alles, wenn man keine Wahl hat, es ist unfaßbar, was für eine anpassungsfähige Spezies der Mensch ist«, brummte er und drückte auf einen großen Fleck, der sogleich auseinanderlief. »Hier, ich drücke, und die Farbe wird weißlich, das beweist uns ein weiteres Mal«, sagte er, »daß der Tod vor weniger als acht Stunden eingetreten ist, denn ...« Er wies mit dem Finger, der in dem dünnen Handschuh steckte, auf Zila, die gehorsam seiner Aufforderung nachkam: »Nach acht Stunden schließen sich die Blutgefäße, und die Flecke verändern sich nicht mehr.«

»Sehr schön«, meinte er und widmete sich erneut dem Hals, den er durch die Lupe betrachtete. »Ich will hier nicht mit dem Maßband rangehen«, trällerte er. »An solch einem sauberen Schnitt – will man nichts verderben.« Er legte die Lupe aus der Hand, griff nach der Kamera, ging nah an den Schnitt heran, betätigte mehrmals den Auslöser und sagte: »Wir machen eine vortreffliche Nahaufnahme von der Gurgel.« Dann beschäftigte er sich wieder mit seiner Lupe. Michael kniete neben ihm. Zila drehte das Gesicht weg. »Sie müssen es unter wissenschaftlichem Aspekt betrachten«, sagte der Pathologe, »das hier ist kein menschliches Wesen mehr, sondern ein Fall, reden Sie es sich ein, bis Sie davon überzeugt sind.« Zila blieb mit abgewandtem Gesicht stehen.

»Sehen Sie sich diesen Fleck an!« Solomon legte einen Finger auf den Hals der Leiche. »Sehen Sie das hier? Wie ein

Biß? Das hängt nicht mit der Sache zusammen, müssen Sie wissen.«

»Womit dann?« fragte Michael, der den Blick von dem Finger, der auf dem braunen Fleck lag, abwandte.

»Rufen Sie mal diesen Mann her, wie heißt er noch, diesen Awigdor.«

Awigdor stand mit entsetztem Gesicht vor Solomon. »Auch er hat so einen Fleck«, sagte der Gerichtsmediziner zufrieden. »Spielen Sie Geige?« Awigdor nickte. »Er ist der erste Geiger«, erklärte Michael. »Das ist es!« sagte Solomon befriedigt. »Es ist eine Entzündung, die bei vielen Geigern und Bratschisten auftritt. Das Plastikteil – ich glaube, es ist aus Plastik, man muß es überprüfen –, dieses Plastikteil der Geige verursacht den Fleck unter dem Kinn. Sicherlich hat der Herr ihn davon. Spielte er Geige?« fragte er und deutete auf die Leiche. Michael nickte. »Ich bin sicher, daß wir unter dem Bart noch einen weiteren Fleck finden werden«, sagte der Pathologe und berührte den Bart, wie um ihn beiseite zu schieben. Anschließend bückte er sich mit der Lupe über den Fleck und begutachtete ihn ein paar Minuten lang. Langsam wanderte das Glas vom Kinn zum Hals.

»Sehen Sie«, sagte Solomon und reichte Michael die Lupe. »Sehen Sie, daß das ein Rundschnitt um die Hälfte des Halsumfangs ist? Sehen Sie, daß es keinen großen Unterschied zwischen der rechten und der linken Seite gibt?« In den Sekunden, in denen seine Augen ungeschützt über die Lupe blickten, sah Michael die Augen Gabriel van Geldens, die noch immer aufgerissen waren. Der Ausdruck des Grauens, der in ihnen gefroren war, und die Erinnerung an sein schüchternes Lächeln ließen Michael erstarren. Er sah zwar durch die Lupe, doch er konnte nichts wirklich beobachten oder einen klaren Gedanken formulieren, darum murmelte er nur etwas Undeutliches und gab dem Pathologen die Lupe zurück, der zufrieden hinzufügte: »Das zeigt uns einiges. Erstens, es war kein Schnitt, der mit einem Messer ausgeführt wurde.«

»Nicht mit einem Messer?« vergewisserte sich Michael. Wenn er die Leiche vom Hals abwärts betrachtete, ohne das Gesicht anzusehen, ging es einigermaßen.

»Auf gar keinen Fall. Ein Messer trennt nicht auf solch saubere Weise. Mit einem Messer hätten wir auch nicht solch einen rundlichen Schnitt. Aber ich kann Ihnen noch etwas dazu sagen, und das ist der zweite Punkt: Es gibt keine zaghafte Verletzung. Zumindest keine, die ich mit dem bloßen Auge erkennen kann.«

»Was verstehen Sie unter einer zaghaften Verletzung?« fragte Zila schwach.

»Das heißt, daß es sich nicht um einen Suizid handelt«, sagte Michael.

»Sehen Sie sich mal diese Stelle an«, sagte der Pathologe, ohne zu bemerken, daß Zila darauf bedacht war, zur Seite zu schauen, und fuhr fort: »Sehen Sie, es gibt keine kleinen Verletzungen auf der Haut, die darauf hinweisen würden, daß man schon vorher versuchte, die Tiefe des Schnittes abzuschätzen. Wenn jemand sich das Leben nimmt, testet er erst, wie er vorgehen muß. Er läßt das Messer oder den Strick oder was auch immer über seinen Hals gleiten, und schon haben wir kleine Verletzungen neben der großen Wunde. Hier haben wir nichts dergleichen. Es gibt keine zaghaften Verletzungen, nur einen einzigen, glatten Schnitt«, bestimmte er und leuchtete mit der Taschenlampe, die er dem Arztkoffer entnommen hatte, den Hals aus. Er summte.

»Und was war es dann?« wollte Michael wissen.

»Irgendein dünner Draht. Oder vielleicht auch eine Nylonschnur. Irgend etwas wie, sagen wir, eine Angelschnur. Wenn sie dünn genug ist, kann sie den Kopf zwischen zwei Wirbeln trennen.«

»Ein Draht?!«

»Wenn er scharf genug ist. Wenn man viel Kraft aufwendet. Wenn man ihn von hinten um den Hals schlingt, nehmen wir einmal an, und ihn dann um die Hand wickelt, oder so etwas, wenn es also von hinten Widerstand gibt, kann er genau zwischen zwei Wirbeln durchgleiten und den Kopf abtrennen. Prinzipiell hätte der Tod auch durch die Unterbrechung des Blutflusses zum Hirn eintreten können. Bei einem plötzlichen starken Druck auf den Hals ist es eine Sache von einer Minute. Wegen des geringeren Durchmessers gehen zuerst die Adern zu, denn sie sind dünner als die Luftröhre. Wenn es hier etwas Dickeres gewesen wäre, sagen wir ein Seil, hätte ein Erdrosseln vorgelegen oder ein Aderverschluß. Aber ich bin mir ganz und gar nicht sicher, ob in diesem Fall genug Zeit für einen Aderverschluß vorlag. Der Hals ist eine sensible Körperregion«, sagte er und deponierte die Taschenlampe neben der Leiche. »Ich bin sicher, daß er nicht erdrosselt wurde, denn es ging zu schnell, aber wir werden auch das überprüfen.«

Die Taschenlampe war genau auf den aufgeschlitzten Hals gerichtet. Michael wandte sich ab.

»Wenn er erdrosselt worden wäre, hätten wir hervorquellende Augen, geplatzte Äderchen in den Augen, Aufgedunsenheit, blaues Gesicht, geschwollene Zunge, solcherlei Dinge eben«, diskutierte Solomon mit einem Unsichtbaren. »Aber diese Kerbe auf dem Hals beweist, daß es gar keinen Druck gab. Beim Erdrosseln ist die Todesursache der Verschluß der großen Blutgefäße, die zum Hirn führen, das liegt hier nicht vor«, fügte er beharrlich hinzu, als hätte irgend jemand von ihm verlangt, seine Theorie zu untermauern. »Hier haben wir einen runden Schnitt, jemand hat den vorderen Teil des Halses durchtrennt und ist tief durch das knorpelige Skelett vorgedrungen. Der Widerstand, das heißt der Hals, der Kopf, der gegen den Pfosten gepreßt wurde, kurzum – die Kraft des Widerstands trug zur Geschwindigkeit und der Tiefe des Schnittes bei.«

»Vielleicht war der Gips zu einem anderen Zeitpunkt auf das Hemd gekommen. Sagen wir, heute morgen«, sagte Michael. Er hörte, wie seine Stimme bebte. Jede Sekunde, die er dort stand, könnte der Moment sein, in dem Nita erwachte. Wie konnte er sie dort allein zurücklassen. Theo ist bei ihr, versuchte er sich zu beruhigen. Sie ist nicht allein. Sie wird nicht so schnell aufwachen, sagte er sich. Seine Füße waren schwer. Er mußte alles wissen, was der Pathologe schon sagen konnte.

»Vielleicht«, zweifelte Solomon. »Bei der Spurensicherung finden sie sicher mehr heraus als ich. Aber es ist nicht so wesentlich. Es steht fest, daß er stand, wegen der Tropfen, die ich Ihnen vorhin gezeigt habe.«

»Ich erinnere mich«, sagte Michael, und seine Stimme bebte noch immer unkontrolliert, »einmal von einem reflektorischen Tod gehört zu haben. Wenn auf bestimmte Punkte am Hals Druck ausgeübt wird und ein plötzlicher Fall des Blutdrucks bewirkt wird, tritt auf der Stelle der Tod ein, noch vor dem Blutverlust.«

Dr. Solomon ließ ein Kichern verlauten. »Diese ganzen Spekulationen bringen jetzt nichts«, sagte er überheblich. »Wenn die Blutgefäße gekappt sind und die Luftröhre beschädigt ist, reicht das schon, wir brauchen den Blutdruck nicht.«

»Was meinen Sie? Er hat sich gegen den Pfosten gelehnt, jemand ist von hinten mit … mit einem dünnen Draht an ihn herangekommen.«

»Oder einer Nylonschnur, wenn sie sehr dünn und stark war«, schnitt Solomon ihm das Wort ab.

»Hat er die Schnur von hinten um den Hals und festgezogen, etwa so?« fragte Michael, stellte sich hinter den Pfosten, breitete die Arme aus und zog an einer imaginären Schnur.

»Ja, ungefähr so«, pflichtete Solomon ihm bei. »Sie müssen daran denken, daß ich noch nicht alles überprüft und hier auch kein Labor zur Verfügung habe. Aber so sehe ich den Fall. Das Opfer stand da, den Kopf gegen den Pfeiler gelehnt, sein Hals ragte sogar etwas vor, und nachdem … einen Moment!« rief er mit wachem Interesse und untersuchte sorgsam Gabriels rechte Handfläche. »Hier! Bitteschön!« rief er triumphierend und schaute rasch wieder durch die Lupe. »Sehen Sie, sehen Sie diesen Schnitt?« Michael bückte sich neben der Leiche. Durch die Lupe sah er Schnitte in den Gelenken von Zeige- und Mittelfinger der rechten Hand des Toten. Vor einer Weile hatte diese Hand noch den Bogen gehalten, durchzuckte es ihn. Der Pathologe untersuchte die linke Hand. »Hier ist es schwächer«, murmelte er.

»Hat er sich gewehrt?« fragte Zila.

»Es ist ihm kaum gelungen. Aber Sie sehen, daß der Gegenstand, der ihm den Hals zuzog, dünn war. Er hat instinktiv mit beiden Händen danach gegriffen, um sich zu befreien, aber es ist ihm natürlich nicht gelungen. Für uns ist es wichtig, weil es unsere Vermutungen über den Tathergang bestätigt.«

»Ein Draht? Eine Nylonschnur?« dachte Michael laut, schob das Bild des vor Grauen entstellten Gesichts, der Hände, die sich zu befreien versuchten, beiseite. »Sicherlich sind keine Spuren davon auf dem Hals zurückgeblieben.«

»Wie sollen denn auch Spuren zurückgeblieben sein?« winkte der Kollege von der Spurensicherung ab, der hinter ihm stand. »Es ist ein glatter Schnitt, es war eine glatte Schnur, allerdings«, sagte er, »wenn wir die Tatwaffe finden, müßten Gewebespuren darauf zu finden sein. Aber wir haben sie noch nicht gefunden«, stieß er aus und sah Jafa an, die kniete und sich Fliese für Fliese vornahm.

»Bestellen Sie sich Verstärkung!« wies Michael an. »Wir brauchen hier mindestens noch zwei Leute.« Jafa sah ihren Kollegen an, der nickte, und sie verschwand in Richtung Bühne. »Sie kann von hier aus anrufen«, sagte Michael, als sie schon weg war. »Sie wird über Funk Verstärkung anfordern«, murmelte der Mann.

»Selbst wenn wir sie finden, gehen wir einmal davon aus«, bemerkte Zila, »hat er sie sicherlich abgewischt, nicht wahr? Wer einen Mord begeht – verwischt die Spuren.«

»Da kann er wischen, soviel er will!« winkte der Kollege von der Spurensicherung ab. »Es gibt Dinge, die man nicht verwischen kann. Wir finden vielleicht auch die Handschuhe, denn Handschuhe hatte er an, sonst hätte er sich selbst geschnitten. Sie müssen auch überprüfen, ob jemand hier Schnitte an den Händen hat.«

»Wo könnte er Handschuhe versteckt haben, wenn er noch hier ist?« Er ist nicht viel älter als Juwal, dachte Michael, als er seine Worte wiederholte: »Wenn er noch hier ist.« Aber er hatte schon den Magister in Chemie und großen Erfolg auf seinem Fachgebiet.

»Sie wissen doch, wie das ist, kennen Sie Kestenbaum«, mischte Solomon sich ein, »unseren Gerichtsmediziner?« Michael nickte grinsend. »Wissen Sie, was er mit Vorliebe bemerkt? Jeder Gerichtsmediziner weiß es: ›Every contact leaves a trace‹. Er sagt es immer auf englisch«, kicherte Solomon, »auf ungarisch-englisch. Das heißt, daß wir Hautfetzen vom Hals entnehmen, aufbewahren und später unter dem Mikroskop mit der Tatwaffe vergleichen. Wenn Sie sie für mich finden, werde ich darauf schon etwas feststellen. Oder Sie«, sagte er und deutete auf den Kollegen von der Spurensicherung. Er nahm erneut das Thermometer und fügte melancholisch hinzu: »Ich glaube nicht, daß wir auf dem Hals Metallteilchen entdecken werden, es scheint mir ein sehr glatter Draht gewesen zu sein.«

Michael ließ den Pathologen und die Leute von der Spurensicherung am Tatort zurück, überquerte die Bühne und ging durch den Saal auf die großen Holztüren zu, die sich zur Eingangshalle öffneten. Er drückte die schweren Türen auf und sah schon von weitem den Menschenauflauf, eine große Gruppe Musiker, die ihn erwartete. Zila war ihm gefolgt und machte dem ersten Geiger ein Zeichen, der langsamen Schrittes hinter ihnen her trottete. Erst als Michael außerhalb des Saals war, als er den Griff der Holztüren losließ, die langsam zufielen, und als er auf die Musiker starrte, die ihn erwarteten, begriff er, was er gerade gesehen hatte, und kehrte im Laufschritt zurück. Wie ein Blitz hatte das plötzliche Wissen ihn getroffen, das mit dem Bild einherging, wie Nita sich über den geöffneten Cellokasten beugte, niederkniete und aus dem engen Fach eine flache Hülle aus Transparentpapier zog, wie die, die er soeben in dem offenen Geigenkasten gesehen hatte.

Er zog die Holztüren auf, lief in den Saal zurück und blieb vor dem geöffneten Geigenkasten stehen, der auf dem Sitz in der ersten Reihe stand. Zila hielt die Tür auf, als wüßte sie nicht mehr, auf welcher Seite sie gerade stehen sollte. Awigdor, der erste Geiger, stand noch im Saal, am Rand der ersten Reihe, als ob er Mühe hätte, den Abstand zwischen der Reihe und den Türen zurückzulegen. Beim Anblick Michaels, der zurückgekehrt und auf den Kasten zugelaufen war, fuhr er erschrocken zurück und näherte sich anschließend mit zögernden Schritten dem mittleren Sitz. »Das ist meine Geige«, sagte er mit offener Furcht. »Ich hätte sie nicht so zurücklassen sollen. Es ist ein sehr kostbares Instrument. Aber mitten ...« Seine Stimme erstarb, und seine Hand, die auf die hintere Bühne zeigte, vervollständigte den Satz.

Michael ließ sich auf dem Sitz neben dem Kasten nieder und legte ihn auf seine Knie. Zunächst sah er die Photos eines jungen Paares mit einem Kind an, die auf dem roten Filz im Innern des Deckels befestigt waren. Dann ließ er zärtlich einen Finger über die Saiten gleiten, berührte den Stoff, der zusammengerollt unter dem rötlich glänzenden Instrument lag, und tastete den Kolophonium-Würfel, der verpackt in dem kleinen Fach lag, und erst dann, ganz langsam, zog er die flache Hülle aus dünnem Papier heraus und rollte die Saiten auf, die darin aufbewahrt wurden. »Vier«, murmelte er, als er jede von ihnen mit den Fingerspitzen betastete. Awigdor stand über ihm und rieb sich die Hände. »Ich habe immer vier dabei«, sagte er mit zittriger Stimme. »Denn sie reißen. Man kann nie wissen, ich bin immer für alles gerüstet ...«

»Und die ist die schärfste«, sagte Michael, als er eine der

vier Saiten zwischen seinen Fingern hielt und in ihrer ganzen Länge ausbreitete.

»Das ist die e-Saite«, sagte Awigdor, als ob er sich im Namen aller Saiten entschuldigen wollte. »Sie ist die höchste und darum die dünnste«, rechtfertigte er sich.

»Dr. Solomon!« rief Michael lauthals aus dem Saal, und Solomon beeilte sich, von der Hinterbühne nach vorne zu laufen, bis zum Bühnenrand, dort stand er unter dem schwachen Licht. »Kann es sein ...?« fragte Michael laut und verstummte plötzlich. Er sah Awigdor an, schaute auf die Saite und stieg auf die Bühne. »Kann es die Saite einer Geige gewesen sein?« fragte er flüsternd, als er ganz nah bei Solomon stand und die e-Saite zwischen seinen Händen auseinanderzog.

Solomon befühlte die Saite mit den Fingern, die noch immer in den Handschuhen steckten, zog flink den rechten Handschuh ab und warf ihn beiseite, tastete erneut, nickte und summte: »Es kann sein, warum nicht?« Und nach einem kurzen Nachdenken bemerkte er: »Wenn sie lang genug ist. Wir müssen ihre Länge überprüfen, wir brauchen mindestens siebzig bis achtzig Zentimeter, für den Spielraum für die Hände«, fügte er laut hinzu. »Scht ... reden Sie leise!« warnte Michael.

Solomon sah ihn verständnislos an.

»Ich will, daß es diskret behandelt wird. Wie damals, als wir den BH-Träger nicht bekanntgaben. Wissen Sie noch? Als wir der Öffentlichkeit vorenthielten, womit die Frau erdrosselt worden war?«

Solomon bekundete sein Einverständnis. »Sie haben gesagt, es wäre hilfreich für den Lügendetektor«, fiel ihm ein.

»Je weniger man weiß – desto mehr finden wir heraus«, bestimmte Michael und fügte mit weniger Strenge hinzu: »Vielleicht.« Er schaute in den halbdunklen Saal auf Awigdor, der sich mit schlaffem Körper, als sei er kurz davor, das Bewußtsein zu verlieren, auf den Sitz neben dem Geigenkoffer fallen gelassen hatte. Zila stand noch am Ende der Sitzreihe.

»Schimschon!« rief Michael. »Kommt schnell einmal her!« Der junge Mann von der Spurensicherung sprang auf die Bühne, als habe er den Ruf erwartet.

»Es könnte sein«, sagte Dr. Solomon und befühlte die Saite. »Und ob es sein könnte. Aber vermutlich ist sie ein wenig zu kurz.«

»Nur von einer Geige?« fragte Michael.

Dr. Solomon verzog zweifelnd das Gesicht. »Nein, ich muß auch die Saiten der Bratsche sehen«, sagte er sachlich. »Früher haben sie sie aus Katzendärmen hergestellt«, kicherte er. »Wo gibt es hier eine Bratsche? Wir brauchen auch ein Cello. Und vielleicht auch einen Kontrabaß, wir müssen ihren Durchmesser und ihre Länge überprüfen.«

»Die Leute sitzen mit den Instrumenten draußen«, rief Schimschon in Erinnerung.

»Ich werde jemanden mit einer Bratsche herholen«, sagte Zila, die inzwischen auf die Bühne gekommen war.

»Ich will nicht, daß sie wissen, wonach wir suchen«, sagte Michael. »Von diesem Moment an gilt es als streng vertraulich.«

»Wie sollen wir es dann überprüfen«, fragte Schimschon. »Wie sollen wir es herausfinden?«

»Wir werden etwas erfinden. Wir werden es in andere Fragen verpacken. Auch alle Hände werden wir überprüfen.«

»Es gibt keinen Grund, nicht mit dem Bratschisten anzufangen«, sagte Zila. »Die meisten Streicher sind geblieben. Sie sollten mit ihm arbeiten«, machte sie mit dem Kopf ein Zeichen auf die Hinterbühne und schüttelte sich. »Ich gehe raus, um einen zu rufen. Denk du darüber nach, wie du es verpackst.«

»Bringen Sie auch ein Cello«, rief Dr. Solomon hinter ihr her, während sie mühsam die schwere Holztüre öffnete.

»Ich falle gleich in Ohnmacht«, warnte Awigdor aus dem halbdunklen Saal. »Mir ist nicht gut.«

»Wir bringen Ihnen gleich ein Glas Wasser«, versprach Michael und stieg von der Bühne. »Rühren Sie sich nicht und atmen Sie tief durch«, versuchte er ihn zu beruhigen und ließ sich auf dem Sitz neben ihm nieder. »Strecken Sie die Beine aus und atmen Sie tief«, wies er ihn an. »Wo waren Sie, als Gabriel van Gelden hinter der Bühne verschwand?« fragte er gelassen und wie beiläufig. Awigdor schnappte mühsam nach Luft, er hustete lange, bevor er sagte: »Ich ... ich ... ich ...« Michael wartete. »Nach der Probe, als er die Bühne verließ, dachte ich, wir hätten eine Pause. Zumindest, bis er sich mit uns unterhalten würde. Da habe ich ... draußen an der frischen Luft, gegenüber, etwas gegessen. Es gibt da einen Kiosk, da kann man eine Kleinigkeit essen, ich habe es heute morgen nicht geschafft ...«

Michael tastete den Geigenkasten ab. »Sind alle Ihre Saiten hier in dem Kasten?« fragte er.

Awigdor nickte. Sein Atem war flach und schnell, und seine Hand zitterte. »Ich habe immer vier Ersatzsaiten dabei«, sagte er, »zur Sicherheit.«

Dr. Solomon stieg von der Bühne. »Sie erlauben«, sagte er und hielt alle Reservesaiten, über die er vorsichtig mit der Hand glitt. Nach einer Weile machte er Michael ein Zeichen mit dem Kopf und ging auf die seitlichen Stufen zu. »Es würde auch mit diesen hier gehen«, sagte er zu Michael, der ihm gefolgt war. »Mit den dickeren Geigensaiten.« Er sah auf Awigdor, der seinen Blick hob und dessen Hals zitterte. »Ich muß ihm ein paar Fragen stellen«, entschuldigte er sich und ging auf Awigdor zu. Michael hörte die Fragen nicht, aber er hörte die Antwort Awigdors: »Das ist die a-Saite und das die d-Saite«, erklärte er flüsternd. »Und diese?« fragte Dr. Solomon und hielt die dickste Saite in der Hand. »Das ist die g-Saite«, sagte Awigdor mit schwacher, beinahe unwilliger Stimme. »Und bei der Bratsche ist es eine Quint weniger«, bemerkte er mit zittriger Stimme. »Warum ...

warum fragen Sie ... Denken Sie ...?« fragte er erschrocken. »Das ist ausgeschlossen!« rief er, und Michael sah in seinen Augen, die wild flackerten, das Bild des aufgeschlitzten Halses Gabriel van Geldens. »Reden Sie im Moment mit niemandem darüber«, warnte er. Awigdor verschluckte sich, schluckte, schüttelte den Kopf und faltete die Hände.

»Hat sie auch vier Saiten?« fragte Solomon. »Hat die Bratsche auch vier Saiten?«

Awigdor nickte und wiederholte: »Ja, aber eine Quint tiefer.«

»Sie sind also dicker als Geigensaiten«, erklärte Solomon.

Wieder wurden die Holztüren langsam geöffnet, und Zila betrat den Saal. Hinter ihr kamen Jafa von der Spurensicherung und zwei weitere Frauen. Die hagere mit dem kurzen Haar hielt einen Bratschenkasten, und die junge – beinahe noch ein junges Mädchen – mit einem langen geflochtenen Zopf, der von der Seite ihres Kopfes auf ihre Brust baumelte, trug ein Cello.

Zila packte Michaels Arm und zog ihn beiseite. »Die beiden haben das Gebäude auch in der Pause, nach der offiziellen Probe, nicht verlassen«, sagte sie zu Michael. »Die mit dem kurzen Haar sagt, daß sie mit der Cellistin gewartet hat, um ihn, Gabriel van Gelden, zu überzeugen, daß er sie wenigstens als Ersatzspielerin nehmen soll. Sie ist eine Schülerin ihrer Mutter oder so was. Auf jeden Fall scheint es keinen Zusammenhang zu geben ... Ich habe ihnen gesagt, daß wir hier ermitteln. Beide haben die Leiche nicht gesehen, nicht richtig. Sie denken, wir suchen nach einem Messer.«

Auf Michaels Bitte öffnete die Bratschistin ihren Kasten und zog das Instrument heraus. Michael legte es neben Awigdors Geige, und gemessen an dem rötlichen glänzenden Braun der Geige verblaßte die Bratsche in einem fahlen, gelblichen Braun. Er gab vor, nach etwas zu suchen, breitete den Stoff aus, öffnete die Verpackung des Kolophoniums und befühlte die braune Hülle aus durchsichtigem Papier. »Was ist das?« fragte er. »Ersatzsaiten«, antwortete die Bratschistin und folgte mit den Augen seinen Händen, als er die Hülle öffnete. »Es ist nur eine Saite darin«, bemerkte er. Die Bratschistin griff nach der Rolle, sah in die Hülle, als wolle sie feststellen, ob keine weitere Saite vorhanden war. »Nur eine«, entschuldigte sie sich. »Nur die g-Saite.«

»Ist das die dickste?« fragte Solomon und befühlte die Ersatzsaite.

»Nein, das ist die g-Saite«, sagte sie verblüfft, »die dickste ist die c-Saite.«

»Wie viele Saiten hatten Sie heute morgen dabei?« fragte Michael nach.

»Eine Ersatzsaite«, gestand sie wie eine Angeklagte. »Ich hatte vor ... aber ich hatte es vergessen. Ich habe noch welche zu Hause«, versicherte sie.

»Hatten Sie heute morgen die c- oder die g-Saite in Ihrem Kasten?« fragte Michael.

»Die g-Saite«, antwortete sie ohne zu begreifen. »Ich hätte eigentlich eine a-Saite mitnehmen sollen, denn sie ist mir schon in der letzten Probe gerissen. Aber ...«

Michael tastete die Ersatz-g-Saite ab, widmete sich dem Instrument und befühlte das aufgespannte a. Er reichte Solomon die Bratsche, der sie ebenfalls untersuchte und flüsternd murmelte: »Natürlich, keine Frage.« Als Solomon die Ersatzsaite aufrollte und seine Lippen zweifelnd verzog, sagte er: »Aber die Länge ... Es ist nicht sicher, man braucht beinahe einen Meter, um sie herumzuschlingen und an beiden Seiten festzuhalten.« Anschließend sprachen sie mit der Cellistin, die den Cellokasten zu Füßen des Sitzes aufklappte und daneben niederkniete. Sie nahm das Instrument vorsichtig heraus, zog die Noten und den Stofflappen, der darunter lag, ebenfalls heraus, und auch sie öffnete, ohne sich zu wundern, das Pergamentpapier, in dem ihre Ersatzsaiten verpackt waren. Michael bückte sich. Solomon setzte sich auf einen Stuhl in der Nähe und befühlte seine Knie.

Die Cellistin hatte drei Ersatzsaiten. Sie nickte und kaute an der Spitze ihres Zopfes, als sie bestätigte, daß sie von vornherein drei Saiten dabei hatte.

Sie baten die beiden Frauen, draußen zu warten. »Sie brauchen die Instrumente nicht mitzunehmen, wir rufen Sie gleich wieder rein«, sagte Zila und zog auch Awigdor in Richtung Ausgang. »Warten Sie auch dort, auf dem Sessel vor der Tür«, hörten sie sie liebevoll sagen.

»Der Durchmesser beträgt weniger als einen halben Millimeter«, sagte Schimschon, als er die d-Saite des Cellos prüfte.

»Mit ziemlicher Sicherheit weniger«, sagte Solomon. »Sie ist richtig dünn, mit ihr wäre es kein Problem, sie ist auch ... Moment, lassen Sie mich messen.« Er zog das Bandmaß aus seiner Hosentasche, legte die Saite ausgerollt zu seinen Füßen, zog das Band aus und verkündete: »Genau ein Meter.«

»Das bedeutet«, dachte Michael laut, »daß man mit den Saiten jedes Instruments die Tat begangen haben könnte?«

»Mit jeder der dünnen Saiten, mit Sicherheit«, summte Solomon. »Bei der Geige auch mit der dritten, das heißt auch mit der a-Saite. Und bei der Bratsche mit dem hohen a. Auch bei dem Cello mit dem hohen a. Aber ich bin mir nicht sicher, ob die Länge der Geigensaite in Frage kommt. Man weiß nie, was das Gelernte einem einmal nutzen kann. Plötzlich habe ich etwas davon, daß ich als Kind Geigenunterricht genommen habe. Es war die Hölle, aber meine Mutter bestand darauf.« Michael nickte und wollte etwas äußern, als die Holztüren aufgingen und zwei Männer und eine Frau hereinkamen. Jafa winkte sie heran. Nur den kleinen glatzköpfigen Mann kannte Michael richtig, aber er erkannte die Gruppe von der Spurensicherung.

»Da wären wir«, sagte der Glatzkopf zu Schimschon. »Ihr habt uns angefordert.«

»Fang du bei den Streichern an«, sagte Michael zu Zila, und den Leuten von der Spurensicherung, die hinter Schimschon standen, erläuterte er: »Wir suchen nach einer Saite und nicht nach einer Angelschnur, warum sollten wir auch auf der Hinterbühne eines Theater nach einer Angelschnur suchen, hier wird in der Regel nicht gefischt.«

»Was denken Sie sich?« sagte Schimschon grimmig. »Meinen Sie, daß es eine solche Logik gibt? Glauben Sie, an einem Fluß ist es automatisch eine Angelschnur und in einem Konzertsaal zwangsläufig eine Saite?«

Michael sagte mit einem Achselzucken: »Manchmal ist es so simpel. Er hat von einem dünnen Draht oder von einer dünnen Nylonschnur gesprochen. Hier haben wir einen sehr dünnen Draht.«

»Saiten reißen«, protestierte Schimschon.

»Ich weiß nicht«, mischte sich der Glatzkopf ein. »Früher haben sie sie aus Katzendärmen gemacht, heute sind sie aus Metall. Ich weiß nicht genau, aus welchem Metall, ich glaube aus Nickel, das um irgend etwas gewickelt wird. Wir werden es überprüfen.«

»Sie reißen nicht, sie platzen, es ist die Materialermüdung«, sagte Michael, der vor seinen Augen wieder das Bild im Wohnzimmer vor sich sah, als Nita die Saite gesprungen war. Er erinnerte sich an seine damalige Verwunderung über die Blitzartigkeit des Geräuschs des Reißens. An die gerissene Saite, die über dem Steg des Cellos hing und vibrierte, und an sein Staunen über die geübten geschickten Handgriffe, mit denen Nita schnell und gelassen eine neue Saite aufgezogen hatte. Er hatte das Baby auf dem Arm gehalten und war zu ihr gegangen, um zu sehen, wie sie die Stimmwirbel mit der rechten Hand gelockert hatte, den Rest der gerissenen Saite herauszog, und er folgte mit den Augen der Vorsicht, mit der sie das glatte Ende der neuen Saite hielt, und den Weg, den die Saite vom Saitenhalter über Steg und Sattel zum Hals bis zum Wirbelkasten und den Stimmwirbeln nahm. Er hatte auf ihre Hand geschaut, die die Saite in die kleinen Löcher fädelte und sie aufwickelte, bevor sie an den Stimmwirbeln drehte. Dann zog sie die Saite fest, schlug sie an und lauschte konzentriert, schlug die übrigen Saiten an, und plötzlich, als sie den erstaunten Blick wahrnahm, der an ihren Händen haftete, hatte sie die Augen gehoben und amüsiert gelächelt, wie man ein Kind anlächelt, das fasziniert den Händen eines Zauberers folgt. »Was ist los?« hatte sie munter gefragt, und er hatte die Schultern gezuckt und geantwortet: »Ich habe es noch nie von nahem gesehen. Ich fragc mich, warum sic gcrisscn ist?«

»Es ist nichts Besonderes«, hatte sie amüsiert geantwortet. »Der Grund ist die Materialermüdung. Wie das Küchenregal, das vorgestern plötzlich runterkam. Ich habe dich gefragt, warum es plötzlich herunterfallen kann, ohne daß jemand es berührt hätte, ohne daß überhaupt einer in der Küche war. Ich hatte es auch nicht schwerer als sonst beladen. Und was hast du mir geantwortet: Materialermüdung! Das ist wohl auch die passende Erklärung für die Saiten.«

»Es liegt nicht an deiner Art zu spielen?« fragte er vorsichtig. »Du hast sie auf jeden Fall ziemlich kräftig gezupft.«

Ihr Gesicht hatte sich verfinstert. »Das ist eine schwierige Stelle«, hatte sie sich verteidigt. »Versuch du mal ein *pizzicato* in *forte*. Hier, hier steht *fortissimo*«, hatte sie argumentiert und mit dem Kopf zum Notenständer gezeigt. »Sieh es dir an.«

»Nita«, hatte er damals gesagt. »Hör auf, ich weiß, daß du übst, ich will es nur verstehen. Was erschrickst du, als wäre ich ein Musikkritiker. Du weißt, daß ich in diesen Dingen ein völliger Idiot bin.«

»Nach der langen Zeit, in der ich nicht gespielt habe ... Und auch schon vorher habe ich nicht sehr viel von mir gehalten ... ist es ganz natürlich, daß ich sehr unsicher bin ...«, hatte sie verlegen entgegnet, tief durchgeatmet und mit klarer, gefaßter Stimme erklärt: »Es hängt nicht mit der Spielweise zusammen. Wenn du mich fragst, warum eine Saite reißt, ist die einzig mögliche Antwort die Materialermüdung. Es heißt, daß auch Temperaturunterschiede manchmal der Grund dafür sind. Aber meiner Meinung nach liegt es einzig an der Materialermüdung.«

»Kann jeder die Saiten so gut auffädeln?«

Sie kicherte. »Klar«, sagte sie. »Und auch genauso schnell. Wie ein Rennfahrer schnell ein Rad am Auto wechseln kann. Meinst du, daß das in Konzerten nicht passiert?«

»Paganini ...«, war ihm eingefallen. Und beinahe hätte er Becky Pomeranz erwähnt, aber im letzten Augenblick sagte er nur: »Mir hat mal jemand in meiner Jugend erzählt, daß Paganini in einem Konzert einmal alle Saiten gerissen sind ...«

»Nicht alle«, präzisierte Nita, »nur drei. Der Legende nach ist eine Saite übriggeblieben, auf der er das ganze Konzert gespielt hat. Es heißt auch, daß er die anderen Saiten absichtlich zum Reißen brachte, um seine Virtuosität zu demonstrieren. Das war wirklich außergewöhnlich«, hatte sie zerstreut gesagt, den Kopf geneigt, ihn sehr nah an das Cello gebracht und die Saiten nacheinander gezupft. »Gut, ist das eine Quint? Was meinst du? Nicht ganz, nicht wahr?« Wieder hatte sie den Stimmwirbel gelockert, die neue Saite noch ein wenig gestrafft, gezupft, gelauscht, genickt und zufrieden geäußert: »Jetzt ja.«

»Fangen Sie draußen an, mit den Kästen der Streicher. Sagen Sie nicht, wonach Sie suchen. Fragen Sie sie nur über alles aus, um herauszufinden, ob einem eine Ersatzsaite fehlt. Bald kommen noch ein paar Leute von der Mordkommission. Die werden Sie unterstützen. Aber in diesem Stadium wissen nur Sie, wonach wir suchen. Anschließend, wenn wir dort nichts finden, kommen Sie zurück und stellen hier alles auf den Kopf, bis wir eine einzelne Saite finden«, verkündete Michael den Leuten von der Spurensicherung. »In der Zwischenzeit bleibt nur Schimschon hier. Es ist unwahrscheinlich, daß jemand die Saite mit all dem Blut eingesteckt hat«, murmelte er. »Sie muß irgendwo hier herumliegen«, fügte er barsch hinzu.

»Sicher«, sagte Schimschon, »zusammen mit den Handschuhen.«

»Warum nicht, es ist durchaus möglich«, sagte Michael und ignorierte den feindseligen Ton.

»Ach woher«, flüsterte Schimschon, und Michael fragte sich, ob er so tun sollte, als hätte er die Bemerkung überhört. Aber verdutzt hörte er sich sagen: »Was ist los? Was ärgert Sie daran so sehr?«

»Ich glaube nicht an solche Zusammenhänge. Es gibt zu viele andere Möglichkeiten. Hier liegen auch jede Menge Stromkabel herum«, murmelte Schimschon. »Wieso sollte es kein Stromkabel gewesen sein?«

»Sie sprechen von einem Elektrokabel? Wenn es ein unversehrtes Elektrokabel gewesen wäre, hätte es das Opfer erdrosselt. Hätte einer ein Kabel auseinandergenommen und nur einen Teil benutzt, wäre der gerissen«, versicherte Solomon und steckte sich einen braunen Zigarillo in den Mundwinkel. »Ich habe nicht vor, ihn anzuzünden«, sagte er zur Beruhigung, »ich stecke ihn nur in den Mund. Keine Frage, daß eine Saite optimal geeignet ist, einem die Kehle aufzuschlitzen, vor allem, wenn sie dünn ist.«

»Es kann Ihnen doch gleich sein, wonach Sie suchen. Nennen Sie es von mir aus Draht oder Nylonschnur. Hauptsache, Sie finden etwas. Eins können Sie mir glauben, wenn Sie noch heute hier eine Angelschnur finden, tun Sie mir einen großen Gefallen«, sagte Michael. »Aber wir werden später wohl keine Gelegenheit mehr haben, die Musiker zu durchsuchen, ohne daß sie die Möglichkeit hatten ...«

»Wenn einer von ihnen der Täter ist, wird er wohl kaum ausposaunen, daß ihm eine Ersatzsaite fehlt. Ist es überhaupt möglich, eine bestimmte Saite eines bestimmten Instruments zu identifizieren? Sagen wir, gibt es einen Unterschied zwischen der a-Saite eines bestimmten Cellos und der eines anderen Cellos?« Er sah Solomon an, der mit einem Achselzucken und herabgezogenen Mundwinkeln zum Ausdruck brachte: »Woher soll ich das wissen?«

»Wir haben nichts zu verlieren«, faßte Michael zusammen und ging auf die Gruppe zu. »Schimschon wird Ihnen sagen, wonach wir suchen und wieso wir es tun. Sie gehen jetzt zu den Musikern«, fügte er hinzu, als die Türen aufgingen und Zila in der breiten Öffnung stand und mit ihrem Körper die beiden schweren Flügel der Tür aufhielt.

»Willst du sie hier drin haben?« fragte sie laut. Hinter ihr war ein Murmeln zu hören. »Eli ist da. Er ist mit Inspektor Sipo hier«, sagte sie und verzog die Lippen.

»Sipo?!« staunte Michael. »Ich wußte gar nicht, daß Sipo noch dabei ist, ich dachte er ist längst im Ruhestand.«

»Wo willst du sie haben?«

»Zuerst alle Streicher, nacheinander, in der Saalecke«, sagte Michael nervös. »Komm einmal her«, fügte er hinzu, »kannst du sie in Gruppen einteilen und in der Ecke verteilen? Nimm dir selbst eine Gruppe vor und schreibe auf, wie viele Ersatzsaiten jeder dabeihat.«

»Es sind achtzehn Streicher hier.«

»Laß auch die kommen, die schon nach Hause gegangen sind«, sagte Michael ungeduldig. »Alle, und zwar gleich.«

Zila sah ihn ratlos an. »Wie soll ich das alles auf einmal bewältigen?«

»Vielleicht kann Sipo dir helfen«, sagte Michael, »ich will auch ... hat dieses Orchester einen Manager?«

»Ja, er steht schon draußen. Ich habe ihn gebeten, einen Moment zu warten. Eli hat auch ...«, sie zögerte und sah ihn ängstlich an.

»Und?« wollte Michael wissen.

»Er hat dieses junge Mädchen mitgebracht, diese Dalit, bei der du mich vor einer Woche gefragt hast, ob wir nun schon unsere Leute aus den Kindergärten rekrutieren. Diese Blonde, Schmale mit dem kurzen Haar, diese Dalit.«

»Ich will mit dem Manager sprechen, jetzt, zuerst muß ich aber mit Eli ein paar Worte wechseln«, sagte Michael, der das Gefühl nicht loswurde, auf einmal an zu vielen Fronten kämpfen zu müssen. Das Chaos zwang ihn zu einem nervösen, unsystematischen Handeln. Eigentlich müßte er in das Zimmer hinter der Biegung des Flurs zurückkehren, anstatt der Routine zu folgen, die nicht einmal seine Anspannung lockern konnte, die ihn zwar bei jedem Fall überkam, diesmal aber anderer Natur war. Er versuchte sich zu beruhigen und nicht über die Bedeutung der Ernsthaftigkeit nachzudenken, mit der Zila ihm mit strenger Miene ausrichtete: »Eli will dich draußen sprechen, bevor wir anfangen. Ich habe ihn schon stichwortartig informiert.« Er hatte eine Vorahnung, schon bevor sie sagte: »Und auch ich habe dir etwas zu sagen.« Sie zog ihre Augenbrauen zusammen, als sie ihm einen strengen, gereizten Blick zuwarf, und sie folgte ihm.

Eli hielt sich nicht mit den üblichen Floskeln und der Frage nach seinem Befinden auf. »Es ist ein Zufall – nennen wir es Zufall«, sagte er, nachdem er nach rechts und links schielte und sich vergewisserte, daß niemand in Hörweite war, »daß Schorer nicht eingeweiht ist. Du weißt, daß er dir den Fall übertragen hat, weil bekannt ist, daß du Ahnung von Musik hast. Daß das … ein Fall für dich ist. Du weißt …«, er war verlegen, »du weißt, was ich meine. Wen sollte er schicken, wenn nicht dich? Aber wenn er gewußt hätte … dir ist doch klar, daß du dann nicht einmal in der Position eines Beraters hier wärst!«

Michael schwieg. Der Gedanke an die Möglichkeit, daß Nita plötzlich erwachen könnte, ohne daß er bei ihr war, ließ ihn die Zähne zusammenbeißen und die Muskeln anspannen.

Eli Bachar knackte mit den Fingergelenken. »Ich habe schon in so vielen Fällen mit dir zusammengearbeitet«, sagte er beinahe flehend, »und es ist das Alphabet, das du selbst mir beigebracht hast. Du hast immer von unseren blinden Punkten gesprochen«, ereiferte er sich verbittert, »und auf einmal verschließt du selbst die Augen. Ich denke dabei an dich, glaub mir«, flehte Eli. »Auch an dich«, fügte er hinzu und wartete. Er sprach weiter, nachdem Michael nicht reagierte. »Du selbst würdest so etwas nicht zulassen. Du bist zu sehr in die Sache verstrickt. Du kannst damit alles verderben. Das sind Prinzipien, die ich von dir übernommen habe! Du hättest es nie erlaubt!«

»Ich bin überzeugt, daß ich trennen kann«, zögerte Michael und brachte mühsam den Chor der gegensätzlichen Stimmen in ihm zum Schweigen, »und wenn es schon sein muß, ist es womöglich besser, wenn ich derjenige bin, der die Ermittlungen leitet ...«

»Gott sei Dank muß ich diese Entscheidung nicht treffen«, sagte Eli. »Aber du bist dir darüber im klaren, daß es nicht in Ordnung ist. Zila denkt wie ich, Zila, warum sagst du nichts? Wir können mit ihm reden, wir sind doch Freunde, nicht wahr? Wir sind schon so viele Jahre zusammen ...«

Michael wischte seine Stirn mit einem gefalteten Taschentuch, das er aus der Tasche seiner Jeanshose gezogen hatte. Seine Handflächen waren kalt, und er rieb sie an seinen brennenden Wangen. Er müßte eigentlich neben Nita sitzen, bis sie erwachte. Falls sie nicht schon erwacht war. Es durfte nicht passieren, daß sie die Augen aufschlug und er nicht in ihrer Nähe war. Hätte er wenigstens mit ihnen reden können, während er das Baby auf dem Arm hielt oder ein Fläschchen wärmte. Dann würde dieses lästige Zittern seiner Hände aufhören, das ihn zwang, sich auf das Holzgeländer zu stützen, neben dem er stand. »Er ist erwachsen und für sein Handeln selbst verantwortlich«, sagte Zila, und man konnte die Kritik in ihrer Stimme nicht überhören. »Wenn er sagt, daß er trennen kann, dann stimmt das vielleicht. Ich«, betonte sie, »könnte es nicht, aber vielleicht kann er es. Wie lange kann man so etwas überhaupt geheimhalten?«

»Was geheimhalten?« erschrak Michael und krallte seine Finger um das Holzgeländer, das unter seinen Händen klebrig wurde.

»Ich meine, wie lange kannst du deine Beziehungen zu ihnen vor Schorer verheimlichen, vor allen verheimlichen? So kann man nicht arbeiten. Wenn nicht diese Sache mit Schorers Tochter wäre, die jeden Augenblick ihr Kind bekommt, hätte er es schon längst herausgefunden.«

»Ich habe keine Beziehungen zu ihnen, von welchen ›ihnen‹ redet ihr überhaupt? Es gibt keine ›ihnen‹, ich habe nur eine Beziehung zu Nita.«

Zila breitete die Arme aus. »Ich will dir nicht sagen, was du auf eine solche Antwort erwidert hättest«, sagte sie und richtete ihre grünen Augen zur Seite, so daß die langen Silberohrringe leicht zu schaukeln begannen. »Aber dir ist doch klar, daß es so etwas nicht gibt. Und das Baby? Was wird denn nun mit dem Baby? Willst du ewig so weitermachen? Als ob nichts geschehen wäre?«

»Ich habe noch nicht darüber nachgedacht«, gab er zu und hielt seinen Ärger darüber, daß er sie eingeweiht hatte, zurück.

»Ich glaube es nicht!« sagte Zila entmutigt. »Wie kannst du dich vor solchen Gedanken verschließen? Das sind die ersten Gedanken, die einem durch den Kopf gehen. Sie braucht dich doch jetzt, auch damit du ihr mit ihrem Baby unter die Arme greifst. Was sie auf keinen Fall braucht, ist, daß du sie verhörst. Du willst sie so im Stich lassen? Bist du imstande, sie zu vernehmen?! Was willst du machen?« fragte sie aufgebracht. »Was wirst du mit dem Baby machen?!«

Michael schwieg. Er hätte Zila nicht in die Sache einweihen dürfen. Er hätte es sich ersparen müssen, jetzt vor den beiden geradezustehen, vor ihrem Einvernehmen. Mit einemmal kamen sie ihm fast wie Feinde vor. Wie ein Bestandteil der Übermacht, die ihm etwas wegzunehmen drohte, das Baby oder den Fall. Wie ein großer Fleck begann sich im Zentrum seines Bewußtseins das Wissen breitzumachen, daß ihm das Baby auf jeden Fall genommen würde, auch wenn er jetzt den Fall abgeben würde.

»Es müssen nicht alle Entscheidungen auf einmal getroffen werden«, seufzte Eli. »Wir lassen das jetzt besser. Es ist eine Sache zwischen dir und Schorer«, fügte er hinzu. »Warum hängst du dich da so rein? Es ist schließlich seine Sache«, sagte er zu Zila und sah Michael erwartungsvoll an.

»Ich weiß noch nicht, was ich machen werde«, gab Michael zu. »Zumindest in diesem Stadium. Wenn es nicht geht, gebe ich den Fall ab ... Ich werde mit Schorer sprechen.« Plötzlich überfiel ihn die Ruhe der Gleichgültigkeit. Es würde schon gutgehen, sagte die eine innere Stimme, es kommt eh, was kommen muß, sagte die andere. Seine Handflächen fühlten sich nicht mehr so kalt an.

»Und was hast du jetzt konkret vor? Ihr habt für heute noch eine gemeinsame Kinderfrau! Ihr verbringt doch die meiste Zeit miteinander!« rief Zila. »Wie kannst du an diesem Fall arbeiten und das Baby behalten wollen? Wann willst du die Kleine sehen?!«

»Das ist eine gute Frage«, murmelte Michael und sah auf seine Uhr. Er vertrieb eine weiche glatte Wange und ein zahnloses Lächeln aus seinem Bewußtsein. »Aber zuerst muß ich nach Nita sehen. Dann werde ich mit Schorer sprechen. Vielleicht rufe ich auch meine Schwester an ...«

»Deine Schwester? Wozu? Willst du sie bitten, daß sie kommt?«

Michael nickte.

»Deine Schwester Yvette?«

»Meine Schwester Yvette, warum nicht? Ich habe sie nie darum gebeten, als Juwal klein war ... Warum nicht?«

»Das ist gar keine schlechte Idee!« sagte Zila, und der gespannte Ausdruck quälender Last begann aus ihrem Gesicht zu verschwinden. »Sie wird dir den Kopf waschen. Es gibt Momente im Leben ... Ich traue meinen Ohren nicht, wenn ich höre, was wir dir alles sagen. Es sind deine eigenen Worte. Es gibt Momente, in denen man wählen muß. Entweder man will ein Kind oder ...«

»Ja? Oder was? Darf man nicht arbeiten, wenn man ein Kind hat?« Er sah sie konzentriert an. Sie errötete.

»Es ist nicht das gleiche!« lehnte Zila sich auf. »Erstens

– ich habe wirklich ein halbes Jahr ausgesetzt, als Ejal kam. Auch nach Josefa habe ich drei Monate nicht gearbeitet. Aber hier geht es nicht einfach nur um ein Baby! Hier geht es um eine Frau, mit der ...«, sie errötete noch mehr, »mit der du eine Art Zusammenleben praktizierst.«

»Das stimmt nicht!« rief Michael. »Wir haben nur ein Abkommen getroffen. Wir sind Freunde. Wir haben kein Verhältnis ... Es gibt keinen Hinderungsgrund ... Ich werde selbst eine Entscheidung treffen!« sagte er schließlich in einem Ton, der deutlich machte, daß er die Diskussion für beendet hielt.

»Jetzt ruft mir bitte Balilati her und noch zwei Kollegen! Was soll eigentlich Sipo hier, wieso hast du gerade Sipo hergebracht?! Und was macht dieses Mädchen hier, diese Bohnenstange mit den hungrigen Augen und den Jeans, die ihr zu eng sind. Dalit heißt sie, glaube ich?« Eli riß den Mund auf, aber er unterdrückte, was er sagen wollte, als er Solomon sah, der auf die Ecke zukam, in der sie standen. »Ich suche Sie«, beklagte er sich. »Ich war schon überall.«

»Hier bin ich«, sagte Michael gelassen. Er wunderte sich über die Erleichterung, die er aufgrund der legitimen, gerechtfertigten und begründeten Pause in seinem Gespräch mit Eli empfand. »Was kann ich für Sie tun?«

»Ich gehe jetzt«, meinte Solomon. »Sie holen ihn jeden Moment ab. Er ist schon verpackt und präpariert. Morgen werde ich Ihnen meinen endgültigen Bericht vorlegen. Wir werden ihn uns noch heute abend vorknöpfen. Vielleicht auch die ganze Nacht hindurch. Aber inzwischen kann man die Geigen schon ausschließen. Schimschon ist der gleichen Meinung«, sagte er und wedelte mit den drei Saiten, die er in Händen hielt. »Sie sind zu kurz für solch einen runden Schnitt. Sie sind kaum einen halben Meter lang. Auch die Bratschensaiten sind nicht lang genug.«

»Was bleibt dann noch übrig?« fragte Michael und zündete endlich die Zigarette an, die er seit ein paar Minuten in den Fingern hielt.

»Ein Cello oder ein Kontrabaß. Eine Kontrabaßsaite ist allerdings zu dick für solch einen Schnitt. Wenn überhaupt, paßt das Cello am besten, was die Länge und die Dicke anbelangt.«

»Wenn überhaupt, was?«

»Wenn es überhaupt eine Saite war. Wir werden es erst mit Bestimmtheit sagen können, wenn wir eine Saite gefunden haben, auf der wir Spuren feststellen.«

»Ein Cello?« fragte Zila mit Nachdruck.

»Wenn überhaupt – wenn überhaupt, war es die Saite eines Cellos«, sagte Solomon.

»Da hast du es!« sagte Zila vorwurfsvoll. »Siehst du nun, was ich meine? Hast du es vernommen?« sagte sie und breitete ihre Arme vor Michael aus. »Ein Cello! Wie wirst du damit umgehen?«

Er warf ihr einen strengen Blick zu. »Arbeitest du nun mit mir zusammen, oder nicht?« forderte er sie auf.

Zila war verdutzt. Nach ein paar Sekunden des Schweigens sagte sie: »Was für eine Frage ist das? Natürlich ...«

»Dann, bitteschön, worauf wartest du!« Ihr Gesicht nahm einen verlegenen Ausdruck an. »Wir fangen an.« Er versuchte seinen Worten ein wenig die Schärfe zu nehmen. »Wir machen uns jetzt an die Arbeit. Wir vergessen unsere Querelen. Nach all den Jahren kannst du mir ruhig vertrauen. Ein wenig Glauben könntet ihr mir schon schenken. Ich verspreche dir, daß ich mit Schorer darüber reden werde. Ich spiele mit offenen Karten. Aber inzwischen sucht ihr mir Balilati und schickt die hier weg«, sagte er und deutete mit dem Kopf auf die hagere, junge Frau mit dem aufreizenden Blick, den engen Jeans und dem knappen Body. »Ich gehe jetzt in Theo van Geldens Büro.«

6

Der Herr hat mich rufen lassen

Theo van Gelden stand über Nita gebeugt, die noch immer zusammengekauert in der gleichen Pose lag. Er schreckte zurück, als die Tür aufging, nachdem Michael nur einmal kurz geklopft und sich nicht die Zeit genommen hatte, auf eine Antwort zu warten. Theo sah ängstlich zur Tür. »Es ist kein Schlaf«, sagte er und berührte ihren Arm, »eher eine Art Koma, sie bewegt sich überhaupt nicht. Ich weiß nicht ...«

»Es hat keinen Sinn«, sagte Michael, nachdem er nach ihrem Handgelenk gegriffen und den Puls gefühlt hatte, der immer noch flach war. »Die Ärztin hat von mehreren Stunden gesprochen, und es gibt keinen Grund, weshalb sie vorher wach werden sollte. Was wollten Sie von ihr?«

»Ich dachte, ich bringe sie hier weg«, sagte Theo und kaute auf seiner Unterlippe. Sein weißes Haar betonte die gelbliche Schattierung, die jetzt auf seinem Gesicht lag. Er setzte die Brille ab und öffnete seine wohlgeformten Lippen: »Ich ... ich ertrage es nicht, hier stundenlang eingesperrt zu sein. Ich habe schreckliche Kopfschmerzen, und fürchterliche Gedanken quälen mich. Ich wollte ... Ich kann sie hier doch nicht allein lassen.« Er sah Michael an, als warte er auf die Erlaubnis zum Aufbruch. Aber Michael schüttelte nur den Kopf. »Wir werden Sie bald nach Hause bringen. Inzwischen werden Sie hier bei ihr warten.«

Theo nickte. Sein Gesicht nahm den Ausdruck betonter Fügsamkeit an. Er sah Michael an, nickte wieder, ließ den Blick nicht von ihm ab, als erwarte er für seinen Gehorsam ein Lob. Schließlich setzte er die Brille wieder auf, stopfte die Hände in die Taschen und begann in den gleichmäßigen Schritten, die Michael schon nach dem Tod Felix van Geldens kennengelernt hatte, auf und ab zu marschieren. Ein paarmal schritt er den Raum ab, hielt neben dem Sofa an, rieb sich die Wange, als kratzte er seine Handflächen an den mehrere Tage alten Borsten. Dann wischte er sich über die Stirn. Seine Finger hielten bei einem kleinen Pickel in der Mitte des Kinns an und machten sich an der Kruste zu schaffen, als er sagte: »Ich muß Bescheid geben ... stornieren ... ich weiß nicht, was alles ... Japan, das Konzert mit Gabi für übermorgen ... das Doppelkonzert von Brahms ...« Wieder sah er Michael erwartungsvoll an. »Sie müssen mich für einen Unmenschen halten«, sagte er, »aber ich kann die Gedanken an diese Dinge nicht von mir weisen. Ich verstehe selbst nicht, wie ich in dieser Situation an derartige Dinge denken kann«, entschuldigte er sich, »aber ich kann nichts für meine Gedanken«, verkündete er und hob seine Hände wie zur Verteidigung. »Ich weiß nicht, wie ich damit umgehen soll. Auf einmal lauert überall der Tod. Jemand muß mir sagen, wie und was ich tun soll. Ich komme mir wie in einem Horrorfilm vor. Als ob ich gar nicht hier wäre.«

Während Michael die Zigarettenschachtel aus seiner Brusttasche zog, eine Zigarette herausnahm und auf das große Fenster zuging, setzte sich Theo an den Schreibtisch, verschränkte seine Arme und sah auf das Porträt von Leonard Bernstein. Bernsteins Gesicht trug den Ausdruck von Schmerz und Vergnügen, sein Kopf war in den Nacken geworfen, und seine Hände, die den Taktstock hielten, waren vor seiner Brust gefaltet. Das Photo hing an der Wand neben dem Fenster, genau gegenüber der Aufnahme eines großen Orchesters während eines Konzerts: Der Dirigent, der auf einem Podest in einem Rollstuhl vor dem Orchester saß und seine mageren Arme hob, war nur von hinten zu sehen. Die Photographie schien das Zittern seiner Arme festgehalten zu haben.

Das große Fenster, vor dem Michael stand, blickte auf die Mauern der Altstadt. Von hier aus sah man auch einen Teil des King-David-Hotels. Er betrachtete die Landschaft und die Rauchwolke, die er ausstieß und fühlte sich für einen Augenblick durch und durch unentschlossen. Er wußte, daß es besser wäre, wenn er in die Eingangshalle zurückging, wenn er die Ermittlung schon jetzt in die Hand nahm, wenn er mit eigenen Augen nach Schnitten in den Fingern forschte.

Am Ende der Straße parkten schon zwei Streifenwagen, in denen die undeutlichen Umrisse uniformierter Polizisten in gelangweilter Erwartungshaltung zu erkennen waren. Er dachte an die Leiche, die in einen glänzenden schwarzen Plastiksack gewickelt, auf eine Bahre gebunden und in den Krankenwagen geschoben worden war, auf dessen Beifahrersitz sicherlich Solomon saß und dem Fahrer Erkenntnisse über das Leben und die Welt in die Ohren säuselte. Im Grunde wartete er auf Dani Balilati, als beginne mit dessen Eintreffen die Arbeit erst richtig. Ein zweifelndes Staunen über dieses Warten auf Balilati nagte an ihm, und er wunderte sich darüber, daß die Anwesenheit Balilatis ihm eine gewisse Lösung zu sein schien.

Er kehrte dem Fenster den Rücken zu, stellte sich vor die große Aufnahme des Orchesters mit dem Dirigenten im Rollstuhl und betrachtete den gebeugten, gerundeten Rücken. »Wer ist der Dirigent?« fragte er Theo. Theo hob seinen zerstreuten Blick. »Strawinski, im Hejchal Hatarbut vor ... mehr als dreißig Jahren, es war 1961«, sagte er und betrachtete die Photographie wie einen alten Bekannten, den er seit Jahren nicht mehr getroffen hatte.

»Ich wußte gar nicht, daß er mal in Israel war«, sagte Michael überrascht.

»Einmal, kurz vor seinem Lebensende. Er hat ›Le sacre du printemps‹ dirigiert. Ich war einundzwanzig, fast zweiundzwanzig.« Theo lächelte und fixierte seine Hände. »Er war wie ein Sack. Man hat ihn auf die Bühne gehievt wie einen Sack. Bis er zu dirigieren begann. Dann war er ... ganz und gar nicht mehr unbeweglich«, kicherte er. »Überwältigend war er, es war ein Schock. Wegen dieses Konzerts – gut, nicht nur wegen eines Konzerts, aber dieses Konzert war eine Art Wendepunkt – beschloß ich, Dirigent zu werden.« Er schüttelte den Kopf, als wolle er die Erinnerung vertreiben, und sah Michael an, der ihm jetzt in aller Kürze die Zusammenfassung der Fakten vortrug, wobei er darauf achtete, Gabriels Position vor dem Mord nicht zu beschreiben und das Wort Saite nicht zu erwähnen. Unter die übrigen Fragen mischte er unauffällig die Frage nach Nitas Cello. »Ich verstehe, daß es ein sehr teures Instrument ist«, sagte er und ließ einen raschen Blick über Theos Gesicht huschen, der erwiderte: »Ja, es gibt nur ein paar Exemplare auf der Welt.«

»Ich habe es nicht im Saal gesehen«, sagte Michael. »Hat sie es irgendwo stehenlassen?«

»Es ist hier, im Schrank hinter der Tür«, sagte Theo mit träumerischem Gleichmut. »Sie hat es hier deponiert, nachdem wir mit der Probe fertig waren, bevor ...« Michael, der befürchtet hatte, daß jede Frage nach den Saiten aufdecken könnte, was er verbergen wollte, drückte den Zigarettenstummel auf dem rostigen Blechdeckel auf der Fensterbank aus und ging zum Schrank. Er schob die braune Schiebetür auf, und sein Blick fiel auf einen Notenstapel, der herauszugleiten drohte. Auf dem Boden des Schranks, der die Wand hinter der Tür bedeckte, unter den Säumen eines langen Mantels, stand der bekannte Kasten. Michael zog ihn vor und nahm das Instrument heraus, wobei er Theos Blick ignorierte, der schweigend und aufmerksam seinen Bewegungen folgte. Michael kniete sich neben den Kasten, den er auf den weichen Teppich vor dem Stuhl, auf dem Theo saß, deponiert hatte. Er untersuchte den Inhalt, befühlte den Kolophoniumwürfel, betastete den grünen Filz, der den Innenraum des Kastens polsterte, und zog die Transparentpapierhüllen heraus. Zwei aufgerollte Saiten lagen darin. Er sah vor sich, wie ihre Finger die Saite aufgezogen und gestrafft hatten. Er versuchte sich krampfhaft zu erinnern, wie viele Ersatzsaiten, damals im Wohnzimmer, in dem Kasten gelegen hatten. Aber sein inneres Auge war von dem Bild ihrer Hände gefesselt, die die Hülle öffneten, die Saite auseinandernahmen, sie aufzogen, und auch von ihrem konzentrierten Gesichtsausdruck. Sie allein würde ihm sagen können, wie viele Saiten darin gelegen hatten. Er verlieh seiner Stimme einen nüchternen Ton, als er Einzelheiten über das Instrument erfragte.

»Es ist wirklich kein Stradivari«, versicherte Theo und bückte sich über das Cello, das zwischen ihnen lag. »Aber auch Amati aus Cremona ist etwas Besonderes – 1737. Er war auf Celli spezialisiert.« Theo drehte sich zu Nita um, die sich nicht regte, und seufzte. »Ein jüdischer Millionär, der so bewegt war nach Nitas erstem Konzert mit dem Chicago Symphony Orchestra, hat es ihr geschenkt. Ich weiß es noch, als wäre es gestern gewesen.« Eine Zuckung in Form eines Lächeln durchfuhr sein Gesicht. Wieder ließ er sich zu einem Redefluß hinreißen, nur weil er nicht schweigen konnte. »Sie hatte Elgar wirklich gut gespielt. Elgar. Es war Elgar, das Cellokonzert von Elgar, kennen Sie es?«

Ohne auf eine Antwort zu warten, fügte er hinzu: »Das Konzert, das Jacqueline du Pré zu etwas gemacht hat. Wirklich wunderbar, vielleicht haben Sie es im Fernsehen gesehen. An sich«, er kratzte sich am Kopf, »ist dieses Konzert aus meiner Sicht ein unbedeutendes Stück. Aber Jacqueline du Pré hat wirklich etwas daraus gemacht. Nun, als Nita debütierte, konnte Jacqueline du Pré schon nicht mehr auftreten. Ich war immer der Meinung, mein Vater hätte ihr längst solch ein Cello kaufen sollen, schon vor dem Konzert. Ich hatte es ihm gesagt, aber gut, es spielt keine Rolle mehr. Sie haben Nita spielen hören. Sie wissen, daß ihr Spiel ernsthaft ist. Wenn sie tatsächlich spielt, denn die ganze Zeit über hat sie nicht gespielt und Auftritte abgesagt, wie auch immer, sie hat solch ein Cello verdient.«

»Es ist schön«, sagte Michael und glitt mit der Hand über das rötliche Holz. »Es muß ein besonderes Holz sein.«

»Oho«, murmelte Theo. »Jahre des Trocknens in besonderen Prozessen sind erforderlich. Es ist ziemlich aufwendig.«

»Sind die Saiten auch etwas Besonderes?« Michael schlug vorsichtig eine nach der anderen die Saiten an und zupfte die dünne Saite zweimal.

Theo verengte die Augen und sah ihn wachsam an. »Nein. Früher waren sie es. Früher hat man sie aus Därmen hergestellt, vor allem aus den Därmen von Schafen oder Katzen. Die dünnen hat man manchmal auch aus Seide gemacht. Damals konnte man genau wissen, zu welchem Instrument eine Saite gehörte. Jedes Cello hatte seine eigenen Saiten und auch jede Geige. Und an den Knoten konnte man erkennen, wer die Saiten hergestellt hatte, das heißt an den Knoten in den Saiten. Später ist man dann zu Stahl oder Kupfer übergegangen. Als man dann das Nylon erfand, ging man zu synthetischen Saiten über. Das ist ein ganzes Kapitel in der Geschichte des Saiteninstrumentenbaus, insbesondere des Baus von Streichinstrumenten. Aber seit Jahren gibt es gewöhnliche Standardsaiten. Es gibt zwei Sorten, Konzertsaiten und normale Saiten, und mehrere Fabriken, die sie herstellen.« Er stand auf, schüttelte die Beine, steckte die Hände in die Tasche und nahm sein ermüdendes Wandern von Wand zu Wand wieder auf.

»Spielte Nita mit Konzertsaiten oder mit normalen Saiten?«

»Selbstverständlich mit Konzertsaiten«, sagte Theo.

»Hier sind nur zwei Ersatzsaiten«, sagte Michael.

Theo blieb nicht stehen, sein Blick war auf den Boden gerichtet, als messe er seine Schritte ab, und er murmelte etwas Unverständliches.

»Wie viele Ersatzsaiten hat sie normalerweise?« fragte Michael, der sich bemühte, den gleichgültigen Tonfall zu bewahren.

Theo zuckte die Schultern. »Keine Ahnung«, sagte er zerstreut. »Seit Jahren bin ich nicht mehr über Nitas Gepflogenheiten im Bilde. Sicher hat sie zu Hause noch ein paar.«

Ein lautes Seufzen und ein kurzes Wimmern aus Richtung Sofa ließen beide erstarren. Aber nach dem Wimmern öffneten sich Nitas Augen nicht, die ihre Beine unter der Wolldecke ausstreckte und erneut an ihren Bauch zog. Ein paar Sekunden dauerte das Schweigen in wartender Position, und als klar war, daß sie wieder schlief, stellte Michael leise die Frage, deren simple Formulierung ihn schon immer gestört hatte: »Ihr Bruder, hatte er Feinde, jemand von dem Sie wußten?«

»Ich habe in der letzten Stunde nachgedacht, wer so etwas hätte tun können... tun wollen... Keine Ahnung«, sagte Theo und setzte sich wieder an den Schreibtisch auf den gepolsterten Stuhl. Er streckte die Hände aus und sah sie an, betastete nacheinander seine Handgelenke, die breit und groß wie die von Nita waren. Michael warf einen verstohlenen Blick darauf. Er überprüfte automatisch, ob sie Schnittspuren aufwiesen. Aber Theo van Geldens Hände, wie die von Nita und wie die des ersten Geigers und die der beiden anderen Musikerinnen, waren glatt und unversehrt. »Sie haben ihn doch gesehen.« Theo breitete die Arme aus: »Man kann nicht sagen, daß er wirkliche Feinde hatte. Ich zum Beispiel habe Feinde, und nicht einmal wenige«, kicherte er. »Ich muß mich wundern, daß ich es nicht bin, der dort liegt«, verkündete er und zeigte mit dem Kopf auf die Tür. Sein Gesicht wurde wieder ernst. Er fuhr mit beiden Händen über sein Gesicht und betrachtete erneut seine Handflächen. »Es hat in letzter Zeit Spannungen gegeben wegen Änderungen, die er in seinem Ensemble einführen wollte. Sie wissen, daß er ein historisches Barockensemble gegründet hat. Er war ein großer Perfektionist. Es gab ein Gerangel um die Positionen. Sie können sich nicht vorstellen, was für einen Wirbel Musiker veranstalten, was sie alles stört und so weiter. Er hatte verschiedene Pläne darüber, wer bei ihm spielen würde und wer nicht. Wie bezahlt würde und wieviel an wen. Und er hat alle möglichen Vergütungsmodelle in Erwägung gezogen, die er von einem Londoner Orchester übernommen hatte. Ein Orchester, das man umgekehrt bezahlt. Je weniger Proben es gibt, desto mehr bezahlt man, etwas, was die Musiker dazu anspornt, viel zu Hause zu arbeiten. Bei uns gibt es das nicht. Keiner arbeitet daheim. Denn je mehr Proben stattfinden, desto mehr Überstunden gibt es. Es gab eine Menge Beschimpfungen und Ärger. Natürlich, aber richtige Feinde? Um so etwas zu erklären?!« Er huschte mit seiner Hand über seinen Hals.

»In dem Doppelkonzert, an dem Sie arbeiteten, sollte da nicht der erste Geiger Awigdor den Solopart spielen?«

»Eine erste Geige muß nicht zwingend den Solopart spielen. Es ist überhaupt ziemlich selten, insbesondere in der romantischen Musik, daß man für einen Solopart, selbst wenn er einer von zweien ist, den ersten Geiger nimmt. Ich auf jeden Fall sehe darin solch eine individuelle solistische Aufgabe, daß man sie nicht in die Hände eines Konzertmeisters legen kann, so gut und tüchtig er auch sein mag.«

»Aber in ihrem letzten Konzert, dem mit der Ouvertüre zu ›Wilhelm Tell‹, spielte Gabriel doch die erste Geige.«

»Und? Na und?« fragte Theo ungehalten.

»Denken Sie nicht, daß so etwas in einem festen ersten Geiger Verbitterung auslösen kann? Awigdor ist doch der feste erste Geiger, nicht wahr?«

»Ja, ja«, sagte Theo ungeduldig. »Aber es gibt eine ganze Gruppe von ersten Geigern, manchmal sind es drei, ich habe zwei, und ein Gehalt bekommt er nach der ersten Geige, auch wenn jemand von außen ... Außerdem hat es Awigdor gefreut, daß Gabi spielte. Er hat es als große Ehre angesehen.«

»Manchmal frage ich mich, wie einer fühlt, der Teil eines Orchesters ist. Wenn sein Ton immer wieder in allen Tönen aufgeht. Wenn er immer wieder zwei Noten wiederholt.

Wieviel Frustration muß es bringen, wenn man dort sitzt und wartet, daß man an die Reihe kommt, um mit allen zusammenzuspielen und ...«

»Sie haben romantische Vorstellungen von diesen Dingen«, fiel Theo ihm ins Wort. »Ich sage nicht, daß man nach zwanzig, dreißig Jahren nicht aufgerieben ist. Aber im großen und ganzen ist die Arbeit völlig in Ordnung. Wenn man eine Arbeit mit Spannung und Aufregung verrichtet, vergißt man diese Dinge. Sie können es bei dem Chicago Symphony Orchestra sehen. Dort fühlt sich keiner überflüssig. So ist das, wenn ein Orchester richtig gut ist. Und in Berlin, gut, in Berlin sowieso, es ist das einzige Orchester, dessen Musiker pro Konzert bezahlt werden. Sie teilen sich die Einkünfte und finanzieren im Prinzip ihren Dirigenten. Alle möglichen Geschichten passieren da. Nur manchmal gibt es Orchester, vor allem hier, die sich wie ein gewerkschaftlicher Betrieb aufführen. Natürlich ist es noralerweise Routine, eine Arbeit wie jede andere, und es gibt Verbitterung und Probleme und Forderungen und Änderungswünsche und Berechnungen und Klagen, aber nicht in diesem Fall. Und überhaupt, es ist abhängig vom Dirigenten. Ein guter Dirigent kann ein Orchester aufbauen, es mitreißen. Haben Sie Awigdor gesehen? Ist er in der Lage, einen Mord zu begehen? Auf gar keinen Fall, nicht auf diese Weise ...«

»Ich weiß nichts über Gabriels Privatleben«, sagte Michael. »Nita hat nie von einer Familie gesprochen. Ich weiß nicht einmal, ob jemand benachrichtigt werden muß. Ich erinnere mich nur, daß sie erzählt hat, daß er einmal verheiratet war, vor langer Zeit, und daß er keine Kinder hat. Aber vielleicht lebt er mit jemandem zusammen. Er hat vielleicht eine Beziehung zu einer Frau. Man muß sie benachrichtigen.«

»Von was für einer Familie sprechen Sie«, winkte Theo ab und preßte die Lippen zusammen. »Wir sind seine ganze Familie.«

»Vielleicht seine Ex-Frau, was weiß ich?«

»Sie lebt schon seit mehr als sieben Jahren in Deutschland«, sagte Theo. »Sie hatten keinerlei Kontakt. Und wir – wir schon gar nicht. Sie ist eine Schreckschraube«, stieß er hervor. »Sie ist vulgär und geldgierig, und sie hat immer nur Probleme gemacht. Unter all meinen Frauen finden Sie keine von der Sorte. Sie müssen wissen«, hob er die Stimme und winkte mit dem Zeigefinger, »ich hatte nicht wenige. Was Frauen anbelangt, so kenne ich mich aus«, versicherte er, ohne zu lächeln. »Die beiden hatten keine Kinder, also gibt es auch niemanden, den man benachrichtigen müßte. Eine nennenswerte Verwandtschaft gibt es auch nicht.« Er senkte die Stimme zu einem zaghaften Flüstern und senkte die Augen. »Aber da ist ... da ist ... man muß vielleicht Isi informieren.«

»Isi?« wiederholte Michael. »Wer ist Isi?«

»Er ist ... er ... er wohnt bei Gabi, sie teilen sich eine Wohnung«, sagte Theo, stand auf und steckte die Hände in die Taschen.

Es war nicht der Moment für Taktgefühl. »Hat Ihr Bruder mit einem Mann zusammengelebt? Bedeutet, daß sie zusammen wohnten, daß sie zusammenlebten? Reden Sie von einer homosexuellen Beziehung?«

»Ich denke, ja«, sagte Theo und marschierte weiter, doch diesmal sah er nicht auf den Teppich, sondern starrte auf das Fenster und räusperte sich, bevor er sagte: »Ich habe ihn nie direkt danach gefragt, aber es war nicht nur eine Wohngemeinschaft. Ich habe kein Problem damit. Absolut kein Problem. Jeder kann leben, wie er es für richtig hält. Mich stört das ganz und gar nicht. Es gibt viele homosexuelle Künstler, Musiker, Sie würden kaum glauben, wie viele es sind. In meiner ersten Zeit in New York konnte ich es nicht fassen, wie zahlreich sie waren. Sogar Copland und Mitropoulos und natürlich ...« Er sah auf die Photographie von Bernstein. »Kurzum, in unserem Bereich ist das nichts Ungewöhnliches, es hängt vielleicht sogar prinzipiell damit zusammen.«

Es war so natürlich und selbstverständlich, daß niemand darüber sprach, nicht einmal Nita, dachte Michael, als er fragte: »Ist das der Mann, den ich gesehen habe, als ihr Vater... Der Mann, der während der Trauerwoche mit Gabriel bei Nita war, so ein kleiner, hellhäutiger Mann.«

»Ach so«, nickte Theo mit dem Ausdruck der Erleichterung, »dann haben Sie ihn schon kennengelernt. Die beiden wohnen seit mehr als zwei Jahren zusammen«, erklärte er. »Aber wir haben nie darüber gesprochen. Wir haben keine große Sache daraus gemacht, obwohl ich mir sicher bin, daß es für Vater nicht einfach war.« Er seufzte. »Jetzt ist das alles eine Farce«, flüsterte er und stieß ein heiseres Kichern aus. »Der Tod ordnet die Dinge neu.«

»Dann hat Ihr Vater also davon gewußt.«

»Ich bin sicher«, sagte Theo, »aber er sprach nie darüber.«

»Nita hat auch kein Wort darüber verloren.«

Theo zuckte mit den Achseln. »Vielleicht, weil er in der letzten Zeit nicht hier war. Und im übrigen, reden Sie denn über alles miteinander?«

»Wer war in der letzten Zeit nicht hier?«

»Isi. Vielleicht hat sie ja vergessen, es zu erwähnen«, sagte er, und er schien selbst seinen Worten nicht zu glauben. »Er hat an einer Konferenz von Mathematikern oder Informatikern teilgenommen, ich verstehe nichts davon. Danach hat er eine Reise gemacht. Er ist an dem Tag... an dem Tag, an dem Vater... oder einen Tag vorher zurückgekommen. Er war in den Niederlanden. Sie müssen wissen, daß Nita sehr schüchtern und verschlossen ist.«

»Wenn sie zusammengelebt haben, muß er informiert werden«, sagte Michael, »und ich muß natürlich auch mit ihm reden.«

»Ich werde ihn unterrichten, oder wollen Sie das übernehmen? Man könnte es auch von hier aus versuchen, jetzt gleich«, sagte er und zeigte auf das Telefon.

Michael hob die Hand zu einer Geste, die Einhalt gebot.

»Später, nicht am Telefon. Standen Gabriel und Sie sich nahe?«

Theo räusperte sich, senkte den Blick, spielte mit seinen Fingern und hob den Kopf. »Es kommt darauf an, was Sie mit ›nah‹ meinen. Als wir klein waren, haben wir viel Zeit miteinander verbracht. Wir hatten dieselbe Musiklehrerin, Dora Sackheim. Haben Sie von ihr gehört?«

Michael nickte schwach.

»Wir haben beide Unterricht bei ihr genommen, aber wir waren sehr verschieden. In den letzten Jahren haben wir nicht sehr viel miteinander zu tun gehabt. Wir hatten ein paar Meinungsverschiedenheiten.«

»Bestand zwischen Ihnen ein Konkurrenzkampf?« versuchte Michael herauszufinden. »Geschwisterneid?«

»Geschwisterneid ist übertrieben«, sagte Theo und verzog die Mundwinkel. »Das klingt zu dramatisch. Ich weiß nicht einmal, ob man von Konkurrenzkampf sprechen kann ... Es ist passender, in Begriffen wie Differenzen zu sprechen, unterschiedliche Charaktere, Distanz. Gabi war ein introvertierter Mensch, er war verschlossen. Ich, gut, ich ...« Er lächelte. »Sie wissen ja schon ein wenig über mich.«

»Er hat also nicht mit Ihnen über die Beziehung zu seinem Partner, zu Isi, gesprochen? Sie wissen nicht, ob die Beziehung harmonisch war, oder ob sie sich in der letzten Zeit in einer Krise befand?«

»Soweit ich weiß, nein«, sagte Theo verlegen. »Ich habe nichts über Probleme zwischen ihnen gehört. Es fällt mir schwer zuzugeben, wie wenig ich über das Privatleben meines Bruders weiß«, sagte er. »In meiner Familie sind alle außer mir sehr unzugänglich. Nur über mich weiß jeder alles«, fügte er in einer Art Beschwerde hinzu, die etwas Affektiertes enthielt, und seine Gesten und seine Ausdrucksweise legten plötzlich offen, wie er auf Menschen im allgemeinen und besonders auf Frauen wirkte. »Und Isi kenne ich kaum ... Ich habe die beiden nicht oft zusammen erlebt. Ich habe Gabi überhaupt nicht oft getroffen, vor allem nicht in der letzten Zeit. Ich war verreist, er war häufig unterwegs, und unsere letzten privaten Treffen waren Vaters Geburtstage oder Mutters Jahrestage.« Er wurde still und sah Michael mit einem verblüfften Blick an. »Sie denken doch nicht an Isi?« winkte er sichtbar schockiert ab. »Daß er daherkommt und …« Ein kurzes Lachen drang aus seinem Hals. »Das ist absurd. Richtiger Unsinn, wie in einem schlechten Film.«

»Sie haben ihn heute nicht hier gesehen?«

»Nein.«

»Was ist hinter der Bühne genau passiert. Wo waren Sie, als Gabriel sich hinter der Bühne befand?« fragte Michael wie nebenbei, während er das Cello zurück in den Koffer legte.

»Ich? Wo ich war?« fragte Theo bestürzt. Er verstummte, als krame er in seinem Gedächtnis. »Ich … ich glaube, ich war mit der Paukerin zusammen. Ich war bei der Probe nicht mit ihr zufrieden, darum habe ich noch mit ihr gearbeitet … Wir waren gegen halb zwei mit der Probe fertig, ein Teil der Musiker ist schon gegangen. Ein Teil blieb. Später war ein Treffen von Gabi mit allen möglichen potentiellen Kandidaten für sein Orchester vorgesehen. Er hatte die Bühne verlassen, ohne daß ich es bemerkt habe. Später hat man ihn dann gesucht. Er war verschwunden. Dann ist Nita hinter die Bühne gegangen, gut … den Rest kennen Sie.«

»Sind denn hinter der Bühne keine Leute gewesen? Hat niemand etwas gesehen?«

»Ich weiß es nicht, wirklich nicht«, entschuldigte sich Theo. »Ich war in meine eigenen Angelegenheiten vertieft. Morgen vormittag sollte eine Generalprobe stattfinden. Die Pauke … ich habe nichts bemerkt.«

»Sie haben die Bühne die ganze Zeit über nicht verlassen?«

»Wann meinen Sie? Nach dem Ende der Probe?«

Michael nickte.

»Nicht, daß ich wüßte, ich glaube nicht«, zögerte Theo. »Vielleicht nur ... ich weiß nicht mehr genau, ob es nach der Probe oder mittendrin war, ich glaube mittendrin. Ich mußte telefonieren. Ich habe ein fürchterliches Gedächtnis. Man kann sich nicht auf mich verlassen. Ja, ich habe wirklich noch nicht daran gedacht. Überall rannten Leute herum. Es war für den Täter nicht ungefährlich. Jeden Moment hätte man ... Aber schließlich hat Nita ihn gefunden.« Plötzlich nahm sein Gesicht einen erschrockenen Ausdruck an. »Sie verhören mich?« Er betonte das letzte Wort. »Sie fragen, wo ich zur Tatzeit war? Soll das heißen ...?« Seine Worte stockten. Die Angst in seinem Gesicht wich der Beleidigung. Seine schönen Lippen bogen sich. »Ich?« fragte er hitzig.

Michael schwieg.

»Das sind Fragen nach dem, was man bei Ihnen Alibi nennt. Fragen Sie mich nach meinem Alibi?«

»Waren Sie die ganze Zeit über auf der Bühne?«

Theo nickte. Der Ausdruck der Beleidigung lag noch in seinen Zügen.

»Wer stand ihm noch nahe, außer Isi?« fragte Michael und sah durch das Fenster auf die Autos, die immer zahlreicher wurden. Zwischen den Streifenwagen drängten sich konfuse Menschen. Ein paar Gesichter kannte er aus dem Orchester. Journalisten unterhielten sich mit Kameraleuten, die Berichterstatter der beiden Fernsehkanäle waren anwesend. Michael fröstelte es bei ihrem Anblick. Auch wenn er das Gebäude über den Künstlereingang verlassen würde, würden die Kameras vor seinem Gesicht aufblitzen. Er hatte es immer gehaßt, aber diesmal kam es nicht in Frage, auf gar keinen Fall. Sollen sie mit Balilati sprechen, sagte er sich. Vom Fenster aus sah man nur den Haupteingang. Er wußte, daß Balilati durch den Nebeneingang kommen würde.

»Wer ihm richtig nahestand? Vielleicht Nita«, sagte Theo und schluckte. Sein Kehlkopf hob und senkte sich. »Mehr als ich, auf jeden Fall.« Er legte den Kopf zurück und befühlte seinen Nacken. »Sehen Sie«, zögerte er, »ich ... denken Sie nicht, ich hätte Gabi nicht geliebt! Aber es war kompliziert. Wir sind ... wir waren sehr verschieden. Wir hatten nicht viele Gemeinsamkeiten. Ich war eher wie meine Mutter, und Gabi war Vaters Sohn.« Die Ränder seiner Lippen zogen sich zusammen. »Wir waren grundverschieden. Auch Nita. Selbst was die Musik angeht, hatten wir ganz unterschiedliche Auffassungen. Obwohl Gabi und ich schon von Kind an Geige spielten. In anderen Musikerfamilien«, sagte er verbittert, »hat man dafür gesorgt, daß jedes Kind ein anderes Instrument spielte. Aber als Gabi eine Geige wollte, hat ihm keiner gesagt ... Sie haben ihm eine gegeben. Und auch zu Dora Sackheim haben sie ihn geschickt.«

»Sie hat ihn verzogen«, sagte Michael.

Theo zuckte die Schultern. Er spitzte die Lippen. Man konnte sich vorstellen, wie er als Kind gewesen war. Verbittert, sich jedoch gleichgültig gebend, hatte er den Charme dessen, der um seine Schönheit wußte. Er war sicherlich nachtragend. Nun senkte er den Kopf und schwieg.

»Haben Sie mit ihm über intime Dinge gesprochen, über private Angelegenheiten?«

Theo blinzelte und sah auf den Boden. »Nein«, gestand er verlegen. »Ich wußte nicht viel über ihn. Und seit die Sache mit Isi herausgekommen war ... Es hat mich verwirrt, ich hatte an diese Möglichkeit nie gedacht. Mein Vater ... der Ärmste – zuerst ich mit all meinen Weibergeschichten, dann Gabi mit seinem Liebhaber und Nita mit dem unehelichen Kind, keiner lebte ein herkömmliches Leben«, kicherte er.

»Hat es Ihrem Vater etwas ausgemacht?«

»Ich weiß es nicht«, gestand Theo. »Wie kann man etwas über einen Vater wissen, der sich entschieden hat zu schweigen? Er hat auf all diese Bekenntnisse nie reagiert. Als Nita schwanger wurde und dieser Typ – wir haben ihn übrigens nie zu Gesicht bekommen, aber ich habe Erkundigungen eingezogen – sie sitzenließ, in diesem Zustand, und sich nicht einmal dafür interessierte, wie sie ... wie sie das alles überstanden hat ... habe ich Vater auf sie und auf Gabi angesprochen. Sogar sehr diskret, was Gabi betraf, aber Vater hat kein Wort dazu gesagt. Bei ernsten Gesprächen – Sie dürfen nicht vergessen, daß ich nicht oft hier war – pflegte er in dem Sessel zu sitzen, in dem man ihn gefunden hat ... und zu schweigen. Kein Wort hat er gesagt. Nita hat später noch einmal mit ihm gesprochen. Ich glaube, bei ihr war er nicht so wortkarg. Bei mir kam ihm auf jeden Fall kein Wort über die Lippen.«

»Was für ein Mensch ist der Freund Ihres Bruders?«

»Ich kenne ihn kaum. Ich habe ihn nur ein paarmal gesehen. Gabi hat nie gesagt: Bitteschön, darf ich dir meinen Liebhaber vorstellen, sondern nur: Das ist Isi. Alles, was ich weiß, ist, daß er Mathematiker ist, höflich und scheinbar sensibel. Er hat auch Ahnung von Musik. Er ist gebildet und spielt Cembalo. Er versteht viel von alter Musik«, fügte er hinzu und verzog den Mund. »Gabi hat mir einmal gesagt, daß er eine Menge von ihm gelernt hat, er sprach von ihm wie von einem Musiker. Aber ich habe ihn nie spielen hören, und mit mir hat er kaum ein Wort gewechselt ... Er hält nicht viel von meiner ...«

Ein Klopfen an der Tür unterbrach ihn. »Man hat mir gesagt, daß Sie hier sind«, sagte Jafa von der Spurensicherung, die ins Zimmer schaute. »Ich dachte, es würde Sie interessieren ...«, fügte sie hinzu und schaute in Richtung Theo, der stehengeblieben war und sich aufrichtete. Er ließ seine Augen mit geübtem, abschätzendem Blick über ihren Körper gleiten, verweilte kurz in der Leistengegend, die ihre Jeanshose betonte, und sah sie forschend an.

Michael machte ein Zeichen in Richtung Nita, um Jafa zum Schweigen zu bringen, und ging auf die Tür zu. »Von was hält er nicht viel?« fragte er, als seine Hand schon auf dem Türgriff lag.

»Wie bitte?« fragte Theo verwirrt.

»Ich rede von Isi«, sagte Michael beharrlich. »Sie hatten erwähnt, daß er nicht viel von etwas hält. Wovon hält er nicht viel?«

»Ach«, fiel es Theo ein, und er winkte ab. »Es ist unwichtig, er mag meine Interpretationen nicht ... meine Auffassung verschiedener Stücke, vor allem klassischer Stücke, vor allem Mozart und Haydn. Aber auch gegen meine Brahmsinterpretation hat er Einwändc. Er hat mir einmal gesagt, daß er mit meinen Trompeten nicht einverstanden ist. Er war der Meinung, man sollte andere Pauken einsetzen. Die, die es zu Brahms' Zeit gab. Vor allem in bezug auf ›Ein Deutsches Requiem‹ hat er sich dahingehend geäußert, aber es hat nichts mit der Sache zu tun ...«

Michael warf einen Blick auf Nita, die regungslos dalag, verließ den Raum und schloß die Tür hinter sich. »Ich dachte, es würde Sie interessieren, daß wir die Untersuchung des Tatorts abgeschlossen haben«, flüsterte Jafa. »Wir haben nichts gefunden. Wir sind dabei, die Büros und den Saal zu durchkämmen. Wir nehmen uns gerade jeden Zentimeter der Bühne und des Saals vor, aber es ist ein großes Areal, und es wird eine gewisse Zeit in Anspruch nehmen. Balilati wartet im Saal auf Sie.«

»Ich komme schon, sagen Sie ihm Bescheid«, bat Michael und spürte, wie sein Herzschlag sich beschleunigte, als bedeute das Treffen mit Balilati eine große Entscheidung. Er kehrte zurück ins Zimmer und bat Theo, noch ein wenig zu warten: »Später bringen wir Sie nach Hause, schon bald«, versprach er und ging über die Bühne in den Saal.

Von der Bühne aus, die mit Scheinwerfern beleuchtet war und über die die Leute von der Spurensicherung auf den Knien rutschten, alles abtasteten, mit Taschenlampen Punkte anstrahlten und mit Pinzetten kleine Plastikbeutel füllten, schien der Saal dunkel, obwohl auch er beleuchtet war. Unten im Saal knieten ebenfalls Männer zwischen den Reihen, die den Teppich abtasteten. Michael stand am Rand der Bühne und beschattete seine Augen. Erst dann sah er Balilati, der in der letzten Reihe vor den Rängen saß, auf dem vorletzten Sitz der Reihe. Er hatte die Beine über die Vorderreihe gelegt und spielte mit einem Stück Papier. Als Michael auf ihn zuging, erkannte er, daß es ein Kaugummipapier war. Balilatis Kaugeräusche waren schon von weitem zu hören. Balilati legte das Papier auf den Platz zu seiner Linken, richtete sich auf und klopfte auf den leeren Sitz zu seiner Rechten. »Ich habe gehört, daß hier eine Vorstellung gegeben wurde«, sagte er und verschränkte die Arme über seinem Bauch. »Ich habe von durchgeschnittenen Kehlen, Blutlachen und was sonst noch alles läuten hören.«

Michael nickte.

»Die gesamte Presse steht draußen vor der Tür. Immerhin geht es um die van Geldens. Sie bringen schon heute einen großen Artikel darüber in der Zeitung. Eli Bachar hat an jedem Eingang Leute aufgestellt. Sie lassen keinen rein. Das ganze Gebäude gilt als Tatort, oder etwa nicht?«

Michael seufzte.

»Der Herr hat mich rufen lassen«, sagte Balilati und sah ihn an. Der Ausdruck der Zufriedenheit, beinahe der Genugtuung, der in seinen Augen aufleuchtete, ärgerte Michael aus irgendeinem Grund nicht. »Van Gelden, Gabriel, ein aufgeschlitzter Hals«, sagte Balilati in die Luft, »du willst mir sicher weismachen, daß beide Mordfälle etwas miteinander zu tun haben. Du willst dir den Kunstraub unter den Nagel reißen, nicht wahr? Den Fall des ersten van Gelden? Hast du gesehen, welche Tussi man dir in der Mordkommission untergejubelt hat? Ich habe schon lange ein Auge auf sie geworfen. Schon vor einem Monat, was für ein Körper!«

Michael nickte. Er zündete sich eine Zigarette an und behielt das Streichholz in der Hand. Balilati stand von seinem Platz auf, ging in die Ecke des Saals und kehrte mit einem verbogenen, dreckigen Blechdeckel zurück, den er auf den Sitz vor sich legte. Er ließ sich geräuschvoll nieder und verschränkte seine Arme mit einer demonstrativen Geste. »Ist das alles, was du von mir willst?« fragte Balilati herausfordernd. »Dafür hättest du mich nicht herbeordern müssen. Es hätte genügt, wenn du dir die Akte bestellt hättest. Glaube mir, du wärst auch noch nicht weiter als wir. Wir tappen im dunkeln.«

»Vielleicht war Gabriel van Gelden der rechtmäßige Erbe des Bildes«, bemerkte Michael.

»Ich hätte es dir längst gesagt. Das Testament teilt das Vermögen säuberlich zwischen den Nachkommen auf. Ich habe das überprüfen lassen. Das Geschäft hat er allen dreien zu gleichen Teilen vermacht, auch das Bargeld. Das Haus und das Gemälde hat er deiner Freundin vererbt. Da hast du einen fetten Fisch an der Angel«, wagte er sich augenzwinkernd vor. »Er hat ihr sogar die Erlaubnis erteilt, das Bild nach seinem Tod unter den Hammer zu bringen.«

»Es zu verkaufen?!« staunte Michael.

»Es steht im Testament: ›Sie kann darüber frei verfügen.‹ Daraus entnehme ich, daß er ihr erlaubt, es zu verscherbeln.«

»Warum hat er es denn nicht zu seinen Lebzeiten verkauft?«

»Was weiß ich? Er hat es vorgezogen, noch zu warten. Keine Ahnung, schlechter Markt vielleicht. Es hat ihm auch nicht an Bargeld gemangelt. Das Bild war ein Familienerbstück, dann der Holocaust, du weißt, wie das bei ihnen ist.«

»Dieser Punkt muß noch geklärt werden«, seufzte Michael.

»Was hast du gedacht? Hast du dir eingebildet, daß ich das Testament nicht überprüft habe? Daß ich nicht in Zürich oder Paris versucht habe herauszufinden, ob jemand die Ware bestellt hat? Dafür sollte ich herkommen?« fragte Balilati stur.

»Nein, nicht nur dafür«, gab Michael zu.

»Was dann?« Balilati drehte sich herausfordernd zu ihm hin, wandte ihm plötzlich in einer schroffen Bewegung seinen Körper zu, wie ein schläfriger Tiger, der für einen Moment aus seinem Schlummer erwacht. »Es geht dir doch nicht um mehr Personal. Jeden Augenblick wird der ganze Polizeiapparat hier eintrudeln. Sie haben sogar Zila von dem Fall mit dem Auto, diesem Fall Arbeli, abgezogen. Wenn Schorer sich nicht gerade mit anderen Dingen beschäftigen würde, und wenn der Polizeipräsident sich nicht mit den Rechnungsprüfern herumschlagen müßte, wären sie längst beide hier. Es geht um sehr wichtige Persönlichkeiten, um äußerst wichtige Persönlichkeiten. Wozu brauchst du dann mich?« Diese provozierende Frage war Ausdruck einer tiefsitzenden Kränkung und des Triumphs, bald schon in Sphären vorzudringen, die Balilati bisher versagt waren. »Und du?« fügte er mit sanfter Stimme hinzu. »Du hast hier gar nichts verloren. Du bist Teil der ... nun ja, was kann ich für dich tun?«

»Ich wollte ...« Michael hielt sich zurück. Er mußte vorsichtig sein, seine Worte genau abwägen, damit Balilati ihm vertraute und sich nicht hinter einem Berg von Einsprüchen verschanzte, »daß du mit mir in dieser Mordsache zusammenarbeitest. Ich wollte dich darum bitten, die Verantwortung, sogar offiziell die Ermittlung zu übernehmen.«

Balilati nickte verständnisvoll, machte sich auf seinem Klappstuhl breit, streckte erneut die Beine auf dem Sitz vor sich aus und schwieg.

»Als erstes wäre es logisch wegen des alten van Gelden«, versuchte es Michael, aber Balilati reagierte nicht. »Versteh doch«, sagte Michael vertrauensvoll, »ich habe hier ein Problem. Es geht um Menschen, die ich kenne. Ich kenne vor allem seine Schwester. Zum Glück, per Zufall, habe ich meine Arbeit bei der Mordkommission offiziell noch nicht wiederaufgenommen. Ich bin noch nicht zugeteilt, und so haben sie mich auf diesen Fall angesetzt. Ich will bei den Ermittlungen dabeisein. Eli und Zila haben schon mit mir gesprochen«, beeilte er sich zu erklären. »Du brauchst nicht von vorne anzufangen und mir einzureden, wie schlecht es ist, und wie schwer man objektiv sein kann, wenn man ein persönliches Interesse an einem Fall hat. Nicht daß ich einen Vorteil davon hätte, aber ich bin eben involviert, und das ist es genau, warum ich mich an dich wende. Ich möchte, daß du mich auf die Dinge aufmerksam machst, die ich wegen meiner fehlenden Distanz zu den Betroffenen übersehe. Du wirst die Dinge sehen, die ich nicht sehen kann oder nicht sehen will. Schließlich kann ich Nita auch nicht vernehmen. Außerdem«, fügte er eifrig hinzu, »müssen beide Fälle sowieso zusammen bearbeitet werden.«

Balilati holte tief Luft, blies die Wangen auf und atmete geräuschvoll aus. »Ich muß darüber nachdenken«, sagte er nach einer Pause. »Ich muß in Ruhe darüber nachdenken. Es ist keine einfache Sache. Nach dem, was Zila und Eli mir berichtet haben, hätte es jeder von dieser Klezmer-Gruppe hier getan haben können ... Fast hundert Leute kommen in Frage, sieh nur, was hier läuft, und dann lebst du auch noch mit dieser Frau!«

»Ich lebe nicht mit ihr, wir sind Partner in ein paar Dingen, wegen ... wegen des Babys.«

»Erinnerst du dich an das, was ich dir vor ein paar Tagen gesagt habe? Damals, als du zu mir ins Büro gekommen bist, als ich dir gesagt habe, daß der normale Weg, den alle gehen, eine Logik hat? Wie läuft eigentlich die Suche nach der Mutter? Man wird sie im Leben nicht finden. Ich sage dir, man wird sie nicht finden. Aber nehmen wir einmal an, die finden sie. Selbst wenn sie sie finden – es hat gar nichts damit zu tun –, meinst du nicht, daß du ein bißchen übergeschnappt bist? Das letzte, was du im Leben brauchst, ist ein Säugling ... seit wann interessierst du dich so für Kinder?«

Michael seufzte. »Wie lange?«

»Wie lange ich darüber nachdenken muß? Sagen wir ... eine Stunde, zwei Stunden?« sagte Balilati, blinzelte und grinste. »Denkst du, ich weiß nicht, daß ich ein Volltrottel bin? Wir wissen schließlich, wie es ausgehen wird. Aus Prinzip bin ich gezwungen nachzudenken. Ich bin nicht von vorgestern. Ich mag ein Trottel sein, aber ich bin mir darüber im klaren. Wenigstens soll es einen Unterschied geben zwischen mir und den Frauen, die mit wäßrigem Mund hinter dir herlaufen. Ich denke darüber nach – sie nicht.« Michael machte eine wegwerfende Bewegung und wollte fragen, von welchen Frauen er sprach, aber Balilati legte ihm die Hand auf den Arm und bremste ihn: »Wie jeder in deiner Umgebung habe ich eine Schwäche für dich, Herr Ochajon. Ich bin ein charakterschwacher Mensch. Was soll das hier, du pfeifst – und ich komme? Ich soll mich sofort einverstanden erklären ... Ich muß auch an mich denken, oder was meinst du?«

»Was riskierst du schon groß? Was ist an meiner Bitte so schlimm?«

»Machst du Witze?« sagte Balilati und streckte seine Beine noch weiter aus, verschränkte die Arme noch höher über seinem gewaltigen Bauch, glotzte auf die Bühne und die Leute, die darauf auf den Knien herumrutschten. »Man wird mich den Leiter der Ermittlungen nennen, und ich werde nichts anderes tun, als deinen Arsch zu decken? Schließlich wirst du machen, was du willst, und ich werde dein Büttel sein. Das steht von vorneherein fest. Ich hoffe, du registrierst, daß ich nicht auf der Stelle ›Nein‹ sage«, hielt er inne und drohte mit dem Finger. Sein Körper spannte sich, und fatalistisch fügte er hinzu: »Du bist es einfach gewöhnt, alles zu bekommen, worum du bittest. Du bist es gewöhnt, daß man dir nichts abschlagen kann, wenn man dir erst in die Augen gesehen hat. Gut, ich schmelze nicht vor jedem braunen Augenpaar dahin«, stieß er hervor und richtete den Blick zur Bühne. »Nicht mal, wenn es deine Augen sind. Zieh die Augenbrauen nicht so zusammen«, warnte er, als er Michael ansah. »Das zieht nicht bei mir.«

»Wie kannst du so etwas behaupten?« protestierte Michael. »Was kann man mir nicht abschlagen?«

»Gut, es klappt vielleicht nicht immer«, sagte Balilati erweicht, nachdem er ihn gemustert hatte. »Vielleicht gibt es etwas, das du wolltest und nicht bekommen hast. Obwohl du mich totschlagen könntest, und ich käme nicht darauf, was es sein sollte«, murrte er und wurde wieder weich. »Ich spreche nicht von ›allem‹, aber es gibt Bereiche, in denen du gewöhnlich bekommst, was du willst. Vielleicht bin ich ja verhindert, weil ich mit einem anderen Fall beschäftigt bin? Daß ich gar keine Zeit haben könnte, hast du daran mal gedacht?«

»Woran arbeitest du?« fragte Michael mißtrauisch.

»Sag mal, bist du gar nicht mehr bei der Sache? Liest du keine Zeitungen?! Hat dir diese Geschichte mit dem Baby – ich habe das Kind noch nicht einmal gesehen – wirklich so den Kopf verdreht? Hast du denn nicht mitbekommen, wer uns ins Netz gegangen ist?« Balilati sah ihn mit einem betont prüfenden Blick an. »Du bist nicht mehr der alte. Ich weiß nicht... du bringst mich aus dem Konzept. Du bist völlig neben der Spur.«

»In der letzten Zeit«, gestand Michael verlegen, »bin ich nicht mehr so auf dem laufenden. Es gab verschiedene Dinge...«

»Dann weißt du nicht, daß wir auf Bilder gestoßen sind, die Millionen wert sind? Picasso? Van Gogh?«

»Ich habe nichts davon gehört«, gab Michael verlegen zu.

»Wie denn auch? Du wärmst ja Tag und Nacht Fläschchen, wechselst Windeln, läufst nach Hause wie... du bist nicht bei der Sache.« Balilati schüttelte den Kopf und heftete einen nachdenklichen Blick auf einen Sitz in der Vorderreihe.

»Wie oft willst du es mir noch sagen?«

»Du hörst dich schon wie eine Frau an«, sagte Balilati vorwurfsvoll. Michael verzog das Gesicht.

»Was bist du so empfindlich, ich mag Babys auch«, sagte Balilati ruhig und energisch kauend.

»Folgende Geschichte ist passiert«, sagte er und nahm die Beine vom Sitz, »hast du überhaupt den Nerv, sie dir anzuhören? Vor ein paar Tagen ist uns eine Frau ins Netz gegangen. Sie führt ein Kunstgewerbegeschäft in Tel Aviv. Eine gewisse Clara Amojal. Wir haben sie zusammen mit einem französischen Touristen erwischt, einem gewissen Claude Rafael. Angesehene Leute, keine Kinder mehr. Die Frau ist so um die fünfundvierzig, aber sie sieht aus – sie sieht wirklich gut aus.« Er hielt inne, als sähe er sie vor sich. »Mit acht Gemälden, darunter ein van Gogh und ein Picasso.«

»Wie seid ihr auf sie gekommen?«

»Wir wären nicht darauf gestoßen, wenn wir keinen anonymen Hinweis erhalten hätten«, gestand Balilati. »Wir wären nie darauf gekommen. Jemand hat vor zwei Tagen bei der Polizei angerufen und ihr Autokennzeichen durchgegeben. Das Betrugsdezernat hat sich an den Fall gemacht, und sie haben mich hinzugezogen, denn ich hatte schon vorher wegen der Sache van Gelden Kontakt zu ihnen aufgenommen. Wie dem auch sei. Wir haben sie auf der Strecke Tel Aviv–Jerusalem verhaftet. Wegen des anonymen Anrufs. Der Anrufer hatte nur gesagt, ein verdächtiger Wagen, es lohnt sich. Moti, du kennst ihn, dieser Grünschnabel hat beschlossen, der Sache nachzugehen. Er hat den Anruf ernst genommen. Sie haben den Wagen gestoppt und sechs Gemälde gefunden. Frag nicht! ... Ein Museum! Du sitzt in einer Wohnung in Jerusalem, in Yefeh Nof. Nicht weit von dem Haus, in dem Begin wohnte. In solch einer Wohnung von Ausländern mit den sechs Bildern aus dem Auto und den zweien, die wir dort noch vorgefunden haben, und du denkst, du bist in Paris. Das Bild von van Gelden war nichts dagegen.«

»Denkst du, daß es einen Zusammenhang zu dem Bild von van Gelden gibt?«

»Ich weiß nicht, ich tappe noch im dunkeln«, sagte Balilati. »Wir haben das Paar verhört, das im Auto saß, die Kunsthändlerin und den Franzosen, aber sie wissen nichts über van Gelden. Sie sind noch nicht lange im Geschäft. Es gibt anscheinend noch einen Mann in Jerusalem, der mit den beiden zusammenarbeitet, aber den haben wir noch nicht gefunden. Ich habe sie persönlich zwei Tage lang in die Mangel genommen. Mit dem Lügendetektor und so weiter. Wegen ihres Rechtsanwalts«, knurrte er, »habe ich eingewilligt, sie laufen zu lassen, wenn der Lügendetektor nichts ergibt.«

»Du hast eingewilligt? Wie konntest du?! Ihr habt sie schon gehabt, und du hast sie freigelassen?«

»Ich habe mir ausgerechnet, daß es sich lohnt«, unterbrach Balilati ungeduldig. »Ich behalte sie im Auge. Sie werden rund um die Uhr beschattet. Sie können in keine Ecke pinkeln, ohne daß wir davon erfahren. Wir haben alles im Blick. Die Wohnung, das Auto, das Geschäft in Tel Aviv. Vielleicht bringen sie uns weiter, wenn sie draußen sind. Außerdem waren ihre Aussagen über van Gelden in Ordnung. Da haben sie wohl die Wahrheit gesagt. Sie wissen nichts darüber. Interpol hat ein großes Interesse an diesem Fall.«

»Falls die Bilder keine Fälschungen sind«, warf Michael ein.

»Selbst wenn es Fälschungen sind, dann auf einem sehr hohen Niveau. Seit zwei Tagen wird überprüft, ob es sich um Originale handelt oder nicht, und es liegen noch keinerlei Hinweise auf Fälschungen vor. Es ist eine Sache für sich, das zu überprüfen. Hast du das gewußt? Das Labor der Spurensicherung ist ein Witz dagegen, mit all den Mikroskopen und den Scannern. Weißt du, wie man ein altes Gemälde auf Echtheit überprüft?«

Michael schüttelte den Kopf.

»Vielleicht hast du es ja auch an der Uni studiert?«

Michael schüttelte energisch den Kopf. »Ich habe nicht die geringste Ahnung«, versicherte er.

»Gut«, seufzte Balilati zufrieden. »Ich kann dir einen Vortrag darüber halten. Du wirst dich wundern, was ich mittlerweile alles über Farben weiß!«

Michael murmelte ein paar anerkennende Worte.

»Du glaubst es nicht«, sagte Balilati beharrlich, »es ist eine Welt für sich! Ich sage dir, eine Welt für sich! Zum Beispiel, wenn ein Maler, der im 17. Jahrhundert gelebt hat, sich ein bestimmtes Blau vorgestellt hat, sagen wir Ultramarin, kennst du dieses Blau?«

Michael betrachtete die Leute von der Spurensicherung, die von der Bühne stiegen und nun im Saal ausschwärmten, und die beiden, die die Sitzreihe umkreisten, in der er und Balilati saßen, den Bereich hinter ihnen untersuchten und sie jeden Augenblick erreichen würden. »Gut, es ist solch ein tiefes Blau«, fuhr Balilati belehrend fort. »Im 17. Jahrhundert benutzte man dazu einen Edelstein. Ich kenne ihn zufällig, denn Mati steht auf diese Klunker. Ich hatte auch mal was mit einer Goldschmiedin, oder so was Ähnliches. Nun ja, es gibt einen Stein, den man Lapislazuli nennt und den die alten Ägypter liebten. Kennst du ihn?«

»Ich glaube, ja«, nickte Michael. »Aber ich bin mir nicht sicher«, fügte er hinzu.

Balilati schien zufrieden. »Den pulverisierten Stein benutzte man auf jeden Fall im 17. Jahrhundert, um das Ultramarin herzustellen. Du bist doch Historiker, oder etwa nicht?«

Michael lächelte.

»Das ist geschichtliches Wissen«, versicherte Balilati. »Erst im 19. Jahrhundert begann man, dieses Blau synthetisch herzustellen. Wenn das alles nicht weiterhilft, weißt du, was dann die Ultima ratio ist?«

»Nein, was denn?«

»Die Ultima ratio«, sagte Balilati verheißungsvoll, sich an seiner Ausdrucksweise labend, »bedeutet, daß du ihnen das Bild bringst, dann beschießen sie es mit radioaktiven Strahlen, und später legen sie einen Film auf das Bild und messen zu unterschiedlichen Zeiten die Strahlung der chemischen Substanzen. Hast du das gewußt?«

»Nein, es scheint mir unglaubwürdig«, sagte Michael,

der sichtlich verblüfft war. »Bist du sicher? Ist das eine zuverlässige Information?«

»Was redest du da?« sagte Balilati beleidigt. »Wenn ich es sage!« Er legte die Hand aufs Herz. »Ich habe es von den größten Experten! Ich sitze schon zwei Tage mit einer Dame von Interpol zusammen, einer Französin, die darauf spezialisiert ist, gut, sie hat noch ein paar andere Spezialgebiete«, fügte er mit einem Augenzwinkern hinzu. »All das habe ich von ihr gelernt. Später kann man die Untersuchungsergebnisse mit der chemischen Analyse vergleichen. Man geht noch ganz anders vor, wenn das Bild auf Holz gemalt ist, wie es in Italien bis zur Mitte des 16. Jahrhunderts üblich war und in Holland bis zum Anfang des 17. Jahrhunderts. Hast du gewußt, daß sie die Jahresringe an der Holzkante zählen?«

Michael schüttelte den Kopf. Die Leute von der Spurensicherung waren schon sehr nah.

»Was ich alles über das Alter des Holzes gelernt habe, auf das man gemalt hat!«

»Van Geldens Bild war auf Leinwand gemalt«, erwähnte Michael.

»Ich weiß.« Balilati schüttelte seinen Arm aus und klopfte sich auf die Hüfte. »Ich habe es dir nur erklären wollen.«

»Müssen wir hier weg?« fragte Michael Schimschon von der Spurensicherung, der am anderen Ende der Reihe stand.

»Sie können noch einen Moment sitzen bleiben«, sagte Schimschon und unterhielt sich weiter mit dem Mann an seiner Seite.

»Willst du dir über die Vorkommnisse hier einen Überblick verschaffen?« fragte Michael Balilati, der den Kopf vorstreckte, grinste und sagte: »Warum nicht? Es schadet nichts, informiert zu sein. Hier herrscht eine Affenhitze. Was suchen sie da?«

Michael klärte ihn auf.

Balilati verzog skeptisch das Gesicht. »Wie sollte die Tatwaffe in den Saal gelangen? Wenn es einer von denen war, liegt sie wahrscheinlich näher bei der Leiche. Ob es nun eine Saite war oder ein Stück Draht, ich würde mich auf die Hinterbühne konzentrieren. Auch auf die unwahrscheinlicheren Plätze wie Kochecken, Büroschränke. Es ist gar nicht sicher, daß die Tatwaffe noch hier ist. Nur wenn der Mörder auch noch hier ist.«

»Ich hätte gern«, zögerte Michael, als sie aufstanden, um aus dem Saal zu gehen, »daß du mit Nita sprichst, wenn sie wach wird. Daß du sie ver ... daß du ihr die notwendigen Fragen stellst. Auch nach ihren Ersatzsaiten.« Balilati blieb zwischen dem Ende der Reihe und der Holztür stehen.

»Ich bitte dich darum«, sagte Michael. »Ich kann es nicht.«

Balilati neigte den Kopf zur Seite und schnalzte mit der Zunge. »Was willst du Schorer sagen?«

»Eins nach dem anderen«, murmelte Michael.

»Er hätte dich nie im Leben geschickt, wenn er gewußt hätte ...«

»Schimschon!« rief jemand hinter der Bühne, und der Schrei klang nach Dringlichkeit. »Schimschon!« Schimschon verließ die letzte Reihe vor den Rängen und sprang gelenkig auf die Bühne. Michael machte Balilati ein Zeichen, und beide kletterten ebenfalls auf die Bühne. Hinter der Bühne stand ein Kollege von der Spurensicherung, dessen Gesicht vor Schweiß glänzte. »Hier drin, einfach so«, sagte er fassungslos und zeigte auf ein altes Klavier, das am rechten Ende des Flurs stand, an der Stelle, an der der Flur eine Biegung machte und zu den Stufen des Hinterausgangs führte. Auf dem schmalen Klavier türmten sich Noten, alte Zeitungen, eine dicke Rolle gelblichen Klebebands von der Sorte, die im Golfkrieg zur Abdichtung von Fenstern und Türen gedient hatte. Eine dicke Staubschicht lag über allen Gegenständen, und Stapel von alten Zeitungen und Noten häuften sich auf dem Boden, zu Füßen des alten Instruments. »Es war reiner Zufall. Ich habe einfach den Deckel hochgehoben. Er war voll beladen, als ob man ihn seit Jahren nicht berührt hätte«, sagte er. Ein triumphierender Stolz lag in seinem Lächeln. Schimschon nahm vorsichtig den dünnen Draht, dessen Ende um ein kleines Holzstück geschlungen war und den er in Händen hielt, als wäre er eine Hostie. Er pustete behutsam. Michael ging auf die Männer zu, Balilati lehnte sich in ihrer Nähe gegen die Wand.

»Was sagen Sie dazu?« fragte Michael Schimschon.

»Es kann sein, durchaus, es ist möglich, aber wir müssen es erst überprüfen. Klar, daß man sie vorher abgewischt hat«, murrte er, als er durch die Lupe schaute, die Jafa über die Saite hielt, die er zwischen seinen Händen spannte. »Sie ist mindestens einen Meter lang«, sagte er befriedigt.

»Hier, in die Plastiktüte!« sagte jemand mit einem siegesgewissen Gesichtsausdruck.

»Jetzt sucht noch nach den Handschuhen«, sagte Schimschon. »Wenn wir eine Saite haben, müssen irgendwo Handschuhe sein. Ohne Handschuhe kann man so etwas nicht machen, ohne sich selbst zu schneiden. Haben Sie sämtliche Hände untersucht?«

»Wir sind noch dabei«, versicherte Michael. »Wir werden alle Hände überprüfen. Bis jetzt haben wir noch keine Schnitte entdeckt.«

»Gut, ein Musiker kann sich keinen Schnitt in die Hand erlauben«, dachte Schimschon laut und zerstreut, während er die Saite in eine durchsichtige Tüte gab. »Gott war Ihnen gnädig. Anscheinend unterhalten Sie Beziehungen zu ihm«, sagte er zu Michael. »Alle Achtung, man muß verlieren können. Dann habe ich mich also geirrt. Touché!« verkündete er, zog einen imaginären Hut vom Kopf und verneigte sich tief.

»Bringt die Tüte zu Solomon«, sagte Michael, »er kann feststellen, ob das die Tatwaffe ist.«

»Wir haben die Rollen getauscht«, grinste Schimschon, »jetzt sind Sie dran, zu zweifeln und auf Fakten zu warten. Wie auch immer, Hauptsache, wir haben etwas gefunden.«

»Handschuhe? Nach Handschuhen sucht ihr?« war ein Ruf aus der Ecke, in der das Klavier stand, zu hören. Jafa, die beide Hände ausgestreckt hatte, wedelte mit einem Paar hellbrauner Handschuhe aus feinem Leder und lächelte breit. Schimschon sprang auf sie zu und riß ihr die Handschuhe aus den Händen. »Wo haben sie gesteckt?« wollte er wissen. »Hier, hier haben sie ganz unschuldig zusammengefaltet gelegen«, sagte Jafa und zeigte auf den Boden vor dem Klavier. »Dort waren sie.«

»Es sind keine einfachen Handschuhe«, sagte Balilati, »sie sind aus einem weichen, besonderen Leder, der Besitzer läßt sich sicherlich ermitteln.«

»Wir müssen die Musiker auch dazu befragen«, sagte Michael und befühlte das weiche Futter des hellen, harten Leders.

»Sie könnten einer Frau oder einem Mann gehören«, bemerkte Schimschon. »Sie passen einer ziemlich großen Hand.«

»Viele Musiker haben große Hände«, sagte Jafa. »Ich habe heute auch bemerkt, daß die meisten lange Arme haben.«

»Als ob der Körper sich den Bedürfnissen anpaßt«, spottete Schimschon und legte die Handschuhe vorsichtig in eine kleine Tüte. »Das beste wäre es«, dachte er laut, »wenn wir alle mit ins Labor nehmen und die Hände dort nach Fellresten überprüfen könnten.«

»Es ist zu spät«, warf Balilati ein, »sie haben sich die Hände gewaschen, nachdem wir die Fingerabdrücke abgenommen haben, vor allem der, bei dem man etwas hätte finden können.«

»So etwas gibt es nicht«, ereiferte sich Schimschon. »Unter den Fingernägeln wird man immer fündig. Es dauert Tage, bis kein Rückstand mehr auszumachen ist.«

»Gibt es keine Fingerabdrücke in den Handschuhen? Kann man im Futter keine Fingerabdrücke sichtbar machen?«

»Das werden wir überprüfen und feststellen lassen«, murmelte Schimschon. »Aber man muß ihre Hände untersuchen.«

»Das machen wir«, versprach Michael, »nur müssen wir berücksichtigen, daß eventuell gerade der, den wir suchen, nicht mehr hier ist.«

Schimschon händigte Jafa die verschlossene Tüte aus. Sie standen noch im Flur neben dem alten Klavier. Einer der Leute von der Spurensicherung leerte den Inhalt des Papierkorbs, der in der Ecke stand, in eine große Plastiktüte. Michael starrte auf die Hände des Mannes, die in durchsichtigen Handschuhen steckten und zwischen einem verrotteten Apfel und Butterbrotpapier herumwühlten. Als er die Klänge hörte – die anderen redeten weiter, als wäre nichts geschehen, bis auf Balilati, der sich aufrichtete, den Kopf zur Seite legte und sich wieder gegen die Wand lehnte –, fror er zu Eis. Sein Herz raste. Von weitem, aus der Richtung von Theos Büro, war deutlich der warme Klang eines Cellos zu hören. Als Michael eilig in den zweiten Flügel auf Theos Büro zusteuerte, identifizierte er schon die Klänge. Als er die Tür erreichte, hatte er keinen Zweifel mehr daran, daß jemand auf wunderbare Weise ein vertrautes Stück spielte, vielleicht ein Stück von Bach, aber dann hörte er das Kratzen und das dumpfe Geräusch und erkannte, daß es eine Schallplatte war, eine alte Schallplatte und nicht Nita.

Im Raum stand Theo neben dem Radio – seine Hand war in der Luft über dem Knopf erstarrt –, das zu voller Lautstärke aufgedreht war. Sein Gesicht war kreidebleich und hatte einen entsetzten Ausdruck. »Ich hatte nicht vor, Musik zu spielen, ich wollte nur die Nachrichten hören, vielleicht berichten sie ja schon darüber«, sagte er mit zittriger Stimme. »Ich habe es nur angeschaltet. Die Musik wollte ich nicht hören. Es war Zufall. Denn hier ist immer der Musiksender eingestellt.«

Michael stand in der Tür und sah Nita an, die auf dem Rücken lag. Ihre offenen Augen mit den großen Pupillen waren auf die Decke gerichtet. Heisere Klänge einer alten Aufnahme erfüllten den ganzen Raum. Jetzt, als Michael in das Zimmer trat, hörte er plötzlich auch den leisen Klang der begleitenden Orgel.

»Die Lautstärke war schon voll aufgedreht«, flüsterte Theo, »ich konnte nicht mehr abschalten, wegen Thelma Yellin«, verteidigte er sich, als die Musik verstummte, und zeigte auf Nita, die den Blick nicht von der Decke nahm.

»Sie hörten das Adagio aus einer Tokkata in c-Moll für Cello und Orgel von Johann Sebastian Bach«, verkündete die Sprecherin in feierlichem Ton und fügte hinzu, daß es eine Archivaufnahme von Kol Israel aus den fünfziger Jahren war, eine besondere Bearbeitung der Tokkata, gespielt von der Cellistin Thelma Yellin, aus Anlaß des hundertsten Geburtstags der Künstlerin. In der Zeit, die bis zu den Nachrichten blieb, erwähnte die Sprecherin, daß Thelma Yellin, die eine Schülerin von Casals war und viel für die Musik in Israel geleistet hat, 1959 im Alter von vierundsechzig Jahren starb.

Theos Hände zitterten. Michael lehnte sich gegen die Wand. Nita bewegte den Kopf nicht, ihre Augen, die wegen der großen Pupillen sehr dunkel waren, waren immer noch zur Decke gerichtet, und ihre Stimme klang heiser und rauh, als sie sagte: »Vielleicht bin ich die nächste – und aus und vorbei.«

Michael setzte sich neben sie auf das Sofa. »Wovon redest du?« fragte er bestürzt und legte seine Hand auf ihren Arm.

»Es kann kein Zufall sein, daß sie Thelma Yellin spielen«, murmelte sie und schloß die Augen. »Es ist ein Zeichen ...«

»Ein Zeichen wofür?«

»Ein Zeichen dafür, daß ich die nächste bin, zuerst Vater, dann Gabi und dann ich.«

Michael hielt ihre Hand, die kühl und trocken war. Er wollte sie schütteln oder umarmen, aber er unterdrückte diesen Wunsch.

»Und Theo kommt auch noch dran. Nach mir oder vor

mir«, sagte sie, als würde sie die Worte nacheinander ausspeien. Plötzlich wurde ihr Gesicht fahl. Sie richtete sich auf und sagte: »Und Ido? Was wird aus Ido? Wo ist Ido?« Sie zitterte am ganzen Körper und stellte die Beine auf den Fußboden.

»Es geht ihm gut, ich verspreche es dir, ich habe vor einer Minute mit der Kinderfrau gesprochen, es geht ihm sehr gut.«

»Aber nach mir, was wird nach mir aus ihm. Wer wird ihn großziehen?«

»Es wird kein nach dir geben!« sagte Michael. »Du bleibst am Leben.«

»Bis in alle Ewigkeit«, sagte Nita, »wie wir alle.«

»Du lebst«, sagte Michael und legte nun den Arm um sie. Theo ließ sich auf den Stuhl fallen und verbarg sein Gesicht in den Händen. Michael drehte sich um, denn er spürte, daß sie nicht allein im Zimmer waren. Balilati stand in der Tür und betrachtete schweigend das Geschehen. Michael sah ihn fragend an. Balilati zog sich mit einem Achselzucken zurück. Michael ging zu ihm.

»Sie ist wach geworden«, sagte er zu Balilati. »Es wäre gut, wenn sie jetzt nach Hause gebracht werden könnte. Man sollte gleich mit ihr reden, aber ich will nicht derjenige sein, der die beiden in dieser Situation nach Hause fährt. Wirst du sie begleiten? Wirst du in Nitas Wohnung mit ihnen sprechen?«

»Habe ich eine Wahl?« Balilati kramte in seinen Taschen, zog einen Fetzen Papier heraus und hielt die Hand ein Stück von sich weg. »Was steht hier?« fragte er schließlich. »Welche Uhrzeit steht hier? Meine Brille ...«

»Halb sechs.«

»Steht dort Israel-Museum?« fragte er laut, während er auf eine nonchalante Miene achtete.

»Ja, hier steht auch eine Telefonnummer.«

»Im Moment habe ich Zeit, aber später habe ich einen Termin in der Bildersache im Museum. Ich treffe mich mit einem erlesenen Experten ... Gut, vielleicht schicken wir jemand anderen ins Museum. Mal sehen. Ich brauche dort auch eine Frau, wenn ich mit den beiden fahre«, sagte er. »Ich nehme die mit der tollen Figur, wie heißt sie noch, die junge da? Dalia?«

»Dalit.«

»Die nehme ich, und du?«

»Ich komme auch kurz mit, aber zuerst spreche ich mit dem Manager des Orchesters, anschließend muß ich den Mann aufsuchen, der mit dem Opfer zusammengelebt hat. Inzwischen wird Zila ihn ausfindig machen«, überlegte Michael laut.

»Welchen Mann?«

»Nicht jetzt«, antwortete Michael zerstreut.

»Wer wird uns die Journalisten da draußen vom Hals halten?« klagte Balilati. »Und was machen wir mit den Paparazzi vor ihrer Wohnung? Wie lange werden wir unseren Aufenthalt dort geheimhalten können?«

»Laß Nita keine Nachrichten sehen«, warnte Michael, »auch nicht hören. Nichts.«

»Ohne viel Federlesen hast du mich in die Sache hineingezogen«, sagte Balilati, als sie in der Wohnung standen, nachdem Balilati rücksichtslos einen Weg durch die Presse gebahnt hatte und die Journalistin, die vor der Wohnungstür lauerte, beiseite geschoben hatte. (»Meine Gnädigste«, hatte Michael ihn sagen hören, »heute läuft hier gar nichts, das garantiere ich Ihnen.«) Er hatte Nita in die Wohnung geleitet, deren Gesicht er aufmerksam verdeckt gehalten hatte, und Nita hatte sich mit zittrigen Beinen auf das Sofa im Wohnzimmer fallen lassen.

Michael, der das Baby auf dem Arm hielt, reagierte nicht. Er legte seine Wange an die Wange der Kleinen. Ihr Kopf fiel in den Nacken, als ob sie sein Gesicht aus der Entfernung überprüfen wollte. In ihren Augen schwankte die Schattierung zwischen bläulich und braun. In diesem Moment war es eine Art Metallbraun. Er streckte die Arme ein wenig von sich, damit sie sein Gesicht aus dem rechten Abstand sehen konnte, und zog die Nase kraus. Sie sah ihn ernst an und setzte plötzlich ein zufriedenes, vertrauensvolles Lächeln auf.

»Sie ist süß«, sagte Balilati, der direkt hinter Michael stand. »Sie scheint mit dem Leben zufrieden zu sein«, sagte er, »eine, die es gut getroffen hat.«

»Natürlich hat sie es gut getroffen«, protestierte Michael und legte erneut sein Gesicht gegen ihre Wange. »Nechama«, murmelte er in ihr Ohr, »Nechama.«

»Ist das der Name, den du ihr gegeben hast?« staunte Balilati. »Nechama? Nach jemandem, den du kennst?«

»Sie heißt Noa«, antwortete Michael, ohne weitere Erklärung. Ein Gefühl der Verlegenheit überkam ihn, als er sah, wie er sich in Balilatis betretenem, zweifelndem Gesicht spiegelte. »Hältst du mich für einen Idioten?« fragte er schließlich.

»Quatsch«, protestierte Balilati, »es ist nur ein bißchen ungewohnt, denn ... Was machen wir denn jetzt mit ihr, wenn du zur Wohnung des Opfers fährst? Hast du die Spurensicherung bestellt?«

»Sie kann bei mir bleiben«, sagte Nita in ihrer normalen Stimme von ihrem Platz auf dem Sofa.

»Sie und Ido bleiben hier bei mir und Theo. Und bei euch«, sagte sie und sah zaghaft auf Dalit, die auf einem der Stühle in der Eßecke saß.

Michael zuckte nicht mit der Wimper und fragte nicht einmal das zu erwartende »Bist du dir sicher?« Aus Erfahrung wußte er, daß die Bewältigungsstrategien mancher Hinterbliebener erstaunlich waren. Es gab keinen Grund, ihr nicht zu erlauben, die Aufsicht über die Kinder zu übernehmen. Sie war auch nicht allein. Sie sah ihn an, als könne sie seine Gedanken lesen: »Wenn man lebt – dann lebt man«, sagte sie ihm, »solange man nicht gestorben ist. Ich darf nicht sterben«, sagte sie, »alleinerziehende Eltern sterben nicht, sie dürfen es nicht.«

Ido saß auf ihren Knien und riß gurgelnd an ihren Lokken. Die beiden Babys waren friedlich, als ob in ihrer Welt nichts geschehen wäre. Das Telefon klingelte. Nita rührte sich nicht, und Michael hob den Hörer ab. Von der anderen Seite der Leitung war eine Pause zu hören, bevor eine tiefe, männliche Stimme zögernd nach Nita fragte. Michael machte ihr ein Zeichen mit dem Kopf. »Wer ist es?« fragte sie. Michael zuckte mit den Schultern. Sie rührte sich nicht. »Sie will wissen, wer am Apparat ist«, sagte er in den Hörer. Von der anderen Seite war ein Stottern zu hören, dann ein Schweigen, und der Signalton ertönte. »Aufgelegt«, sagte Michael.

Wieder läutete das Telefon. »Ich habe ihn gefunden«, sagte Zila am anderen Ende der Leitung. »Ich habe die Adresse. Ich habe ihn noch nicht informiert. Er – er hat keine Ahnung. Am besten machst du dich gleich auf den Weg. Sie bringen es schon in den Sieben-Uhr-Nachrichten. Dann wird er davon erfahren.« Er notierte die Adresse auf die Ecke eines Briefumschlags. »Es ist neben der Hapalmach-Straße«, sagte Zila. »Kennst du die Straße? Es gibt keine Zufahrt von ...«

»Ich werde es schon finden«, versicherte Michael und sah Balilati an, der das Aufnahmegerät auf den Eßtisch legte. Als er an der Tür stand, sah er, wie Theo sich aus dem Korbsessel erhob, die Hände in die Taschen steckte und seinen Marsch Richtung Balkontür aufnahm.

7

Eva mit den drei Gesichtern

An ihren unwirschen Gesichtern war zu ersehen, daß die beiden Männer schon lange im Streifenwagen der Spurensicherung in der Nähe der Wohnung Gabriel van Geldens warteten. Michael hielt hinter dem Streifenwagen und ging auf die beiden zu. »Sind Sie Kommissar Ochajon?« fragte der ältere der beiden, der auf dem Beifahrersitz saß. Michael nickte.

»Wir haben auf Sie gewartet«, sagte der Fahrer, ein junger Mann mit buschigen Augenbrauen und vernarbtem Gesicht, der sich am Ohr kratzte. »Sollen wir mitkommen?«

»Nein, warten Sie hier unten«, antwortete Michael abwesend.

»Rufen Sie uns, wenn Sie soweit sind«, bat der jüngere. Der ältere Mann fuhr sich mit dem Handrücken über sein rotes Gesicht. »Wird es lange dauern?« rief er hinter Michael her.

Michael drehte sich achselzuckend um. »Ich hoffe nicht, aber man kann nie wissen«, sagte er und fragte sich, ob er die Kollegen zu früh bestellt hatte. Andererseits, dachte er stur, war es besser, wenn sie auf ihn warteten als umgekehrt.

»Man hätte uns auch für später herbeordern können«, wagte der Mann mit dem roten Gesicht, der stark schwitzte, einzuwenden. Michael gab keine Antwort und ging auf das dreistöckige Gebäude mit der abgerundeten Fassade zu. Am Eingang blieb er stehen und sah nach oben. Gelbliches Licht brannte in einem Fenster im dritten Stock. Vor ein paar Wochen hatte man die Zeit umgestellt, und Michael hatte sich noch nicht daran gewöhnt, daß es um sechs Uhr dreißig schon dunkel wurde.

Immer wenn es ihn beim Anblick eines Menschen schauderte, der hemmungslos über den Verlust eines geliebten Menschen weinte, immer wenn er den Schock und die Fassungslosigkeit sah, die dem tatsächlichen Begreifen des Geschehenen vorangingen, war Michael überrascht, wie wenig ihn diese zur Routine gewordenen Situationen abgestumpft hatten. Erneut stellte er fest, daß ihn dieser Anblick keinesfalls kaltließ. Er schien sogar noch verletzlicher und empfänglicher für den Schmerz anderer zu werden, was auf eine Schwäche hindeutete, tadelte er sich in diesem Moment, als er angespannt vor dem Mann saß, der leise weinte. Der Glastisch, der auf einem Metallbein stand, trennte sie. Isi Maschiach saß in der Mitte des schwarzen Ledersofas, Michael in einem tiefen, breiten Sessel vor ihm, der ebenfalls mit weichem, schwarzem Leder bezogen war. Ein Sessel, der ihn in sich versinken und ihn seine Armmuskeln spüren ließ, während er sich mühsam auf die breiten Lehnen stützte, um nicht noch tiefer zu sinken. Er studierte aufmerksam Isis Reaktionen, versuchte sein Mitgefühl zu unterdrücken und beeilte sich, Isi der Gruppe von Menschen zuzuordnen, die ihr Gesicht wahrten. Den Menschen, die ihre Umgebung nicht mit Schreien und Kreischen belasteten, deren Weinen zurückhaltend und gefaßt war. Ihre Gesichtszüge verwandelten sich nicht in starre Masken, die deutlich machten, daß sie nicht mehr von dieser Welt waren, daß ihre Seelen zu anderen Ufern übergetreten waren, weil sie die Last der Fakten nicht ertragen konnten. Sie flüchteten sich in etwas, was der Polizeipsychologe Elro'i als »völlige Absence, als eine Bewußtseinstrübung – einen Schutz vor seelischer Überflutung« bezeichnete. Die Wirkung dieses Schmerzes auf sich selbst, das zehrende Mitleid, das er fühlte, durfte er nicht an sich heranlassen. Er mußte sich abgrenzen, warnte er sich, als er langsam das Aufnahmegerät anschaltete, sich mit der Kassette herumschlug und das Gerät auf dem Glastisch deponierte, während Isi das Zimmer verließ.

Isi ging zur anderen Seite der Wohnung, und von dort war

deutlich das Geräusch fließenden Wassers zu hören, ein heiseres Schluchzen, das Hochziehen einer Nase und wieder fließendes Wasser. Dann herrschte lange eine unangenehme Stille. Bis Isi erschüttert zurückkam, sich wieder in die Mitte des schwarzen Sofas setzte und kein Wort über das Aufnahmegerät verlor, das bei jeder Umdrehung ächzte. Michael und Isi schwiegen.

Obwohl er jetzt weinte und ein Mann zu sein schien, der sich seiner Tränen nicht schämte, war nichts Weibliches an ihm. Bevor Michael es ihm gesagt hatte, als Isi ihm die Tür geöffnet hatte, schien es, daß er rasch von seinem mit Papieren überhäuften Schreibtisch aufgesprungen war, die sich neben einem Computer stapelten, auf dem in grünlichem Licht Tabellen mit langen Zahlenreihen leuchteten. Isi Maschiach hatte die Tür geöffnet, als hätte er angespannt auf ein Klingeln gewartet. Er hatte den Mund geöffnet, um etwas zu sagen, war regungslos stehengeblieben und hatte Michael mit einer Verblüffung angestarrt, die sich in offene Enttäuschung verwandelt hatte. Es stellte sich heraus, daß er auf den Klempner gewartet hatte, der ein Leck in einem Heizungsrohr beheben sollte. Eine Plastikschüssel stand unter dem weißen Rohr und fing ein dünnes Rinnsal braunen, rostigen Wassers auf. Seit dem Mittag erwartete er den Klempner, sagte er, noch bevor er Michael fragte, was er hier wolle, und ihm zulächelte, als er ihn wiedererkannte. Er erinnerte sich an Michael von einem Besuch während der Trauertage für Felix van Gelden. Er bat ihn mit einladender Geste in die Wohnung. Dann beklagte er sich über den Klempner, sah auf die Uhr und bemerkte, daß Gabi noch nicht zu Hause sei und sicherlich jeden Moment eintreffe. Er hatte keine Ahnung, wo Gabi sich herumtrieb, sagte er verwundert und schlug vor, daß Michael hier auf ihn wartete, während er auf den schwarzen Sessel deutete.

Schon im ersten Moment hatte Michael erkannt, daß sein Besuch Isi Maschiach nicht überraschte. Der war überzeugt, Michael hätte sich in der Sache Felix van Gelden oder wegen Nita herbemüht. Darum befürchtete Michael, seine Fragen über Isis Tagesablauf könnten deplaciert erscheinen. Dennoch fragte er, zweimal, ob Isi Gabi am Vormittag gesehen habe, ob er die Probe besucht habe, ob er mit ihm telefoniert habe. Isi Maschiach erteilte bereitwillig Auskunft. Er hatte tatsächlich gegen ein Uhr Mittag in der Pause mit Gabi telefoniert und von der Geschichte mit Teddy Kollek, der Störung der Probe und ihrer Verlängerung erfahren. Gabi machte einen angespannten Eindruck, erzählte er besorgt. Er genoß es, daß er zeigen konnte, wie vertraut er mit Gabi war und wie gut er ihn kannte.

»Er hat heute einen schweren Tag«, erklärte er mit verzogenem Mund, zusammengepreßten Lippen und einem Schnalzen, das seinen Stolz nicht verhehlen konnte. Gabi sei sehr nervös gewesen, erklärte er weiter aus freien Stücken. Sein Gesicht nahm einen vorwurfsvollen Ausdruck an, wie das Gesicht eines Menschen, der sich gegen die Strapazen und Mühen ereifert, die die Welt seinem Liebsten auferlegt. »Wegen der Termine mit allen möglichen Musikern, die nach der Probe für sein Ensemble angesetzt sind. Vor allem, weil er eine Auseinandersetzung mit einer der zweiten Geigerinnen des großen Orchesters befürchtet.« Er sprach von dem Orchester, dessen musikalischer Leiter Theo war. Die Geigerin würde aufgrund ihrer jahrelangen Zugehörigkeit darauf beharren, in Gabis Barockensemble aufgenommen zu werden. Außerdem sei sie auf zusätzliche Einnahmen angewiesen (»es ist kaum zu glauben, welche Ansprüche die Menschen stellen«, hatte Isi gemurmelt). »Er ist sicherlich ihretwegen noch nicht zurück«, meinte er lachend, »sie scheint ihn aufzuhalten, diese Furie.« Er schüttelte sich. »Theo hatte auch schon Probleme mit ihr, als sie in die Gruppe der ersten Geiger aufsteigen wollte.« Er selbst habe sie einmal getroffen, als er Gabi abholte. Sie habe in der Eingangshalle des Konzertzentrums vor einer großen Gruppe von Musikern über den Frust der Musiker lamentiert, die in den hinteren Reihen spielten und die keiner aus dem Publikum sehen konnte. Sie hatte verlangt, wenigstens eine Rotation der Sitzplätze einzuführen. »Theo macht dies wirklich manchmal. Einmal alle paar Monate – er hat es mir selbst erzählt – wechseln sie die Plätze, vor allem die Streicher. Er bringt beispielsweise einen erfahrenen Bratschisten nach vorne, um die Motivation zu steigern. Ich erzähle es Ihnen, weil Nita sagt, daß Sie quasi zur Familie gehören ...« erklärte er. »Ich langweile Sie mit Details ...« Er wurde verlegen und schwieg. »Er kommt gleich«, versicherte er erneut und bot ein warmes oder kaltes Getränk an.

Michael hatte sich unbehaglich umgesehen. In der bedrückenden Anspannung dessen, der gezwungen ist, einem Menschen mit solch bodenloser Ironie gegenüberzutreten, inspizierte er das Zimmer, das sehr gepflegt war und in dem eine warme, familiäre Atmosphäre herrschte. Ein paar blühende Zimmerpflanzen, kleine rötliche Blumenstauden auf der Fensterbank.

Schon im Erdgeschoß hatte er den Chor gehört. Es ärgerte ihn, daß er das Musikstück nicht erkannte, obwohl es ihm bekannt vorkam. Die Musik war verstummt, als er im Wohnzimmer stand, das auch als Arbeitszimmer diente. Aus den Augenwinkeln hatte er die kleine Stereoanlage gesehen. Isi hatte vorsichtig auf die Schallplatte gepustet, sie in die Hülle geschoben und den Plattenspieler mit dem durchsichtigen Deckel geschlossen, während Michael mit anerkennender Ehrfurcht das Cembalo betrachtet hatte, das in der Ecke in der Nähe des Schreibtisches stand. Ein kleines Möbelstück aus Nußbaumholz, das wie der Bruder von Nitas Wohnzimmerschrank aussah, nur daß keine Cherubim darauf schwebten, sondern eine Reihe vergoldeter Löwen die Vorderseite schmückte. Der Deckel des Cembalos war geöffnet, und über den gelblichen Tasten stand ein aufgeschlagenes Notenheft. »Welches Stück hat dieser Chor gesungen?« hatte er zu fragen gewagt. Immer war er ängstlich bedacht, bei keiner Bildungslücke ertappt zu werden.

Isi hatte gelächelt. »Es waren nur vier Stimmen«, hatte er

gesagt und mit der Schallplattenhülle gewedelt. »Das ›Stabat mater‹ von Pergolesi, kennen Sie es nicht?« hatte er erstaunt gefragt. Michael hatte den Kopf geschüttelt und, um Zeit zu gewinnen, die Hülle studiert. »Nur vier Stimmen?« hatte er bewundernd gesagt. »Es klingt wirklich wie ...«

Isi hatte ihn nachsichtig angesehen. »Es ist eine ausgezeichnete Aufnahme«, bemerkte er trocken, mit seiner tiefen angenehmen Stimme. Isi Maschiach war klein, er hatte breite Schultern und einen stämmigen Körperbau. Seine Haut war hell und empfindlich, und er hatte sich wohl ein bißchen zu lange in der Sonne aufgehalten. Sein graues, welliges Haar war zurückgekämmt und legte eine hohe, glatte Stirn frei. Das runde und fliehende Kinn verlieh seinen Gesichtszügen etwas Verbittertes und Labiles und ließ zugleich ein gewisses Harmoniebedürfnis erkennen.

Isis erste Reaktion auf Gabis Tod war das Zucken eines Lächelns. Sein kleiner, schmaler Mund hatte sich zusammengezogen, bevor er einen seltsamen Laut, beinahe ein Lachen, ausgestoßen hatte, das zu einem Stöhnen geworden war, als er das Wort »ermordet« realisierte. Er hatte die Hornbrille abgesetzt, als er Michaels sachlichem Bericht zuhörte, den dieser erst dann erteilte, nachdem Isi all seine Fragen beantwortet hatte. Zuerst hatte Isi erklärt, daß er selbst das Haus nicht verlassen habe, weil er bis zum nächsten Tag einen Forschungsantrag formulieren mußte, an dem er voraussichtlich noch die ganze Nacht arbeiten würde. Später hatte er bemerkt, daß er eh das Haus nicht verlassen konnte, weil er auf den Klempner warten mußte, und erst zum Schluß hatte er sich über die Frage gewundert.

Michael hatte keinerlei Ängste hinter der Verwunderung wahrgenommen. Isi schien nichts von dem Mord zu wissen. Seine hohe Stirn hatte sich vor Verblüffung in Falten gelegt, die er aus Höflichkeit zu verbergen versucht hatte. Und dennoch hatte er freimütig erklärt, daß in der Tat niemand bezeugen konnte, daß er das Haus nicht verlassen hatte, bis vielleicht auf die Sekretärin im Institut, mit der er zweimal im Laufe des Tages gesprochen hatte. »Einmal hat sie mich angerufen, das zweite Mal habe ich angerufen«, hatte er gesagt und Michael mit wachsender Verwunderung über dessen detaillierte Fragen gemustert. Erst nach und nach hatte sich Unbehagen in seine Stimme geschlichen. Er hatte den Goldring gedreht, als er aufgefordert worden war zu sagen, wann genau die Sekretärin angerufen hatte. Solch einen Schlangenring, war Michael eingefallen, hatte Gabriel van Gelden am linken Ringfinger getragen.

Isi hatte den Ring schließlich abgestreift und auf den Glastisch gelegt. »Müssen Sie das so genau wissen?« Er hatte sich über die Frage gewundert, Michael angestarrt, der genickt hatte, und eingestanden, daß er sich nicht erinnerte. »Obwohl«, war ihm plötzlich eingefallen, »man es anhand des Radioprogramms rekonstruieren könnte.« Er hatte den Ring wieder übergestreift. »Es war, als sie das Bläser-Quintett von Mozart spielten«, hatte er erfreut gesagt und rasch die *Ha'aretz* geholt, die ordentlich gefaltet links vom Sofa gelegen hatte. »Hier«, hatte er erleichtert verkündet, als würde er wieder Herr über ein Chaos, »wenn sie vorher Bruckner gespielt haben, sagen wir fünfundvierzig Minuten lang, und Mozart um zwölf Uhr zu Ende war, muß es das letzte Stück des Morgenkonzerts gewesen sein. Sie hat im zweiten Satz angerufen – mir käme es nicht in den Sinn, mitten in einem Mozartstück jemanden anzurufen. Das war dann etwa um 11 Uhr 40. Warum wollen Sie das wissen?« hatte er sich zu fragen gewagt, und schon hatte seine Stimme ein leichtes Zittern angenommen, das auf Angst hinwies. Eine senkrechte Furche war zwischen den Augenbrauen über dem braunen Rand der Brille mit den dicken Gläsern erschienen, die er wieder aufgesetzt hatte. Nein, er war fast nie bei den Generalproben dabei, vor allem nicht dann, wenn Theo dirigierte. Er hatte kleinlaut gelächelt und bemerkt: »Ich habe meine Schwierigkeiten mit Theo, vor allem, wenn er dirigiert. Gabi mag es auch nicht, wenn ich zu den Proben komme. Außerdem«, hatte er eingeworfen, »schon gar nicht heute, wegen des Forschungsantrags und des Klempners.«

»Sind Sie Mathematiker?« hatte Michael sich vergewissert.

»Wie kommen Sie darauf?« hatte Isi verwundert gefragt. »Ich bin kein Mathematiker, ich bin Epidemiologe. Wie kommen Sie darauf, daß ich Mathematiker bin?« Er hatte sich beeilt hinzuzufügen, daß er zwar Kontakte zum Weizmann-Institut unterhielt, die einen falschen Eindruck erwecken konnten, auch zur Uniklinik, aber er hatte gar nichts mit Mathematik zu tun.

»Wegen einer Bemerkung von Theo«, hatte Michael erklärt.

»Ach Theo«, hatte er abgewunken, »er kennt mich kaum. Man kann von ihm nichts erwarten. Er interessiert sich nicht für andere Menschen. Selbst wenn ihm einer gesagt hat, was ich mache, merkt er sich das nicht. Gabi sieht es nicht gern, daß wir zusammentreffen, weil Theo in meiner Anwesenheit unter dem, was Gabi einmal ›Freundlichkeitsanfälle‹ nannte, leidet. Das bringt Gabi auf die Palme. Diese gezwungene Liebenswürdigkeit mir gegenüber. Sie kennen sie ja. Ich weiß nicht, ob Theo Sie freundlich behandelt. Ich weiß, daß Gabi sehr schätzt, was Sie für Nita tun. Aber was Theo darüber denkt, weiß ich nicht.« Er hatte auf eine Antwort gewartet.

Michael hatte bemerkt, daß er Theo nur ein paarmal gesehen habe und daß er ihn nicht genügend kenne.

»Gut, bei mir strengt er sich auch besonders an, das hat Gabi mir erzählt. Theo gibt sich bewußt tolerant, was Gabi und mich anbelangt. Aber wer wirklich keine Vorurteile hat, der braucht auch nicht so krampfhaft Offenheit zu demonstrieren«, hatte er lächelnd hinzugefügt, »falls Sie dieses Phänomen kennen. Er ist freundlich zu mir, weil ich ihn angegriffen habe, und auch in diesem Zusammenhang hat er Wert darauf gelegt, für offen gehalten zu werden, offen für Kritik. Ich habe Kritik an seiner Interpretation geübt… Interessieren Sie sich für Musik?«

Michael hatte den Kopf geschüttelt. »Ich habe Interesse daran«, hatte er unbehaglich geäußert, »aber ich verstehe nichts davon.«

»Nun gut, ich weiß nicht, warum ich mich mit ihm angelegt habe, es war nicht meine Absicht. Es war während einer Diskussion über Wagner«, hatte er lächelnd bemerkt, und zwei Reihen weißer, großer Zähne freigelegt und einen kleinen Hohlraum in der linken Mundhälfte, einen fehlenden Zahn, ein Makel des strahlenden Lächelns. Er hatte mit seiner tiefen, angenehmen Stimme gesprochen, und die senkrechte Kerbe zwischen seinen buschigen Brauen war tiefer geworden. Und als er sanft mit dem Finger über sein rechtes Ohr geglitten war, hatte Michael eine breite Narbe in der Nähe der Ohrmuschel bemerkt. Sein Gesicht war gründlich rasiert, und seine hellen, kleinen Augen leuchteten und zwinkerten in einer Art, die Michael an Gabi erinnerte. Der Gedanke an die Grimasse Gabriels, an seine geöffneten Augen, während er dort unter dem Pfeiler lag, hatte ihn an das Bild des abgeschnittenen Halses erinnert. Plötzlich waren ihm die Knie weich geworden, und gerade deshalb hatte er darauf beharrt, noch einmal zu fragen, ob Isi sicher sei, den ganzen Tag das Haus nicht verlassen zu haben.

»Nicht mal zum Lebensmittelladen bin ich gegangen«, hatte Isi Maschiach versichert und seine große Hand auf seine Brust gelegt. Der Ring funkelte grünlich. Erst in diesem Moment, als wäre er aus einem Traum erwacht, hatte er die Brille abgezogen, die Augen gerieben, die rasch etwas rot wurden, und hatte aufmerksam und freundlich nach dem Grund der Frage gefragt, und was denn heute eigentlich vorgefallen sei. Seine Schultern hatten sich gestreckt, er hatte sich aufgerichtet und von der Rückenlehne des weichen Sofas Abstand genommen.

Michael hatte Isi die Fakten vorgetragen. Er hatte peinlichst darauf geachtet, die Saite, die Handschuhe und Gabriels Körperlage unerwähnt zu lassen. »Eine durchgeschnittene Kehle«, waren die Worte, die er benutzte, um die Todesursache zu schildern. Er hatte sich bemüht, die nötige Distanz zu wahren. Er wollte Isi beobachten und herausfinden, ob irgend etwas an seiner Reaktion nicht echt war. Eines Tages würde er all seine Eindrücke über den ersten Moment, in dem ein Mensch vom Tod eines Angehörigen erfährt, zusammenfassen.

Man konnte sie in Kategorien einteilen. Zunächst die Gefaßten gegenüber den Ungefaßten. In dieser Klassifikation lag möglicherweise ein Hinweis auf die Herkunft des Trauernden – die leise und beherrschte, aber aufdringliche Trauer der polnischen Einwanderer im Gegensatz zu der lauten Trauer beispielsweise der marokkanischen Juden, bei der es oft so aussah, daß der Ritus den genauen Moment vorschrieb, in dem man einen Schrei ausstieß. Man mußte auf irgendeine Weise die gefaßten Weinenden als eine eigene Untergruppe betrachten. Und dann gab es noch eine weitere Gruppe, die völlig reglos blieb. Diese Menschen vergossen nicht nur keine Träne, sie erschienen in dem Moment, in dem sie die schlechte Nachricht hörten, auch ganz entrückt, und ihre Gesichter sahen wie Masken aus. Wenn man sie fragte, was sie fühlten, wußten sie nicht, was sie antworten sollten. Die Gruppe hatte Elro'i gemeint, als er von Absence gesprochen hatte. Es gab auch eine Kategorie Menschen, die leise weinten, ohne Tränen, und solche, die Tränen vergossen. Es gab Menschen, die sich einem zwanghaften Redefluß hingaben, wie Theo, und solche, die totenstill wurden. Es gab Menschen, die leise und stimmlos weinten und deren Weinen einem naheging, aller Gewöhnung und aller Abstumpfung zum Trotz. Es berührte einen, wie es bei Isi Maschiach nun der Fall war.

Isis Schultern bebten, sein Gesicht lag in seinen Händen. Zweimal fragte er, ob es auch wahr sei und wann es geschehen sei, ob er gelitten habe und wie genau es passiert sei.

Michael vermied es, Details preiszugeben. Er gab kurze, ausweichende Antworten. In Anbetracht der Hartnäckigkeit Isis, Einzelheiten in Erfahrung zu bringen, rief Michael sich erneut in Erinnerung, daß jedes Alibi unter Umständen widerlegt werden konnte, daß jeder der Täter sein konnte. Seine Sympathie für einen Menschen durfte nicht darüber entscheiden, wer als Mörder in Frage kam und wer nicht. Michaels Mitgefühl war zugleich sein schwacher Punkt. Das wußte er. Es war wie eine Warnung, die er selbst ausgesprochen hatte, und die er auch von Zila, Eli und natürlich von Balilati hätte hören können.

»Wir hatten so viele Pläne!« schluchzte Isi und verbarg erneut sein Gesicht in den Händen. Seine Stimme klang gedämpft: »Ich war sicher, daß ich als erster von uns sterben würde. Und nun muß ich ihn begraben und weiterleben.« Plötzlich nahm er die Hände vom Gesicht und sagte schroff: »Eins müssen Sie wissen: Ich weiß nicht, wer oder was, aber ich schwöre bei meinem Leben, daß Gabi sich nicht selbst umgebracht hat. Davon können Sie mit Sicherheit ausgehen!« Er schüttelte den Kopf und atmete schwer.

»Nehmen wir einmal an, er hat es nicht selbst getan«, sagte Michael langsam, »und wir haben keinen Grund zu der Annahme, daß er sich umgebracht hat. Haben Sie eine Ahnung, wer ihn hätte ermorden können?«

Isi kicherte heiser und schüttelte heftig den Kopf. »Niemand, niemand wollte Gabi ermorden«, sagte er aus tiefer Überzeugung und verstummte.

»Es war kein Unfall«, entgegnete Michael. »Es war ein richtiger Mord. Geplanter Mord. Und wer ihn verübte, hat sich in diesem Moment einer großen Gefahr ausgesetzt. Wir haben keine andere Wahl, als davon auszugehen, daß einer ihn unter allen Umständen aus dem Weg räumen wollte.«

Isi verbarg sein Gesicht erneut in den Händen, hob es nach wenigen Sekunden, zog die Nase hoch, fuhr sich übers

Gesicht, glitt mit einer Hand durch sein Haar und nickte. »Wir haben keine Wahl«, wiederholte er Michaels Worte. »Aber ich habe keine Ahnung!« sagte er mit plötzlichem Eifer. »Ich kann es mir überhaupt nicht vorstellen! Kann es mit seinem Vater zusammenhängen?!« erschauderte er plötzlich.

»Inwiefern?« Michael beugte sich nach vorne und hörte angespannt zu.

»Ich habe nicht die geringste Ahnung!« behauptete Isi. »Nur scheint es logisch. Ich weiß allerdings nicht, wie beides zusammenhängen könnte.«

»Ich werde anders herum fragen, direkter: Gibt es jemanden, der von seinem Tod profitieren könnte?«

»Ich weiß es nicht, wirklich nicht. Ich kann es nicht fassen.«

Etwas an der Art, wie das Gespräch verlief, brachte Michael dazu, schroff zu werden: »Haben Sie einen Nutzen davon?«

»Ich?! Einen Nutzen?!« Wieder erklang das heisere, grunzende Kichern. »Sie verstehen gar nichts«, flüsterte er und senkte den Kopf.

»Wem gehört diese Wohnung?«

»Was soll das heißen? Offiziell? Laut Grundbuch?«

Michael nickte.

»Gabi, aber wir hatten vor ...« Er sah Michael bestürzt an und lächelte bitter. Sein Gesprächston änderte sich, als er versöhnlich, aber auch ungläubig sagte: »Ist das ein Verhör?«

Michael schwieg.

»Sie sind dienstlich hier! Ich fasse es nicht!« staunte er. »Kann das sein, wo Sie mit Nita zusammenleben? Ist das überhaupt erlaubt ... Das heißt, verzeihen Sie, daß ich Sie frage, ist dies ein offizielles Verhör?«

»Ein Verhör, aber kein offizielles.«

»Was soll das heißen?«

»Ein offizielles Verhör erfolgt nach einer Vorankündigung bei mir im Büro. Das hier ist eher ein Gespräch, aber ich kann Ihnen nicht versichern, daß dieses Gespräch nicht zweckgebunden ist.«

»Wenn das so ist«, sagte Isi und richtete sich auf, »muß ich Ihnen verschiedene Dinge mitteilen. Obwohl die Wohnung auf seinen Namen eingetragen wurde, hat er sie immer als unser beider Zuhause angesehen. Dann die Versicherung. Gabi hat eine hohe Lebensversicherung abgeschlossen. Es war vor ... vor etwa einem Jahr. Und ich bin der Nutznießer. Auch ich habe auf seinen Wunsch hin eine solche Versicherung abgeschlossen. Nur läuft sie nicht auf ihn, und auch dies auf seinen ausdrücklichen Wunsch. Er selbst hat die Formulare für mich ausgefüllt, ich habe nur unterzeichnet. Es hatte sich ihm die Möglichkeit für einen günstigen Abschluß geboten. Sein Versicherungsagent ... aber das ist jetzt nicht wichtig. Ich habe eingewendet, daß ich erst dreiundvierzig bin, aber er hat darauf bestanden. Er hat auch verlangt, daß nicht er der Nutznießer sein sollte, sondern meine Tochter ...«

»Sie haben eine Tochter?«

»Ja, ich war verheiratet ... Ich war zehn Jahre lang verheiratet, bevor ... bevor ich wußte, bevor ich verstand ...«

»Hatten Sie Beziehungen zu anderen Männern außer zu Gabi?«

Isi nickte langsam, als beginne er zu begreifen. »Ich verstehe langsam, worauf Sie hinauswollen. Aber unsere Geschichte ist in diesem Sinn ungewöhnlich.«

»Es gibt keine gewöhnlichen Geschichten«, sagte Michael und verabscheute sich im gleichen Augenblick für seinen barschen Ton. »Jede Lebensgeschichte ist, genauer betrachtet, außergewöhnlich«, versuchte er seinen Worten die Schärfe zu nehmen.

»Nein«, sagte Isi. »Sie verstehen mich nicht. Sie sind wohl auch ... Ich kenne Ihre Vorlieben nicht. Ich kann mir vorstellen, daß Sie ... daß Sie Frauen bevorzugen. Auch wegen Nita und ...« Michael unterdrückte einen spontanen

Drang, die Sache mit Nita klarzustellen. »Ich bin ziemlich sicher, daß Sie konkrete Vorstellungen über homosexuelle Liebe haben. Sie denken gewiß, ich bin in öffentlichen Parks herumgestreunt und hatte alle möglichen ... Aber so war es nicht, erst nachdem ich Gabi kennenlernte, erst dann begriff ich ...«

»Tatsächlich?« fragte Michael erstaunt. »Hatten Sie bis zu diesem Zeitpunkt Verhältnisse mit Frauen?«

Isi rutschte auf seinem Sitz hin und her. »Es ist nicht einfach zu erklären. Ich weiß nicht einmal, ob ich grundsätzlich Männer liebe. Manchmal habe ich das Gefühl, daß ich einfach Gabi liebe. Aber anscheinend ist es nicht so. Ich hatte immer Schwierigkeiten mit Frauen, und meine Beziehungen waren problematisch, aber nicht aus dem Grund, den Sie jetzt annehmen ... Ich hatte vor Gabi niemals etwas mit Männern. Sie werden es vielleicht nicht glauben. Wer ist schon frei von Vorurteilen!« sagte er trotzig.

»Wir reden offen miteinander«, sagte Michael, »und ich versichere Ihnen allen Ernstes, daß ich nicht einmal weiß, welche Vorurteile ich habe. Ich hatte kaum Berührung mit ... mit Homosexuellen. Das heißt außerhalb der Arbeit.«

»Aber bei Ihrer Arbeit kommen Sie gewiß mit den schmutzigen Aspekten in Berührung.«

»Alles wird bei meiner Arbeit in den Dreck gezogen«, sagte Michael. »Wenn es bis zum Mord geht, bleibt nicht viel Ästhetik und auch nicht viel Würde. Aber ich habe noch nie ein Männerpaar kennengelernt, das offiziell zusammenlebte. Ich kenne keine männliche Partnerschaft, wie Sie sie gelebt haben. Wirklich nicht. Das heißt, nicht persönlich. Um die Wahrheit zu sagen, sehe ich keinen prinzipiellen Unterschied zwischen Ihrer Reaktion und der Reaktion einer Frau ...«, er korrigierte sich sofort verlegen, »oder eines Mannes. Ich meine ... eines Partners«, sagte er schließlich mit Unbehagen. Er war selbst über diese Entdeckung überrascht und darüber, daß er offen darüber sprach.

»Sehen Sie, diese Suche nach Worten stellt schon Ihre Vorurteile bloß.«

»Es geht auch um Gewohnheit«, warf Michael ein, »ich bin es nicht gewohnt, offen mit ... über dieses Thema mit jemandem zu sprechen, der betroffen ist ... Ich habe keine Erfahrung darin, mit einem homosexuellen Mann darüber zu sprechen.«

»Ich möchte, daß Sie verstehen«, sagte Isi mit dem gleichen Eifer, mit dem er vorher gesprochen hatte, »daß wir eine ganz normale Partnerschaft hatten. Unsere Beziehung war harmonisch, wir liebten uns und sorgten füreinander und ...« Wieder zog er die Nase hoch, trocknete seine Augen mit einem Finger, den er zwischen das dicke Glas der Brille und das Auge steckte, und atmete tief ein, bevor er sagte: »Ich verstehe mich gut, wirklich gut, mit meiner Ex-Frau. Meine Tochter, sie ist sechzehn, kommt hierher, und es gibt keine Zweideutigkeiten. So wollten wir es. Die Wohnung ist auf Gabi eingetragen, denn sie hat ihm schon gehört, bevor wir uns kennenlernten. Ich bin zu ihm gezogen, aber ich weiß nicht einmal, ob er ein Testament gemacht hat. Ich habe ihn geliebt. Ich hätte ... auf keinen Fall hätte ich ...« Auf einmal bäumte er sich auf. »Was soll das überhaupt? Ich habe keinen Nutzen durch Gabis Tod. Im Gegenteil! Für mich bedeutet er ein Desaster! Gabis Tod ist für mich ...«

Dann sah er Michael an, seine Augen wurden wieder feucht und seine Züge weich. »Sie haben gar keine Wahl. Sie müssen Ihre Arbeit machen, ich verstehe es. Ich versuche, es zu verstehen. Aber Sie dürfen ... Ich möchte, daß Sie sich nicht in Klischees und Vorurteilen verlieren. Und daß Sie nicht denken, jeder Homosexuelle ist ...« Er sah Michael erwartungsvoll an. »Außerdem«, fiel ihm ein, »habe ich das Haus heute nicht verlassen ... Wann ist Gabi ...? Wann hat man ihn gefunden?« brachte er angestrengt heraus.

»Gegen Mittag«, Michael wich einer präzisen Antwort aus. »Wir werden seine Papiere durchsuchen und mehr Details von Ihnen in Erfahrung bringen müssen. Ich würde Sie gerne an den Lügendetektor anschließen, Ihre Einwilligung vorausgesetzt.«

Isi zuckte die Schultern. »Sollte ich jetzt einen Rechtsanwalt anrufen?« murmelte er. »Ich brauche keinen Anwalt«, sagte er und hob den Kopf. »Ich sage es Ihnen noch einmal, ich habe ihn geliebt. Er liebte mich. Wir standen uns sehr nahe. Sehr nahe. Sie begreifen es nicht. Ich werde Sie zu Ihrem Lügendetektor begleiten. Ich tue, was immer Sie wollen. Ich habe damit kein Problem«, betonte er das letzte Wort. »Nur damit, daß Gabi nicht mehr ist ... ich weiß nicht, wie ...« Wieder legte er die Brille ab und verbarg sein Gesicht in den Händen.

»Hatten Sie in der letzten Zeit eine Krise? Kam es zu einem Bruch? Zu Differenzen?«

»Nein«, sagte Isi, nachdem er die Hände vom Gesicht genommen und sich aufgerichtet hatte. »Ich wünschte ... Was ich jetzt möchte«, bat er leise, »ist allein sein. Kann ich nicht ...«

»Ich befürchte, es ist nicht möglich.«

»Können Sie nicht einen Tag warten? Ein paar Stunden? Mir die Möglichkeit geben ... Ich habe Ihnen alles gesagt, was ich weiß.«

»Wir ermitteln in einer Mordsache. Es geht um die Ermordung des Menschen, mit dem Sie zusammengelebt haben, der Ihr Lebensgefährte war. Den Sie liebten. Wir haben es mit Mord zu tun.«

»Ich habe geliebt, ich liebe. Mehr weiß ich jetzt nicht.«

»Haben Sie keine Ahnung, wer ihn nicht mochte?«

»Wer ihn so haßte?« Isi schüttelte den Kopf. Dann atmete er geräuschvoll. Schließlich warf er ihm einen direkten, offenen, unverhüllten Blick zu. »Er hatte nicht viele Freunde, aber auch keine Feinde. Gabi brachte selten jemanden gegen sich auf. Mit ihm zusammenzusein war, außer in meinem Fall, normalerweise nichts, was ... Vielleicht Theo ... Ich meine, es ist kompliziert. Theo hat ihn nicht so sehr gehaßt, er hat ihn auch geliebt, bilde ich mir ein. Der erste Geiger, Awigdor, hat ihn nicht gemocht. Und ein Teil der Musiker hat ihn auch nicht leiden können, weil ihnen Perfektionisten auf die Nerven gingen. Da war auch diese Sache mit den individuellen Verträgen, die er geplant hatte, ohne Tarifvertrag, mit Prämien. Das hat ein paar Leute sehr verärgert. Auch Theo war dagegen. Es gab Leute, die ihm nachsagten, er sei schwierig. Das heißt, jemand, der nicht aufgibt, der keine Kompromisse eingeht. Gabi ist ... Gabi war ein besonders ernsthafter Musiker. Viele Menschen deuteten seine Schüchternheit – er war kein Exhibitionist wie Theo – als Überheblichkeit und bezeichneten ihn als Snob. Dann gibt es natürlich noch Ewen Tow, einen Chorleiter, der auch ein Barockensemble aufbauen wollte, der aber weniger erfolgreich war. Vielleicht hat er Gabi wirklich gehaßt, aber wenn Sie ihn sehen, werden Sie verstehen, daß ein Mord bei ihm auszuschließen ist. Das letzte, was man einem Mann wie Ewen Tow zutraut, ist ein Gewaltverbrechen. Er ist ... das zählt nicht zur Sache.«

»Und außerhalb des Orchesters und des musikalischen Lebens?«

Isi sah ihn erstaunt an. »Er hatte kein Leben außerhalb des musikalischen Lebens«, stellte er klar. »Die Musik war seine ganze Welt. Dank der Musik ... dank meines Spiels ... gut, es war nicht nur mein Spiel. Ich bin nicht so ein guter Cembalist, er hat mich mal im YMCA spielen gehört, und so haben wir uns kennengelernt. Gabi konnte mit niemandem etwas anfangen, der nicht an Musik interessiert war. Selbst seine Ex-Frau, die eine gräßliche Person sein muß, ich habe sie nie getroffen, ich habe nur in finanziellen Angelegenheiten mit ihr telefoniert, ist eine Musikerin, eine ausgezeichnete Harfenistin. Gabi hatte keine andere Welt. Wir hatten sehr wenig Freunde, Arbeitskollegen. Er ist oft gereist, das macht es schwer, Freundschaften zu pflegen. Erst vor ein paar Wochen ist er von einer langen Reise zurückgekehrt. Von einer Konzerttournee ...«

»Was war zwischen ihm und Theo so kompliziert?«

Isi lächelte beinahe abwinkend. »Nun, was gibt es da zu erklären. Es ging um den klassischen Bruderneid. Aber es steht nicht im Zusammenhang mit der Sache ... Denn Theo war eifersüchtig, weil Felix Gabi näherstand. Er hatte ihm immer nähergestanden. Theo war der Lieblingssohn seiner Mutter. Aber das genügte ihm nicht. Theo will alles. Er wollte auch den Vater für sich gewinnen. Aber man kann es nicht in knappen Worten erklären, auch Theos Wesen nicht. Er ist ein komplexer Mensch. Nicht zuletzt ist Theo auch ein bedeutender Musiker. Man kann ihn nicht ignorieren, vor allem nicht, wenn er Bruckner oder Mahler oder auch Wagner dirigiert, falls man sie mag. Er hat mitunter eine dämonische Kraft. Keiner kann sich Theos Charisma entziehen. Man kann seine Arbeit verabscheuen, aber man kann sein Können nicht leugnen. Um es kurz zu machen, Theo ist kein Mörder. Man muß diese Möglichkeit wahrhaftig nicht ernsthaft in Erwägung ziehen, aber ihr Verhältnis war kompliziert.«

»Hat Gabi Theo geliebt?«

»Ob er ihn geliebt hat?« Isi hielt sich an dem Begriff auf. »Liebe ist für mich ein Wort mit angenehmen Assoziationen. Etwas Angenehmes gab es in ihrem Verhältnis nicht. Aber er war ... Ja, vielleicht paßt der Begriff Liebe auch hier. Ja, ich glaube, er hat ihn geliebt, vielleicht. Sie waren sehr unterschiedlich, und dennoch standen sie sich nahe. Ihre Kindheit in diesem Haus ... Ja, man könnte sagen, daß er ihn geliebt hat. Und ihn gleichwohl ablehnte. Man kann zumindest sagen, daß er ihn mochte. Und Theo, Theo hat Gabi letztendlich auf seine eigene Art ebenfalls geliebt. Mit viel Zorn. Und er war auch neidisch, hatte Angst, schätzte ihn, fürchtete ihn, wollte ihm gefallen ... und sonst noch alles mögliche, aber Mord? – Nein.«

»Warum nicht?«

Isi sah ihn erstaunt an. »Warum sollte er ihn ermorden?« argumentierte er. »Schließlich muß die Frage lauten, warum sollte er es tun, und nicht, warum sollte er es nicht tun? Ich kann mir kein Motiv vorstellen, weder ein finanzielles noch ein anderes. Das Verhältnis der beiden war wie immer. In der letzten Zeit ist nichts Besonderes vorgefallen. Wieso sollte er ihn also gerade jetzt umbringen? Theo hatte seit Jahren Probleme mit Gabi, seit Jahren!« Er schnappte nach Luft und hechelte. »Schon seit der Zeit, als beide bei Dora Sackheim Unterricht nahmen. Vielleicht auch schon vorher. Aber Sie sollten mit Dora Sackheim sprechen, wenn Sie die beiden verstehen wollen. Ich habe Asthma«, warnte er, »ich hoffe, ich bekomme keinen Anfall.«

Michael öffnete das Fenster, das Aufnahmegerät surrte.

»Ich weiß wirklich nicht, wer ihn ermordet haben könnte!« rief Isi. »Ich habe nicht die geringste Ahnung!« sagte er verzweifelt. »Vielleicht war es jemand, den ich nicht kenne. Außer Ewen Tow, der seine Position anstrebte, weiß ich von keinem Feind. Nicht einmal die Geigerin, die ich vorhin erwähnt habe, kommt in Frage.« Er verzog die Lippen. »Kann es denn nicht irgendein Geistesgestörter gewesen sein? Ein zufälliger Mörder? Der ihn grundlos umgebracht hat?« fragte er naiv, und sein rundliches Kinn bebte. »Das kann nicht sein, nicht wahr?« seufzte er.

»Und Gabis Ex-Frau?«

»Sie? Ausgeschlossen! Was hätte sie davon? Wer wird sie jetzt finanziell unterstützen? Sie ist, davon abgesehen, in München.«

»Und Ihre Frau?«

»Meine Frau?!« staunte Isi. »Wie kommen Sie auf meine Frau?«

»Nun«, sagte Michael und drehte an der Zigarette, ohne sie anzuzünden, »immerhin haben Sie sie seinetwegen verlassen ...«

»Vor fünf Jahren!« rief Isi und streckte fünf Finger raus. »So ganz plötzlich, nachdem wir nun fünf Jahre zusammenleben?!«

»Fünf Jahre? Nicht zwei?«

»Zwei Jahre lang lebten wir richtig hier in dieser Wohnung zusammen. Vorher hatten wir drei Jahre... Wer hat Ihnen gesagt, daß es zwei Jahre sind?«

Michael schwieg.

»Sie kennen sie nicht«, sagte Isi sanfter. »Wenn Sie sie kennen würden, wüßten Sie, warum sie nicht in Frage kommt... Meine Frau ist wunderbar. Sie ist eine außergewöhnliche Persönlichkeit, es lag an mir... Es hatte sich so ergeben. Ich hatte keine Wahl... Es hat nichts mit ihr zu tun. Ich bin einfach... Ich wünschte...« Wieder bedeckte er sein Gesicht mit den Händen. Seine Schultern bebten.

Anschließend zeigte er Michael schweigend die Wohnung, Gabis Arbeitszimmer – Stapel von Noten, eine Geige, die auf dem Flügel lag, ein großer Schreibtisch, rote und rosa Geranien auf der Fensterbank und eine riesige Lithographie in schwarz, braun und rot, die drei Frauen in der Kleidung des 16. oder 17. Jahrhunderts zeigte. Eine von ihnen saß im Vordergrund des Bildes und spielte Querflöte, eine stand hinter der Flötistin und spielte Laute, und die dritte hielt ein aufgeschlagenes, in Leder gebundenes Notenbuch in der Hand.

Auf einem schmalen Bett, über das ein schwarzes Tuch geworfen war, türmten sich Partituren. Einige waren aufgeschlagen und mit Anmerkungen und Notizen versehen. Michael sah einen vergilbten Einband – Vivaldi.

»Hat er Vivaldi gemocht?« fragte er. Und Isi, der sich auf den runden schwarzen Klavierhocker setzte, nickte. »Vivaldi, Corelli, Barockmusik überhaupt. Auch Bach. Hätte man ihm die Wahl gelassen, hätte er es vorgezogen, zur Zeit des Barocks zu leben, gegen Ausgang des 17. oder zu Beginn des 18. Jahrhunderts. Ich habe ihm oft gesagt, daß für ihn die Musik wohl vor der Klassik zu Ende ging. Vielleicht wäre er auch bereit gewesen, sich mit der Klassik par excellence, vor allem mit Haydn und Mozart, auseinanderzusetzen. Wir machten uns gern darüber lustig, daß Beethoven und Brahms ihm zu modern waren. Aber all das war natürlich Unfug. Er konnte sich auch Brahms anhören, wenn er gut gespielt war, und Verdi, sogar Mahler.«

Die beiden Männer aus dem Streifenwagen standen im Wohnzimmer und sahen sich um.

»Hier gibt es nicht viel«, sagte der mit dem vernarbten Gesicht und dem wütenden Blick. »Wir fangen am besten dort an«, sagte der Dicke mit dem roten Gesicht, und sie bahnten sich einen Weg zu Gabis Arbeitszimmer, in dem ein Regal mit Noten, Heften und Büchern aufgebaut war.

»Alles, was hier ist, gehörte ihm«, bestätigte Isi. »Es war sein Arbeitszimmer, ich habe die Arbeitsecke im Wohnzimmer.« Der Mann mit den zornigen Augen sammelte die Notenhefte und die Bücher ein und leerte den Inhalt der Schreibtischschubladen in braune Kartons. Der schwitzende Dicke sammelte Fingerabdrücke, und ohne viel Aufhebens nahm er einen Abdruck von Isi, nachdem er ihm kurz erklärt hatte, man müsse zwischen ihm, der sich berechtigterweise in der Wohnung aufhielt, und anderen unterscheiden. Auf die Frage nach Ersatzsaiten zog Isi eine längliche Schachtel aus der Schublade und überreichte sie den beiden.

»Es ist ein neuer Satz«, erklärte er Michael, der mit dem Klebstreifen kämpfte, »es müssen vier Saiten darin sein.« Es waren vier.

Michael stand an der Tür zum Schlafzimmer und blickte leicht verlegen auf das Doppelbett. Das Zimmer sah ganz normal aus. Zwei Nachttische zu beiden Seiten des Betts. Auf dem Tischchen neben dem Fenster lagen ein paar Bücher neben einer Nachttischlampe, darunter ein dicker Band, eine Mozartbiograpie in englischer Sprache. Über der Biographie lag, aufgeschlagen und verkehrtherum, ein dickes Buch mit schwarzem Einband. Michael sah es sich an: Forschungsberichte und Photographien über die Entwicklung des Instrumentenbaus.

»War das seine Bettseite?« fragte er Isi, während er in den Büchern blätterte.

»Nein, es ist meine Seite«, antwortete Isi und verwies auf die andere Seite. »Dort ist seine Seite«, sagte er mit erstickter Stimme.

Auf Gabriel van Geldens Nachttisch stapelten sich englische Thriller, darunter eine gebundene Ausgabe von Robert Pierce' *Krieg der neuen Art*. Auf dem Boden lag ein Taschenbuch, als sei es Gabriel beim Einschlafen aus den Händen gefallen. Isi ging um das Bett herum und hob das Buch auf.

»Darin hat er gestern nacht gelesen«, sagte er und strich liebevoll über den Deckel. »Er hat Krimis geliebt. Vor allem Robert van Gulik, ein Holländer, der über China im sechsten Jahrhundert geschrieben hat.«

Michael hielt sich zurück, um Isi nicht daran zu hindern, das Buch oder die Oberfläche des Nachttischs, von dem er jetzt ein halbvolles Wasserglas nahm, zu berühren. Seine Fingerabdrücke waren ohnehin überall in diesem Raum. Die Leute von der Spurensicherung standen schon in der Schlafzimmertür, und Isi zeigte auf Gabriels Nachttisch, dessen Schubladen jetzt ebenfalls in schwarze Plastiksäcke geleert wurden, die die Männer vorsichtig in Kartons stapelten.

Isi ging aus dem Zimmer, und Michael folgte ihm ins Wohnzimmer. Dort schaltete Isi den Computer ab und setzte sich an den Schreibtisch. Er stützte seine Ellbogen auf die Fläche vor dem Bildschirm und verbarg erneut sein Gesicht in den Händen. Michael räusperte sich und sagte: »Sie werden mich jetzt zum Migrash Harussim begleiten müssen, um Ihre Aussage zu machen.«

»Meine Aussage worüber? Was soll ich noch aussagen?«

»So nennt man es«, erklärte Michael, »es ist die übliche Prozedur. Wir müssen Ihnen ein paar Fragen stellen.«

Isi zuckte die Achseln. »Alles ist so absurd«, sagte er, »es spielt doch alles keine Rolle mehr. Wenn Sie wollen, komme ich mit Ihnen, benutzen Sie Ihren Lügendetektor, nehmen Sie meine Aussage auf, tun Sie, was Sie möchten.«

Sie mußten warten, bis die Leute von der Spurensicherung die Kartons aus der Wohnung getragen hatten, und erst als der Mann mit dem wütenden Blick Michael zunickte, machte Michael Isi ein Zeichen. Isi schloß die Tür ab und folgte ihm mit schweren Schritten zu seinem Wagen. Den Weg zu Michaels Büro legten sie schweigend zurück. Isi starrte geradeaus, schüttelte hin und wieder den Kopf, seufzte, stöhnte und atmete schwer. Als Michael am Migrash Harussim einparkte, sagte Isi: »Ich will ihn sehen.«

»Wen?« Michael versuchte Zeit zu gewinnen.

»Gabi, ich will ihn noch einmal sehen.«

»Das geht nicht«, sagte Michael bestimmt, »er ... seine Leiche ist im gerichtsmedizinischen Institut. Sie wird obduziert.« Ein Schaudern überkam ihn bei der Vorstellung, Isi mit seinem rundlichen bebenden Kinn vor der aufgeschnittenen Kehle, dem beinahe abgehackten Kopf stehen zu sehen. Um ihn abzulenken, sagte Michael rasch: »Sind Sie sicher, daß Sie bereit sind, sich an den Lügendetektor anschließen zu lassen? Es ist wertlos, wenn Sie es nicht selbst wollen.«

»Was spielt das für eine Rolle«, murmelte Isi, »genügt Ihnen nicht, daß ich damit einverstanden bin?«

»Ja, das genügt.«

Isi breitete die Arme aus, warf den Kopf in den Nacken. »Was soll das alles noch«, sagte er mit leerer Stimme, »es zählt nicht mehr.«

»Das Ergebnis wird ohnehin vor Gericht nicht akzeptiert«, erwähnte Michael, »falls Sie doch noch einen Anwalt einschalten wollen.«

»Was hat es dann für einen Sinn?« fragte Isi auf dem Weg zu Michaels Büro.

»Ich bitte Sie um diese Untersuchung, um eine Vertrauensbasis zu schaffen«, gestand Michael aufrichtig. »Allein Ihre Bereitschaft ist schon ein Hinweis«, sagte er. »Sie wissen sicherlich, daß es sehr schwer ist, das Gerät zu hintergehen.«

»Tatsächlich? Was ist daran so schwierig?«

»Es gibt verschiedene Parameter, ich werde Sie Ihnen genauer erklären, wenn es soweit ist.«

»Was ich will, das einzige, was ich wirklich will ... ist, ihn noch einmal zu sehen«, sagte Isi mit gebrochener Stimme und setzte an, noch eindringlicher darum zu bitten, aber er schwieg, weil aus Michaels Büro Stimmen zu hören waren.

»Sie erinnert mich an diese eine Irre mit dem religiösen Wahn«, grölte Sipo hinter der geschlossenen Tür, »du warst damals noch zu jung, aber mich erinnert sie an sie. Obwohl diese Verrückte mager war wie der Faden einer Erbsenschote, die meine Mutter für den Sabbat geschlissen hat. Die hier ist nicht ausgemergelt. Obwohl die Irre immer in diesen schlabbrigen Sachen herumlief und die hier enge Hosen trägt ...«, konnte Sipo noch sagen, als Michael die Tür öffnete, und er verstummte. Eli Bachar saß hinter dem Schreibtisch auf Michaels Stuhl und sortierte Papiere.

»Es ist schon eine Menge Material aus dem Orchester eingegangen«, sagte Eli, »und die Handschuhe ...« Er wurde still, als er Isi sah, der hinter Michael stand. Schon auf dem Weg zum Präsidium hatte Michael sich überlegt, wie er Isi vorstellen würde, und jetzt sagte er ungezwungen: »Isi Maschiach, der Lebensgefährte von Gabriel van Gelden.« Sipo sperrte den Mund auf, schloß ihn schnell und zupfte an seinem Oberfeldwebelbart.

»Wir müssen zuerst ein Protokoll aufnehmen«, wies Michael Sipo an. Eli bat er: »Komm bitte einen Moment mit mir vor die Tür.«

»Haben Sie ein Formular?« fragte er Sipo, als er in der Tür stand und darauf wartete, daß Eli seinen Körper durch den engen Durchgang zwischen dem Schreibtisch und den beiden Stühlen zwängte. Isi, dessen Gesicht gelbstichig war, hatte schon auf einem der Stühle Platz genommen. Sipo nickte.

»Ein Schwuler?« sagte Eli kühl, als sie draußen standen.

»Ja, aber keiner von den … Kurz und gut, sie haben als Paar zusammengelebt, fünf Jahre lang. Zwei Jahre lang haben sie eine Wohnung geteilt. Er war der Partner des Opfers.«

»Der Partner oder die Partnerin?« sagte Eli Bachar. »Ich frage mich schon immer, wie sie selbst das sehen. Ich habe gehört, daß du Balilati beauftragt hast … Daß er die Ermittlungen leitet.«

»Wegen des Einbruchs.«

»Sie haben die Akte Felix van Gelden gebracht. Du wolltest sie haben«, fiel Eli ein.

»Wo ist Zila?«

»Noch am Tatort mit Rafi und mit Awram. Wir haben keine Zeit, und ich sitze hier herum und warte auf die Koordinatorin. Ich bin selbst zum Koordinator der Mordkommission geworden«, sagte er melancholisch. »Ich bin die Sekretärin, und die andere, diese Dalit, arbeitet mit Balilati. Aber das weißt du ja, du hast ja angeordnet, daß eine Frau Balilati begleitet. Diese Dalit ist ein Arbeitstier! Wie sie sich in die Sache mit den Handschuhen reingekniet hat! Sie ist ungeheuer ehrgeizig. Man könnte es mit der Angst zu tun bekommen! Sie hat schon dreimal angerufen. Ich habe es dir noch nicht gesagt, die Handschuhe gehören der Kontrabassistin. Das haben zwei Musiker ausgesagt.«

»Was? Sie gehören der Kontrabassistin? Sind es denn Damenhandschuhe?«

»Entweder sind es Damenhandschuhe in einer großen Größe, oder sie hat sie von einem Mann. Zila hat angerufen und die Information durchgegeben. Das jedenfalls hat sie bei den Musikern in Erfahrung gebracht. Die Frau trägt Handschuhe, weil sie an Durchblutungsstörungen leidet und ein Problem mit kalten Händen hat. Es müssen ihre Handschuhe sein. Auf jeden Fall hat sie solche Handschuhe besessen.«

»Wir haben September!«

»Sie besitzt offensichtlich mehrere Paare. Dieses Paar hatte sie im Konzertsaal deponiert. Sie hat die Handschuhe dort wegen der Klimaanlage getragen. Das haben die Musiker ausgesagt. Nachdem die Paukerin und der Oboist Zila informiert haben, haben die übrigen Musiker die Aussage bestätigt. Sie haben die Handschuhe an der eigenartigen Farbe erkannt, ein ganz helles Braun, Zila nennt es senfgelb. Weil sie die Handschuhe dort gewöhnlich trägt, wußten alle davon. Sie machen sogar ihre Witze darüber. Alle wußten davon.«

»Und wo ist die Kontrabassistin selbst? Warum ist sie nicht hier?«

»Das ist das Problem. Wir konnten sie nicht auftreiben. Sie ist gleich nach der Probe zum Flughafen gefahren, um jemanden oder etwas abzuholen. Es ist nicht ganz klar, was genau sie dort will. Sie wohnt bei ihrer Mutter, die alt und verwirrt ist… Wir können im Moment jedenfalls nichts Näheres herausfinden. Awram hat den Auftrag, sie ausfindig zu machen. Er wird uns Bescheid geben. Er wird sie herbringen, wenn er sie gefunden hat.«

»Wo hat sie die Handschuhe aufbewahrt?«

»Jeder hat ein eigenes Fach. Aber wie es aussieht, hatte sie sie woanders hingelegt, denn die Fächer sind verschlossen. Was genau damit war, wird sich herausstellen, wenn wir die Frau gefunden haben. Die Handschuhe sind noch nicht richtig untersucht. Die Sachverständigen haben in ihrem Streifenwagen eine erste Analyse durchgeführt, aber für endgültige Ergebnisse müssen die Handschuhe ins Labor gebracht werden.«

»Laß uns einen Blick auf die Akte werfen«, sagte Michael.

»Du läßt die Hände nicht von diesem Fall?«

»Von welchem Fall redest du?«

»Von Gabriel van Gelden, hast du nicht über meine Worte nachgedacht? Willst du dich nicht heraushalten?«

»Vorläufig nicht.«

»Vorläufig, was?« brummte Eli Bachar. »Und Balilati?« fügte er wütend hinzu.

»Ihr werdet miteinander zurechtkommen«, versuchte Michael ihn zu beruhigen.

»Sicher werden wir miteinander klarkommen, aber ich frage mich, ob die ganze Sache in Ordnung gehen wird, ob du klarkommst.«

»Wir lassen das jetzt«, sagte Michael nervös. »Ich habe jetzt nicht die Zeit, mir darüber Gedanken zu machen. Solange Sipo das Protokoll aufnimmt, will ich, daß wir die Akte durchgehen.«

»Sie ist in Balilatis Büro.«

»Hier«, sagte Eli, als sie in Balilatis Büro an dessen Schreibtisch saßen und er auf den großen Umschlag zeigte. »Es ist alles drin, sämtliche Ergebnisse.«

»Seid ihr mit der Saite vorangekommen?«

»Nein«, sagte Eli, »ich war bei einem Sachverständigen. Er hat mir erklärt, daß es mehrere Firmen gibt, die diese Saiten herstellen. Über die Saite können wir leider nicht herausfinden, zu welchem Instrument sie genau gehört hat. Von den Musikern hat noch keiner ausgesagt, daß ihm eine Saite fehlt. Vielleicht ... Nita van Gelden haben wir noch nicht dazu verhört. Aber Balilati wird das schon machen ...«

»Sie wurde noch nicht nach ihren Saiten befragt?« staunte Michael. »Ausgerechnet sie?«

»Vielleicht doch«, sagte Eli und wandte verlegen den Kopf ab, »ich könnte mir vorstellen, daß sie sie mittlerweile dazu verhört haben, aber Balilati informiert mich nicht über alles. Soll ich nachfragen?«

»Jetzt nicht«, murmelte Michael und leerte den Inhalt des Umschlags auf den Tisch. Es war wirklich besser, wenn er die Sache mit Nitas Saiten Balilati überließ, anstatt selbst daran zu rühren, dachte er, während er ganz langsam jedes einzelne Beweisstück überprüfte. Er begutachtete den Inhalt der Plastiktüten, las die Berichte, befühlte den Strick.

»Was ist das?« fragte er und hielt eine kleine Tüte gegen das Licht.

»Das ist ... anscheinend«, Eli Bachar griff nach dem Zettel, der an der Tüte befestigt war, »es scheint das Pflaster zu sein, mit dem man Felix van Gelden den Mund zugeklebt hat, so steht es hier.«

»Was steht noch da?«

»Nichts.«

»Nichts? Liegen keine Laborbefunde vor?«

Eli wühlte in den Papieren und sagte: »Nein.«

»Haben die Sachverständigen von der Spurensicherung das Pflaster keiner genauen Laboruntersuchung unterzogen?«

»Woher soll ich das wissen? Frag doch Balilati«, sagte Eli schroff.

»Genau das werde ich tun«, sagte Michael und spielte mit dem Kugelschreiber, den er in der Hand hielt, während er darauf wartete, daß Theo an den Apparat ging. Er fragte unverzüglich nach Balilati, ohne sich nach dem Zustand Nitas oder des Babys zu erkundigen. Im Hintergrund waren Stimmen und Geräusche zu hören, und es vergingen nur Sekunden, bis Dani Balilati sagte: »Chef!«

»Das Pflaster, mit dem man Felix van Gelden den Mund zugeklebt hat ...«

»Was ist damit?« Balilatis kurze, schnelle Atemzüge waren zu hören, als presse er seinen Mund eng gegen den Hörer.

»Hast du es nicht im Labor untersuchen lassen?«

»Wozu? Es bestand keine Veranlassung ...«

»Dann hast du es also nicht untersuchen lassen?«

»Nein, das habe ich nicht getan«, sagte Balilati trotzig. »Warum hätte ich es untersuchen lassen sollen? War damit etwas nicht in Ordnung?«

»Solange man das nicht überprüft, weiß man es nicht.«

»Dann schick es jetzt weg.«

»Das werde ich machen. Gibt es bei euch etwas Neues?«

»Nichts Besonderes«, sagte Balilati düster. »Ich nehme alles auf, genügt es, wenn du die Ergebnisse morgen in der Sitzung der Mordkommission erfährst, oder willst du vorab etwas wissen?«

»Wenn ich hier fertig bin, mal sehen.«

»Hast du vor, die ganze Nacht darauf zu warten, was die Untersuchung des Pflasters ergibt?«

»Ich habe sowieso Isi Maschiach hier«, sagte Michael.

»Wer ist Isi Maschiach? Ach ja, der Freund von... Ich verstehe. Soll ich die beiden anderen noch heute abend ins Präsidium bringen? Sollen wir sie noch heute nacht bei uns vernehmen?« fragte Balilati.

»Entscheide du«, sagte Michael. Nervös fügte er hinzu: »Hast du die Sache mit Nitas Saiten überprüft?«

»Ja, ja«, sagte Balilati in einem vorsichtigen, betont sachlichen Ton. »Man könnte sagen, es besteht die Möglichkeit, daß besagtes Objekt hierher gehört.«

»Was willst du damit sagen?« fragte Michael und wischte sich den Schweiß von der Stirn, der sich dort plötzlich gebildet hatte. »Gehört die Saite ihr?!«

»Schon möglich«, murmelte Balilati, »es steht noch nicht genau fest. Wir sind noch nicht ganz fertig. Es gibt da ein Problem mit dem Gedächtnis.«

»Weiß sie nicht mehr, wie viele Saiten sie hatte?« fragte Michael.

»So ist es nicht ganz«, sagte Balilati feindselig, »können wir woanders darüber sprechen? Meine Arbeit hier ist noch nicht beendet, oder?«

»Hast du deine Schwester Yvette angerufen?« fragte Eli Bachar, nachdem Michael sein Gespräch mit der diensthabenden Sachverständigen von der Spurensicherung beendet hatte.

»Noch nicht. Es ist schon spät und...«

»Was meinst du? Es ist erst zehn Uhr, geht sie etwa mit den Hühnern schlafen?«

Michael sah ihn erstaunt an. In all den Jahren ihrer Zusammenarbeit war Eli ihm noch nie mit solch grober Aggressivität begegnet.

»Entschuldige bitte«, sagte Eli Bachar, »aber die ganze Sache macht mich rasend. Wer verhört sie? Du hast kein Wort darüber verloren. Vernimmt Balilati sie? Diese Geschichte macht mich nervös.«

»Meinst du mit der *Geschichte* das Baby?«

»Alles, das Baby, deine Freundin, diese ... diese Verwicklungen. Ich weiß nicht, ob du ... ob ich ... ob es sein kann ... und Schorer?« Er blinzelte. Lange, dunkle Wimpern beschatteten seine grüne Augen, und zwischen den kurzen Haarstoppeln waren silbrige Spitzen zu sehen.

Michael schwieg. Wenn er in sich ging und sich danach fragte, was er tatsächlich spürte und dachte, wurde ihm bange ums Herz. Er hatte Angst, das Baby zu verlieren. Vielleicht würde er sich nicht mehr oft an dem Mund, der auf ein Fläschchen wartete, an dem jähen Lächeln und dem Geruch der Kleinen erfreuen können. Noch heute mittag, als er das Baby vom Konzertsaal nach Hause gebracht hatte, war die Kleine beim Trinken eingeschlafen. Er war lange bei ihr sitzen geblieben und hatte sie im Schlaf beobachtet. Er hatte den dichten Flaum betrachtet, der in den letzten Tagen ein wenig dunkler geworden war, und sein Finger hatte sanft über die rosa Wange gestrichen. Bevor er das Haus verlassen hatte und zur Arbeit gefahren war, als die Kinderfrau geläutet hatte, war sie aufgewacht. Sie hatte auf dem Bauch gelegen, den Kopf gehoben und sich umgesehen, bis ihr Blick auf sein Gesicht gefallen war. Als er sie in die Wippe legte und den kleinen Hasen aufhängte, von dem er meinte, daß sie ihn mochte, neigte sich ihr Kopf zur Seite, und sie zeigte ein Lächeln, in dem er einen gewissen Stolz zu erkennen glaubte, und das ein begeistertes Jubeln der Kinderfrau ausgelöst hatte.

Er sah Eli Bachar beschwörend an. »Steh mir in dieser Sache bei. Gib mir ein wenig ...«

Eli Bachar wurde verlegen, er senkte den Blick, preßte die Lippen zusammen und schwieg.

»Es ist schwierig. Kompliziert und heikel. Ich behaupte ja gar nicht, daß es das nicht ist«, hörte Michael sich sagen. Es lag etwas Unaufrichtiges in seinen Worten, aber er wußte selbst nicht, warum er so redete und wieviel er Eli Bachar anvertrauen wollte. Er wußte nicht mehr, was richtig und was falsch war. Er war völlig durcheinander. »Wie in einer Waschmaschine«, sagte er schließlich.

»Was ist wie in einer Waschmaschine?« fragte Eli Bachar. »Von was für einer Waschmaschine redest du?«

»Mein Kopf, meine Gedanken drehen sich wie in einer Waschmaschine. Sie hält keine Minute inne ... Sie dreht sich ununterbrochen. Und alles wird ständig durcheinandergeschüttelt, ich weiß nicht ...«

»Gut. Okay, belassen wir es erst mal dabei«, sagte Eli Bachar versöhnlich. »Aber du wirst doch bald mit Schorer sprechen?«

Michael nickte.

»Und Balilati, wenn Balilati die Sache in die Hand genommen hat, kann ich Rafi nicht mit einbeziehen. Selbst wenn ... Ich selbst habe auch keinen besonders guten Draht zu ihm. Ich weiß nicht, was rauskommt. Er ist kein einfacher Mensch. Du weißt es ja selbst ...«

»Abwarten. Warten wir ab bis morgen. Komm, wir befreien diesen Isi von Sipo. Kannst du mir mal verraten, wieso ausgerechnet Sipo hier ist?«

»Er tut mir leid, wie er so kopflos hier herumläuft. Er ist kurz vor der Pensionierung, und er hat nichts mehr zu tun und sucht überall nach einem Publikum für seine Geschichten. Jetzt, wo wir zusammenarbeiten, kann er mir seine Anekdoten über Jerusalem erzählen. Wie es früher war. Von den Verrückten von Jerusalem. Als du gekommen bist, hat er mir von einer Geisteskranken erzählt, der Tante von Rabbi Lewinger, die früher im Stadtzentrum herumgeirrt ist und den Leuten Abzeichen an die Brust geheftet hat. Sie glaubte, daß Buddha, Jesus und Moses und Mohammed alle ein und dieselbe Person waren. Ich erinnere mich an die Geschichten meines Onkels, und nun erzählt er mir wieder solche Sachen. Weißt du, daß er ein Buch über die Wahnsinnigen dieser Stadt schreiben will? Er hat einiges dazu zu sagen! Wir werden doch sicher eine Beschäftigung für ihn finden. Schick ihn mit dem Pflaster los.«

Sipo fuhr mit den Beweisstücken zum Labor der Spurensicherung in der Polizeizentrale. Michael ging zurück in sein Büro und setzte sich vor Isi an seinen Schreibtisch. Eli Bachar zog den Stuhl, der bei der Tür stand, heran.

»Sind Sie immer noch sicher, daß Sie einverstanden sind?« fragte Michael.

»Ich habe doch schon eingewilligt«, antwortete Isi ungeduldig.

»Dann muß ich Ihnen nur erklären, wie es funktioniert. Sind Sie schon einmal an einen Lügendetektor angeschlossen worden?«

»Ich?« erschrak Isi. »Ich war noch nie auf einem Polizeirevier, bis auf ein einziges Mal, um eine Anzeige wegen eines Kassettenrecorders zu machen, der mir aus dem Auto gestohlen wurde.«

»Es gibt zwei Methoden«, erklärte Michael, »eine davon wenden wir nicht an.«

Er sah aus den Augenwinkeln, wie Eli Bachars Mund auf- und zuging. Ein Ausdruck des Protests erstarrte auf seinem Gesicht, als Michael fortfuhr: »Diese Methode hat versagt. Sie enthielt Fangfragen. Fragen, die ...« Er zauderte, fühlte die Wellen des Widerstandes, die aus Elis Richtung kamen, der dagegen war, einen Verdächtigen mit solcher Offenheit einzubeziehen, und häufig befürchtete, Michael könnte die Grenzen überschreiten.

Isi wartete schweigend.

»Gut, man stellt Ihnen eine Reihe von Fragen, deren Antworten bekannt und unproblematisch sind. Wie zum Beispiel: Heißen Sie Isi Maschiach? Sind Sie in Jerusalem geboren? Ist der Vorname Ihres Vaters Mosche? Heißt Ihre Frau mit Vornamen Schula? Stimmt es, daß Sie sie gestern mit dem Nachbarn im Bett erwischt haben?«

Isi richtete sich auf seinem Stuhl auf und faltete die Hände.

»Man stellt dabei unvermittelt erschütternde Fragen. Aus der Reaktion des Verdächtigen auf den scharfen Übergang wird eine Schlußfolgerung gezogen. Wir sind gegen diese Methode. Wir halten sie für unzuverlässig. Denn jede plötzliche Änderung beeinträchtigt automatisch die Reaktion des Befragten. Wenn ein Mensch in einer sicheren Situation in seinem Zimmer sitzt – sicher heißt hier vertraut, sagen wir, das Licht brennt, der Stuhl ist stabil – und plötzlich geschieht etwas Unerwartetes – eine Eidechse kommt ins Zimmer, das Licht geht aus, der Stuhl bricht zusammen –, dann beeinflußt diese Veränderung seine Reaktionen. Deshalb denken wir, daß die Methode, die künstliche Überraschungsmomente auslöst, nicht effektiv ist. Wir sind für die zweite Variante.«

Eli Bachar stützte den Ellbogen auf den Tisch und legte sein Kinn auf die Hand. »Erklärst du es ihm«, bat Michael, »während ich mit der Technikerin spreche?«

»Ich bin schon an der Tür«, sagte Eli eilig und sprang auf, »ich werde mit der Technikerin reden.«

»Die zweite Methode, die wir bevorzugen, basiert auf der Annahme, daß nur wenige Menschen das Gerät überlisten können; darum ist es besser, vorab zu klären, welche Fragen gestellt werden, bevor der Zeuge an das Gerät geschlossen wird. Ich werde Ihnen die Fragen vortragen, erst dann schließen wir Sie an. Die verschiedenen Parameter, Blutdruck, Schweißabsonderung, Adrenalin, erledigen den Rest.«

»Wie lange dauert das Ganze?«

»Vielleicht zehn Minuten, höchstens eine Viertelstunde.«

»Tut es weh? Werden Nadeln eingeführt?«

Michael verbarg ein Lächeln. Fast hätte er gemurmelt:

Oh, die süßen Ängste der Überlebenden! Unsere Welt ist eingestürzt. Unser Allerliebstes liegt mit zerlegtem Körper auf dem Tisch im gerichtsmedizinischen Institut, und wir fürchten uns vor dem kleinsten Schmerz.

»Es tut nicht weh«, beruhigte er. »Man wird mit einem Gerät verbunden, wie bei einem EKG. Wir haben auch nichts dagegen, wenn Sie sich an ein privates Institut wenden und uns das Gutachten zustellen. Viele Verdächtige wünschen, an einen Lügendetektor angeschlossen zu werden, und gehen zu privaten Instituten.«

»Nicht nötig«, winkte Isi ab. Sein Atem wurde schnell, als er um die Fragen bat. Michael trug sie eine nach der anderen vor. Schon damals, als er Isi über eine Krise in der Beziehung, über nicht lange zurückliegende Veränderungen befragt hatte, hatte er das schnelle Augenzwinkern bemerkt.

»Wer wird mir die Fragen stellen? Sie? Ihr Kollege? Der Techniker?«

»Ich. Der Techniker fragt nichts. Er muß auch nicht im Raum sein. Heute nacht ist es eine Technikerin. Sie ist nur da, um das Funktionieren des Geräts zu überprüfen, um zu sehen, ob die Saugnäpfe richtig sitzen, ob der Graph richtig schreibt. Ich stelle die Fragen und beginne mit denen, deren Antworten klar sind und kein Problem darstellen, wie ich Ihnen bereits gesagt habe. Nach und nach werde ich dann zu den komplizierten Fragen übergehen.«

»Dann ist das ein mechanischer Vorgang«, sagte Isi sichtbar erleichtert. »Wie eine psychometrische Untersuchung oder so etwas. Es ist nichts Mysteriöses daran. Jeder Laie kann diese Fragen stellen.«

»Genau«, sagte Michael, ohne mit der Wimper zu zukken. Er enthielt Isi vor, wie wesentlich das Tempo der Fragen und ihre Formulierungen waren. Er sagte ihm auch nicht, daß das Problem darin bestand, daß eine Untersuchung durch den Lügendetektor nichts gemein hatte mit einem psychometrischen Test und daß man im Gegensatz zur

Psychometrie ein Thema nicht aus verschiedenen Richtungen angehen konnte. Und er sagte ihm nicht, daß die kurze Zeitspanne Virtuosität bei der Formulierung der Fragen verlangte. Denn es war zeitlich nicht möglich, vom Thema abzuschweifen oder es immer wieder einzukreisen.

»Okay, alles klar«, sagte Eli Bachar, der an der Tür stand, »die Maschine ist frei.«

Michael erhob sich, aber Isi Maschiach rührte sich nicht. »Warum ist die Untersuchung bei Gericht nicht zugelassen, wenn sie so eindeutig ist?«

»Ach das«, sagte Michael und setzte sich wieder. Ein schneller Blick, den er mit Eli wechselte, brachte Eli dazu, den Stuhl erneut heranzuziehen und sich betreten zu setzen. »Wollen Sie, daß ich es Ihnen erkläre?« Isi Maschiach zuckte die Achseln, aber er rührte sich nicht.

»Der Lügendetektor wird nicht zugelassen, weil es Situationen gibt, in denen Menschen eine Legitimation zum Lügen verspüren. Wenn der Überprüfte sich nicht bewußt ist, daß er lügt, sind die Reaktionen nicht aussagekräftig.«

»Was meinen Sie mit einer Legitimation zum Lügen?«

Michael sah Eli Bachar an. »Erzähl du ihm von dem Vortrag«, bat er.

»Jetzt?« protestierte Eli Bachar.

Michael antwortete nicht.

»Gut, wenn es sein muß«, erklärte Eli sich bereit. »Ich war einmal bei einem Vortrag, in dem der Referent eine Polizistin nach vorne rief, ihr eine Reihe Karten zeigte, sie mit Reißzwecken an der Tafel befestigte und sie bat, laut die Zahlen auf den Karten vorzulesen. Sie von eins bis sieben vorzulesen. Aber wenn sie an eine Karte mit der Zahl fünf käme, bitte er sie, die Sieben zu nennen. Das hat sie getan. Man hat sie an den Lügendetektor angeschlossen, und als sie an die Karte mit der fünf kam, sagte sie sieben, und der Zeiger schlug nicht aus. Sie spürte nicht, daß sie log. Sie hatte das Gefühl, einer Anweisung zu folgen. Mit anderen Worten, eine Legitimation zu lügen.«

»Die Frage ist, welche Autorität einen zum Lügen animiert hat«, fügte Michael hinzu. »Man hat es nicht erforscht, aber ich bin sicher, wenn man die Reaktionen von Ultraorthodoxen auf dem Lügendetektor untersuchen würde, würde man feststellen, daß jede Lüge, die auf ein Gebot ihres Rabbis zurückgeht oder sie zu Märtyrern macht, kein Problem für sie darstellt.«

»Er ist nicht über seine Rechte aufgeklärt worden«, flüsterte Eli Bachar und legte die Hand auf das Gerät, mit dem das Gespräch zwischen Michael und Isi Maschiach aufgenommen wurde. Die Technikerin schloß inzwischen den Lügendetektor an. »Ich dachte, daß es nicht notwendig ist«, sagte Michael. »Er hat kein Motiv, von dem ich wüßte, und hat heute, falls wir nun nichts anderes erfahren, auch seine Wohnung nicht verlassen. Er hat nicht mal um einen Rechtsanwalt gebeten.«

»Aber es gibt keine Zeugen dafür, daß er das Haus nicht verlassen hat«, erinnerte Eli Bachar.

»Wir werden ihn fragen.«

»Zweimal!« sagte Eli Bachar aufgeregt, als beide draußen standen. »Zweimal hat er eindeutig gelogen.«

»Das stimmt nicht ganz«, sagte Michael und überprüfte erneut die Kurve. »Einmal war es klar, als ich ihn über eine Krise in der Beziehung gefragt habe. Aber das zweite Mal, als ich wissen wollte, ob er das Haus verlassen hat, war es nicht eindeutig.«

»Zweimal«, beharrte Eli Bachar. »Willst du ihn hierbehalten?«

»Vorläufig«, sagte Michael nachdenklich. Er versuchte seine plötzliche Enttäuschung über Isis Reaktionen einzudämmen.

»Mach du jetzt weiter, ich fahre zu Balilati und komme später zurück. Die anderen Kollegen kommen bald vom Tatort zurück. Du wirst Unterstützung bekommen.«

Nach ein Uhr nachts stand Michael in Nitas hell erleuchteter Wohnung. Als er sich über das Baby beugte, das im Kinderwagen schlief, sah er, daß der Wagen ihr bald zu eng sein würde. Sie war im letzten Monat sehr gewachsen, und man mußte sie in ein Kinderbett legen, auch wenn sie in Nitas Wohnung war. Ihm fiel ein, daß er seine Schwester nicht angerufen hatte. Vielleicht war es auch gut so, denn es hatte sich herausgestellt, daß die Polizistin Dalit es fertiggebracht hatte, eine Äthiopierin mit strahlendem Lächeln aufzutreiben, die auch nachts dableiben würde. Dalits Augen funkelten vor Stolz. Sie erklärte hastig, wie sie dies angestellt hatte. Zufällig hatte sie von der Äthiopierin gehört und erfahren, daß diese auf einen Studienplatz wartete, und zufällig kannte sie deren Fähigkeiten – sie hatte ein ganzes Jahr lang als Hilfspflegerin in der Wizo-Krippe gearbeitet, und die Kinder liebten sie sehr. Dalit wußte, daß die Frau eine Wohnung suchte und über keine Mittel verfügte.

Neben Idos Gitterbett schüttelte Balilati den Kopf. »Man kann mit deiner Freundin nicht reden. Sie sagt immer wieder, sie sei nicht sicher, sie erinnere sich nicht genau. Vielleicht steht sie noch unter dem Einfluß des Beruhigungsmittels, das die Ärztin ihr verabreicht hat. Wenn es so weitergeht, müssen wir einen Arzt rufen. Sie scheint mir kurz vorm Durchdrehen zu sein. Ich dachte daran, Elro'i um Hilfe zu bitten.«

»Was ist mit den Saiten?« fragte Michael. »Alles andere kann warten.«

»Das ist es ja.« Balilati musterte die Fliese. »Sie kann sich an nichts erinnern, und ihr Bruder behauptet, er weiß von nichts. Sie ist nicht gesprächig. Theo – ist da ganz anders. Mit ihm kann man reden«, faßte er zufrieden zusammen. »Man kann sein Mundwerk nicht abstellen. Versuch du mal dein Glück, nur Vorgespräche, Basisgespräche, dann setzen wir uns zusammen.«

»Gehst du davon aus, daß es sich in beiden Fällen um ein und denselben Täter handelt?« fragte Michael.

»Was, du meinst zwei verschiedene Menschen könnten zufällig in solch einer Zeitspanne aus einer Familie gleich zwei um die Ecke bringen? Hör auf damit«, winkte Balilati ab und wollte wissen, was Isis Vernehmung ergeben hatte. In diesem Moment ging die Schlafzimmertür auf, und Dalit stand im Eingang, eine hagere Gestalt in Jeanshosen, die die Arme unter einer kleinen Brust verschränkte und sich in der Pose eines Kinostars gegen den Türpfosten lehnte.

»Ja?« fragte Michael.

»Ich dachte, daß Sie mich auf den neusten Stand bringen wollen«, sagte sie in einer Mischung aus energischer Heiterkeit und Verletztheit und ließ ihre Hand verwirrt durch ihr helles, kurzgeschnittenes Haar gleiten.

»Bald«, sagte Balilati. »Vielleicht kümmerst du dich inzwischen um eine neue Runde Kaffee.«

»Ihr Baby ist wach«, verkündete sie mit einem gezwungenen Lächeln.

»Ich muß der Kleinen ein Fläschchen machen«, sagte Michael. »Komm mit in die Küche, wir reden dort weiter.«

»Ich habe schon alles vorbereitet«, sagte Dalit, »zwei Fläschchen.«

Michael fragte, woher sie in ihrem Alter wußte, wie man ein Fläschchen zubereitete. »Nita hat es mir erklärt«, sagte sie.

»Ich weiß nicht, was wir ohne sie getan hätten«, sagte Balilati anerkennend. »Dieses Weibsstück ist ein Engel.«

»Wir haben ein Au-Pair-Mädchen«, sagte Michael bei seinem Versuch, Nita zu trösten. Er saß mit ihr hinter geschlossener Tür auf dem Doppelbett in ihrem Schlafzimmer und streichelte ihre Hand. Es war das erste Mal nach der Entdeckung der Leiche, daß die beiden allein waren. Als sie schließlich etwas sagte, war ihre Stimme heiser, als ob sie stundenlang ununterbrochen geschrien hätte. Sie flüsterte und starrte auf einen Punkt auf dem hellblauen Bettvorleger. Das erste, was er von ihr hörte, war: »Es ist wie ein permanenter Horror, wie der Alptraum, von dem ich nachts immer wieder aus dem Schlaf geschreckt bin. Es ist, als ob er Wirklichkeit geworden ist.«

Er verstand nicht, wovon sie sprach, und schwieg. Sie nestelte mit ihrer freien Hand an der Spitze des Bettüberwurfs und hob die Augen nicht von dem kleinen Teppich. »Weißt du, was im ersten Moment das Schlimmste für mich war?« fragte sie, und er schüttelte den Kopf. Sie hob den Blick und sah prüfend in sein Gesicht, als wolle sie sich vergewissern, ob er auch meinte, was er sagte. Und bevor sie erneut ihre Augen auf den Bettvorleger heftete, warnte sie: »Es ist furchtbar, was ich dir zu sagen habe, mußt du wissen.« Er verstärkte den Druck auf ihre Hand. »Ich habe es dir bis jetzt verheimlicht. Ich konnte es dir einfach nicht sagen. Ich fand dafür keine Worte. Jetzt habe ich sie. Seit Monaten, wahrhaftig seit Monaten, jeden Tag, fast jede Stunde und manchmal Minute für Minute, vor allem bis zur Geburt von Ido, aber auch danach, hat mich ... hat mich ein Bild verfolgt, ein immer wiederkehrender Alptraum, eine Art Horrorvision, die mich nicht losließ, nicht im Schlaf, und auch nicht, wenn ich wach war. Als ob ich einen Film sehen würde. Es hat mich ständig verfolgt.«

Sie wurde still. Ihre Hand war kühl und feucht. Er bewegte sich nicht. Sie schwieg ein paar Sekunden lang, bevor sie sagte: »Das Bild meines abgehackten Kopfes. Ich sehe mich mit einer Saite, die ich an ihren beiden Enden halte. Ich lege sie auf die obere Hautfalte meines Halses und ziehe mit aller Kraft zu. Dann sehe ich, wie meine Kehle durchgeschnitten wird. Es ist, als ob ich mich zweifach sehe. Einmal als diejenige, deren Kopf abgetrennt wird, und dann als die, die köpft. Und wie das Blut zu fließen beginnt, ganze Flüsse, Bäche, und mein Kopf fällt ...« Sie unterdrückte ein Schluchzen und verstummte. Michael senkte den Kopf und schloß die Augen. Ihn fröstelte. Er schlug die Augen auf und sah sie an. Sie rührte sich nicht. Ihre Augen ließen nicht ab von dem hellblauen Bettvorleger, als liefen die Blutbäche und Blutflüsse auf ihm zusammen.

»Es hängt vermutlich damit zusammen, daß ich glaubte, für meine Dummheit eine Strafe zu verdienen. Als ob dieser einfältige Kopf weg müßte, der so leichtgläubig gewesen ist und der trotz besseren Wissens so gutgläubig war.«

»Deshalb hast du die ganze Zeit nicht gespielt«, flüsterte er, was ihm in dem Moment klarwurde, während er sprach. Er hatte den Eindruck, daß er die Worte herausschrie.

»Deshalb habe ich nicht gespielt«, bestätigte sie. »Alle dachten, meine Depression sei der Grund, mein Liebeskummer. Aber nein, es war einfach die Angst. Ich wollte so gern spielen! Es war so ... aber jedesmal, wenn ich das Cello ansah, sah ich die Saite. Und immer wenn ich die Saite sah, dachte ich an den abgetrennten Kopf, das hat mir die Freude an der Musik verdorben. Diese Panik hat mir die Musík verdorben.«

Eine Mischung aus Trauer und Grauen überwältigte ihn, und darum hörte er sich fragen: »Warum hast du mir nicht vorher davon erzählt?«

»Ich konnte nicht. Ich wollte es, aber ich konnte nicht. Schon bevor ich dich kennenlernte, habe ich begonnen ... Ich dachte, es geht allmählich vorbei. Später, als du dann da warst, wurde es besser. Als Vater ... als mein Vater ... Als mein Vater starb, ist es wiedergekommen. Aber ich habe mir gesagt, daß es von allein vorübergehen würde. Ich konnte nicht«, flehte sie ihn an, »ich konnte es nicht in Worte packen. Es war so, so lebendig und real ...«

Er ließ ihre Hand los und sah sie an. Die gelbliche Hautfarbe, die Augen, die tief lagen, in die dunklen Halbmonde getaucht, das Graublau, das von dem schwarzen Kreis umringt war. Das weiche Licht der Nachttischlampe, neben der sie saß, hüllte sie ein. Ihre Lippen zitterten, und zu beiden Seiten ihres Mundes gruben sich tiefe Furchen ein. Ein düsterer Schatten füllte die hohlen Wangen. Das Kinn bebte, alle anderen Gesichtszüge schien sie gewaltsam anzuspannen.

»Und heute«, flüsterte sie, »als ich Gabi sah, nicht nur daß Gabi ... daß Gabi ... daß ich Gabi nicht mehr habe, das habe ich auch noch gar nicht begriffen, und nicht nur, daß einer, der diesen Anblick hinter sich hat, ihn sein Leben lang nicht mehr vergessen kann, hatte ich zu allem auch noch das Gefühl, mich selbst dort zu sehen. Als hätte jemand eine Vision kopiert, mein Bild, von dem ich keiner Menschenseele je ein Wort erzählt habe. Als ob jemand davon wußte und Gabi etwas angetan hat anstatt mir. Irrtümlich. Gabi war ein Versehen.«

Sie hob die Augen, drehte sich zu ihm um und sah ihm ins Gesicht: »Ich hätte dort mit dem abgeschnittenen Hals liegen sollen, ich und nicht Gabi!«

Er faßte erneut nach ihrer Hand und spürte ihre Kälte. Von Moment zu Moment wuchs seine Angst.

»Plötzlich sah ich vor mir, wie es in Wirklichkeit aussieht. Wie es ausgesehen hätte, wenn ich es getan hätte. Ich denke ... ich fühle ... als ob ich jemandem beigebracht hätte, wie man es macht. Oder ... oder ich habe es sogar selbst getan.«

Ausgerechnet in diesem Moment begann die Angst in ihm nachzulassen. An ihrer Stelle spürte er den Anfang eines Aufklarens, einer ernüchterten Kühle. »Was soll das heißen, daß du es selbst getan hast?« fragte er streng und distanziert. »Hast du es getan?!«

»Ich glaube nicht«, flüsterte sie und hob die aufgerissenen Augen zu ihm. »Stimmt es, daß es gar nicht sein kann?« stammelte sie. »Stimmt es, daß es nicht sein kann? Es kann doch nicht sein, daß ich es getan habe, ohne es zu wissen. Wäre es möglich?!« fragte sie entsetzt und griff kraftvoll nach seinem Arm. Jetzt war er gespalten, ein Zwillingspaar: einer, der vor Schreck, vor Angst, vor lauter Überflutung mit stürmischen, zerrissenen Gefühlen völlig aus dem Konzept war, und einer, der mit einer beherrschten, abweisenden, strengen Stimme fragte: »Glaubst du wirklich, daß du es getan hast?«

»Ich sage dir doch, nein. Es ist unmöglich. Du weißt, daß ich Gabi geliebt habe. Aber wie kann es sein, daß man so genau in die Tat umgesetzt hat, was in meinem Kopf herumgeistert und von dem bisher nur ich wußte. Wie ist so etwas möglich? Vielleicht ist die einzig mögliche Antwort, daß ich es unbewußt getan habe.«

»Unbewußt«, wiederholte er ihre Wort. »Unbewußt.« Er wurde still.

»Ich habe einmal ein Interview mit einem professionellen Hypnotiker gehört«, flüsterte Nita, »er sagte, daß man auch unter völliger Hypnose Menschen nicht dazu bringen kann, Dinge zu tun, die sie auf keinen Fall zu tun bereit sind.«

»Das ist richtig«, sagte Michael. »Daran besteht kein Zweifel. In Diskussionen über Hypnose und ihre Gefahren wird dies immer wieder bestätigt. Ein Mensch würde unter Hypnose nicht töten, es sei denn, er wollte es schon vorher tun. Aber du redest nicht von Hypnose, sondern von etwas anderem. Für diese Dinge, über die du sprichst, gibt es Präzedenzfälle. Ja, es ist schon vorgekommen, daß jemand in einem Anfall von Wahnsinn getötet hat und sich später an nichts mehr erinnerte.«

Aus ihrem ohnehin blassen Gesicht wich das Blut, ihre Hände zitterten. »Kann das sein?« flüsterte sie mit erstickter Stimme. »So etwas ist denkbar; wenn das so ist, bin ich eine Gefahr für die Öffentlichkeit, und man muß, man kann mich nicht mit den Kindern allein lassen, nein, unmöglich ... Ido ...«

Sie stand auf, hielt ihren Hals mit beiden Händen fest und wankte. Auch er stand auf und hielt sie fest. »Verhaftet mich, bringt mich von hier weg, vielleicht bin ich ... Sicher bin ich ...« Sie rollte mit den Augen und zuckte.

Er gab ihr eine Ohrfeige, und dann sprach er schnell. Es schien ihm in diesem Moment, daß alles von ihrem weiteren Verhalten abhing. Plötzlich fiel ihm wieder ein, was er über den Verlust des Erinnerungsvermögens in solchen Momenten gehört hatte. »Hör zu!« sagte er schroff. »Hör mir ganz genau zu, hörst du?«

Sie rührte sich nicht. »Hör mir zu. So ist es nicht. Ich kenne den Fall eines Jugendlichen, der seine Eltern, seine Brüder und seine Schwestern in einem Anfall von Wahnsinn getötet hatte. Er erinnerte sich an nichts. Aber an gar nichts. Nicht an den Moment, in dem er nach der Uzi griff, und auch nicht an den Moment, in dem er sah, daß sie tot waren. Ganze vierundzwanzig Stunden fehlten ihm in seiner Erinnerung. Nicht nur der bewußte Augenblick, auch alles, was davor kam, und alles, was folgte. Bei dir ist es nicht so. Du erinnerst dich an alles, was du im Laufe des Tages gemacht hast. Komm, erzähl es mir, du wirst sehen, daß du dich an den Rest erinnerst. An alles, was um den Zeitpunkt herum geschah, an dem du Gabi gefunden hast. Sprich ganz langsam. Mach dir um die Kinder keine Sorgen. Ich werde dich nicht allein lassen.« Er legte seine Hand auf ihren Arm. »Bis wir es völlig geklärt haben, wirst du nicht allein bleiben«, versprach er. »Aber komm, erzähl mir jetzt alles, woran du dich erinnerst, bis zu dem Moment, wo du Gabis Leiche gesehen hast und auch, was nachher passierte. Alles, jede Einzelheit.«

»Bist du sicher, daß ich es nicht war?« flüsterte sie ein wenig erleichtert. Ihre Atemzüge wurden ruhiger. Ihr Anfall von Panik war vorüber. Er selbst wußte nicht, woher er die Sicherheit nahm. Hätte Balilati ihn jetzt gehört, hätte er sicherlich die Augenbrauen gewölbt und eine sarkastische Bemerkung gemacht. Und Schorer hätte es vielleicht für eine sehr gerissene Taktik gehalten. Aber sie kannten Nita nicht. Wie gut kennst du sie eigentlich? spottete die innere Stimme, die wieder den Tonfall Schorers annahm. Wie gut? Und wer kennt überhaupt einen anderen in diesem Sinn, daß er all dessen Taten voraussehen kann? Wieder stützt du dich auf ein Vertrauen, das auf Intuition gründet. Im gleichen Moment, in dem es ins Wanken gerät, wenn es nur das kleinste Anzeichen dafür gibt, wird alles wie ein Kartenhaus zusammenfallen. Er hatte einmal einen Krimi aus den vierziger Jahren gesehen. Humphrey Bogart war Philip Marlowe, der sich in eine Mörderin verliebt. Aber er selbst war nicht verliebt, und Nita war keine Mörderin. Hier war kein erfolgloses Detektivbüro in New York, hier standen keine Whiskyflaschen herum. Sie befanden sich in einer normalen Wohnung. Im anderen Zimmer erwartete sie die kalte, scharfe, unsentimentale Logik Balilatis – und ein weinendes Baby. Philip Marlowe hatte kein Baby. Die Frau, in die er sich verliebt, auch nicht. Und überhaupt, er selbst hatte sich nicht in Nita verliebt.

Sie sprach leise, gab sich große Mühe, sich zu konzentrieren. Jemand klopfte an die Tür. »Jetzt nicht«, rief Michael, und sie zitterte. Ganz langsam rekonstruierte sie den Ablauf der Probe. Sie kam bis zur Beschreibung der Arbeit am letzten Satz des Doppelkonzerts. »An mehr kann ich mich nicht erinnern«, sagte sie angestrengt.

Er fragte sie nach dem Einpacken der Instrumente, tastete sich mit seinen Fragen nach den Leuten vor, die auf der Bühne zurückgeblieben waren. Er versuchte herauszufinden, ob sie bemerkt hatte, wie Gabi hinter die Bühne ging. Ihre Augenbrauen hoben sich mühsam. Sie habe kein Bild vor Augen, sagte sie mit leerer Stimme und kehrte zu ihrer abgehackten Sprechweise zurück, einem Stottern, das unwirklich erschien. Sie zog die Augenbrauen über der kleinen Nasenwurzel zusammen.

»Erinnerst du dich, ob der erste Geiger, wie heißt er noch, dieser Awigdor, auf der Bühne war?« Sie schüttelte schwach den Kopf. »Und Frau Agmon, die Geigerin, die Gabi gesucht hat?«

»Nichts«, murmelte Nita und verbarg ihr Gesicht in den Händen. »Nichts, völliger Blackout.«

»Sie wollte mit Gabi über ihren Mann sprechen«, versuchte er es. Doch sie schüttelte entschieden den Kopf und sprach von völliger Dunkelheit. Sie konnte sich an keinen Schritt auf der Bühne erinnern, sie konnte nicht einmal mit

Sicherheit sagen, ob sie überhaupt auf der Bühne war, aber sie wußte auch nicht, ob sie sich woanders aufgehalten hatte. »Es ist«, sagte sie dumpf, »als wenn man sich an eine Kindheitsgeschichte erinnert, an die man keine wirkliche Erinnerung hat, die man nur aus Erzählungen kennt, die man von einem Photo aus einem Album hat, ganz anders, als wenn man es wirklich erlebt hat. So ging es mir bis zu dem Moment, in dem ich über Gabi stand... in dcm ich Gabi sah.« Erst jetzt begann ein Tränenstrom die hohlen Wangen zu befeuchten.

»An einen bestimmten Zeitabschnitt erinnere ich mich einfach nicht«, sagte sie schluchzend. »Als ob es einen Abgrund in der Mitte gäbe.« Plötzlich wurde ihr Körper steif. Sie richtete sich auf.

»Was ist los!« fragte er angespannt.

»Es war... mir ist eingefallen, einmal, in einem Hotel in Columbus, Ohio, wo ich nach einem Kammerkonzert übernachtet habe, habe ich einen alten Film gesehen. Der Film hieß *Eva mit den drei Gesichtern*, kennst du ihn?«

»*Eva mit den drei Gesichtern*?« sagte er verwundert. »Ja, ich kenne ihn. Es ist ein Film aus den fünfziger Jahren. Du bist noch viel zu jung, um ihn zu kennen ... Ach ja, du hast ihn in einem Hotel in Amerika gesehen. Es ist ein Film mit Joanne Woodward. Sie hat wunderbar gespielt.«

»Sie hatte zwei Persönlichkeiten, und eine wußte nichts von der anderen. Schon damals habe ich von dem Film furchtbare Angst bekommen, danach konnte ich die ganze Nacht nicht schlafen.«

»Er hat ein gutes Ende. Ich glaube, sie hat noch eine dritte Persönlichkeit, und die gewinnt«, sagte er wie im Traum, und es fiel ihm ein, wie ihn sein Onkel Jacquau, der jüngere Bruder seiner Mutter, zu einem Holzstuhl in der mittleren Reihe gebracht hatte, auf die Uhr schaute und verkündete, daß er mal telefonieren müsse. Er versprach, gleich wieder zurück zu sein, kam aber erst bei den letzten Bildern wieder. Auch in ihm hatte dieser Film große Angst ausgelöst.

»Die schwarze Eva, die aus der weißen Eva heraus handelt, legt einen Strick um den Hals ihrer Tochter und versucht sie zu erdrosseln«, sagte Nita geistesabwesend und schlang die Arme um sich. »Zum Glück erscheint ihr Mann, als das Kind vor Angst schreit, und sie verliert das Bewußtsein und erwacht als die weiße Eva, die Hausfrau mit ständigen Kopfschmerzen, die sich an nichts erinnert. Ich hatte das ganze letzte Jahr über auch schreckliche Kopfschmerzen.«

Er schwieg und ließ seine Hand über ihren Arm gleiten.

»Sie hat dem Arzt gesagt, sie habe nichts getan. Sie konnte sich an nichts erinnern. Sie war gewiß von ihrer Unschuld überzeugt«, sagte Nita erregt.

Er dachte an das demütige Gesicht der Hausfrau Joanne Woodward, das sich vor Schmerz verzerrte, an ihre Hände, die sich in ihre Spitzenkragen verkrampften. Er meinte sich an einen Spitzenkragen zu erinnern und an einen albernen Hut.

»Gott sei Dank hast du den Film auch gesehen«, murmelte Nita. »Dann denkst du wenigstens nicht, daß er nur Einbildung ist. Der Arzt erklärt ihr in dem Film, daß sie nicht geistesgestört ist, daß sie vielmehr an einer Persönlichkeitsspaltung leidet.«

Er schwieg und dachte daran, wie er den Film gesehen hatte, nervös, wie Onkel Jacquau, der ihn mitgenommen hatte, nicht zurückkam und der Sitzplatz rechts von ihm leer blieb. Und wie er zum ersten Mal eine großartige schauspielerische Leistung erkannte. »Sie hat fabelhaft gespielt«, hörte er sich noch einmal sagen. »Völlig überzeugend.«

Mit einem heiseren Flüstern sagte Nita: »Was wichtig ist, ist, daß es möglich ist, von einer Persönlichkeit in eine andere zu schlüpfen, wobei eine von der anderen nichts weiß. In dem Fall lag ein Strick um den Hals des Mädchens, an dem die Frau mit aller Kraft zog.« Nita ballte die Fäuste in der Luft und stieß die Arme auseinander.

»Nita«, sagte er und nestelte an dem Bettüberwurf. »Erinnerst du dich daran, wie dir vor ein paar Tagen die Saite gerissen ist und du sie gewechselt hast?«

Sie nickte.

»Weißt du noch, wie viele Ersatzsaiten du hattest?«

»Er hat mich schon danach gefragt«, sagte sie verzweifelt. »Ich kann mich nicht erinnern, entweder zwei oder drei. Auf keinen Fall vier und sicherlich auch nicht eine.«

Er führte sie ins Kinderzimmer und bat sie, sich auf die Liege zu setzen, die er neben Idos Bett aufschlug. Sarah kniete in der Ecke und lächelte beruhigend, wobei ihre weißen Zähne aufblitzten. Sie sah nicht älter aus als dreizehn.

Das Schlafzimmer verwandelte sich in einen Sitzungssaal. »Was ist mit ihr?« fragte Balilati, der neben ihm auf dem Doppelbett saß und etwas über »Dalits ausgezeichnete Arbeit, obwohl sie keine Erfahrung hat« bemerkte. Er seufzte: »Theo van Gelden kann sich nicht erinnern, wann er die Bühne verlassen hat, um zu telefonieren und auch nicht daran, wie lange das Telefonat dauerte«, beklagte er sich. »Hier scheint keiner ein Motiv zu haben. Auch über Gabriels Leben haben wir nichts Neues erfahren. Hast du mit dem Typ gesprochen?«

»Ich habe mit ihm gesprochen, wir haben noch mal mit ihm gesprochen, und am Lügendetektor war er auch schon. Übrigens habe ich auch schon die Untersuchungsergebnisse des Pflasters vorliegen.«

»Nun?« fragte Balilati spöttisch. »Hast du mich bei einer Schlamperei ertappt?«

»Und ob«, antwortete Michael und betrachtete, nicht ohne Vergüngen, das aufgedunsene Gesicht Balilatis, das erstarrte.

»Im Ernst?« sagte Balilati schließlich. Und seine kleinen Augen funkelten mißtrauisch.

»Im Ernst!« sagte Michael. »Auf dem Pflaster wurden Spuren von Daunen gefunden.«

»Ich glaube es nicht!« sagte Balilati, aber man konnte sehen, wie seine grauen Zellen arbeiteten. »Daunen?«

»Daunen!«

»Daunen aus Kissen oder Federbetten?«

»Ja, genau solche.«

»Auf dem Pflaster?«

»Auf dem Pflaster, das man ihm über den Mund geklebt hatte.«

»Von einem Kissen?«

»Ja, von einem Kissen. Es sieht ganz danach aus. Sie vergleichen zur Zeit die Daunenreste mit dem Kissen des Alten. Morgen wissen wir mehr.«

»Willst du damit sagen, daß er zuerst mit einem Kissen erstickt wurde?«

»Ich will gar nichts sagen, die Fakten sprechen dafür.«

Balilati sah ihn an und dann die Tür. »Hat man es ihnen gesagt?«

»Nein, und sie werden es auch so schnell nicht erfahren«, warnte Michael.

»Nein, natürlich nicht!« sagte Balilati. »Was soll ich dazu sagen? Es war eine Schlamperei.«

»Das hast *du* gesagt.«

»Ja. Hättest du es anders gemacht?«

»Woher soll ich das wissen?« sagte Michael. »Ich will hoffen, daß ich es nicht übersehen hätte. Aber wenn ich ehrlich bin, ich weiß es nicht.«

»Die ganze Sache sah nach einem einfachen Einbruch aus. Wie hätte ich darauf kommen sollen, daß er zuerst ermordet und dann erst gefesselt wurde?«

»In unserem Beruf ist nichts so, wie es zunächst aussieht«, stieß Michael hervor und bereute sofort den autoritären, überheblichen Ton in seiner derart banalen Aussage, als er die düstere Miene Balilatis sah. »Verzeih mir«, bat er.

»Gut, was habe ich gesagt? Es war eine Schlamperei. Und was nun?«

»Geh alles noch mal in Gedanken durch.«

»Ich denke ja darüber nach. Am besten besprechen wir es morgen bei der Sitzung. Verstehst du, daß das sie freispricht?« bemerkte Balilati und zeigte mit dem Kopf in Richtung Tür.

»Wieso?«

»Sie sind in einem Konzert aufgetreten. Und vorher waren sie alle beschäftigt. Sie haben Alibis.«

»So sicht cs zunächst aus.«

»Du selbst hast sie vor dem Konzert zum Friseur gebracht. Nach deinen eigenen Worten.«

»Ja, aber nicht ihre Brüder.«

»Einer von ihnen ist nicht mehr unter uns.«

»Aber damals war er es noch. Und der zweite ist auch noch da. Im Moment auf jeden Fall noch.«

»Ziehst du es tatsächlich in Erwägung?« fragte Balilati besorgt. »Dann müssen wir ihnen Begleitschutz geben. Rund um die Uhr.«

»Du leitest die Ermittlungen? Ist das richtig?«

Balilati nickte zerstreut.

»Dann handle!« sagte Michael bestimmt.

Balilati sah ihn verständnislos an: »Warum machst du solch eine große Sache daraus?«

»Wenn ich die Anweisung gebe, sie zu beschatten oder ihnen Begleitschutz zu geben, wird man vielleicht behaupten, es ginge mir nur um Nita und das Baby.«

»Da siehst du es«, sagte Balilati, »da hast du schon ein Beispiel, und wir haben noch nicht einmal richtig losgelegt.«

8

Wer das Leben eines Einsiedlers führen will

Mitten in der Sitzung sah er das Gesicht von Joanne Woodward in dem Film *Eva mit den drei Gesichtern* vor sich. Genau in dem Moment, als Zila am Tisch stand und der Reihe nach – zuerst Balilati, dann ihm und Dalit vor Eli und Awram – die Kaffetassen füllte und Brötchen mit Omeletts austeilte, die Sipo von der jemenitischen Imbißbude an der Ecke geholt hatte. Er war keuchend zurückgekommen und hatte die Tüten mit den Brötchen mitten auf den Tisch gelegt. Aus einer Tüte hatte er einen kleinen Pappbecher gezogen, mit ausladender Geste den Deckel des Bechers abgehoben, der eine jemenitische Gewürzpaste enthielt, und darauf beharrt, daß jeder einmal daran roch. Als Zila das Gesicht angewidert wegdrehte, erinnerte er sie an die medizinische Wirkung des Gewürzes und vor allem an dessen Effekt auf die Potenz. Ein Teil von Michaels Bewußtsein nahm wahr, wie Zila das längliche Brötchen, das in weißes, öliges Papier gewickelt war, vor ihn legte. Als er den Ölfleck betrachtete, sah er das Gesicht von Joanne Woodward vor sich, wie es die ganze Leinwand füllte, ein Bild, von dem er nicht sicher sagen konnte, ob er es tatsächlich in dem Film gesehen hatte.

Es verzerrte sich, veränderte sich, verkehrte sich und verwandelte sich in etwas vollkommen anderes. Die Figur im Film wußte von gar nichts, sagte er sich erschrocken, als das Gesicht sich auflöste und er auf den Ölfleck starrte. Die Persönlichkeiten waren vollkommen von einander losgelöst. Sie wohnten in einem Körper, sogar in einer Seele, und die »gute« wußte nichts von der »schlechten«. Er konnte sich nur an wenige Einzelheiten erinnern, obwohl er den Film vor ein paar Jahren noch einmal im Fernsehen gesehen hatte. Aber etwas an dem Tonfall der Heldin, wenn sie verwegen war, das Echo eines spöttischen Lachens in einem heiseren Alt, hallte in seinen Ohren nach. Er glaubte sich daran zu erinnern, daß sie sagte: »Sie weiß nichts von mir, aber ich weiß alles über sie.«

Erst dann bemerkte er, daß er mit dem Zuckerlöffel in seinem Kaffee rührte und rührte und die schwarze Flüssigkeit auf die Listen spritzte, die Eli für jeden angefertigt hatte. Sipo aß geräuschvoll, lobte auch die scharfe grüne Soße, bot freundlich jedem davon an, schmatzte, kaute laut und wischte sich über den Rand seines Schnurrbarts. Dalit saß am Ende des Tisches neben Michael, zwischen ihm und Balilati, der am Kopfende die Sitzung leitete. Michael hatte den Eindruck, daß sie ein wenig zu nah bei ihm saß, daß der Abstand zwischen ihnen sich verringerte, daß ihr Ellbogen sich seinem zu sehr näherte, daß ihr Knie ihn ab und zu wie zufällig berührte. Vielleicht war es wirklich nur Zufall, tadelte er sich, als er auf ihr Profil schaute, das diese Berührungen nicht zu registrieren schien. Die Kaffeepause war eine großartige Idee, dachte er, als er lustlos an dem frischen, öltriefenden Brötchen nagte. Sie hatte in gewisser Weise die bleierne Stimmung aufgelockert, die nach Eli Bachars Ausbruch über Balilati im Sitzungsraum geherrscht hatte.

In der Tat war Balilatis Selbstzufriedenheit etwas Störendes. Balilati hatte auch nach einer schlaflosen Nacht nicht aufgehört zu witzeln, jedem ins Wort zu fallen, Bemerkungen über Daunenkissen fallen zu lassen – Bemerkungen, die ihn selbst nervös machten, da sie auf eine offensichtliche, beschämende Art Balilatis Verlegenheit über seinen Fehler bloßstellten.

Zila reichte die Zusammenfassung der Laborberichte herum, die Anwesenden überprüften schweigend die Vergrößerungen der Federspuren. Es hatte sich in der Tat herausgestellt, daß die Federn auf dem Pflaster, das über Felix van Geldens Mund geklebt hatte, mit denen aus seinem Kissen identisch waren.

Michael blinzelte, um den bedrückenden Gedanken an *Eva mit den drei Gesichtern* zu vertreiben, und versuchte sich auf die Worte zu konzentrieren, die beschrieben, wie Felix van Gelden vermutlich erstickt worden war. »Man brauchte nicht viel Kraft oder Zeit. Es reicht eine Minute«, rief Eli Bachar in Erinnerung. »Mit seinem Emphysem reichte eine Minute Druck mit dem Kissen. Ein Kind wäre dazu in der Lage und auf jeden Fall eine Frau.«

»Ich frage mich die ganze Zeit, warum man ihn töten mußte, wenn man an das Bild kommen wollte. Es wäre viel einfacher gewesen, das Bild zu stehlen, wenn er nicht zu Hause war«, sagte Michael, und Balilati nickte kauend und rutschte auf seinem Stuhl hin und her. Er bemerkte, daß Felix van Gelden eine Expertise des Bildes hatte anfertigen lassen und daß der Nachweis, daß das Bild ein Original war, mit Hilfe von Pigmenten und so weiter erbracht worden war, wobei er nebenbei eine Bemerkung über »den Stoff, den sie auf dem Bild von Botticelli gefunden haben« in die Runde warf. Dann sagte er mit gequälter Miene: »Gehen wir einmal davon aus, daß ein und derselbe Täter in beide Morde verwickelt ist.« Seine kleinen Augen verengten sich, als ob das Licht ihn störte.

»Die Verbindung zwischen beiden Fällen liegt nicht auf der Hand. Vielleicht hat Maschiach ja etwas mit dem Bild zu tun, vielleicht ist er in diese Sache verstrickt«, sagte Dalit hoffnungsvoll und fischte mit ihren dürren Fingern eine Scheibe Tomate und ein Stück Gurke aus dem Brötchen. Sie zeigte mit dem Kopf in Richtung des schmalen Flurs, in dem Isi Maschiach saß und auf seine Ex-Frau wartete, die ihm seinen Paß bringen sollte.

»Vor lauter Komplikationen und Verwicklungen«, sagte Balilati, »übersieht man die simplen Fragen wie: Wer hat etwas davon? Ich meine, auch schmutzige Dinge wie Geld.

Wer hatte etwas davon? Wir haben Gabriels Testament noch nicht überprüft, falls er überhaupt eins hatte. Bald werden wir es wissen. Was jetzt schon feststeht ist, daß das, was in drei Teile geteilt werden sollte – das Haus in Rehavia, das Geschäft, was weiß ich –, nur noch durch zwei geteilt wird. Ich habe keine Ahnung, wovon sie ihren Lebensunterhalt bestreitet. Wovon lebt sie eigentlich?«

»Von Ersparnissen und von einer monatlichen Unterstützung ihres Vaters. Aber sie wird wieder unterrichten, auftreten und Aufnahmen machen«, antwortete Michael nüchtern, als frage man ihn nach einem geschichtlichen Datum.

»Und er hat ihr das Bild vererbt, das darf man nicht vergessen«, fügte Balilati hinzu. »Und er?«

»Wer?«

»Der Maestro.«

»Ach der, an deiner Stelle würde ich mir um den keine Sorgen machen. Er verdient sehr gut, es fehlt ihm an nichts.«

»Und er hat viele Frauen – und finanzielle Verpflichtungen. Mal sehen, was mit Isi Maschiach ist, wenn wir Gabriels Testament sehen, falls er ein Testament hinterlassen hat.«

»Eine halbe Million Dollar sind kein Mückendreck«, dachte Sipo laut. »Es muß bei der Sache auch um das Bild gehen.«

»Der Lügendetektor hat eindeutig gezeigt, daß Isi Maschiach nichts über das Bild weiß. Aber das bringt uns nicht weiter«, erwähnte Eli trocken.

»Ihr habt doch gesagt, daß die beiden Probleme hatten«, warf Zila ein. Die Falte über ihrer Oberlippe schien tiefer als gewöhnlich, als ob sie sich endgültig entschieden hätte, dort zu verweilen, und verlieh der Mundgegend Strenge und Härte.

»Damit werden wir uns noch beschäftigen müssen. Vielleicht noch an diesem Morgen«, murmelte Eli und sah Balilati an, als erwarte er einen neuen Ausbruch. Auch der vorherige Streit war durch ein Gespräch über die Krise in der

Beziehung zwischen Gabriel und Isi Maschiach in den letzten Tagen entflammt. »Keine Krise«, hatte Balilati argumentiert, »eine Bagatelle, irgendeine Belanglosigkeit, die ihr aufbläht, damit wir einen Verdächtigen haben.«

Eli hatte seine Wangen aufgeblasen und geräuschvoll die Luft ausgestoßen. Es hatte genügt, um Balilati aus der Fassung zu bringen und ihn zu Bemerkungen hinreißen zu lassen wie: »Gewöhn dich daran, daß ich hier die Ermittlungen leite, und ich arbeite ein wenig anders als der gnädige Herr«. Er hatte den Kopf in einer scharfen Bewegung Michael zugewandt, der in diesem Moment, vor der Kaffeepause, geschwiegen hatte.

»Was hier die Sache erschwert«, dachte Michael jetzt laut, nachdem er das Brötchen beiseite geschoben hatte und sich noch eine Zigarette anzündete, obwohl er gelobt hatte, sich zurückzuhalten, »ist diese Summe. Es fällt uns schwer, den Gedanken zu akzeptieren, daß das Bild, der Raub und so weiter nur ein Ablenkungsmanöver sein soll. Daß Felix van Gelden aus einem anderen Grund ermordet wurde.«

Balilati sah ihn lange an. »Siehst du es so?« fragte er mit gespanntem Ernst.

»Auf jeden Fall müssen wir über diese Möglichkeit nachdenken, sogar oder gerade, wenn man an jemand Nahestehenden denkt, jemanden aus dem engsten Kreis.«

»Ich glaube es nicht!« rief Dalit.

»Dich hat keiner gefragt«, zischte Zila mit gesenktem Haupt.

»Ich glaube, es gibt keine andere Erklärung dafür, daß ein Einbruch, der derart geplant gewesen sein muß, mit so vielen Insider-Informationen, mit solcher Professionalität, ausgerechnet dann stattgefunden hat, als er zu Hause war. Und schon gar nicht, daß man ihn vorher erstickt hat.«

»Doch!« protestierte Sipo. »Vielleicht hat er die Diebe überrascht.«

»Vielleicht.« Michael verzog das Gesicht.

»Du beharrst auf jeden Fall auf einem Zusammenhang

zwischen beiden Fällen, was bedeuten würde, daß auch bei dem Alten ein Mord vorliegt«, vergewisserte sich Balilati.

»Und du?« fragte Michael stur. »Kannst du wahrhaftig den Zusammenhang zwischen beiden Fällen ignorieren? Hast du eine bessere Erklärung?« Er sah, wie Balilatis Augen sich noch mehr verengten, als verstehe er sehr genau, was hinter der Betonung des Wortes »wahrhaftig« steckte. Er entnahm ihm wohl die Unterstellung, nicht sauber gearbeitet zu haben.

»Das würde seine Kinder ausschließen«, dachte Balilati laut. »Sie haben angeblich ein lückenloses Alibi für die Zeit, in der der Alte umgebracht wurde.« Er warf Michael einen scharfen Blick zu. »Sie«, sagte er und schaute auf das geschlossene Fenster, »war beim Friseur. Du kannst beruhigt sein.«

»Ich bin mir ganz und gar nicht sicher, ob diese Tatsache die Familie tatsächlich ausschließen würde«, sagte Michael stur, lehnte seine Ellbogen auf den Tisch und unterstützte seine Wange mit seiner Hand. Auf diese Weise konnte er eine unkontrollierbare Zuckung seines Mundes, das Zeichen eines schmerzhaften Zusammenpressens von Unter- und Oberkiefer, verbergen. »Ich frage noch mal, was ist mit den Saiten?«

»Es ist folgendermaßen«, seufzte Balilati, »sie kann sich nicht daran erinnern, ob sie zwei oder drei Saiten in ihrem Koffer hatte. Ich dachte, schon gestern habe ich daran gedacht, daß man sich alle vorknöpfen sollte, die keine dünne Ersatzsaite mehr haben, was für eine Saite ist es noch?«

»Die a-Saite. Aber wir müssen auf eine Antwort von der Spurensicherung warten«, sagte Michael, und plötzlich spürte er, wie sich in seinem Körper das Blut staute und wie sein Puls raste: Er hatte sie mit den Babys zurückgelassen. Aber sie ist nicht allein, rief er sich in Erinnerung. Und überhaupt, riß er sich zusammen, sie hatte es nicht getan.

»Wir haben eine Antwort aus dem Labor. Es war die hohe Saite eines Cellos. Schon um fünf Uhr heute morgen habe ich Bescheid bekommen«, sagte Balilati aggressiv. »Jetzt vergleichen sie die Saite mit ihren Saiten. Sie benutzt ganz besondere Saiten.«

Nur die Kaugeräusche Sipos unterbrachen die Stille, die sich über den Tisch senkte.

»So«, sagte Michael nachdenklich. Er fühlte in sich eine große Leere, eine völlige Erstarrung. Was wäre, wenn sie es doch war. Wenn sie es doch war, sagte die Stimme in ihm, wenn doch ...«

»Die a-Saite eines Cellos«, sagte Balilati erneut und heftete den Blick auf Michael, »war die Saite in dem Klavier und die Mordwaffe. Außer Nita waren acht Cellisten bei der Probe. Die Untersuchung, zum Glück waren wir clever genug, jeden nach seinen Saiten zu fragen und alles aufzuschreiben, hat ergeben, daß nur zwei Cellistinnen einen Ersatz für ihre dünnen Saiten dabei hatten.« Er sah auf den Zettel in seiner Hosentasche. »Für ihre a-Saite. Um sechs Uhr heute morgen habe ich Zilas Listen überprüft, Hut ab. Aber alle anderen haben ausgesagt, daß sie ohne dünne Ersatzsaiten gekommen sind. Wer weiß?«

»Der Lügendetektor, werden wir den Lügendetektor in bezug auf die Saiten einsetzen?« fragt Zila.

»Ja«, seufzte Balilati, »demnächst, zuerst mußten wir auf die Bestätigung des Labors warten, daß es wirklich die Mordwaffe war, denn Gott sei Dank, wie dein Freund aus Abu Kabir sagt«, stieß er in Richtung Michael aus, »gibt es keinen Mord, der keine Spuren hinterläßt. Also waren auch hier welche zu finden. Zellen, Haut, ich weiß nicht, Hauptsache, sie haben es bestätigt.«

»Und Nita van Gelden? Was für Ersatzsaiten hatte sie in ihrem Kasten?« fragte Eli Bachar angespannt.

»Das ist es ja, in ihrem Kasten war weder eine d-Saite noch eine hohe a-Saite. Sie hatte nur ...«, wieder senkte er seine Augen zu dem Zettel, »eine g-Saite und eine c-Saite dabei, aber sie sagt, sie glaubt, daß sie die hohe Ersatzsaite vor ein paar Tagen aufgezogen hat und daß du ...«, er wedelte in Richtung Michael, »dabei warst, als ihr die Saite riß.«

»Aber ich«, Michael rutschte auf seinem Stuhl, »weiß nicht, ob es eine hohe a-Saite war oder eine d-Saite oder eine g-Saite oder eine c-Saite, die gerissen ist. Ich gebe mir Mühe, mich zu erinnern, ob sie etwas darüber gesagt hat«, murmelte er abwesend. »Aber alles, woran ich mich erinnere, ist, daß sie mich gefragt hat, ›ist das eine Quinte‹. Das ist alles, was sie gesagt hat«, versicherte er und fragte sich, ob es ihm nur schien, daß er die Ungläubigkeit in ihren Gesichtern sah, oder ob sie ihm wahrhaftig mißtrauten. »Ich kann nicht einmal Noten lesen«, sagte er erstickt. »Die Namen haben mir nichts gesagt. Selbst eine Quinte – ich weiß nicht mal, was das ist.«

Balilati machte dem bedrückenden Schweigen ein Ende. »Wir müssen nicht vorgreifen«, sagte er in väterlichem Ton. »Selbst wenn wir theoretisch davon ausgehen, daß es eine Saite aus ihrem Koffer war – nicht, daß ich wüßte, wie man das beweisen könnte«, druckste er herum. »Aber nehmen wir einmal an, daß sie wirklich aus ihrem Cellokasten stammte, dann könnte doch jeder ...«, er dachte nach, »vor allem, wer bei ihr zu Hause war«, sagte er in einem plötzlichen Geistesblitz, »sagen wir ...«

»Falls du dabei an Theo denkst«, sagte Michael, »er war in letzter Zeit nicht allein bei ihr zu Hause. Ich war fast immer dort, und ich weiß ziemlich genau, wer in der Wohnung war und wer nicht. Aber auch im Konzertsaal könnte jemand die Saite an sich genommen haben. Damit will ich nicht sagen, daß Theo vollkommen draußen ist ...«

»Aber wir müssen es überprüfen und auch das Alibi des Maestro.« Seit den frühen Morgenstunden, seit die Frage nach Theos Paß aufgekommen war und seit seinen Versuchen, auszuweichen und der Polizei den Paß nicht auszuhändigen, nannte Balilati ihn »Maestro«. »Was denken Sie sich«, hatte Theo vor Balilati in Nitas Wohnzimmer protestiert, »meinen Sie, ich kann momentan an eine Reise denken? Nicht mal nach Japan werde ich fliegen«, hatte er wütend gesagt und seine Verpflichtungen im Fernen Osten ins Gespräch gebracht. »Nur Gabriel van Gelden können wir nicht mehr darüber verhören.«

»Worüber?« fragte Sipo.

»Wir können ihn nicht mehr darüber verhören, wo er genau war, als sein Vater ermordet wurde«, erklärte Dalit, und ihre Augen wanderten wachsam zwischen Michaels und Balilatis Gesicht hin und her.

»Wir können seinen Bruder fragen«, versicherte Michael. »Wir werden ihn noch heute dazu verhören. Sein Bruder wird es uns sagen. Theo weiß es.«

»Woher willst du das wissen?« fragte Balilati erstaunt. »Warum kommst du erst jetzt damit?«

Michael gab keine Antwort. Er versuchte die Situation und das Gespräch zu rekonstruieren, das er mitbekommen hatte, als er damals in der Küche stand. Er erinnerte sich genau an die Frage: »Warum hast du nichts davon gesagt?« Und daß das Wort »Rechtsanwalt« gefallen war. Wieder herrschte bedrückende Stille. Balilati klopfte mit dem spitzen Ende eines gelben Bleistifts einen Dreiertakt auf der Tischplatte. Er sah Michael mit einem zweifelnden Blick genau an, klatschte in die Hände und sagte: »Machen wir weiter.«

Balilati saß am Kopf des Tisches und leitete die Sitzung, als ginge es um einen Sederabend. Er verteilte Rollen, erteilte das Wort, achtete auf die Vorschriften, wandte sich hin und wieder Dalit zu und sagte: »Hast du mitgeschrieben? Schreib es auf!« Sie nickte eifrig und bemerkte: »Ich habe es notiert. Schon längst.« Manchmal kaute sie konzentriert an der Spitze des Stiftes, neigte sich zu Balilati und flüsterte ihm etwas ins Ohr. Sie hatte ihre Position schnell ausgebaut und versuchte, sich unabkömmlich zu machen. Schon zu Beginn der Sitzung wurde Michael klar, daß Balilati sich von ihr abhängig machte. Er hatte gesehen, wie Balilatis Augen ihren Rücken und ihren Hintern verfolgten und die Beine hinabglitten, als sie aufstand, um das Fenster zu schließen. Sie hatte sich auf die Zehenspitzen gestellt, als unten ein Tumult entstand und das Geschrei von ein paar Araberinnen zu hören war, die nach verschwundenen Häftlingen suchten, während die Glocken der russischen Kirche läuteten. Sie erinnerte sich an alles und jedes und ließ nicht locker, bis die Sache mit den Handschuhen geklärt war. Ihr helles, schmales Gesicht war ausdruckslos, als Awram die Erkenntnisse über die Handschuhe vortrug. Ihre hellen Augen waren gesenkt. Unter den vorstehenden Wangenknochen schienen die Wangen von innen angesaugt zu werden. Dies ließ sie asketisch aussehen – beinahe wie eine Nonne. Doch dieser Eindruck verflüchtigte sich rasch oder wurde zumindest fragwürdig, wenn man den Mund berücksichtigte, wenn man die vollen, hübschen, wohlgeformten Lippen betrachtete, die ihrem Gesicht etwas überraschend Sinnliches verliehen. Das spitze Kinn jedoch gab ihr gleichzeitig einen Hauch von Kälte oder sogar Brutalität. Michael schüttelte sich, rief sich zur Ordnung und ging dazu über, Awram zuzuhören. Dalit riß die Augen weit auf und nahm die Hand vom Kinn.

»Erzähl ihnen von dem Aufbewahrungsort«, sagte Dalit zu Awram wie eine liebende Gattin, die ihrem Ehemann, der bei einer Party einen Witz zum besten gibt, etwas Wichtiges in Erinnerung ruft. »Erzähl ihnen von ihrem Fach«, erinnerte sie ihn, als er bei seinem dritten Satz ankam.

»Ich komme gleich dazu«, sagte Awram und errötete. Wie immer, wenn er rot anlief, leuchteten in seinem Gesicht winzige bläuliche Adern auf, eine pochte an seiner Schläfe, und er begann, wie es seine Art war, wenn er verlegen war, zu stottern. In diesem Moment warf Zila Dalit einen scharfen, kurzen, feindseligen Blick zu, als ob sie auch dieses Bild bei ihrer Abrechnung mit Dalit zu Buche schlagen lassen wollte.

»Aber es ist ziemlich klar, daß Margot Fischer nichts damit zu tun hat«, sagte Awram, und die Röte in seinem Gesicht flaute ab. »Ich habe ja schon gesagt, daß alle von den Handschuhen wußten. Jemand muß sie an sich genommen haben.« Zu Beginn der Sitzung war lange über die Kontrabassistin gesprochen worden, die kurzatmig zum Präsidium gekommen war. Sie hatte bestätigt, daß die Handschuhe ihr Eigentum waren, und wollte wissen, wie die Handschuhe zur Polizei gelangt waren. Dabei hatte sie etwas von einer chronischen Erkrankung geredet. »Die Krankheit heißt Raynaud-Syndrom«, sagte Awram. »Sie hat immer kalte Hände.« Sie hatte von den Witzen erzählt, die ein Teil des Orchesterlebens geworden waren, über die Handschuhe, die aus Hirschleder waren und die sie von einer Kollegin aus einem deutschen Rundfunkorchester bekommen hatte, die auch Kontrabaß spielte und ebenfalls an Durchblutungsstörungen litt. Margot Fischer war eine kleine Frau, und Michael erinnerte sich daran, wie sie hinter dem Instrument verschwand, auch wenn ihre Arme besonders lang waren.

Awram sprach von ihren Händen, die gemessen an ihrem Körper groß waren. »Aber nicht wie die Hände eines Mannes«, sagte er und bemerkte, daß die Handschuhe ihr zu groß waren und auch einer größeren Hand gepaßt hätten. »Sie hat die Handschuhe in ihrem Fach aufbewahrt, jeder wußte davon.« Dann sprach er von dem Standort der privaten Schließfächer neben den Büros der Direktorin. »Nein«, antwortete er auf eine Frage von Eli, »jeder hatte nur einen Schlüssel zu seinem Fach, aber es gab einen Zentralschlüssel. Sie hatte keine Ahnung, wie die Handschuhe aus dem Fach gelangt waren. Aber als wir bohrten, gestand sie, daß sie vorgestern vielleicht nicht zugesperrt hatte, weil sie etwas zerstreut war«, fügte er hinzu.

An der Art, wie er sich über die Listen beugte, kam eine gewisse Zuneigung oder ein Vertrauen zu Margot Fischer und der Geschichte, die sie über den gestrigen Tag erzählte, zum Ausdruck. An dem Mordtag, schilderte er, das heißt am Vortag, hatte sie die Handschuhe nicht benutzt. Sie war zu spät gekommen und hatte keine Zeit, sich an den Fächern aufzuhalten, ohne sich für die Probe zu verspäten. Theo van Gelden kannte keine Gnade bei Verspätungen, er hatte immer beleidigende Worte für jemanden parat, der zu spät kam. Darum war sie ohne Handschuhe auf die Bühne gegangen und hatte mit ihren versteiften Fingern gekämpft. (»Ich weiß nicht genau, was versteifte Finger sind«, entschuldigte sich Awram und rutschte verlegen auf seinem Stuhl hin und her. »Aber sie zeigte mir die eingeschränkte Beweglichkeit ihrer Finger.«) Später hat sie die Handschuhe nicht mehr gebraucht, die Finger waren schon warm. »Es gibt Tage, an denen es ihr nicht gutgeht,« sagte er teilnahmsvoll, »dann zieht sie sie erst aus, wenn sie mit dem Spiel beginnt.«

»In den Handschuhen waren keine Spuren, weder Blut noch Fingerabdrücke«, klagte Balilati. »Die von der Spurensicherung meinen, daß in den Handschuhen eine Tüte oder dünne Plastikhandschuhe gesteckt haben müssen, die man leicht loswerden konnte, vielleicht in der Hosentasche oder so. In einem Handschuh ist ein Stückchen Plastik zurückgeblieben, ein kleiner Fetzen, nicht groß genug für einen Fingerabdruck, und es läßt sich auch nicht mehr feststellen, ob der Fetzen nicht schon länger in dem Handschuh hing. Nur ein winziger Fetzen«, sagte er und schaute auf das Fenster.

»Du hast gar nichts über Margot Fischers Beziehung zum Opfer gesagt«, bemerkte Sipo. Er verkniff das Gesicht und seine langen, gelblichen Zähne gruben sich mit einer dramatischen Geste in die Unterlippe, während er die Papiere studierte, die vor ihm lagen.

»Sie hatte wenig Kontakt zu den anderen Musikern«, erklärte Awram. »Sie ist älter als die meisten, wenn du sie gesehen hättest, wüßtest du, daß sie kein Mensch ist, der kontaktfreudig ist. Sie ist ... ungewöhnlich. Ein merkwürdiger Mensch ... Eine alleinstehende Frau, der Typ: alte Jungfer.

Und trotzdem ist etwas Kindliches, Mädchenhaftes an ihr. Sie ist sehr isoliert. Theo van Gelden hat sie Glenngoulda genannt«, gab Awram verlegen preis, als schildere er ein intimes Geheimnis, über das er eigentlich nicht sprechen wollte. »Sie hat mir erklärt, daß sie diesen Spitznamen nach einem Pianisten verliehen bekam, der sehr auf seine Hände achtete und gewöhnlich schwarze Handschuhe trug. Er lebt nicht mehr, und wie sie mir erzählt hat, ist er vor seinem Tod verrückt geworden, aber seine Hände waren in Millionenhöhe versichert.«

»Wir wissen kaum etwas über sie«, bemerkte Zila. »Fest steht nur, daß es ihre Handschuhe sind. Es passieren die merkwürdigsten Dinge auf der Welt, sie könnte auch eine Komplizin sein«, warf sie zögernd ein.

»Nichts weist darauf hin«, versicherte Awram.

»In den Handschuhen sind keine Fingerabdrücke gefunden worden«, rief Balilati in Erinnerung. »Aber die Saite hat das Leder an zwei Stellen eingeschnitten. Und in einem Handschuh wurde dieser kleine Fetzen gefunden.«

»Ich habe auch mit ihr gesprochen«, bemerkte Eli Bachar. »Ich habe sie über ihre Beziehungen zu den Brüdern van Gelden verhört. Ich hatte ebenfalls den Eindruck, daß sie nicht in Frage kommt. Man sieht gleich, daß sie nicht raffiniert ist. Sie ist ein bescheidener Mensch, der Kibbuz-Typ. Eine, die allein mit ihrer alten, kranken Mutter zusammenlebt. Heute ist sie zum Flughafen gefahren, um den Bruder ihrer Mutter abzuholen, der aus den USA kam. Zweimal im Jahr kommt er zu Besuch.«

»Das stimmt«, fügte Awram eilig hinzu, »wir haben es überprüft. Sie ist gleich nach der Probe losgefahren, denn sie hatte sich schon verspätet. Das heißt, sie dachte, sie käme zu spät. Es stellte sich später heraus, daß das Flugzeug erst in der Nacht landen konnte. Die Maschine hatte einen Motorschaden. Wir haben die Landezeit überprüft, die Fluglisten, wir haben kontrolliert, ob er tatsächlich ihr Onkel ist. Alles ist korrekt.«

»Sie hatte die Absicht, nach der Probe, vor der Fahrt zum Flughafen, bei ihrer Mutter vorbeizuschauen, aber sie hat darauf verzichtet, weil es schon spät war«, ergänzte Eli Bachar. »Man sieht ihr gleich an, daß sie niemand ist, der Probleme macht. Sie ist ... sie ist sehr verantwortungsbewußt«, erklärte er.

Balilatis Augen wanderten zwischen den Sprechern hin und her. »Seid ihr scharf auf sie, oder was?« knurrte er. »Ihr redet von ihr wie zwei Teenager, was ist an ihr so Besonderes? Verliebt sich neuerdings hier jeder in seine Zeugen? Oder was?« Er warf Michael einen kurzen Blick zu und wandte sich ab. »Immerhin ist sie erst spät in der Nacht zurückgekommen, und sie hat ihre Mutter und uns hängenlassen.«

»Man hat sie hängengelassen!« protestierte Eli Bachar. »Ihr Problem war«, erklärte er eingeschnappt, »daß sie am Flughafen festsaß und sich keinen Schritt von dort entfernen konnte, bis das Flugzeug gelandet war. Sie hat ein paar Stunden dort gewartet und wußte nicht, wann sie nach Hause zurückkommen würde. Als sie dann ankam, hat ein Streifenwagen vor der Haustür auf sie gewartet, und sie ist sehr erschrocken, weil sie dachte, es wäre etwas mit ihrer Mutter, die ein paar Stunden lang allein war. Ich war dabei«, versicherte er. »Sie hatte keine Ahnung«, fügte er hinzu. »Und als wir sie informierten«, erklärte Awram, »konnte man ihr ansehen, wie schockiert sie war, als sie von dem Mord erfuhr.«

»Sie hat ihn sehr gemocht und geschätzt und hat sich sofort einverstanden erklärt, sich an den Lügendetektor anschließen zu lassen«, sagte Eli Bachar herausfordernd. »Es ist schade um die Zeit, die wir mit ihr vergeuden«, sagte er bittend. »Es war eindeutig, daß sie von nichts wußte und daß sie bestürzt war. Sie hatte auch gar kein Motiv. Sie hatte eine Zusage für das neue Orchester, dieses Barockorchester, von dem du gesprochen hast«, erklärte er Michael. »Hier, seht euch diese Aussage an.« Er neigte sich über die Papiere, wühlte darin, suchte und fragte mehrmals: »Wo ist sie? Eben hat sie noch hier gelegen ...«

»Die historische Richtung interessiert mich und spricht mich sehr an«, las Zila vor. »Und ich sah es als eine Ehre an, unter der Dirigentschaft und Orchesterleitung Gabriel van Geldens zu arbeiten.« Zila hob die Augen von den Papieren und sah in die Runde. »Was ist das genau, ›historische Richtung‹?« fragte sie, als ihre Augen bei Michael verweilten.

»Er wird es uns später erklären«, bemerkte Balilati kühl. »Es ist etwas in der Musik, eine Art Theorie. Das wichtigste ist, daß ihr ihren Paß einbehalten habt.«

»Man muß ermitteln, wem die Handschuhe passen«, dachte Zila laut.

»Ein Handschuh ist kein Schuh. Es sind große Handschuhe, die jeder anziehen kann ...«, gab Awram zu bedenken.

»Tatsache ist, daß wir nicht den geringsten Verdacht gegen sie haben«, sagte Eli Bachar.

»Wir müssen berücksichtigen, daß gerade Leute, die aussehen, als hätten sie auf das Leben und alles drumherum verzichtet, plötzlich ausbrechen«, sagte Dalit und streckte sich. Ihr kleiner Busen stach unter dem engen Body hervor.

»Was meinst du mit *ausbrechen*?« fragte Zila, und ihr feindlicher Ausdruck machte einer Spur Neugier Platz.

»Manchmal unterdrückt man jahrelang Wünsche und schluckt Kränkungen herunter, und auf einmal schlagen sie zu«, erklärte Dalit verträumt. »Wir hatten einmal eine Nachbarin ... Plötzlich, aus heiterem Himmel, nachdem man sie als Mensch gar nicht mehr wahrgenommen hatte, weil sie den ganzen Tag lang nur kochte, wusch und abends vor dem Fernseher Wäsche flickte, brach sie aus und ...«

»Wann gehst du zu Schorer?« fragte Balilati Michael, der zusammenzuckte und mit einem unhörbaren Seufzen sagte: »Später, wenn seine Tochter heute nicht ihr Kind bekommt oder wenn sie niederkommt und alles in Ordnung ist. Ich muß ihn anrufen.«

»Wir müssen herausfinden, wo dieser Geschäftspartner ist, von dem du erzählt hast«, sagte Zila.

»Er könnte etwas wissen.«

Michael nickte. »Er war kein Partner, sondern ein Angestellter«, sagte er und warf Balilati einen fragenden Blick zu.

»Was ist bei deiner Nachbarin rausgekommen?« fragte Zila.

»Die ist von zu Hause weggelaufen«, sagte Dalit und versuchte den Rest des Brötchens eilig herunterzuschlucken, »mitsamt all ihren Ersparnissen. Ihr Ehemann hat sie jahrelang gesucht ....«

»Wir fahnden schon nach diesem Partner«, zuckte Balilati die Achseln. »Wo soll man nach jemandem suchen, der allein gelebt hat und mit den Nachbarn kein Wort gewechselt hat. Alle Verdächtigen in diesem Fall sind merkwürdige Käuze. Sie sind so anders. Künstler!« Er blies die Wangen auf. »Aber der Alte ist nicht einmal ein Künstler. Seine Wohnung ist verrammelt, als ob seit Jahren niemand mehr dort wohnt.«

»Er ist schon vor langer Zeit verschwunden«, sagte Michael und rief sich Nitas Stimme ins Gedächtnis, als sie verlangte, daß jemand Herzl benachrichtigte. »Schon seit zwei Monaten weiß niemand, wo er sich aufhält.«

»Er war auch nicht bei der Beerdigung von Felix van Gelden«, bemerkte Balilati. »Wir haben dort nach ihm gesucht.«

»Überhaupt, er hatte einen Haustürschlüssel«, bemerkte Eli Bachar, »er hatte einen Schlüssel zur Wohnung von van Gelden, ich meine den Vater.«

»Keine Frage, daß wir ihn finden müssen«, faßte Balilati zusammen.

»Wer kümmert sich darum?« fragte Sipo.

»Du«, wies Balilati an. »Von nun an – du. Dalit wird dich in die Einzelheiten einweihen.«

»Haben wir überhaupt eine Chance, das Bild zu finden?« hallte Zilas Stimme entmutigt. »Vielleicht hat es gar keiner aus dem Land geschmuggelt. Es könnte überall sein. Selbst in den Schränken dieses Angestellten, dieses Herzl.«

»Nichts ist sicher«, murmelte Eli. »Wir wissen noch nichts, fast nichts. Es könnte auch umgekehrt sein. Wir haben noch nicht mit genügend Leuten gesprochen. Nicht einmal der offizielle Bericht der Spurensicherung liegt vor.«

»Was meinen Sie mit umgekehrt?« Dalit richtete sich auf. »Was meinen Sie?«

Eli Bachar senkte seine Lider mit den langen Wimpern. »Nichts Konkretes«, sagte er und wischte sich über das Gesicht. »Ich dachte ... Es ist auch denkbar, daß jemand wußte, daß Gabriel hinter die Sache mit dem Bild gekommen ist, hinter den Einbruch und den Mord, und der Täter ist unter Druck geraten ... Im Moment können wir noch nichts dazu sagen.«

»Hat dieser Nachbar seine Frau denn gefunden?« fragte Zila Dalit jenseits des Tisches.

»Ja, in Bogotá«, antwortete Dalit und häufte die Krümel in das Butterbrotpapier. »Sie hatte dort eine Schneiderei aufgemacht, Näherinnen eingestellt und so weiter. Sie ist eine elegante Frau geworden.«

An dem zerstreuten Tonfall, in dem Balilati die nächsten Aufgaben verteilte und sie präzisierte, als sei er mit den Gedanken nicht bei der Sache, sah Michael, daß die Sitzung sich ihrem Ende zuneigte. Als es an die Tür klopfte, war klar, daß sie endgültig abgeschlossen war.

»Hier ist eine Frau, Ruth Maschiach, die Sie sucht«, sagte der Polizist in Uniform, der sich gegen die Tür lehnte, zu Michael. »Sie sagt, daß sie und ihr Ehemann herbestellt worden sind.«

Michael sah Balilati an. »Gehen wir zusammen?« fragte Balilati.

»Warum nicht.«

»Zwei sind mehr als einer«, sagte Balilati und erhob sich langsam von seinem Platz am Kopfende. »Hat sie seinen Paß dabei?« fragte er den Polizisten, der seine Lippen zu einem »Keine Ahnung« verzog und hinzufügte: »Draußen wartet die Presse. Fernsehen, Journalisten, alle. Einer ist schon die ganze Nacht hier.«

»Siehst du, was das für ein Ärger ist, wenn der Polizeipräsident sich mit der Rechnungsprüfung herumschlagen muß. Wenn er hier wäre, hätte er längst selbst eine Pressekonferenz gegeben. Sprichst du mit ihnen?« fragte Balilati Michael.

»Kommt nicht in Frage«, sagte Michael erschrocken.

»Was denn, ich vielleicht?« Balilati rang mit sich. »Ich kann Auftritte in der Öffentlichkeit nicht leiden«, klagte er gekünstelt. »Es ist besser, wenn niemand meine Visage kennt«, murmelte er. Seine Augen wanderten über die Gesichter der Anwesenden und blieben auf Dalit haften. Er dachte nach und kniff nachdenklich die Lippen zusammen.

»Wir brauchen jemanden mit viel Erfahrung«, warnte Michael, der Balilatis Blick gefolgt war. »Bachar, wirst du dich um die Presse kümmern?« fragte Balilati.

»Das ist nicht ublich«, protestierte Eli Bachar, »das ist die Aufgabe des Leiters der Mordkommission ...«

»Wer bestimmt hier, was üblich ist und was nicht?« sagte Balilati verärgert. »Wir treffen hier die Entscheidungen. Bist du einverstanden, oder nicht?«

Eli schwieg und stand auf. »Sie sollen draußen warten, vor dem Gebäude!« unterrichtete er den uniformierten Polizisten.

Aber sie warteten nicht draußen. Kameras klickten, als die Tür aufging, und ein grelles Licht blendete Michael, der den Kopf abwandte, sich einen Weg durch die Menge bahnte und die Hand auf die brennende Stelle unter seiner Brust legte, denn von Moment zu Moment wurde ihm klarer, daß alles, auch die Geschichte mit dem Baby, bekannt werden würde. Balilati lief mit ernstem Gesicht hinter ihm in sein Büro, beide waren taub für die Fragen, die schonungslos in die Luft gebrüllt wurden. Sie ignorierten auch den Ausruf: »Die Öffentlichkeit hat ein Recht darauf« und den Schrei: »Es geht um einen international berühmten Dirigenten« auf ihrem kurzen Gang durch den Flur bis zu dem Büro, wo Isi Maschiach auf seine Ex-Frau wartete, die seinen Paß bringen sollte.

Sie hat einen Wohnungsschlüssel, hatte Isi am Ende des Verhörs gegen vier Uhr morgens gesagt. Der Art, wie er mit ihr telefonierte – mit gesenktem Kopf murmelte er die Worte in die Muschel, mit dem Rücken zu Michael, als wäre er allein im Raum –, entnahm Michael, daß die Beziehung zwischen beiden gegenseitige Unterstützung und Fürsorge einschloß. »Wir sind gute Freunde«, hatte Isi Maschiach erklärt, als er darauf beharrte, sie um fünf Uhr morgens anzurufen, auch wenn er sie weckte, damit sie nicht aus der Zeitung oder aus den Sechsuhrnachrichten, die sie zwanghaft anzuhören pflegte, von Gabriels Tod erfuhr.

Michael hatte ihm mitten im Gespräch ein Zeichen gemacht, und Isi hatte den Kopf gehoben und gebeten: »Entschuldige einen Moment« und gehört, was Michael wollte, dann hatte er laut dessen Bitte wiederholt, seinen Paß herzubringen.

»Ich weiß nicht, wofür«, hatte Michael ihn laut und trotzig sagen hören, sehr laut, damit es Michael nicht entging. »Sie wollen es so … Du weißt es«, betonte er, »sie nicht. Warum sollten sie?« Es waren noch mehr Worte gefallen, der Name Irit war gefallen, bei der man darauf achten sollte, auf welche Weise sie davon erfuhr.

»Wer ist Irit?« hatte Michael gefragt, als Isi Maschiach aufgelegt hatte und seine Hand über den Tasten schwebte, als plane er ein weiteres Gespräch. »Meine Tochter«, hatte Isi Maschiach gesagt und die Arme verschränkt, als demonstriere er die Geduld, mit der er tatenlos auf seine Ex-Frau und den Paß warten würde.

Jetzt sah Michael unauffällig die kleine, schlanke Frau an, die zuerst ihn und dann Balilati fixierte. Sie hatte kleine Schlitzaugen, schräg und braun, in einem faltigen Rahmen mühsam geöffneter Lider, um die sich ein dünnes Netz von Falten drängte. Ihre Wangen waren mit feinen Falten und Sommersprossen übersät. Winzige Sommersprossen bedeckten auch die kleine Nase. Alles an ihr war klein und zerfurcht. Nur die Mundgegend war faltenfrei. Ihre kurzen Haare, hellbraun mit grauen Strähnen, waren kraus. Ihre Hände, zerknittert und mit braungelblichen Pigmentflecken bedeckt, lagen auf der Metallplatte des Bürotisches. Und ihre kurzen, dünnen Finger mit flachen, farblosen Fingernägeln hämmerten darauf herum, als wäre die Tischplatte eine Tastatur.

Als er noch neben Balilati in der Tür gestanden hatte, hatte er gesehen, wie sie langsam ihre Hand von Isis Hand zog und sie vorsichtig auf den Tisch legte. Dort begannen ihre Finger, der Fingernagel des Daumens war blau, als hätte er einen Schlag erhalten, zu trommeln, als Michael vor ihr Platz nahm. Sie zeigte auf einen kleinen, braunen Umschlag, der vor ihr lag. »Sein Paß, Sie haben darum gebeten«, sagte sie und sah beide mit offener Neugier an. Für einen Moment flackerte Kritik in den braunen Schlitzaugen auf. Ihre Hand rieb ihre Stirn, als wollte sie irgendeinen unsichtbaren Fleck entfernen.

»Frau Maschiach«, sagte Balilati, und sie hörte auf, sich die Stirn zu reiben. »Wir müssen auch mit Ihnen reden.«

»Natürlich müssen Sie das«, sagte sie mit einer jungen, klaren Stimme. »Ich habe es mir schon gedacht«, sagte sie wieder, diesmal zornig, und biß auf ihre Lippen. Dann lockerte sie den Mund: »Aber Sie werden mich entschuldigen müssen, wenn ich nicht konzentriert bin«, fügte sie hinzu und sah in Michaels Augen. »Denn Sie müssen wissen, daß ich in der Badewanne ausgerutscht bin und mir wehgetan habe. Ich habe schreckliche Kopfschmerzen, die schon in der Nacht eingesetzt haben.« Sie zeigte auf ihre

Stirn. »Ich verstehe nicht, wieso ich keine Beule bekomme«, murmelte sie. »Und dann diese Nachricht über Gabi ...« Sie wurde still, legte ihre Handflächen auf den Tisch, sah Balilati an und wartete.

Nur ein langer Seufzer von Isi war im Raum zu hören. Für ein paar Sekunden war es der einzige Laut. Sie schaute um sich, als warte sie. »Sie wollten mit mir reden?« sagte sie energisch und zugleich ungeduldig. Plötzlich klang ihre Stimme vertraut. Wie eine Stimme, die er vor nicht allzu langer Zeit in einem völlig anderen Zusammenhang gehört hatte. Das Gefühl wurde stärker, als sie jetzt ein langgezogenes, ungeduldiges »Ja« sagte. Balilati fing an. Er zog von einem der Metallregale einen Stapel Formulare. Michael kannte diese Technik und brachte sie häufig zum Einsatz. Balilati setzte sich langsam, zog einen Kugelschreiber aus seiner Brusttasche und begann Einzelheiten über ihre Identität zu erfragen. Mit großer Geduld gab sie ihren Namen, ihre Anschrift und ihren Beruf an. Er hörte sie »Sozialarbeiterin« sagen, und in seinem Kopf begann es zu läuten. Er hatte jetzt einen deutlichen Verdacht, woher er ihre Stimme kannte. Balilati fragte mit untypischer Förmlichkeit, wie es seine Art war, wenn er unsicher wurde, nach ihrem Arbeitsplatz. Sie lächelte freundlich, als sie sagte: »Ich leite die Fürsorge beim Jugendamt.«

Balilatis feiste und ruhige Hand lag auf dem gedruckten Formular. Das Zimmer drehte sich plötzlich. Balilati sah ihn nicht einmal aus den Augenwinkeln an. Daß er den Blickkontakt vermied, verriet ihn. Michael fand es schwer, sich zu konzentrieren und sich daran zu erinnern, was er selbst über die Leiterin der Abteilung wußte. Er war ihr nie persönlich begegnet, er hatte nur die Berichte der Polizistin Malka gehört. Einmal hatte er mit ihr telefoniert. Das Gespräch war sehr kurz gewesen. Es war vor dem ersten Besuch von Schwester Nechama erfolgt, und er erinnerte sich an den bestimmten, beruhigenden Ton, mit dem sie in ihrer jungen, klaren Stimme gesprochen hatte. Malka hatte – so

Zila – großen Respekt vor der Leiterin, über deren scharfen Verstand sie häufig sprach. Michael hatte Balilati das Jugendamt und die Fürsorge als Institutionen beschrieben, die für ihn die größte Bedrohung darstellten. Von Schwester Nechama hatte er Balilati kein Wort erzählt.

Vor der Sitzung hatte Zila ihm als Antwort auf den ängstlichen Blick, den er ihr zugeworfen hatte, gesagt: »Es gibt noch nichts Neues. Sie haben noch nichts gefunden.« Sie hatte ihre Worte unwillig und verbittert ausgestoßen, als wollte sie ihm erneut beweisen, daß sie gegen die ganze Sache war. Als er sich verzweifelt beklagt hatte: »Das tut nichts mehr zur Sache. Selbst wenn sie die Mutter nicht finden, wird man mir die Kleine wegnehmen«, hatte sie die Achseln gezuckt, als wolle sie sagen: »Es war deine Entscheidung.« Er hatte hinzugefügt: »Selbst wenn ich keine Verbindung zu dem Fall hätte, allein schon wegen meiner Beziehung zu Nita. Ich kann jetzt nicht mehr behaupten, daß wir ein Paar sind. Es ist aussichtslos.« Zilas Gesicht war freundlicher geworden. »Malka hat mir gesagt, daß die Fürsorge sich noch nicht bei ihr gemeldet hat.« Sie versuchte, ihn zu ermutigen, und schien es zu bedauern, daß sie Kritik an ihm geübt hatte.

»Sie schreiben nicht mit«, rief Ruth Maschiach Balilati ins Gedächtnis und rieb erneut ihre Stirn.

»Ich schreibe ja schon«, beeilte sich Balilati und beugte sich über das Papier. Dann hob er das Gesicht, sah Michael an und sagte: »Ich werde mit dem Herrn in einen anderen Raum gehen, damit wir uns dort über ein paar Kleinigkeiten unterhalten können. Du bleibst mit der Dame hier.« Er sprach in einem verschwörerischen Flüsterton, als ob er mit seinem Verschwinden die Basis für ein intimes, beinahe romantisches Gespräch schuf. Michael hatte vor zu protestieren, aber Balilati sah ihn warnend an und zeigte mit dem Kopf in Richtung Tür.

»Einen Moment«, sagte Michael gehetzt. »Entschuldigen Sie mich einen Moment.« Er ging eilig zur Tür, und Balilati folgte ihm. Im Flur flüsterten sie miteinander, der Kopf Balilatis drehte sich nach allen Seiten, als wolle er sich vergewissern, daß niemand zuhört. Und als er sich dem Treppenhaus zuwandte, sagte er, ohne Michael anzusehen: »Ich will nicht in die Sache verwickelt werden. Bring du zuerst deine Angelegenheiten mit ihr in Ordnung, oder wir schikken einen anderen, vielleicht Zila. Denn sonst kommt zum Schluß noch dabei heraus, daß sie mir Fragen über dich stellt, und zum guten Schluß bin ich der Schuldige. Sie kennt deinen Namen und weiß sicher über dich Bescheid. Sie ist keine von denen, die auf dem Schlauch stehen, du hast sie ja gesehen. Sie ist nicht dumm. Wann triffst du Schorer?«

»Schorer kann mir auch nicht weiterhelfen. In dem Fall nicht«, sagte Michael schroff. »Jetzt ändert nichts mehr etwas daran. Sag mir nur, ob du es gewußt hast.«

»Ob ich was gewußt habe«, fragte Balilati verwirrt, »daß man dir die Kleine wegnimmt?«

»Nein, daß sie die Leiterin der Fürsorge ist.«

»Hast du sie nicht alle?« fragte Balilati beleidigt. »Woher sollte ich das wissen?! Hast du nicht gesehen, wie ich erschrocken bin? Du hattest mir einen ganz anderen Namen angegeben. Auf keinen Fall Maschiach. Willst du, daß ich Zila zu ihr schicke?«

»Nein«, sagte Michael bestimmt. Eine seltsame Ruhe, eine beinahe träumerische Ruhe überkam ihn. Ein Gefühl des Sich-treiben-Lassens. »Wir gehen vor, wie wir es besprochen haben. Du sprichst ihn auf den Lügendetektor an, ich nehme mir die Frau vor. Ich habe damit kein Problem. Ich werde sie ohne Hintergedanken vernehmen.«

Sie machten sich an die Arbeit. Gesenkten Hauptes ging Isi Maschiach hinter Balilati her, und vor der Tür sah er verzweifelt und machtlos seine Ex-Frau an, die ihm zunickte, als wäre er ein Schulkind, das sie an seinem ersten Schultag in der Klasse zurückließ. Sie faßte sich an die Stirn und drehte sich nach Michael um. Für ein paar Sekunden saßen sie schweigend einander gegenüber, bis sie die Stille unterbrach und unverblümt bemerkte: »Isi hat mir von Ihnen erzählt. Ich kenne den Fall aus einem anderen Blickwinkel. Sind Sie es, der mit Nita und ihrem Baby zusammenlebt und mit dem Baby, das Sie gefunden haben?« Sie stellte die Frage gelassen, als sei sie die natürlichste Frage der Welt. »Ich wundere mich, daß Sie mit der Aufklärung des Falls zu tun haben. Schließlich sind Sie befangen. Bei uns wird peinlichst auf eine völlige Trennung zwischen Beruf und Privatsphäre geachtet. Halten Sie sich hier nicht daran?«

Michael schwieg.

»Ich dachte, weil Sie von meiner Tätigkeit wissen, könnten Sie vielleicht meinen Terminplan etwas ernster nehmen und mich nicht so viele Stunden hier festhalten. Es ist ganz klar, daß Isi nichts mit der Sache zu tun hat, und auch ich selbstverständlich nicht.«

»Ich wußte etwas von einer Ruth Zelniker und nichts von Ruth Maschiach«, brachte er zu seiner Verteidigung vor.

»Das ist mein Mädchenname. Ich habe angefangen bei der Fürsorge zu arbeiten, bevor ich verheiratet war, und so nennen sie mich dort noch heute«, erklärte sie und versteifte sich.

»Waren Sie heute im Laufe des Tages, ich meine gestern, am Tag des Mordes, in der Gegend des Orchestergebäudes?« fragte Michael, als hätte er ihre Worte nicht gehört. »Haben Sie Gabriel gestern gesehen?«

Sie sah ihn prüfend an, neigte den Kopf. Sie hatte einen langen Hals, schmal und sehr zerfurcht. Später atmete sie tief ein, lehnte sich zurück und begann zu sprechen. Sie war tatsächlich am Morgen des Vortags vor dem Orchestergebäude gewesen. Es mußte während der Probe gewesen sein. »Aber«, betonte sie, »ich bin nicht einmal in den Bau hineingegangen. Gabriel habe ich zum letzten Mal vor ... vor ein paar Tagen, vielleicht vor einer Woche gesehen, als ich unsere Tochter in die Wohnung brachte. Ich habe ihm ein paar Bücher gebracht.«

Es stellte sich schnell heraus, daß ihr Wagen in der Werkstatt war und sie die Stadt verlassen mußte und deshalb zu Fuß zum Orchestergebäude gekommen war, um Isis Auto abzuholen, mit dem Gabriel hergekommen war. Sie hatte wegen der Tochter Schlüssel für Isis Wagen und auch für die Wohnung der beiden. Sie unterhielt sehr korrekte Beziehungen zu Gabi, fügte sie hinzu, und sie mochte ihn sogar. Irit, ihre Tochter, hing nahezu an ihm. Sie selbst hatte nicht allzuviel Kontakt. Theo kannte sie kaum. Sie war ihm einmal bei der Beschneidung von Nitas Baby begegnet. Gabriel beriet sich hin und wieder mit ihr über Nita, vor allem in der Zeit der Schwangerschaft, als der Eindruck entstand, daß Nita sich vor einem völligen Zusammenbruch befand. »Jedenfalls hat sie aufgehört zu spielen, was noch nie vorgekommen war. Das hat mir Gabriel erzählt, als er zu mir kam, um sich von mir einen Rat zu holen.« Sie selbst war in diesem Fall gegen eine Abtreibung gewesen, vor allem wegen Nitas Alter. »Es ist nicht gut, eine erste Schwangerschaft im Alter von siebenunddreißig abzubrechen. Noch dazu, wo Nita das Baby wollte.« Sie hatte mit Nita gesprochen und ihr sogar seelischen Beistand, professionelle Tagesmütter und dergleichen angeboten.

Den Vater van Gelden hatte sie nicht wirklich gekannt. Sie war ihm zwar begegnet, aber sie hatten nie miteinander gesprochen. »Außer in seinem Geschäft«, fügte sie mit einem leichten Kichern hinzu und breitete die Arme aus. Schließlich war sie ein wohlerzogenes Jerusalemer Mädchen, spielte Flöte und Klavier und kaufte dort ihre Noten. Sie erinnerte sich auch an die Mutter, die sie immer beeindruckte, mit ihrem hohen Wuchs und ihrem hellen zusammengefaßten Haar. »Eine imposante Erscheinung«, dachte sie laut. »Haben Sie die Mutter nicht gekannt?« fragte sie. Er schüttelte den Kopf. Fest entschlossen, das Gespräch auf die Fakten des Falls zu reduzieren, wehrte er jede entstehende Nähe ab, aber er fürchtete schon jetzt, als er ihr mühsam zuhörte, daß die Grenzen sich schnell verwischen würden.

Natürlich sei sie entsetzt über Gabis Tod gewesen, sagte sie mit der Direktheit, die ihre Worte von Anfang an charakterisiert hatten. Sie sprach mit dem kehligen Akzent einer Sabre*. Aber wie konnte sie es sich leisten, schockiert zu sein, wo Isi kurz vor dem Zusammenbruch war. Schließlich hatte er schrecklich an ihm gehangen. »Dieser Tod, vor allem die Art, wie er starb, bringt ihn um«, sagte sie. Überhaupt, erklärte sie, habe sie so viele schlimme Dinge in ihrem Leben erlebt, bei der Arbeit und anderswo, daß sie von Natur aus auf die richtige Distanz achte. Sie lächelte, und ihr Gesicht verjüngte sich. Ihre Schlitzaugen erstrahlten in leuchtendem Braun. Für einen Moment wurde der Hauch einer jugendlichen Leichtigkeit sichtbar und ein Charme, der früher einmal ihr größter Reiz gewesen sein mußte. »Es kann einen überrollen, wenn man nicht achtgibt«, erklärte sie und hörte auf zu lächeln. Obwohl Isi relativ jung war, sagte sie besorgt – sie war ein paar Jahre älter als er, erwähnte sie jetzt –, hatte er gravierende gesundheitliche Probleme. »Zum Teil durch sein Asthma und seine Allergien«, sagte sie nachdenklich. »Die meisten Leute wissen gar nicht, wie ernst Asthma zu nehmen ist, man kann daran sterben.«

»Sagen Sie mir bitte«, sagte Michael, »wie ist es Ihnen gelungen, gute Freunde zu bleiben? Hat es Sie nicht verletzt, als er Sie wegen eines anderen Mannes verlassen hat?«

Sie dachte nach. »Meinen Sie, gemessen daran, wenn er mich wegen einer anderen Frau verlassen hätte?«

Er sah sie an und schaute in die braunen Augen, die ihn mit großem Ernst musterten.

»Ich weiß nicht«, gab er zu. In seinem Innern bemerkte er, daß ihn noch ein paar weitere Fragen an dieser Sache interessierten. »Vielleicht überhaupt wegen einer anderen Person verlassen zu werden.«

»Ich weiß nicht, ob es einen Unterschied gibt, wenn der äußere Anlaß ein Mann oder eine Frau ist. Aber ich kann mir vorstellen, daß es so ist. Obwohl, insbesondere in unserem Fall, die Hauptschwierigkeit in der Auflösung des Rahmens bestand, im Zerstören unseres Heims.«

»Und?« sagte Michael.

»Unsere Mann-Frau-Beziehung, das heißt unser Eheleben, war schon vorher ziemlich tot. Wir waren nur gute Freunde. Es lag in der Natur der Sache, daß ich der erste Mensch war, der von seinen Treffen mit Gabi wußte. Eigentlich wußte ich es von vornherein. Aber es hängt mit intimen Details zusammen, über die ich hier nicht sprechen will. Ich bin nur bereit, Ihnen zu sagen, daß mir diese Trennung in gewisser Weise ermöglichte oder mich sogar dazu zwang, mich zu verwirklichen. Und mich meinem wahren Wesen zu stellen. Er hat mich nie belogen. Ich habe keinen Grund, ihm böse zu sein.« Wieder befühlte sie ihre Stirn, strich über die Augenränder, als wolle sie sie glätten, legte die Hände in den Schoß, neigte den Kopf und bestimmte: »Sie sind geschieden.«

Er nickte. Schon vor Jahren hatte er begriffen, daß es für einen Moment der Ehrlichkeit zwischen ihm und einem Zeugen, insbesondere in solch einem Fall, erforderlich war, daß auch er sich öffnete.

»Haben Sie Kinder?«

»Einen Sohn. Er ist schon erwachsen.«

»Wie alt war er, als Sie geschieden wurden?«

»Sechs.«

»Ist er nicht bei Ihnen aufgewachsen?«

Er zuckte die Achseln. »Auch bei mir«, sagte er schließlich. »So oft es ging.«

»Eine Scheidung ohne gegenseitiges Einvernehmen«, sagte sie mitfühlend. »Keine partnerschaftliche.«

»Nicht besonders partnerschaftlich«, gab er zu. »Aber in den letzten Jahren ist es ... ist es weniger ein Problem.«

»Gut, dann können Sie es wirklich schwer verstehen. Aber es hängt auch mit unserer Tochter zusammen. Die Erkenntnis, daß es sich für sie lohnt. Außerdem besteht eine grundlegende Zuneigung zwischen uns.« Ein kurzer Atemzug und dann: »Und all die Jahre, bis zu der Beziehung zu Nita, haben Sie allein gelebt?«

»Mehr oder weniger. Abgesehen von ein paar Fehlversuchen«, hörte er sich antworten. Für einen kurzen Moment erschien das Gesicht Awigails vor seinen Augen. So unglücklich. Dann verschwand es wieder. Ruth Maschiach sah ihn mit Augen an, die sie scheinbar mühevoll aufhielt. »Sie wollen das Baby«, sagte sie schließlich.

Er versuchte, seinen Speichel zu schlucken. Sein Mund wurde trocken, und er nickte.

»Und Sie sind nicht der Vater von Nitas Kind.«

»Nein, bin ich nicht«, gestand er.

»Eigentlich sind Sie erst kurze Zeit mit ihr zusammen. Gabi hat Isi davon erzählt. Er wußte es von Nita. Gabi wußte nicht, daß Isi mir davon erzählen würde.«

»Warum wußte er das nicht?« fragte Michael angespannt.

»Wer? Gabi?« Sie lächelte. »Verstehen Sie wirklich so wenig von einer Partnerschaft? Glauben Sie, daß Gabi nicht gespalten war, was die Beziehung zwischen Isi und mir anbelangte? Er war manchmal eifersüchtig. Er mochte es nicht, daß Isi mir alles oder fast alles erzählte.«

»Ich dachte, wenn es um zwei Manner geht, gibt es mehr Spielraum ...«

»Partnerschaft ist Partnerschaft. Es gibt in diesem Sinn keinen Unterschied zwischen heterosexuellen Paaren und anderen. Und wenn doch, dann scheint sie bei ihnen sogar ausgeprägter zu sein, die Eifersucht. Vielleicht machen sie sich wegen der Einsamkeit, zu der sie nach eigenem Dafürhalten verdammt sind, mehr voneinander abhängig. Bei Gabi und Isi war es so. Auf jeden Fall weiß ich, daß Sie noch nicht lange mit Nita zusammen sind.«

»Das ist unwichtig«, behauptete er.

»Wollen Sie plötzlich eine Familie, so ganz auf die schnelle? Mit einem Fertigbaby?«

»Was ist daran schlecht?« lehnte er sich auf und schluckte mühsam.

»Es ist nicht grundsätzlich schlecht, nur müssen wir eine Warteliste respektieren. Ich habe etwas gegen Protektion. Außerdem sind Sie alleinerziehend. Nita ist ohnehin nicht in der Lage ... Gegen Sie spricht in erster Linie, obwohl ich außerhalb dieses Raumes nicht darüber rede, da man mich für verrückt erklären würde, der Hauptgrund ist, daß ... daß Sie eine Art Detektiv sind, ein Kriminalkommissar«, sagte sie energisch. »Und ich sehe, daß Sie Ihre Arbeit gut machen.«

»Was hat das damit zu tun?« fragte er verblüfft. Er hatte ein Gespräch über Nitas Labilität erwartet, über ihre Verstrickung in zwei Mordfälle, darüber, daß sie zum Kreis der Verdächtigen gehörte, und vor allem eine professionelle, gut formulierte Aussage, daß sie vermutlich in dieser Situation überfordert sei.

»Wir überprüfen die berufliche Situation der Pflegefamilien. Sie verstehen, daß das, was für uns im Vordergrund steht, nicht Ihr Wunsch nach einem Kind ist, sondern das Wohl des Kindes.«

»Aber selbst Schwester Nechama, die bei uns war ...«

»Ich habe nicht behauptet, daß Sie sich nicht angemessen um sie kümmern, zumindest im Moment ...«, sagte Ruth Maschiach. Ihr Ausdruck wurde hart, entschlossen und sehr konzentriert, ihr Ton war kritisch. »Sie haben ungenaue Angaben gemacht.«

Er schwieg.

»Aber was den Ausschlag gibt, ist unter uns gesagt die Tatsache, daß Sie bei der Kriminalpolizei sind.«

»Warum?« Seine Stimme wurde lauter. »Ich habe ein festes Gehalt und bin finanziell abgesichert ...«

»Wenn Nita wenigstens ein stabilisierender Faktor wäre ... Aber auch das trifft nicht zu. Die Konzertreisen, die sie wieder aufnehmen wird ... Es läßt sich nicht sagen, ob überhaupt und wenn, wie lange die Beziehung zwischen Ihnen halten wird ... Es ist unklar, ob Sie beide die Kraft haben, es aufzufangen.«

»Was muß aufgefangen werden?« Er bemerkte die feindlichen Schwingungen und war gewarnt.

»Denken Sie, es ist ein Zufall, daß Sie so viele Jahre allein gelebt haben? Ich habe mich ein wenig mit Ihnen beschäftigt.«

»Sprechen Sie auf die Arbeitszeiten an ...?«

»Auch die Arbeitszeiten«, unterbrach sie ihn. »Aber sie sind eine Belanglosigkeit gemessen an dem, was ich in den letzten Tagen über Sie erfahren habe. Ich habe Ihre ganze Geschichte gelesen. Sie sind sehr problematisch als alleinerziehender Elternteil, und das sind Sie schließlich. Wollen Sie behaupten, daß Sie die Absicht haben, mit Nita zusammenzuleben?«

»Es war zunächst nicht meine Absicht«, gestand er, aus dem Gefühl heraus, daß es in diesem Fall besser war, offen und direkt zu sein. »Aber die Dinge ändern sich ...«

»Man kann nicht darauf bauen«, bestimmte sie, »es geht um ein Baby am Anfang seines Lebens, und Sie können ihm keine Beständigkeit bieten.«

»Das können Sie nicht wissen«, protestierte er wütend.

»Warum nicht? Wissen Sie nichts über Menschen? Kann man keine Schlüsse ziehen aus dem, was man über sie und ihre Persönlichkeit weiß? Ich sage Ihnen, daß ich das ganze Material, das es bei der Polizei über Sie gibt, gelesen habe.«

»Das sind interne Informationen!«

»Sie haben mit Ihrem Antrag Einblick in Ihre Akten erlaubt«, erwähnte sie frei von Angst. »Auch Ihre gesundheitlichen Daten haben Sie damit öffentlich gemacht. Ich bin sicher, Sie stimmen mit mir überein, daß man diese Dinge überprüfen muß, bevor man jemandem ein acht Wochen altes Baby ausliefert.«

»Ausliefert?!«

»Wenn Pflegeeltern und Kind nicht optimal zusammenpassen, kann es eine Auslieferung sein. Ich sage Ihnen noch einmal, daß ich allem, was ich über Sie weiß, entnehme, daß Sie sehr wohl verstehen, wovon ich spreche. Sie besitzen alle

Fähigkeiten, die Dinge aus meiner Sicht zu sehen. Ihre Persönlichkeit, wenn Sie mir meine Indiskretion verzeihen, Ihre Persönlichkeit ist nicht dazu geeignet, als Alleinerziehender ein Kind zu adoptieren.«

»Ich verstehe nicht, mit welchem Recht Sie das zu diesem Zeitpunkt entscheiden können, ohne sich näher mit mir darüber unterhalten zu haben«, sagte er und versuchte, Angst, Kränkung und Wut, die ihn übermannten, zu ersticken.

»Sie widmen sich jedem Ihrer Fälle bis zur völligen Erschöpfung. Tagelang sind Sie nicht zu Hause, aber ich habe auch begriffen, daß Ihre Persönlichkeit der eines echten Kriminalbeamten entspricht. Sie lieben die Einsamkeit, sind verschlossen, streben nach Vollkommenheit. Ich habe Protokolle, die Sie verfaßt haben, gelesen.«

»Ich kann es nicht fassen!« flüsterte er. »Ich habe keine Ahnung, wovon Sie reden. Ich habe Sie für eine vernünftige Frau gehalten. Ich weiß nicht, wie Sie auf so etwas kommen.«

»Was denn, lesen Sie etwa keine Krimis?«

Er sah sie an, um festzustellen, ob sie ernsthaft auf eine Antwort wartete.

»Ich mag keine Krimis«, sagte er schließlich. »Ich habe keine Ahnung, was das jetzt soll ...«

»Sie mögen keine Krimis?! Wie kommt es, daß Sie ... Schade, ich bin süchtig danach«, gestand sie. »Auch Gabi war süchtig. Es war eines unserer gemeinsamen Interessen. Auch er war verrückt nach Krimis. Wir haben Bücher ausgetauscht ...« Sie wurde still und seufzte. »Erst vor ein paar Tagen habe ich ihm einen Krimi von einem holländischen Autor geliehen, den er sehr mochte. Alles passiert dort im China des sechsten Jahrhunderts. Sie haben keine Ahnung, wieviel man diesen Büchern über das Leben im alten China entnehmen kann. Überhaupt, man lernt aus Krimis eine Menge ...«

»Ich habe davon gehört«, sagte er müde. »Dostojewski

hatte es nicht nötig, auf diese Art und Weise zu belehren.«

»Wie auch immer«, sagte Ruth Maschiach beharrlich, »in den Büchern dieses Holländers, der im Diplomatischen Dienst im Fernen Osten gearbeitet hat und vielleicht kein großer Schriftsteller war, ist der Held ein Richter namens Di. Er ist faszinierend, und auch er lebt allein. Warum lesen Sie keine Krimis?«

Er hob die Achseln. Das Gespräch wurde langsam surreal, irreal, aber er war geneigt, ihr ehrlich zu antworten, als ob in der Bemühung an sich, auf all ihre Fragen einzugehen, eine Chance lag, das Kommende abzuwenden, Gnade in ihren Augen zu finden, den Eindruck von Aufrichtigkeit zu hinterlassen. »Krimis sind in meinen Augen unrealistisch. Ich habe keine Geduld dafür. Alles liegt von vornherein fest. Alles ist konstruiert. Vielleicht außer *Schuld und Sühne* oder *Der Schnee war schmutzig* mit Kommissar Maigret. Das sind Bücher, die ich lesen kann.«

»*Schuld und Sühne* ist doch kein Krimi!« warf sie ein.

»Meine Lehrerin hat das Buch als Meisterstück eines Krimis bezeichnet«, sagte er mit einem zaghaften Lächeln, verlegen, weil ihm sein Versuch, mit Naivität ein wenig zu bezaubern, durchschaubar schien.

»Es kann kein Krimi sein, weil es sich auf das Bewußtsein des Mörders konzentriert. Schließlich ist die Frage, die den Leser bei *Schuld und Sühne* interessiert, nicht, wer die alte Wucherin ermordet hat, und nicht einmal, wie der Täter gefaßt wird, obwohl es ein Spannungsmoment ist. Was in dem Buch im Vordergrund steht, ist, wie Raskolnikow den Rest seines Lebens verbringen wird, nachdem er gemordet hat. Wie er mit seiner Tat zurechtkommt.«

»Also, Sie haben selbst begriffen, was in Krimis uninteressant ist. Auch in *Der Schnee war schmutzig* ist es wie bei Dostojewski. In Krimis erfährt man nichts darüber, wie ein Mörder mit seiner Schuld umgeht.« Er fragte sich, wieviel Nutzen er aus dieser Diskussion herausschlagen konnte.

Konnte er sie beeindrucken, wenn er ernsthaft auf sie einging? Gegen das Bedürfnis, sie zu beeindrucken, lehnte er sich auf. Wie konnte er wissen, was sie beeindrucken würde. Bei ihr lagen die Dinge nicht so einfach, wie beispielsweise bei Schwester Nechama. Gerade deshalb ließ er sich zu oberflächlichen, beinahe provokativen Äußerungen hinreißen: »Oft gibt es in Krimis Verdächtige, die nur der Handlung dienen und keine echten Charaktere sind. Und immer gibt es einen Mörder. Und immer endet es mit der Aufklärung des Falles. Nach der Aufklärung erfährt man nie, was aus den Helden und den Mördern wird. Bis auf die Bücher, in denen der Mörder am Ende umkommt, was sehr bequem ist. Die ganze Frage der Beweislast und des juristischen Prozesses wird in diesem Genre ausgeklammert, und wenn doch, denken Sie an Perry Mason, ist es fiktiv. Alles löst sich mir nichts, dir nichts. Überhaupt – alles klärt sich auf.«

»Was ist daran auszusetzen?« wunderte sie sich. »Können Sie diese Spielregeln nicht akzeptieren? Gabi pflegte zu sagen, daß es eine Menge Parallelen zwischen einem Krimi und einer Oper gibt, die gleiche Logik.«

»Alles dient der Spannung«, beharrte Michael. »Es gibt in diesen Büchern keine Atempause, kein ästhetisches Verharren. Keine Abweichungen vom Hauptstrang der Handlung. Alles ist funktional. Ein Gespräch, wie wir es jetzt führen, hätte in einem Krimi keinen Platz, weil es nichts und niemandem dient. Ich habe dafür keine Geduld. Meine Arbeit stellt mich vor genügend Rätsel. Und der Schluß, was auch immer in der Mitte geschieht, der Schluß ist immer frustrierend. Entweder man weiß zu früh, wer der Mörder ist, oder man fühlt sich zum Narren gehalten, weil der Schluß einem an den Haaren herbeigezogen zu sein scheint.«

»Aber die Spannung ist doch nicht das einzige, was einen an Krimis reizt!«

»Nein? Was denn dann?«

»Verschiedene andere Dinge. Spannung zu erzeugen ist nur ein Teil des Vertrages, der Vereinbarung zwischen dem Krimiautor und seinem Lesern. In Wahrheit ...« Ruth Maschiach wurde still, als er ansetzte, etwas über stillschweigende Übereinkommen zu sagen. Doch er überlegte es sich anders.

In den Sekunden, in denen sie schwiegen, fragte er sich, ob sie tatsächlich imstande war, ihm das Baby wegzunehmen. Wie konnte es sein, protestierte eine Stimme in ihm, daß sie nicht sah, was er, und nur er, dem Kind geben konnte. Eine andere Stimme machte sich über diese Polemik lustig. Sie wollen jemand Herkömmliches, rief er sich in Erinnerung, eine normale, warmherzige Familie. Was wäre, wenn sie ihm das Baby wegnehmen würden, erschrak er angesichts des sich neigenden Kopfs Ruth Maschiachs, die ihm prüfend ins Gesicht sah. Was würde er mit der Ausrüstung machen, die er bestellt hatte, der Wickelkommode, den Spielsachen, dem Gitterbett. Er wunderte sich selbst und schämte sich über seine Sorge, die so lächerlich war. Sie werden sie mir nicht nehmen, überzeugte er sich selbst für den Augenblick. Sie werden sie nicht so schnell wegnehmen können, er würde kämpfen.

»In erster Linie liest man Krimis um des Gefühls der Unschuld willen«, sagte Ruth Maschiach.

»Des Gefühls der Unschuld? Des Gefühls der Unschuld!«

»Ja, das ist meine Überzeugung. Jeder läuft mit Schuldgefühlen herum«, ignorierte sie den Spott.

»Schuldgefühlen, inwiefern?«

»Ich weiß wirklich nicht, ob Sie es akzeptieren werden«, seufzte sie. »Aber Schuld hat – kurz gesagt – immer etwas mit dem Wunsch zu tun, den eigenen Vater zu töten. Zumindest, wenn es um Männer geht.«

»Ödipus, o Ödipus!« rief Michael und wurde für geraume Zeit still. »Gut, kein Wunder, daß ich dieses Gefühl der Unschuld nicht benötige, mein Vater ist gestorben, als ich noch ein Kind war.« Weil er ihrem Blick Enttäuschung entnahm und sah, wie ihr Körper sich für eine Erklärung rüstete, von der er vorab wußte, daß sie lauten würde, daß es keinen Zusammenhang zwischen dem geschichtlichen Todesdatum seines Vaters und des in ihm nistenden Schuldgefühls gab, und weil er selbst die Banalität in seinen Worten wahrnahm, die ihn plötzlich beschämte, und auch weil ihn das billige Psychologisieren langsam wütend machte, fügte er hinzu: »Wollen Sie damit sagen, daß der Krimileser sich von Schuldgefühlen freimacht, weil er nicht der Mörder ist?«

»Er identifiziert sich ganz und gar mit dem Ermittler und mit dessen Rechtsempfinden. Solange er in einen Krimi vertieft ist, kann er sicher sein, daß er zu den Guten gehört. Er ist einsam, wie der Ermittler zu ewiger Einsamkeit verdammt ist, zumindest bis die Wahrheit ans Tageslicht kommt.«

»Ich verstehe nicht. Wovon sprechen Sie!« stieß er aus. Zu seinem eigenen Erstaunen machten ihm ihre Worte mehr angst als die herkömmlichen Routinefragen – über die Zeit, die er sich für das Kind freimachen konnte, über seine Bewältigungsstrategien in familiären Konflikten, über Nita.

»Darüber, daß ich Sie studiert habe und daß Sie diese Detektivmentalität haben. Ein Detektiv kann keine Ehe eingehen, und wenn doch, gerät er in Konflikte. Und es steht fest, daß er keine Kinder großziehen kann. So ist es seit Sherlock Holmes, vielleicht schon seit Edgar Allan Poe.«

»In meiner Jugend habe ich Krimis gelesen«, sagte er brüsk. »Ich kann mich nicht erinnern, daß die familiäre Situation ein Thema in Krimis ist.«

»Aber die Einsamkeit der Detektive in der Literatur. Erinnern Sie sich vielleicht daran?« fragte sie, ohne zu spotten. »Natürlich wird sie in den Büchern drastischer dargestellt, aber die Idee … konnte ich immer nachvollziehen. Selbst bei Kommissar Maigret … Ihn lieben Sie sicher, den Maigret von Simenon.«

Er nickte. »Er hat eine Frau, Madame Maigret«, fiel ihm plötzlich ein.

»Er hat eine«, stimmte sie zu, »für die Hausschuhe am Abend und die Suppe. Haben Sie ihn je ernsthaft mit ihr reden hören? Sie leben wie zwei Fremde nebeneinander her.«

»Weil er nach Verbrechern fahndet? Was hat das mit seinem Beruf zu tun? Wie hängt die Verbrecherjagd damit zusammen? Madame Maigret ist eine einfache Frau, und der Kommissar ist doch ...«

»Sie wissen nicht, wie einfach sie ist. Sie kennen sie gar nicht«, gab Ruth Maschiach zu bedenken. »Was Sie wissen, ist, daß sie wie eine Haushälterin vorgestellt wird. Maigret verliebt sich nicht einmal in andere Frauen. Das höchste der Gefühle ist, daß er sich einmal hingezogen fühlt zu jemandem, vor allem aus Neugierde und aus dem Wunsch, hinter die Wahrheit zu kommen. Kriminalkommissare verlieben sich nicht wirklich. Und nur für kurze Zeit. Meistens auf jeden Fall.«

»Gut, nehmen wir an, Sie haben recht«, gab er schließlich auf. »Was hat das mit meinem Baby zu tun?«

»Reden Sie nicht von *meinem* Baby! Es ist nicht Ihr Baby«, sagte Ruth Maschiach scharf. »Sie sind ein vorübergehendes Arrangement. Noch. Die Polizei fahndet nach der Mutter. Sie müssen darauf vorbereitet sein, sich von dem Kind zu trennen.«

»Ich kann nicht daran denken«, sagte er mit gesenktem Kopf.

»Sie müssen an das Wohl des Kindes denken. Sie sind vielleicht gar nicht dafür bestimmt, eine Familie zu haben«, erklärte sie. Sie sah, wie er den Mund aufriß, und fügte hinzu: »Verzeihen Sie mir, vielleicht inzwischen doch, aber es ist zu früh, um es zu wissen. Kriminalkommissare schaffen keine intimen Beziehungen, fast nie. Sie haben kein Grundvertrauen. Ich habe es auch Ihrer Arbeit entnommen, daß Sie sich wirklich nie auf jemanden verlassen.«

Er spürte, wie er blaß vor Zorn wurde. »Das hier ist das

wirkliche Leben«, sagte er mit erstickter Stimme. »Ihre Kriterien sollten seriös sein! Selbst wenn dies ein privates Gespräch ist! Wie kann man aufgrund von Schundliteratur ... ein Mensch in Ihrer beruflichen Position ... so unverantwortlich daherreden ...«

»Wieso Schundliteratur?« protestierte sie. »Was ist an Simenon billig? Was ist an Chandler billig? Jeder gute Krimi führt vor Augen, welche tragische Figur ein Kommissar ist. Die Wahrheit zu kennen hat seinen Preis.«

»Ich bin nicht länger an einer Diskussion über Krimis interessiert«, sagte er mit nervöser Entschlossenheit. »Ihre Feststellung, daß ich nicht für eine Familie geschaffen bin, ist höchst erstaunlich. Sie hat etwas Unverantwortliches, um nicht zu sagen Dreistes«, sagte er laut.

»Sie reagieren sauer, weil Sie wissen, daß ich womöglich recht habe«, sagte sie gelassen. Er erschrak bei dem Gedanken, es könnte eines der wenigen Male eintreffen, daß ihm ein Verhör entglitt. Er sah die kleine Frau an, ihre wachsamen Schlitzaugen, die nicht von ihm abließen. Ihre kleinen energischen Finger, den blauen Fleck auf ihrem Daumen, und er spürte, daß sie ihm nicht übel gesonnen war, daß man ihr ein gewisses Vertrauen entgegenbringen konnte, aber ihre Äußerungen hatten ihn verletzt. Der Wunsch, sie eines Besseren zu belehren, wuchs. Er wollte noch einmal von Dreistigkeit und fehlender Kenntnis der Sachlage sprechen, er wollte ihr etwas über Awigail sagen, über die Beziehung, die von Anfang an zum Scheitern verurteilt war. Er wollte darüber sprechen, daß er nicht daran schuld war und daß die Trennung nicht von ihm ausgegangen war. Aber diese Wünsche waren schwächer als das Begehren, sich vor ihr in acht zu nehmen, und das Bedürfnis, das Gespräch in die üblichen Bahnen zu lenken. Obwohl er gleichzeitig daran dachte, daß es keine üblichen Bahnen gab. Er spürte auf einmal, daß dieses irrelevante, bedrohliche Gespräch auf Dinge hinauslief, von denen er nichts ahnte.

»Erklären Sie mir, was Sie meinen, dann lassen wir es

darauf beruhen. Inzwischen können Sie mir sagen, warum ...«

»Ich meine, daß typische Detektive gefährliche Idealisten sind. Sie handeln unter der Prämisse, es gäbe eine Welt mit Gesetzen, eine beinahe utopische Welt. Sie sind durchdrungen von der Überzeugung, daß ihre Mission in der Welt darin besteht, um jeden Preis die Wahrheit aufzudecken. Es scheint ihnen, sie könnten die zerbrochene Weltordnung wiederherstellen. Gleichzeitig kommen sie mit Brutalität und den niedrigsten Beweggründen der Menschen in Berührung und sind ihnen ausgesetzt, und um davor auf der Hut zu sein ... um nicht kontaminiert zu werden, wenn Sie mir das Wort verzeihen, müssen sie das Leben eines Einsiedlers führen. Nichts ist seltener als ein glücklich verheirateter Kriminalkommissar, der zwei oder drei kleine Kinder hat, zu denen er am Abend zurückkehrt ...«

»In der Literatur vielleicht«, winkte er ab, »was reden Sie da. Sie müssen entschuldigen, aber bei uns, in meinem engsten Umfeld, arbeitet ein Ehepaar, und sogar bei dieser Ermittlung sind sie ...«

»Ich habe mehr von der Mentalität eines Detektivs gesprochen. Die beiden anderen sind anscheinend anders geartet. Sie wissen genau, was ich meine. Ich sehe es an Ihren Augen. Sogar Gabi, der ziemlich weltfremd war, sagte zu Isi – Isi hat es mir erzählt –, daß Sie ihm wie ein trauriger Mensch vorkommen, wenn nicht sogar tragisch, und durch und durch einsam. Das hat mich sehr beeindruckt aus Gabis Mund, vielleicht hatte er auch Nitas Worte wiedergegeben, denn Gabi hat Menschen so gut wie nicht wahrgenommen. Und tiefgründige Erkenntnisse hatte er schon gar nicht. Das, was er sagte, hat mich so beeindruckt, daß ich mich sofort daran gemacht habe, ihre Vergangenheit zu durchleuchten. Ein Baby braucht eine Pflegefamilie in der es Geselligkeit, Leben, Präsenz gibt.«

»Wie können Sie es wagen ... solche Schlüsse über mich zu ziehen, ohne ... ohne ...«

»Ich habe meine Erfahrungen. Wissen Sie, wie viele Menschen mein Büro durchlaufen?« Trotz der Brutalität, die in ihren Worten lag, und trotz seines Gefühls – eine gewisse Sicherheit, die sich wie ein Zahnschmerz in ihn bohrte –, daß sie selbstverliebt von ihren Worten gefesselt war, als ob sie schon lange auf die Gelegenheit gewartet hatte, diese Dinge auszusprechen, die sie für eigene Erkenntnisse hielt, war ihr Ton barmherzig und hatte ihre Stimme etwas Weiches, Teilnahmsvolles. »Ich nehme an, daß Sie intelligent sind und ehrlich zu sich selbst. Irgendwo wußten Sie selbst, daß es nicht klappen konnte, schon bevor Gabriel van Gelden ... ermordet wurde.«

»Das stimmt nicht«, versicherte er. »Ich habe keinen Grund gesehen, weshalb es nicht gutgehen sollte. Ich sehe immer noch keinen. Ich weiß, ich kann dem Baby Dinge vermitteln ... Ich kann durchaus mit Nita zusammenleben, es kann eine dauerhafte Beziehung für das ganze Leben werden.«

»Für das Leben ...«, winkte Ruth Maschiach ab. »Solche Floskeln passen nicht zu Ihnen. Was wissen wir schon über das ganze Leben.«

Er sah über ihre Schulter und schwieg.

»Gabi hat Isi gesagt, es wäre nicht einmal ein Verhältnis«, bemerkte sie sanft. »Ich führe mit Ihnen ein Privatgespräch. Ich habe von meinen Insider-Informationen keinen Gebrauch gemacht ... Gabi hat es Isi erzählt und wußte nicht, daß Isi mit mir darüber sprechen würde. Und Isi hat es mir erzählt, als hätte er dabei vergessen, womit ich mich beruflich beschäftige ... Falls Sie an ein zufälliges Vergessen glauben.« Er sah sie schweigend an. »Ich hatte ohnehin vor, Sie in mein Büro zu bestellen«, tröstete sie ihn. »Es hat sich nur ergeben ...« Sie schüttelte sich.

»Gabi hat nichts gewußt. Über seine Schwester hat er nichts gewußt. Außerdem ändern sich die Dinge«, bettelte er wie ein Kind.

»Das hängt nicht wirklich damit zusammen«, sagte sie

mitleidig. »Sie scheinen mir nicht geeignet, aber vielleicht finden wir die Mutter ... Der Wille allein genügt nicht, um geeignet zu sein. Sie ist vielleicht erst zwei Monate alt ...«, rief sie in Erinnerung. Vorwurfsvoll fügte sie hinzu: »Wenn Sie beide sich entscheiden, können Sie immer noch ... Wissen Sie, wie viele Jahre Paare, die keine Kinder bekommen, warten? Zehn Jahre? Und hier haben wir ein gesundes, zwei Monate altes Baby! Wic kann ich cs cincm Mann überlassen, der allein lebt, und noch dazu einem Kriminalkommissar?!«

Es war Zeit, zum Angriff überzugehen, sagte er sich. »Isi hat Ihnen alles erzählt, haben Sie gesagt.«

»Viel«, präzisierte sie. »Keiner erzählt einem anderen alles, wie Sie sicher wissen.«

»Viel. Nehmen wir es einmal an. Wissen Sie vielleicht, wo Gabi in der Zeit war, in der sein Vater ermordet wurde?«

Sie furchte die Stirn und drückte mit dem Finger auf einen Punkt im Zentrum. »War es an dem Tag des Saisoneröffnungskonzerts? Isi war auf einer Konferenz in Europa ...«, murmelte sie.

»Nein, darüber weiß ich nichts.«

»Und von der Krise, die die beiden in der letzten Zeit hatten?«

»Eine Krise?« aufrichtiges Staunen lag in ihrer Stimme. »Was für eine Krise?«

»Wir haben hier in dem Verhör und durch den Lügendetektor herausgefunden, daß die Beziehung der beiden in einer Krise steckte.«

Wieder wurden die feinen, zarten Brauen über den schmalen Augen, die vor lauter Konzentration in ihren Höhlen zu verschwinden schienen, zusammengezogen. Plötzlich erinnerten sie Michael an die Augen ihres Ex-Ehemannes. »Was weiß ich? Ich glaube, wegen den Umständen, seinem Vater und all dem, war Gabi in einer beinahe manischen Stimmung, bevor sein Vater starb. Nach dem Tod seines Vaters ...«

»Okay, nennen Sie es Stimmung, aber wissen Sie, wodurch diese Stimmung entstanden war?«

»Familiäre Angelegenheiten. Etwas mit seinem Vater«, rekonstruierte sie mühsam. »Verstehen Sie«, sie beugte sich nach vorne, ihre kleinen Finger waren ineinander verhakt, und ihre Hände lagen auf dem Tisch. »Isi ist wie ein Kind, in gewisser Beziehung. Er hatte manchmal Angst vor Gabi. Vor allem, wenn Gabi sich in sich zurückzog oder sich absonderte. Dann dachte Isi, daß er ihn nicht mehr liebte oder daß es ein Hinweis auf eine Trennung war. In Isis Augen ist Liebe etwas, das von heute auf morgen vergehen kann. Er ist wie ein Kind. Manchmal hat es mich rasend gemacht, wenn ich sah, wie sehr er sich bemühte, Gabi gerecht zu werden.«

»Es gibt keinen Unterschied zwischen einem heterosexuellen Ehepaar und ...«, dachte Michael laut.

»Was haben Sie denn gedacht?« wunderte sich Ruth Maschiach erneut. »Ich habe es Ihnen schon vorher gesagt – es gibt hier eine Paardynamik. Manchmal hat Isi mich gebeten, Gabi nichts davon zu sagen, daß wir uns getroffen hatten. Vor allem nicht dann, wenn wir uns amüsiert haben. Sagen wir, wir haben gut gegessen ... Einmal hat es deswegen einen großen Streit gegeben, als ich ein Treffen in einem italienischen Restaurant in Tel Aviv erwähnte. Isi kochte vor Wut, weil Gabi ihn beschuldigte, ihm nichts davon erzählt zu haben. Er warf Isi vor, ihn für ein eifersüchtiges Monster zu halten, vor dem man alles geheimhalten muß.«

»Sie haben gesagt, die Beziehung sei harmonisch gewesen. Intakt«, wies Michael sie zurecht.

»Eine gewisse Harmonie war wirklich vorhanden!« sagte sie überrascht. »In einer intimen Beziehung zwischen zwei Menschen gibt es aber fast immer auch eine Lüge ... Lügen. Wegen der Angst. Hauptsächlich wegen der Angst, der Angst vor der Eifersucht, der Angst, dem anderen wehzutun, hauptsächlich wegen der Angst, den Geliebten zu verlieren. Sie wissen, daß es so ist, deshalb leben Sie allein«, sagte sie leise. »Und ich auch«, fügte sie flüsternd hinzu. »Es ist schwer, diese Entgleisungen zu akzeptieren. Aber zwischen ihnen war Liebe.«

»Und Abhängigkeit und Angst und Geheimnisse«, fügte Michael hinzu.

Sie zuckte die Schultern.

»Und was war in der letzten Zeit los in ihrer Beziehung?«

»Zuerst war da das Ensemble. Die Gründung hat Gabi aufgefressen. Er war rund um die Uhr beschäftigt. Später ist dann dieser schreckliche Tod Felix van Geldens dazugekommen. Gabi hing sehr an seinem Vater, und die Tatsache an sich, daß er tot war, und dann auch noch die Umstände, haben ihn sehr deprimiert. Sicherlich hat er getrauert. Darüber hinaus fühlte Isi sich schuldig, weil er in dieser Zeit nicht hier war. Obwohl er seine Konferenz in der Mitte abbrach und zurückkam. Außerdem ... Vor ein paar Tagen hat er mir gesagt, daß Gabi etwas bedrückte und daß er ihm nicht sagte, um was es ging. Daß irgendein Rechtsanwalt oder sonst jemand ihn aus Amsterdam angerufen hat.« Wieder rieb sie heftig ihre Stirn. »Ich habe Kopfschmerzen«, entschuldigte sie sich.

»Aus Amsterdam?« Er schaute auf das Aufnahmegerät und fragte sich, wie er diese Kassette den Kollegen vorspielen sollte. Er beschloß, den ersten Teil zu löschen.

»So hat Isi es mir vor ein paar Tagen gesagt. Aber ich kann mich nicht genau erinnern, denn ich hatte nicht immer die Geduld, mir alles anzuhören, was ihn quälte. Er war wirklich manchmal wie ein jammerndes ... wie ein jammerndes Weib.« Sie lächelte: »Man kann Klischees nicht ganz vermeiden«, entschuldigte sie sich.

»Inwiefern wird Gabis Tod Ihr Leben verändern?« fragte er direkt.

Sie nickte. »Sie geben nicht auf ...«, seufzte sie. »Aus wirtschaftlicher Sicht wird es keine Veränderungen geben«, sagte sie laut. »Aus gefühlsmäßiger Sicht wird es jetzt schwerer für mich werden. Denn Isi wird anhänglicher sein als gewöhnlich, vielleicht sogar ... vielleicht wird er sogar zurückkehren wollen. Und ich ...« Ihre Augen wanderten verloren im Zimmer umher, zum erstenmal schien sie ihre Sicherheit und Souveränität einzubüßen. Der Anblick ihrer Augen, die von ihm zur Tür hin und her liefen, hatte etwas menschlich Ermutigendes. Sie zeigte plötzlich Schwäche. »Würde es Ihnen gefallen, wenn er zurückkäme«, riet er.

»Nicht wirklich«, sagte sie nach langem Schweigen. »Ich habe mich an die Freiheit des Alleinlebens gewöhnt. Ich habe auch Beziehungen zu anderen Männern ... Nichts Ernstes«, gab sie zu. »Aber zumindest haben sie etwas Normales, wenn Sie verstehen, was ich meine. Vielleicht glauben manche, daß man etwas wieder kitten kann, daß man eine Sache, die zerbrochen wurde, wieder zusammenfügen kann. Aber nein, nicht wirklich«, sagte sie entschlossen. »Wenn ich ernsthaft darüber nachdenke, ist Gabis Tod für mich und auch für Irit eine ziemliche Katastrophe.«

Er sah sie schweigend an.

»Ich bin mir erst jetzt darüber klargeworden. Ich habe es vorher nicht gewußt, ich mußte darüber nachdenken«, erklärte sie staunend. »Aber ich habe ihn nicht umgebracht«, sagte sie plötzlich. »Ich weiß nicht, wie sehr Sie mir glauben, im Moment, aber ich habe das Bedürfnis, es Ihnen zu sagen. Ich habe ihn nicht umgebracht, und ich habe auch keine Ahnung, wer es getan haben könnte und warum«, bestimmte sie. Ihr Mund zog sich zusammen, ihr Finger preßte gegen die Stirnmitte. »Auch Isi nicht«, faßte sie zusammen.

Dann erklärte sie sich einverstanden, an den Lügendetektor angeschlossen zu werden, ohne zu zögern, und auch mit einem Verzicht auf datenrechtliche Bestimmungen war sie einverstanden. Sie ermöglichte ihm Zugang zu ihren Konten, unterschrieb Dokumente, verzichtete auf einen Anwalt, war bereit, jedes Protokoll zu unterschreiben, das er formulieren würde. »Alles, was zur Klärung beitragen kann«, sagte sie, als sie aufstand, »was diese Sache mit Gabi anbelangt«, fügte sie rasch hinzu. Und als sie vor der Tür stand, hielt sie inne und drehte sich um: »Aber wenn Sie jetzt Unterstützung mit Nita brauchen, wegen ihrer seelischen Verfassung«, sagte sie und kam näher heran, »werde ich gern alles tun, was in meiner Macht steht. Wie geht es ihr eigentlich?« fragte sie besorgt. Dann schaltete er den Rekorder aus, und aus einem verzweifelten Drang heraus gab er einem gefährlichen Verlangen nach, wie ein Teil seines Bewußtseins zu bedenken gab. Schockiert über sich selbst, voller Warnungen, weihte er sie ein.

9

Besser, denke ich

Der Anblick des vergoldeten, glänzenden Anhängers, der vor Nitas Augen rhythmisch von Seite zu Seite pendelte, rief in ihm das Gefühl wach, Zeuge eines archaischen Stammesrituals zu sein. Dieses Gefühl, sagte er sich spöttisch, kam nicht auf, wenn es um den Lügendetektor ging und er selbst der Fragende war. Er stand in der Ecke des großen Raumes, in gebührendem Abstand zu dem Anhänger. Der Psychiater kehrte ihm den Rücken zu und verdeckte Nitas Gesicht, die vor ihm saß. Etwas an dem Apparat, sagte er sich – das Kratzen des Polygraphen, der Anzeiger, die Amplituden, die objektiven Messungen –, ließ den Eindruck einer kultischen Handlung nicht aufkommen, den der glänzende, goldene Anhänger in ihm erweckte, der mit sicherer Hand vor einer Frau pendelte, die nach Erlösung strebte. Die ruhige, monotone Stimme, gleichermaßen streng und suggestiv, befahl auf angenehme Weise: »Sie sind müde.« – »Ihre Augen sind schwer.« – »Sie wollen schlafen.« – »Die Augen fallen Ihnen zu.« Sie annullierte die Zeitdimension, suggerierte feuchte Höhlen, Wälder, Stammeszauberer. Gleichwohl wußte er, daß Hypnose simple Technik war. Wie sie funktionierte, hatte Elro'i ihm vor geraumer Zeit einmal erklärt. Und erst vor wenigen Minuten hatte Ruth Maschiach ihm einen Vortrag darüber gehalten. Der breite Rücken des Psychiaters verbarg Nitas Gesicht, aber nicht ihre Schuhe, die schmalen, hellen Pumps, deren Spitzen in die Höhe zeigten, und die Beine, die sie jetzt ausstreckte, was sie völlig entspannt wirken ließ.

»Ich glaube nicht, daß es machbar sein wird«, hatte Elro'i am Morgen gesagt, als Ruth Maschiach und Michael in seinem Zimmer saßen. Sein Gesicht, das gewöhnlich zurückhaltend und ausgeglichen wirkte, verbarg die Betroffenheit. Nur etwas an der Art, wie er den Pfeifenkopf auf dem Rand des Papierkorbs ausklopfte, wies darauf hin, wie erregt er war. »Ihr wißt, daß es nach dem Gesetz verboten ist, es geht nicht einmal um die juristische Legitimation, darum geht es gar nicht«, sagte er beinahe abgestoßen und stand auf.

Ruth Maschiach, die darauf beharrt hatte, Michael zu begleiten, stützte ihr Kinn auf die Handfläche. »Es geht um einen Notfall«, sagte sie, »und wenn sie sich einverstanden erklärt, sehe ich nicht, was daran nicht legitim sein soll.«

»Sieh mal, Ruth«, sagte Elro'i in dem Tonfall, der ihm den Ruf eines überheblichen, autoritären Typs eingebracht hatte, »wir kennen uns nun schon seit vielen Jahren. Ich kenne dich als eine Person, für die die Ethik, das Berufsethos, im Vordergrund steht«, sagte er mißbilligend.

Erst als sie vor Elro'is Tür standen, hatte Ruth Maschiach erwähnt, daß sie Elro'i aus ihrer Studienzeit kannte. »Er war einer meiner Verehrer«, lächelte sie, bevor sie an die geschlossene Tür klopfte, »und jetzt ist er der leitende Polizeipsychologe.«

»Ich sage dir folgendes: Zum einen – er weiß das ganz genau«, er nickte in Richtung Michael, »ist der Einsatz von Thiopental und Wahrheitsdrogen gesetzlich verboten, auch wenn es um Zeugenaussagen geht. Nicht einmal zur Identifizierung von Vergewaltigern auf Phantombildern ist er zulässig. Und zum anderen dürfen wir Hypnose ebenfalls normalerweise nicht einsetzen. Ich entnehme eurer Erklärung, daß die betreffende Dame zum Kreis der Verdächtigen gehört. Wenigstens zur Zeit«, beeilte er sich einschränkend hinzuzufügen, als er Michaels Gesichtsausdruck sah, der den Mund öffnete, um etwas zu sagen. »Im Moment ist sie jedenfalls verdächtig«, präzisierte er. »Es geht hier ja nicht einmal um eine Zeugin, von der man eine Identifizierung wünscht. Aus unserer Abteilung würde es niemand machen. Keiner würde in diesem Fall eine Hypnose durchführen.« Er klopfte mit der Pfeife auf den runden, gläsernen Aschenbecher und sah Michael an. »Für meine Begriffe hängst du dich ein wenig zu sehr in den Fall«, sagte er vorsichtig. »Hast du ein besonderes Interesse an dieser Dame, ich meine, ein persönliches?«

Für einen Moment herrschte Stille. Ruth Maschiach kam Michael zu Hilfe, als sie mit Nachdruck sagte: »Es ist ein Notfall. Sie befindet sich in einer Zwangslage. Wir dachten, wir könnten zwei Fliegen mit einer Klappe schlagen ...«

»Es kommt nicht in Frage!« sagte Elro'i und setzte sich wieder. »Wenn sie in einer Zwangslage ist, verweist sie an einen Spezialisten. Wenn der entscheidet, daß sie als Teil einer Therapie eine Hypnose benötigt« – er breitete die Arme aus –, »dann bitteschön. Ich werde der letzte sein ... du findest doch mit Leichtigkeit jemanden«, sagte er mit gesenktem Kopf zu Ruth. »Du kennst genug Leute vom Fach. Es ist besser, wenn ein Psychiater die Hypnose empfiehlt. Was sagt Frau van Gelden selbst dazu?«

»Sie ... sie hat noch nicht ...«, stammelte Michael.

»Sie ist in einer schrecklichen Verfassung«, beeilte sich Ruth Maschiach in ihrem energischen Ton hinzuzufügen. »Sie wird vermutlich mit allem einverstanden sein, was ihre Lage erleichtert.«

Elro'i verzog skeptisch das Gesicht. Er straffte die Schultern, die ohnehin gerade waren. »Und du willst das, was bei der Hypnose herauskommt, für deine Ermittlungen verwenden?« Michael hob die Schultern, und Elro'i zog an seiner kalten Pfeife. »Du machst ja hin und wieder solche Kunststückchen mit Verdächtigen«, erwähnte er und wandte den Blick ab.

»Sie ist noch keine Verdächtige«, protestierte Michael.

»Du bist nicht bereit, eine Verdächtige in ihr zu sehen«, erläuterte Elro'i kühl. »Aber das ist es, was du mir suggerierst, vermutlich unbeabsichtigt, sogar regelrecht entgegen deiner Absicht.« Müde, überzeugt, daß es sinnlos war, sagte er erneut: »Du weißt, daß wir Hypnose nur bei Zeugen einsetzen, und auch dann sind die Ergebnisse nicht aussagekräftig, da nicht klar ist, was wirklich aus der authentischen Erinnerung stammt und was fälschlicherweise in die verdrängte Erinnerung aufgenommen worden ist. Vor allem, wenn es um verdächtige Personen geht. Nicht einmal um eine Physionomie zu rekonstruieren«, dachte er laut, »zum Beispiel die Gesichtszüge eines Vergewaltigers«, erklärte er Ruth Maschiach. »Ein Vergewaltigungsopfer ist imstande, das Gesicht des Täters zu verdrängen. Nicht einmal in diesen Fällen kommt Wahrheitsserum in Frage. Auch wenn es heißt, daß der Schabak* es einsetzt. Aber dazu möchte ich mich nicht äußern.«

»Das Problem ist«, sagte Michael, »daß wir keine Zeit haben. Ich muß noch heute die Bestätigung haben. Noch heute muß ich wissen, ob wir es mit einer Verdächtigen oder mit einer Zeugin zu tun haben ...«

»Warum noch heute? Was ist daran so dringend?« wollte Elro'i wissen.

Michael rang mit sich. Er wußte nicht, wie er ihm mit wenigen Worten die Bedeutung seines Treffens mit Schorer am Abend klarmachen sollte, und darum sagte er nur: »Ich habe Imanuel Schorer versprochen, es bis heute abend herauszufinden.«

»Weiß Schorer, daß du mit mir über Hypnose sprichst?« fragte Elro'i erstaunt. »Ist er damit einverstanden?!«

»Er weiß nichts davon«, beruhigte ihn Michael. »Wir haben nichts darüber vereinbart, aber die Ergebnisse müssen ...«

»Was ist mit seiner Tochter? Hat sie ihr Kind? Sie sollte das Kind doch längst haben«, fiel Elro'i ein, aber er erwartete keine Antwort. »Es ist besser, wenn ich nicht ins Detail gehe«, sagte er schnell. »Ich habe das deutliche Gefühl, daß ich gar nicht wissen will, was ich nicht unbedingt wissen muß. Ich habe bei dieser Geschichte kein gutes Gefühl«, sagte er und drehte Ruth Maschiach sein Gesicht zu.

»Aber wenn du ihr helfen willst, dann kann ich dir ein paar Namen nennen. Und vergiß nicht, daß ich von nichts weiß.«

Ruth Maschiach schüttelte den Kopf; sie habe kein Problem, jemanden zu finden, sie kenne seriöse Leute in diesem Bereich, sagte sie und erwähnte zum ersten Mal den Namen Dr. Schumers.

»Ich habe auch an ihn gedacht«, gestand Elro'i unwillig. »Für die Hypnose. Aber ich bin mir nicht sicher ...«

»Aber er wird es uns sagen können, und wir können uns auf sein Verantwortungsgefühl und seine Ethik hundertprozentig verlassen, und auch auf seine Erfahrung«, erinnerte Ruth Maschiach und richtete ihren kleinen krausen Kopf auf. »Er war es doch auch, den man damals konsultiert hat, als es darum ging, diesen Mann aus dem Koma zu wecken ... Weißt du noch? Nach einer Woche hat man ihn hinzugezogen ...«

Elro'i nickte hastig, als bitte er darum, überflüssige Einzelheiten zu vermeiden. Als wolle sie um jeden Preis ihren Satz zu Ende führen, bevor er sie unterbrach, fügte sie eilig hinzu: »... und er war wesentlich an der Formulierung des Hypnosegesetzes beteiligt. Er war es, der durchgesetzt hat, daß Hypnose zu Unterhaltungszwecken verboten wurde.«

»Das ist richtig«, sagte Elro'i versöhnlich und sah Michael an. »Aber du wirst später bei deinen Ermittlungen auf dieses Material zurückgreifen wollen ...«

»Ich habe keine Ahnung, was ich damit machen werde. Es hängt davon ab, was dabei herauskommt«, sagte Michael.

»Voraussetzung ist der Verzicht auf ein vertrauliches Behandeln der medizinischen Daten«, warnte Elro'i. »Nur wenn das Gericht den Therapeuten, der die Hypnose durchführt, offiziell heranzieht, nur dann kannst du die Ergebnisse benutzen.«

»Gut, mal sehen«, sagte Michael ungeduldig. »Zuerst werden wir mit diesem Schumer reden.«

»Auch mit Frau van Gelden selbst«, rief Elro'i in Erinnerung.

»Natürlich«, beeilte sich Ruth Maschiach zu sagen. »Ohne ihr Einverständnis ist es unmöglich.«

Später, als er sah, wie Ruth Maschiach die Schlafzimmertür in Nitas Wohnung hinter sich schloß, wurde Michael von einer diffusen Angst ergriffen. Er befürchtete, Nita könnte zusammenbrechen. Er fürchtete sich vor dem, was Ruth Maschiach aufdecken würde, und davor, daß man ihr sogar ihr eigenes Kind wegnehmen könnte. Erst als sie aus dem Zimmer kam, die Tür zumachte und ihm ermutigend zunickte, beruhigte er sich ein wenig. Aber während Ruth Maschiach mit dem Arzt verhandelte, meinte er die Stimme Schorers zu hören, leise und voller Aversion, die immer wieder fragte: Wie konntest du jedes erdenkliche Gesetz übertreten und es nicht mal bei der Sitzung vorbringen! Nicht nur, daß du eine Beziehung zu Nita unterhältst, tadelte ihn seine innere Stimme, auch über Ruth Maschiach weißt du nichts. Sie zählt zum Kreis der Verdächtigen. Diese Worte rief er sich eine Stunde später wieder in Erinnerung, als er Nita sein Gesicht zuwandte, die neben der Balkontür stand und ihren Sohn anstarrte, der sich, in seiner Babysprache plappernd, sehr bemühte, sich in der Mitte des Zimmers auf Arme und Beine zu stellen. Er wippte hin und her, krabbelte plötzlich vorwärts und fiel jedoch sofort wieder auf den Bauch.

»Nita!« rief Michael. »Hast du das gesehen? Er krabbelt!«

Sie kehrte ihr Gesicht dem Fenster zu und nickte. »Ich habe es gesehen, wunderbar«, sagte sie gleichgültig, erschauderte und sah erneut auf Ido. Sie murmelte leise, wie sie es seit einer Stunde immer wieder tat: »Waswirdnunwaswirdnun.«

Aus der Küche war das Geräusch fließenden Wassers zu hören. Als er zur Küche schaute, sah er die dunklen, schlanken Arme über dem Spülbecken. Er nahm die Kleine auf, die sich in seinen Armen vor Bauchschmerzen krümmte.

Er legte ihren Bauch auf seine Schulter, spürte, wie sie krampfte, klopfte auf ihren Po und schnupperte an ihrem Hals. Aber er war nicht ganz bei der Sache. Ruth Maschiach legte den Hörer auf. »Um Viertel nach eins«, sagte sie erleichtert. »Er hat die Dringlichkeit eingesehen. Bringen Sie sie hin?« Ohne auf eine Antwort zu warten, fuhr sie fort: »Ich werde Sie dort treffen. Ich habe die Adresse notiert.« Dann ging sie.

»Wo ist Dalit?« fragte Michael Sarah, die angestrengt lächelte, wenn er das Wort an sie richtete.

»Sie ist mit dem Herrn weggegangen«, sagte sie.

»Wo ist dein Bruder?« wandte er sich an Nita, die ihm langsam den Kopf zudrehte, den Mund verzog und mit großer Mühe, als habe sie die Stimme verloren, sagte: »Es paßt wohl nicht, wenn ich antworte ›Soll ich meines Bruders Hüter sein‹. Oder paßt es doch?«

»Mit welchem Herrn ist sie weggegangen? Mit Theo?« fragte er Sarah, die ergeben nickte. »Wo sind sie hingegangen?« fragte er Nita, die ihre Arme kraftlos ausstreckte und beinahe schmerzhaft gegen ihren Körper warf. »Ich habe nichts mitbekommen. Ich weiß von nichts«, murmelte sie. Er drückte das Baby an seine Schulter. Für einen Moment überkam ihn mit Wucht die Erkenntnis, wie absurd diese Situation war, dieses Zusammensein mit den beiden Babys, als wäre die Welt in Ordnung. Er dachte an Ruth Maschiachs Worte. Sie hatte zwar von dem Moment an, in dem er ihr von Nitas Lage erzählt hatte, die Sache mit dem Baby nicht mehr erwähnt, ihre Warnung hatte er jedoch nicht vergessen: »Reden Sie nicht von *meinem* Baby. Es ist nicht Ihr Baby.« Er stand jetzt neben Nita, beugte sich zu ihr und berührte ihre Schulter. »Hast du gehört, wohin sie gegangen sind?«

»Herzl suchen«, sagte sie schläfrig. »Sie haben mich hier mit Sarah zurückgelassen.«

»Weiß Balilati, daß sie Herzl suchen?« Sie gab keine Antwort.

In der Zeit, die bis zu dem Termin mit dem Psychiater blieb, versuchte er Schorer im Krankenhaus zu erreichen. »Wer spricht?« fragte die Krankenschwester auf der Station. »Sind Sie ein Angehöriger?« Er sagte nichts und legte auf.

»Ich habe noch nichts gehört«, sagte Schorers Sekretärin, die beim ersten Klingeln abhob, als hätte ihre Hand erwartungsvoll auf dem Hörer gelegen. »Seit heute morgen habe ich nichts mehr gehört. Ich sitze die ganze Zeit am Telefon. Machen Sie die Leitung frei, und hinterlassen Sie eine Nummer, unter der man Sie erreichen kann.« Er beobachtete den feuchten Fleck, den seine Hand auf dem Hörer verursacht hatte. Plötzlich überkam ihn wegen Dalit und ihrer Eigenmächtigkeit ein undeutliches, ungutes Gefühl, beinahe eine Sorge. Er wählte erneut, diesmal auf der Suche nach Balilati. Er hatte die Absicht, gegen dieses Weggehen der beiden zu protestieren, aber niemand wußte, wo Balilati zu erreichen war. Eli Bachar antwortete abweisend, beinahe feindlich, auf jede Frage. Seine Stimme änderte sich erst, als er fragte: »Hast du Schorer erreicht?« Nun war es an Michael, ausweichend zu antworten. »Routine«, sagte Eli Bachar, »die Orchestermitglieder treffen nacheinander ein. Balilati ist unterwegs zum gerichtsmedizinischen Institut. Danach will er sich um das Bild kümmern. Erst morgen wissen wir mehr. Nur Zila und ich«, antwortete er auf die Frage, wer die Musiker verhörte.

Nita saß in dem tiefen Sessel vor dem pendelnden Anhänger, ihre Augen gingen auf und zu. Ihr Körper war entspannt und ruhig. Die Furchen zu beiden Seiten ihres Mundes, waren weniger deutlich, und der leidvolle Ausdruck wurde schwächer. Der Arzt hatte Michael mehrmals darauf aufmerksam gemacht, sich nicht zu bewegen und keinen Ton zu sagen. Die Stunden verstrichen. Zuerst waren sie zu dritt hineingegangen. Später saß Nita allein mit dem Arzt in dem Raum. Kein Laut drang in das Wartezimmer, wo er in der Gesellschaft von Ruth Maschiach eine Zigarette nach der anderen rauchte. Mit gesenktem Kopf hörte er aufmerksam ihren Erklärungen zu, die sie mit ihrem besonderen Akzent gab: »Die Hypnose baut auf dem Prinzip auf, daß kein Mensch bereit ist, auf das phantastische kosmische Erlebnis zu verzichten, das er als Embryo in den Tiefen seiner Seele empfunden hat.«

»Sind Sie sich so sicher, daß ein Embryo eine Seele hat«, murmelte Michael und hob den Blick.

»Natürlich hat ein Embryo eine Seele, das ist längst bewiesen«, sagte Ruth Maschiach. »Jetzt, wo es den Ultraschall gibt, kann man es mit Leichtigkeit beweisen. Man weiß mit Bestimmtheit, daß ein drei Monate alter Fötus eine Seele hat.«

»Nicht einmal der Begriff ›Seele‹ ist definiert«, sagte Michael und drückte seinen Zigarettenstummel aus, der ein schwarzes Loch in dem Pappbecher hinterließ.

»Ab dem dritten Monat«, bestimmte Ruth Maschiach. »Selbst unsere alten Schriftgelehrten wußten es schon. Es kommt nicht von ungefähr, daß man Föten, die älter als drei Monate sind, beerdigt. Wenn die Mutter zum Beispiel ab dem sechsten Monat Musik hört, kann man den Fötus tanzen sehen.«

»Und das sieht man?« staunte Michael. Ruth Maschiach nickte und bat um eine Zigarette.

»Von was für einem kosmischen Erlebnis reden Sie überhaupt?« fragte er, als er sich vorneigte, um ihr Feuer zu geben.

»Wie bitte?« fragte sie zerstreut, inhalierte den Rauch, hustete und sah ihn ungläubig an.

»Sie sagten, Hypnose basiere auf einem kosmischen Erlebnis.«

»Ach, muß ich Ihnen das näher erklären? Ich dachte, es ist eine Selbstverständlichkeit.«

»Nein, das ist es nicht«, sagte er nervös und horchte in Richtung Tür. Aus dem Raum war nichts zu hören.

Ruth Maschiach schlug die Beine übereinander und lehnte sich in dem Plastikstuhl zurück, auf dem sie vor Michael saß. Sie rieb sich die Stirn. »Den ganzen Tag werde ich den Kopfschmerz nicht los«, murmelte sie. »Ich habe auch noch nicht angerufen, um zu hören, was mit Isi ist. Ist er noch im Präsidium? Man muß auch an die ganzen Formalitäten, an das Begräbnis ... Es ist schrecklich, wenn man darüber nachdenkt, auf diese Weise aus dem Leben gerissen zu werden, so mir nichts, dir nichts. Kümmern Sie sich darum?« Michael sah auf die Uhr, aber sie wartete nicht auf eine Antwort. »Nun gut, das kosmische Erlebnis ist die Erfahrung, sich in einem Zustand zu befinden, in dem der Mensch keinerlei Zweifel daran hegt, daß er vollkommen geborgen ist. Alles, was er tun muß, ist, in Reflexen auf seine Umgebung zu reagieren. Der Erwachsene, der in einen hypnotischen Zustand versetzt wird, erhält einen großen Bonus, wenn er bereit ist, auf seinen freien Willen zu verzichten und sich den Händen eines anderen zu überlassen; es ist ihm klar, daß ihm von vornherein alles verziehen wird, was mit Moral und Gewissen einhergeht – er führt aus, was man ihn heißt, er ist nicht schuldig und auch nicht verantwortlich.«

Michael nickte.

»Ein hypnotischer Zustand ist eine Bewußtseinslage, in der man nicht verantwortlich ist für seine Handlungen. Alle Sinnesnerven, inklusive Schmerzempfinden, die die Erregungsleitung zum Zentralnervensystem übernehmen, werden bei der Hypnose ausgeschaltet.«

»Sind diese Erregungsleiter nicht physiologischer Natur?« unterbrach Michael den belehrenden Redefluß und brachte Ruth Maschiach dazu, den Kopf zu neigen, ihre kleine Handfläche auf ihr Gesicht zu legen und wieder auf den Punkt an ihrer Stirn zu drücken.

»Erkennen Sie die Einheit von Körper und Seele nicht an?« fragte sie ohne Spott. »Wissen Sie nicht, daß das Unterbewußtsein die Biologie beeinflußt? Schließlich treibt die

Seele die Biologie an. Warum glauben Sie, daß indische Fakire auf Nagelbetten liegen können? Warum fühlen sie keinen Schmerz? Das Prinzip ist identisch mit dem der Hypnose. Was sich ausschaltet, ist der Empfänger im Hirn. Eine Hypnose kann den Menschen dazu bringen, schmerzfrei operiert zu werden. Die Nerven reagieren, aber der Empfänger im Gehirn ist abgeschaltet. Wissen Sie wirklich nichts von diesen Dingen?« fragte sie erstaunt. »Ich dachte, es müßte jedem gescheiten Menschen klar sein, vor allem, weil Sie mit Verhören zu tun haben.«

»Ich habe etwas davon gewußt, nur nichts Genaues. Nichts Konkretes«, sagte er verwirrt. »Ich bin nicht auf die Idee gekommen, die indischen Fakire mit Hypnose in Verbindung zu bringen.«

»Darum ist eine Hypnose so ein großer Eingriff«, sagte Ruth Maschiach. »Darum kann man niemanden hypnotisieren, wie man es manchmal in Filmen sieht, ohne sein ausdrückliches Einverständnis. Es ist Unsinn zu glauben, daß man einen Menschen gegen seinen Willen und ohne seinen aktiven Wunsch hypnotisieren kann. Jemand, der nicht zu einer Hypnose bereit ist, wird höchstens einschlafen. Haben Sie es nie ausprobiert?«

»Ich glaube, ich wäre nicht in der Lage, mich hypnotisieren zu lassen«, sagte Michael nachdenklich. »Dieses sich ausliefern ... dieser Verlust der Kontrolle ... ich glaube, diesen kosmischen Wunsch, von dem Sie gesprochen haben, verspüre ich nicht«, sagte er mit einem Lächeln, das ihr gefallen sollte, damit sie ihm verzieh. »Ich kann auf meine Selbstkontrolle nicht verzichten, nicht einmal für ein embryonales Erlebnis, ich ziehe die Verantwortung vor«, sagte er beinahe entschuldigend.

»Es ist nicht nur ein Verzicht auf Kontrolle«, sagte Ruth Maschiach und sah ihn prüfend an. Ihre schrägen Augen wurden noch enger, »es geht nicht nur um Einverständnis. Das Subjekt muß einverstanden sein, aber es muß auch in der Lage sein, zu vertrauen und sich jemandem hinzugeben.«

Er erschrak. »Nita wird ihm nicht vertrauen«, sagte er und sah in Richtung Tür. »Sie kann niemandem mehr vertrauen«, sagte er besorgt.

»Das halte ich für ausgeschlossen«, sagte Ruth Maschiach beschwichtigend. »Sie ist stärker, als Sie glauben. Sie dürfen nicht in absoluten romantischen Begriffen denken«, sagte sie beruhigend. »Schließlich will sie es ja auch wissen. Es geht um einen Wunsch, um ein Bedürfnis. Der Mensch verliert im Erwachsenenalter nicht wegen einer Person das Vertrauen in die ganze Menschheit. Selbst wenn er die Absicht hätte, niemandem mehr zu vertrauen, würde es ihm schwerfallen, eine Entscheidung zu treffen, die für immer Gültigkeit hat.« Sie zog an der Zigarette und stieß eine kleine weiße Wolke aus, sah die Zigarette an und murmelte: »Wieso rauche ich eigentlich?« Sie warf die Zigarette in den leeren Becher, den er in der Hand hielt. Sie nahm ihm den Becher ab, stand rasch auf und goß Wasser aus der Trinkanlage in der Ecke des Wartezimmers hinein. Ihr Körper war knabenhaft und jugendlich in dem weiten hellen Hosenanzug, und ihre Bewegungen waren geschmeidig. Plötzlich stellte er sich vor, wie er diesen Körper umarmen und seinen Kopf in den kleinen Locken vergraben würde. Sie nahm wieder vor ihm Platz. »Der Hypnotiseur muß sehen, wann die Augen des Hypnotisierten langsam müde werden. Dann muß er zuschnappen.«

»Zuschnappen«, wiederholte Michael. Er hatte das Bild einer Schlange vor sich, die ein Kaninchen anfiel.

»Sich beeilen, interpretieren, präzisieren, genau sein, den Moment beim Schopf packen, genau im richtigen Augenblick sagen: ›Ihre Augen wollen sich schließen. Sie wollen schlafen.‹ So beginnt jede Hypnose. Haben Sie es schon einmal gesehen?«

»Ja, ich habe es schon gesehen«, sagte Michael. »Im Kino und einmal sogar bei uns. Aber ich habe es nie richtig verstanden.«

»In diesem Moment passieren mit dem Hypnotisierten

ein paar Dinge: Er erlebt eine völlige Entspannung, eine ungeheure Erholung wie nach fünf Stunden Schlaf. Die elektrische Ladung aller Systeme fällt ab.«

»Solch eine Erholung kann sie gut gebrauchen. Gerade solch eine Erholung täte ihr gut«, sagte Michael und schaute in Richtung der schweren verschlossenen Tür, aus der kein Geräusch drang.

»In dem Moment, in dem man Ihnen sagt: ›Ihre Augen wollen sich schließen‹, verstehen Sie, daß der Hypnotiseur in Ihr Inneres schaut. Es kommt einem vor wie eine innere Wahrheit. Es ist ein kleiner Stein, auf dem man das Gefühl des Vertrauens aufbaut, denn man sagt sich: Der andere weiß genau, was ich fühle. Wenn Sie es nie erlebt haben, können Sie es kaum nachvollziehen.«

Er schüttelte den Kopf und zündete sich eine Zigarette an. »Der Gedanke verursacht mir Unbehagen«, gestand er verlegen. »Ich mag mich nicht gerne so ausliefern. Haben Sie es einmal versucht?« fragte er vorsichtig, als wären sie zwei Kinder, die ein verbotenes Erlebnis teilten.

»Natürlich«, sagte sie mit einem Lächeln. »Aus Neugier, und auch weil ich später darüber doziert habe.«

»Wie war es?« fragte er interessiert.

Sie lächelte. »Es war nicht so hundertprozentig. Er hat mich angewiesen, vom Stuhl aufzustehen, und ich habe meine ganze Willenskraft mobilisiert, um mich zu verweigern. Ich war noch jung«, fügte sie entschuldigend hinzu, »und ein bißchen albern; und sehr stur.« Sie drückte die Hand gegen die Stirn und bewegte die Finger. »Bis heute«, gestand sie, »beschäftigt es mich manchmal. Nachts, wenn ich nicht schlafen kann, nach einem Alptraum, denke ich plötzlich: Was wäre damals dabeigewesen zu gehorchen. Als ob etwas Belastendes zurückgeblieben wäre, etwas Ungelöstes.«

Er ertappte sich dabei, wie er sie verblüfft ansah.

»Es stimmt«, versicherte sie. »Es ist die Wahrheit.« Dann faßte sie sich, als bereue sie ihre Offenheit, und kehrte zu dem belehrenden Vortrag zurück: »Man muß wissen, daß ohne einen zusätzlichen Faktor nichts funktioniert. Dieser zusätzliche Faktor ist die Adaption der Sinne.« Er lehnte sich gegen die Wand und legte seine Hände auf die rötliche Resopalschicht der schmalen Bank. »Die Menschen funktionieren so, daß jeder Reiz, der sie umgibt, in ihnen eine ›orienting response‹ auslöst. Selbst die Reaktion auf eine Melodie im Radio – man erwartet eine bestimmte Melodie, und es kommt eine andere –, ist eine Reaktion auf etwas Neues.«

»Das kenne ich vom Lügendetektor«, sagte Michael und streckte die Beine aus. Aber Ruth Maschiach weigerte sich, ihren Redefluß zu unterbrechen.

»Deshalb braucht man einen ruhigen Raum. Man achtet darauf, daß die Geräusche monoton sind. Am besten geeignet ist ein Labor mit Schallisolierung.« Er sah in Richtung der schweren Tür. »Es darf nicht passieren, daß plötzlich eine Nachbarin aus dem Fenster nach ›Mojsche‹ ruft.«

»Ich kenne es vom Lügendetektor«, versuchte er erneut einzuwenden und tadelte sofort sein Bedürfnis, kompetent zu klingen.

»Bei der Tiefenhypnose ist es anders«, präzisierte sie. »Da haben die Geräusche keine Bedeutung mehr. Aber am Anfang muß man dafür sorgen, daß alle Sinne nur monotone Reize empfangen. Das ist das wichtigste. Man kann auch niemanden in der hypnotischen Suggestion zu irgend etwas zwingen. Ein Hypnotisierter kann eine Knoblauchzehe essen und denken ...«

In diesem Moment öffnete sich die Tür, und der Psychiater machte Michael ein Zeichen, in das Behandlungszimmer zu kommen. Ruth Maschiach erhob sich eilig.

»Nur er«, sagte der Arzt.

Er saß eine ganze Weile vor dem Schreibtisch neben Nita, deren gelblichgraue Haut entspannter wirkte, als habe sie sich allein durch die Möglichkeit beruhigt, in sicheren Händen zu sein, die sie vor sich selbst schützen würden.

Dr. Schumer erteilte Michael eine kurze Zusammenfassung ihres Gesprächs. Zurückhaltend trug er die Fakten vor, die Nita geschildert hatte, und ihren Wunsch, hinter die Wahrheit zu kommen. Es schien Michael, daß er die Worte »ihren Wunsch, hinter die Wahrheit zu kommen« mit Unwillen artikulierte. Aber sein verschlossenes Gesicht bot keinerlei Hinweise. Dann erwähnte er auch ihre Bitte, Michael solle anwesend sein. Er sprach über das, was üblich war und was nicht, erwähnte Datenschutzprobleme und bemerkte etwas über die verwischten Grenzen zwischen Michaels beruflichem Interesse und seiner Beziehung zu Nita.

»Eine äußerst prekäre Situation«, sagte er und kniff die Lippen zusammen. Er sah Nita an, die auf ihrem Platz kleiner zu werden schien. »Ich habe Ruth gebeten, draußen zu warten«, sagte er schließlich. »Vielleicht warten Sie auch ein wenig draußen«, wies er Nita an, und Michael verfolgte die abrupten Bewegungen, mit denen sie sich erhob, zur Tür ging und ihre Finger in ihren weiten Blumenrock krallte. Sie stieß die schwere Tür zu, als habe sie ihre Bewegungen nicht unter Kontrolle. Als er mit dem Arzt allein war, war Michaels Körper gespannt, wie um jede erneute Frage nach seiner persönlichen Verstrickung abzuschmettern, aber Dr. Schumer übte keinen Druck aus. Einmal sagte er: »Ich sehe, daß Sie sich überdies sehr nahestehen.« Michael hielt sich zurück, um nicht zu fragen, worauf er mit »überdies« hinauswollte – aber vor allem sprach er von Nita, über ihre Fixierung auf die Hypnose als eine Art Erlösung.

»Es ist keine Lösung für wahre Probleme«, warnte der Arzt. »Ich habe es ihr gesagt, und ich habe ihr auch erklärt, was auch Sie wissen müssen, daß Verdrängen ein Schutzmechanismus ist, der mitunter wünschenswert, ja sogar notwendig ist. Es könnten schlimme Dinge aller Art an die Oberfläche dringen. Ich muß Ihnen auch sagen«, sagte er und räusperte sich, »daß ich nicht den Eindruck habe, daß sie an einer Persönlichkeitsspaltung leidet. Obwohl sie mir

Dinge erklärt hat, die sie in einem amerikanischen Film gesehen hat, an den ich mich nicht erinnere. Ich kann aber ihre Angst in Hinblick auf die besonderen, wirklich schrecklichen Umstände verstehen. Auf jeden Fall müssen Sie zur Kenntnis nehmen ...« Sein Ton wurde streng und autoritär, sein schmales, auffälliges Gesicht hart und entschlossen. Dr. Schumers helle Augen standen eng beieinander, und seine Stirn war niedrig, so daß es schien, daß das dichte Haar ihm ins Gesicht wuchs. »Sollte auch nur für einen Augenblick Nitas Wohlergehen mit Ihrem Wunsch nach polizeilichen Erkenntnissen korrelieren«, er betonte das Wort *Ihrem*, »wird Nitas Wohlergehen den Ausschlag geben. Der polizeiliche Aspekt interessiert mich nicht, und ich weigere mich, unter diesem Gesichtspunkt zu kooperieren. Das muß klar sein. Ja?«

Michael nickte.

»Sie werden sich selbst vergewissern können, wenn die Themen zu problematisch werden, wenn Nitas Bewußtsein sie als verbotenes Material erkennt, kann sie mit Alarmsignalen reagieren, denn unter Hypnose kann es zu einem starken inneren Konflikt kommen. Man könnte dadurch eine starke Hysterie oder sogar eine Psychose auslösen. Ich sage es Ihnen vorab: Tritt ein solcher Fall ein, breche ich ab. Ich bin nicht bereit, Nita zu gefährden, und auch nicht mich selbst. Es ist ein sehr gefährliches Unterfangen, Verdrängtes plötzlich hochzuholen. Verstehen Sie das?«

Michael nickte.

»Sie hat gebeten, daß Sie dabei sind, wenn ich sie hypnotisiere. Vielleicht ist das gar keine schlechte Idee, dann können Sie mir mit den Fragen helfen, schließlich weiß ich sehr wenig über die Umstände und über sie.«

Michael nickte.

»Das wichtigste ist, zumindest bis sie sich im Zustand tiefer Trance befindet, daß Sie absolut still sind«, sagte er, nachdem er aufgestanden war und seine Hand auf dem Türgriff ruhte. »Ihre Anwesenheit darf keinerlei Reiz schaffen. Sie verstehen das sicherlich.« Ohne auf eine Antwort zu warten, öffnete er die Tür und bat Nita herein.

Jetzt saß sie in dem tiefen Sessel, ihre Augen waren geschlossen. Im Raum herrschte völlige Stille. Michaels Blick folgte dem Arm in dem weißen Ärmel, der den Anhänger auf die Ecke des schweren Schreibtisches legte. Er sah den Ausdruck der Entspannung, der sich auf Nitas Gesicht legte, den Mund, der ein wenig aufklaffte, und das Leid, das aus ihren Zügen verflog. Obwohl er sehr erwartungsvoll war und obwohl er es bewußt vermieden hatte, das Pendeln des glitzernden Anhängers zu verfolgen, durchfuhr ihn ein Gedanke, dem der Wunsch folgte, daß die Anweisungen des Arztes auch auf ihn eine Wirkung gehabt haben könnten. Vielleicht war er selbst hypnotisiert, verhext, ohne es zu wissen. Der Arzt setzte sich in den Stuhl vor Nita und wies sie an, die Augen zu öffnen. Michael blieb stehen, lehnt sich gegen die Wand und betrachtete die offenen Augen. Jetzt waren sie dunkelgrau. Wie tiefe Seen sahen sie aus. Es fiel ihm schwer zu glauben, daß sie schlief, während sie vollkommen wach aussah. Ein paar Mal wiederholte der Arzt die Aussage: »Sie fühlen sich entspannt, geborgen.« Ihre Arme ruhten locker auf der Holzlehne des dunklen Sessels.

»Sie sind in einer Konzertprobe«, wies die Stimme des Hypnotiseurs sie an. »Bei der Probe für das Doppelkonzert von Brahms. Sie sind noch am Anfang. Sie wollen spielen.«

Nita zeigte ein breites Lächeln, das die dunklen Grenzen um die grauen Augen verwischte. Sie strahlten plötzlich. Sie spreizte die Knie, und Sekunden vergingen, bis Michael verstand, daß sie sich das Cello vorstellte.

»Theo unterbricht Sie zum ersten Mal«, sagte der Psychiater, der das Blatt studierte, auf dem er die Verkettung der Ereignisse nach Michaels konzentrierter Rekonstruktion notiert hatte.

Sie zog die Hand von dem vermeintlichen Cello und streckte sie in die Luft, als hielte sie den Bogen. »Wie oft unterbricht er die Probe?« fragte Dr. Schumer.

»Oft«, kicherte sie. »Er legt sich mit allen an, auch mit Gabi. Es geht um das Tempo. Wie immer.« Wieder legte sich ein Lächeln auf ihr Gesicht.

»Gefällt es Ihnen, wenn die beiden streiten?« insistierte der Arzt.

»Nein.« Sie zitterte. »Ich hasse es.«

»Aber etwas daran gefällt Ihnen doch.«

»Wir arbeiten zusammen. Wir drei. Wie damals. Zusammen. Wir musizieren«, sagte Nita, und wieder strahlte ihr Gesicht. »Wir spielen. Wie früher. Der Streit zählt nicht. Es geht um die Arbeit.« Plötzlich verzogen sich ihre Lippen, und Tränen schossen ihr in die Augen. »Unser Vater ist tot«, sagte sie und schluchzte. Sie trocknete mit geballten Fäusten ihre Augen und zog die Nase hoch.

»Gefällt es Ihnen, wenn Theo die Probe unterbricht?«

»Manchmal lernen wir daraus. Theo ist sehr kompetent«, sagte sie kindlich, beinahe verwöhnt.

Michael meinte jeden ihrer Gesichtsausdrücke zu kennen, die ihm in diesem Moment in ihrer Schärfe fremd waren.

Der Arzt warf Michael einen Blick zu. »Wollen Sie ihr eine Frage stellen?« sagte er mit seiner normalen Stimme, und Michael wunderte sich, daß er nicht flüsterte. Aber er nickte und ging näher heran.

»Sie machen eine Pause«, sagte Dr. Schumer. Nita legte ein nicht vorhandenes Cello zu ihren Füßen ab und sah sich um. »Ist der Koffer hinter der Bühne?« wunderte sie sich und stand leichtfüßig auf. »Ido ist hier«, sagte sie ausgelassen. »Michael kommt mit Ido. Und mit Noa. Sie hat einen orangefarbenen Strampler an. Er ist noch von Ido. An der Wippe hängt die Spieluhr. Ido beißt in Mathilda, Mathilda ist sein Hase.«

»Es ist nach dem Zwischenfall mit Teddy Kollek. Was passiert nach der Pause?« fragte Michael.

»Ido ist weg«, sagte sie verblüfft. »Er war hier, nun ist er wieder weg. Michael hat die Kinder mitgenommen.«

»Alle kehren zur Bühne zurück«, erwähnte Michael.

»Alle gehen zurück«, bestätigte sie und bückte sich, als hätte sie vor, das Cello aufzunehmen.

»Habt ihr das ganze Konzert geprobt?«

»Den zweiten Satz«, sagte sie wie aus einem Traum. »Wir haben nur noch genug Zeit für den zweiten Satz. Theo schreit nicht viel.« Sie lächelte wieder sanft. »Er freut sich, aber er sagt es nicht. Denn so ist Theo. Er denkt, nun ist es gut. Er sagt: ›So weit ist es in Ordnung.‹ Er sieht Gabi nicht an. Gabi spielt fabelhaft. Er macht seine Sache so gut!« Sie senkte den Blick, hob die Augen und sah ihn direkt an. Dennoch hatte er den Eindruck, daß sie ihn nicht wahrnahm. »Auch ich spiele nicht schlecht. Mein Spiel ist in Ordnung«, sagte sie mit einer klaren, ungekünstelten Stimme, als spreche sie über eine Tatsache, aber in ihre Wangen stieg ein rosa Ton der Verlegenheit.

»Theo erklärt die Probe für beendet. Was dann? Werden die Instrument eingepackt?«

»Ja, alle. Es ist laut. Frau Agmon steht unten, neben der Bühne.«

»Wer ist noch auf der Bühne? Siehst du die Leute, die die Bühne verlassen, siehst du, wie sie rausgehen?«

Michael sah, wie sie mühsam den Kopf schüttelte.

»Ist Gabi auf der Bühne?«

»Gabi geht weg. Er muß etwas erledigen.« Ihre Augen wurden schmal. Schwarze Schatten fielen auf die Seen. »Er hat die Bühne verlassen.«

»Wer geht noch?« fragte Michael und lauschte dem schweren Atem des Arztes, der die Augen nicht von Nitas Gesicht nahm.

»Ich bin es nicht, die ... Ich nicht ...« Ihr Gesicht verzog sich, ihre Augen fielen zu, ihre Lippen zogen sich zusammen, und ihr Mund öffnete sich. Sie krallte ihre Hände ineinander. Ihre Beine zuckten. Ihr Gesicht war kreidebleich. »Gabriel geht hinaus«, sagte sie keuchend. »Er muß ...« Ihr Kopf fiel zurück.

»Sie verliert das Bewußtsein«, sagte der Arzt, »wir müssen aufhören. Sie zeigt deutliche Alarmsignale.«

»Nur noch eine Frage«, bat Michael. »Eine einzige.«

Der Arzt hob entschlossen den Arm. »Antworten Sie nicht!« sagte er autoritär. »Vergessen Sie diese Frage. Sie sind wieder am Ende der Probe«, sagte er beruhigend. Nitas Körper entspannte sich. »Öffnen Sie die Augen und vergessen Sie die Frage!« Sie hob den Kopf und öffnete die Augen.

»Schläft sie, oder ist sie wach?« fragte Michael.

»Sie ist wieder unter tiefer Hypnose«, sagte der Arzt nach Sekunden des Schweigens. »Ich bin nicht bereit, sie nochmals in diese Lage zu bringen.«

»Aber wir wissen nichts, was wir nicht schon gewußt hätten«, sagte Michael verzweifelt. »Nichts! Ich muß es versuchen ...«

Der Arzt sah ihn argwöhnisch an.

»Es geht um sie. Wir müssen eine Antwort für sie finden. Sie muß wissen, ob sie es getan hat.«

»Ich bin bereit, es noch einmal zuzulassen. Aber nicht auf die gleiche Weise. Wir müssen die Fragestellung ändern«, sagte der Arzt und sah auf den Bogen auf dem Tisch. »Vielleicht ist es besser, wenn ich die Fragen stelle.«

»Aber fragen Sie sie zuerst, wie viele Ersatzsaiten sie vor der Probe zu Hause hatte«, sagte Michael, der hastig atmete.

»Wie viele Ersatzsaiten hatten Sie vor der Probe zu Hause?« fragte Dr. Schumer mit mechanischem Ton.

Sie zog die Augenbrauen zusammen. »Drei«, erwiderte sie. »Die a-Saite ist gerissen. Ich habe sie gewechselt.«

»Drei Saiten, bevor sie die Saite gewechselt hat oder danach?« flüsterte Michael.

Dr. Schumer wiederholte die Frage. »Vorher«, sagte sie zögernd. »Drei, bevor ich die Saite gewechselt habe.«

»Sie soll noch mal sagen, welche Saite genau sie gewechselt hat«, flüsterte Michael aufgeregt Dr. Schumer zu und horchte, wie Dr. Schumer die Frage wiederholte.

»Die a-Saite«, antwortete sie sachlich.

»Bewahrt sie noch mehr Saiten zu Hause auf?« flüsterte Michael, und Schumer wiederholte die Frage.

»Es kann sein«, sagte sie nachdenklich. »In dem Einbauschrank, oben, wo mein altes Cello liegt, auf dem ich seit Jahren nicht gespielt habe. Dort liegt ein kompletter Satz.«

Michael schluckte seinen Speichel und unterdrückte das Bedürfnis, sofort in die Wohnung zu fahren und die Sache zu überprüfen.

»Jetzt fragen Sie sie nach der Probe«, sagte er knapp.

Der Arzt rang mit sich, zögerte und sagte schließlich mit ruhiger Stimme: »Die Probe ist zu Ende.«

Nita nickte.

»Was machen Sie?« fragte er.

Sie öffnete weit die Augen. »Ich lege das Cello hin. Ich will das Cello hinlegen. Mein Koffer ist nicht da. Ich muß ihn suchen. Ich frage Awigdor. Sie haben die Koffer nach hinten gebracht.«

»Sie gehen hinter die Bühne?«

Sie nickte.

»Mit dem Cello in der Hand?«

Sie nickte wieder.

»Haben Sie den Koffer gefunden?«

»Er ist hinter der Wand. Ich muß das Cello in Theos Zimmer bringen. Ich darf es nicht so liegen lassen. Es ist mein Cello. Mein Amati.«

»Gehen Sie in Theos Büro?«

»Ich gehe in Theos Büro«, sagte sie in einem entschlossenen Ton. »Die Tür ist offen. Sie ist nicht verschlossen.«

»Ist Theo im Raum?«

»Er telefoniert. Er spricht. Er sagt: ›Es kommt überhaupt nicht in Frage.‹ Er sieht mich und hört auf zu sprechen. Er wartet, daß ich aus den Raum gehe. Ich stelle das Cello in den großen Schrank. Wie früher. Wie immer.« Ihre dunklen Brauen waren erstaunt und angestrengt zusammengezogen.

»Verlassen Sie den Raum?«

»Theo sagt: ›Ich rufe später noch einmal an‹ und legt den Hörer auf.«

»Verlassen Sie gemeinsam den Raum?«

»Ich muß zur Toilette«, sagte sie plötzlich.

»Jetzt?«

»Jetzt. Vor der Tür merke ich, daß ich zur Toilette muß. Ich will Theos Toilette benutzen.«

»Hat Theo in seinem Büro eine eigene Toilette?«

»Neben dem Büro ist ein sauberes Klo«, erklärte sie.

»Und Theo?«

»Er sperrt das Büro ab. Ich sage ihm, er soll auf mich warten. Aber als ich rauskomme, ist er nicht da«, sagte sie überrascht. »Ich rufe Theo, Theo, aber er hört nicht. Er gibt mir keine Antwort. Ich gehe bis zum Ende des Korridors.«

»Zurück zur Bühne?«

Sie schüttelte heftig den Kopf. »Zur anderen Seite.«

»Zu welcher anderen Seite?« fragte Michael hellhörig und ignorierte den warnenden Blick des Arztes.

»Zu der hinteren Tür. Vielleicht ist Theo in diese Richtung gegangen.« Sie zitterte plötzlich.

»Ist er da?«

»Nein. Niemand ist da«, sagte sie wie ein enttäuschtes Kind.

»Siehst du Gabi?«

»Nein. Gabi ist auch nicht da. Das Licht funktioniert nicht.«

»Was heißt das, das Licht funktioniert nicht. Ist es dunkel?«

»Es ist dunkel. Man sieht nichts. Die Vorhänge sind zugezogen. Ich kehre um.«

»Gehst du zurück in Theos Zimmer?«

»Nein, Theo hat abgeschlossen«, erklärte sie wie ein Kind, das etwas selbstverständliches erläutert. »Zum Licht.«

»Fürchten Sie sich im Dunkeln?« fragte der Arzt behutsam.

»Alles ist so merkwürdig«, sagte sie und begann sich zu schütteln.

»Sie gehen auf dem normalen Weg zurück zur Bühne«, sagte der Arzt. Sie beruhigte sich schlagartig.

»Ich kehre zurück.«

»Siehst du Gabi?« fragte Michael.

»Gabi lehnt sich gegen den Pfeiler, wie üblich«, sagte sie und lächelte. »Er spricht mit jemandem. Ich höre Gabis Stimme.«

»Was sagt er?« fragte Michael und spürte, wie sich sein Körper spannte, wie er auf dem Sprung war, während sein Herz in seinen Schläfen pochte.

»Er sagt: ›Vivaldi ist mein Bereich.‹ Er ist böse.«

»Mit wem spricht er?« fragte der Arzt.

Wieder verzog sich ihr Gesicht und wurde kreidebleich. Die Brauen zogen sich zusammen.»Ich kann es nicht sehen«, sagte sie flüsternd. »Ich kann es nicht sehen. Hinter dem Pfeiler. Der Pfeiler verdeckt ihn.« Plötzlich brach ein fürchterlicher Schrei aus ihr.

»Antworten Sie nicht! Sie geben keine Antwort!« sagte der Arzt schnell. Aber sie bebte am ganzen Körper. »Sie können sich nicht erinnern, wen Sie gesehen haben. Wer dort stand, spielt keine Rolle«, sagte der Arzt in einem sicheren, ruhigen Ton.

Michael sah ihre Beine, die sich entspannten und das Gesicht, in das die Farbe zurückkehrte. Ein starkes Gefühl der Frustration überkam ihn. Der heftige Wunsch, sie zu rütteln. Der Wunsch löste Schuldgefühle in ihm aus.

»Sie stehen im Flur«, sagte der Arzt, nachdem ihre Atemzüge sich gelegt hatten und ihre Augen weit geöffnet waren. »Haben Sie eine Saite in der Hand?«

Sie schüttelte den Kopf. »Keine Saite«, sagte sie wie unbeteiligt. »Die Saiten sind bei meinem Cello.«

»Nachdem Sie Gabi gehört haben, der sich gegen den Pfeiler lehnt, bleiben Sie dort stehen?«

»Ich darf nicht hinhören«, sagte sie, und wieder machte

der gelblich-graue Ton ihrer Haut fahlem Weiß Platz. »Ich darf nicht hinhören.«

»Bleibst du nicht stehen?«

»Ich gehe schnell. Ich gehe auf den Zehenspitzen, damit sie nicht bemerken, daß ich etwas gehört habe …« Nita krümmte sich in ihrem Sessel. Sie warf den Kopf hin und her.

»Du gehst schnell. Wohin gehst du?«

»Zur Bühne. Alle sind noch auf der Bühne«, sagte sie. Ihre Brauen waren zusammengezogen, aber ihr Körper krümmte sich nicht mehr. »Sie packen ein und unterhalten sich, und Frau Agmon, die Geigerin, schreit.«

»Was schreit sie denn?«

Nita lächelte. Ein kleines, freudloses Lächeln. Ohne Grübchen. »Es ist nicht in Ordnung. So benimmt man sich nicht. Heute entgeht er mir nicht!«

»Wer ist noch auf der Bühne?« fragte Michael und sah, wie sie sich bemühte, sich an das Bild zu erinnern. Er hörte, wie sie nacheinander den ersten Geiger, die Oboistin, die Klarinettistin, die Bassisten, die Bratschisten, die sie namentlich erwähnte, aufzählte. Eine Menge, viele«, sagte sie schließlich erschöpft.

»Wo ist Gabi?«

»Er ist nicht da, er ist nicht da«, sagte sie klagend und ballte die Fäuste.

»Und Theo?«

»Er ist nicht da«, wiederholte sie im gleichen Tonfall, und ihre Finger verkrampften sich.

»Aber Sie sind da?« beeilte der Arzt sich zu sagen.

»Ich? Ja, ich bin in der Ecke.«

»Und Sie haben Gabi lebend gesehen?«

»Er ist gegen den Pfeiler gelehnt«, sagte sie vorwurfsvoll.

»Er spricht. Gabi spricht«, rief der Arzt ihr in Erinnerung.

Sie blinzelte.

»Stehen Sie mit einer Saite hinter ihm?«

»Nein. Wieso denn?« wunderte sich Nita. »Er steht dort, und ich bin hier.«

Da haben Sie es, schien der Arzt mit seiner Geste zu sagen. »Es reicht für heute«, sagte er laut. »Ich werde sie wecken.«

»Aber ... Nur noch eine Frage, mit wem er sprach ... Zumindest, ob es ein Mann oder eine Frau war«, bat Michael eindringlich.

»Ich dachte, wir haben uns verstanden. Sehen Sie nicht, wie sehr diese Frage sie quält? Auch so haben wir schon übertrieben. Was Sie wissen wollten, wissen Sie jetzt. Was sie selbst interessiert hat, wissen wir ebenfalls. Es liegt keine Persönlichkeitsspaltung vor. Sie hat niemanden umgebracht. Wir begnügen uns damit«, bestimmte er und wandte sich an Nita.

Michael hörte nur mit halbem Ohr die Anweisungen, die in einem autoritären, beruhigenden Ton erteilt wurden.

»Sie erinnern sich an alles!« sagte der Arzt. »Aber nicht an die Frage, mit wem Gabi sprach«, sagte er zweimal. »Ich werde Sie jetzt wecken. Sie werden ruhiger sein. Sie werden sich gut fühlen. Wie nach einem tiefen Schlaf. Sie wissen jetzt, daß Sie nichts Böses getan haben. Sie haben niemanden ermordet. Sie haben nichts mit der Saite gemacht. Es waren nur Ihre Phantasien.«

Michael lauschte dem Countdown und verspannte sich, als Dr. Schumer in die Hände klatschte. Langsam, als könne sie sich nicht von etwas trennen, kehrte Nita in die Welt zurück. Sie schloß die Augen, öffnete sie und befühlte die Lehnen des Sessels.

»Wie fühlen Sie sich?« fragte der Arzt, und sie sah ihn mit traurigen, ruhigen Augen an.

»Es geht schon«, sagte sie verwundert. »Besser, denke ich.« Sie sprach mit ihrer normalen Stimme.

»Woran erinnern Sie sich?« fragte der Arzt.

Sie sah Michael an, und ihre Lippen erschlafften. »Ich habe es nicht getan«, sagte sie und tastete in einer ähnlichen

Bewegung wie Ruth Maschiach nach ihrer Stirn. »Ich habe nur das Cello in Theos Zimmer gelegt, bin zur Toilette gegangen, habe Theo auf der anderen Seite des Flurs gesucht, und weil die Birne durchgebrannt war, bin ich zur Bühne zurückgegangen.«

10

Kinder findet man nicht auf der Straße

»Ich verstehe Ihre Frage nicht«, sagte Theo und steckte seine Hände in die Taschen der hellen Hose. »Meinen Sie, ob ich nach der Probe mit ihm gesprochen habe?«

»Ich glaube, ich habe meine Frage klar und deutlich formuliert: Ich will wissen, ob Sie nach der Probe, nachdem Sie mit Nita in Ihrem Büro waren, nachdem Sie die Tür abgeschlossen haben und zurück zur Bühne gegangen sind, noch mit Gabi gesprochen haben.«

»Meinen Sie, ich hätte Ihnen das verheimlicht, wenn es so gewesen wäre? Oder Ihrem Kollegen?« Theo zeigte mit dem Kopf auf Balilati, der neben Michael saß und sehr konzentriert seine abgebissenen Fingernägel begutachtete. »Oder der jungen Dame? Ich hätte es ihr gesagt. Wir haben Stunden miteinander verbracht!«

»Ich meine gar nichts«, sagte Michael mit dem kühlen, fast gleichgültigen Ton, mit dem er seit Beginn des Verhörs sprach. »Ich muß diese Frage stellen, und ich stelle sie.«

»Und ich antworte.« Theo zog die Hände aus der Hosentasche und ließ sich auf den Stuhl fallen. »Ich habe nach der Probe kein einziges Wort mit Gabi gesprochen. Ich habe ihn nicht mehr gesehen, bis ... bis ich ihn tot dort liegen sah.«

»Wie kommt es, daß Nita ihn gesehen hat und Sie nicht?«

»Woher soll ich das wissen?!« rief Theo wütend. »Was soll ich Ihnen auf solch eine Frage antworten?« Er rieb sich die Wangen. Auch unter seinen Augen, wie unter den Augen seiner Schwester, lagen dunkle Ringe. Sein Blick war gehetzt und bekümmert.

»Sie hat gesehen, wie er sich gegen den Pfosten lehnte und mit Ihnen sprach.«

»Sie kann mich nicht gesehen haben«, sagte Theo gereizt. »Vielleicht hat sie Ihnen gesagt, daß sie mich gesehen hat. Sie hat es vielleicht behauptet! Es ist ein Unterschied, ob man etwas gesehen hat oder ob man behauptet, etwas gesehen zu haben. Ich behaupte etwas anderes. Außerdem glaube ich nicht, daß meine Schwester so etwas geäußert hat. Sie ist meine Schwester! Und sie ist, daß wissen Sie sehr genau, momentan in einer fürchterlichen Verfassung. Warum sollte sie eine derart belanglose Lüge über mich verbreiten?«

»Belanglos? Man kann wirklich nicht von Belanglosigkeit sprechen«, sagte Michael.

»Wieso? Was ist daran so wichtig? Wollen Sie damit sagen, daß ich – der letzte war, der ihn gesehen hat? Etwa, daß ich ihn umgebracht habe? Oder wie soll ich das verstehen?! Wo ist sie überhaupt?!« verlangte Theo zu wissen, als ob er die Zeitverschwendung nicht länger hinnehmen wollte. »Ich will mich persönlich davon überzeugen, daß sie solch eine Äußerung gemacht hat. Sie soll es mir selbst sagen! Warum haben Sie sie nicht hergebracht? Was haben Sie vor?«

»Eins nach dem anderen«, sagte Michael in einem ruhigen Ton, mit dem er versuchte, von seiner pochenden Halsschlagader abzulenken. Er dachte, daß sie durch die Haut hindurch für jedermann sichtbar war. Er konnte nicht umhin, ständig an die Worte des Hypnotiseurs zu denken.

»Sie lügt nicht, und sie hat auch keine Vorstellung abgegeben«, hatte der Arzt nach der Sitzung in seinem Behandlungszimmer gesagt. »Etwas beängstigt sie an dem, was sie gesehen hat. Es erschreckt sie in solch einem hohen Maß, daß die Erinnerung an sich schon eine Gefahr für sie darstellt. Sie ist nicht bereit, sich an die Details zu erinnern. Es ist kaum zu glauben, was und wieviel wir verdrängen können, um uns zu schützen. Manchmal ist es geradezu unfaßbar, und dies gilt für jeden Menschen, ungeachtet seiner Bildung und seiner Intelligenz. Sie hat sicherlich jemanden oder etwas Bestimmtes gesehen, und allein schon dieses Wissen stellt für sie eine Gefahr dar. Ich meine Gefahr im psychischen Sinn.«

»Überhaupt«, protestierte Theo, »ich verstehe das Ganze nicht. Wieso müssen wir hier darüber reden. Man könnte meinen, daß Sie mich verdächtigen. Wieso werde ich hier verhört?«

»Sie sind noch nicht offiziell vorgeladen«, mischte Balilati sich zum ersten Mal ein und verschränkte die Arme über der Brust. »Nennen wir es einfach ein Gespräch. Haben Sie etwas dagegen einzuwenden, mit uns zusammenzuarbeiten, um denjenigen zu finden, der Ihren Vater und Ihren Bruder umgebracht hat?«

»Denken Sie, es war derselbe Täter?« fragte Theo ungläubig. »Denken Sie, daß ein Zusammenhang zwischen beiden Taten besteht?«

»Was denken Sie?« fragte Balilati. »Was meinen Sie dazu?«

Theo wurde still und senkte den Blick auf seine Hände. Er prüfte seine Finger, die lang waren, wie die Finger Nitas, und fuhr mit der Hand über sein Gesicht. Wieder war Michael überrascht, als Theo die Hand von den Augen nahm. Wieviel Ähnlichkeit ihre Gesichtszüge hatten! Vor allem die Augen, die bei beiden tief in ihren Höhlen lagen. Etwas bewegte ihn, als Theo seine Finger in seine silbernen Haare grub, und sein Haar in der Bewegung, mit der Nita manchmal durch ihre Locken fuhr, von der Stirn nach hinten strich. »Steht deshalb ein Polizist vor Nitas Haus? Gibt es etwas, was wir wissen müßten? Schweben wir etwa in Lebensgefahr, wie man so sagt?«

»Sie haben über Vivaldi gestritten«, brachte Michael in Erinnerung und fummelte an der Zigarette, die anzuzünden er vermied. Er hatte nicht die Absicht, Theo und schon gar nicht Nita etwas von der neuen Angst zu sagen, die ihn seit der Hypnose gepackt hatte. Wenn sie etwas gesehen hatten, und wenn jemand davon wußte, daß sie etwas gesehen hatte, er warf einen Blick auf Theo, konnte er sie nicht mehr unbewacht lassen.

»Wer?« Theos Augen fuhren erschrocken zwischen Fenster und Tür hin und her.

»Sie und Gabi. Über Vivaldi. Er sagte …« Michael studierte die Papiere, die vor ihm lagen, als suchte er den Satz, den er von Nita unter Dutzenden anderer Sätze gehört hatte: »Vivaldi ist mein Bereich«.

Theos Kehlkopf stieg auf und ab. Mit frostiger Stimme sagte er: »Ich weiß nicht, wovon Sie reden. Mit mir hat er nicht über Vivaldi gesprochen. Jedenfalls nicht an diesem Tag. Das ganze Leben lang haben wir über Vivaldi gestritten. Über ihn und über Corelli und über Bach und Mozart und auch über Mendelssohn. Vivaldi war wirklich sein Bereich. Wenn Sie die Absicht haben, etwas Bedeutungsvolles zu finden, das er mir vor seinem Tod mitgeteilt haben soll, wobei er mir zunächst einmal gar nichts mitgeteilt hat, denn wir haben nicht miteinander gesprochen, sage ich Ihnen, daß die Menschen in der Regel vor ihrem Tod keine großen Worte machen. Denn gewöhnlich wissen die meisten nicht, daß es jeden Augenblick mit ihnen vorbei ist.«

»Vielleicht kehren wir zu unserem anfänglichen Thema zurück«, schlug Balilati vor und hob die Augen über der Kaffeetasse fragend zu Michael. Auch Theo schlürfte geräuschvoll den Kaffee, den Michael ihm angeboten hatte, und nickte bereitwillig. »Meinen Sie Herzl?«

»Sie haben gesagt, daß es nicht das erste Mal war. Wie häufig ist es denn vorgekommen?«

Theo sah nachdenklich zum Fenster. »Vielleicht vier- oder fünfmal, so genau weiß ich es nicht mehr.«

»Und jedes Mal ist er aus freien Stücken in die Klinik gegangen?« fragte Michael und klopfte mit der Bleistiftspitze rhythmisch auf die Tischkante.

»Ich denke, beim ersten Mal hat mein Vater ihn hingebracht«, sagte Theo langsam, als versuchte er sich zu erinnern. »Man hat uns nicht eingeweiht. Aber ich weiß noch das ein oder andere davon. Es ist zwanzig Jahre her, vielleicht auch weniger. Er kam nicht zur Arbeit. Sie konnten ihn auch telefonisch nicht erreichen. Vater ist damals zu ihm nach Hause gegangen. Wir sind nie hingegangen. Er mochte es nicht. Ich war vielleicht einmal dort. Er hielt immer die Läden geschlossen. Es war dunkel in seiner Wohnung. Nur eine kleine Birne brannte. Die ganze Wohnung war vollgestopft mit allem möglichen Plunder, den er gehortet hat. Man konnte sofort sehen, daß er allein lebte, ein Hundeleben.« Plötzlich ertappte er sich. »Ich wohne auch allein«, präzisierte er. »Aber das Alleinleben führt nicht unweigerlich zu solch einer Vernachlässigung. Meine Wohnung ist gepflegt, es ist gar nicht zu vergleichen.«

»Hatte er keine Frau?« fragte Michael interessiert und legte den Bleistift beiseite.

»Nein. Er hat keinen Menschen. Ich weiß nicht einmal etwas über seine Eltern, nichts über eine Familie oder woher er stammte. Höchstens, daß er allein nach Israel eingewandert ist, es war auch nach dem Krieg. Er kam als junger Mann, vielleicht sogar noch als Jugendlicher. Ich denke, er war fünfzehn oder sechzehn. Er stammt aus Belgien. Meine Eltern hatte er im Krieg kennengelernt, und er kam nach seiner Einwanderung gleich zu uns. Er ist nach ihnen eingewandert. Wir haben nie mit ihm über die Vergangenheit gesprochen. Das ist alles, was ich weiß. Alles was ich weiß, ist, daß wir seine einzige Familie waren. Aber wir haben nie darüber gesprochen. Er hat in dem Laden gelebt, für den Laden. Er war es, der nach den Noten gesucht hat und der seltene, seltsame Aufnahmen und Stücke, die niemand in der Stadt kannte, aufspürte.« Er wurde still.

»Und sein Wahn, seine Krankheit, hat sie schon vor zwanzig Jahren begonnen?« lenkte Balilati das Gespräch zurück in seine Bahn.

»Mein Vater hat ihn zu einem Arzt gebracht. Ich erinnere

mich daran, wie er mit Mutter darüber sprach – ich habe es einmal nachts gehört. Sie dachten, ich wäre nicht zu Hause. Ich war schon erwachsen und verbrachte meinen Urlaub in Israel, zusammen mit meiner ersten Frau ... Das spielt jetzt keine Rolle. Sie sprachen von einer Depression. Das war die Diagnose des Arztes. Später hat mein Vater ihn nach Talbiyeh gebracht, in die Ambulanz, denn Herzl wollte nicht aufstehen, nicht sprechen, hat nicht reagiert. Das hat mir meine Mutter später bestätigt. Es ist lange her. Sie sprach sehr allgemein, ging nicht ins Detail. Sie hat mit sich gerungen, ob sie Nita davon erzählen sollte oder nicht. Denn Nita war schon immer sehr sensibel, und Mutter wollte sie nicht beunruhigen. Ich glaube, daß sie Nita, die noch sehr jung war, nur sagte, sie brauche sich vor Herzl nicht zu fürchten, er stelle für niemanden eine Gefahr dar, höchstens für sich selbst. Mir hat meine Mutter erzählt, daß er lebensmüde sei.«

»Und später?« fragte Michael. »Nach dieser Attacke?«

»Alle paar Jahre ist er verschwunden. Mal für einen Monat, mal für länger. Er bekam Medikamente, aber ich weiß nicht, ob sie überhaupt geholfen haben. Mein Vater hat mir vor einem Jahr gesagt, daß sich sein Zustand gebessert hatte. Daß die Krankheit nachgelassen hatte, daß seine Depressionen schwächer wurden, aber später ist er immer selbst zur Klinik gegangen. Er hatte Angst, daß er sich etwas antun würde. Zweimal bekam er sogar, glaube ich wenigstens, eine Behandlung mit Elektroschocks. Er hat behauptet, daß es ihm geholfen hat.«

»Das heißt, daß Sie mit ihm darüber gesprochen haben?« fragte Michael. »Haben Sie nicht behauptet ...?«

Theo wurde verlegen und schien verwirrt. »Nur einmal vor zwei oder drei Jahren haben wir das Thema angeschnitten«, gestand er.

»Der Arzt hat mir erzählt«, mischte Balilati sich ein, »daß er mit einem leeren Einkaufswagen zu Fuß vom Hadassah Ein Kerem bis zum Stadtzentrum gelaufen ist. Er schob den leeren Einkaufswagen in einem weißen Schlafanzug die Hauptstraße entlang. Er ist dort in der Golomb-Straße beinahe überfahren worden. Schließlich ist er nach Talbiyeh gekommen.«

Balilati beugte sich vor. »Der Arzt in Talbiyeh hat gesagt, er hört Stimmen. Ich verstehe nichts davon, aber bezeichnet man so was als Depression?«

Theo zuckte die Schultern. »Möglich«, murmelte er, »ich bin kein Psychiater. Wenn man seine Wohnung betritt, sieht man gleich, daß man es mit einem Verrückten zu tun hat. Alles ist vernachlässigt, die ganzen Sachen, Papiere, Noten, seltene alte Instrumente, alles liegt dort kunterbunt durcheinander, zusammen mit leeren Flaschen, zerknülltem Papier und ... Schmutz! Es gab Tage, an denen er nichts zu sich nahm. Er ist ein kranker Mensch, aber ich glaube nicht, daß er gefährlich ist. Er wird niemandem etwas zu leide tun.«

»Sie haben ihm nichts vom Tod Ihres Vaters gesagt«, erwähnte Michael.

»Wie auch«, murrte Theo, »er lag im Krankenhaus, das wissen Sie doch.«

»Aber er ist ansprechbar«, hakte Michael nach.

»Zunächst wußte ich gar nicht, wo er ist«, warf Theo unwirsch ein. »Es wäre Ihre Aufgabe gewesen, ihn ausfindig zu machen.«

»Sie waren uns dabei nicht gerade eine Hilfe. Keiner von Ihnen, auch nicht Ihr Bruder, hat uns die nötigen Informationen gegeben«, bemerkte Balilati giftig. »Sie hätten damals, nach der Sache mit Ihrem Vater, sogar mit ihm reden können. Haben Sie es denn nicht versucht?«

»Ich habe nicht nach ihm gesucht. Mir gingen andere Dinge im Kopf herum. Ich hatte andere Probleme, daß mein Vater tot war, und wie er ums Leben gekommen war. Und ich war sehr mit dem Orchester beschäftigt. Ich habe zu tun«, sagte Theo verbittert. »Man konnte sowieso nicht immer mit ihm sprechen«, versicherte er. »An mir hing er noch mehr als an Gabi, und vor allem mehr als an Nita. Aber am meisten hing er an Vater. Für Vater hätte er sein Leben gegeben. Ich meine es ernst.«

»Wenn das so ist, worüber haben die beiden dann gestritten?« fragte Balilati, zog ein verbranntes Streichholz aus der Schachtel, die auf dem Tisch lag, und drückte die verkohlte Seite auf das weiße Papier, das vor ihm lag. Das Aufnahmegerät wackelte. »Und warum ist das Geschäft geschlossen worden?«

»Ich habe keine Ahnung«, sagte Theo. »Mein Vater war nicht bereit, darüber zu reden. Immer wenn ich davon anfing, winkte er ab ... Mit Herzl habe ich überhaupt nicht darüber gesprochen, denn ich war ja nicht hier. Die letzten Monate war ich auf Konzertreise im Ausland. Ich nahm an einem Festival teil ... Ich kam nicht dazu ...« Seine Stimme erstarb. Seine Augen fuhren schuldbewußt durch den Raum. »Ich habe mich nicht korrekt gegenüber Herzl verhalten. Ich hätte mich mehr um ihn kümmern müssen. Mehr auf ihn einreden müssen. Er ist ganz allein auf der Welt. Er hat niemanden.«

»Wir durchsuchen gerade seine Wohnung«, sagte Michael.

Balilati warf ihm einen Blick zu, in dem zunächst Verblüffung lag, die zu einem Staunen wurde, das sich in einen fast offenen Zorn darüber verwandelte, daß Michael eine geheime Information weitergab, was nicht abgesprochen war. Aber bevor er den Kopf zur Seite drehte, lag in seinen Augen auch eine Art Verständnis. Und mit seinem Nicken, das von einem lautlosen Kichern begleitet war, bekundete er auch eine gewisse Anerkennung und Respekt, die er Michael schon seit geraumer Zeit nicht mehr entgegengebracht hatte. Er senkte den Kopf, als Theo erstarrte.

Theos Arm hielt in der Luft inne, sein Mund klaffte auf. »Warum denn das?« fragte Theo mit einer Mischung aus Unverständnis und Zorn. »Wieso bei ihm? In dieser Rumpelkammer? Wonach suchen Sie denn dort? Bei mir zu Hause haben Sie auch nichts gefunden. Dort habe ich zu sehr unter Schock gestanden, um zu fragen, was Sie eigentlich suchen? Ich habe Ihnen die Erlaubnis erteilt, mein Büro zu durchsuchen, die Fächer der Musiker, aber jetzt will ich es endlich wissen. Was suchen Sie eigentlich?«

»Wir suchen ein holländisches Gemälde«, sagte Michael. »Und vielleicht noch etwas, das die Dinge klärt.«

»Sie werden dort nichts finden«, winkte Theo schwach ab. »Sie verschwenden einfach Ihre Zeit. Außerdem lag er an dem besagten Tag im Krankenhaus.«

»Wir sind uns nicht sicher«, sagte Michael.

»Was soll das denn heißen?!« protestierte Theo. »Schließlich hat der Arzt ausgesagt, daß er dort war. Das ist doch eine Tatsache.«

»Er war dort«, bestätigte Michael. »Aber genau an dem Abend, an dem Ihr Vater ermordet wurde, ist er verschwunden. Schließlich liegt er nicht in der geschlossenen Abteilung. Er kann kommen und gehen. Er ist erst am späten Abend zurückgekehrt.«

»Woher wissen Sie das?!« Theo pochte auf den Tisch. »Woher wissen Sie das? Ist es überprüft worden?«

»Es ist überprüft worden. Es besteht kein Zweifel.«

»Und wo war er?«

»Das versuchen wir gerade herauszufinden. Er hilft uns nicht dabei«, erklärte Balilati. »Wir dachten, Sie könnten uns vielleicht helfen, ihn zum Reden zu bringen.«

»Ich?« erschrak Theo. »Wieso denn ich? Warum gerade ich?«

»Nun«, sagte Balilati, »es kommt kein anderer in Frage. Sie haben selbst gesagt, daß Sie ihm näherstehen als die anderen. Ihr Vater lebt nicht mehr. Es ist nicht gut, wenn wir ihn erschrecken. Wir haben ihm noch nichts von Ihrem Bruder gesagt. Zeitungen liest er nicht. Der Psychiater, der ihn behandelt, hat ihn über den Tod Ihres Vaters informiert. Er sagte, es war ein Teil des Versuchs, Herzl zurück in die Realität zu holen. Aber er sagte auch, daß Herzl nicht reagiert hat. Als hätte er nichts Neues erfahren.«

Theo schreckte zurück, als hätte Balilati ihn geohrfeigt. »Sie vergeuden Ihre Zeit«, sagte er schließlich. Es wird Sie Jahre kosten, die Wohnung zu durchsuchen. Sie werden nichts finden.«

»Wir haben keine Wahl«, sagte Michael. »Und Sie müssen uns helfen, mit ihm ins Gespräch zu kommen.«

»Er hat nichts verbrochen, niemals«, sagte Theo leidenschaftlich, als versuchte er, sie zu überzeugen.

»Aber vielleicht weiß er etwas, das wir nicht wissen«, sagte Balilati kühl. »Sagen wir, er weiß, wer etwas verbrochen hat.«

»Wollen Sie auf etwas Bestimmtes hinaus?« fragte Theo feindselig und ließ seine lange Hand wieder durch den silbrigen Schopf gleiten. Er schüttelte das Haar, als ob es ihn belastete.

»Worauf soll ich hinauswollen?« fragte Balilati mit demonstrativer Unschuld. »Was meinen Sie, worauf ich hinauswill?«

Theo schwieg.

»Sie sind nicht bereit, sich an den Lügendetektor anschließen zu lassen«, erwähnte Balilati.

»Weigern Sie sich auch, mit Herzl zu reden?«

»Ich habe nie gesagt, daß ich nicht bereit bin, mich an den Lügendetektor anschließen zu lassen!« protestierte Theo. »Ich habe lediglich gesagt, daß es in den nächsten Tagen nicht geht. Ich stehe noch unter dem Schock der Ereignisse. Und morgen muß ich fit sein.«

»Warum müssen Sie morgen fit sein?« fragte Michael interessiert.

»Ich habe eine Veranstaltung in Beth Daniel. Sie ist vor mehr als einem Jahr vereinbart worden, und ich kann sie auf keinen Fall absagen. Johann Schenk kommt eigens für einen Tag, es ist der einzige Tag ...«

»Es sind weniger als achtundvierzig Stunden vergangen, seit Ihr Bruder umgebracht wurde«, staunte Balilati.

»Glauben Sie, ich könnte das vergessen?!« Theo zog die

Lippen in der Art zusammen, in der auch Nita es zu tun pflegte. Nur daß seine Wangen, die weniger hohl waren als ihre, seinem Mund einen brutalen, verwöhnten Ausdruck verliehen und nicht den kindlichen, gequälten, den er von Nita kannte. »In meinem Beruf stehen diese Ereignisse an vorderster Stelle. Sie wissen es vielleicht nicht, aber ich bin auf meinem Gebiet nicht irgend jemand. Ihnen mag es nicht viel sagen.« Man konnte den verächtlichen Unterton in seinen Worten nicht überhören, der auch einen Anflug von Beleidigung enthielt.

Balilati ließ sich nicht beirren; sein Gesicht hatte etwas beinahe Barmherziges. Seine kleinen Augen versanken in den Speckfalten des breiten Gesichts, das vor Schweiß glänzte. Er widmete sich gewissenhaft der Untersuchung eines winzigen Flecks auf seinem Streifenhemd.

Nachdem Theo ihm Zeit gelassen hatte zu reagieren, aber einsah, daß er es nicht tun würde, fuhr er fort und sagte: »Denken Sie nicht, daß Gabi sich anders verhalten hätte. Eine solche Veranstaltung läßt sich nicht absagen oder verschieben. Es gibt auch keinen Grund dazu«, sagte er verächtlich und glitt mit der Hand durch seine Haare. »Offene Trauer, all diese Verhaltensmuster sind nichts als narzißtische, nicht ernst zu nehmende Handlungen. Weil jemand starb, selbst wenn er mir nahestand, und selbst wenn er mein Bruder war, muß ich nicht meine Pflichten ruhen lassen. Soll ich Urlaub machen, weil Gabi tot ist?« Er betonte das dritte Wort.

Balilati seufzte und lehnte sich auf seinem Stuhl zurück.

»Es wäre verrückt, solch einen Tag mit Johann Schenk abzusagen«, flüsterte Theo. »Es ist ein internationales Ereignis. Das französische Fernsehen wird dafür anreisen. Ich halte dort vor jungen, talentierten Musikern einen wichtigen Vortrag über die Epoche der Klassik, der für das Telekolleg aufgenommen wird. Der Terminkalender Johann Schenks ist ausgebucht. Wissen Sie überhaupt, wer er ist?« Sein Gesicht neigte sich demonstrativ in Richtung Michael, dessen Miene verschlossen blieb. »Warum sollten Sie von ihm gehört haben?« murmelte Theo verbittert. »Er ist nicht irgendein Sportler oder ein Popstar.«

»Sie scheinen auf jeden Fall auf ihn zu stehen«, sagte Balilati beinahe väterlich.

»Nicht nur, ich schätze ihn sehr!« ereiferte sich Theo. »Es gibt hier junge Menschen, Künstler, die seit einem Jahr auf diesen Tag warten, wenn nicht schon länger. Aus der ganzen Welt kommen die besten Musiker hierher, bei uns gibt es Nachwuchstalente. Johann Schenk ist jedenfalls einer der größten Baritone der Welt. Wenn nicht sogar der größte. Auch Nita wird dort sein. Sie hat einen Workshop, in dem es um Liedbegleitung geht.«

Balilati blinzelte.

»Die Liedbegleitung ist eine Besonderheit. Wir werden an der ›Winterreise‹ arbeiten, einem Liederzyklus von Schubert mit Klavierbegleitung.« Wieder warf er Michael einen Blick zu, als erwarte er das Nicken des Kenners. Wieder blieb Michaels Gesicht regungslos. In diesem Moment etwas von seiner Beziehung zu Schuberts Liederzyklus preiszugeben, zu nicken oder etwas zu sagen, hieße, sich mit Theo gegen Balilati zu verbünden. »Und diesem Workshop widmen wir einen halben Tag. Die zweite Tageshälfte ist dem Unterweisen der Sänger in Mozartarien zugedacht. Ich halte dann auch noch diesen Vortrag über die Klassik, der vor einem halben Jahr oder schon länger vereinbart wurde, und ich werde auch nach neuen Sängern für eine Opernaufführung suchen. Es ist ein umfassendes Projekt!«

»Warum, ist dieser Schenk denn kein Mensch aus Fleisch und Blut? Hätte er kein Verständnis dafür?« fragte Balilati. »Würde er nicht verstehen, daß jemand unter Schock steht, weil sein Bruder ein paar Tage vorher abgeschlachtet wurde?«

»Was soll ich denn machen? Soll ich Ihnen gestatten, mein Leben auf den Kopf zu stellen? Soll ich meine ganze Zeit damit verbringen, mich mit Ihnen zu unterhalten? Soll ich hier sitzen und Däumchen drehen? Soll ich mich einzig und allein um meine Schwester kümmern? Ich kann ihr auch nicht helfen. Die Arbeit zumindest lenkt mich ab von diesen schrecklichen Ereignissen. Es gibt ja auch noch kein Begräbnis. Ich werde hier nicht verkümmern und mich vor den Journalisten verbergen, die mir auflauern, wann immer ich meine Wohnung verlasse oder die Wohnung Nitas, und die sogar hier den Ausgang belagern. Wissen Sie, daß sie draußen warten? Ich habe sie gesehen, als ich gekommen bin. Dieses Telefon, das die ganze Zeit läutet! Bei Nita meldet sich meistens niemand, wenn man den Hörer abhebt. Nein, Sie können mich nicht daran hindern zu arbeiten! Bin ich etwa Ihr Gefangener? Wieso belästigen Sie Gott und die Welt?« Jetzt lag auch eine Anklage in seinem Angriff, als fühle er sich angefeuert. »Dora Sackheim, unsere Geigenlehrerin, hat mich angerufen. Wie können Sie so eine alte Frau belästigen. Was versprechen Sie sich von ihr? Sie hat mir gesagt, daß Sie ein Treffen mit ihr vereinbart haben«, warf er Michael vor. »Was haben Sie bei ihr zu suchen? Wissen Sie, wie viele Jahre vergangen sind, seit sie das letzte Mal mit mir oder Gabi gesprochen hat? Sie kann kaum noch gehen ...«

»Ihr Bruder hat vor ein paar Wochen mit ihr gesprochen«, sagte Michael. »Wir können nicht wählerisch sein, und wir können niemanden schonen. Hier geht es um zwei Mordfälle. Ich spreche mit jedem, der mit Gabriel Kontakt hatte.«

»Was ist dieses Beth Daniel genau? Es ist in Zikhron Yaakov, nicht wahr?« fragte Balilati zornig.

»Es ist ein Musikzentrum«, antwortete Theo ungehalten. »Dort wird Kammermusik gemacht. Manchmal veranstalten sie auch Festivals und Konzerte, aber vor allem Workshops für junge Künstler ... Woher wissen Sie eigentlich, daß Gabi bei Dora Sackheim war?«

»Wer hat gesagt, daß er bei ihr war? Ich habe nicht gesagt, wer bei wem war. Ich sagte nur, daß er mit ihr gesprochen hat«, bemerkte Michael freundlich. »Sie wissen, daß er bei ihr zu Hause war?«

Theo errötete und wurde still. »Sie verläßt kaum noch das Haus«, murmelte er, darum dachte ich ...«

»Hat Gabi Ihnen von seinem Gespräch mit ihr erzählt?«

Theo schüttelte den Kopf.

»Beth Daniel ist in Zikhron Yaakov, stimmt's?« wollte Balilati wissen.

Theo nickte.

»Wenn er nach Beth Daniel fährt«, warnte Balilati Michael, als wären sie allein im Raum (»Nicht wahr? Dort fahren Sie hin? Auch Ihre Schwester?« fragte er Theo, der nickte), »fährst du mit, ja?«

Michael schwieg. Ihn störte nicht, daß sein Image in Theos Augen durch die Anweisung, die Balilati ihm mit deutlicher Grobheit erteilt hatte, erschüttert wurde. Vielmehr beunruhigte ihn der Gedanke an eine Ungereimtheit in der Geschichte mit dem verrückten Angestellten, von dem Nita bisher nichts, aber auch gar nichts erzählt hatte. Er versuchte, sich an ihre Reaktionen zu erinnern, als er etwas über den Streit zwischen Herzl und ihrem Vater in Erfahrung bringen wollte. Aber es schien ihm jetzt, daß er wegen seiner Zerstreutheit in den letzten Tagen übersehen hatte, daß sie ihm auswich. Sie wollte nicht über dieses Thema reden, das sie nervös machte. Er war so sehr darauf konzentriert gewesen, sie zu beruhigen, ein Unternehmen, das ohnehin aussichtslos war, tadelte er sich. Und er war so sehr darauf bedacht gewesen, die Krise, in der sie sich seit dem Tod ihres Vaters befand, nicht noch zu verschärfen, daß er sogar nach der Hypnose, in seinen Gesprächen mit ihr, nicht an das Thema Herzl tippte, nicht fragte, was genau mit ihm passiert war und wer er in Wahrheit war.

»Also kein Lügendetektor«, erinnerte Balilati.

»Nicht zu diesem Zeitpunkt«, präzisierte Theo. »Nicht heute und nicht morgen.«

»Und ein Gespräch mit Herzl?«

»Um herauszufinden, wo er an dem Abend war, an dem mein Vater starb? Dazu bin ich eventuell bereit«, zögerte Theo. »Aber nur unter vier Augen. Er und ich. Später werde ich Sie dann über unser Gespräch informieren.«

»Warum?« fragte Michael interessiert. »Warum ist es Ihnen so wichtig, daß Sie mit ihm unter vier Augen sprechen?«

»Er wird sich anders verhalten, wenn er mit mir allein ist. Vor allem anders als in der Anwesenheit eines Fremden. Und noch dazu eines Polizisten!« sagte Theo und sah Michael an, als hätte er ihn endlich bei einer großen Schandtat ertappt.

»Ach«, sagte Michael, »Sie machen sich Sorgen um den korrekten Ablauf der Ermittlungen? Gut, gut, ich wollte mich nur vergewissern«, sagte er mit übertriebener Ernsthaftigkeit und ignorierte Theos verwirrten, fragenden Blick.

»Okay«, faßte Balilati zusammen. »Dann reden Sie allein mit ihm und berichten uns.« Er vermied es, Michael anzusehen. »Wo soll das Gespräch stattfinden?«

»Ich habe nicht darüber nachgedacht. Auf jeden Fall nicht hier«, sagte Theo und erschauderte, »hier gerät er nur in Panik.«

»Woher wollen Sie das wissen?«

»Ich kenne ihn.«

»Dann in der Klinik«, bestimmte Michael. »Wir werden einen Raum im Krankenhaus organisieren.«

Theo sah ihn argwöhnisch an und heftete den Blick auf Balilati. »Was heißt das, Sie werden einen Raum organisieren?«

»Das heißt, daß wir um einen abgeschlossenen, privaten Raum bitten werden«, sagte Michael, »damit das Gespräch unter günstigen Bedingungen stattfinden kann. Halten Sie das nicht für besser?« stellte er sich dumm.

»Sie werden hinter der Wand stehen«, sagte Theo, der verstand, »halten Sie mich für einen Vollidioten?«

»Ich sage nicht ja, und ich sage auch nicht nein«, meinte

Balilati, »ich will nur dahinterkommen, was Sie daran so stört.«

»Ich bin nicht bereit, mit ihm zu sprechen, wenn einer von Ihnen anwesend ist«, sagte Theo zornig.

Michael beugte sich vor. »Geht es Ihnen dabei um ihn, oder geht es um Sie?«

»Was spielt es für eine Rolle«, murrte Theo. »Wollen Sie es einreihen in Ihre Liste der Dinge, die Sie an mir störend finden? Nun, es steht Ihnen frei. Ich werde mit ihm allein sprechen – oder ich spreche gar nicht mit ihm.«

»Kein Problem«, sagte Balilati gleichgültig und sah auf die Uhr. »Ich verstehe, daß Sie befürchten, er könnte etwas sagen, was wir nicht wissen dürfen. Entschuldigen Sie mich einen Augenblick«, bat er und verließ den Raum.

Theos Augen folgten ihm mit offenem Mißtrauen. Wir sind unter uns, schien er zu denken, als er feststellte, daß Michael noch vor ihm saß, und er entspannte sich. »Geht es Nita etwas besser?« fragte er leise.

Michael nickte.

»Ist es nicht merkwürdig für Sie, so in diese Sache verstrickt zu sein? Beispielsweise die Tatsache, daß Sie vorgestern mit mir zu Abend gegessen haben – wie kommen Sie damit zurecht?« fragte er mit einer Verwunderung, die nicht frei von Bosheit war. »Oder gehören Sie zu denen, die sich mit allem arrangieren?«

Michael rauchte schweigend.

»Sie geben mir nicht einmal eine Antwort«, sagte Theo verbittert. »Sie sind mit meiner Schwester liiert, und Sie beantworten nicht einmal meine Fragen.«

Michael schwieg.

»Und was sollte dieses Gespräch über die Diskussion, die ich mit Gabi hinter der Bühne hatte?«

Michael zuckte die Achseln.

Theo schüttelte den Kopf. »Sie hat das auf gar keinen Fall behauptet«, sagte er mit Gewißheit.

Michael zuckte nicht mit der Wimper. Er ließ den Blick

nicht von den grünen, tiefliegenden Augen seines Gegenübers. Um sich von dem bewußten, angestrengten Fixieren abzulenken prüfte er, inwieweit Theos Augen denen Nitas glichen. Er kam zu dem Schluß, daß es die Form war. Nur die Form war identisch, nicht die Farbe und vor allem nicht das Verhältnis zwischen den einzelnen Teilen, und letzteres war es, was den Ausdruck ausmachte, tröstete er sich.

»Warum sollte sie lügen?« sagte er und befürchtete, daß er zu weit gegangen war. Jetzt war es Theo, der die Achseln zuckte.

»Ich wollte Sie fragen«, sagte Michael wie beiläufig, »ob Sie etwas von einer Ersatzpackung Saiten wissen, die Nita zu Hause aufbewahrte?«

»Sie haben mich schon danach gefragt«, sagte Theo ungehalten, »und ich habe Ihnen geantwortet.«

»Nein«, präzisierte Michael, »ich habe Sie nach den Saiten in ihrem Koffer gefragt. Jetzt frage ich Sie nach einem weiteren Satz, der noch vollständig war.«

»Wieso sollte ich davon wissen?« beklagte sich Theo. »Ich bin kein Cellist. Ich beschäftige mich nicht mit diesen Dingen.«

Michael versank mißmutig in seinem Stuhl. Die Durchsuchung des Einbauschranks in Nitas Wohnung hatte zu keinem Ergebnis geführt. Sie drehten sich im Kreis.

»Wo ist Ihr Freund, dieser Herr Balilati«, fragte Theo nach einigen Schweigesekunden.

»Er erledigte etwas in einer anderen Angelegenheit«, log Michael gelassen.

»Wozu diese Sache mit Dora Sackheim? Wieso müssen Sie sie sprechen?«

»Ich habe es Ihnen schon gesagt. Ihr Bruder hatte vor ein paar Wochen Kontakt mit ihr. Wir versuchen, ihn kennenzulernen.«

»Sie versuchen, ihn *kennenzulernen*?! Gabi? Wozu müssen Sie ihn kennenlernen?!«

»Es ist unsere Methode, nach einem Mord alles über das Opfer und sein Umfeld herauszufinden.«

»Glauben Sie wirklich, daß man in so kurzer Zeit jemanden kennenlernen kann?«

»Das ist die Frage. Die Frage ist, ob das überhaupt jemals gelingt«, sagte Michael mit einem philosophischen Ton, als wäre ihm das Abgeschmackte an seiner Frage nicht bewußt. »Aber wir dürfen nichts unversucht lassen.«

»So weit greifen Sie zurück, bis auf Dora Sackheim?!« murmelte Theo. »So viele Jahre. Sie müssen wissen, daß sie mich nicht mag«, warnte er.

»Das bedrückt Sie«, sagte Michael mit erzwungener Sympathie.

»Ja«, gestand Theo, ohne zu blinzeln, »aber Gabi hat sie immer geliebt, auch das wird sie Ihnen sagen.«

»Warum eigentlich?«

»Sie hielt ihn für ... für ernsthafter, glaube ich, als ob er mehr Talent hatte.«

»War er wirklich talentierter?« fragte Michael. »Auch in Ihren Augen?«

Theo schien von der Frage getroffen zu sein. Er schluckte und holte tief Luft. »Ist das eine ernste Frage?« flüsterte er, und Michael nickte.

»Werden Sie mir glauben, wenn ich ehrlich antworte?«

Wieder ein Nicken.

»Ich denke, nein«, sagte Theo. »Nicht nur, weil ich, sagen wir, berühmter bin, wenn Sie mir verzeihen, es ist einfach eine Tatsache, die nichts aussagt, außer daß ich erfolgreicher bin, denn ich bin anscheinend ambitionierter.«

»Ambitionierter als wer?«

»Ambitionierter als alle, als Nita, als Gabi«, sagte Theo wie selbstverständlich. »Gabi war ein großer Geiger, ohne Zweifel. Aber die Wahrheit ist, das hätte er Ihnen selbst bestätigt, und es geht nicht um Höflichkeitsfloskeln, wenn man diese Fragen ernsthaft diskutiert, daß ich nicht so unseriös bin, wie Dora Sackheim denken mag. Selbst sie denkt es vermutlich nicht wirklich. Gabi ist ... war ... sehr talentiert. Ein großer Künstler, in seinem Bereich. Er hätte sich nie an Wagner heranwagen können. Und er wollte es auch nicht. Nicht einmal die Ouvertüre zu »Tannhäuser« hätte er bewältigt. Schon bei den ersten Takten wäre er ausgerastet. Nicht, daß er die Größe Wagners nicht verstand, seine Neuerungen und Leistungen in der Geschichte der Musik. Wissen Sie, daß Wagner revolutionär war? Verstehen Sie etwas von diesen Dingen?« fragte er fast abwertend. »Sie lieben Brahms, und darum denken Sie, daß Brahms ein großer Erneuerer war. Aber das trifft ganz und gar nicht zu. Es spielt nun keine Rolle mehr, aber er haßte ihn, Gabi haßte Wagner. Auch Mahler war er nicht gewachsen. Bartók ja, er spielte wunderbar Bartók. Dirigiert hat er ihn wie durch einen Zufall nie. Aber er spielte ihn. Und wenn man mich fragt, dieser ganze Wahn mit der alten Musik hat seine Libido gelähmt.«

»Was soll das heißen?« fragte Michael interessiert.

»Es heißt, daß er mit seiner Pedanterie, mit seinem Fanatismus für die alte Musik alle Vitalität und Leidenschaftlichkeit eingebüßt hat, die auch in der Barockmusik enthalten sein können. Und Bach, wenn Sie mich fragen, hat er in den Kantaten und der h-Moll-Messe erstickt! Als Dirigent, meine ich. Ein Chor von sechs Sängern und solch eine flache Akzentuierung für eine Musik, die markerschütternd sein soll!«

»Können Sie mir erklären, was es mit dieser historischen Musik auf sich hat?« bemerkte Michael.

»Das soll Dora Sackheim übernehmen. Sie treffen sich ja mit ihr. Sie kann es Ihnen erklären!« sagte Theo verbittert.

»Wenn Sie wirklich der Meinung sind, daß er kein größerer Musiker war, als Sie es sind, warum quält dann die Sache mit Dora Sackheim Sie so sehr?« Zu seiner Zufriedenheit hörte Michael, wie seine Stimme väterlich und sanft klang. Etwas Kindliches lag plötzlich in Theos Zügen, in seiner schmollenden Unterlippe.

Theo zuckte die Schultern. »Schnee von gestern«, sagte er abtuend. »Spielen Sie jetzt den Psychologen?«

Michael lächelte. Theo sah auf seine Uhr.

»Wieviel Unterhaltsgeld zahlen Sie monatlich?« fragte Michael.

Theo war verblüfft und konzentrierte sich für einen Moment. »Ich weiß es nicht genau. Ich habe es notiert. Warum fragen Sie? Es ist ein Vermögen. Fast mehr als die Hälfte meiner Einkünfte, und die sind nicht gering. Sie kennen das, Nita sagte mir, daß Sie geschieden sind. Es nimmt kein Ende. Wie ist das bei Ihnen?«

»Etwas anders. Mein Sohn ist erwachsen, und meine Frau kommt aus einer reichen Familie. Ihr Vater hat ihr genug für den Rest ihres Lebens vererbt. Er war im Diamantengeschäft, und sie war ein Einzelkind. In diesem Zusammenhang hatte ich nur ein paar Jahre lang Probleme.«

»Es hat nicht immer etwas zu sagen. Manchmal ist es umgekehrt. Die Frau, die mir die meisten Probleme in dieser Hinsicht bereitet, ist gerade die, die aus einer vermögenden Familie stammt. Es ist für sie eine Art Rache«, erklärte Theo wie unter Gleichgesinnten.

»Mit dieser Sorte Frau kenne ich mich nicht sonderlich gut aus. Offensichtlich nicht so gut wie Sie. Wir lassen das jetzt. Sagen Sie«, warf er ein, als keime ein plötzlicher Gedanke in ihm, »diese Dame, mit der Sie nach Ihren eigenen Worten zusammenwaren, als Ihr Vater ermordet wurde, diese Kanadierin, ist sie häufig hier im Land?«

»Zwei-, dreimal im Jahr. Manchmal kommt sie nach Europa, oder wir treffen uns, wenn ich in New York bin. Toronto ist von dort ein Katzensprung. Ich weiß nicht, wie ich sie loswerden soll.«

»Und wir wissen nicht, wie wir sie finden sollen.«

»Das dürfte nicht allzu schwer sein«, sagte Theo giftig. »Sie ist eine verheiratete Frau mit Kindern, einem Haus und einem festen Wohnsitz. Sie gehört zu den Säulen der jüdischen Gemeinde in Toronto. Sie zu finden dürfte Ihnen nicht schwerfallen.«

»Auf die Telefonnummer, die Sie uns gegeben haben, reagiert niemand. Es meldet sich nur ein automatischer Anrufbeantworter. Haben Sie eine andere Möglichkeit, sie zu erreichen?«

»Ich rufe nie bei ihr an«, sagte Theo mit einer Gleichgültigkeit, die den Wert, den er sich selbst beimaß, nicht verheimlichte. »Sie meldet sich bei mir. Ich habe keine Ahnung.«

»Sie sollten sich etwas mehr in dieser Angelegenheit bemühen. Sie ist Ihr Alibi für die Zeit, in der Ihr Vater ermordet wurde«, betonte Michael.

»Warum habe ich das Gefühl, daß Sie ... daß Sie mir eine Falle stellen wollen?« beklagte sich Theo.

»Wenn einer hier einem eine Falle stellt«, sagte Michael und zerrieb den Zigarettenstummel in dem blechernen Aschenbecher, »dann sind es nicht wir.«

»Wer denn sonst. Stelle ich Ihnen etwa eine Falle?« Er lachte unangenehm.

»Oder Sie sich selbst«, sagte Michael in seinem ruhigen Ton.

»Ich? Ich mir selbst? Was versuchen Sie ...?«

Das Telefon gab ein schrilles, langes Läuten von sich, das beide zusammenzucken ließ. Michael hob den Hörer ab.

»Eine freudige Nachricht. Sie hat ihr Kind«, sagte Zila von der anderen Seite der Leitung, »vor einer Stunde hat sie es bekommen. Mit einem Kaiserschnitt. Alles ist gut verlaufen.« Es verging eine Weile, bis er verstand, wovon sie sprach.

»Was ist es?« fragte er.

»Eine Tochter. Wir wußten es schon vorher, 2650 Gramm. Aber sie ist in keiner guten Verfassung.«

»Wer?«

»Beide. Das Baby litt zum Schluß an Sauerstoffmangel, und bei Dafna gibt es Komplikationen.«

»Und was ist mit Schorer?«

»Ich habe noch nicht mit ihm gesprochen«, sagte Zila. »Du bist nicht allein im Raum, nicht wahr?«

»Nicht wirklich«, sagte Michael und wich Theos Blick aus. »Gibt es Neuigkeiten in der anderen Angelegenheit?«

»Ich hatte keine Zeit, mich darum zu kümmern. Woher soll ich die Zeit nehmen, mit Malka zu reden?« Der nörgelnde Ton einer Verärgerung schlich sich in ihren Tonfall. »Ich stecke hier mit den Musikern fest. Eins nach dem anderen. Ich arbeite schon den zweiten Tag pausenlos daran. Keiner hat diesen Herzl am Mordtag von Felix van Gelden gesehen. Weder die Nachbarn noch sonst jemand. Auch nicht in der Nähe des Konzertzentrums, als Gabi ermordet wurde. Auch Isi und Ruth Maschiach hat niemand am Tag von Gabis Tod gesehen. Wir hatten einen Zwischenfall mit Frau Agmon, der Geigerin ...«

»Ich weiß, wer sie ist«, fiel Michael ihr ins Wort, »was ist mit ihr?«

»Nichts von Bedeutung. Sie ist durchgedreht, hat geweint, ist in Ohnmacht gefallen. Auch der erste Geiger, Awigdor, ist eine Nummer für sich. Man sollte meinen, man hat es mit Künstlern zu tun, aber vergiß es, sie führen sich eher auf wie Gewerkschaftsfunktionäre. Sie sprechen die ganze Zeit von Renten und festen Anstellungen. Ein junger Typ, der noch nicht so lange dabei ist, ist der einzige, der anders redet. Er wollte unbedingt in das Orchester aufgenommen werden, und nun muß er feststellen, daß es eine Arbeit ist wie jede andere auch. Ich soll zur Durchsuchung in die Wohnung von Herzl Cohen mitkommen. Balilati hat mir mitgeteilt, daß wir uns dort treffen. Er bringt die Spurensicherung mit. Was sagst du dazu, daß Dalit diesen Herzl ausfindig gemacht hat?«

»Ich sage, daß mehrere Stunden von ... bis ... vergangen sind, wenn du verstehst, was ich meine.«

»Du meinst, daß sie die Information zurückbehalten hat?«

»Ja, das meine ich.«

»Es gibt sicher eine Erklärung dafür«, versuchte es Zila.

»Ich bin gespannt, sie zu hören«, sagte er und sah auf Theo, dessen Augen über die Wände des kleinen Zimmers wanderten. »Auf jeden Fall danke für die Nachricht.«

»Er will mit dir reden«, warnte Zila.

»Wer?« fragte Michael angespannt.

»Schorer. Seine Sekretärin hat gesagt, er bittet dich, daß du dich gegen Abend bei ihm im Krankenhaus meldest. Gegen Abend ist schon bald. Du kannst es nicht länger hinauszögern«, sagte sie behutsam. »Du wirst mit ihm reden müssen.«

»Ich werde mit ihm reden.«

»Noch was: Hast du von Theo van Gelden und von Nita die Genehmigung erhalten, Einblick in ihre Konten zu nehmen? Auch von Isi Maschiach brauchen wir sein Einverständnis. Aber um den wird Eli sich kümmern. Wir müssen sie sehen.«

»Man kann es arrangieren«, sagte Michael in einem neutralen, kühlen Ton. »Aber es wird kein realistisches Bild ergeben.«

»Warum nicht?«

»Es ist ziemlich wahrscheinlich, daß das Gros sich im Ausland befindet, vor allem in diesem Fall.«

»Was meinst du mit ›in diesem Fall‹? Redest du von dieser Familie?«

»Auch von einzelnen Mitgliedern.«

»Ich verstehe nicht, was du meinst«, sagte Zila langsam. »Wer ist denn bei dir? Jemand von ... ist es Theo?«

»Genau.«

»Ach«, sagte Zila erschrocken, als hätte sie sich bei einem besonders groben Lapsus ertappt. »Warum hast du das nicht gleich gesagt? Gut, wie solltest du. Als ich Balilati hier rumlaufen sah, bin ich davon ausgegangen, daß ihr fertig seid. Wir werden später miteinander reden«, sagte sie und legte den Hörer auf.

Sie brachten Theo mit Balilatis Peugeot zum Krankenhaus. Sie umfuhren das breite, niedrige Gebäude und parkten dahinter in der Parallelstraße. Dann gingen sie zu dem Transit, dessen Vorhänge zugezogen waren und dessen Heckscheibe von einem großen Schild der Elektrizitätsgesellschaft verdeckt war. Das Wetter war trüb und grau. »Weltuntergangswetter«, sagte Balilati.

»Brauchen Sie mich noch hier«, fragte der Techniker, der die Abhörgeräte installiert hatte.

»Bleiben Sie, es ist besser, falls es zu einer Störung kommt«, murmelte Balilati und setzte sich hinter das Lenkrad. Der Techniker ging zum Rücksitz, und Michael nahm neben Balilati Platz. Zwischen ihnen war die Spannung der kurzen Diskussion noch nicht verflogen, die sie geführt hatten, während sie um das Gebäude fuhren. Eine Bö warmer, trockener Luft hatte eine Plastiktüte vor der Windschutzscheibe aufgebläht. »Warum müssen wir denn zu zweit hier sein?« hatte Michael gefragt, als ihre Blicke Theos gesenkten Schultern folgten, der durch das Tor ging und den Hof des Krankenhauses überquerte. »In der letzten Zeit habe ich das Gefühl, daß wir hier Kinderspielchen betreiben. Wir können uns die Aufnahme doch später anhoren.«

»Von dir habe ich gelernt, daß man mit allem rechnen muß, daß jederzeit alles offen ist!« hatte Balilati aufgebracht protestiert. »Es war immer umgekehrt. Du hast immer vom rechten Zeitpunkt gesprochen und dergleichen. Auf einmal verstehst du es nicht mehr!? Hast du im Moment etwas Dringenderes vor? Mußt du jemandem die Windeln wechseln?«

Michael hatte geschwiegen.

»Du hast mich gebeten, die Untersuchungen zu leiten. Ich habe dir gleich gesagt, daß ich mich nicht nur mit dem Schein zufriedengebe. Was willst du denn? Soll ich nur dein Werkzeug sein? Du kannst gehen, ich stelle dich frei. Daß gerade du von Zeitverschwendung redest!«

»Schon gut, schon gut«, hatte Michael schnell eingelenkt

und seine Handflächen zu einer Geste der Kapitulation gehoben. »Es ist nur ...« Er wurde still. Die Wahrheit war, daß Balilati recht hatte. Er fühlte eine große Unruhe in allem, was mit dem Baby zusammenhing, obwohl er wußte, daß Nita nicht allein mit der Kleinen war. Ein Hauch des tröstlichen Babyduftes umhüllte ihn, als er an das Treffen mit Schorer dachte. Als ob er sich vor dem Treffen neue Seelenkräfte von der Kleinen erhoffte. Heute würde er es nicht einmal schaffen, sie zu baden. Und Nita, die unbewußt etwas wußte und die jeden Moment jemand ...«

Plötzlich füllte sich der Raum mit Geräuschen. Die Bewegung eines Türgriffs, das laute Schließen einer Tür, schwerfällige Schritte, das Rücken eines Stuhls, dumpfes Gemurmel einer unbekannten Stimme. Hinten im Auto knarrte der Sitz, auf dem der Techniker sich bewegte.

»Hast du ihn mal gesehen?« flüsterte Balilati, als könne man sie auf der anderen Seite der Leitung hören. Michael schüttelte den Kopf. Er hatte Herzl nur auf einem Photo bei einer von Theos Hochzeitsfeiern gesehen. Nita war eingefallen, daß ihr Vater Herzl gezwungen hatte, sich zwischen die anderen zu quetschen, weil er »zur Familie gehört«. Sie hatte ohne Verbitterung einen fremden Akzent nachgeäfft, der der Akzent ihres Vaters sein mußte. »Eine schöne Familie«, hatte sie am Abend nach dem Tod ihres Vaters gesagt, »kein Mensch weiß, wo er steckt.«

»Nur auf einem alten Photo«, hörte er sich Balilati zuflüstern und übertönte das Rücken der Stühle in dem Raum, den er sich nicht einmal vorstellen konnte.

Als könnte er seine Gedanken lesen, sagte Balilati: »Es ist das Büro des Verwaltungsdirektors der Klinik. Mit ihm habe ich gesprochen, denn die Ärzte sind mit dem Kurieren der Seelen beschäftigt und haben keine Energie für das richtige Leben. Er schuldet mir einen Gefallen, der Verwaltungsdirektor ...«

Michael legte einen Finger auf seine Lippen, aber Balilati war ohnehin verstummt, denn auch er hatte Theos Stimme gehört, die nach dem bekannten Räuspern sagte: »Ich habe dir Trauben mitgebracht, keine Muskattrauben. Die gibt es nicht mehr. Blaue Trauben. Und einen von den Käsekuchen, die du magst, Herzl.« Theos Stimme, bemerkte Michael sofort, war devot. Es lag ein Gefühl darin, das Michael bei Theo noch nicht bemerkt hatte und das er auch nicht einordnen konnte. Der Klang der Stimme war schriller, höher, als rühre er von überspannten Saiten her.

»Siehst du, wie wichtig es ist, vor Ort zuzuhören. Ich habe es von dir«, flüsterte Balilati.

»Ich sage ja gar nichts mehr«, antwortete Michael in seiner normalen Stimme. »Ich habe dir nur klarmachen wollen, daß ich bei diesen Dingen in der letzten Zeit ein komisches Gefühl habe. Vielleicht weil ich zwei Jahre lang draußen war. Es liegt auf der Hand, daß wir hier anwesend sein müssen.« Er wunderte sich selbst über das »auf der Hand liegen«, denn für den Augenblick lag ganz und gar nichts auf der Hand. Dafür lagen Gefahr und Hektik in der Luft, vielleicht bedingt durch die Tatsache, daß es sich bei Herzl um einen psychisch Kranken handelte. Das weiche, rosige Gesicht des Babys wich plötzlich Juwals Gesicht. Auf einmal sah er seinen verlorenen, verzweifelten Gesichtsausdruck vor sich, später kam das Bild von Nitas hohlen Wangen hinzu. Das Entsetzen in ihren Augen. Die Klänge der Cellosuite von Bach, die sie in den späten Nachmittagsstunden immer wieder spielte, als suchte sie nach Heilung, während Ido dalag und an seiner Faust lutschte, als lausche er.

»Warum ißt du die Trauben nicht?« Theos flehende Stimme füllte den Wagen.

Jetzt identifizierte Michael die unbekannte Melodie, die in ihr lag. Sie enthielt Angst. Angst und ein gehetztes Beschwichtigen. Rascheln von Plastiktüten, wieder ein Stuhlrücken. »Gut, heb sie dir für später auf«, sagte Theo besänftigend. »Wie geht es dir, Herzl? Fühlst du dich besser?«

Stille. Von außen drangen das Heulen einer Alarmanlage

aus einem entfernten Auto und die Echos dröhnender Motoren in den Lieferwagen.

»Ich muß dir etwas gestehen«, sagte Theo in einer anderen Stimme, einer beherrschten, nach einem Schweigen von mehreren Sekunden. »Ich bin gekommen, um dir von Gabi zu erzählen. Gabi ist tot.«

Kein Laut.

»Hast du mich gehört, Herzl?« Wieder klang er fast kehlig, »sie haben ihn umgebracht, vorgestern nach der Probe.«

»In seinem Haus?« war plötzlich die zweite Stimme zu hören, schwer, dumpf, heiser, als ob die Worte nur äußerst beschwerlich heraus wollten, nach enormer Bemühung, so als stünde der Sprecher unter Medikamenten.«

»Nein, im Konzertzentrum.«

»Wurde er erschossen?« interessierte sich die andere Stimme.

»Nein«, sagte Theo und schwieg für einen Moment. »Vielleicht ... mit einem Messer.«

»Ach so, hat man ihm ins Herz gestochen?« sagte die Stimme wie erleichtert.

»Die Kehle wurde ihm durchgeschnitten«, präzisierte Theo.

»Viel Blut«, sagte die schwere Stimme nachdenklich. Plötzlich fragte sie sachlich und klar: »Wer hat das gemacht?«

»Man weiß es nicht«, sagte Theo. »Sie suchen noch.«

»Ach so. Sie suchen. Herzls Stimme war wieder dumpf. »Sie werden nichts finden«, sagte er leise.

»Vielleicht doch«, hoffte Theo. »Sie arbeiten hart daran.«

»Sie werden nichts finden«, versicherte Herzl. »Auch bei deinem Vater haben sie nichts gefunden. Gabi hat es mir gesagt. Er wurde auch getötet.«

»Gabi hat dir von Vater erzählt?!« staunte Theo. »Wann denn?«

»Als er hier war, bei mir.«

»Wann?«

»Man wird den, der deinen Vater getötet hat, nicht finden. Bis jetzt haben sie ihn nicht gefunden. Sie werden auch den nicht finden, der Gabi getötet hat.«

»Mit Vater ist es etwas anderes. Es war wegen dem Bild ...«

»Nicht wegen dem Bild«, sagte Herzl.

»Sie haben das Bild gestohlen«, sagte Theo laut.

»Aber nicht deswegen. Nicht deswegen. Es gibt so viel Bosheit. Viel Schlechtigkeit.« Die Stimme erstarb langsam.

»Wann war Gabi bei dir? Warum hat er mir nicht davon erzählt?«

Schweigen.

»Mach die Augen nicht zu. Schlaf jetzt nicht ein, Herzl«, bat Theo. »Hilf mir. Nur wir beide sind übriggeblieben und Nita.«

Der Klang eines schnorchelnden Kicherns ertönte in dem geschlossenen Wagen. Michael erschauderte.

»Herzl«, bat Theo, »ich rede mit dir.«

»Du hast mir nichts von deinem Vater gesagt. Du bist nicht hergekommen, um es mir zu sagen«, klagte Herzl.

»Wie sollten wir das anstellen?!« Theos Stimme klang verzweifelt und schuldbewußt. »Wir wußten ja nicht, wo du bist!«

»Gabi wußte es. Er hat mich gesucht.«

»Er hat mir nichts davon gesagt«, flehte Theo. »Wenn ich es gewußt hätte, wär ich ...«

»Man hat ihm die Luft abgedrückt«, versicherte Herzl.

»Es war nicht das gleiche«, protestierte Theo. »Erst nachdem Gabi schon tot war, hat man entdeckt ... Woher weißt du es? Woher weißt du, daß es kein Unfall war?« fragte er erschrocken. »Herzl, wenn du etwas weißt ... Die Polizei hat herausgefunden, daß du an dem Tag, an dem Vater ermordet wurde, nicht im Krankenhaus warst. Wo warst du, Herzl?«

»Hast du die Noten gefunden?« fragte die andere Stimme mit plötzlicher Wachsamkeit.

»Welche Noten?«

Schweigen.

»Von welchen Noten redest du?« Theos Stimme war jetzt kalt und gespannt. »Was weißt du, von dem ich nichts weiß?«

»Du weißt es, du weißt es«, sagte Herzl. »Jetzt ist alles, alles …« Das Rücken der Stuhlbeine übertönte das Ende des Satzes. »Faß mich nicht an!« schrie Herzl. »Ich kann es nicht leiden, wenn du mich anfaßt.«

Wieder war das Geräusch der Stuhlbeine zu hören. »Sieh nur, ich gehe ja weg«, versprach Theo erschrocken. »Warum bist du böse auf mich, Herzl? Ich wußte nicht, wo du bist, glaube mir.«

»Ich will zurück«, wieder war die Stimme stumpf und müde. »Bring mich zurück.«

»Sie suchen nach dem Bild«, überhörte Theo seine Worte. »Die Polizei macht Hausdurchsuchungen.«

»Bring mich zurück in mein Zimmer«, wiederholte die dumpfe Stimme.

»Gleich, noch einen Moment, sag mir nur, was mit dem Rechtsanwalt war?«

In den Sekunden des Schweigens spürte Michael, wie seine Kaumuskeln sich verspannten. Balilati sperrte den Mund auf, Michael warnte nickend, und Balilati schwieg.

»Dein Vater hat Gabi geliebt«, sagte Herzl. »Am meisten liebte er Gabi. Gut, daß er vorher gestorben ist.«

»Er hat ein Testament gemacht. Er hinterließ dir …«

»Ich will nichts, von keinem. Ich brauche nichts. Nur die Noten«, unterbrach ihn Herzl mit erneuter Wachsamkeit. »Alles gehört dir.«

»Und Nita«, rief Theo in Erinnerung.

»Und Nita«, stimmte Herzl versöhnlicher zu. »Sie hat ein Kind.«

»Auch dir hat er etwas hinterlassen«, sagte Theo duldsam.

»Ich will nichts. Ist das Geschäft geschlossen?«

Michael konnte sich Theos Nicken vorstellen.

»Man wird es verkaufen«, sagte Herzl mit gebrochener Stimme. »Bring mich zurück in mein Zimmer, und dann bring mir die Noten.«

»Ich bringe dich gleich zurück«. Theos Stimme zitterte. »Welche Noten?«

Schweigen.

»Warum schaust du mich so an?« fragte Theo bittend. »Du weißt, daß ich dich gern habe.«

Plötzlich war Herzls Stimme zu hören. Sie war heiser, überraschend tief und summte eine kurze melodische, sehr liebliche Melodie. Dann wurde er still. »Bring mir die Noten«, sagte er mit entschlossenem, drohendem Ton. »Sie waren von deinem Vater, und sie gehören Gabriel. Das hat er gesagt. Jetzt will ich sie. Gabriel ist tot.«

Vom Fahrersitz, die Hand auf dem Schaltknüppel, drehte Balilati seinen Oberkörper zu Michael, und auf seinem Gesicht lag ein fragender Ausdruck. Michael schüttelte achselzuckend und verständnislos den Kopf.

»Sie wollen wissen, ob du Vater an dem Tag, an dem er starb, gesehen hast«, sagte Theo.

Schweigen.

»Hörst du mich, Herzl? Sie sagen, du bist an diesem Tag nicht hier gewesen. Sie wollen wissen, ob du ...?«

»Bring mich zurück auf meine Station«, hallte Herzls Stimme drohend. Wieder übertönte das Stuhlrücken dumpfe Teile des Gesprächs.

»Nimmst du die Trauben nicht mit?« bat Theo.

Das Geräusch schwerer, schleppender Schritte erklang.

»Die Polizei durchsucht deine Wohnung«, sagte Theos Stimme herausfordernd. Balilati erstarrte, warf Michael einen tadelnden Blick zu, der zu sagen schien: Ich habe es dir gleich gesagt. Du bist schuld. Du hast es verbockt.

Das Geräusch der Schritte verstummte. »Es ist meine Wohnung!« war ein verzweifelter Schrei zu hören.

»Ich habe es Ihnen gesagt, und ich habe Ihnen auch gesagt ...«

»Sie dürfen meine Sachen nicht anfassen!« Herzls Stimme wurde lauter, war plötzlich voller Leben und Klarheit. »Meine Sammlung, meine Listen, meine Instrumente, meine Schallplatten, sie werden mir das Virginal, das ich gebaut habe, kaputtmachen! Es ist meins. Ich habe nichts von niemandem genommen!« Jetzt weinte er laut, und Theos beruhigende Stimme, ein lautes Klopfen und ein leises Murmeln konnten das Weinen nicht übertönen.

»Ich habe nur ... ich habe deinem Vater gesagt, man darf nicht ... man soll ...«, erstickte die Stimme. »Und ich habe ihm gesagt, er soll nicht mit dem Rechtsanwalt sprechen, aber er ... Ich will nicht, daß einer meine Sachen anfaßt.« Der Aufprall eines Körpers war zu hören und die erschrockene Stimme Theos, die rief: »Herzl! Herzl!« Das Geräusch der aufgehenden Tür. »Wir greifen ein«, wies Balilati an.

Theos Gesicht war kreidebleich, und er hatte den Mund weit aufgerissen wie eine Geistermaske. Er stand am Eingang des Büros des Verwaltungsdirektors, stützte sich mit dem Arm gegen den Türrahmen und sah sie an. »Ich weiß nicht, ob er tot ist«, sagte er heiser. »Sie ... Sie ... Ich habe ihm nichts getan.« Der Schrecken in seinen Augen machte rasch Ernüchterung und Anklage Platz. »Ich wußte, daß Sie lügen«, sagte er schließlich über Balilatis Rücken, der sich über Herzl beugte.

»Schwacher Puls«, sagte Balilati zu Michael. »Eine Beatmung ist nicht erforderlich.« Balilati schüttelte behutsam Herzls Schultern, gab ihm mehrmals einen Klaps auf die Wangen. »Holt einen Arzt«, wies er an, stand auf und verließ selbst im Laufschritt den Raum.

Theo fiel in den Ledersessel und starrte ins Leere. Michael sah ihn und den langen, sonderbaren Körper an, neben dem er kniete. Er legte seine Finger auf Herzls Handgelenk. Ein paar Sekunden lang verfolgte er das schwache Pochen, legte sein Gesicht nah an den verzerrten Mund, in dessen Winkel sich weißlich der Speichel sammelte, hörte den schwachen Atem, erhob sich und betrachtete die weißen, abstehenden Haarbüschel. Wie die Perücke eines Clowns. Er fragte sich, wie alt Herzl war. Er schien alt, aber sein Gesicht war faltenlos. Ein paar Zähne fehlten in dem aufgesperrten Mund, der aus der Nähe den Geruch von Tabak und Aceton verströmte.

»Sie haben ihm von der Hausdurchsuchung erzählt«, sagte er schließlich.

»Um ihn aufzurütteln«, erklärte Theo mit ausgetrockneter Stimme. »Er war völlig gleichgültig und apathisch.«

»Aber Sie haben sich nicht sehr bemüht herauszufinden, von welchen Noten er sprach.«

»Er ist krank, er ist verrückt. Er phantasiert ...«, murmelte Theo. »Er bringt alles durcheinander, Noten, Rechtsanwalt, einfach alles.«

»Aber Sie wissen, wovon er sprach«, versuchte Michael sein Glück.

»Ich?« staunte Theo. »Ich habe keine Ahnung. Ich verstehe überhaupt nicht ...«

»Es hat sich angehört, als wüßten Sie beide genau, worum es geht. Er sagte, ›bring sie mir‹. Er hat Ihnen die Melodie vorgesungen. Sie sind Musiker. Sie haben die Melodie erkannt«, beharrte Michael.

»Sehen Sie nicht, daß er geistesgestört ist? Sehen Sie nicht, daß er zusammenhanglos faselt? Ich habe keine Ahnung, was er da sang!« Theo sah den zusammengekauerten Körper an, und Michael, der seinem Blick folgte, sagte entschlossen: »Er klang ganz klar. Obwohl er krank ist. Offensichtlich konnte er davon ausgehen, daß Sie beide wußten, worum es ging. Eine Geschichte, die in der Familie blieb.«

»Ich wußte, daß Sie lügen«, sagte Theo verbittert. »Die ganze Zeit hatte ich das Gefühl, daß Sie unter dem Fenster stehen oder uns abhören, wie in einem Krimi.«

»Und darum haben Sie ihn abgelenkt. Sie sind vom Thema abgewichen, als er diese Noten erwähnte«, sagte Michael und hatte vor weiterzureden, aber in diesem Moment kehrte Balilati zurück und mit ihm eine Ärztin und zwei ältere Männer.

»Bringt ihn schnell zur Intensivstation«, sagte die Ärztin den beiden Männern und schob die Brille über die Stirn, nachdem sie sich neben Herzls Körper gekniet hatte. Sie hatte seinen Namen gerufen, ihm einen Klaps auf die Wange gegeben und ihn abgehorcht. »Er hat das Bewußtsein verloren«, sagte sie zu Balilati. »Wir müssen ihn genauer untersuchen. Vielleicht hat er etwas eingenommen. Wir müssen es überprüfen. Er ist weder Epileptiker noch Diabetiker«, sagte sie und legte die Finger wieder an seinen Hals, nickte, stand auf und klappte das Stethoskop zusammen. »Wir werden ihn in ein normales Krankenhaus bringen, wenn er nicht in ein paar Minuten erwacht. Denn dann kann sein Zustand kritisch werden. Sind Sie ein Verwandter?« fragte sie Balilati, der keuchte und den Kopf schüttelte und dann Theo ansah.

»Ich bin der Angehörige«, sagte Theo.

»Dann bleiben Sie bitte hier«, wies sie an. »Bis es sich herausstellt, ob wir ihn verlegen müssen, es könnte kritisch werden«, wiederholte sie mit besorgtem Gesicht. »Man hört kaum den Puls, und sein Blutdruck ist sehr niedrig. Bei einer manischen Depression wie der, an der er leidet, kann man nicht wissen, was er eingenommen hat.«

Sie ließen einen Streifenwagen am Eingang des Krankenhauses zurück. Dreimal sagte Balilati zu Sipo: »Und du rührst dich hier nicht vom Fleck. Wenn man ihn wegbringt, sagst du Bescheid. Und Theo van Gelden soll keinen Schritt ohne dich machen. Hänge dich an ihn wie eine Klette.« Bis er überzeugt war, daß Sipo verstanden hatte.

Theo stand am Eingang, ereiferte sich gegen dieses und jenes, sah auf seine Uhr und in Richtung Himmel, der immer noch grau und verhangen war. Sein finsterer Blick begleitete sie hinaus, jenseits des Zauns. Das Funkgerät gab einen Signalton in dem Moment, in dem Michael die Schiebetür des Lieferwagens öffnete, zu dem er zurückgegangen war, um die Zigarettenschachtel zu holen. Der Techniker reichte ihm das Gerät, und Imanuel Schorers Sekretärin zog die Nase hoch, nieste und entschuldigte sich, bevor sie sagte: »Er ist am Telefon und fragt, ob Sie jetzt schon kommen können. Er ist über alles informiert. Er ist nervös, denn er hat in der Zeitung davon gelesen und heute morgen im Fernsehen den Bericht gesehen. Und der Minister und der Polizeipräsident haben ihn schon angerufen«, erklärte sie.

Die lange Zeit, die sie sich kannten, und die mütterliche Zuneigung, die sie für ihn empfand, veranlaßten sie mit ihm zu reden, als seien sie alte Verbündete. Sie mochte Michael vielleicht wegen der Blumen, die er ihr hin und wieder brachte, und der Aufmerksamkeit, die er ihren Problemen mit einem pubertierenden Sohn widmete. Wenn sie mit ihm sprach, verfiel sie in einen flirtenden Tonfall, auf den er mit einem Streicheln ihrer Handfläche spontan einging. Außerdem versäumte er es nicht, jede Neuerung in ihrer Erscheinung zu loben und Komplimente über ein Kleid oder ihre Frisur zu machen. Wie wenig ist erforderlich, um einer Frau eine Freude zu machen, dachte er mit Gewissensbissen, die ihn manchmal dazu brachten, sich zu fühlen wie eine Billigversion Humphrey Bogarts in *Casablanca*. Ach, dieser Mythos von hütetragenden Männern, die aus den Augenwinkeln Blicke werfen, die nach Eroberung aussehen, bevor sie kraftvoll und leidenschaftlich Frauen in seidenen Unterröcken an sich reißen. Wieviel Haß, Gewalt und Beleidigung lag in diesen harten Umgangsformen, die vielleicht später sanft würden. Hüte, Seide, Handküsse. »Frauen sind verrückt danach«, hatte Balilati einmal erklärt, nachdem Michael gesehen hatte, wie er sich über die Hand einer Telefonistin beugte. »Du solltest es einmal versuchen«, schlug er vor. Beinahe hatte Michael ihm gesagt: »Früher habe ich es auch gemacht.« Aber er hielt sich zurück.

Michael rieb seine Wange und sah Balilati an, der das Auto anließ und losfuhr, als hätte er nichts gehört.

»Kein Problem, ich lasse dich dort raus«, sagte er zu Michael, als sie am Ende der Straße waren. »Du hast mir selbst vor einer Weile gesagt, daß die Angst vor der Angst schlimmer ist als die Angst an sich. Was kann schon passieren? Du redest mit ihm und basta.«

Michael schwieg. Er wollte Dinge sagen wie: Laß es nicht zu, daß er mich von dem Fall abzieht. Worte, die er normalerweise zu Schorer selbst gesagt hätte. Und nun, plötzlich, war Schorer derjenige, vor dem man sich verteidigen und schützen mußte. Für eine Weile übermannte ihn das Gefühl, allein auf weiter Flur und hilflos zu sein. Er dachte sogar an die Möglichkeit, Balilati zu bitten, ihn in das Krankenhaus zu begleiten, damit er mit Schorer nicht allein war. Sofort haßte er sich für seine Schwäche und sein Selbstmitleid. Wäre es nur möglich gewesen, ihn einfach an dem Glück über das Baby teilhaben zu lassen. Wäre der Fall nicht gewesen, wäre er nicht zufällig in ihn verstrickt, hätte er es versuchen können.

»Dein großes Glück«, erklärte Balilati, »ist, daß er so schwere Sorgen hat. Er ist total fertig wegen seiner Tochter.« Er bemerkte offenbar sofort die Geschmacklosigkeit seiner Worte, denn er begann in seiner üblichen Art draufloszureden, als beeile er sich, den Beigeschmack einer Schlappe zu verwischen, und sprach von der Nacht, in der seine eigene Tochter geboren wurde. Über die unmögliche, machtlose Situation des Wartens im Krankenhaus auf schicksalhafte Entscheidungen beklagte er sich an der letzten Ampel vor der Klinik.

»Ich werde mich den Leuten in Herzls Wohnung anschließen. Vielleicht werden wir dort irgendwelche Noten finden«, sagte er mit verzerrtem Mund, als er neben dem Haupteingang hielt. »Woher sollen wir wissen, nach welchen Noten wir suchen sollen?« beklagte er sich. »Wir werden alles mitnehmen und einem Sachverständigen vorlegen müssen. Ich werde Zila eine Nachricht hinterlassen«, versicherte er. »Wenn du fertig bist, ruf an. Sieh nur, was für ein

Rasseweib«, er zeigte mit dem Kopf in Richtung einer jungen Frau in einem weißen, engen Kittel, die über den Gehweg vor ihnen lief. »Wie im Kino. Sieh dir das an, man kann alles sehen, sogar wo die Unterhose zu Ende geht. Und wie sie läuft! Ein Paar Äpfel hat sie! Diese Krankenschwestern!« seufzte er, nickte Michael zu, der aus dem Wagen stieg, und stieß zurück.

Das große Fenster, vor dem sie standen, brannte in rotem Gold. Es hatte keinen Regen gegeben. Der Moment, in dem das bedrohliche Graugelb des Himmels zu den Farbtönen solch eines Sonnenuntergangs übergegangen war, war seinen Augen verborgen geblieben. Nur wenn der drückend heiße Chamsin* wehte, kam man in den Genuß solch eines Abendhimmels. Aus der Entfernung sahen sie zwei Planierraupen, deren Fahrer das letzte Licht nutzten, um die gegenüberliegenden Hügel zu glätten. Die Fahnen neben den riesigen Werbeplakaten, die das elegante Wohnviertel zeigten, das hier im Entstehen war, bewegten sich nicht. Die ganze Zeit über, die sie im Flur gesessen hatten, hatte Schorer bis ins kleinste Detail den Verlauf der letzten vierundzwanzig Stunden geschildert. Zweimal hatte er sich die Augen getrocknet. Michael spürte, wie die Angst an ihm nagte, Schorer könnte plötzlich in Tränen ausbrechen. Vor seinen Augen zusammenbrechen. Weiße Bartstoppeln bedeckten Schorers Gesicht. Nur an der Stelle zwischen Oberlippe und der großen Hakennase, an der jahrelang ein dicker Schnurrbart gesessen hatte, waren graue Schattierungen zu sehen. Schorers Augen waren gerötet, und seine sonst dunkle Haut hatte einen Gelbstich. Braune Sommersprossen, die seine Wangen bedeckten, stachen jetzt hervor und betonten die Narben, mit denen die Haut übersät war. Er sprach wie gehetzt, ohne eine Pause zu machen, und es war schwer zu sagen, wann der richtige Moment gekommen war, um mit den eigenen Angelegenheiten zu beginnen. Für einen Augenblick sah Michael die Möglichkeit eines Ausweichens. Letztendlich, versuchte er sich einzureden, als er zum Schwesternzimmer ging, um Kaffee zu holen, war es nicht klar, warum man Schorer jetzt mit diesem Problem belästigen sollte?

Der Gedanke verwandelte sich in eine ganze Rede, die sich überzeugend anhörte, während er das Wasser über das Pulver goß. Aber da war der Anblick des breiten Rückens, der sich dem Flur zukehrte, die Stirn, die sich gegen die große Scheibe lehnte, die Augen, die vorher auf das Panorama des arabischen Dorfes zu Füßen des Berges geheftet gewesen waren, die heisere Stimme, die sagte: »Da hast du die Atmosphäre aus dem Lied: ›Auf dem Gipfel des Scorpus-Berg‹. Schorer nickte in Richtung der entfernten Lichter, die auf den gräulichen Hügeln zu funkeln begannen, und Michael erkannte die Einfalt der Hoffnung, es ihm zu ersparen, und die Unmöglichkeit eines Aufschubs. Gerade diese fahrigen Gedanken drängten ihn, den geeigneten Moment zu finden, in dem er Schorer den »Lagebericht«, wie er das, was er vorzutragen hatte, bei sich nannte, endlich erteilen würde.

»Wie sieht es aus?« fragte Schorer plötzlich und kehrte der Landschaft den Rücken zu. »Schildere es mir kurz. Dreimal hat der Polizeipräsident hier angerufen. Zum Glück ist er mit seinen eigenen Skandalen beschäftigt und sitzt uns nicht so fest im Nacken. Aber diese Telefonate waren es ihm wert. Wer hat Balilati an deiner Stelle eingesetzt? Du selbst?«

Michael nickte.

Es verging eine Weile, bis er zu einer Erklärung ansetzte, ruhig und knapp, bis er über die Verkettung der Ereignisse am Tatort sprach, von dem Moment an, in dem er die Leiche Gabriel van Geldens zu Gesicht bekommen hatte. Schorer hörte zu, ohne ihn anzusehen.

»In Ordnung. Ich habe verstanden. In diesem Fall bleibt uns offensichtlich nichts erspart«, sagte Schorer bestimmt. »Aber warum leitet Balilati die Ermittlungen? Seit wann gibst du so einen Fall ab? Hast du Probleme mit dem Studium? Ist es die Familie? Ist alles in Ordnung mit Juwal?«

Mitunter schien ein Nicken, eine kleine Notlüge, ein mögliches Ausweichen, ein Ablenken solch ein leichter Ausweg zu sein und so verführerisch, dachte Michael, als er laut versicherte, daß Juwal völlig in Ordnung sei.

»Du vermißt ihn sicher«, sagte Schorer in einem nachdenklichen Ton. »Man braucht viele Kinder, eines ist nicht genug.« Er sinnierte über die Schwierigkeit, Vater zu sein, die mit dem Alter der Kinder wuchs. »Was kann man schon groß tun, außer zuzuschauen und zu beten«, sagte er, und das nicht zum ersten Mal an diesem Tag.

Wieder durchfuhr Michael ein hoffnungsvoller, ängstlicher Gedanke, daß die Sache doch noch abgewendet werden könnte. Er meinte die Silhouette von Schorers Frau aus einer Nebentür auftauchen zu sehen und hoffte plötzlich, man würde Schorer rufen, man würde seine Aufmerksamkeit auf andere Dinge lenken. Aber als er seinen Blick wieder auf den Mann neben sich richtete, sah er, wie dessen Augen an ihm hingen und nicht von ihm abließen. Wie einer, der gezwungen ist, in einen tiefen Abgrund zu springen, und der sich der Hoffnung hingibt, der Boden könnte irgendwie mit Sägemehl gepolstert sein, trug er mit knappen Sätzen alles vor, nachdem er verlegen, sich seines künstlichen Versuchs, objektiv und beherrscht zu klingen, voll bewußt, »die besonderen Umstände im persönlichen Bereich« erwähnt hatte.

Zunächst erzählte er von dem Baby, wie er die Kleine gefunden hatte, von dem Bedürfnis, das Kind bei sich zu behalten, dann von Nita, und wie er die Anweisungen per Funk erhalten hatte. Er sprach von dem verhaltenen Widerstand der Kollegen gegen seine Mitarbeit und daß er weder auf den Fall noch auf das Baby verzichten konnte. Er wiederholte den Schluß ungläubig: »Ich kann nicht darauf verzichten. Ich will beide«, sagte er zu seinem eigenen Staunen, als offenbare sich ihm zum ersten Mal eine große Wahrheit. »Ich brauche beide.«

Michael Ochajon hatte das Gefühl, wenn er zwischen seinen Händen nicht eine Tasse Kaffee hielte, würde er sein Gesicht in den Händen vergraben vor lauter Angst, die ihn packte, als Schorers Gesicht ausdruckslos blieb. Die Angst legte sich sofort, aber keine Erleichterung nahm ihren Platz ein. Hätte man ihn in diesem Augenblick gebeten, über seine Gefühle zu sprechen, hätte er geantwortet, daß sein Herz leer sei. Daß er nichts spüre.

Schorer schwieg lange.

»Komm, wir setzen uns dorthin«, sagte er schließlich mit seiner nüchternen, kühlen Stimme und zeigte auf zwei Sessel, die im Flur freigeworden waren. »Komm, wir setzen uns und unterhalten uns ein wenig«, sagte er und faßte nach Michaels Arm, als müßte er einen Kranken stützen. Er ließ sich nahezu auf das orangefarbene Polster fallen und klopfte auf den Sessel an seiner Seite. Die Tasse stellte er auf den Fußboden und drehte sich Michael zu, der noch immer seine Tasse hielt, von der er nicht einmal einen Schluck genommen hatte.

Michaels Herz war leer und seine Kehle ausgedörrt. Er wartete völlig gleichgültig auf sein Urteil.

»Du liebst sie, und du hast nicht genug Abstand von diesem Fall, das ist die ganze Geschichte«, sagte Schorer.

»Sie ist so klein und süß und so abhängig von mir«, versuchte Michael zu erklären. »Wenn du sie sehen würdest ...«

»Ich spreche von der Frau«, sagte Schorer und legte eine Hand auf Michaels Arm, »ich rede von Nita van Gelden.«

Michael wurde still. Er brachte nicht einmal belanglose Laute heraus. Die Welt begann sich zu drehen. Schorer schien verwirrt, unerwartet unausgeglichen. Woher sollte er wissen, ob Schorer recht hatte.

»Ich habe nicht die Absicht, von hier zur Tagesordnung überzugehen«, versicherte Schorer. »Das aus meiner Sicht einzig wirklich Erfreuliche an dieser Geschichte ist, daß du sie wirklich liebst. Es sieht für mich so aus, als ob du mit ihr einen Traum gelebt hast, den Traum von einer glücklichen Familie. Ich kenne dich.«

»Ich sorge mich um sie«, sagte Michael, »es berührt mich, was mit ihr geschieht. Aber die Hauptsache ist das Baby ...«

»Dieses Baby«, sagte Schorer streng, »mußt du vergessen. Das steht außer Frage.«

»Aber warum?!« Jetzt stellte Michael die volle Tasse auf den Boden und heftete den Blick auf Schorer. Ein bedrükkender Kloß begann sich in seiner Kehle zu formen, und er befürchtete, daß seine Augen feucht würden.

»Es ist nicht deins«, antwortete Schorer schlicht. »Kinder findet man nicht auf der Straße. So läuft die Welt nicht. Dieses Baby hat zwischen euch keinen Platz.«

»Aber es steht nicht zwischen uns! Zwischen uns ist noch nichts geschehen ... Du mußt mir glauben. Es ist so, wie ich es dir sage.«

»Ich glaube nur den Tatsachen. Beruhige dich. Aber selbst du«, sagte Schorer gelassen, »weißt nicht alles über dich selbst.«

Michael schwieg.

»Wie lange kennen wir uns? Sagen wir zwanzig Jahre. Du weißt, daß ich dich kenne. Ich habe über all deine Affären geschwiegen. Ich wußte immer, wann du mit wem liiert warst. Von all deinen Frauen, inklusive dieser verheirateten Frau – sieben Jahre warst du mit ihr zusammen, nicht wahr? – mochte ich Awigail am liebsten. Sie hatte Mut, diese Awigail. Sie war zurückhaltend und charmant. Und dumm war sie auch nicht. Du hast mir nie gesagt, warum ihr euch getrennt habt, aber ich bin sicher, daß du sie nicht wirklich geliebt hast, sonst hättest du sie nicht gehen lassen. Vielleicht wolltest du sie lieben, ich weiß es nicht, aber du bist ja solch ein Romantiker, Gott behüte! Es hat nicht funktioniert. Warum eigentlich nicht?«

»Sie wollte keine Kinder. Auf gar keinen Fall. Sie wollte

keine Kinder«, sagte Michael, »vielleicht war das der Grund. Ich glaube, es war der Grund. Sie hatte eine Menge Probleme wegen einer Hautkrankheit, die sie nicht in den Griff bekam. Alles mit ihr war kompliziert. Sie hat mir nicht vertraut. Sie konnte mir nicht vertrauen. Das sind keine Dinge, die man erklären kann. Da kommt viel zusammen. Ständige Enttäuschungen. Man konnte bei ihr keine Ruhe finden, auch nicht das Gefühl von Zweisamkeit oder Frieden. Vielleicht, wenn ich noch eine Zeitlang gewartet hätte ...«

»Du hast sie nicht genug geliebt«, bestimmte Schorer. »Manchmal sind die Dinge sehr einfach. Ich höre dich, wie du über diese Frau, diese Nita redest. Du bist ganz hin und weg von ihr. Es liegt auf der Hand.«

»Ich fühle es nicht«, sagte Michael verlegen. »Ich fühle nur, daß ich mich um sie sorge. Ich will einfach, daß sie wieder ins Leben zurückkehrt. Daß sie spielt. Du stellst dir nicht vor, wie talentiert sie ist. Ich will, daß sie wieder froh ist. Ich will nicht, daß jemand anderes sich grob in ihre Angelegenheiten mischt ... Ich möchte es einfach nicht. Bevor es passiert ist, hatte ich das Gefühl, sie glücklich machen zu können. Wir hatten es auf eine behutsame Weise gut miteinander.«

»Gut, so geht es nicht«, seufzte Schorer. »Du mußt auf das Baby verzichten und aus dem Fall aussteigen. Denn hypnotisiert oder nicht, sie ist und bleibt eine Verdächtige, bis wir etwas Gegenteiliges herausgefunden haben. Vernimmt Balilati sie?«

»Warum sollte ich auf das Baby verzichten?« flüsterte Michael. Etwas in der völligen Erstarrung, die er verspürte, begann zu schmelzen und machte einem Anflug von Zorn und Auflehnung Platz.

»Noch mal, man findet keine Kinder auf der Straße. Wir lassen einmal beiseite, daß du beruflich viel zu eingespannt bist, um dich ordnungsgemäß um das Kind zu kümmern. Wünschst du dir ein Kind? Warum nicht? Verliebe dich in eine Frau, dann kannst du ein Kind haben. Ich habe es dir schon lange gesagt. In der Weltordnung liegt eine gewisse Logik. Du magst sie leugnen, aber im natürlichen Ablauf der Dinge liegt eine gewisse Logik. Für ein Baby braucht man einen Vater und eine Mutter.«

»Nur weil ich ein Mann bin?« lehnte Michael sich auf.

»Ja. Wir sind hier nicht in Kalifornien und nicht in Hollywood. Hier ist das wahre Leben«, sagte Schorer, ohne zu lächeln. »Ich glaube, es gehören zwei dazu, um ein Kind großzuziehen, ein Vater und eine Mutter. Ich will damit nicht sagen«, plötzlich verflog die autoritäre Bestimmtheit, mit der er sprach, »daß die Umstände einen nicht manchmal dazu zwingen, Scheidung, Tod, solche Dinge. Aber ein Kind auf der Straße auflesen?! – Das nicht!«

»Was du sagst, entbehrt jeder Logik«, sagte Michael schroff. »Du hörst dich wie meine Großmutter an. Wie sollten deine Worte vor einer logischen Prüfung bestehen?«

»Was soll ich machen«, seufzte Schorer. »Wenn man hier zwei ganze Tage verbracht hat und all die Probleme sieht, wird man zu so einem Jammerlappen, zu einem, der weiß, daß man innerhalb von Minuten alles verlieren kann, die Tochter, die Enkelin, alles. Man ordnet die Dinge neu. Dann gibt es eben keine Logik!« trotzte er. »Oder, du verstehst meine Logik vielleicht nicht, die im Grunde häufig auch deine Logik ist, die ich oft nicht verstanden habe. Was soll ich sagen – wir haben die Rollen getauscht.«

»Und wenn – ich meine nicht, was ich sage, aber nehmen wir einmal an –, wenn ich auf das Baby verzichte?«

»Was heißt *wenn*? Du wirst darauf verzichten, denn Frau Maschiach wird dich dazu zwingen. Wenn es kein ›Wenn‹ mehr gibt, was ist dann deine Frage?«

»Woher kennst du Ruth Maschiach?«

»Wir lassen das jetzt. Wie lautet deine Frage?«

»Ich rede von dem Fall, diesem Fall.«

»Ob du weitermachen kannst?«

Michael nickte.

»So etwas hatten wir noch nicht. Wie siehst du selbst es? Du gehst mit ihr ins Bett ...«

»Ich habe nicht mit ihr geschlafen!« sagte Michael verzweifelt. »Ich habe es dir doch gesagt, ich habe sie nicht einmal berührt ...«

»Gut, in Ordnung«, beruhigte ihn Schorer. »Dann nehmen wir an, du sitzt am Nachmittag mit ihr als ihr Freund zusammen. Du hältst ihr die Hand, spielst mit ihrem Kind, oder was auch immer, du willst, daß sie lebt, daß sie glücklich wird und so weiter, und dann verhörst du sie in deinem Büro? Mit Balilati? Wie siehst du es selbst? Wie stellst du dir das vor? Erkläre es mir. Ich mache dir keine Probleme mit dem, was gewesen ist. Aber ich verlange eine Erklärung darüber, wie es in Zukunft weitergeht. Solch eine Ermittlung kann sich über Wochen und Monate hinziehen, wer kann es wissen?!«

»Es gibt eine Lösung, ich werde mich auf andere Punkte konzentrieren«, murmelte Michael. »Ich muß es herausfinden«, hörte er sich mit heiserer Stimme sagen. »Ich muß genau wissen, was geschehen ist.«

»Ja, das mußt du«, seufzte Schorer. »Und auch mir tut es leid. Wenn ich dich schon einmal von einer Frau so reden höre, wie du noch über keine andere gesprochen hast. Sag mir, wie es funktionieren könnte.«

»Ich werde mich von ihr fernhalten, bis der Fall gelöst ist«, bestimmte Michael. Er hörte selbst den Tonfall eines trotzigen Kindes, das mit erregter Stimme versprach: »Keinerlei persönlicher Kontakt.« Eine zweifelnde Stimme meldete sich in seinem Inneren zu Wort: Bist du sicher? fragte sie beinahe spöttisch. Sei einmal ernst, sagte sie. Wie soll das gehen? Du wirst in Kauf nehmen müssen, daß sie verletzt ist. Du wirst damit leben müssen, daß sie dich haßt. Du wirst es ihr nicht einmal erklären können.

Schorer sah ihn prüfend an: »Wie willst du das machen? Du wohnst unter ihr. Nehmen wir an, es würde das Problem lösen. Wie willst du es praktisch durchführen?«

Michael neigte den Kopf. Auch er wußte nicht genau, wie und ob er es durchziehen konnte. Auch nicht, was ihn drängte, weiter bei den Ermittlungen mitzuarbeiten. Er sah Schorer an, sehnte sich beinahe danach zu sagen, daß er es nicht wußte und daß er ihn um Hilfe bat. Aber der Wunsch, Zurückhaltung zu bewahren, seine Unsicherheit und seine Verlegenheit zu verbergen, war stärker. Wenn Schorer fragen würde, warum er für die Arbeit an dem Fall bereit war, auf Nita zu verzichten – denn für einen Moment begriff er, daß ein zeitweiliger Verzicht einen Verzicht für immer bedeuten konnte –, würde er keine Worte finden. Und auch wenn er sie fand, würde Schorer ihn nicht verstehen. »Du kannst mich unter Bewachung stellen. Was immer du auch von mir verlangst. Ich bin sogar bereit, vorübergehend meine Wohnung zu verlassen«, sagte er schließlich, »nur laß mich weiter an dem Fall arbeiten. Ich bitte dich. Ich muß auch sicher sein können, daß sie bewacht wird. Sie könnte in Gefahr sein. Ich weiß nicht, ob ich dir schon gesagt habe, wie sehr ich mir um sie Sorgen mache ...«

»Denkst du nicht, daß sie dich gerade jetzt mehr als Freund braucht?« fragte Schorer. »Lassen wir die Vorschriften einmal beiseite. Wir führen ein persönliches Gespräch.«

»Ich kann jetzt nicht ihr Freund sein!« beklagte sich Michael. »Ich kann es nicht, bis ich die Beweislage kenne!« Die Trockenheit in seiner Kehle tat weh. Er trank den Rest Kaffee.

»Ich würde die Ermittlungen in einem Mordfall gefährden, bei denen mir der Polizeipräsident und der Minister im Nacken sitzen und die Journalisten und Gott und die Welt mir auf die Finger schauen. Soll ich mir eine Schlappe erlauben, nur wegen deiner privaten Probleme?« sagte Schorer verärgert. »Jetzt haben wir die persönlichen Bahnen verlassen. Wir reden jetzt über die Arbeit, darüber, was gut für die Arbeit ist. Ich habe es dir immer gesagt, um arbeiten zu können, braucht man Abstand.«

Michael dachte lange nach. »Es gibt Dinge, die nur ich sie fragen kann«, sagte er schließlich, »oder die ich allein verstehe«, fügte er rasch hinzu. Und als er sah, wie sich Schorers Gesicht verfinsterte, beeilte er sich hinzuzufügen: »Ich bin der einzige von allen deinen Leuten, der etwas von klassischer Musik versteht. Nicht viel, aber immerhin etwas. Und dies, das kannst du mir glauben, ist ein musikalischer Fall.«

Schorer kicherte. »Wir sind an einem Punkt angelangt, wo es um den ›Geist der Dinge‹ geht, die du so sehr liebst«, sagte er mit belustigter Verbitterung. »Ich habe mich gewundert, daß du bis jetzt noch nicht davon angefangen hast. Aber diesmal ist es nicht so einfach. Weißt du noch, wie sehr du dich mit Arie Klein verrannt hast? Und bei ihm warst du nur Student. Du konntest nicht anders, als ihm zu glauben. Auch als du ihn längst der Lüge überführt hattest. Du hast ihn gemocht und geschätzt, weil du ihn kanntest. Und hier?! Meinst du, hier kannst du objektiv sein?«

»Ich glaube es wirklich, zu neunundneunzig Prozent. Der Sachlichkeit halber lassen wir ein Prozent offen.«

Schorer fiel ihm wild ins Wort: »Du kennst unsere Regeln haargenau. Sie existieren in jedem Beruf. Und das, du würdest es an meiner Stelle genauso sehen, aus gutem Grund. An einem Fall, in dem wir befangen sind – sollten wir nicht arbeiten.«

»Aber ich sehe es diesmal anders. Es ist nicht wie bei Arie Klein«, protestierte Michael, obgleich er deutlich spürte, daß seine Einwände nicht auf fruchtbaren Boden fielen. Und nicht einmal ihn selbst überzeugten. Und daß er etwas provozierte, was besonders gefährlich zu sein schien. Wie ein Spieler, der sich dazu gedrängt fühlt, alles auf eine Karte zu setzen. »Außerdem ist es eine Tatsache, daß ich auch bei ihm richtig lag. Er hat gelogen, aber es tat nichts zur Sache.«

»Habt ihr noch keinen verhaftet?« fragte Schorer in einem ganz anderen Ton, als sehe er den Polizeipräsidenten oder den Minister vor sich. »Oder muß ich Balilati herzitieren, um erschöpfend über den Stand der Dinge informiert zu werden?«

»Wir haben noch niemanden verhaftet. Wir haben nur Pässe einbehalten. Es ist nicht so, daß Balilati jemanden verhaften wollte und ich dagegen war.«

»Der Freund Gabriel van Geldens«, dachte Schorer laut, »oder der Bruder und die Schwester. Vielleicht sogar dieser armselige Kranke, man müßte zumindest ein Protokoll aufnehmen. Was ist mit Isi Maschiach. Ihr habt ihn noch nicht richtig ins Verhör genommen.«

»Auch Nita nicht.«

»Du hast im Moment noch keinen Anhaltspunkt«, gestand Schorer. »Eigentlich noch bei niemandem. Da hast du recht.«

»Dann«, sagte Michael mit einem plötzlichen Geistesblitz und beinahe erleichtert, »werden wir vielleicht noch ein, zwei Tage warten. Vielleicht können wir morgen, wenn ich mit Dora Sackheim gesprochen habe und den ganzen Tag mit beiden in Zikhron Yaakov verbracht habe, die Lage neu sondieren ...«

»Meinst du, es könnte ein Wunder geschehen und sich morgen oder übermorgen alles lösen?« Schorer neigte den Kopf.

Michael nickte und versank in dem Sessel. Sein Kopf ruhte zwischen seinen Schultern, und seine Hände hielten die Sessellehnen.

»Selbst das hat seinen Preis. Selbst ein oder zwei Tage.«

»Was heißt hier *Preis*?« verlangte Michael zu wissen.

»Du kannst nicht mit ihr allein bleiben.«

»Mit Nita? Sie kann sowieso nicht allein bleiben. Ständig ist jemand bei ihr, ich habe es dir gesagt ...«

»Nein, mein Lieber«, sagte Schorer mit harter Stimme. »Ich rede von einer Trennung, von Distanz, von solchen Dingen.«

»Ich dachte, du bist glücklich, daß ich ... du hast behauptet, daß ich sie liebe. Das waren deine eigenen Worte«, lehnte Michael sich auf. Bestürzung – keine Freude – bemächtigte sich seiner, bei Schorers unerwartetem Verständnis. Gerade dieses Verständnis störte ihn erheblich.

»Du mußt dich aus dem Fall ausklinken«, bestimmte Schorer schnell, »und auch diese Sache mit dem Baby zu einem Abschluß bringen. Dieser Wahnsinn muß ein Ende haben«, sagte Schorer und sah geradeaus, als ob er kein Wort verstanden hätte. »Aber ich muß dir leider sagen«, gestand er und räusperte sich, »daß ohnehin schon etwas am Laufen ist.«

»Was heißt, etwas ist am Laufen?!« Michael spürte, wie das Blut aus seinem Gesicht und aus seinen Armen wich, als würde es seinen Körper verlassen. Er wurde von einer großen Schwäche übermannt. Seine Fingerspitzen brannten, als glitten elektrische Ströme durch sie hindurch.

»Ich muß dir jetzt sagen«, sagte Schorer und sah mit einem Blick in seine Augen, der sanfter und vielleicht sogar eine Spur offener und väterlich war als sonst, »daß das Kind gar nicht mehr bei dir ist.«

»Wo ist sie?« hörte Michael sich mit einer fremden Stimme sagen, die klang, als ob sie aus der Entfernung kam und nicht mit seinem Körper, seinen Stimmbändern, verbunden war.

»Ruth Maschiach hat sie zu einer Pflegefamilie gebracht. Sie hat einen guten Platz für sie gefunden«, versprach Schorer und faßte nach Michaels Arm. »Sie sagte auch, daß du sie sehen kannst, wenn du es willst.«

»Wer kann so etwas tun?!« sagte Michael. Er spürte den Kloß in seinem Hals und meinte, gleich losweinen zu müssen. »Wie könnt ihr es wagen, mir so etwa anzutun, ohne ... ohne ...«

Geraume Zeit schwappten Wogen wortloser Gefühle über ihm zusammen. Bilder trudelten vor seinen Augen. Das Allerschlimmste war eingetroffen, versuchte er sich zu sagen, um den Schwindel zum Anhalten zu bringen, die konträren Gefühle. Vielleicht war es nicht nur schlimm, sagte eine der inneren Stimmen, vielleicht hatte es auch etwas Gutes. Leere und Ruhe, zum Preis des Verzichtes. Man mußte verzichten. Der Gedanke, er könnte es schaffen, war wahrhaftig überheblich und verrückt. Wie sollte es denn funktionieren. Schorer hatte recht. Wie trostlos würde es für ihn sein, vor einer leeren Wiege zu stehen. Vor einem Nichts. Vor dem Nichts in seinem Innern, präzisierte die innere Stimme, die absolute Aufrichtigkeit verlangte. Das Bild eines verwaisten bläulichen Kleidungsstücks. Kein Rennen mehr, um das Baby aufzunehmen. Man mußte wirklich verzichten. So war es richtig. Zu der alten neuen Einsamkeit zurückkehren, vertraut, aber nun anders. Es gab in dieser Welt keine plötzliche, wundersame Erlösung. Es konnte nicht sein, daß es sie gab. Es war nicht richtig, sich auf ein Baby zu konzentrieren. Er verspürte die Stiche einer lähmend großen Angst. Sie riefen die Frage in ihm wach, wie er von nun an leben sollte, wenn keine Erlösung möglich war. Aber eine andere Stimme, ganz und gar nicht schwach, sprach nun. Mit sicherer Ruhe sprach sie in seinem Innern. Du wirst es überstehen, denn du hast keine Wahl. Das ist die Wahrheit, die dabei letztendlich herauskommt. Schorer hat recht, man kann Babys wahrhaftig nicht auf der Straße auflesen. In dieser Wahrheit lag etwas Richtiges. Und da war auch noch Nita. Mit ihr konnte man vielleicht etwas aufbauen. Sie könnte ... Wenn ihr Gesicht in plötzlicher Freude erleuchtete ... Aber warum? stürmte in ihm eine neue Brandung. Warum sollte er denken, daß es unmöglich war? Warum sollte er denken, daß es nicht zu schaffen war? Wer waren die anderen, die über das Wohlergehen des Kindes Beschlüsse faßten ... Was wußten sie schon. Er würde es nicht zulassen. Man mußte kämpfen. Denn vielleicht gab es sie doch, die wundersame, plötzliche Erlösung. Schließlich war es kein Zufall, daß er es war, der das Weinen in dem Karton gehört hatte. Schließlich war er nicht zufällig für dieses Weinen offen gewesen. Es war eine Tatsache. Er würde sich nicht einverstanden erklären. Er durfte nicht einwilligen.

Ein paar Minuten lang saßen sie schweigend beieinander. Schorers Hand ließ seinen Arm nicht los. Plötzlich kam ihm die Erkenntnis, scharf wie ein Messer: »Woher weißt du es?«

»Was meinst du? Woher weiß ich was?« fragte Schorer gelassen und zog die Hand von dem zittrigen Arm, den Michael eilig mit dem zweiten Arm verschränkte.

»Woher weißt du, daß man sie abgeholt hat? Du ... du hast es die ganze Zeit gewußt!«

Schorer nickte.

»Und du hast mir nichts gesagt. Du hast mich ... Seit wann weißt du es?«

»Erst seit heute morgen«, sagte Schorer ruhig. »Erst heute morgen sind sie gekommen, um mich zu informieren. Ich habe nichts gesagt, denn ich mußte erst hören, was du selbst mir dazu zu sagen hast.«

»Denn du wolltest erst mal sehen, ob ich es dir gestehe«, murmelte Michael mit vor Zorn erstickter Stimme. »Denn du hast gedacht, ich könnte dich anlügen. Das Ganze war ein Test. Wer war hier, um es dir mitzuteilen?«

»Was spielt das für eine Rolle? Ich mußte ...«

»Was spielt das für eine Rolle? Was das für eine Rolle spielt?!« schrie Michael. Schorer legte wieder beruhigend seine Hand auf seinen Arm, und Michael beeilte sich, die Stimme zu senken.

»Du weißt es sehr wohl. Ich muß mit diesen Leuten zusammenarbeiten. Wenn Eli oder Zila hergekommen sind, ohne mit mir darüber zu reden, dann ...«

»Es war weder Eli noch Zila.«

»Wer dann? Du kannst es mir nicht verheimlichen, war es Ruth Maschiach?«

»Ich habe mich verpflichtet, es nicht zu sagen. Ich habe es versprochen«, sagte Schorer, und zum ersten Mal schlich sich ein Zögern in seine Stimme.

»Es interessiert mich nicht, dieses Versprechen«, sagte Michael mit harter Stimme. »Willst du, daß ich weggehe, daß ich kündige? Ich kann nicht mit jemandem zusammenarbeiten, der mir in den Rücken fällt. Wenn du mir nicht sagst, wer es war, dann ist es jemand von uns. Vielleicht bin ich durchgedreht, wie du behauptest, aber ich habe meine Fähigkeit zu denken nicht eingebüßt.«

»Heute morgen, nach eurer Sitzung ist dieses junge Ding hiergewesen, wie heißt sie noch, diese Dalit.«

»So eine Schlange«, hörte Michael sich zischen und wurde still.

»Sie ist ehrgeizig«, stimmte Schorer zu, »und sie ist gar nicht dumm. Sie war besorgt.«

Michael schwieg.

»Das ist eine heikle Frage, die Frage nach der Loyalität«, murmelte Schorer, »Tatsache ist, daß weder Eli noch Zila noch Balilati mir ein Wort gesagt haben. Sie haben nicht mit mir gesprochen«, sagte er mit großem Unbehagen, als wäre er Komplize eines Verrats.

»Du schließt sie sofort aus der ganzen Sache aus!« verkündete Michael.

Schorer sagte nichts.

»Ja?« fragte er hartnäckig.

»Mal sehen«, Schorer kratzte sich den Kopf.

»Und wegen dieser Frau kommt man einfach daher und nimmt mir, ohne einen Ton zu sagen, das Baby weg ...«

»Zum Wohl des Babys!« sagte Schorer schroff. »Ruth Maschiach hat mich angerufen. Man hat ihr gesagt, daß wir uns nahestehen. Das waren ihre Worte. Sie hat mich gebeten, mit dir zu reden, dich vorzubereiten. Als sie anrief, wußte ich schon, worum es geht.«

»Auch mit ihr hat diese Dalit gesprochen? Mit Ruth Maschiach?« fragte Michael fassungslos.

»Sie hat gesagt, es ginge ihr auch um das Wohl des Kindes und daß du selten zu Hause bist.« Schorers Stimme erstarb verlegen.

»Ach, diese scheißliberale Scheinheiligkeit, wieviel Macht sie hat. Insbesondere wenn es heißt: ›Zum Wohl des Kindes‹, ›Zum Wohl des Falles‹.«

»Aber«, sagte Schorer behutsam, »wenn man die persönlichen Gefühle einmal beiseite läßt, ist etwas Wahres daran. Sie hat nicht gelogen«, fügte er hinzu und sah schnell zur Seite. »Du läufst wirklich herum, wie ... wie immer, wenn du an einem Fall arbeitest. Du kämpfst an zu vielen Fronten. Aber ich habe einen Vorschlag.«

Michael schwieg.

»Mein Vorschlag lautet«, antwortete Schorer sehr langsam und gemessen, als wähle er jedes Wort, »daß du eine Zeitlang bei mir unterkriechst. Du wirst bei mir wohnen. Meine Frau wird bei meiner Tochter und dem Kind bleiben.« Er schielte in Richtung Säuglingsabteilung. »Ich werde zu Hause allein sein. Zieh für ein paar Tage zu mir. Bis wir klarer sehen.«

»Ich verzichte nicht auf den Fall«, sagte Michael drohend.

»Mal sehen«, nickte Schorer, »mal sehen, was wird. Es hängt alles von der weiteren Entwicklung ab.«

Michael starrte auf die Wand. Zu den Farbflecken der Pastelle der Jerusalemer Landschaft. Auch auf das Baby verzichte ich nicht, sagte er sich still. Ich lasse es mir nicht so einfach nehmen, ohne ... Er sah Schorer an.

»Ruth Maschiach hat mir gesagt, sie hätte dich gewarnt. Dieses Baby war nicht dein Baby, und sie haben es auch nicht aus deiner Wohnung geholt. Es war bei Nita. Alles dient dem Wohl der Kleinen. Das darfst du nicht vergessen. Jemanden zu lieben heißt, an sein Wohl zu denken. Du hast es selbst oft genug erklärt«, sagte Schorer. »Und man hat es zu ihrem Wohl getan. Du wirst es überstehen und verzichten, denn du weißt genau, daß es seine Richtigkeit hat.«

11

So etwas hatten wir noch nicht

Das Telefon klingelte, als Schorer die Tür von innen abschloß. Als befürchte er das Schlimmste, wurde er blaß und griff hastig nach dem Hörer. Schon im nächsten Augenblick entspannten sich seine Züge. »Er ist hier«, hörte Michael ihn sagen und tief ausatmen. »Wir sind gerade nach Hause gekommen. Ich habe schon befürchtet, sie rufen mich ins Krankenhaus«, erklärte er und machte Michael ein Zeichen, näher zu kommen.

Wegen Michael – seiner geplanten Fahrt zu Dora Sackheim nach Holon und nach Beth Daniel – hatten sie die Sitzung für sieben Uhr morgens angesetzt. Frisch rasiert ging Schorer zum Wagen und setzte sich auf den Beifahrersitz, nachdem er bemerkt hatte: »Den zweiten Kaffee trinken wir dort.« Tatsächlich untersuchte er als erstes die beiden schwarzen Thermoskannen, die in der Mitte des Tischs standen.

»Früher hatten wir hier eine arabische Kaffeekanne«, beklagte er sich, als er mit dem raffinierten Verschluß einer der Kannen kämpfte. »Sie brachten die große Kanne herein, und man bekam auf der Stelle einen Kardamom-Schock. Allein der Duft hat einen geweckt. Aber das war in prähistorischen Zeiten, lange vor deiner Zeit.« Er öffnete den Dekkel, beugte sich über die Kanne und roch daran. »Instantkaffee«, sagte er angewidert. »Wie im Krankenhaus. Wer trinkt hier eigentlich dieses Gebräu«, murrte er und öffnete die zweite Kanne.

»Ich«, gestand Zila, die übernächtigt am Eingang stand und sich die Augen rieb. Sie bewegte ein wenig den Kopf, und ihre langen, silbernen Ohrringe schaukelten. »Balilati kommt sofort. Er ist unterwegs vom Labor der Spurensicherung. Er war wegen des Gemäldes dort. Er mußte es eigenhändig abgeben, er hat nicht zugelassen, daß jemand es für ihn hinbringt.« Sie sprach mit demonstrativer Sachlichkeit, als habe sie sich entschieden, nichts zu beurteilen und ihre wahren Gedanken nicht preiszugeben. Sie steckte die Hand in den Gürtel ihrer Hose. »Ich habe zwei Sorten Kaffee gemacht. Gestern nacht habe ich nur anderthalb Stunden geschlafen, hier im Büro.« Plötzlich erschrak sie und fragte: »Wißt ihr eigentlich, daß wir das Gemälde gefunden haben? Er wollte euch anrufen. Ich habe ihm gesagt, daß du bei ihm bist.«

»Er hat gestern nacht angerufen. Wir waren kaum in der Wohnung«, beruhigte sie Schorer. »Er wußte, daß Michael bei mir ist«, sagte er und zeigte mit dem Kopf auf Michael, der zerstreut nickte.

Michael fragte sich verwundert, wie Schorer es zuwege gebracht hatte, daß er gestern abend gehorsam im Auto sitzen geblieben war und ihm resiginiert seine Wohnungsschlüssel ausgehändigt hatte. Alles, was Schorer gesagt hatte, war: »Es ist besser, wenn wir nicht bei dir vorbeigehen. Es ist besser, wenn du dich nicht reinsteigerst, damit du nicht in neue Konflikte gerätst und es noch bereust. Ich schlage vor, wir fahren von hier direkt zu mir.« Seine Worte hatten nicht nach einem Vorschlag geklungen. In seiner Stimme lag das Wissen, daß es so und nicht anders gemacht würde.

»Ich werde dir aus der Wohnung holen, was du brauchst. Erst einmal für eine Nacht, und später machst du eine Liste, und wir lassen deine Sachen bringen.«

Michael war eine Weile in dem staubigen Ford Fiesta sitzen geblieben. Er hatte versucht, das Bild von Nitas verlorenem Gesicht und die Gedanken an die leere Wiege aus seinem Kopf zu vertreiben. Er trauerte um das Baby und spürte einen Stich im Herzen. »Bitteschön«, hatte Schorer plötzlich gesagt, und das Bild des Babys, das sich vom Rükken auf den Bauch drehte, verschwand, als Schorer die Wagentür öffnete, sich vorbeugte und zwei hellblaue Hemden und eine Tüte mit Unterwäsche auf Michaels Knien deponierte. »Wasch- und Rasierzeug wird gestellt. Ich hatte jetzt keine Zeit für solche Kleinigkeiten«, sagte er und setzte sich hinter das Lenkrad.

Michael sah das zartrosa Zimmer, die Reihe der wolligen Koalabären, die Schorer vom Bett einsammelte und behutsam neben der Sammlung der winzigen Parfumflakons aufreihte, die ordentlich auf einem Bord über dem schmalen Bett seiner ältesten Tochter standen, das mit einem weißen Spitzenüberwurf bedeckt war. Später hatte er seufzend das Fenster geöffnet und mit den Fensterflügeln frische Luft in den Raum gefächert, der von Parfümduft vollgesogen war. »Jetzt ist es das Gästezimmer. Nicht, daß wir wer weiß wie viele Gäste hätten. Kinder«, sagte er und zog wild an den bunten Vorhängen, »sind eines schönen Tages da und laufen im Haus herum. Dann bekommen sie selber Kinder, und das Haus ist wieder leer.«

Michael war klar, daß er in der Nacht kein Auge zumachen würde, aber seinen Befürchtungen zum Trotz war er eingeschlafen, kaum daß er die dunne Decke über den Kopf gezogen hatte. Er war erschrocken erwacht, Reste eines Alptraums geisterten noch durch sein Gehirn. Er hatte von einem großen Haus geträumt, das nach allen Richtungen offen war. Er war über eingetretene Türen gestiegen, die ihm den Weg versperrten, bis er das Hinterzimmer erreichte, das groß und leer war wie ein Saal, in dessen entlegener Ecke eine Wiege stand. Er war auf die leere Wiege zugegangen, und zu ihren Füßen, in der Ecke des Zimmers, hatte eine zusammengerollte, vertrocknete Leiche gelegen, die kleine Mumie eines Babys in der Größe eines Arms. An mehr konnte er sich nicht erinnern. Er knipste die Nachttischlampe an, die die Gestalt eines Zwergs mit roter Zipfelmütze hatte.

Mit zittriger Hand zündete er sich eine Zigarette an und stellte sich vor das offene Fenster. Neue Laternen beleuchteten die Überreste der Plantagen zu Füßen des Stadtteils Bayit Vegan. Als Juwal klein war, gingen sie häufig zwischen den verwilderten Obstplantagen spazieren und kletterten zu Fuß zum Hotel Holyland. Jetzt war die Plantage umgegraben worden. Planierraupen glätteten die Gipfel der Hügel und ebneten ihre weichen Rundungen. Im Licht der großen Laternen an der Spitze der silbrig glänzenden Strommasten sah man die Rohbauten, deren Bauherren begonnen hatten, auf Böden zu bauen, die sie günstig erworben hatten, als das Land zu Bauland deklariert wurde. In einiger Entfernung, inmitten einer einstigen Apfelplantage, stand schon ein kompletter spanischer Palast mit vier Stockwerken, runden Balkons und steinernen Pfeilern. Desolat, dachte er. Er schloß das Fenster und kehrte zu seinem Bett zurück. Er mußte sich damit ab finden, daß das Baby nicht sein Kind war. Er würde es tun. Eine Pflegefamilie (sofort sah er ein Bild dieser Familie vor sich, in einem Raum, wie dem, in dem er sich befand, mit einem Fenster auf einen grünen Garten, in einem Haus mit rotem Ziegeldach). Einen harten, boshaften Ton nahmen die Worte in seinem Innern an. Vielleicht doch, beharrte eine schwache Stimme, aber er drückte seinen Zigarettenstummel auf dem Deckel einer Blechdose aus und löschte das Licht. Nein, unmöglich, brachte er die schwache Stimme zum Schweigen, während er sich hin und her warf. Babys fand man tatsächlich nicht auf der Straße. Nitas Gesicht, leuchtend, unglücklich, verloren, rief ihn, bis er wieder einschlief.

Die Tür des Sitzungssaals wurde schwungvoll geöffnet. »Na, was sagst du jetzt?!« schallte Balilatis Stimme, vor Stolz berstend. Er wiederholte mit großer Genauigkeit die Worte, die er schon in der Nacht am Telefon geäußert hatte: »Ich kann es nicht fassen, wie man so etwas tun kann! Immerhin ist es eine halbe Million Dollar wert! Es lag zusammengerollt im Küchenschrank. In Papier gewickelt. Solch ein weißes, glänzendes Papier, mit dem Mati die Küchenschränke auslegt.

Wenn ich nicht hineingeschaut hätte, hinter die Flaschen und die Kakaodosen, hätte ich es für eine einfache Rolle Papier gehalten. Ich dachte – es würde Monate dauern, bis wir es finden, und da, plötzlich ...!« Auch seine Augen waren rot. Er blinzelte häufig, als ob sie weh taten. Stoppeln, die ein oder zwei Tage alt waren, verliehen ihm ein vernächlässigtes Aussehen. Sein gestreiftes Hemd fiel über den gewaltigen Bauch, und hinter seinem breiten Rücken stand Dalit.

Beim Anblick ihres Gesichts wurde Michael von einer Welle des Zorns überflutet. Er preßte die Kiefer zusammen und heftete seine Augen auf Schorer, der neben ihm saß und mit großer Aufmerksamkeit die Kaffeetasse untersuchte, als ob er weder Dalits noch Michaels Blick bemerkte. Für einen Moment dachte Michael daran aufzustehen. Er stellte sich sogar vor, wie der Stuhl umkippen würde, sah sich demonstrativ den Raum verlassen, die Tür des Sitzungssaals zuschlagen und nicht mehr zurückkehren, bis man das blasse, strahlende Gesicht entfernt hätte. Er verwarf nach und nach alle Möglichkeiten, über die er phantasierte und die dramatisch und geschmacklos waren und unehrlich, und entschied sich, tief in dem gepolsterten Sitz unterzutauchen, die Beine auszustrecken, seine Füße übereinander zu schlagen und sich dem Gefühl des Nichts hinzugeben, die Bewegung der Zeiger der großen Wanduhr zu verfolgen und beharrlich einen Fettfleck auf der braunen Resopalplatte des Tisches zu untersuchen.

Balilati setzte sich voll des Selbstlobes ans Kopfende, lobte auch Dalit und Zila und machte unwillig eine Bemerkung über die gute Arbeit von Eli. Sipo sah ihn mit demütiger Erwartung an und senkte den Blick, als kein Zweifel mehr daran bestand, daß Balilati nicht die Absicht hatte, seinen Namen zu erwähnen. Es schien Michael, daß in den Gesichtern Zilas und Elis Erleichterung lag, weil Schorer endlich da war und die heikle Situation von Michael geklärt war. Zila, die ihm gegenübersaß, wich seinem Blick aus. Balilati sprach in die Richtung, in der Michael und Schorer am Rand des Tisches saßen. Er widmete ein paar Minuten der Zusammenfassung der Ereignisse. (»Für den Chef der Kriminalpolizei«, sagte er und sah Schorer an, »obwohl ich weiß, daß er im Bilde ist. Ich kann mir vorstellen, daß die Nacht dafür verwendet wurde.«) Dann beschrieb er detailliert den Zustand von Herzls Wohnung. (»Ein modriges Loch in Beit Hakerem, zehn Zentimeter Dreck auf dem Fußboden, du bleibst bei jedem Schritt kleben, falls du überhaupt durchkommst, eine Spachtel braucht man dort. Unglaublich, was der Mensch so angesammelt hat. Er ist nicht mal sechzig Jahre alt und hat schon so einen Haufen Schrott angehäuft. Alles liegt durcheinander, dazwischen Musikinstrumente, ich verstehe nichts davon, aber es scheint mir, daß unter all dem Plunder wertvolle Instrumente liegen. Die Wohnung sieht aus wie ein Schuppen.«) Auch den Küchenschrank malte er aus, den er eigenhändig, entgegen der Meinung der Kollegen von der Spurensicherung, mühsam durchsuchte. Und wie das Original darin versteckt war. (»Hinter Rotweinflaschen und ›Brandy medicinal – extra fine‹. Wer trinkt den heute noch? Und hinter holländischem Kakao von Anno Tobak. Die Schranktüren, die sicherlich seit Jahren nicht mehr geöffnet worden waren, wiesen nicht ein Staubkorn auf. Bei dieser Gelegenheit hat einer tüchtig rein gemacht. Und ich stehe die ganze Zeit in Kontakt mit Interpol und versteife mich auf die Franzosen, die uns ins Netz gegangen sind!«) Dann erzählte er bis ins kleinste Detail, wie jeder Griff von jeder Tür in der verkommenen Wohnung frei von Fingerabdrücken war, vor allem die Türen in der Küche (»ganz im Gegensatz zum allgemeinen Verschmutzungsgrad«). »Das beweist, daß es nicht der Wohnungseigentümer war, der das Bild versteckt hat. Wozu sollte er seine Fingerabdrücke abwischen. Er war ja berechtigterweise in der Wohnung«, faßte er mit nachdenklicher Stimme zusammen.

»Woher willst du das wissen?« argumentierte Eli Bachar.

»Vielleicht ist in der Wohnung noch etwas anderes versteckt worden. Oder vielleicht hat er das Bild versteckt, und später kam ein anderer, der etwas anderes suchte und der dann die Fingerabdrücke beseitigt hat?«

»Oberflächlich betrachtet könntest du recht haben«, sagte Balilati und verzog abschätzig den Mund. »Aber ich sage dir, meine Version ist die richtige.«

»Was heißt das: *Meine Version ist die richtige*? Wo sind wir hier?« sagte Eli Bachar verbittert und schielte auf Michael, der das Kinn auf die Hand stützte und schwieg.

»Ich sage es dir«, betonte Balilati, »du kannst es mir glauben.« Er hob den Arm und spreizte die Finger: »Ich erkläre dir noch einmal, daß die Schranktüren blank geputzt waren. Wir vergeuden nur unsere Zeit«, sagte er. Er betonte, daß es zwar keine Hinweise auf einen Einbruch in die Wohnung gab, daß seltsamerweise aber keinerlei Fingerabdrücke auf dem Griff der Wohnungstür, auf dem Schloß oder auf den restlichen Türgriffen waren. »Er wohnt doch dort, dieser Herzl, er wird wohl kaum mit den Handschuhen herumlaufen«, faßte er zufrieden zusammen. »Er hat keine Veranlassung, seine eigenen Fingerabdrücke zu verwischen. Habe ich recht?« wandte er sich an Schorer und wartete.

Schorer räusperte sich, legte das abgebrannte Streichholz, das er aus dem Glasaschenbecher genommen hatte, aus der Hand, nachdem er den Kopf des Streichholzes über der leeren Kaffeetasse zu Staub zerrieben hatte: »Es klingt danach«, stimmte er unwillig zu und lauschte aufmerksam Balilatis plastischer Beschreibung, der erzählte, wie er den Kunstexperten mitten in der Nacht alarmiert hatte, damit er die Echtheit des Gemäldes bestätigte. »Denn«, sagte Balilati wichtigtuerisch, »wie ich den Gesprächen mit Interpol und allen möglichen Experten entnommen habe, ist der Markt voll von Fälschungen. Wir mußten Gewißheit haben, daß es das Original war. Ihr hättet ihn sehen sollen. Er ist fast durchgedreht.«

»Wer?« mischte sich Sipo zu ersten Mal ein.

»Der Sachverständige, dieser Dr. Liwnat. Seine Hände zitterten, als er das Bild anfaßte. Wenn ihr meine Meinung hören wollt – das Bild ist nichts Besonderes. Wenn mir keiner gesagt hätte, daß es aus dem 17. Jahrhundert stammt und so, hätte ich nicht zweimal hingesehen.«

»Auf der Photographie sieht es sehr schön aus«, zögerte Zila, »vor allem das Gesicht der Frau.«

»Und was hat Herr van Gelden dazu gesagt?« fragte Schorer. »Hatte er etwas dazu zu sagen?«

»Wir haben ihn gleich abgeholt. Sipo hat ihn vom Krankenhaus zu Herzls Wohnung gebracht. Übrigens, damit ich es nicht vergesse: Er und seine Schwester werden in unserem Wagen nach Zikhron Yaakov fahren. Wir gehen kein Risiko ein. Sie werden denken, es geschieht aus Sorge um ihr Wohlergehen«, sagte er und sah Michael an. »Ich kann sie nicht verhaften und auch nicht gewaltsam festhalten. Ich möchte sie in nichts einweihen, aber sie fragen auch nicht«, fügte er nachdenklich hinzu.

»Dann hat Sipo ihn dorthin gebracht«, sagte Michael bedrückt, »und du hast ihm die Leinwand gezeigt. Was hat er gesagt?«

»Er ist fast in Ohnmacht gefallen«, kicherte Balilati. »Sipo hatte ihn nicht darauf vorbereitet. Ich habe ihn gebeten dichtzuhalten.«

»Was sollte ich ihm auch sagen, was sollte ich ihm groß sagen«, murmelte Sipo und polierte eifrig das Metall seines Feuerzeugs. »Ich habe doch selbst gar nichts gewußt.«

Für einen Moment schien Balilati verwirrt. Sofort riß er sich zusammen, und ignorierte die Bemerkung. »Ich habe ihn in die Küche gebracht und ihm das Bild gezeigt. Er hat nichts gesagt. Ich hatte es auf einem Handtuch ausgerollt. Alles ist dort furchtbar schmierig. Und immerhin ging es um eine halbe Million Dollar! Ich habe ihm gesagt, er solle es identifizieren. Er hat es identifiziert. Das war, bevor der Experte kam und nachdem die Spurensicherung es überprüft hatte. Keine Fingerabdrücke. Handschuhe. Erst in diesem

Moment stellte es sich heraus, daß van Gelden einen Schlüssel zu Herzls Wohnung hatte«, berichtete er in dramatischem Ton. »Auch sein Vater hatte einen Schlüssel. Ich habe ihn gefragt, warum er uns diese Information vorenthalten habe, und er sagte: ›Sie haben nicht danach gefragt.‹« Balilati machte eine wirkungsvolle gezielte Pause und sagte: »Und nicht nur er hatte einen Schlüssel.«

»Wer noch?« fragte Schorer interessiert, als er sah, daß Balilati nicht fortfahren würde, bis man ihn gefragt hätte.

»Gabi van Gelden«, sagte Balilati. »Auch das haben wir am Anfang nicht gewußt. Schließlich hast du mitgehört«, wandte er sich an Michael, »daß er großen Wert auf seine Privatsphäre legte. Ich war gar nicht auf die Idee gekommen. Aber Dalit hat es gestern nacht herausgefunden. Die Brüder hatten die Schlüssel von ihrem Vater. Anscheinend hat Herzl dem Alten vertraut. Vielleicht hat der Alte den Schlüssel nachmachen lassen und seinen Söhnen gegeben. Vielleicht hat auch Gabriel ihn nachmachen lassen. Theo van Gelden sagt, er könne sich nicht erinnern, wer ihm den Schlüssel gab. Es sei schon sehr lange her.«

»Ich würde mich nicht von Theo van Gelden beeindrukken lassen«, murrte Eli Bachar. »Ich würde nichts von dem, was er sagt, für bare Münze nehmen. Nichts.«

»Auf jeden Fall habe ich auch seine Schwester dazu befragt«, sagte Balilati. »Und Dalit hat herausgefunden, daß sich ein Schlüssel zu Herzls Wohnung in der Wohnung von Gabriel befand, bei Isi Maschiach. Gestern nacht hat sie es herausgefunden. Alles in ein und derselben Nacht! Was sagst du dazu?« fragte er Michael. »Toll, was?«

»Toll!« stimmte Michael zu und sah auf die gegenüberliegende Wand. »Fabelhaft.«

»Und Nita hat ausgesagt, daß bei ihrem Vater der Schlüssel zu Herzls Wohnung hing. Er hing hinter dem Kühlschrank an einem Schlüsselbund, in dem auch der Schlüssel zu ihrer und der zu Gabis Wohnung aufbewahrt wurde.« Balilati ließ die Spitze einer rötlichen Zunge über seine Lippen gleiten, bis sie vor Feuchtigkeit glänzten, und blinzelte zweimal.

»Sehr gut, Dani«, sagte Schorer, »alle Achtung!«

»Das ist noch nicht alles. Wir haben noch einen Knüller.«

»Ja?« fragte Schorer interessiert.

»Ich weiß nicht, was es zu bedeuten hat, aber wo ist die Akte mit den Photos?« fragte er Dalit.

»In deinem Büro. Soll ich sie holen?« Sie stand rasch auf.

»Es ist nicht so wichtig. Wir haben jetzt keine Zeit. Sie werden mir auch so glauben. Wir haben den Paß von diesem Herzl gefunden.«

»Seinen Paß?« sagte Schorer.

»Seinen Ausweis, seinen Paß. Was daran interessant ist, ist, daß er vor einem halben Jahr in Amsterdam abgestempelt wurde.«

»Der Paß von Herzl Cohen?« fragte Michael. »In Amsterdam? Was hatte er da zu suchen?«

»Alle waren sie in Amsterdam. Warum nicht auch er? Klingelt etwas bei euch? Der Alte war in Holland, Gabriel war in Holland, Isi Maschiach war in Holland. Nur Theo van Gelden und Nita nicht. Habt ihr euch nie gefragt, was es mit diesen ganzen Hollandreisen auf sich hat?«

»Du wirst es uns sicher gleich sagen«, sagte Eli Bachar kühl. »Du scheinst es zu wissen.«

»Nicht genau«, gestand Balilati, »aber es ist eine Richtung, die wir verfolgen sollten. Das Bild stammt ebenfalls aus den Niederlanden, vergiß das nicht.«

»Was ist jetzt mit diesem Herzl?« fragte Michael.

»Er wird behandelt«, sagte Balilati. »Wir haben Awram zurückgelassen. Er ist aus dem Koma aufgewacht.«

»Und?« drängte Zila.

»Gut«, seufzte Balilati, »alle gehen an diesen Fall äußerst behutsam ran. Jetzt liegt er nicht mehr im Koma, aber er ist auch nicht bereit zu sprechen. Und weil es sich um einen psychisch Kranken handelt, kann man ihn auch nicht verhaften. Awram ist bei ihm geblieben, falls er dennoch irgendwann Lust verspürt auf ein Gespräch. Awram hat gesagt, er ruft an, wenn es etwas Neues gibt. Er wird schon reden«, sagte er zuversichtlich.

»Er wird reden oder auch nicht«, Eli Bachar sah sich finster um.

»Wo stehen wir«, faßte Balilati feierlich zusammen, »wir haben ein Bild im Wert von einer halben Million Dollar, das gestohlen wurde und das wir gefunden haben. Ein Bild, das vielleicht überhaupt niemand verkaufen wollte. Wir haben ein Pflaster und die a-Saite eines Cellos, nur wissen wir nicht, woher die Saite stammt. Wir haben ein Paar Handschuhe, dessen Eigentümer wir kennen, was uns aber auch nicht weiterhilft. Wir haben zwei Leichen und jede Menge Flüge nach Amsterdam. Wir haben ein Haus in Rehavia, das Millionen wert ist, und ein Geschäft, das auch keine Kleinigkeit ist, das sogar mehr wert ist als das Haus. Geld und Sachwerte und zwei Erben. So weit, so gut. Dann haben wir noch Söhne und Geschwister und eine Schwuchtel, die erbt... Wißt ihr, daß Gabi van Gelden vor zwei Monaten seine Police aufstockte und daß Isi Maschiach der Nutznießer ist?«

»Hör auf, so abwertend zu reden«, sagte Zila. »Warum drückst du dich so ordinär aus?«

»Was meinst du?«

»Das, was du über Isi Maschiach gesagt hast.«

»Was habe ich schon groß gesagt, meinst du, die Schwuchtel? Ich bitte tunlichst um Vergebung.« Balilati faltete die Hände zu einer Geste des Gebets. »Alle liberalen und fortschrittlichen Seelen bitte ich um Verzeihung, aber ich stehe nicht auf Schwule. So ist das nun mal, was soll man machen?«

»Auf solch dummes Gerede verzichten!« sagte Zila barsch. »Behalte deine Meinung darüber bitte für dich.«

»Vor allem mag ich die nicht, die die Frauen spielen«, Balilati sah in die Runde, bis seine Augen auf Zilas Gesicht hielten. »Die, bei denen du weißt, daß sie ...«, sagte er und blinzelte.

Zila zupfte an einer grauen Strähne neben ihrer Schläfe, riß den Mund auf und schloß die Lippen, ohne etwas zu sagen.

»Was Sie damit sagen wollen«, unterbrach Schorer die bedrückende Stille, »und wir haben nicht viel Zeit«, fügte er hinzu und sah herausfordernd auf seine Uhr, »heißt wohl, daß Sie Herzl ausschließen? Ist es das, was Sie sagen wollen? Konzentrieren Sie sich auf Isi Maschiach, Theo und Nita van Gelden?«

»Mehr oder weniger«, stimmte Balilati zu. »Ich habe gestern abend mit ihr gesprochen. Stundenlang. Mindestens zwei Stunden lang. Während der Durchsuchung ihrer Wohnung«, sagte er nachdenklich.

»Mit Nita?« fragte Michael.

»Ja«, antwortete Balilati und schien plötzlich verlegen. »Es war, bevor Ruth Maschiach mit ihren Leuten kam ...«, sagte er leise zu Michael. »Ich war vorher schon dort ... ich wußte nichts davon ...«

»Es ist jetzt nicht wichtig«, unterbrach Michael ihn nervös. »Wir lassen das jetzt. Was ist bei dem Gespräch mit Nita herausgekommen?«

»Ich habe ihr noch einmal erklärt, daß sie unbewußt etwas weiß, und wenn wir uns intensiv miteinander unterhalten würden, könnte vielleicht herauskommen, was es ist. Aber es kam nichts dabei heraus! Als ob sie gar nicht da wäre. Sie weiß nichts, wir haben sie an den Lügendetektor angeschlossen«, fügte er rasch hinzu.

»Wann?« fragte Michael, der versuchte, einen beherrschten Ton zu bewahren. »Gestern nacht?«

»Gestern nacht. Wir haben keine Widersprüche festgestellt. Auch nicht, als ich sie fragte, mit wem Gabi an dem Pfeiler stand. Ich habe es mit allen Namen versucht. Der Zeiger ist nicht ausgeschlagen. Weder als ich sagte: ›Theo stand dort bei ihm‹, noch als ich behauptete: ›Es war Herzl‹.

Nichts. Das einzig Neue, das ich von ihr erfuhr, war, daß sie sich vor Herzl fürchtete, als sie ein kleines Kind war. Schon wegen seines Äußeren«, sagte er. »Bevor sie an den Lügendetektor angeschlossen wurde, hat sie mir gesagt, daß sein Aussehen ihr schon Angst einjagte, als sie ihn das erste Mal sah. Sie wußte noch genau, daß sie klein war, vielleicht drei Jahre alt. Es ist eine ihrer ersten Kindheitserinnerungen. Sie kam unter dem Tisch hervor – so hat sie es erzählt –, sie hatten einen großen Tisch in dem Geschäft, wo sie die Rechnungen ausstellten, und sie spielte darunter. Ihr Vater rief sie, sie sollte dem Onkel ›Guten Tag‹ sagen. Du kannst dir die Aufnahme anhören. Sie sah ihn an, und selbst seine Schuhe machten ihr angst, obwohl sie auch sein Gesicht sah, das gar nicht erschreckend war. Sein Haar stand zu Berge, und das versetzte sie in Schrecken. Heute weiß sie, daß er selbst auch Angst hatte. Nicht wegen ihr, aber weil er gerade erst ins Land gekommen war.«

»Das paßt zeitlich nicht zusammen«, sagte Michael. »Sie ist erst achtunddreißig. Er kam 1951 nach Israel. Da war sie noch gar nicht auf der Welt. Sie kennt ihn schon seit ihrer Geburt. Wenn du jemand von Anfang an kennst, fürchtest du dich nicht plötzlich mit drei Jahren vor ihm. Es sei denn, er hat etwas getan.«

Balilati war verwirrt. Er heftete seine Augen auf Michael und rechnete. »Gut, ich weiß nicht«, er schüttelte sich. »Was spielt das für eine Rolle? So hat sie es auf jeden Fall dargestellt.«

»Es ist wichtig«, sagte Schorer. »Wir reden hier über Herzl Cohen, den Angestellten ihres Vaters, in dessen Küche Sie das gestohlene Bild gefunden haben. Ich verstehe«, er nickte Michael zu, »daß es verschiedene mysteriöse Ungereimtheiten im Zusammenhang mit ihm gibt und daß sie sich vor ihm fürchtete.«

»Gut, vielleicht hat sie ihn vorher nicht bemerkt. Vielleicht hatte sie ihn zum ersten Mal genau betrachtet. Hört euch doch selbst die Kassette an«, sagte Balilati mit offenem

Verdruß. »Was auf alle Fälle wichtig ist, ist, daß sie Angst vor ihm hatte. Aber sie sagt, daß sie genau wußte, daß er nichts Böses im Schilde führte. Daß er ein guter Mensch ist. Dennoch hat sie sich vor ihm gefürchtet. Sie ist sicher, daß er nichts Böses getan hat, schon gar nicht ihrem Vater.«

»Und dem, der ihrem Vater etwas angetan hat? Der ihn erstickte? Hätte er ihm etwas anhaben können? War er fähig, ihn zu bestrafen?« fragte Eli Bachar. »Hast du sie danach gefragt?«

»Du wirst dich wundern«, sagte Balilati, »ich habe sie danach gefragt. Sie sagte, sie hat keine Ahnung. Sie kann ihn sich nicht gewalttätig vorstellen. Aber wir wissen, und sie hat es auch gesagt, daß er ein paar Anfälle hatte.«

Dalit berührte seinen Arm, und er beugte sich zu ihr. Sie flüsterte ihm etwas ins Ohr, und wieder stieg in Michael eine große Welle der Wut auf über die Familiarität, die ihr gestattet war, über die Abhängigkeit Balilatis von ihr. »Ja«, sagte Balilati mit feierlichem Ernst, beinahe mit Selbstzufriedenheit. »Dalit erinnert mich gerade zu Recht an die Sache mit Rechtsanwalt Mejuchas. Seit gestern versuchen wir ihn zu erreichen. Er macht Urlaub. Keiner weiß etwas Genaues. Wir versuchen herauszufinden, worum es bei dem Streit zwischen dem alten van Gelden und Herzl ging«, erklärte er Schorer. »Morgen kommt er zurück, dann sehen wir klarer. Aber die Kanadierin haben wir aufgetrieben. Unser Kontaktmann in New York hat sie befragt. Dalit hat mit ihm gesprochen.«

»Um was für eine Kanadierin geht es?« fragte Schorer.

»Die, die mit Theo van Gelden am Tag des Konzerts zusammen war. Als das Bild gestohlen wurde. Er war ja mit zweien zusammen«, seufzte Balilati. »Am selben Nachmittag vor einem Konzert am Abend. Es gibt Menschen, die sind nicht totzukriegen. Was soll man da sagen. Alles an einem Tag! Und jetzt hat er ein lückenloses Alibi.«

»Man darf die Bewachung von Frau van Gelden nicht aussetzen«, sagte Schorer. »Ist zur Zeit jemand bei ihr?«

»Nur eine Kinderfrau, der Polizist vor der Tür und ihr Bruder«, sagte Zila.

»Sie haben vor, nach Zikhron Yaakov zu fahren«, brachte Eli Bachar in Erinnerung.

»Dieses ›unbewußte Wissen‹ gefällt mir nicht. Es ist gefährlich. Wir wollen nicht noch eine Leiche«, bemerkte Schorer.

»Notiert«, sagte Balilati und verzog das Gesicht.

»Seid ihr in der Sache der Noten, über die Herzl sprach, nicht weitergekommen? Die Melodie muß ein Experte sich anhören«, sagte Michael unerwartet.

»Was meinst du?« wunderte sich Balilati.

»Das Stück, das Herzl Theo im Krankenhaus vorgesungen hat, müssen wir einem Musiker vorspielen«, sagte Michael.

»Genau«, sagte Balilati, »schreibe es auf, Dalit. Hast du es notiert? Denkst du an etwas Bestimmtes, Michael?«

»Nun, der wichtigste Teil des Gesprächs hat sich um diese Noten gedreht, und wir wissen nicht einmal, um welche Noten es sich handelt. Wir müssen einen Musiker heranziehen. Frag Nita oder Theo, ohne ihnen zu sagen, worum es geht...«

»Für wen hältst du mich?« sagte Balilati beleidigt und warf einen raschen Blick auf Sipo, der sein Gesicht mit den Händen bedeckt hielt. »Ich habe sie auf Umwegen gefragt, sowohl Nita als auch nochmals Theo. Und wenn wir schon davon sprechen«, sagte er unvermittelt, »du fährst doch an einen Ort, an dem es von Musikern nur so wimmelt. Warum nimmst du die Kassette nicht einfach mit? Dalit macht eine Kopie.«

»Ich habe sie schon gemacht«, sagte Dalit.

»Wunderbar«, bemerkte Balilati. »Gib ihm die Kopie, er wird sie diesen Genies vorspielen, die nach ein paar Tönen erkennen, was das ist. Vielleicht haben wir ja wieder einen Fall, bei dem eine ganze Geschichte am Bruchstück eines Satzes hängt«, winkte er ab.

»Ich muß los«, sagte Michael und nahm die Kassette an sich, die Dalit, ohne ihn anzusehen, vor ihn gelegt hatte. »Man läßt keine sechsundachtzigjährige Dame warten.«

»Gentleman bleibt Gentleman«, bestätigte Sipo.

»Ich brauche einen Kassettenrecorder«, warf Michael ein, »mit frischen Batterien.«

»Sipo kann Theo und Nita van Gelden nach Zikhron Yaakov bringen«, bemerkte Balilati. »Ich hatte zwar die Absicht, Zila zu schicken, aber nach dieser Nacht ist sie zu müde.«

»Sipo war auch die ganze Nacht wach. Eli fährt«, sagte Michael bestimmt, als ihm einfiel, daß er hier nicht die Ermittlungen leitete. »Im Grunde brauchen wir nur einen Fahrer«, entschuldigte er sich und bemerkte, wie Elis Gesicht, das sich für einen Moment erhellt hatte, wieder finster wurde.

»Ich kann fahren«, versicherte Sipo beleidigt.

»Es gibt hier alle Hände voll zu tun. Warum wollen Sie die Fahrt nach Zikhron Yaakov auf sich nehmen«, versuchte Michael einzulenken.

»Mir macht es nichts aus, nach Zikhron Yaakov zu fahren. Die Fahrt dauert nicht länger als zwei Stunden. Als meine Großmutter noch lebte, habe ich den Weg, nicht genau nach Zikhron, aber nach Hadera, alle zwei Tage zurückgelegt. Unter viel schlechteren Bedingungen.«

»Wie Sie wollen«, sagte Michael und sah, wie Eli den Kopf einzog. »Ich dachte, Eli könnte auf dem Rückweg in der Pathologie vorbeischauen und die Papiere hinbringen«, erklärte Michael. »Denk darüber nach«, sagte er zu Balilati. »Ich muß los.«

In diesem Moment stand Schorers Sekretärin in der Tür. »Isi Maschiach bittet um ein Gespräch mit Kommissar Ochajon«, sagte sie zu Balilati. »Er hat vergeblich versucht, Sie zu erreichen. Er hat etwas Dringendes zu sagen.«

»Du mußt dein Handy einschalten«, sagte Balilati vorwurfsvoll, »wie soll ich dich sonst erreichen? Erzähl mir nicht, daß du allergisch dagegen bist. Bei der Arbeit kann man keine Rücksicht auf diese Marotten nehmen.«

Michael verließ den Sitzungssaal und folgte Schorers Sekretärin. Sein Blick war auf ihre kleinen Schritte geheftet. Wie eine kleine Chinesin mit Lotusfüßen trippelte sie in einem sehr engen Rock, und ihre starken Beine schwankten auf hohen, dünnen Absätzen.

Vor der Tür des geräumigen Büros blieb sie stehen und sah ihn mit mütterlicher Zuneigung an. »Sie sehen nicht gut aus«, bemerkte sie, »ist alles in Ordnung?«

»Ich glaube schon«, sagte er und brachte angestrengt ein Lächeln zustande. »Es wird vorbeigehen, alles wird vorbeigehen«, versprach er. Als er spürte, daß sie eine Erklärung erwartete und ein völliges Ignorieren sie verletzen würde, sagte er: »Ich mache schwere Zeiten durch.« Er hob den Hörer ab. »Kann ich etwas für Sie tun?« fragte sie, bevor sie das Zimmer mit betonter Diskretion verließ. Er legte die Hand auf den Hörer und versuchte einen dankbaren Blick aufzusetzen, als er sagte: »Danke, nicht daß ich wüßte.« Sie nickte mit völliger Ernsthaftigkeit, ohne die Ironie zu erkennen, die in seinen Worten lag. Er hatte das Gefühl, sie deklamierten einen Dialog aus einem Kitschroman. »Sagen Sie mir, wenn ich etwas für Sie tun kann. Ich würde mich freuen, wenn ich Ihnen helfen könnte«, meinte sie zum Schluß und verließ den Raum.

»Ich muß über ein paar Dinge mit Ihnen sprechen«, sagte Isi Maschiach mit schnellem, pfeifendem Atem, als ringe er nach Luft. »Es gibt da ein paar Sachen, die mich quälen. Sie sagten, wenn es notwendig wäre, könnte ich mich an Sie wenden …«

»Natürlich«, versicherte Michael. Er fragte sich, ob Isi Maschiach festgestellt hatte, daß er beschattet wurde, ob er den getarnten Streifenwagen, der vor seiner Wohnung parkte, oder das Abhören seines Telefons entdeckt hatte. Michael sah auf das Lämpchen. Das Gespräch wurde aufgenommen. »Jetzt? Am Telefon?«

»Auf keinen Fall!« sagte Isi Maschiach. »Es geht um eine delikate Angelegenheit.«

»Ist es dringend?« fragte Michael und sah auf seine Uhr.

»Ich weiß nicht, wie wichtig es für Sie ist«, sagte Isi Maschiach unglücklich. »Mir scheint, es ist dringend.«

»Geht es um den Schlüssel?« riet Michael.

»Was für einen Schlüssel?«

»Den Schlüssel für die Wohnung von Herzl Cohen, der in der Wohnung von Felix van Gelden hing.«

»Ich weiß nicht, wovon Sie sprechen.« Isi schnappte nach Luft, und sein Atem wurde noch schwerfälliger. Das Pfeifen häufte sich.

»Der Schlüssel, den die Wachtmeisterin Dalit bei Ihnen gefunden hat«, versuchte es Michael.

»Was für eine Wachtmeisterin?« erschrak Isi. »Ich kenne keine Wachtmeisterin Dalit.«

»Die Polizistin, die gestern nacht mit Ihnen gesprochen hat«, sagte Michael ungeduldig. »Haben Sie nicht mit einer Polizistin mit Namen Dalit über den Schlüssel zu Herzls Wohnung gesprochen?«

»Ich kenne keine Dalit«, sagte Isi Maschiach flehend. »Ich weiß nicht, von wem Sie sprechen.«

»Gut, dann vergessen Sie es. Aber was ist mit dem Schlüssel?«

»Was für ein Schlüssel? Ich weiß nichts von einem Schlüssel.« Isi hustete verschleimt, bekam kaum Luft und entschuldigte sich.

»Ganz ruhig«, sagte Michael mit der Ruhe, die er über seine Stimme herrschen ließ. »War gestern nacht jemand von der Polizei bei Ihnen?«

»Gestern nacht war niemand bei mir«, versicherte Isi Maschiach.

»Sind Sie sicher?«

»Natürlich bin ich sicher!« schrie er. »Ich bin fast durchgedreht. Aber nicht auf diese Art«, sagte er verbittert.

»Okay, worüber wollten Sie dann mit mir sprechen?«

Das Rasseln in Isi Maschiachs Atemzügen legte sich ein wenig, als er sagte: »Über verschiedene Dinge, aber nicht am Telefon.«

»Kann es bis heute abend warten?«

»Natürlich«, seufzte Isi Maschiach, »es wäre allerdings besser, wenn es jetzt gleich ginge.«

»Im Moment geht es auf keinen Fall«, erklärte Michael, als spreche er mit einem Kind. »Kann jemand anderes an meiner Stelle mit Ihnen reden?«

»Ich ziehe es vor, mit Ihnen zu sprechen, wenn es Ihnen nichts ausmacht. Gabi hat Sie sehr geschätzt, und mir ist es angenehmer, wenn Sie es sind. Wenn es erst heute abend geht, dann eben heute abend.«

»Es wird spät werden«, warnte Michael.

»Ich gehe ohnehin nicht aus dem Haus«, sagte Isi deprimiert. »Ich warte auf Sie und rühre mich nicht vom Fleck.«

»Es gibt da etwas, das ich nicht verstehe«, sagte Michael an der Tür zum Sitzungszimmer: »Einen Moment bitte!«

»Du bist noch nicht weg?« fragte Zila überrascht.

»Einen Moment«, sagte er wieder, »ich bitte um Aufmerksamkeit!« Alle wurden still und sahen ihn erwartungsvoll an.

Er achtete darauf, Balilatis Gesicht zu fixieren und nur Balilatis Gesicht. Aus den Augenwinkeln nahm er die zeichnenden Bewegungen Schorers wahr, der das Ende eines verbrannten Streichholzes über einen weißen, glatten Bogen Papier gleiten ließ, den er mit der zweiten Hand sorgfältig glattstrich, als ob er nichts aufnahm, als ob er nicht bei der Sache wäre. Doch Michael wußte, daß er in solchen Momenten sehr konzentriert war.

»Ich habe gerade mit Isi Maschiach gesprochen«, sagte er langsam, ohne seine Augen von Balilati zu nehmen.

»Und?« sagte Balilati ungeduldig. »Was kam dabei heraus?«

»Es kam dabei heraus«, betonte Michael, »daß niemand

mit ihm über irgendeinen Schlüssel zu Herzls Wohnung gesprochen hat. Er kennt auch keine Polizistin mit Namen Dalit.«

Balilati riß den Mund auf und kniff die Augen zusammen. »Das hat er gesagt?« staunte er und drehte sich schroff nach Dalit um, die plötzlich besonders friedlich aussah, die Schultern hob und die Arme zu einer hilflosen Geste ausbreitete, aber kein Wort sagte.

»Was soll das bedeuten?« fragte Balilati sie barsch. »Warst du gestern nach bei ihm oder nicht?«

»Natürlich war ich dort«, sagte Dalit und riß ihre großen, hellen Augen auf. Wie Schmetterlinge flatterten ihre Lider und beschatteten die blasse Haut.

»Und, habt ihr über den Schlüssel gesprochen?«

»Natürlich haben wir darüber gesprochen«, sagte sie mit entschlossener Ruhe, ließ einen Finger über eine zarte Augenbraue gleiten und verwob dann ihre Finger miteinander.

»Und der Schlüssel?«

»Der Schlüssel ...« Für einen Moment schien etwas an ihrer auffälligen Sicherheit zu bröckeln. »Er ist bei den Unterlagen, die wir mit den restlichen Beweisstücken der Spurensicherung übergeben haben. Ich habe die Sachen gestern nacht in einer Tüte hingebracht«, sagte Dalit schnell.

»Bist du noch in der Nacht zum Labor gefahren?«

»Heute früh, bevor ich kam«, sagte Dalit, die einen verteidigenden Ton anschlug und ihn mit einem verletzten Blick direkt ansah. »Ich habe die Sachen in einem Umschlag dort gelassen«, fügte sie hinzu.

Balilatis Augen wurden noch kleiner. Er sah Michael an. »Jemand sagt hier nicht die Wahrheit«, faßte er schließlich zusammen. Seine Worte hallten in dem stillen Raum. »Jemand lügt, und das gar nicht schlecht. Was steht in dem Bericht des Streifenwagens von heute morgen? Sie müssen den Besuch von Dalit bei Isi Maschiach registriert haben. Was soll das heißen: ›Er kennt keine Polizistin Dalit‹?«

»Wir haben den Bericht von gestern nacht noch nicht

vorliegen«, sagte Zila unbehaglich. »Unsere Vereinbarung lautet, daß sie die Berichte gegen Mittag abliefern.«

»Es kann sein, daß sie mich nicht gesehen haben«, Dalit zögerte.

»Warum sollten sie dich nicht gesehen haben? Hast du dich vermummt, oder was?« verlangte Balilati zu wissen, wartete nicht auf eine Antwort und fragte Michael erneut: »Was heißt das, er ›kennt keine Polizistin Dalit‹?«

»Ich sage dir nur, was ich gehört habe«, sagte Michael von seinem Platz an der Schwelle und lehnte sich gegen die Tür, die er geschlossen hatte. »Du kannst die Aufnahme des Gesprächs in Schorers Büro abhören. Warum sollte er so etwas behaupten? Was hätte er davon?«

»Gut, man muß noch mal mit ihm reden«, sagte Balilati mit Unbehagen. »So etwas hatten wir noch nicht. Hier läuft etwas total schief. Warum sollte er es sich anders überlegen, nachdem er diesen Schlüssel schon ausgehändigt hat?«

»Warum, ich frage mich auch nach dem Warum«, sagte Michael.

»Ich habe keine Ahnung«, beharrte Dalit, als Balilati sie wieder ansah. Jetzt war ihr Gesicht rot angelaufen. Michael war sehr verlegen. Er wußte selbst nicht, was er glauben sollte. Auf einmal bereute er es, daß er die Sache vor allen Anwesenden vorgebracht hatte, nicht unbedingt, weil er an den Worten Isi Maschiachs zweifelte, dem er aus irgendeinem Grund glauben wollte, sondern weil er überzeugt war, daß etwas Trübes, Schmutziges im Gang war und daß er es war, der es ausgelöst hatte, der es aufgedeckt und aus den Tiefen an die Oberfläche befördert hatte. Und das, ohne Überlegung und ohne an die Folgen zu denken. Auf eine Weise, die untypisch für ihn war. Nur weil er unter anderem im Begriff war, zu seiner Verabredung mit Dora Sackheim zu spät zu kommen, und, sagte er sich schonungslos, weil er dabei war, eine Rechnung mit Dalit zu begleichen. Dabei spürte er keinerlei Rachsucht, und die Rache hinterließ in ihm auch nicht das Gefühl der Befriedigung. Wohin war der große Zorn verraucht, den er noch vor wenigen Minuten verspürt hatte? Wie war es möglich, fragte er sich, als er sie jetzt ansah und nur Verlegenheit, Schuld und großes Unbehagen fühlte, daß er sein Bedürfnis, sich zu rächen und es ihr heimzuzahlen, nicht bedacht hatte.

»Setz dich mit der Spurensicherung in Verbindung«, sagte Balilati ungeduldig zu Sipo. Eli Bachar folgte Michael, um Isi Maschiach abzuholen. Dalit zuckte die Achseln und raffte mit nervösen, hektischen Fingern ihre Papiere zusammen.

»Was soll das bedeuten?« sagte Michael zu Eli Bachar, als sie am Ausgang des Gebäudes standen.

»Was hältst du von der Geschichte?«

»Ich hatte von Anfang an ein ungutes Gefühl bei ihr«, gestand Eli. »Aber ich dachte, ich bilde es mir ein. Ich habe geglaubt, daß es nur wegen Balilati war, weil es mich nervös macht, wie er mich ausbootet und ständig Handlangerdienste von mir verlangt. Jetzt bin ich mir nicht mehr sicher. Ich denke«, er kaute an seiner Unterlippe, »daß wir auch die Sache mit dem Kontaktmann in New York überprüfen sollten. Wenn sie behauptet, daß sie mit ihm gesprochen hat, können wir womöglich nicht mehr davon ausgehen, daß sie es wirklich gemacht hat.«

»Das heißt, du ziehst die Möglichkeit in Betracht, daß sie es ist, die lügt?« vergewisserte sich Michael, und zu seinem Staunen bemerkte er die Welle der Angst, die in ihm hochstieg.

»Ich erinnere dich daran, wie lange es gedauert hat, von dem Zeitpunkt, an dem sie Herzl ausfindig gemacht hat, bis zu ihrer Meldung. Darüber denke ich nach und finde keine Erklärung«, sagte Eli Bacher.

»Was könnte sie für ein Motiv haben?« wunderte sich Michael und versuchte das Gefühl der Angst einzudämmen. Sie standen schon neben der Wagentür. Er sah auf die runden Dächer der russischen Kirche – wieder war er begeistert von ihrer kindlichen Pracht, die durch nichts gestört wurde. Wie aus einem alten Buch stand die Kirche zwischen den Autokolonnen, den Parkplätzen, den Zäunen rund um das Polizeigebäude, mit all den Menschen, dem Kiosk an der Seite. Plötzlich bemerkte er die dunkelbraune Schattierung der Dächer. »Waren die früher nicht grün?« staunte er.

»Was? Was war grün?«

»Diese Kirchendächer. Vor meiner Beurlaubung waren sie grün. Ich bin mir ganz sicher, daß sie grün waren.«

»Du hast recht«, lächelte Eli plötzlich, »sie waren grün. Sie sind schon eine ganze Weile braun. Ich weiß auch nicht, wie das passiert ist, vielleicht hat man sie gestrichen.«

»Sie weiß doch, daß wir die Dinge am Ende herausfinden. Wo liegt darin die Logik? Warum sollte einer so etwas tun, vor allem, wenn er weiß, daß er auffliegen muß?« sagte Michael standhaft.

»Früher hättest du dazu bemerkt, daß ›man schon Pferde kotzen gesehen hat‹«, antwortete Eli und schaute auf die Spitzen seiner schwarzen Turnschuhe. »Du hast es schon lange nicht mehr gesagt. Wenn es zutrifft, spinnt sie einfach«, dachte er laut.

»Eine ›einfache‹ Sache ist das auf gar keinen Fall«, präzisierte Michael und lauschte dem Heulen der Motoren. »Und das ist auch keine Erklärung, sondern eine Feststellung. Es ist klar, daß hier ein psychisches Problem vorliegt. Nur, was genau? Tu mir einen Gefallen«, fiel ihm plötzlich ein. »Fahr du mit ihnen nach Zikhron Yaakov und nicht Sipo. Bestehe darauf!«

»Wie bitte?« sagte Eli Bachar sauer. »Soll ich vielleicht Balilati darum bitten? Wie käme ich dazu? Ich bitte ihn um gar nichts. Wenn es ihm beliebt, dann soll er mich schicken.« Sein Gesicht war verschlossen. Er biß auf die Unterlippe, seine grünen Augen sahen in seinem dunklen Gesicht wie Oliven aus.

»Tu mir einen Gefallen«, bettelte Michael, »tu es nicht für dich, sondern für mich als deinen Freund. Was soll ich dort mit Sipo? Als erstes muß man unterwegs hören, was sie miteinander reden. Zweitens ... ist es wirklich zu gefährlich.«

»Im Auto ist ein Abhörgerät. Sie fahren in einem Wagen der Spurensicherung. Ich weiß, daß sie etwas installiert haben. Es war meine Aufgabe, es zu organisieren, damit du siehst, wie ich hier aufgestiegen bin. Dafür bin ich Balilati gut genug.«

»Ich brauche dort jemanden, der sich auskennt, jemanden, mit dem ich schon ... mit dem ich mich verstehe. Du weißt, was ich meine. Ich brauche dringend jemanden, der sie nicht aus den Augen läßt. Man kann nie wissen ...«

Eli senkte den Kopf, begutachtete wieder seine Schuhe und zeichnete mit seinem rechten Fuß einen kleinen Kreis. »Gut, mal sehen«, sagte er unwillig, »ob es sich machen läßt.«

12

Der richtige Abstand

Mit großer Verspätung erreichte er Holon. Hinter einer Hecke kreiste auf einem kleinen Rasenstück ein Rasensprenger. Petunien in roten Tontöpfen sprenkelten vor den frisch gekalkten Häuserreihen das Grün mit kräftigem Rosa, Violett und Weiß. Ein gepflasterter Weg, kurz und gerade wie ein Lineal, führte zum Eingang. Zweimal hatte er die Zufahrt-Verboten-Schilder ignoriert, als sein Wagen sich durch die engen Straßen schlängelte, die hinter der Hauptstraße schneckenförmig in Sackgassen mündeten. Er folgte der Karte, die Theo ihm aufgezeichnet hatte. »Sie wohnt noch in der Eineinhalbzimmerwohnung, die ihr in einem Wohnblock aus den fünfziger Jahren zugewiesen worden war, als sie nach dem Krieg einwanderte. Noch dazu in Holon! Damit Sie verstehen, mit wem Sie es zu tun haben«, sagte Theo und hob den Kopf über das Papier, auf das er den Weg skizzierte. »Überall sonst auf der Welt wäre sie ... Gott weiß wie vermögend. Eine Musikerin von ihrem Niveau. Wobei alle großen Geiger der Welt ihr die Karriere verdanken. Es ist ihr ausdrücklicher Wunsch, daß sie noch in Holon wohnt. Nicht, daß man ihr nichts anderes angeboten hätte«, Theo schwang den Zeigefinger, »aber sie beharrt darauf, daß diese Dinge unwichtig sind. Es ist ihr einfach zuviel. Die Wohnung ist nicht schlecht, und in Budapest hatte sie auch keine bessere. Obwohl sie schon vor dem Krieg eine sehr renommierte Geigerin war und vor einer internationalen Karriere stand. Dann kam der Krieg, und später ist sie nicht mehr zu ihrem Spiel zurückgekehrt. Sie war in den Lagern. Ich weiß nicht genau, wo, ich glaube in Auschwitz. Sie hat gemeinsam mit ihrer Tochter überlebt.

Wenn sie uns hin und wieder etwas vorspielte, spielte sie einfach wunderbar. Sie hatte eine Tochter, die sie mit zwanzig von ihrem ersten Ehemann bekam – was heißt *hatte*, sie lebt noch. Aber in Cleveland. Sie ist auch Musikerin, Sängerin. Dora Sackheim war dreimal verheiratet. Sie hat alle drei Männer überlebt«, Theo kicherte. Dann wurde er wieder ernst und erwähnte, wie nebenbei, daß der erste, der Vater der Tochter, wie er glaubte, im Holocaust umgebracht wurde, und er lächelte, als er zu dem dritten Mann kam: »Und einer, der letzte, hat sie auch noch nach Israel verschleppt. Ich kann mich sogar noch an ihn erinnern. Er hatte einen Schnurrbart und war immer mit einem Hut auf dem Kopf auf dem Weg nach draußen. Irgendwann war er weg. Auch ihn war sie recht schnell losgeworden. Aber die Wohnung wechseln wollte sie nicht. Sie sagt, im Krieg hielt sie es nicht für möglich, daß sie noch einmal im Leben auch nur einen Quadratmeter für sich haben würde. Und die Wohnung genügt ihr, oder wie sie sagt – schon so ist alles ein großes Wunder. Sie können ihr keinen Manierismus unterstellen, wenn Sie erst gesehen haben, wie sie lebt. Als ob es auf der Welt nichts außer Musik, ihren Schülern und vielleicht ein paar Büchern gäbe. Nichts weiter. Auch Gabi hat versucht, sie zu einem Umzug zu überreden – ohne Erfolg.«

Ein paar Minuten lang stand Michael vor der geschlossenen Tür in dem Wohnblock in Holon, vor der Wohnung im vierten Stock, zu der er siebenundsechzig – er hatte sie gezählt – enge, steile Stufen hochgestiegen war. Er wunderte sich, daß eine Frau ihres Alters diesen Weg Tag für Tag zurücklegte. Hinter der geschlossenen Tür hörte er Geigenklänge. Es war die Sarabande aus der zweiten Partita von Bach. Das erste Stück, das ihm niemand nahegebracht hatte, das er selbst zu lieben gelernt hatte und von dem er die Vorstellung hatte, es regelrecht entdeckt zu haben, und das er nicht zuletzt aus diesem Grund ganz besonders liebte. Die Töne schienen rein, vibrierend und wunderschön. Er wartete darauf, daß jemand sie unterbrach, um läuten zu können. Ein paarmal näherte er seinen Finger der kleinen Klingel, wenn sie zu verstummen schienen, doch er ließ ihn in der Luft verweilen, weil die Klänge erneut einsetzten.

Schließlich wagte er es, die Klingel zu drücken. Die Musik hörte nicht auf, aber energische Schritte näherten sich der Tür, die mit einem Schwung geöffnet wurde. Im Eingang stand die kleine Frau. Ihre Haare waren von einem matten Kastanienbraun, als ob man einen Farbeimer darüber ausgeleert hätte. Ihre Augen – blau und klar in einem Gesicht, das beinahe faltenlos war – glänzten voller Erwartung und Vitalität, als ob jedes Öffnen der Tür ein potentielles, großes Abenteuer barg. Seine erste Reaktion auf das unerwartet junge Aussehen – wenn er nicht gewußt hätte, wie alt sie war, hätte er sie höchstens für sechzig gehalten – war ein Staunen. Als er sich flüsternd vorstellte – die Geige unterbrach ihr Spiel nicht –, nickte sie schwungvoll und reichte ihm eine knochige Hand. Er verstand plötzlich, daß Theos Angst der Grund war, aus dem er eine hochgewachsene Frau mit faltigem Gesicht und verkniffenen Lippen erwartet hatte. Er hätte nicht gedacht, daß sie so zierlich sein könnte, so vital und eine solche Freude ausstrahlte. Erst jetzt bemerkte er die braune dünne Zigarre, die sie zwischen den Fingern ihrer linken Hand hielt, und lächelte fast, weil er sich an das ernstgemeinte Beharren des alten Hildesheimer erinnerte, diese Zigarren Zigarillos zu nennen. Sie bemerkte mit ihrem schweren ungarischen Akzent, daß er sich sehr verspätet hatte, was sich gut getroffen habe, denn der Unterricht sei noch nicht zu Ende. Dann stieß sie eine weißblaue Rauchwolke aus und kehrte ihm den Rücken zu. Erst als er den Buckel zwischen ihren Schulterblättern bemerkte und ihre dünnen Beine sah, die unter dem braun-weiß gestreiften Kleid mit dicken Bandagen umwickelt waren, hatte er keinen Zweifel mehr, daß Dora Sackheim eine hochbetagte Frau war.

Schwarze Metallstäbe trennten den Eingangsbereich von

einem zweiten Zimmer, in dem vor einem hohen Notenständer ein hagerer, hochgeschossener junger Mann stand, den Rücken dem Eingang zugewandt, und geigte. Er hörte nicht auf zu spielen. Dora Sackheim sagte nichts, schüttelte nur widerwillig den Kopf, schnalzte mit der Zunge, als sie auf den Geiger zuging und Michael einen Stuhl im ersten Raum nah beim Tisch zuwies. Vermutlich wurde er auch als Eßtisch genutzt, aber nun war eine gelbliche Tischdecke darüber gebreitet, die mit bläulichen Blumen bestickt war. Eine uralte Schreibmaschine und eine Vase aus venezianischem Glas standen darauf, zu deren Seiten Tropfen wie Ohren hingen und aus der drei rote Gladiolen ragten. Dieser Raum weckte mit einemmal seine Erinnerung (und mit der Erinnerung wurde der Geruch nach Fleischklößen und einem blumigem Parfüm wach). Er dachte an ein Wohnzimmer und einen neueingewanderten Jungen aus Polen, von dem der Schulleiter wollte, daß Michael ihn »adoptierte«, womit er meinte, daß Michael ihm beim Lernen helfen sollte. Michael hatte eingewilligt und diese Aufgabe für ein paar Monate übernommen, bis jener Junge den Stoff aufgeholt hatte, Klassenbester wurde und Michaels Unterstützung nicht mehr brauchte. Er hieß Adam und war der einzige Sohn merkwürdiger Eltern (die sich in Michaels Gedächtnis eingeprägt hatten und die dann und wann wie Figuren aus einer Geschichte zum Leben erwachten; der Vater war klein und sehr schmächtig gewesen, und Michael erinnerte sich vor allem an seine hellen, vorquellenden Augen, die ihm einen traurigen, erschrockenen Ausdruck verliehen. Die Mutter war groß und majestätisch, und sie nestelte, wenn sie an der Tür stand, an den Rändern eines zarten Taschentuchs, das aus ihrem Ärmel lugte).

Auch damals hatte solch ein Tisch im Wohnzimmer gestanden, bedeckt mit einer mit roten Blumen bestickten Tischdecke.

»Linke Hand ist nicht frei, nicht kraftvoll genug. Sie ist steif«, hörte Michael Dora Sackheim mit einer Stimme rufen, die einen strengen Tadel enthielt. Dann beinah ein Schrei: »Genug, genug, das reicht!« Der junge Mann ließ die Geige sinken und drehte seiner Lehrerin das Gesicht zu.

»Das ist die Sarabande«, rief sie zornig. »Was ist mit Tempo! *Andante* und Leben! Von vorne!«

Er begann wieder zu spielen, und sie klopfte ein paarmal. »Linke Hand ist heute nicht beweglich genug«, kritisierte sie. »Finger haben nicht genug Kraft.« Sie packte den linken Arm des jungen Mannes, den sie schüttelte, bis die Hand locker in der Luft baumelte. »Nicht genug!« beklagte sie sich. »Schlechte Hand. Zweiter Finger hat nicht genügend gearbeitet. Er hat heute wohl nicht ausreichend Tonleiter geübt.« Der junge Mann flüsterte etwas. »Hat nichts zu tun mit Uhrzeit«, sagte sie zornig. »Eine Stunde ist heute nichts. Hand ist steif, und Finger sind nicht kräftig. Kontrolle fehlt. Keine Kontrolle. Ist wie Stück Holz! Was ist mit Klang!« Sie drückte den Zigarrenstummel in einem großen gläsernen Aschenbecher aus und klatschte in die Hände. »Was für ein Klang! Schrecklich! Ist nicht gut«, rief sie angewidert, sah den jungen Mann an, der dort stand, als sei er daran gewöhnt, sah wieder auf Michael, der sich beeilte, ihrem Blick auszuweichen, und mit einem dramatischen Flüstern sagte sie: »Letzte Woche war Schmulik bei Trauerfeier für Paul. Er hat die Sarabande gespielt, viel, viel besser hat er sie gespielt.« Der junge Mann sah sie schweigend an. »Gut«, sagte sie versöhnlich. »Auch er ist kein Jascha Heifetz, aber er hat viel besser gespielt als du heute. Dein Finger versteht heute nichts«, klagte sie. »Hat keinen Rhythmus und keinen Klang.« Der junge Mann senkte den Kopf, als warte er darauf, daß die Sache an ihm vorüberging. Dann wurde sie still, murrte noch einmal, legte eine Hand auf seinen Arm und sagte ruhig: »Deine Laune gefällt mir nicht. Du bist traurig. Ist in Schule was nicht in Ordnung? Bekommst du nicht genug frische Luft? Du bist schon lange in dieser Laune.« Er schwieg und zuckte die Schultern. Sie zog eine Blechbüchse heran, fischte eine dünne Zigarre heraus und zündete sie mit einem großen silberenen Feuerzeug an, neigte den Kopf zur Seite und sah erneut den jungen Mann an. Er sagte nichts. Mit einer sanften Bewegung legte er die Geige aus der Hand. Er drehte sich um und betrachtete Michael. Offene Neugier brannte in den blauen, beinahe durchsichtigen Augen, die von buschigen, dunklen, über der Nasenwurzel zusammengewachsenen Augenbrauen betont wurden und in einem weißen, flaumigen Gesicht deutlich hervorstachen. »Schluß für heute. Du mußt noch weiten Weg zurücklegen. Sehr weit«, sagte sie besorgt. »Mehr als eine Stunde. Mit Bus sicher zwei Stunden.« Der Junge packte die Geige in den Koffer. »Fährt man nach Zikhron Yaakov eine oder zwei Stunden?« fragte sie Michael, als der junge Mann auf dem Weg zur Tür war. Für einen Moment rang Michael mit sich, ob er auf eine ganze Stunde verzichten sollte, in der er endlich allein zu sein hoffte. Als er das einnehmende Lächeln des jungen Mannes sah, konnte er nicht umhin zu bemerken, wenn es um eine Fahrt nach Beth Daniel gehe, so sei auch er auf dem Weg dorthin, und wenn der junge Mann warten würde, bis das Gespräch mit Frau Sackheim beendet sei, könne er sich ihm anschließen.

»Juwal, wunderbar Juwal!« rief sie aufgeregt und betonte seinen Namen falsch. »Das ist sehr gut«, erklärte sie Michael, als wäre Juwal nicht anwesend. »Er arbeitet so schwer, gönnt sich gar keine Ruhe. Und heute sind Autobusse große Gefahr«, dachte sie laut. »Man kann nie wissen, was passiert. Schwere Zeiten«, sie schüttelte den Kopf. »Wir haben heute schon um sieben begonnen«, sie atmete den Rauch tief ein, hustete, und als gebe sie ein Geheimnis preis, fügte sie hinzu: »Gewöhnlich muß ich sagen, sie arbeiten nicht genug. Aber er? Zu viel!« Sie schüttelte wieder den Kopf. »Zu viel Arbeit, zu wenig Leben. Man muß auch leben. Kinder in seinem Alter müssen leben. Wann wird er noch einmal sechzehn sein?«

Als ob er nichts hörte, beugte Juwal seinen Kopf zu dem unteren Bord eines großen, braunen Regals, das die Wand bedeckte, und zog ein Heft heraus. »Das ist die *Musical America* mit der Reportage über dich«, sagte er aufgeregt und blätterte bis zur Mitte, wo sie abgebildet war. »Schmulik hat mir davon erzählt«, sagte Juwal und vertiefte sich. »Kann ich den Artikel lesen, Dora?«

Sie winkte ab. »Unsinn, nichts als Unsinn«, murmelte sie. »Bücher sind vom Regal gefallen«, fügte sie hinzu. Juwal bückte sich und sammelte drei Taschenbücher auf.

»Das ist sehr schön. Er ist heute aus Haifa gekommen«, erklärte sie. »Das ist schon drittes Mal für diese Woche. Unterrichtsstunde kostet viel Zeit. Um fünf Uhr ist er heute morgen von zu Hause weggegangen. Um sieben haben wir mit Unterricht begonnen.« Juwal errötete. »Nur muß ich mit Ihnen unter vier Augen sprechen«, sagte Michael bekümmert und sah auf die große Schiebetür, die den Raum teilte. Sie stand halb offen. Und er sah auf das Bett, das den zweiten Raum fast ganz einnahm.

»Wir können Tür schließen«, sagte sie unkompliziert. »Kein Problem. Er wird nichts hören«, fügte sie hinzu, und beinahe fröhlich sagte sie: »Zuerst ist Zeit für Saft oder Kaffee.«

Juwal setzte sich neben Michael, las in der Zeitschrift und spielte mit den Fransen der bestickten Tischdecke. Dora Sackheim ging in die Küche, und von seinem Platz aus verfolgte Michael ihre energischen Bewegungen auf der engen quadratischen Fläche, wo sie geräuschvoll einschenkte und rührte. Juwal hob seine Augen, die aussahen, als ob er sich ein Lachen verkniff. Sie funkelten, als er lächelte. »Ich habe mich gefragt, ob ich heute Schokolade bekomme«, neckte er sie, als sie mit einem kleinen hölzernen Tablett zurückkam, auf dem Gläser in silbrigen Manschetten standen. »Und es gibt sogar Kekse. Ich wußte nicht, ob du mir welche genehmigst, weil ich so schlecht gespielt habe.«

Sie legte den Kopf auf die Seite und sah ihn mit einem kritischen Blick an, der viel Zuneigung enthielt. »Gut, daß du jetzt glücklich bist«, tadelte sie ihn, »heute und vorgestern war ich bekümmert, weil du zu melancholisch warst.« Er setzte zu einer Antwort an, als es an der Tür klingelte.

»O Gott«, sagte sie erschrocken. »Wieviel Uhr haben Sie?« fragte sie Michael und sah auf ihre Armbanduhr. »Ich habe mich völlig vergessen, völlig vergessen«, jammerte sie auf ihrem Weg zur Tür.

Zwischen einem Mann und einer Frau stand ein etwa zehn Jahre alter Junge, der einen kleinen Geigenkoffer in Händen hielt. Dora entschuldigte sich wiederholt, und Michael versicherte ihr mehrmals, daß es ihm nichts ausmachen würde, noch zwanzig Minuten zu warten. »Sie kommen eigens aus Beer Sheva, einen sehr weiten Weg, einen sehr weiten Weg aus Beer Sheva«, sagte sie. Von seinem Platz in dem kleinen Zimmer, nah am Durchgang, hörte er, wie sie den Eltern, die auf einem schmalen, grünlichen Sofa saßen, erklärte, daß in ihrem Terminkalender nicht einmal Platz für einen Stecknadelkopf sei. »Aber Sie haben ihn doch gehört«, sagte die Mutter verzweifelt.«

»Es war sehr schön, wirklich. Er hat Talent. Aber ich habe keine Zeit. Wir hören ihn dennoch an«, bestimmte Dora Sackheim. Juwal lächelte allwissend, als kenne er sich in Dialogen dieser Art aus, und rieb einen dunklen Fleck an seinem Hals. Michael erschauderte, als er sich an die melodische Stimme des Gerichtsmediziners erinnerte, der Gabriel van Geldens Gesicht berührte und sagte: »Der hier hängt nicht mit den übrigen Blutergüssen zusammen«, während er auf den durchtrennten Hals preßte.

»Er kann Bruch spielen«, willigte Dora Sackheim ein. »Von Mozart nur fünftes, anderes Konzert ist jetzt in seinem Alter zu schwer. Es ist Frage von Alter. Frage von mentaler Entwicklung. Nicht alles kann man spielen. Mendelssohn vielleicht auch«, fügte sie hinzu.

»Mendelssohn hat er in dem Konzert gespielt, in dem Sie ihn gehört haben«, sagte die Mutter. »Vielleicht ist besser, wenn er jetzt Kreisler spielt.«

»Ich kann mich sehr gut erinnern«, versprach Dora Sackheim. »Aber man darf den Kindern nichts geben, was ihnen zu schwer ist, was sie noch nicht verstehen können. Für Kreisler ist es zu früh«, sagte sie. »Das ist meine Philosophie. Genug gesprochen. Jetzt soll er spielen.«

Das Kind stand vor dem Notenständer und hielt die Geige. Von seinem Platz aus konnte Michael das Gesicht des Jungen sehen. Er legte die Geige auf seine Schulter und lehnte sein Kinn darauf, hob den Bogen, legte ihn auf die Saiten und schloß die Augen. Der Raum erzitterte, als ob der Arm, der den Bogen hielt, die Welt durchschnitt, auf ihr spielte und sie zu Scherben zerspringen ließ. Michael hielt den Atem an. Wenn man das Gesicht abwandte, konnte man sich nicht vorstellen, daß ein Kind spielte. Aus den Augenwinkeln bemerkte er Juwal, der die Zeitschrift leise aus den Händen legte, sein Gesicht bedeckte und die Augen schloß. Michael schaute hin und wieder in seine Richtung, fragte sich, wie ein Geiger fühlte, wenn es ihm schien – zumindest war es Michaels Eindruck –, daß er einem neuen Talent lauschte, einem vielleicht größeren als dem seinen. Wieder fragte er sich, wie man wissen konnte, ob jemand wirklich gut spielte. Wie erkannte man, ob jemand ein echter Künstler war oder ob eine Fehleinschätzung vorlag, die abhängig war von der öffentlichen Meinung. Diese bekannten Argumente über das eigene Gefühl im Bauch, das angeblich bestimmte, und von denen er sich zu überzeugen versuchte, schienen in einem Moment richtig und im nächsten Moment falsch. Wie sollte er wissen, wer von beiden der bessere war. Natürlich konnte er es nicht, natürlich war er nicht wie Nita in der Lage, Unterschiede zwischen zwei Geigern herauszuhören. »Manchmal ist es gar nicht eine Frage von besser oder schlechter«, hatte Nita gesagt, als sie mehrmals die Cellosuite von Bach, gespielt von Casals, hörte. »Es geht vielmehr darum: Wie macht er es, und was kann ich anders machen? Was kann ich von ihm lernen, und was kann ich persönlich einbringen?« Es war der Moment, in dem er sich laut über die Möglichkeit gewundert hatte, etwas zu spielen, das Casals schon mit solcher Perfektion gespielt hatte. Und ausdrücklich fragte er, ob eine solche Vollkommenheit keine kastrierende Wirkung hatte.

»Gut«, sagte Nita, »dann braucht man nicht mehr weiterzuleben. Denn dann kann man keinen Chopin nach Rubinstein spielen und nicht Mozart nach Clara Haskil. Es hat keinen Sinn, Schubert nach Schnabel zu spielen und gar nichts mehr nach Heifetz. Ich weiß nicht«, hatte sie zweifelnd das Gesicht verzogen, »mir tut es gut, sie zu hören. Ich habe nie Neid empfunden. Ich dachte immer, sie haben eine Vollkommenheit, mit der man in Einklang leben kann. Die man sogar braucht. Ich dachte immer«, hatte sie verlegen gesagt, »daß es ist, wie in einer Welt zu leben, in der es Gott oder so etwas gibt.« Sie hatte gelacht, um ihren Worten das Pathos zu nehmen. »Für mich verkörpern sie die Idee der Vollkommenheit, das heißt, sie sind Lehrer. Man muß sie studieren. Dann überprüft man, ob man dem etwas hinzufügen kann. Manchmal kann man. Und außerdem«, hatte sie eifrig bemerkt, »wenn man jemand Neues hört, der gut spielt, ich sage nicht, daß man nicht einen Moment lang erschrickt, aber man empfindet auch eine große Freude, als ob einem ein Bruder geboren wurde, ein Freund auf der Welt. Alle Worte über Haß zwischen großen Künstlern sind Unsinn. Kein ernstzunehmender echter Künstler wird einem wirklichen neuen Künstler im Weg stehen. Im Gegenteil«, sagte sie wie innerlich erleuchtet, »alle großen Künstler haben Anfängern geholfen, wenn sie an sie glaubten. Wie Schumann und Brahms, Brahms und Dvorák. Auch mit Musikern ist es so. Sogar mit Myra Hess und Thelma Yellin und Casals und verschiedenen großen Sängern, die junge Talente unterrichten. Hast du gewußt, daß der Ehemann von Elisabeth Schwarzkopf der Produzent aller großen Aufnahmen der Callas war? Sie waren enge Freundinnen, und beide waren sie Sängerinnen. Hast du das gewußt?«

Am Anfang zog Juwal die Augenbrauen zusammen.

Dann machte sich in ihm eine Art Freude breit, wie die, die Dora Sackheim ausgestrahlt hatte, als sie ihm die Tür geöffnet hatte. Sie selbst saß auf einem grünen gepolsterten Stuhl. Michael konnte ihr Gesicht nicht sehen, sondern nur den Arm, der sich ab und zu dem Gesicht näherte, damit sie an der Zigarre ziehen konnte, die sie in der Hand hielt. Bis auf diese Bewegung rührte sie sich nicht. Wolken graublauen Dunstes schwebten um den grünen Stuhl und hüllten ihn in eine Art geheimnisvollen Nebel. Er spürte, wie seine Kiefer sich bei dem Gedanken an das Urteil zusammenpreßten, das hier in seiner Anwesenheit gefällt wurde. Zehn Minuten spielte der Junge ohne Unterbrechung. Als sie den Arm hob, hörte er auf. Im Raum herrschte völlige Stille. Dora Sackheim stand auf, ging in das Zimmer nahe an der Tür, nahm die Glasschale mit der Schokolade, reichte sie dem Jungen und ermunterte ihn: »Nimm, nicht nur eine.« Dann stellte sie die Schale vor die Eltern, deren Gesichter Michael nicht sehen konnte. Jetzt erklang ihre Stimme, langsam und unentschlossen: »Gar nicht so schlecht für das erste Mal«, gestand sie nachdenklich. »Talent ist da. Keine Frage, daß Talent vorhanden ist – aber Technik ist furchtbar.« Es herrschte Stille nach ihren Worten. Sie zündete eine frische Zigarre an und setzte sich wieder. »Auch wenn ich Zeit hätte, und ich sage nicht, daß ich Zeit habe, aber auch wenn ich hätte, dreimal die Woche, drei, vier Stunden jedesmal, wie soll das gehen? Er ist elf? Von Beer Sheva nach Holon? Das ist kein Leben, überhaupt kein Leben für elf Jahre altes Kind. Vielleicht noch zwei Jahre«, zögerte sie, ihre Stimme war freundlich, als sie hinzufügte, »ich bin schon zu alt. Wer weiß, was in zwei Jahren sein wird.«

»Wir werden eine Lösung finden«, erklang plötzlich die Stimme des Vaters. »Wenn das das Problem ist, werden wir es lösen. Die Frage ist nur, ob die Dame bereit ist ...«

»Lassen Sie die Dame«, protestierte Dora Sackheim. »Wozu so förmlich? Ich muß gut, gut darüber nachdenken. Ich werde Bescheid geben.«

Dann folgten Gemurmel, Aufstehen, Seufzer, der Junge packte seine Geige.

»Nimm noch Schokolade«, sagte sie und folgte ihm mit dem Blick. Als sie die Tür hinter ihnen schloß, schüttelte sie den Kopf, neigte ihn zur Seite und sah Juwal an, der von einem Ohr zum anderen grinste. »Was lachst du?« fragte sie beinahe beleidigt. »Was gibt es da zu lachen?«

»Du wirst ihn nehmen«, sagte Juwal. »Und er weiß nicht einmal, was ihm blüht«, fügte er mit einer Unschuldsmiene hinzu. »So schlecht hat er gespielt, daß du ihn mit Schokolade gefüttert hast.«

Sie sah ihn verdutzt an und stieß hervor: »Unsinn, denkt ihr vielleicht, ich lebe ewig?« Sie winkte Michael zu, der sich beeilte, ihr in den anderen Raum zu folgen.

Dann zog sie die Schiebetür zu, die sich kaum bewegen ließ, als ob nur sehr selten von ihr Gebrauch gemacht wurde. »Erlauben Sie«, kam Michael zu Hilfe, und sie rückte zur Seite, beobachtete seine Bewegungen und nickte dankbar. Sie öffnete das kleine Fenster, das zu einer Nebenstraße führte, und machte ihm ein Zeichen, sich auf den einzigen Stuhl zu setzen, der im Zimmer stand. Sie selbst setzte sich auf das Bett und legte ihre verbundenen Beine auf einen kleinen Schemel. Ihr Gesicht wurde ernst, ihre Augen waren von einem durchdringenden Blau. »Ich trauere um Gabi«, sagte sie ohne Übergang. »So große Katastrophe, so groß.« Er hatte vor, sie reden zu lassen, aber sie fügte nichts hinzu, sondern sah ihn mit konzentrierter Erwartung an, als ob sie ihre faltigen Lider mit den kurzen Wimpern nur mit Anstrengung hob. Er hatte vermutet, sie würde ihm mißtrauischer begegnen, vielleicht erschrocken, und wunderte sich nun, daß sie keine von den typischen Bemerkungen über Polizisten machte. Jetzt sah er mit Befriedigung, daß sein Angebot, Juwal nach Beth Daniel zu fahren, der Schlüssel war, der ihm einen Weg zu ihr gebahnt hatte.

»Ich bin gekommen, um Sie nach ihm zu fragen«, sagte

Michael zaghaft, »daß Sie mir etwas über ihn erzählen und auch über Theo.«

»Theo?« wunderte sie sich. »Nun gut, Theo. Theo ist etwas vollkommen anderes. Etwas anderes. Hundertprozentig anders«, versicherte sie. »Ein großes Talent«, fügte sie hinzu.

»Wer?« fragte Michael.

Für einen Moment nahm ihr Gesicht einen verwirrten Ausdruck an. »Gabi«, sagte sie und fügte sofort hinzu: »Und auch Theo. Aber Theo ist etwas anderes.«

»Inwiefern?«

»Gabi war bei mir von sieben bis er achtzehn Jahre alt war. Dann ging er nach New York, zur Juilliard-School. Theo hörte mit vierzehn oder fünfzehn auf. Er hat aufgehört hier bei mir und hoppla, auf nach New York.«

»Und Sie waren all die Jahre über mit ihm in Kontakt?«

»Mit Gabi? Sicher, all die Jahre. Es war sehr guter Kontakt. Er hat immer geschrieben, hat angerufen, hat mir Besuch gemacht, wenn er in Israel war. Ich habe viele Schüler mit gutem Kontakt, aber mit Gabi ganz besonders.«

»Und mit Theo?«

»Theo ist etwas andere Sache«, wiederholte sie hartnäckig. »Er hat großes Talent, aber nicht für Geige. Nicht, wie es sein soll. Er suchte nicht nach Perfektion. Er konnte nicht. Hatte nicht genug Geduld. Man mußte ihn zwingen zu arbeiten. Gabi nicht. Er hat zuviel gearbeitet. Theo wollte sofort drittes Violinkonzert von Mozart spielen. Sibelius, auch Sibelius mochte er sehr. Im Unterricht haben wir Reihenfolge. Zuerst Tonleiter und Übungen, dann Bach, dann etwas, was junge Menschen spielen können, Mendelssohn, Saint-Saëns, Kreisler, Paul Ben Haim, Boskovitz. Die sind nicht so schwierig. Können Sie sich vorstellen, wie Theo solch eine Reihenfolge einhalten kann? Sie kennen Theo, ja?«

Er nickte. »Kann man nicht ein großer Geiger und gleichzeitig ein großer Dirigent sein?« fragte er.

»Natürlich kann man«, wunderte sie sich über die Frage. »Auch ein Pianist. Barenboim hat sich gut entwickelt. Seine dritte Aufnahme der Beethoven-Sonaten ist sehr gut. Auch ein großer Dirigent ist er. Keine Frage, ob es möglich ist«, sagte sie unwillig. »Manchmal. Auch Leonard Bernstein ist ein Beispiel.«

»Aber Theo nicht«, vergewisserte er sich.

»Und Sie? Sie sind bei Polizei, nicht wahr?« Eine Wolke verdeckte plötzlich ihre Stirn und ihre Augen. »Furchtbar. Furchtbar. Soviel Arbeit und soviel Talent. Und dann – auf einmal.«

»Sie haben ihn sehr gemocht?«

»Gemocht?« winkte sie ab. »Gemocht. Ich habe ihn sehr geliebt. Meine Schüler«, sie sah zum Fenster, »sind für mich wie Kinder. So viele Stunden, so viele Jahre. Ach«, sagte sie mit großer Trauer. »Was soll man sagen.«

Er bat sie, Gabriel zu beschreiben.

Sie riß mehrmals den Mund auf und schließlich sagte sie: »Man kann einen Menschen nicht beschreiben. Wenn man einen kennt – ist es ganz unmöglich. Er hat bei mir begonnen, als er sieben Jahre alt war. Schon damals war er ein großer Pedant. Perfektionist, mit viel Talent. So ernst. Auch naiv. Mit Idealen. Er war ein besonderer Mensch. Still, aber besonders.«

»Hat er sich schon in seiner Jugend für die alte Musik interessiert?«

»Gabi?«

Michael nickte.

»Ja«, zögerte sie. »Nicht so sehr wie in den letzten Jahren, aber man kann sagen, ja. Auch als Kind hat er Barockmusik mehr geliebt.«

»Und Theo?« Für einen Moment dachte er, sie würde wiederholen, Theo sei etwas anderes gewesen. Aber sie sagte nichts, sie kniff nur die Lippen zusammen, und plötzlich erschienen Falten auf ihrem Kinn, die er vorher nicht bemerkt hatte. Sie dachte nach und sagte: »Nehmen Sie

Thomas Mann. Es paßt, daß ich über Theo und Gabi gemeinsam nachdenke, gerade, weil sie so unterschiedlich waren.«

Michael schwieg. Es schien ihm, daß das Aufnahmegerät in seiner Brusttasche surrte, so daß sie es hören konnte. Aber sie war in sich versunken: »Gabriel war mehr ... er interessierte sich für innere Seite von Dingen. Gerade er, nicht Theo, war eine Art Adrian Leverkühn.«

»Wer?« flüsterte Michael.

»*Dr. Faustus* – haben Sie es nicht gelesen?«

»Ich habe es versucht, zweimal, es ist lange her«, gestand er.

»Ein schwieriges Buch, wenn man sich nicht auskennt mit Musik«, sagte sie nachsichtig. »Kennen Sie sich aus in Musik?«

»Ich verstehe nichts davon«, sagte Michael. »Ich liebe sie nur.«

»Liebe ist das wichtigste«, versicherte sie, »nicht für einen Künstler, nicht für einen Musiker«, beeilte sie sich zu präzisieren. »Dort reicht Liebe nicht. Manchmal stört sie sogar. Als Künstler muß man ... eher kalt sein. Ein Künstler muß fast ein Monstrum sein«, lächelte sie. »Er muß alles von sich wegschieben, alles zur Hölle schicken, auch die Liebe, wenn er spielt. Man muß mit Gefühl spielen, ohne Gefühl zu fühlen. Verstehen Sie? Man braucht, wie soll ich sagen, Distanz, richtigen Abstand«, sagte sie schließlich mit dem Ausdruck der Erleichterung, daß sie die passenden Worte gefunden hatte. »Aber für das Leben ...« Sie breitete die Arme aus, neigte den Kopf und begutachtete sein Gesicht mit ihrem wachen Blick. »Haben Sie an der Universität studiert?«

Er nickte. »Geschichte und Jura. Aber ich habe mein Studium noch nicht abgeschlossen.«

»Was für eine Geschichte? Kunstgeschichte?«

»Nein, vor allem mittelalterliche Geschichte«, sagte er mit wachsendem Unbehagen, als er sie höflich nicken sah.

»Hängt das mit Polizei zusammen?« Auch in dieser Frage lag große Höflichkeit und ein Funke Verwunderung.

»Das war, bevor … bevor ich wußte, daß ich bei der Polizei arbeiten würde«, versuchte er kurz zu erklären. Er konnte schwer abschätzen, wieviel Interesse, wenn überhaupt, sie seiner Person entgegenbrachte, von dem Moment an, als ihr klar wurde, daß er weder Musiker war noch über musikalische Kenntnisse verfügte. Hätte er ihr seine Lebensgeschichte erzählt, die Zufälle, die dazu geführt hatten, daß er sich bei der Polizei wiederfand und die Beschäftigung mit der Geschichte aufgab, hätte sie verstanden, daß er nicht irgendein gewöhnlicher Polizist war, daß auch er sich nach geistigen Dingen sehnte. Das Gefühl der Kränkung übermannte ihn, der Kränkung über seine simple, kindische Sehnsucht, daß sie ihm den richtigen Wert beimaß. Wie konnte man ihre Blockade durchbrechen, die Blockade eines Menschen, der nicht in der Lage war, den Sinn eines Lebens einzusehen, das nicht voll von Musik war, und sich folglich für ihn nicht interessierte. Hätte sie von seiner Beziehung zu Nita gewußt, wie sehr ihr Spiel ihn berührte, hätte sie ihn vielleicht mehr geschätzt. Vielleicht hätte sie ihn sogar gemocht. Etwas von ihm hätte sich in ihr eingeprägt. Er empfand große Achtung für sie und den starken Wunsch, auch von ihr ein wenig Achtung zu erfahren. Er schämte sich im gleichen Augenblick für diesen Wunsch. Er riß sich zusammen und schwieg.

»Worüber haben wir gesprochen? Dieser alte Kopf«, sie klopfte auf ihre Stirn. »Ach, Dr. Faustus, ja, dort gibt es einen Komponisten, der sich dem Teufel verkauft. Gabriel hat sich nicht verkauft, aber er hat sich gefühlt, als ob er Seele verkauft hätte. Er war kein Komponist, aber er wollte Reinheit, Reinheit, war verrückt nach Reinheit. Ich fragte schon, als er ein Kind war: ›Was ist so schmutzig an Mendelssohn?‹ Denn nicht einmal den Mendelssohn mochte er.« Sie lächelte traurig und schlug sich leicht auf die Schenkel.

Zuerst zögerte er ein wenig, aber als er ihre Augen sah, dachte er, daß man offen mit ihr sprechen konnte. »Haben Sie gewußt, daß er homosexuell war?«

Sie zwinkerte nicht einmal. »Ich habe es mir gedacht. Zwischen zwölf und achtzehn ist es zu früh für Gewißheit. Der Mensch weiß es in diesem Alter selbst nicht immer. Aber ich dachte immer – entweder ist er bisexuell oder homosexuell. Dann hat er geheiratet – und ich dachte, ich habe mich geirrt. Als Jahre vergingen und er kam, sah ich, daß es so gewesen ist. Ich habe es auch von jemandem gehört.«

»Aber Sie haben nicht darüber gesprochen?«

»Niemals«, wie ein Mädchen schüttelte sie den Kopf und biß sich auf die Lippe.

»Und er ist immer allein hergekommen?«

»Immer allein.«

»Und vor ein paar Wochen war er bei Ihnen.«

»Ist es schon ein paar Wochen her?« wunderte sie sich. »Ich kann mich nicht genau erinnern. Es war sehr heiß. Juni oder Juli oder August. Ich glaube, Anfang August. Hundertprozentig August. Ja, es ist schon mehr als einen Monat her, seit er gekommen ist.«

»Ist bei diesem Besuch etwas Besonderes vorgefallen?«

Sie schien angestrengt nachzudenken. »Nein, der Vater lebte noch. Er war sehr fröhlich, sehr aufgeregt. Er hätte Überraschung für mich, aber er hat nicht gesagt, was für Überraschung. In ein paar Monaten wollte er es mir sagen.«

»Und es gab keinen Hinweis? Hat er nichts Außergewöhnliches gesagt?«

»Außergewöhnliches?« wiederholte sie, als habe sie nicht richtig verstanden. »Extraordinaire?« Sie wurde still, dann murmelte sie: »Es gab große, wie sagt man, Spannung.«

»Und das war alles?«

»Nun«, sie schien die Geduld zu verlieren, »er war nur eine Stunde hier. Er brachte mir Geschenke aus Europa. Er kam immer mit kleinen Geschenken, Schokolade, Käse aus Holland, denn er war in Holland, ein schönes Tuch. Mir genügen noch Schallplatten«, sagte sie mit einem kindlichen Lächeln. Ich sagte ihm, ich werde die Welt verlassen, ohne diese Dinge, aber er brachte mir ein Gerät und CDs. Von Heifetz. Er mochte Heifetz nicht immer. Nur manchmal. Es war nur für mich. Manchmal brachte er Aufnahmen, die er selbst gemacht hat. Grosse Bachmesse, die er vor drei, vier Jahren in Jerusalem aufgenommen hat. Ich mochte nicht, wie er gespielt hat. Aber war interessant.«

»Hatten Sie das Gefühl, daß er kam, um sich zu beraten? Daß er sich in einer Krise befand?«

Sie zögerte. »Er kam immer, auch um sich zu beraten. Vor einem wichtigen Konzert, wenn er an etwas Neues gearbeitet hat. Wenn er Problem hatte mit Interpretation. Er ist immer gekommen. Wir saßen Stunden zusammen. Haben geredet, haben gedacht. Er war sehr klug, Gabriel, ein wirklicher Musiker. Wir sprachen viel von Interpretation. Zum Beispiel, wie man Barockmusik spielen soll. Wir hatten nicht immer selbe Meinung.«

»Sie kannten ihn, seit er ein Kind war«, drängte er sie. »Hatte sein letzter Besuch eine besondere Bewandtnis?«

»Gut«, sagte sie mit deutlichem Unbehagen, und große Trauer stand in ihren Augen. »Natürlich wußte keiner, daß es letzter Besuch war. Wir wußten auch nicht wie ... wußten nicht, daß er vor mir geht. Und dann so etwas.«

Michael schwieg.

Sie dachte angestrengt nach. »Ich weiß schon nicht mehr, ob es wirklich so war oder ob es nur Wunsch ist zu helfen«, entschuldigte sie sich. »Aber vielleicht ... ich erinnere mich, daß wir über Vivaldi gesprochen haben. Aber die letzten Jahre sprach er immer von Vivaldi. Diesmal mehr. Und etwas sehr, sehr ... vielleicht Freude?«

»Was war mit Vivaldi?«

»Er hat gefragt«, sie lächelte erneut, »ob ich glaube, daß Vivaldi ein Requiem geschrieben hat.«

Jetzt lachte sie laut, kurz und freudlos auf. »Guter Witz«, seufzte sie schließlich.

»Was ist daran so komisch?« fragte Michael verblüfft.

»Requiem von Vivaldi. Das ist hundertprozentig unmöglich. Absurd. Kennen Sie Vivaldi?«

»Sehr wenig. ›Die vier Jahreszeiten‹, das Flötenkonzert, solche Stücke.«

»Vivaldi komponierte vielleicht fröhlichste Musik auf der Welt, vielleicht in Menschheitsgeschichte. Bei ihm gibt es kein Requiem. Es ist paradox. Verstehen Sie?«

»Aber was heißt das überhaupt, ›geschrieben hat‹? Wollte er damit sagen, daß Vivaldi ein Requiem geschrieben hat, das unbekannt ist?«

»Gut«, sagte sie abschätzig, »viele Stücke von ihm gingen verloren, das ist bekannt, hundertprozentig.«

»Und, hat man einen Teil davon gefunden?« Michael wurde hellhörig.

»Ständig werden Sachen gefunden«, winkte sie ab. »Man hat auch Stücke von Vivaldi gefunden. Ein paar Sachen. Aber nicht in den letzten Jahren. In den letzten Jahren hat man Schubert gefunden. Am Anfang des Jahrhunderts ein Trio von Schubert, mit Gitarre, das verlorengegangen war.«

»Dann hat er Sie gefragt, ob Sie glauben, daß Vivaldi ein Requiem geschrieben hat?«

»Ja«, seufzte sie erneut. »Ich habe gelacht. Ich habe gesagt: ›Genau wie ich glaube, daß Brahms Oper geschrieben hat. Gleiche Logik.‹«

Er spürte, wenn er um eine Erklärung der Analogie bitten würde, würde sie ihn verachten. Deshalb fragte er sie, ob sie bereit wäre, sich ein Stück aus einer Komposition anzuhören und es zu identifizieren. Schon im Auto hatte er die Stelle der Aufnahme gesucht, hatte auf die Sekunde gelauert, in der jene Stelle in dem Gespräch zwischen Theo und Herzl begann, damit niemand die restlichen Gesprächsfetzen hören konnte.

Sie bat immer wieder, das Stück noch einmal hören zu

dürfen. Ihre Augenbrauen hoben sich. »Schwer zu sagen, was das ist«, sagte sie und wurde still.

»Kann es ein Stück aus dem Barock sein?«

Sie zuckte die Schultern.

»Könnte es ein Stück von Vivaldi sein?«

»Es ist schwer zu sagen«, zögerte sie. »Das ist nichts, was ich schon einmal gehört habe, es ist auch kurz.«

»Aber es könnte von Vivaldi sein?«

»Könnte«, dachte sie laut, »aber was spielt es für eine Rolle. Es sind nicht viele Töne, schwer zu wissen. Es könnte auch Scarlatti oder Corelli sein. Romantik, Klassik, es könnte alles sein. Vielleicht sogar ein einfaches Lied.«

»Wie verstehen Sie Gabis Frage über Vivaldi?«

Sie verzog die Lippen zum Ausdruck der Unwissenheit. »Ich verstehe es gar nicht«, gestand sie.

»Und ein Requiem von Vivaldi gibt es nicht?«

»Nein«, sagte sie bestimmt.

»Und wenn man eines gefunden hätte?« wagte er zu fragen.

»Wir wüßten davon«, sagte sie trocken. »Das wäre nicht an uns vorübergegangen, als wäre es nichts.«

Er schien in einer Sackgasse gelandet zu sein. »Ich verstehe, daß Theo und Gabriel schon eifersüchtig aufeinander waren, als sie Kinder waren.«

»Oho, oho, und wie.«

»War Theo auf Gabriel eifersüchtig?«

Sie zögerte. »Und umgekehrt«, sagte sie schließlich. »Als sie Kinder waren, zwei Geiger, war es sehr kompliziert. Sie haben auch eine Schwester, Nita, wegen Familie Bentwich. Sie waren sehr musikalisch. Wissen Sie das?« Sie sah ihn an, und er nickte. »Beth Daniel war Eigentum von Familie Bentwich«, erklärte sie zufrieden. »Aber Nita spielt Cello. Hat auch zum Schluß in Juilliard-School studiert. Sehr musikalische Familie.« Sie wurde still und versank in sich.

»Aber irgendwann ist Theo nicht mehr zu Ihnen zurückgekehrt. Er hat vor Gabriel aufgehört.«

»Er dachte, ich schätze ihn nicht genug.« Ihre Augen verengten sich nachdenklich. »Das ist ... ich bin kein einfacher Mensch«, sagte sie entschuldigend.

»Er hat mir gesagt, daß Sie ihm geraten haben aufzuhören.«

»Ich kann mich nicht mehr erinnern«, entschuldigte sie sich wieder. »Es ist mehr als dreißig Jahre her. Aber es kann so gewesen sein. Warum sollte man Zeit verschwenden?«

»War die Arbeit mit Theo für Sie Zeitverschwendung?«

Wieder rang sie mit sich. »Sie sagen es sehr brutal. Ein guter Geiger zu sein – auch ein anderer Musiker, aber für Geiger ist es vielleicht besonders schwer – ist Frage von Charakter. Sache von Kraft. Es ist auch wichtig, wofür man Kraft einsetzt. Nicht nur Talent. Es kann großes Talent vorhanden sein, und man nutzt es nicht. Oder man macht etwas, das nicht gut ist. Aber noch mal zurück zu *»Dr. Faustus«*. Ich weiß nicht, in letzter Zeit denke ich viel an dieses Buch. Es gibt dort ... Vielleicht sollten Sie es wirklich lesen!« ermunterte sie ihn. »Obwohl es schwieriges Buch ist. Es ist sehr gescheit. Sie interessieren sich für Mittelalter. Auch für Bildung. Sie sehen intelligent aus. Es gibt dort einen Menschen, vielleicht haben Sie davon gehört, eine Art Impresario, sein Name ist Saul Fitelberg. Er ist die Parodie des Erfolges. Er spricht viele Seiten lang, großen Monolog. Ich bitte Schüler manchmal, Monolog zu lesen. Wenn sie erwachsen genug sind. Wenn sie anfangen, mit mir über Erfolg zu reden. Und dieser Impresario verspricht Leverkühn, ihn nach Paris, Brüssel, Antwerpen, Venedig und wo sonst noch zu bringen. Leverkühn ist Komponist und will nicht Dirigent sein. Der wichtige Punkt für mich ist, daß Schüler die Karikatur von internationalem Erfolg von großem Schriftsteller sehen. Denn bei mir lernt man nicht internationalen Erfolg. Nur zu arbeiten. Internationaler Erfolg ist nicht wirklich interessant.«

»Frau Sackheim«, bemerkte Michael taktvoll, »die größten zeitgenössischen Geiger der Welt waren Ihre Schüler. Lauter bekannte Namen.«

Sie sah ihn zornig an. »Erfolg? Die ganze Welt?« schien sie die Worte auszuspeien und begann, schwer zu atmen. »Berühmtheit? Was ist daran so wichtig?« Sie wurde still und sah ihn an. »Unfug!« schrie sie plötzlich, zog die Beine von dem Schemel und fuchtelte wütend mit den Armen. »Sie haben gelernt zu arbeiten, zu arbeiten und wieder zu arbeiten! Tag und Nacht, Sommer und Winter. Der Rest ist Unfug. Dann gibt es Publicity, das sagt nichts, nichts!« Sie atmete schwer, beruhigte sich, lächelte und sagte still: »Um die Wahrheit zu sagen, es stört auch nicht, wenn es Erfolg gibt, wenn er nicht verdirbt. Manchmal steigt er in den Kopf. Was kann man machen.« Die letzten Worte murmelte sie. Ihr Blick richtete sich auf die gegenüberliegende Wand, die sie mit einer gewissen Hartnäckigkeit anstarrte.

»Und Theo?«

»Theo hatte keine Geduld. Er war talentiert. Sehr. Aber wollte sofort dirigieren wie Bernstein. Dirigent. Wenn nicht Geiger wie Heifetz, dann Dirigent. So war Theo. Sie wissen, daß er heute auch ein sehr wichtiger Theoretiker ist. Ich habe ihn im Fernsehen über Barock sprechen gehört – er war fabelhaft. Er hat etwas zu sagen. Das hat er. Aber Theo, mit allem Talent, hatte nicht genug Geduld und zu viel Hunger nach allem. Nach internationaler Anerkennung, nach Geld. Ich habe gehört, auch nach Damen«, lächelte sie, ihre Augen funkelten spitzbübisch. »Aber Kraft für Arbeit und Geduld für Geige?« Sie schüttelte heftig den Kopf, schnalzte sehr laut, und ihre Zähne klapperten. »Haben Sie Juwal gesehen?« Ihre Atemzüge wurden ruhig und legten sich langsam, als riefe sie sich in Erinnerung, wo sie sich befand. Ihre Brust stieg auf und nieder, als strenge sie sich sehr an. »Er hat Disziplin und Geduld. Potential von großem Künstler. Man braucht starkes Ego. Viel Ego. Es gibt Menschen mit Hunger ohne Ende. Immer reicht es ihnen nicht. Künstler«, sie beugte sich vor, »brauchen großen Hunger, aber nach

Perfektion und Disziplin. Und man muß wissen, was Toscanini zu Piatigorsky vor Haydn-Konzert sagte. Haben Sie davon gehört?«

Er schüttelte den Kopf.

»Es steht in Memoires von Piatigorsky, ein sehr großer Cellist. Er erzählt, wie er zusammen mit Toscanini Konzert gab, und bevor sie Bühne betraten, sagte ihm Toscanini: ›Sie sind nichts wert, ich bin nichts wert.‹«

»Und hatte Gabriel es, dieses Gefühl der ... Demut?«

»Hundertprozentig hatte er es. Toscanini hatte es nicht. Nicht vor Publikum. Wie er zu schreien pflegte«, sagte sie mit einem Lächeln, das sogleich erlosch, als sie hinzufügte: »Zwei Kinder in einer Familie. Solch ein Unterschied, wie Tag und Nacht. Man weiß nicht, ob Genetik oder Psychologie der Grund ist. Die Menschen werden mit Persönlichkeit geboren. Sogar ohne Einflüsse. Nicht das ist schwarz, und das ist weiß. Gabriel war nah zum Vater. Theo war Liebling von Mutter. Die Mutter war Pianistin, wissen Sie es?«

»Ich habe davon gehört«, sagte er mit dumpfer Stimme. »Wissen Sie etwas über Gabriels Feinde?«

Wieder schüttelte sie heftig den Kopf. »Auf keinen Fall«, sagte sie mit erstickter Stimme. »Sie kennen Gabriel nicht, aber er ... er war schwierig, aber zu sich selbst. Er war auch gerade auf neuem Höhepunkt von Karriere. In der Rekonstruktion von Barockmusik. Sie wissen, daß er begonnen hatte, ein Barockensemble zu gründen?«

»Haben Sie seine Partner kennengelernt?«

»Niemals«, sagte sie traurig. »Nicht alle sind so. Es gibt Schüler, welche reden über ihr Leben, Familie, alles. Gabriel war sehr diskret mit Privatleben. Es gab große Nähe, aber nicht verbal. Man sprach über Musik, über Leben überhaupt, aber nicht über sein Leben. Sogar die Frau, die er heiratete, habe ich nie gesehen. Gerade Theo ist wie Kind. Viel offener. Für Theo ist sehr wichtig, daß er geliebt wird. Er hat viel ... viel Libido, wie man sagt.«

»Wagner«, dachte Michael laut.

»Wagner«, stimmte sie zu. Nach wenigen Sekunden öffnete sie den Mund: »Ich habe gehört ...«, sagte sie zögernd, »ich habe gehört, er will Bayreuth nach Israel bringen. Ein Festival. Ausgerechnet Wagner. Ich denke, es richtet sich gegen seinen Vater.«

»Gut«, erinnerte Michael. »Sein Vater lebt nicht mehr.«

Sie seufzte und schüttelte sich. »So barbarisch«, sagte sie. »So beängstigend. Für ein Gemälde? Was ich sage, es ist besser, man hat nichts, hier«, sie breitete die Arme aus, »an was fehlt es mir? An nichts, aber es gibt auch nicht zuviel. Es gibt nichts, was man hier stehlen kann.«

»Kann man von einer schwierigen Beziehung zwischen Theo und seinem Vater sprechen?«

»Nein«, sagte sie mit Gewißheit. »Ich kannte Felix van Gelden viele Jahre. Er hat sich sehr um Theo bemüht. Und Theo – hat ihn auch geliebt. Aber er war nicht sein Lieblingssohn. Und Theo, wenn ich richtig verstehe«, sagte sie zögernd, »hat nicht auf seinen Platz verzichtet. Es gab Spannungen.«

»Hätte er ihn umbringen können?«

»Wer?« staunte sie.

»Theo seinen Vater?«

»Ach!« winkte sie ab. »Auf gar keinen Fall. Das gibt es nicht.« Sie legte ihre Beine wieder auf den Schemel und sah Michael prüfend an.

»Aber die Sache mit Wagner«, beharrte Michael.

»Gut, es war nicht nur Vater«, erklärte sie, »es ist viel komplexer. Es ist auch Musik. Es ist auch Credo. Musikalisches Credo. Für den Vater – Wagnerboykott. Aber hier, auch für mich ist Wagner nicht so. Und die ganze Sache, daß man in Israel Wagner nicht spielt! Man hat hier schon Wagner gespielt mit Toscanini, 1936. Ich war 1936 nicht hier, aber ich habe davon gehört. Später gab es Assoziationen mit Wagner. Mitglieder des Israelischen Philharmonischen Orchesters hatten Assoziationen. Nicht mit Liszt«, sagte sie mit verzerrtem Mund. »Sie haben keine Assoziation mit Liszt, dessen Musik man bei Siegesmeldungen während des Krieges in Deutschland gespielt hat. Aber ausgerechnet Wagner, was soll man machen.« Sie breitete die Arme aus. »Solange Menschen leben, die es stört, kann man Wagner nicht spielen. Aber er war ein großer, fantastischer Musiker, hundertprozentig. Wieder komme ich zurück auf Thomas Mann.« Sie schien sich zu entschuldigen. »Es gibt etwas, das er darüber geschrieben hat. Kennen Sie es?«

Er schüttelte den Kopf.

»Es ist Rede, die er hielt für fünfzigsten Todestag von Wagner, 1933 in München. Ich erinnere mich, denn ich war dreiunddreißig in München. Es war im Februar. Ich war an der Universität von München. Ich habe dort Solokonzert gegeben«, seufzte sie, »und ich bin eilig geflohen. Es war schrecklich.«

»Die Rede?«

»Nein«, erschrak sie, »die Zeiten dort in München. Ich bin froh, daß ich so alt bin«, erklärte sie, »damals, 1933, war schrecklich. Ich hatte alles im Leben«, sagte sie voll nachdenklicher Trauer, umfaßte ihre Knie und reckte sich, als müsse sie sich zur Ordnung rufen. »Aber ich habe in meinem Leben auch Heifetz spielen und Thomas Mann sprechen gehört. Er sprach über ›Leiden und Größe Richard Wagners‹«, sagte sie in deutscher Sprache, »später erschien dieser Vortrag in Sammelband. Rede ist nicht wirklich nur über Musik von Wagner, sondern generell über 19. Jahrhundert. Das war ein Erlebnis für ganzes Leben«, sie schloß ihre Augen für einen Moment, und er, vor ihr, verengte die seinen in der Bemühung, sie sich in München vorzustellen, ein junges Mädchen, eine Geigerin, die Thomas Mann lauschte.

»Nicht wie heute«, seufzte sie, ihre Lippen bebten. »Ein großer Schriftsteller, damals, sprach über das 19. Jahrhundert, kannte sich aus mit französischen Impressionisten, mit russischem Roman und deutscher Musik. Er sagte, 19. Jahrhundert war ›Wald von großen Männern‹. Wer redet heute so? Es war keine Schande zu sagen, daß Wagner wollte, daß Kunst rein sein soll. Man braucht nicht nur Klugheit, um so etwas über Wagner zu sagen.« Sie seufzte. »Was ist heute noch groß oder gigantisch, gibt es heute einen Toscanini, einen Thomas Mann? Er sprach dort über Komplex von Musik, Mythos und Psychologie. Kennen Sie Musik von Wagner? ›Parsifal‹? Den ›Ring‹?«

Er räusperte sich.

»Das ist es. Hier kennt man ihn nicht. Wie soll man?« Ein schlitzohriges Strahlen erleuchtete ihre Augen, als sie sagte: »Ich glaube, Boykott ist jetzt zu Ende. In letzter Zeit gibt es immer wieder Wagner im Radio. Auch Barenboim nimmt jetzt in Bayreuth auf. Aber ganz im stillen. Ja?« Sie zog an der Andeutung eines Doppelkinns, das unter ihrem Kinn entstand, wenn sie den Kopf senkte: »Boykott von Wagner kommt für einen Musiker nicht in Frage. Und für Theo war Erotik in Musik von Wagner, was Wagner über Liebe und Sex dachte – wie für Schopenhauer –, wichtig und ein Komplex von ›Parsifal‹. Für Theo sind diese Dinge von Belang, aus musikalischer Sicht. Denn Thomas Mann sagte auch, über antisemitische Theorie von Wagner, unmißverständlich, daß sie Unsinn ist, daß man sie nicht ernst nehmen kann. Aber seine Musik ist andere Geschichte. Und das versteht Theo«, sagte sie anerkennend, beinahe überrascht. »Auch wegen seiner Persönlichkeit, die zu Wagner paßt«, beeilte sie sich hinzuzufügen. »Man kann Wagner nicht boykottieren. Man kann nicht so tun, als gäbe es auf der Welt keine Musik wie Götterdämmerung in ›Siegfried‹ oder eine Chromatik wie in ›Tristan‹. Und ich höre ihn jetzt auch im Radio. Es gibt keinen Boykott mehr«, ihre Lippen bebten, »nach fünfzig Jahren menschlicher Erinnerung … sind die Menschen nicht mehr, man vergißt schon. Das ist gut, und das ist schlecht. Ich denke, wenn Karajan noch am Leben wäre, würde man ihm jetzt erlauben, nach Jerusalem zu kommen. Die Berliner Philharmoniker waren schon hier. Sie spielten in Jerusalem. Noch nicht Wagner. Aber es ist noch nicht lange her, da wollte man hier keinen Karajan. Man kann es verstehen. Aber wenn man so viele Jahre lebt wie ich, fällt es schwer, nicht zynisch zu sein.«

»Und für Gabriel?« Er hörte, wie er ihre besondere Betonung seines Namens übernahm.

»Ach!« Sie hob den Arm und lächelte. »Für Gabriel war Wagner nicht interessant. Das heißt, er kannte ihn und las Partituren, hundertprozentig kannte er ihn, aber er war nichts für ihn. Außerdem kam es wegen Vater nicht in Frage. Er hat sich an Vergangenheit orientiert. Aber er ist nur scheinbar zurückgegangen«, versicherte sie, »man kann Weg von ihm auch ganz anders sehen.«

»Vielleicht sind Sie bereit, wenn Ihre Zeit es erlaubt«, hörte er sich zögernd fragen, »mir diese Sache mit der historischen Musik zu erklären? Die Besessenheit Gabriel van Geldens von der alten Musik?«

Sie nickte energisch. »Warum nicht?« fragte sie, als ihr einfiel: »Aber Juwal wartet doch. Haben wir jetzt Zeit?«

»Ein wenig«, bettelte er und brachte die Angst, die den ganzen Morgen an ihm nagte, zum Schweigen. Wenn er nur telefonieren könnte, um festzustellen, daß sie wohlbehalten angekommen war. Daß ihr keiner ein Haar gekrümmt hatte. Jetzt anzurufen würde bedeuten, den richtigen Moment mit Dora Sackheim zu verpassen, die jede Sekunde aufhören konnte zu sprechen.

Sie stellte vorsichtig ihre Füße auf den Fußboden vor dem Bett, stützte sich mit ihren Händen mühevoll zu beiden Seiten ab, damit der dünne Leib Halt fand. »Es ist nicht so einfach, ich werde ein wenig ausholen. Ja?« Und ohne auf eine Bestätigung zu warten, begann sie zu reden.

In diesem Gefühl der großen Leere, das ihn übermannt hatte und nicht mehr losließ, seit Schorer ihm von dem Baby erzählt hatte, waren der Redefluß Dora Sackheims, die Notwendigkeit, sich sehr zu konzentrieren, die Möglichkeit, etwas von ihr zu erfahren, eine Art Ablenkung. Er hatte Sehnsucht, Sehnsucht nach ihrer Stimme, ihren Gesten, nach ihrer Präsenz; er wollte ihre Haut berühren, sie umarmen. Die ganze Zeit quälte ihn die Erkenntnis, daß ihre Zeit so kurz und kostbar war.

Dora Sackheims Stimme war jetzt leiser, fast erstickt, und sie rauchte weiter, eine nach der anderen, die dünnen Zigarren aus der gelblichen Blechdose mit dem Bild des Panthers. »Man muß bedenken«, sagte sie und glättete den Saum des engen, langen Kleides, damit es die Bandagen bedeckte, »daß es nicht jetzt erst beginnt. Ganze Sache ist Korrektur. Korrektur von großer Fehleinschätzung, von Tatsache, daß ganze vorklassische Musik in Vergessenheit geraten war. Diese Korrektur dauert schon fünf Generationen. Man darf nicht vergessen«, sie schwang die Zigarre, »daß Mendelssohn Bach neu entdeckt hat. Und was war geschehen? Im 19. und 18. Jahrhundert hatte man Musik von Barock vollkommen vergessen. Mendelssohn entdeckte Bach, und Schumann schrieb Klavierbegleitung für Bachs Cellosuiten. Denn er dachte, daß Solocello langweilig ist, steril. Wenn man sich im 19. Jahrhundert überhaupt an Barockmusik erinnerte, dann hat man sie nur romantisch aufgeführt. Sie wollten spielen, wie sie es gewöhnt waren.« Sie hielt inne, um nach einem Wort zu suchen. »In ihren Ohren«, betonte sie, »klang Barockmusik begrenzt, sogar langweilig. So dachten sie über Barock«, sagte sie staunend. »Wie Geschmack sich ändert mit der Mode«, sagte sie zerstreut, drückte die Zigarre aus und heftete ihre erstaunten Augen auf ihre bandagierten Beine. Dann erzählte sie, wie man es zu Beginn des zwanzigsten Jahrhunderts liebte, neue Orchestrierungen von Barockwerken zu schreiben. »Bis einer mit Namen Dolmetsch kam und begann, plötzlich Cembalo neu zu spielen. Er spielte Bach und Händel«, sagte sie, »und es war die erste Generation in unserem Jahrhundert, welche dachte, man soll zurückkehren zu dem, was es einmal gab. Man sollte Musik spielen, wie sie früher war, ohne romantische Bearbeitung. Zur zweiten Generation gehörte

Wanda Landowska«, seufzte sie, und sie erzählte, wie man eigens für sie ein neues Cembalo baute. »Pleyel persönlich hat es ihr gebaut«, bewunderte Dora Sackheim, »haben Sie das gewußt?« Ohne auf eine Antwort zu warten, erklärte sie, daß Landowska darauf beharrte, Bach auf dem Cembalo zu spielen. »Wenn man ihr Spiel heute hört, versteht man, daß ihr Konzept auch romantisch war. Aber immerhin war es ein Cembalo«, betonte sie. »Später kam der zweite Weltkrieg«, faßte sie zusammen. »Und danach war die Welt nicht mehr, ganz und gar nicht mehr, was sie vorher war. Nichts, was man von früher kannte, was man gewohnt war, konnte noch gut sein«, sagte sie aus gräulichen Rauchwolken und hustete trocken und tief. »Es ist immer so, wenn es sehr schlecht geht, schaut man, was früher war. Man kehrt zurück zu Vergangenheit, ganz weit weg, und darum begann in fünfziger Jahren Historismus, wie man ihn heute kennt. Damals war wirklich Höhepunkt, Höhepunkt von Besessenheit für diese Sache.« Sie versank in Gedanken, zog die Mundwinkel kritisch nach unten und erzählte von einer Gruppe von Franzosen. Sie erwähnte den Namen Jean-François Paillard und auch Nikolaus Harnoncourt. In einem Hebräisch, das sich bemühte, präzise zu sein, erklärte sie ihm, wie sie ein Orchester aufbauten, das in der »richtigen Formation« zu spielen begann. »Wie Barockorchester von früher, was bedeutet«, erläuterte sie, »mit historischen Saiten, und auch mit richtiger Größe.«

Auf seine Frage über die »richtige Größe« erwiderte sie, »nicht mehr als zwei Geigen, zwei Bratschen. Vielleicht Cello und so weiter«, schloß sie ab.

»Kann man sagen, wenn man Barockmusik so spielen will, wie sie original gespielt wurde, dann muß nur der Rahmen kleiner sein?« fragte er verlegen.

»Das ist zu simpel«, sagte sie belehrend. »Aber so scheint es. Alles war damals anders. Saal war klein, Instrumente waren ganz anders. Zum Beispiel Metallbläser hatten nicht viele Töne. Und Trompete war nicht wie heute. Ganz und gar nicht. Sie hatte nur drei Töne. Manchmal«, sagte sie mit einem Lächeln, »mußten sie zweite und dritte Trompete heranziehen, und jedes Instrument spielte Teil von Part von Trompete, denn Trompeten hatten damals überhaupt keine Chromatik. Mit Ausnahme von besonderer Trompete mit sehr dünnem Rohr, wie in ›Brandenburgischem Konzert‹ von Bach – aber damit konnte man nur hohe Töne produzieren. Erst im 19. Jahrhundert, schon nach Beethoven, erfand man Ventile für Trompeten, Instrumente waren ganz anders, Stimmen waren ganz anders, Ohr war ganz anders.«

»Und nach Landowska und den Franzosen?«

»Sie begannen Bach und Händel zu spielen. Aber Forschung geht in alle Richtungen. Man muß verstehen«, sagte sie mit betonter Geduld, »daß Barockmusik spezifische Konzeption von Tempo hat. Haben Sie keine musikalische Bildung?« fragte sie ihn in einer Weise, die er für Bekümmertheit hielt.

Er seufzte und schüttelte den Kopf. »In unserer Familie hat man keine klassische Musik gehört ... Ich stamme aus einer unmusikalischen Familie«, sagte er und bereute es sofort, aber sie überging seine Worte. Für einen Moment verachtete er sich, aber dann konzentrierte er sich auf ihre Erklärungen über das Tempokonzept des Barocks, und er versuchte, die Bedeutung der Aussage zu verstehen, daß es auf zweiundsiebzig Schlägen in der Minute basierte.

»Anscheinend war durchschnittlicher Puls Kriterium«, erklärte Dora Sackheim, »das heißt, normales Tempo war *andante*«, bestimmte sie. »Können Sie mir folgen?« fragte sie, und ohne auf eine Antwort zu warten, fügte sie hinzu: »Bei Durchschnittstempo. Wie zum Beispiel im Menuett, schlägt Puls zweiundsiebzig Mal pro Minute. Ja?«

Er nickte gehorsam und quälte sich mit der Erkenntnis, daß er sich in der Lebensphase, in der er sich befand, dieses Wissen nicht mehr aneignen konnte. »Ich lerne«, sagte er unbehaglich. »Ich versuche zu lernen, falls das überhaupt noch möglich ist.«

»Warum soll es nicht möglich sein?« fragte sie interessiert. »Es genügt, wenn intelligenter Mensch ...«

»Ich bin mir nicht sicher«, warf er ein. »Wenn man es nicht in der Kindheit verinnerlicht hat ...«

»Das heißt, Sie hatten keine ›Kinderstube‹? Aber Motivation ist auch wichtig«, sagte sie. »Gerade diese Sache ist nicht kompliziert, wenn man waches Ohr hat: *Allegro* ist auf doppelter Geschwindigkeit aufgebaut, nämlich hundertvierundvierzig Schlägen pro Minute. Und *adagio* auf der Hälfte, das heißt sechsunddreißig Schlägen pro Minute. Verstehen Sie?« fragte sie und faßte zusammen: »Auffassung von Barock war, daß Musikstück in dieser Beziehung organisch sein soll. Klavier, Pianoforte. Erst am Ende von Leben von Bach, als er sehr alt war, schrieb er ›Wohltemperiertes Klavier‹, ja? Er schrieb am Ende seines Lebens, und erst da entschied er über zwölf gleiche Halbtöne. Eine mathematische, willkürliche Entscheidung, ja?« seufzte sie. »Es ist von alten Instrumenten fast nichts geblieben, wegen Dummheit von Menschen.«

»Hat man denn Instrumente aus dem 17. Jahrhundert nicht aufbewahrt? Nicht mal in Museen?« wunderte er sich.

»Nun ja, im 19. Jahrhundert hat man diese Instrumente verbrannt. Und trotzdem gab es welche, die sie aufgehoben haben. Warum? Wegen Bildern, die darauf waren«, und mit giftigem Ton fügte sie hinzu: »Auf die Deckel von Cembalos hat man Bilder gemalt wie ›Die Einschiffung nach Kythera‹ und ›Die Apotheose der Dido‹. All diese schönen Dinge«, sie wedelte mit dem Arm, »Sie kennen sich aus in Geschichte, nicht nur in Geschichte von Mittelalter. Dann wissen Sie vielleicht, daß man 1819 im Conservatoire de Paris, dem großen Institut der Musik, wo es die meisten Instrumente gab, mehr als tausend Instrumente verbrannt hat, für Feuerholz. Größtes Conservatoire von Welt! Und das wenige, was übrigblieb, mußte man wieder bauen. Von vorne. Und so begann historische Musik in den vierziger Jahren mit Rekonstruktion von Instrumenten. Für Rekonstruktion brauchte man Instrumentenbauer, ja?«

Er befühlte seine Brusttasche. Erschütterung überkam ihn bei dem Gedanken, das Aufnahmegerät könnte aussetzen. Es war ihm klar, daß er später ihre Worte mehrere Male abhören mußte, um in ihnen nach einer zusammenhängenden logischen Bedeutung zu suchen.

»Aber«, sagte sie jetzt und schwang ihre Hand, die eine frische Zigarre hielt, »es gibt großes Problem mit Realisation dieser Musik.«

»Inwiefern?« fragte er und befühlte seine Hemdtasche.

»Es ist so«, sagte sie zufrieden. »Was macht Bach, wenn er einen Triller schreibt? Dasselbe wie Schubert, wenn er einen Moment schreibt?« Und jäh fügte sie hinzu: »Wissen Sie, was ein Triller ist?«

Er schüttelte verzweifelt den Kopf. Sie stand mit erstaunlicher Flinkheit auf, öffnete die Tür und rief: »Komm einen Moment her, Juwal, bring auch Geige mit.«

Juwal stand am Eingang, hielt den Geigenkoffer und sah sie mit verwirrter Erwartung an: »Spiel zwei, drei Takte mit Triller, ja?«

Michael wußte nicht, welches Stück es war. Sie unterbrach Juwal in dem Moment, in dem er schnell einen überflüssigen Schnörkel zwischen zwei Haupttönen, die Michael jedenfalls für Haupttöne hielt, ausführte.

»Das ist Triller, ja?« Sie sah Juwal an, als ob sie sich plötzlich an seine Existenz erinnerte. »Was machst du? Vielleicht holst du dir etwas zu essen?«

»Ich lese, es ist in Ordnung«, sagte Juwal und packte seine Geige ein. »Sie ...«, zögerte er, »dauert es noch lange?« Sein Blick war gesenkt.

»Nein, nicht mehr lange«, versicherte Michael, »noch ein paar Minuten, dann fahren wir.«

Sie setzte sich wieder auf die Bettkante. »Das war ein Triller, eine Verzierung. Aber was ist das überhaupt, eine Verzierung?« Sie beugte sich nach vorne und zog die dünnen Augenbrauen zusammen. »Eigentlich ist die Wahrheit, daß geschriebene Barockmusik nur Gerüst für Improvisation ist. Das ist, was Verzierung bedeutet. Darum muß man von neuem Technik von Improvisation anwenden, denn was geschrieben steht, ist nur Skelett.« Die letzten Worte sagte sie triumphierend, als eröffnete sie jemandem etwas vollkommen Neues.

Er nickte.

»Jetzt ist es so: Manchmal gibt es so eine Theorie, manchmal eine andere. Manche Menschen glauben, daß man jeden Part zweimal spielen muß. Beim ersten Mal ohne, beim zweiten Mal mit Verzierungen. Zum Beispiel Glenn Gould. Er hat Part nur einmal gespielt. Und András Schiff zweimal; einmal ohne, einmal mit Verzierungen. Wunderbar, wirklich wunderbar. Sie wissen, Bach hat ein Lexikon geschrieben zu einem Teil von Stücken. Genau wie richtiges Lexikon. Lexikon von Verzierungen. Und es gibt Stellen, wo sein Sohn Verzierungen hinzugefügt hat. Sie sehen es auch in Manuskript von Mozart«, sie neigte den Kopf, trällerte und klopfte vor einem der Töne leicht auf ihre Schenkel. »So ist Mozart«, erklärte sie. »Und bei Bach ist es so«, wieder sang sie mit einer leisen, heiseren Stimme, klopfte auf ihre Schenkel, um zwei zusätzliche Schläge zu demonstrieren.

»Zählt man Bach nicht zu Klassik?« wagte er zu fragen.

Für einen Moment wurde sie still. Sie sah ihn an mit etwas, das er als Enttäuschung interpretierte. »Nein, nein. Klassische Periode in Musik beginnt mit Haydn. Die Zeit davor ist Barock. Aber für mich ist Bach romantisch.«

»Ich wußte nicht, daß die Klassik in der Musik mit Haydn beginnt«, sagte er verlegen, beinahe gekränkt. »Eigentlich wußte ich nichts über Barockmusik.«

»Es ist sehr komplizierte Sache, was Barock ist, wie man ihn spielen soll, wie er früher tatsächlich war. Sogar, wenn man wirklich denkt, daß man spielen sollte wie früher. Auch darüber gibt es heute große Diskussion auf der Welt.«

»Und Gabriel hat diese Richtung vertreten«, faßte Michael zusammen.

Sie nickte energisch. »Aber das ist nur Beginn«, erklärte sie. »Es gibt Stellen bei Mozart, wenn man sie spielt wie Barock, ändert man völlig Verständnis von Tempo und Verzierungen. Auch Quantität zählt. Zum Beispiel der Compositeur Rameau, ja?«

»Ja, ja«, beeilte er sich zu bestätigen.

»Bei ihm sind Verzierungen Sache für sich. Wie viele Verzierungen! Fast alles ist Verzierung. Als erstes – das Tempo. Das ist das wichtigste«, faßte sie zusammen. Sie verweilte noch einen Moment und fügte hinzu: »Es gibt noch andere Dinge, wie Bau von Instrument und Wahl von Instrument. Wenn man Christa Ludwig sagen würde, sie soll mit weniger gewaltiger Stimme singen wie, sagen wir, Emma Kirkby, wird man sehen, Christa Ludwig kann es nicht. Ihre Stimme ist Bombe neben Kirkby, ja? Wie soll man sie in kleinen Raum stellen. Wenn man Schwarzkopf gehört hat, unter Leitung von Klemperer in Matthäus-Passion – furchtbar. Alles muß wirklich kleiner sein.«

»Und die Instrumente?«

»Sehen Sie«, sagte sie und stützte sich auf ihre Hände, die sie zu ihren Seiten ablegte, »bei Bach ist es ganz und gar nicht klar, ob *forte* oder *piano*, und man spricht von vollem Ton oder leerem Ton. Auch konnten die meisten Instrumente (außer Cello und Geige) kein *forte* oder *piano* erzeugen. Ein Klavier kann es. Deshalb ist sein Name Pianoforte. Das wissen Sie, ja?« fragte sie mißtrauisch.

Er räusperte sich.

»Aber das Ohr in jener Zeit hat gar nicht auf ein *crescendo* gewartet. Es war so bizarr, so sonderbar.«

»Und seit den fünfziger Jahren, wie hat sich die alte Musik entwickelt?«

»Vierte Generation, Generation von siebziger Jahren,

machte alles extremer. Sie begannen an größerem Repertoire als Bach und Händel zu arbeiten und gingen auch zu klassischer Musik über. Auch mit Haydn und Mozart hat man es so gemacht.«

»Hat Gabriel es auch so gemacht?«

»Manchmal noch mehr, denn er war schon fünfte Generation«, sagte sie mit einer distanzierten Armbewegung. »Das sind die, die jetzt authentische Musik machen. Die wollen, daß jede Musik genau wie früher sein soll, auch romantische Musik, auch Brahms soll sein wie zu seiner Zeit, wie er es genau gemeint hatte.«

»Wie? Wie kann es auch für romantische Musik gelten? Schließlich gab es in der Romantik schon alle Instrumente ...«

»Nicht genau wie heute. Kein sehr großer Unterschied, aber Bläser und Pauken waren ganz anders als heute. Authentischer Beethoven klingt zum Beispiel ganz anders mit Trompeten und Naturhörnern ohne Ventile. Zur Zeit von Beethoven gab es noch keine Ventile in Trompeten. Und Trommeln waren anders bespannt. Es klang mehr nach großer Militärtrommel. Zum Beispiel kann man das in Militärsymphonie von Haydn hören oder in Neunter Symphonie von Beethoven. Völlig anders als Klänge von heute.«

»Schöner?«

Sie lächelte und dachte nach. »Manchmal ist viel schlimmer. Schlimm, aber effektiv. Alt-Rhapsodie von Brahms ist eigens für Naturhorn geschrieben. Auch bei Mozart sind die Klänge von Trompeten und Posaunen mehr dark, ja?«

»Dunkel?«

»Vollkommen.«

»Und das ist es, was Gabriel erreichen wollte?«

»Mehr oder weniger. Es ist wie alles im Leben Sache von Quantität. Von wieviel. Wie sehr man fanatisch ist.«

»Und Gabi war ein Fanatiker?«

»Manchmal«, gab sie unwillig zu. »Bei der Missa von Bach zum Beispiel. Wie viele Soli hat er da, vier oder sechs?

Das ist absolut unmöglich. Manchmal tötet Pedanterie. Wenn man zum Beispiel Trevor Pinnock hört, ist es nur Manieriertheit, ist langweilig. So begräbt er Concerti grossi von Händel oder Corelli, sogar Vivaldi begräbt man so. Schlimmer als jeder Anachronismus von 19. Jahrhundert.«

»Und Gabriel?«

»Manchmal hat er es auch getan«, gestand sie wieder unwillig. »Aber er wurde immer besser. Man braucht viel Sicherheit, viel Ego, um keine Angst zu haben. Denn manchmal ist Spiel auf alten Instrumenten und in alter Technik nur Camouflage für mittelmäßiges, monotones, uncharmantes Spiel.« Sie verzog ihr Gesicht. »Aber es gibt CD von Gabi, Concerti Opus 8 von Vivaldi, das ist sehr, sehr lebendig. Man hört, daß es Vivaldi ist und nicht irgendein Elgar. Es gibt auf dieser Aufnahme barocken Stil und Leben. Mit Geige ist es immer besser, selbst bei fanatischem Historismus, wenn Geiger gut ist, denn Geige ist ambivalenter als andere Instrumente, more complicated.«

»War Vivaldi sein Lieblingskomponist?«

Sie zog die Augenbrauen zusammen. »Das kann man nicht sagen. Sollte er etwa Vivaldi mehr lieben als Bach? So ist es nicht. Es kommt darauf an, wann, was, woran er arbeitet. Aber diese CD«, sie zog eine CD aus einem Regal, das über einer kleinen Kommode hing, und legte einen Finger auf Gabriel van Geldens Porträt, der dort abgebildet war, »sie ist sehr schön, und es gibt das Concerto ›La tempesta di mare‹, das sehr besonders ist. Und man sieht daran, an Gabis Aufführung, er ist Geiger und Dirigent, welche lyrischen Melodien Vivaldi schrieb. Wieviel Phantasie er hatte. Es ist nicht nur bizarrer Barock, Imitation von Winden und Stimmen der Natur, und wie er Formen und Strukturen und Atmosphäre zaubert. Das kann man auch hier sehen.« Sie legte die CD auf das Bett. »Es ist vielleicht weniger spektakulär als die ›Vier Jahreszeiten‹, welche Sie kennen. Aber es gibt hier sehr wohl dramatisches Konzert wie ›La tempesta‹ und auch eine Feier wie in sechstem Concerto ›Il piacere‹, was, wie Gabi sagte, übersetzt heißt ›das Vergnügen‹, stimmt es?«

Ihre Lippen bebten für einen Moment. Sie glitt mit einem Finger unter ihren Augen vorbei, als wische sie eine Träne ab, und wurde still. »Ich denke«, sagte sie nach einer Weile, »daß Gabi auf richtigem Weg war, wenn er nicht ... wenn er leben würde, hätte er es geschafft, authentisch zu spielen, ohne fanatisch zu werden. Er war manchmal wunderbare Kombination von einem Künstler von heute und einem Künstler aus 18. Jahrhundert. Wenn es wirklich einen Dialog gibt zwischen den Zeiten, ist das sehr schön. Sie sollten wirklich das Konzert hören«, wieder berührte sie die CD. »›La tempesta di mare‹, denn Vivaldi, weil er aus Venedig stammte, schrieb mit viel Grandeur im Barock-Stil über das Meer. Wenn Sie hören, wie ein Venezianer fühlt über das Meer. Gabi hätte hier in Israel eine Renaissance eingeläutet. Gabi hatte noch so viel zu sagen«, sagte sie trocken und mit angestrengter Beherrschung.

»Über was für eine Überraschung wollte er mit Ihnen sprechen? Denken Sie, es hing wahrhaftig mit Vivaldi zusammen?«

»Ich weiß es wirklich nicht, es hätten so viele Sachen sein können.«

»Ist Vivaldi auch für Sie so bedeutungsvoll und wichtig?«

»Sicher«, sie war überrascht. »Der ganze Barock, Corelli nicht? Auch Corelli. Und natürlich auch Bach. Aber auch Klassik. Auch für Gabi. Es ist schwer zu wissen, was er genau meinte. Ich«, lächelte sie verschmitzt, »ich werde Ihnen die Wahrheit sagen, ich hänge mehr an Romantik. An 19. Jahrhundert – ein Konzert von Mendelssohn oder Tschaikowski, wenn Sie Tschaikowski mit Heifetz oder mit Erika Morini hören, verstehen Sie?«

»Hat er Ihnen früher keine Überraschungen bereitet?«

Sie lächelte und senkte den Kopf. Als sie den Blick hob, war ihr Gesicht hart und ihre Stimme kühl und leise: »Ich lebe schon so viele Jahre, ich sehe soviel, für mich ist alles

Überraschung. Jeder Besuch von ihm war Überraschung. Aufnahme oder gutes Konzert von Schüler von mir ist Überraschung. Morgens aufstehen und atmen – ist Überraschung.« Sie sah auf die Uhr, erhob sich mühsam und hinkte beinahe zur Schiebetür, die er eilig vor ihr öffnete.

13

Et homo factus est

»Als ich dreizehn Jahre alt war«, sagte Juwal, als sie nach Zikhron Yaakov einbogen, »habe ich einen wichtigen Musikwettbewerb für Geiger gewonnen. Ich habe das Konzert von Mendelssohn gespielt. Als ich nach dem Wettbewerb zu Dora kam, spielte ich wieder das Mendelssohn-Konzert. Als ich fertig war, sagte sie: ›Ach, weißt du, Shlomo Mintz spielte es viel besser.‹ Ich habe gelacht. Sie hat gesagt: ›Was lachst du? Du solltest spielen wie er.‹ Ich habe nie verstanden, warum sie mir sagen mußte, daß Mintz besser spielte. Ich habe gespürt, daß es lächerlich war, denn ich war dreizehn, und Mintz hatte Jahre an diesem Stück gearbeitet.«

Er sah Michael an, als erwarte er eine Reaktion. Als keine Reaktion kam, fuhr er fort und sagte: »Viele Leute fühlen sich durch ihre Art beleidigt. Ich nicht. Sie macht mich nervös, aber ich fühle mich durch sie nicht gekränkt. Wir haben beispielsweise einmal zusammen ein Stück von Bach gehört. Plötzlich hat sie gefragt: ›Wer spielt besser, Milstein oder du?‹ Hätte ich etwas Kritisches über Milstein bemerkt, hätte sie aufgeschrien, hätte etwas gesagt wie: ›Für wen hältst du dich? Wie kommst du dazu, Milstein zu kritisieren?‹ Und wenn ich geantwortet hätte, daß Milstein wunderbar ist, hätte sie schreien können: ›Was hast du gesagt? Das ist nicht in Ordnung! Du sollst denken, daß du fabelhaft bist, daß du besser bist als Milstein.‹ So in der Art. Es ist schließlich selbstverständlich«, Juwal wandte Michael das Gesicht zu und lächelte sehr unschuldig, »daß ich nicht gleichzeitig wie Milstein spielen kann und nicht alles an seinem Spiel lieben kann. Ich muß sehr genau überlegen, was ich sage, wenn wir zusammen Musik hören. Ich muß Kompromisse ausschließen und darf nicht darauf achten, was sie von mir hören will. Manchmal kommt es mir vor, als wäre sie gar nicht richtig anwesend«, sagte er und erschrak über seine eigenen Worte, »nicht weil sie alt ist, das dürfen Sie nicht denken. Geistig ist sie völlig in Ordnung«, versicherte er. »Es war immer so. Auch vor zwanzig Jahren, haben mir ehemalige Schüler von ihr erzählt, konnte sie ihre Schüler miteinander vergleichen und sagen, daß einer gestern besser gespielt hat, und dem anderen genau das Gegenteil versichern. Einmal, in einer der ersten Stunden, sagte sie mir, ich hätte langweilig gespielt. Als Zukerman acht Jahre alt war, hätte er dasselbe Stück auf einer Beerdigung gespielt, und alle Anwesenden hätten geweint. Ich habe das einem anderen Schüler erzählt, und er sagte mir, sie hätte ihm eine Woche zuvor das gleiche über Ashkenazy gesagt. Manchmal denke ich, sie versucht mich in die Knie zu zwingen.«

»Sie hat mir gesagt, daß man ein starkes Ego braucht, um ein Künstler zu sein«, murmelte Michael, als er den Wagen auf einen leeren Platz zwischen zwei großen Olivenbäumen manövrierte und den Motor abstellte.

»Anscheinend habe ich das«, sagte Juwal schlicht und streckte die Beine aus dem Auto. »An mir beißt sie sich die Zähne aus. Obwohl ich noch nicht einmal siebzehn bin. Wenn sie sich über mein Spiel beklagt, arbeite ich hartnäckig von morgens bis abends, und das nächste Mal spiele ich besser. Ich weiß auch«, sagte er, als er an der geöffneten Wagentür stand und den Geigenkoffer schwang, »daß das eine gute Vorbereitung auf eine Menge Schwierigkeiten ist. Denn in einer Musiker-Karriere erwarten einen Druck, Überraschungen und Unsicherheit. Ich spüre es schon, ich hatte bereits eine Aufnahme. Ich habe viel von großen Geigern gehört, über all den Druck und die Dinge, die man nicht erwartet. Und sie bereitet einen hervorragend auf dieses Leben vor.«

»Meinst du, sie ist sich dessen bewußt? Meinst du, sie

will dich darauf vorbereiten?« fragte Michael, als er sich über das Schloß beugte und die Tür wieder öffnete, um festzustellen, ob er das Funkgerät ausgeschaltet hatte.

»Ich weiß nicht, ob sie immer so genau weiß, was sie tut. Ob sie ein umfassendes Konzept hat. Sie läßt sich nie näher darüber aus, was man tun muß, um Karriere zu machen. Dafür spricht sie in Begriffen wie Disziplin und Willenskraft. Darüber redet sie. Manchmal kann das, was sie sagt, wirklich destruktiv sein. Man hat mir erzählt, daß einer ihrer berühmten Schüler schrecklich an Lampenfieber litt. Denn jedesmal, wenn er auf der Bühne stand, erinnerte er sich an all ihre Schimpftiraden und verlor die Gewißheit, gut genug zu sein.«

»Dann habt ihr es also nicht leicht mit ihr«, sagte Michael, als sie auf das Hauptgebäude zugingen und er nach unten sah, auf die Nadeln der Kiefer, die die schwere, trockene Erde bedeckten. Und in die Höhe, zu den Wipfeln der Zypressen. Seine Augen blieben an dem bekannten Lieferwagen mit dem Logo der Elektrizitätsgesellschaft hängen. Er registrierte erleichtert, daß Theo und Nita schon da waren. Er hatte das unbestimmte Gefühl, daß ihr hier, an diesem Ort, nichts Schlimmes geschehen konnte. Aber bevor er sie nicht mit eigenen Augen gesehen hatte, das wußte er, würde er sich nicht beruhigen. Auch einen schmerzhaften Stich verspürte er; denn wenn man hier, genau unter der Kiefer, eine dünne Decke ausbreitete, konnte man ein Baby auf den Rücken legen, damit es in den Himmel und in die Krone schauen konnte. Man konnte neben dem Baby liegen und sein vergnügtes Jauchzen hören. Man konnte ihm seinen Finger hinhalten, um den es die Faust schloß. Man könnte, wenn es möglich wäre.

»Es macht mir nichts aus«, versicherte Juwal. »Ohne sie wäre es schwieriger für mich. Sie ist in meinem jetzigen Leben der wichtigste Mensch. Und wenn es sie nicht gäbe … ich glaube, ich befürchte, ich könnte ohne ihre Bestätigung keine musikalische Entscheidung fällen. Wenn sie, sagen wir, sterben würde, da bin ich mir sicher, wäre ich vollkommen verloren.«

Bevor sie nach Zikhron Yaakov hochgefahren waren – vielleicht wegen der Aussicht auf das Meer und den Strand, der sich auf der Anhöhe auf dem Weg nach Beth Daniel bot –, gab er sich für einen Moment seinen Phantasien hin, stellte sich vor, daß es sein Sohn war, der neben ihm saß. Schon eine Woche war vergangen, seit er mit Juwal gesprochen hatte, und auch dieses Gespräch war kurz, frustrierend und voller »Wie geht's?«, »Ist alles klar?« verlaufen. Das waren die einzigen Fragen, die Juwal immer wieder wiederholte, in allen Gesprächen, in all den Monaten, in denen er durch Südamerika unterwegs war. Auch die Ansichtskarten, die er schickte, waren kurz und knapp. Michael hatte ihm nichts von dem Baby erzählt. Solche Dinge konnte man nicht am Telefon besprechen, dessen Zweck es war, ein Lebenszeichen zu geben. (»Hallo Papa, ich lebe«, hatte Juwal das letzte Gespräch eröffnet. »Lebst du gut?« hatte Michael nachgefragt. »Nicht schlecht«, hatte Juwal versichert, ohne Einzelheiten zu erwähnen. Dieses Gespräch, das letzte, fand statt, während das Baby auf seinem Arm lag. Der Kopf der Kleinen ruhte zwischen seiner Schulter und seinem Hals, sie schnaufte leicht in sein zweites Ohr. Er sagte seinem Sohn nicht einmal ein Wort darüber, obwohl er es so gerne getan hätte. Jetzt würde er es ihm nicht mehr sagen müssen. Jetzt würde es in dieser Angelegenheit nichts mehr zu sagen geben, denn die Wohnung war vollkommen leer, und daran war nichts Neues.) Nach seinen Berechnungen müßte Juwal in diesen Tagen von Mexiko in die USA reisen. Aber wo genau in den USA er in den nächsten Tagen sein würde, wußte er nicht.

»Ist das in deinen Augen nicht eine Schwäche von ihr als Lehrerin? Findest du es gut? Kann man selbständig werden, kann man bei solch einer Abhängigkeit selbständig werden?«

Leise, doch ohne das geringste Zögern, antwortete Juwal:

»Ich glaube, es geht in Ordnung. Mir ist bewußt, daß ich erst selbständig sein werde, wenn ich mich von ihr löse, wenn ich weiterstudiere oder wenn ich anfange, in der Welt aufzutreten. Am Anfang wird es mir sicherlich schwerfallen. Ich spreche mit ihren Schülern. Ich sehe das. Sie befreien sich mit der Zeit, es ist ... schwer zu erklären ... Man muß sie anscheinend nehmen, wie sie ist, mit ihrem Schreien und all dem.«

»Offenbar funktioniert Erziehung nicht ohne Terror«, lächelte Michael, als er die braune Holztür zu dem engen Gang öffnete und Juwal nachsah, der vor ihm die breiten Stufen hochstieg, während sein Geigenkoffer hin und her schwankte.

Niemand außer ihnen beiden war dort in der Eingangshalle des großen Gebäudes. Auf einem langen Resopaltisch standen eine große Schüssel mit roten Äpfeln, ein Stapel Pappteller mit Apfelschalen und Gehäusen und Pappbecher mit Kaffeesatz.

»Die Pause ist schon vorbei«, sagte Juwal. »Ich habe den ersten Vortrag verpaßt, aber es macht nichts. Jetzt muß ich mich aber beeilen«, erklärte er, und ohne zu warten verließ er hastig das Gebäude. Michael stand in der Eingangshalle, sah durch das große Glasfenster Juwal nach, der über den Trampelpfad lief, bis seine Gestalt hinter der Biegung verschwand. In einem engen Korridor, der von der Eingangshalle nach draußen führte, neben der Toilette, fand er ein öffentliches Telefon. Während er in seinen Taschen nach Münzen suchte, warf er einen Blick in den großen Saal. Von seinem Standort aus konnte er nur einen Teil überblicken. Nur die Wand, an der ein braunes, längliches Regal stand, auf dem ein paar Bücher und Hefte unordentlich verstreut lagen. Plötzlich hörte er Klänge. Zunächst ein Klavier, dann Klavier und Gesang, später auch ein Cello.

»Wo bist du?« wollte Balilati, der besonders verärgert klang, am anderen Ende der Leitung wissen. »Warum hast du kein Handy mitgenommen? Habe ich dir nicht gesagt, du sollst daran denken? Warum hast du dein Funkgerät ausgeschaltet? Weißt du, wie sehr wir dich suchen?«

»Ich bin gerade angekommen. Ich rufe von einem öffentlichen Telefon aus an«, sagte Michael und betrachtete aus der Nähe eine Photographie von zwei Männern, die vor einem Orchester standen. Er las, daß es Toscanini und Hubermann waren, bei einem Konzert aus dem Jahre 1936. Er schreckte zurück und schaute erneut darauf.

»Hast du schon mit Eli gesprochen? Rede mit Eli! Laßt sie auf keinen Fall aus den Augen. Ich habe Eli gesagt, was er dir genau mitteilen soll. Beide sind jetzt bei ihm. Anstelle ...« Balilati verschluckte etwas. »Anstelle von Dalit habe ich einen neuen Mann mitgeschickt. Einen jungen Mann, hast du ihn schon gesprochen?«

»Noch nicht, ich komme gerade an.«

»Er wird dir gefallen, er sieht aus«, kicherte Balilati, »er sieht ein wenig aus, wie du vor mehr als zwanzig Jahren ausgesehen hast. Er ist auch so lang und dürr und hat solche Augen und buschige Augenbrauen, auf die die Mädchen stehen, nur ist er nicht ... er hat nicht ... er ist weniger ... er ist einfacher«, legte er sich schließlich fest. »Ein Anfänger aus einem Moschaw*, ohne viel Tamtam. Ihr seid dort genug, um jedem ständig Personenschutz zu geben. Ich will, daß dein Maestro nicht eine Minute lang allein ist. Er soll auch keine langen Gespräche mit seiner Schwester führen.«

»Ist etwas passiert?« fragte Michael und drehte sein Gesicht nach allen Seiten, denn er meinte, Schritte gehört zu haben. Aber weit und breit war niemand zu sehen, und auch die Musik war verstummt. An ihrer Stelle war ein lauter Diskurs in englischer Sprache aus einem Nebenzimmer zu hören.

»Es sind ein paar Dinge vorgefallen. Eli wird dich informieren. Ich will nicht vorgreifen. Nicht am Telefon. Aber was ich dir schon jetzt sagen kann, ist, daß wir die Kanadierin gefunden haben. Sie behauptet, an besagtem Tag auf gar keinen Fall mit ihm zusammengewesen zu sein. Sie war in Israel, sie war tatsächlich im Hilton, oder wie immer es heute heißt, so hat sie gesagt, aber nicht mit ihm. In die Einzelheiten wird Eli dich einweihen.«

»Hat sie also wirklich die Unwahrheit gesagt?«

»Wer? Dalit?«

Michael schwieg.

»Ja«, sagte Balilati, ohne etwas hinzuzufügen.

»Man muß allem nachgehen, womit sie befaßt war«, warnte Michael.

»Schon passiert«, sagte Balilati, ohne zu diskutieren. »Bei der Kanadierin haben wir es überprüft. Ich selbst habe mit unserem Kontaktmann in New York gesprochen. Dalit hatte sich gar nicht mit ihm in Verbindung gesetzt. Sie hat freimütig alles erfunden. Erspare dir deinen Kommentar. Der Mann in New York kennt dich. Er hat gesagt, ihr habt euch vor ein paar Jahren getroffen. Wie heißt er noch? Es ist ein gewisser Schatz. Er schickt mir jetzt ein Fax mit dem genauen Wortlaut ihrer Aussage. Die Kassette schickt er mit einem besonderen Kurierdienst, sie kommt morgen.«

»Kaum zu fassen, daß jemand in der Lage ist ... daß so etwas passieren kann ...«, sagte Michael zögernd, »auf welche menschlichen Enttäuschungen man gefaßt sein muß ...« Da Balilati immer noch schwieg, fügte er hinzu: »Jeder kann sich mal irren.«

»Das hast du gesagt«, faßte Balilati mit ausdruckslosem Ton zusammen. »Reden wir nicht mehr darüber. Du kannst mir sagen, ob es noch etwas gibt, worüber du nachdenkst. Wie war das Treffen mit der Dame in Holon?«

»Sehr interessant«, wich Michael aus. »Nach Lage der Dinge bitte ich darum, daß ihr mir einen Durchsuchungsbefehl für die Büros im Konzertgebäude besorgt. Sowohl für das Büro des Managers als auch für das des künstlerischen Leiters. Und auch die Wohnung von Theo van Gelden müssen wir uns noch mal vornehmen. Auch die Papiere aus dem Safe des Vaters – kurzum, alles. Alle Papiere, auch die von Gabriel. Ich will alles sehen.«

»Theos Wohnung? Vielleicht wird er wie beim letzten Mal von sich aus einverstanden sein ...«

»Nein, darauf kann man nicht mehr bauen«, sagte Michael streng.

»Wegen der Kanadierin?«

»Wegen ihr und ein paar anderen Dingen. Was ist mit der zweiten Frau?«

Balilati schmatzte laut. »Wir sind heute geheimnisvoll«, spottete er.

»Es ist wegen dem Telefon«, entschuldigte sich Michael. »Ich werde es dir erklären, wenn ich zurück bin. Was ist mit der anderen Frau? Man muß noch mal mit ihr reden, denn ...«

»Sie ist schon hier draußen. Sie wartet«, unterbrach Balilati. »Vielleicht irre ich mich hin und wieder, aber ich bin nicht verkalkt. Was hast du gedacht? Den Rest erfährst du von Eli, denn ich will am Telefon ...«

Die letzten Worte Balilatis verpaßte Michael wegen der jungen Frau im schwarzen Hosenanzug, die von der Eingangshalle in die Ecke schaute, in der er stand.

»Sie gehören sicher zu den Leuten, die mit Herrn van Gelden gekommen sind. Man hat Sie angekündigt.«

In den Hörer sagte er nur: »Ich melde mich wieder«, und ohne den neuen Strom von Anweisungen, die Balilati zu diktieren begann, anzuhören, wandte er sich an die junge Frau. Er erwiderte ihr Lächeln, bedankte sich und lehnte einen Kaffee ab, akzeptierte ein Glas kaltes Wasser und folgte ihr in den großen Saal. Er bahnte sich einen Weg zwischen rechteckigen Tischen, die mit weißen Tischdecken und Geschirr für das Mittagessen gedeckt waren. Zwischen einem großen offenen Flügel, einem bunten Ohrensessel und einem Schemel, der am Eingang stand, stolperte er über die zerschlissene Ecke eines Teppichs mit persischem Muster, warf einen Blick auf ein paar große schwarze Hefte, die in der Nähe des offenen Flügels auf einem Kupfertablett lagen, und sah, daß es Partituren waren.

»Ich suche Frau van Gelden«, sagte er der jungen Frau.

»Sie ist in einem Vortrag. Herr van Gelden trägt vor, und sie ist dort.«

Er hätte sie beinahe gefragt, ob sie sicher ist, doch er beherrschte sich und blieb neben dem Bücherregal stehen. Er befühlte alte Bände mit Schriften von Voltaire, die sich gegen einen dicken Band mit vergoldeten, gotischen Buchstaben lehnten, ein Buch über Bruckner, wie es sich herausstellte, das auf einem hebräischen Pamphlet von »Gusch Emunim«* stand. Dann bemerkte er, daß die junge Frau auf ihn wartete. Er entschuldigte sich und folgte ihr durch einen Nebeneingang des Gebäudes. Sie kamen an leeren Büroräumen vorbei, in einem der Büros surrten gelangweilte Fliegen über einem Marmeladenschälchen. Dann schlugen sie die Richtung ein, in die Juwal verschwunden war.

Auf einem weißen Plastikstuhl, auf einer gelben, verwahrlosten Rasenfläche, neben dem gewundenen Ast eines gräulichen Olivenbaums, in der Nähe eines Eisenbettes, das jemand scheinbar hier entsorgt hatte, saß Eli Bachar. Hinter seinem Rücken war eine winzige Veranda zu sehen, die zu einer Treppe führte. Von dort waren die Klänge eines Klaviers und eines großen Chors zu hören. Die junge Frau in dem schwarzen Hosenanzug lächelte freundlich, fragte, ob man die Herren von nun an sich selbst überlassen könne, bemerkte nochmals, daß man sie angekündigt und für das Mittagessen eingeplant habe. Es wäre gut, wenn sie ein paar Minuten warten könnten oder nacheinander den Saal betreten könnten, um nicht zu stören.

»Wir haben den Teil der begleitenden Celli aus dem Programm gestrichen, statt dessen wird Herr van Gelden mit der Klavierbegleitung arbeiten. Wir haben auch das Telekolleg abgesagt, auf Wunsch von Herrn van Gelden, und machen nur Tonaufnahmen«, sagte sie, als gehörten sie zu den Organisatoren oder den Teilnehmern. Das Wort »Polizei« fiel nicht. Michael fragte sich, was man ihr wohl erzählt hatte.

Eli Bachar wartete, bis sie sich entfernt hatte, und zog mit einer müden Geste einen weiteren Plastikstuhl heran, der auf dem vergilbten Rasen umgekippt war, stellte ihn auf und klopfte auf die Sitzfläche.

»Ich habe draußen auf dich gewartet, um mit dir zu reden. Drinnen kann man nicht reden, und es kann auch nichts passieren, während er vorträgt«, sagte Eli Bachar, »deshalb muß ich nicht dabeisitzen.«

Michael setzte sich und zündete sich eine Zigarette an.

»Ich bin noch nie hier gewesen«, murmelte Eli, »ich wußte nicht einmal, daß diese Anlage existiert. Es ist so schön hier, doch sieh dir an, wie alles verkommt.«

Michael versuchte zu rekonstruieren, was Nita ihm über die Familien Bentwich erzählt hatte, und nickte.

»Sie haben vor ein paar Monaten mit der Renovierung begonnen«, erklärte Eli. »Aber diese junge Frau, sie ist die Leiterin, hat mir erzählt, daß sie die Arbeiten eingestellt haben. Mitten in der Renovierung haben sie aufgehört, und so sieht es jetzt hier aus. Die Arbeiter haben die alten Fenster wieder eingebaut, anstatt sie durch neue zu ersetzen, der Gips bröckelt und so weiter. Ist das nicht schade?«

Michael nickte.

Ein Lichtfleck lag auf dem Rasen vor ihm. Wieder breitete er vor seinem inneren Auge eine bunte Decke aus und legte das Baby auf den Bauch. Wer trug es jetzt auf dem Arm? Wer atmete jetzt den Geruch seiner Wangen ein?

»Ich habe noch nie etwas über diesen Ort gehört. Sie veranstalten hier Konzerte. Bist du schon mal hier gewesen?«

»Einmal, es ist lange her«, murmelte Michael und drehte den Kopf in Richtung Lilian-Haus. Er war mit Awigail vor zwei Jahren dort gewesen, an einem herbstlichen Abend des Laubhüttenfestes. Ein paar Monate bevor sie sich endgültig trennten. Man hatte das Forellenquintett von Schubert gespielt. Und Awigail hatte mit verschlossenem Gesicht ins Leere gestarrt, halb versteckt hinter einer großen, dunklen Sonnenbrille, ohne sich zu rühren, hatte nicht ein einziges

Mal gelächelt und nicht auf die Musik reagiert, die aus dem Saal gedrungen war. Sie hatte darauf bestanden, daß sie von draußen auf dem Rasen zuhörten. Es stimmte nicht, was man behauptete, daß Trauer keine Zeichen hinterließ. Der Gedanke an die Klänge des Forellenquintetts, selbst die freudige Eröffnung, würde immer mit Awigails Schwermut und Trauer verbunden sein, die sich geweigert hatte, die Sonnenbrille abzuziehen, als die Sonne längst untergegangen war. Groß und rund hatte sie die Hälfte ihres Gesichts bedeckt, und nur ihr schöner, verkniffener Mund und die trockenen Lippen waren zu sehen gewesen. Lange, weiße Ärmel waren fest um ihre Handgelenke geknöpft gewesen. In der Nacht im Gästehaus hatte sie geweint. Nicht einmal mit seiner Liebe konnte ein Mensch seinen Nächsten erlösen.

»Wo ist Nita?« kam er zu sich und fragte Eli, der die Schultern zuckte und sagte: »Im Saal. Ihr Körper ist im Saal, wo ihre Gedanken sind, weiß der Himmel. Den ganzen Weg über hat ihr Bruder ununterbrochen geredet, sie hat nicht ein einziges Wort gesagt. Sie hat nur aus dem Fenster geschaut und geschwiegen. Den ganzen Weg von Jerusalem nach Zikhron. Und er – er hat den Mund nicht zugemacht, hat auf sie eingeredet und eingeredet und eingeredet, als höre sie zu. Ich hatte das Gefühl, daß sie nicht ein Wort mitbekam. Die Hälfte der Strecke hat sie geschlafen. Ich glaube, sie steht total unter Medikamenten. Und bis sie einverstanden war, ihr Baby zurückzulassen! Ich verstehe gar nicht, warum … aber ihr Bruder hat darauf bestanden, daß sie mitfährt. Er hat ihr eingehämmert, daß sie in den nächsten Tagen nicht von seiner Seite weichen soll. Zumindest bis zum Begräbnis. Die Leiterin hat mir gesagt, daß der Workshop, den sie hier geben sollte, verschoben wurde. Sie warten auf einen großen Star, irgendeinen Sänger, weißt du etwas davon?«

»Balilati hat mir etwas über einen jungen Kollegen gesagt, den ihr anstelle von Dalit mitgenommen habt.«

»Er ist im Saal. Ich kenne ihn nicht, aber er macht einen guten Eindruck. Er hat keine Erfahrung, aber er ist wenigstens kein Psychopath. Er heißt Ja'ir. Zila hat mit ihm am Fall Arbeli gearbeitet. Sie haben das ganze Team ganz ausgetauscht, und sie haben ihn zu uns geschickt, auf Zilas Empfehlung. Er hat nicht viel Erfahrung«, erinnerte er erneut, »aber er ist wenigstens kein notorischer Lügner, er spricht kaum ein Wort.«

»Ich habe gehört, daß auch die Kanadierin reine Erfindung war«, sagte Michael.

»Hättest du das gedacht?!« Eli richtete sich auf dem Plastikstuhl auf und drehte ihm seinen Oberkörper zu. »Als ich es heute morgen erwähnt habe, habe ich doch selbst nicht daran geglaubt. Aber als ich zurückkam, hatte Balilati schon unseren Mann in New York am Apparat. Sie hatte gar keinen Kontakt zu ihm aufgenommen!«

»Wer?«

»Dalit, mit dem Mann in New York, sie hatte ihn gar nicht angerufen. Verstehst du das?!«

»Willst du die Wahrheit hören? Nein, ich verstehe es nicht«, sagte Michael nachdenklich. Zerstreut horchte er auf die Chormusik, die aus dem Gebäude drang. Ein anderer Teil von ihm konzentrierte sich auf die Zeichen des Verfalls auf der gegenüberliegenden Mauer, von der die Farbe abblätterte. Die Sonne streute graugelbe Flecken auf das Gras, das hoch und gelb war.

»Man könnte von krankhaft sprechen, aber das erklärt nichts. Man hat nicht für alles eine Erklärung, und man muß auch nicht jedes Phänomen auf dieser Welt verstehen«, rief er auch sich selbst in Erinnerung. »Es gibt eine Grenze.«

»Und auch der Schlüssel. Sie hat mit diesem Isi gar nicht gesprochen, und es gibt auch keinen Schlüssel«, sagte Eli. »Er wußte nichts von einem Schlüssel zu Herzls Wohnung. Es hat mich ganz verrückt gemacht, aber eine gute Sache ist dabei herausgekommen.«

»Ja? Was denn?«

»Balilati. Er ist ein bißchen runter von seinem Ego-Trip. Er ist sich nicht mehr so sicher, daß er der King ist. Und Schorer, der noch geblieben ist, als du schon weg warst, hat mich hierher geschickt. Er hat sie sofort vom Dienst suspendiert, ohne viel Theater. Er hat irgend etwas gesagt, was sie dazu brachte, in fünf Minuten das Weite zu suchen.«

»Was? Wird man sie unbehelligt davonkommen lassen?« sagte Michael.

»Ich habe keine Ahnung, das ist auch nicht mehr unsere Sache«, sagte Eli Bachar und schloß die Augen vor der Sonne. »Sie haben sie zu Elro'i geschickt. Immer zuerst zum Therapeuten ... Aber sicherlich wird sie zur Rechenschaft gezogen werden. Sie dürfte erledigt sein. Die Details spielen keine Rolle mehr. Ich dachte, vielleicht war sie scharf auf Theo. Vielleicht hat sie deshalb ... Aber wenn es so ist, ist es nicht einleuchtend, wieso sie Herzl ausfindig gemacht hat und solche Sachen. Nicht nur, daß sie übergeschnappt ist, eine Psychopathin. Dieser Wahn hatte nicht einmal System.«

»Er hatte System. Der pure Wunsch, erfolgreich zu sein. Und zu sabotieren, egal, was. Auf der einen Seite, Macht zu erlangen und Anerkennung, auf der anderen Seite, alles und sich selbst zu zerstören und sogar bestraft zu werden, denn sie hat sich gar nicht die Mühe gemacht, etwas zu vertuschen. Was hat er über die Kanadierin gesagt?«

»Wer? Theo? Ich habe kein Wort mit ihm darüber gesprochen. Er glaubt noch, sein Alibi wäre stichhaltig«, sagte Eli zufrieden. »Ich überlasse es dir. Wir sind ja den ganzen Tag mit ihm zusammen. Es brennt uns nicht unter den Nägeln. Er wird uns nicht abhauen. Wir können ihn nach diesem Tag ganz einfach verhaften.«

»Dafür reicht es nicht. Noch nicht. Als erstes ist da noch eine Frau. Zweitens, wir haben noch kein Motiv. Es ist nicht klar, warum, selbst wenn man sagen würde, es ist wegen der Erbschaft, warum ausgerechnet er und warum gerade jetzt. Ich ziehe eine eindeutigere Sachlage vor.«

Eli Bachar verzog das Gesicht. »In diesen Dingen war ich noch nie mit dir einer Meinung«, warf er ein. »Immer kommt der Moment, an dem du es zu lange hinauszögerst. Ich sage es dir jedesmal. Kannst du ihn nicht verhaften und wieder freilassen, falls wir uns geirrt haben?«

»Und ich erkläre dir immer wieder, daß wir auch etwas zu gewinnen haben, wenn wir ihn in dieser Phase nicht verhaften. Denn er hat noch Vertrauen in uns, und ich habe noch nicht genug von ihm erfahren«, behauptete Michael. »Es gibt noch eine Menge Ungereimtheiten. Wir wissen nicht einmal, woher die Saite stammte ...«

»Es gibt Dinge, die sich nicht lösen lassen«, sagte Eli Bachar philosophisch. »Manche Spuren, die man verfolgt, führen nach nirgendwo und rauben einem nur die Zeit. Wie bei diesem Gemälde und all den Experten, mit denen Balilati sich die Zeit vertrieben hat. Die ganze Unterwelt, die er vernommen hat! Wie viele Tage sind draufgegangen, ohne daß es zu etwas geführt hätte. Und dann hat man es im Küchenschrank hinter dem Kakaopulver gefunden, einfach so. Und das Ganze – selbst das wissen wir nicht definitiv – ist womöglich nur ein Ablenkungsmanöver. Eine Spur, die im Sand verläuft. Schon seit Wochen vertut Balilati seine Zeit mit Experten von hier und Sachverständigen von dort. Gibt es etwas Neues bei dir?«

»Vielleicht«, zögerte Michael. »Aber es ist noch etwas diffus und komplex und auch ziemlich absurd, so daß es besser ist, wenn wir noch nicht darüber sprechen.«

Eli Bachar schwieg ein paar Sekunden erwartungsvoll. Seine Augen folgten Michaels Hand, der den Zigarettenstummel im Rasen ausdrückte, aufstand und zum offenen Mülleimer neben dem Eingang ging.

»Wie du willst«, sagte er schließlich, nicht ohne gekränkt zu sein. »Wann wirst du ihn mit der Kanadierin konfrontieren?«

»Später«, sagte Michael. »Jetzt hält er seinen Vortrag, nicht wahr?«

»Ja, noch etwa eine Stunde, dann gibt es Mittagessen. Vielleicht paßt es dann«, hoffte er.

»Vielleicht«, stimmte Michael zu. »Ich gehe rein, bleibst du hier?«

»Ich habe darin nichts verloren«, sagte Eli verzagt, »ich werde hier warten. Ich hatte eine lange Nacht.« Er setzte seine dunkle Sonnenbrille auf. »Weck mich, wenn ich einschlafe«, bat er.

»Gib mir dein Aufnahmegerät, meines ist voll«, sagte Michael und steckte das kleine Gerät, das Eli ihm träge reichte, in seine Brusttasche.

Die Tür führte in einen kleinen Saal. Gegenüber der Tür, vor einer Glastür, die zu einer Veranda führte, in einem abgewetzten, tiefen Brokatsessel, saß Nita. Ihr Körper war entspannt, im Sessel versunken, als ob große Mühe nötig wäre, um ihre Glieder wieder aufzurichten. Ihre Augen trafen seine. Er spürte große Erleichterung, als er sie heil vor sich sah. Ein warmes Kribbeln überkam ihn, der starke Drang, sie zu berühren, ihre Stimme zu hören, in ihrer Nähe zu sein. Für einen kurzen Augenblick sahen ihre Augen ihn an, dumpf und ausdruckslos. Wenige Sekunden nur erstrahlte das Blaugrün, dann verengten ihre Augen sich, bis sie beinahe geschlossen waren. Ihr Gesicht war sehr blaß. Sie bewegte sich nicht. Und nicht nur, daß sie nicht lächelte, sie verzog ihre Lippen und drehte den Kopf in Richtung Theo. Etwa fünfzehn junge Musiker und Musikerinnen waren im Saal versammelt und hingen an Theos Lippen, der neben einem kleinen, offenen Flügel auf einem runden Schemel mit übereinandergeschlagenen Beinen vor ihnen saß und sprach. Als Michael die Tür hinter sich schloß und sich auf einen der hinteren Stühle setzte, sah Theo ihn überrascht an, nickte und fuhr im gleichen Tonfall, gelassen und zurückhaltend, fort. Vielleicht färbte ein leichtes Rot seine Wangen. Seine Augen glänzten in einem dunklen Grün, das die dunklen Halbmonde noch betonten. Er faltete die Hände, konnte ihr Zittern jedoch nicht verbergen, und lehnte sich gegen den Flügel. Koffer von Celli und Geigen ruhten zu Füßen einiger der jungen Leute. Juwal saß nicht weit von Nita neben einem jungen dunkelhäutigen Mann, der die Arme verschränkte und mit geradem Rücken dasaß und der, Michael war sich sicher, der neue Kollege von der Mordkommission sein mußte.

»Eine befriedigende Definition aller Aspekte des klassischen Stils«, sagte Theo mit einem kleinen, gezwungenen Lächeln, »ist unmöglich.«

Die Blicke der jungen Musiker hingen mit großer Erwartung an ihm; der junge Mann, der jenseits des Flügels saß, überprüfte das große Aufnahmegerät, das auf dem Boden vor ihm aufgebaut war.

Michael musterte die abgerissene Rolladenschnur neben dem Verandafenster und die Rückstände des Klebebandes aus dem Golfkrieg, die sich nicht entfernen ließen und nun die Scheibe mattierten.

»Denn wie für jede Sache«, sagte Theo nachdenklich mit einem Blick auf die große Glastür, »dies gilt nicht nur für die Musik, muß man letztlich auch Dinge wie Ernährungsgewohnheiten, das Leben von Arm und Reich und die kriegerischen Auseinandersetzungen berücksichtigen. Man kann den klassischen Stil in der Musik – so wie man Rockmusik nicht ohne die Welt begreifen kann, in der wir leben – nicht ohne den genauen Kontext bis in alle Einzelheiten nachvollziehen.«

Michael sah Juwal an, der sich auf dem schweren Stuhl nach vorne beugte und mit gespannter Aufmerksamkeit lauschte. Ein Sonnenstrahl fiel auf den hellen Flaum auf seiner Wange und von dort auf eine silberne Flöte auf dem Schoß einer jungen Frau, die mit den Spitzen ihrer glatten Haare spielte. Nita hatte die Augen geschlossen. Michael verstand plötzlich, daß sie es ihm nachtrug, daß sie ihn bewußt übersah, daß sie einen Feind in ihm sah.

»Wir sprechen, wie Sie wissen, mehr oder weniger über

die zweite Hälfte des 18. Jahrhunderts«, erinnerte Theo, »und es scheint, daß der klassische Stil der strukturierteste, maßvollste musikalische Stil ist, der je existiert hat. Für uns, in diesem Jahrhundert, klingt er vor allem gefällig«, meinte er zynisch, »manchmal zu gefällig. Gefällig bis zur Idiotie.«

Er begann, die »Kleine Nachtmusik« zu pfeifen, hörte auf und sagte: »Mitunter fragen wir uns: Was hat die Leute damals denn so glücklich gemacht?« Wieder ließ er einen scharfen, deutliche Pfiff ertönen. »Eine unerklärliche Heiterkeit herrscht hier vor, und wo es nicht fröhlich ist«, klagte er, »finden wir eine Schönheit, die übertrieben klingen kann, zu schön. Ich kenne Menschen, denen beim klassischen Stil übel wird, weil er allzu schön klingt und deshalb verlogen und an ein Museum für Seidentapeten erinnert, die einer vergangenen, versunkenen Welt angehören.«

Juwal lächelte beim letzten Satz, und die Flötistin ließ von ihrem Haar ab und brach in ein lautes Lachen aus, das sofort erstarb. Michael entnahm dem dramatischen, scheinbar arglosen Tonfall von Theos Worten, daß er sich bemühte, eine überzeugende Argumentation aufzubauen, nur um sie widerlegen zu können.

»Es heißt, der klassische Stil ist nach dem Barock entstanden und verhält sich zum Barock wie eine Gegenströmung, wie seine Antithese, durch den Übergang von der Polyphonie und dem Wandel des Kontrapunkts zur Homophonie. Man spricht«, er zögerte, fuhr mit der Hand durch seine Haare, die er in Bemühung um Konzentration durcheinanderbrachte, »von der wichtigsten musikalischen Form, die die klassische Epoche den kommenden Generationen vererbt hat – von der Sonatensatzform. Doch dies sind Dinge, die längst bekannt sind, und darum möchte ich über eine interne Sache sprechen, über Stil«, sagte Theo, nahm die Brille ab, rieb sich die Augen und legte die Brille auf den Flügel.

»Welche menschliche Metapher, welche Geisteshaltung,

welches Gefühl wurde im Zusammenhang mit klassischer Musik ausgedrückt? Das ist unsere Frage. Die Romantiker behandelten die Musik der klassischen Epoche als abstrakte Musik. Doch wenn man hinhört, wenn wir heute hinhören, dann ist die erste Frage, die uns bewußt wird, wenn wir ehrlich sind: Ist sie traurig oder fröhlich? Wir wissen heute, daß man den Molltonarten in jener Zeit die Trauer zuordnete, und das«, betonte er, »ist schon nicht mehr abstrakt.«

Er zögerte, als wartete er auf Bestätigung. Die Gesichter der jungen Zuhörer waren nachdenklich, einige nickten.

»Denn bei Bach ist das Moll nicht immer traurig, bei einem klassischen Komponisten ist es das jedoch unweigerlich. Erst seit der klassischen Epoche verbindet man die Musik mit Gefühlen.« Er setzte die Brille wieder auf. »Um dies zu sehen, müssen wir Werke betrachten, die im Laufe der Geschichte von verschiedenen Komponisten komponiert wurden, und die Art der jeweiligen Wortvertonung. Dann kann man analysieren, wie sie ein einzelnes Wort komponiert haben. Das Requiem, zum Beispiel, ist sehr verbreitet, und die Messe ist noch verbreiteter als das Requiem. Requiem und Messen sind vom Ende des Mittelalters bis zur heutigen Zeit vertont worden. Bei einer genauen Betrachtung der Messen zeigt sich klar und deutlich, wie sie die jeweilige Umwelt widerspiegeln, aus der sie hervorgegangen sind; nicht nur, daß jeder Komponist die Messe anders komponiert hat. Man kann sie auch in Gruppen einteilen. Barockkomponisten haben sie grundsätzlich ganz anders komponiert als Beethoven beispielsweise seine ›Missa solemnis‹. Diese Messe unterscheidet sich aus verschiedenerlei Gründen von jeder in der klassischen Epoche geschriebenen Messe. Denn Sie wissen, wir haben es auch vor einigen Minuten gehört«, sagte er in erzählerischem Ton, als ob er zu Kindern spräche, »daß die Messe einen geregelten Ablauf hat, feste Bestandteile. Jede Messe beginnt mit dem Kyrie, dann folgt das Gloria, und nach diesen beiden Teilen kommt man zur Mitte, zum Zentrum, zum wichtigsten Teil, zum Credo, das in der katholischen Religion das wesentlichste ist. Richtig?«

Einige nickten, doch der Raum war von großer Stille erfüllt, einer Stille der Konzentration, voller Ehrfurcht und Spannung.

»Das christliche Credo setzt sich aus einer Reihe von Bekenntnissen zusammen, an die der christliche Mensch glaubt«, erklärte Theo. »Es beginnt mit dem Glauben an die christliche Kirche und geht über zu einem komplexen Sachverhalt, der uns widersprüchlich erscheinen mag: Ich glaube an Jesus Christus, seinen eingeborenen Sohn, unseren Herrn, empfangen durch den heiligen Geist, geboren von der Jungfrau Maria, gelitten unter Pontius Pilatus, gekreuzigt, gestorben und begraben ... auferstanden von den Toten. So heißt es im Glaubensbekenntnis. Ist das bekannt?«

Eine junge Frau, dunkelhaarig und sommersprossig, lächelte. Nita faltete ihre Hände und richtete ihre Augen auf einen entfernten Punkt. Es schien ihm, daß sie alles mögliche unternahm, um seinem Blick auszuweichen, und einen Moment dachte er, sie werde gleich aufstehen und das Zimmer verlassen. Was habe ich dir getan? beschwor er sie mit den Augen, als versuche er, sich einen Weg zu ihr zu bahnen, doch ihre Blicke trafen sich nicht. Er sah sie weiter an. Nicht, daß er nicht wußte, was er ihr angetan hatte. Er wußte es genau, daß er plötzlich aus ihrem Umfeld verschwunden war und daß plötzlich auch das Baby verschwunden war. Seit vorgestern hatte er nicht mit ihr gesprochen. Doch irgendwie hatte er geglaubt, war sogar eine Weile überzeugt gewesen, vielleicht hatte er es auch nur gehofft, daß sie ihm vertrauen würde. Daß sie genügend Vertrauen aufbringen würde, um zu verstehen, daß er keine Wahl hatte, daß er, um an den Ermittlungen mitarbeiten zu können, sich von ihr fernhalten mußte. Bevor er sie gesehen hatte, schien es ihm, daß die Distanz zwischen ihnen nur eine Frage der Zeit war und in ein paar Tagen überwunden sein würde. Jetzt, als er sie sah, verstand er plötzlich, daß er die Sache nicht zu Ende gedacht hatte. Er hatte sich nie überlegt, wie sie auf seine Abwesenheit reagieren würde, und hatte es vorgezogen, ihr Verhalten mit einer gewissen vagen Sicherheit vorauszusehen – sie würde schon verstehen, um was es ging, als ob sie seine Gedanken lesen könnte, als ob sie wie von selbst alles verstünde, was es zu verstehen gab.

Plötzlich sah sie ihn an, und eine leichte Röte färbte ihre blassen Wangen. Wie gegen ihren Willen stahl sich etwas wie ein Lächeln auf die Ränder ihrer Lippen. Vielleicht schien es ihm nur, daß er in ihren Augen den Funken eines Verständnisses sah und eventuell sogar eine Art Erleichterung darüber, daß er jetzt hier war.

Theo erhob sich, nahm die Brille ab, steckte sie auf seine ergrauten Haare, näherte sich der Stereoanlage auf dem Regal vor der roten Ziegelwand, neben einem erloschenen Kamin und dem Feuerholz, nahm aus der Anlage eine CD und prüfte sie aus der Nähe. »Was ich heute hier vorhabe«, sagte er zerstreut, rieb sich kräftig die Augen, legte die CD zurück, schaltete die Anlage ein, betätigte den Vorlauf, stoppte und wandte sich wieder an die Zuhörer, »ist ein Vergleich zwischen Bach und Mozart, aber nur an einer Stelle ihrer Messen, und wir werden nur die eine Stelle hören, an der es heißt ›Und er ist Mensch geworden‹. Wichtig ist vor allem, wie sie das Wort ›Mensch‹ auskomponieren. Denn damit, ohne daß sie es vielleicht selbst bemerken, ohne irgendeine Absicht, drücken sie aus, was ihnen das Menschsein bedeutet, welche Bedeutung das Wort ›Mensch‹ für sie hat, und mehr als das.« Theo vollzog eine Bewegung mit der Hand und erhob seine Stimme, sich selbst in Begeisterung versetzend. »Mit diesem einen Wort sagen sie auch, was nach ihrer Meinung mit Gott geschah, als er Mensch wurde, ob ihm Schlechtes oder Gutes widerfuhr.«

Michael bemerkte den halb geöffneten Mund Juwals, der den Blick nicht von Theo ließ.

»Der interessanteste, und zwar von allen, ist Mozart. Wir

werden zunächst die Messe hören, die Mozart in den achtziger Jahren des 18. Jahrhunderts komponierte, als er von Salzburg nach Wien zog und selbständig zu arbeiten begann. Wir werden an dieser Stelle hören, wie er das ›Et incarnatus est‹ vertont hat, in der Hohen Messe in c-Moll, KV 427.«

Er drückte auf den Knopf, und im Zimmer erklangen Sopran, Flöte, Oboe und Fagott. Michael schien es, als ob alle den Atem anhielten, der junge Kollege wandte seinen Blick nicht von Theo, seine Augen folgten ihm, als ob er magnetisch von ihm angezogen würde, als dieser sich setzte und in demonstrativer Weise zuhörte.

»Wie würden Sie die Stimmung in diesem Abschnitt beschreiben?« fragte Theo neugierig, nachdem er den Apparat abgestellt hatte, und Michael hörte zerstreut zu, wie unter anderem über Schönheit und Optimismus im Flötenklang gesprochen wurde.

Er hörte konzentriert und stolz zu, als Juwal sagte, daß für ihn der Sopran, insbesondere der Sopran in dieser Aufnahme, die er nicht kannte, so rein sei. »Pure Reinheit«, sagte Juwal, »das heißt«, erklärte er, »daß für ihn, für Mozart, der Mensch ein reines Wesen ist, ein schönes, eine Quelle des Optimismus, besonders, wenn man ihn an dieser Stelle mit Bach vergleicht, den wir vorher gehört haben.«

Theo schien überrascht, sagte aber schnell: »Nicht die ganze Messe ist so.« Er schwang den Zeigefinger. »Sie ist auch ein Werk voller Bitterkeit, in den ersten Noten des ›Kyrie‹, nicht nur durch die Strenge und Traurigkeit der Tonart, sondern auch durch die Orchestrierung. Und im ›Qui tollis‹ tauchen Posaunen auf, aber im ›Incarnatus est‹ herrscht in der Tat ein ganz anderer Stil. Wie in der Bach-Messe, ist auch hier jeder Teil komponiert, als wäre er ein anderes Genre. Sie wissen, daß Bach fast jeden Teil dieses Credos zu einem eigenen Abschnitt gestaltet, und aus diesem Teil, ›Et incarnatus est‹ (Und er ist Mensch geworden), ›Crucifixus‹

(Gekreuzigt) und ›Et resurrexit‹ (Auferstanden) macht er drei selbständige Abschnitte.«

Theos Stimme wurde dramatischer und senkte sich zu einem Flüstern, als er hinzufügte: »Die beiden ersten sind sehr langsam«, er zögerte, als ob er ihnen Zeit zur Erinnerung geben wollte, »in der Art, für die Bach sich bei der Komposition der Stelle entschieden hat, wo von der Menschwerdung Gottes die Rede ist«, sagte Theo.

Michaels Blick wanderte von einem knorrigen, uralten Olivenbaum, dessen graue Blätter auf dem Fenstersims lagen, zu dem blauen Geigenkasten, nicht weit von Nitas dicht beieinanderstehenden Füßen.

»Bei Bach ist die Menschwerdung voller Trauer«, sagte Juwal laut. Theo riß den Mund auf, schaute ihn verwundert an, rieb sich die Wangen und lächelte. Er lobte die Bemerkung, bevor er wieder begann, im Ton eines Märchenerzählers zu erklären: »Was das Gefühl der Trauer ausmacht und auch bestätigt, daß es von Bach so gemeint ist, ist der Basso ostinato im Lamento-Stil. Denn«, sagte er mit angestrengter Begeisterung, »die Form des Lamento, der Klage, die dreihundert Jahre lang in Italien entwickelt wurde, von der Renaissance bis zur Romantik, ist eine Nachahmung des Weinens. Immer wenn ein Held in einer Oper stirbt, wird dieser Stil angewandt. Wenn Bach denkt, daß Gott zur Erde herabgestiegen ist – hält er dies a priori für schlecht. Wenn bei ihm der heilige Geist hinabsteigt, immer tiefer, konstruiert Bach eine tönende Metapher von hintereinander aufgebauten Vorhängen, Bilder eines Überflusses, der immer tiefer zur Erde hinabsteigt, ein Gefühl, daß das, was der Gottheit geschieht, äußerst gefährlich ist. Bei Bach führt dies unmittelbar zur Kreuzigung. Für ihn ist ›Et homo factus est‹ die Ursache für die Kreuzigung. In seinen Augen ist gerade das Herabsteigen der Gottheit in die Welt der Grund für die Kreuzigung. Der Augenblick der Menschwerdung hängt mit Katastrophe, Klage und Tragödie zusammen. Gut, Sie erinnern sich sicher, daß bei Haydn, in der Nelson-

Messe in d-Moll, das ›Et incarnatus est‹ auch eine Soloarie ist, man hört«, betonte er fast schreiend, »einen Menschen, doch jeder wählt dazu einen ganz besonderen Menschen, und Mozart wählt sich eine Sopranistin, eine Frau.«

Wieder machte Theo vor den Augen, die ihn in offener Bewunderung ansahen, eine Pause und lächelte.

»Ein Romantiker würde sagen, daß eine virtuose Arie, wie Mozart sie hier seiner Sängerin in den Mund legt, in ihrer extrovertierten Bravour gar nicht zu den Worten paßt. Es klingt wie eine konzertante Symphonie für Sologesang und drei Instrumente – Oboe, Fagott, Flöte und Sopran. Aber man muß einmal sehen, welches Konzert hier erblüht aus den Worten ›Mensch geworden‹.« Die beiden letzten Worte betonte Theo ganz besonders und präzisierte: »In der Partitur ist dies die einzige Stelle, wo auch die Orchestrierung von Mozart stammt, den Rest zu schreiben, war er zu faul.«

Hier lächelte er wieder, und mit ihm lächelten alle, als ob sie sich freuten, auf etwas so Abgedroschenes und Beliebtes wie die Arbeitsgewohnheiten Mozarts zurückzukommen. Für einen Moment löste sich etwas von der großen Spannung im Raum, dann murmelte Theo, sie würden wieder die Stelle hören, und als er auf die Knöpfe drückte, deklamierte er die Worte: »Et incarnatus est de spiritu sancto ex Maria virgine, et homo factus est.« Er hielt die Hand in der Luft zurück und rief: »Hören Sie, genau hier beginnt das ›ho, ho, ho …‹ ohne Worte, eine langsame Koloratur, bis sie die Worte ›homo factus‹ wiederholt und mit den Worten ›factus est‹ endet, und später kommt eine Wiederholung von ›et incarnatus est‹. Richtig?«

Er erwartete keine Antwort, drückte den Knopf, ließ den Abschnitt nochmals hören und stoppte in der Mitte.

»Passen Sie auf«, sagte Theo, »beim zweiten Mal kommt plötzlich eine große Kadenz, vor dem Abschluß steht eine ganze Kadenz, wie in einem Konzert, immer noch auf dem F von ›Et homo factus‹, und endet mit den Worten ›factus est‹. Verstehen Sie, was das bedeutet?«

Es herrschte Stille im Zimmer. Verlegene Stille, denn es war ganz offensichtlich, daß seine Zuhörer seinen Worten nicht folgen konnten. Der neue Kollege der Mordkommission entspannte seine Arme und verschränkte sie wieder unter der Brust. Nitas Augen waren geschlossen, und ihr Gesicht blieb regungslos. Sie schien zu schlafen.

»Von dem Moment an, wo das Wort ›Mensch‹ ausgesprochen wird«, sagte Theo mit sichtbarer Erregung, »nimmt die Musik eine ideale Form an, eine Art Idee der Schönheit. Es gibt hier verschiedene Echos, Symmetrien, alles, was Mozart kannte. Dieser Abschnitt ist eine der essentiellen Stellen dieser Schönheit der klassischen Welt, des klassischen Stils. Mozarts sieht den Abstieg des Heiligen Geistes in die Welt sozusagen als dessen Befreiung, nicht wie Bach, der ihn in Bewegung setzt, und der Mensch ist gleichsam eine Lösung für das Rätsel Gottes.«

Nitas Augen öffneten sich. Mit einem Blick voll konzentrierter Schärfe schaute sie auf Theo, als wunderte sie sich über etwas, an das sie sich plötzlich erinnerte. Als ob er ihren Blick fühlte und seine Anwesenheit gleichsam verschleiern wollte, erhob Theo seine Stimme und betonte jedes einzelne Wort: »Die Idee der Musik als Schönheit ist im Wort ›Mensch‹ enthalten, und es geht nicht um architektonische Schönheit, die Arten des Schönen sind Symbole für Lebensfunktionen. Die Silbe Fa hier entspricht sowohl der Tonart F-Dur, in der die Arie steht, als auch dem italienischen Wort ›fa‹ – ›macht‹. Vielleicht erinnern Sie sich, an welcher anderen Stelle Mozart dieses ›fa‹ vertont?«

Ohne eine Antwort abzuwarten, sagte er schnell: »Am Schluß der Register-Arie in ›Don Giovanni‹, erinnern Sie sich, was Leporello dort singt? ›Voi sapete quel que fa‹ (›Ihr wißt schon, was er tut‹). In der Bedeutung, entschuldigen Sie bitte, aber so wird es allgemein gesehen, von ›vögeln‹. Und so haben wir hier die volle Bedeutung der Art und Weise, wie Mozart sich zu diesem Wort ›fa‹ verhält, und diese Bedeutung hat er hier in die Messe in andere Kontexte hineingelegt: Zeugung, Geburt, Menschwerdung, Fleischwerdung, das sieht er als Eintritt in die schönste Sache der Welt. Und dazu packt er die menschliche Stimme und die Instrumente in eine Art Seifenblase von etwas, was ihm, und nicht nur ihm, als wahrhaft perfekte Idee des Schönen erscheint. Das hat Mozart hier gemacht.«

Vielleicht waren es die Worte »Zeugung« und »Geburt«, die den stechenden Schmerz von neuem auslösten, dachte Michael, als er seine Hand auf den unteren Teil seiner Brust legte und sich vorzustellen versuchte, wo jetzt das Baby war, wer es wohl fütterte, und er unterbrach sich, als er eine Art kollektives Seufzen vernahm, als ob alle gleichzeitig ausgeatmet hätten. Niemand sprach, doch die allgemeine Spannung legte sich für einen Moment. Theo ließ es zu, blickte um sich, und seine Augen leuchteten beim Zusammentreffen mit Michaels Blick. Dann wandte er den Kopf zu Nita, die aussah wie eine Wachsfigur.

Michael fragte sich, wie sie so lange in ein und derselben Haltung dasitzen konnte. Hätte sie nicht ab und zu geblinzelt – er ließ kaum den Blick von ihr –, hätte er sie für bewußtlos gehalten. Er war sich nun sicher, als sie ihre Augen weit aufriß und er ihre stark vergrößerten Pupillen sah, daß sie unter dem Einfluß von Beruhigungsmitteln stand.

Was habe ich dir getan? murmelte er innerlich, warum verstehst du nicht, daß es nicht anders geht? Doch diese Fragen, das war ihm klar, würde er ihr heute nicht stellen.

»Jetzt möchte ich auf ein seltsames Phänomen zu sprechen kommen, das, wie Sie am Ende sehen werden, zum Thema gehört. Es handelt sich um die langsamen Sätze von klassischen Werken. Einige Zuhörer würden an diesen Stellen am liebsten einschlafen, wenn die Musik langsam wird und einem aufs Gemüt schlägt; so hat Haydn auch seine Symphonie ›Surprise‹ geschrieben, das heißt, an genau diesen Stellen schläft der eine oder andere ein. In langsamen Sätzen beginnen die klassischen Komponisten häufig mit einer wunderschönen Melodie, dann folgen ein zweites und drittes Thema, und dann erhebt sich plötzlich aus dem Hintergrund ein Ton, der sich immer wieder auf völlig monotone Weise wiederholt, was als ›enervierend‹ aufgefaßt wird.«

Wieder kicherte die Flötistin.

»Hier haben wir Mozarts Klaviersonate in a-Moll, hören wir hinein«, er drehte sich um und suchte eilig in den CDs.

»Wer spielt?« fragte die kichernde Musikerin.

»Perahia«, sagte Theo und drückte auf den Knopf, »langsamer Satz.«

Er stellte nach einigen Minuten ab.

»Brechen wir hier ab, wo sich der Ton auf einem Triller wiederholt, und hören wir noch einmal hin.«

Er legte die CD zurück in die Hülle und nahm eine andere heraus. »Jetzt hören wir die Haffner-Symphonie, Nr. 35, im zweiten Satz, der auch ein *andante* ist, achten Sie bitte auf den wiederholten Ton«, sagte er, »ich werde gleich wieder abschalten. – Es gibt eine Unmenge von Sätzen, deren innere Dramatik an solch einer Sache hängt – sie baut sich auf dem Hintergrund eines Tons auf, der wiederholt wird wie eine tönende horizontale Linie ... und ich«, bekannte Theo, »habe lange überlegt, ob es in der Musik noch einen Stil gibt, der wiederholte Töne auf diese Weise geliebt hat – aber nein. Ich habe nichts gefunden. Nur in der Klassik, nur dort gibt es dieses Phänomen, und manchmal auch in schnellen Sätzen.«

Alle schienen nachzudenken – einer der Zuhörer rutschte auf seinem Stuhl hin und her, die Flötistin runzelte die Stirn, Juwal legte einen Finger an die Lippe. Sie überlegten, ob dies tatsächlich zutraf. Theo zögerte und fuhr dann fort:

»Und wer wie Sie ein Instrument spielt, weiß genau, wie problematisch die Wiederholung eines einzelnen Tons ist. Sogar das Führen des Bogens ist eine schwierige Angelegenheit oder auch das Drücken der Tasten. Was ist überhaupt dieses ›Eine‹? Ist es eine Linie? Ein Horizont? Es ist nicht ein Ton, es hängt rhythmisch und vom Tempo her zusammen, doch es ist keine Melodie, denn es entwickelt sich nicht, und ist auch kein Orgelpunkt. Es ist die Mitte des Werks und hängt mit einer Art Stillwerden zusammen. Wenn man diese Stelle verpaßt«, wieder erhob sich seine Stimme dramatisch, »schläft man ein. Wenn man sie aber fühlt, erscheint sie als ein Ort, an dem wir uns in einem minimalistischen Zustand befinden, und ich denke«, wieder zögerte er lange, »ich denke, daß dies mit dem Puls zusammenhängt.«

Juwal sperrte den Mund auf.

»Ich denke wahrhaftig, daß dies mit dem Herzen zusammenhängt.« Juwal richtete sich erregt auf seinem Stuhl auf.

»Vom Ende der Renaissance bis zu Mozarts Vater«, erläuterte Theo, »haben viele Theoretiker das Tempo eines *andante* nach dem Puls bemessen, zweiundsiebzig Schläge in der Minute.«

Michael empfand für einen Moment eine gewisse Erleichterung, da er sich daran erinnerte, wie Dora Sackheim das barocke Tempokonzept beschrieben hatte. Plötzlich waren ihm die Worte vertraut, doch er wunderte sich, daß Theo sie hier so selbstverständlich aussprach; eigentlich hätte Michael vermutet, daß Theo über Wagner sprechen und dessen Opern erklären würde. Es war verblüffend, ihn mit so viel Respekt und Begeisterung über das Barocktempo reden zu hören, und es war erstaunlich festzustellen, wie sehr er sich für dieses Thema erwärmte. Dora Sackheim hatte über Theos Fähigkeiten als Theoretiker gesprochen, aber, jetzt verstand er es, er hatte diese Aussage nicht ernstgenommen.

»Der Puls bestimmt das Tempo der Linie! Sie haben es gewagt, ganze Sätze aufzubauen, deren Begleitung auf einer Wiederholung basiert«, rief Theo. Er setzte sich wieder auf den runden Hocker. »In der Klassik verliert die Musik zum ersten Mal jegliche Abstraktion, sie ist ausschließlich Lebensfunktion! Denken Sie an Zerlina, wie sie Masettos Hand an ihre Brust legt und man in der Begleitung genau das Herz und seinen Rhythmus hört, denken Sie daran. Haben Sie gewußt, daß er das von Haydn geklaut hat?«

Sichtbare Verwunderung zeigte sich auf dem Gesicht der jungen Frau mit dem dunklen Haar und den Sommersprossen.

»Das ist nicht meine Idee«, meinte Theo bescheiden, »Harold Robbins Landon ist darauf gekommen, daß Mozart hier von Haydn gestohlen hat. Von Haydn gibt es einige wunderbare Opern«, er räusperte sich plötzlich, als bekäme er keine Luft. »Eine, Entschuldigung«, sagte er und hustete lange, »dieser Opern heißt ›Die Welt auf dem Monde‹. Darin gibt es mehrere Abschnitte, die auf dem Pulsschlag aufgebaut sind, denn eine der Figuren in der Oper bekommt im Finale mit einer Reihe von Tonleitern einen Herzinfarkt. Es ist nicht immer das Herz in der Bedeutung der Pumpe«, erklärte er lächelnd, »es sind Pulse, die man vielleicht Seelenmoleküle nennen könnte.« Michael fragte sich, ob er diese Sache mit den Seelenmolekülen glauben sollte, und überhaupt, wenn seine Intuition ihn nicht täuschte, wie konnte es dann sein, daß Theo hier diese Dinge äußerte. Auf jeden Fall, dachte er bei sich, als Theo ihnen vorschlug, noch einmal die Sonate in f-Dur zu hören, waren diese Worte über den Menschen doch ...

Sein Gedankengang wurde unterbrochen, als Theo murmelte: »Die klassische Musik«, und gebeugt neben dem Aufnahmegerät stand, »ist nämlich die erste Musik, die als Ganzes innerhalb der ›Seele‹ stattfindet. Und das Herz, der Puls, die grundlegendste Lebensfunktion, das ist die verborgene, anhaltende Stimme der klassischen Musik, das ist die Musik, die dem Tempo einen so dominierenden Platz verleiht, bis sie es schließlich als selbständige Stimme herausstellt. Das ist die ›göttliche‹ Stelle, und deshalb schlafen hier einige Zuhörer ein.« Jetzt legte er die CD ab und richtete sich wieder auf.

»Es wird ihnen schwindlig, weil diese Stelle eine mystische Qualität hat, wie bei einer Art Rückkehr in die Gebärmutter hören sie plötzlich von nahem das schlagende Herz ihrer Mutter, und auf ihm ruht die ganze Welt, die ganze tönende Existenz. Wenn Haydn und Mozart dieses ta, ta, ta, ta erreichen«, Theo betonte die Silben mit gezielter Gleichförmigkeit, »diese scheinbare Monotonie, kommen sie zum Kern ihres Stils, dem Brennpunkt des Mythos der klassischen Musik. Gerade daher wird klar, daß die Musik nicht wie bei Bach ein ›Abbild der göttlichen Ordnung‹ ist, son dern ein Geisteszustand, eine Art Laune.«

Theo drückte auf den Knopf, und Nita schloß erneut die Augen. Eine senkrechte Falte erschien zwischen ihren Augenbrauen. War dies wirklich Theos Theorie, oder waren es bekannte Wahrheiten? Wie gut diese jungen Musiker es hatten, dachte er schmerzvoll, daß sie nachvollziehen konnten, auch physisch, worum es ging. Er dagegen ...

Alle Zuhörer schwiegen, als die Musik verstummte. Ganz langsam erhoben sie sich von ihren Sitzen. Jemand klatschte, jemand ging zu Theo. Michael versuchte zu lauschen, aber er schnappte nur den Namen Wagner auf und ein paar Worte, die Theo sagte: »Selbstverständlich nicht beim ›Fliegenden Holländer‹ ...« Als er Michaels Blick bemerkte, drehte er das Gesicht ab und senkte die Stimme. Der junge Mann schaltete das Aufnahmegerät ab. Der Kollege, der mit verschränkten Armen zwischen Juwal und Nita saß, rührte sich nicht. Auch Nita blieb sitzen. Michael stand auf und ging auf sie zu, neigte sich über sie und legte eine Hand auf ihren Arm. Sie öffnete die Augen. Die Pupillen waren wirklich groß. Etwas flackerte in den dunklen Augen des neuen Kollegen auf.

»Sie haben sie gestern abgeholt«, sagte Nita mit einer ausdruckslosen, gepreßten Stimme, als ob das Sprechen ihr schwerfiel. »Und du bist auch verschwunden.«

Der junge Polizist stand auf. Plötzlich hatte Michael das Gefühl, daß er nicht geschickt worden war, um auf Nita und Theo achtzugeben, sondern auf ihn, damit er nicht allein mit Nita blieb. Zu seinem Zorn darüber empfand er auch

Beleidigung und Scham. Die Gefühle überfluteten ihn und ließen ihn die Zähne zusammenbeißen. Er ärgerte sich über Schorer und über die Vorschriften. Fast hätte er verlangt zu wissen, wie die Anweisung genau gelautet hatte, als er körperlich die zu große Nähe des Kollegen spürte, der jedem seiner Worte lauschte.

»Es war ein erstaunlicher Vortrag«, sagte er zu Nita, nur um irgend etwas zu sagen. Ihre Lippen öffneten und schlossen sich. »Nicht wahr, war er nicht sehr beeindruckend?« fragte er.

Sie zuckte die Achseln. »Nicht für mich. Es war nichts Neues«, sagte sie mit schwerer, müder Stimme, »ich habe es schon öfter gehört. Ich habe schon alles gehört.«

»Von Theo«, sagte Michael, als riefe er sich in Erinnerung, daß sie Bruder und Schwester waren.

»Zu Hause.«

»Nicht nur von Theo. Ich kenne diese Theorie aus seinen Diskussionen mit Gabi«, sagte Nita abgehackt. »Es sind Dinge, die Theo in seinen Diskussionen mit Gabi entwikkelte. Über einen Teil dieser Äußerungen waren sie sich einig. Es war etwas, das ich so sehr mochte. Diese Art von Diskussion zwischen ihnen. Wie schön es war«, sagte sie, legte eine große Hand auf ihren Mund und sah den jungen Polizisten an, der aufrecht in ihrer Nähe stand und schwieg.

Michael sah sie unentwegt an. Er hoffte, daß er ihr mit den Augen vermitteln konnte, was er jetzt nicht aussprechen durfte. Er wollte ihr sagen, daß man es ihm verboten hatte. Daß es nicht seine Entscheidung war. Er dachte daran, ihr zu sagen, sie zu bitten, daß sie ihm vertraute. Er wollte ihr Momente in Erinnerung rufen, die sie gemeinsam erlebt hatten. Ihr sogar von dem Baby erzählen und von seinem inneren Versuch zu verzichten, für das, was ihm für Momente wie eine grausame Gerechtigkeit erschien. Und über die Momente, in denen er dachte, er würde noch um sie kämpfen. Doch der neue Kollege wich nicht von seiner Seite, und darum sagte Michael mit sehr leiser Stimme nur:

»Nita«, und drückte ihren Arm, als er in ihre Augen sah. Es schien ihm, daß für eine Sekunde in ihnen ein großer, grauer Schmerz aufleuchtete. Daß sie genau wußte, was er fühlte, daß sie wie er fühlte, daß sie alles verstand. Dann wagte er es und warf einen fragenden, sicherstellenden Blick auf sie, und sie nickte; mit sehr langsamen Bewegungen senkte sie einmal und noch einmal den Kopf.

Beim Mittagessen saßen sie zu dritt an einem Tisch. Erst jetzt stellte Eli den Wachtmeister Ja'ir offiziell vor. Sie hockten beinahe schweigend auf den Stühlen mit den hohen Lehnen, die dunkelrot gepolstert waren. Er saß mit dem Rükken zum Fenster, über dem eine rote Bougainvilleapflanze rankte. An der Wand an seiner Seite hing ein großes Farbporträt von Lilian Bentwich. Ihr Tisch stand nicht weit von dem Tisch, an dem Theo und Nita mit einem hochgewachsenen Mann mit geröteten Wangen saßen, dessen helles, welliges Haar ergraut war und dessen Hornbrille in einer Art spiegelte, die es nicht ermöglichte, seine Augen zu sehen. Aber sein zaghaftes Englisch, seine lauten Bemerkungen, das laute Lachen konnte man gut hören. Es bestand kein Zweifel. Von der Photographie auf der Hülle der alten Schallplatte wußte er, daß es Johann Schenk war. Der Mann, der beim Betreten des Hauptgebäudes Nita umarmt und ihre Locken gestreichelt und der Theos Hand herzlich geschüttelt hatte.

Da sie wenig sprachen – sich der Anwesenheit der begabten jungen Musiker an den Tischen ringsumher bewußt – vertiefte sich Wachtmeister Ja'ir in sein Essen, schöpfte sich von dem gedünsteten Weißkraut einen Nachschlag und stimmte willig in eine zweite Portion von dem fetten Truthahn ein. Und da Eli müde aussah und hin und wieder leise über Fragen sinnierte, die er mit dem »Verteilen von Kompetenzen« überschrieb, war Michael frei, um dem Gespräch am Tisch von Theo und Nita und von Johann Schenk höchst persönlich zu lauschen. Zwar war Johann Schenk nicht der Sänger der ›Winterreise‹ auf der Schallplatte, die ihm Becky Pomeranz vor dreiundzwanzig Jahren gekauft und zu Juwals Geburt geschickt hatte. Aber auf der neuen CD, die er sich vor einigen Jahren gekauft hatte, hatte ihn dessen Stimme, warm und mitreißend, für ein paar Minuten, vor allem im letzten Lied, für sich eingenommen.

Es verging eine Weile, bis Michael verstand, daß Johann Schenk von der Aufführung des »Don Giovanni« in Salzburg sprach. »Der Kopf des Commendatore zerschmetterte!« rief er laut lachend. »Und Elvira! Was er mit Elvira gemacht hat!« Er beschrieb mit seinen langen Armen eine schaukelnde Figur und erzählte mit Begeisterung, wie Elvira, an ein Trapez gebunden, über der Bühne schwebte. Dann beugte er sich über seinen Teller Suppe, aß sie restlos auf und sprach weiter. Jetzt hörte Michael, wie der Baritonsänger die Stadt Dresden mehrere Male erwähnte, und auch der Begriff »Stasi« fiel wiederholt. Und ein paar Namen. Schließlich hörte Michael, wie Schenk sehr laut davon redete, daß er Einblick in seine Stasi-Akten zu nehmen gedachte.

»Wozu?« fragte Theo, ebenfalls sehr laut, in fließendem Englisch, »was haben Sie davon? Haben Sie keine Angst vor dem, was Sie dort entdecken könnten?«

Johann Schenk klopfte mit der Gabel auf die Tischkante, sein Gesicht lief dunkelrot an, und in dem großen Saal, in dem die übrigen Gäste flüsternd sprachen, war die Antwort deutlich zu vernehmen. Er müsse einfach den Inhalt der Akte kennen, rief er. Er mußte wissen, wer von seinen Freunden ihn verraten hat. Es interessierte ihn überdies sehr, was über ihn in den Akten stand, sagte er mit seiner vollen Stimme, und seine Augen folgten dem Tablett mit dem Nachtisch. Dunkelrot zitterte der Wackelpudding in den Glasschälchen. Theo beugte sich vor und flüsterte etwas. Johann Schenk warf einen bestürzten Blick auf den Tisch, an dem die Polizei saß. Auch Nita schob das Dessert von sich. Sie hat nichts davon versucht, dachte Michael, als er sah, wie sie ihre zitternde Hand nach dem Wasserkrug ausstreckte, und er fragte sich ärgerlich, wie er es hatte zulassen können, daß sie heute hier war.

»Du konntest nichts daran ändern. Sie wollte es so. Die Beerdigung ist erst übermorgen«, sagte Eli, und erst jetzt bemerkte Michael, daß er unbewußt laut gesprochen hatte. Er sah sich erschrocken um. Eli musterte sein Gesicht. »Wie lange soll die Veranstaltung eigentlich dauern?« fragte er.

»Ich muß«, flüsterte Michael, »allein in dem Raum sein, wenn Theo und Nita mit Schenk arbeiten. Ich muß mit ihm allein sprechen, mit diesem Mann, diesem Johann Schenk.« Er schielte zu Ja'ir, der schwieg.

»Von mir aus geht es in Ordnung«, murmelte Eli unbehaglich. »Aber rede zuerst mit Balilati, denn Schorer hat uns, vor allem ihn«, er beugte den Kopf zu Ja'ir, »beauftragt, zumindest zu zweit jeden von ihnen zu begleiten. Das hat er angeordnet«, entschuldigte sich Eli Bachar mit sichtbarem Unbehagen. Er richtete sich schwerfällig auf, ging zur Theke in der Ecke, holte einen Wasserkrug und setzte sich wieder. Die seltsame Position, in der er wieder Platz nahm, war bedrückend. Er saß schief da, nur damit er Michael nicht ansehen mußte, so daß Michael, dem er leid tat, still wurde und selbst die Augen auf die Nebentür richtete.

»Keine Sorge, ich rufe ihn gleich an«, sagte er, als das Schweigen andauerte. Er stand auf, »ich will selbst nicht, daß Nita auch nur für einen Augenblick allein ist.« Er sah wie Johann Schenk ihn mürrisch ansah, als er an dem Tisch vorbeiging, an dem die drei saßen. Er fragte sich, was Theo ihm erzählt hatte. Er dachte bei sich, daß es einem ehemaligen Bürger der DDR wohl schon genügte, daß Polizei in der Nähe war.

Und dieser Blick, vor allem das Unbehagen, von dem sich Johann Schenk nicht befreien konnte, war wohl der Hauptgrund dafür, daß er zu Beginn der Probe die Fassung verlor. Denn bis auf zwei junge Pianisten und bis auf Theo und

Nita war in dem großen Saal niemand bei der Probe anwesend. Während die übrigen Teilnehmer noch Mittagspause machten, schritten die beiden Pianisten mit dem großen Sänger zu dem, was Theo eine »Lektion« nannte. Nita saß in der hinteren rechten Ecke des Saals. Im Saal war es dunkel, gemessen an dem grellen Licht, das auf die Rasenfläche vor der weit geöffneten Tür fiel. Dort stand Michael mit Eli Bachar und mit Ja'ir. Theo saß neben dem Flügel und blätterte dem Pianisten die Noten um, der in Juwals Alter zu sein schien und auf dem Flügel die Eröffnung zur »Winterreise« spielte.

Ein paar Minuten lang wiederholte er den Eröffnungsakkord, und jedesmal wandte der große Bariton sich ihm zu und erklärte ihm etwas. Auch Theo sprach auf ihn ein – seine Bemerkungen konnte man außerhalb des Saals nicht hören, nur das Echo der Stimmen und die Klänge des Klaviers –, und schließlich ließ man ihn die ersten Akkorde am Stück spielen.

Der Sänger begann zu singen.

Eine Weile blieb Michael etwas abseits auf dem Rasen stehen. »Fremd bin ich eingezogen/Fremd zieh ich wieder aus«, hallten die Worte in ihm. »Ich kann zu meiner Reisen/Nicht wählen mit der Zeit/Muß selbst den Weg mir weisen/In dieser Dunkelheit.« Draußen war hellichter Tag. Eine sehr gelbe Sonne schien auf den Rasen, und im Saal wurde die Dunkelheit noch schwerer. Theo blätterte rasch die Seite um.

»Schreib im Vorübergehen/Ans Tor dir: ›Gute Nacht!‹/Damit du mögest sehen/An dich hab ich gedacht«, sang der große Bariton auf seinem Platz neben dem Flügel, sah den jungen Pianisten an und verweilte für einen Moment.

Michael hatte das Gefühl, daß er nur für ihn sang. Und weil er ganz allein dort auf der Rasenfläche vor dem Saal stand, spürte er, wie eine kalte Hand sich auf sein Herz legte, mit einem Griff, der immer fester wurde. Es war besser, in der Dunkelheit zu sein. Er ging in den Saal. Da Johann

Schenk mit dem Gesicht zum Flügel stand, bemerkte er ihn nicht, als er von den gefrorenen Tränen sang. Erst nachdem die Klage über die Tränen, die aus der Brust steigen, die in der Hitze glüht, erklang, und erst nachdem die Worte »Des ganzen Winters Eis!« fielen, hielt der Sänger inne, zog ein gebügeltes Taschentuch aus seiner Tasche, wischte sich über das Gesicht und drehte sich um.

Als er zu schreien begann, unterbrach der Pianist erschrocken sein Spiel. Theo breitete die Arme aus. »Es kommt nicht in Frage«, schrie der Mann in schlechtem Englisch, »ausgeschlossen«, tadelte er Theo und wandte sich an Nita. »Die habe ich nicht eingeladen, und vor ihnen werde ich nicht singen. Eine Probe ist eine private Sache«, schrie er erneut und klopfte auf den Flügel. »Das hier ist kein Konzert, und es kommt nicht in Frage, daß ein Außenstehender, und noch dazu ein Polizist, bei der Probe anwesend ist.«

Michael zog sich eilig zurück und blieb bestürzt an einer abgelegenen Ecke des Rasens, auf dem auch Eli Bachar und Ja'ir warteten, stehen. Er mobilisierte all seine Kräfte, damit seine Züge unbewegt blieben und sein lauter Atem sich legte. In diesem Moment fühlte er sich, als ob nichts in ihm wäre, außer einem Fluch. Als ob seine Existenz an sich, hier auf diesem Rasen, die Verkörperung einer Soldateska war, die die Musik befleckte. Kein Mensch, bis auf Nita, wußte, daß er die »Winterreise« so sehr liebte. Und in den Augen des großen Künstlers war die Anwesenheit eines Polizisten am Eingang des Saals ein Akt der Entweihung.

Minuten verstrichen, bis der Gesang wieder zu hören war, und mehr als eine halbe Stunde verging, bis Johann Schenk zu dem vorletzten Lied kam. Dann wurde er still.

Als Michael sich erneut dem Eingang näherte, hörte er, wie er Nita, die sich nicht von ihrem Platz gerührt hatte, erklärte, daß er das letzte Lied »Der Leiermann« bei der Probe nicht singen würde, denn dann würde er es am Abend nicht wieder im Konzert singen können. Das letzte Lied, sagte Johann Schenk – er sprach nun zu dem Begleiter –, dürfe man nicht mehr als einmal die Woche singen. Danach könne man nur noch schweigen.

Gerade das letzte Lied, »Der Leiermann«, das traurigste von allen, das Lied der lebendigen Toten, hätte Michael jetzt gern aus dem dunklen Saal gehört. An diesem Tag hatte es etwas vollkommen Richtiges. Seine Verzweiflung und sein erschaudernder Verzicht, der aus der traurigen, fast erfrorenen Stimme hervorbricht, mit der der Held fragt, ob der Alte mit dem Leierkasten bereit wäre, sein Lied zu begleiten. Wie leer waren jetzt seine Arme. Jemand anderes ließ vielleicht gerade eine große Hand über die Haut seines Babys gleiten. Seines? Protestierte in ihm eine verschämte Stimme. Wer ist dein Baby? Wieso deins?

Mutig kehrte Michael in den Saal zurück. Zu seiner Überraschung stieg der Sänger eilig von dem Holzpodest, kam auf ihn zu und setzte zu einer Entschuldigung an.

»Eine Probe ist eine sehr intime Sache«, sagte er verlegen. »Und auch solch eine Unterweisung ist für ihn fast eine Probe. Später werden weitere vom Fernsehen aufgenommen. Dann ist es kein Problem mehr, aber jetzt!« Wieder erwähnte er, daß kein Mensch ihn darauf vorbereitet hatte, daß Sicherheitskräfte anwesend sein würden, während er sang, obwohl er davon hätte ausgehen können, wie er seufzend bemerkte, wegen Gabriel van Gelden. Er hatte schon heute morgen davon gehört. »Wie furchtbar! Wie furchtbar!« Und jetzt war er durchaus bereit, ein paar Minuten seiner Pause der Polizei zu widmen, wenn er irgendwie behilflich sein konnte. Wie talentiert doch der verstorbene van Gelden war, und noch vor kurzem hatte er ihn in Amsterdam getroffen.

Nicht weit vom Lilian-Haus, in der Ecke, aus der das Ziegeldach eines winzigen Häuschens zu sehen war, fragte Michael ihn, ob Gabi ihm eine Rolle in einem barocken Musikstück angeboten hatte. Der Mann schien erstaunt und gleichermaßen erschrocken, wie alle Menschen, die in totalitären Systemen aufgewachsen sind, reagieren, wenn sie mit Behörden in Berührung kommen. Wieder wischte er sein breites Gesicht mit einem Taschentuch ab, räusperte sich und sagte, daß Gabriel van Gelden ihm in der Tat bei ihrem letzten Treffen vor über einem Monat zwei Seiten aus einem Stück, das ihm unbekannt war, gezeigt hatte. Es war ursprünglich für einen Baß geschrieben, aber weil es heutzutage keine wirklich ernsthaften Bassisten mehr gab und es sich in der Tat um ein sensationelles Barockstück handelte, von dem Gabriel sich geweigert hatte zu sagen, was es war, hat er ihm die Baßpartie angeboten, obwohl er eigentlich Bariton war. Jetzt wollte er wissen, wie Michael davon erfahren hatte, denn die Sache wurde sehr vertraulich behandelt, er hatte deswegen sogar ein Dokument unterzeichnen müssen.

Michael fragte, ob er die beiden Seiten besaß, und der Mann erschrak. Nein, auf gar keinen Fall, Gabi van Gelden sei nicht bereit gewesen, sie aus den Händen zu geben, und hatte ihm nur die entsprechende Stelle vorgelegt.

Ob noch jemand von diesem Treffen wußte, fragte Michael.

Nein, nein, Schenk schüttelte den Kopf. Er hatte keine Ahnung, um welches Stück es ging. Aber er verließ sich auf die Worte Gabriels. Jeder wußte, daß er seriös war. Und mit Theo hatte er ein paarmal an Wagner gearbeitet und auch an Mozartopern. Und auch ihn schätzte er sehr. Und Nita sowieso. Die ganze Familie, eine wunderbare Familie. Und immer, wenn sie in Europa aufgetreten waren, auch in den Tagen, als die Mauer noch stand – er durfte ja frei reisen, wegen seiner Engagements und seines internationalen Renommees –, stand er mit ihnen in Verbindung. Selbst seine deutsche Herkunft hatten sie ihm verziehen, sagte er mit einem halben Lächeln, und darum war er bereit, die Katze im Sack zu kaufen und sich für einen Termin zu verpflichten, ohne zu wissen, worum es ging. Allein aufgrund der Information, daß jemand etwas gefunden hatte, etwas Altes. Eine Sensation ohnegleichen, hatte Gabriel van Gelden ihm versichert, der nie zum Schwärmen neigte und ein zurückhaltender Mensch und sehr glaubwürdig gewesen sei.

Michael ging zurück zu Eli Bachar und Ja'ir, die vor dem Saal stehengeblieben waren. »Irgendeine Fledermaus hat hier einen Kern hingespuckt«, sagte Ja'ir gerade zu Eli und zeigte auf eine Mispel. »Siehst du, daß der hier nicht hingepflanzt wurde. Wir haben diese Bäume auch in unserem Moschaw.«

»Was ist das für ein Baum, der aussieht wie ein Weihnachtsbaum?« fragte Eli, der Michael noch nicht bemerkt hatte.

»Eine Araukarie. Wie eine Tanne ist sie immergrün«, erklärte Ja'ir.

Michael hob die Augen zum Wipfel, bemerkte die Flaggen, die auf den Strommasten wehten und räusperte sich. Beide drehten sich mit einem Schlag zu ihm um.

»Wie lange sollen wir noch hier warten?« wollte Eli Bachar wissen, »wie lange dauert es denn noch?«

»Offiziell bis um sechs«, sagte Michael gelassen, »aber ich bleibe nicht hier. Ich fahre jetzt zurück. Ich habe es so mit Balilati vereinbart, denn im Präsidium warten verschiedene Angelegenheiten auf mich. Ihr kommt später mit ihnen nach.«

Eli zog die Sonnenbrille ab, hatte vor, etwas zu sagen, aber setzte die Brille wortlos wieder auf.

»Ich will dir ein paar Fragen für Nita hierlassen«, sagte Michael zu Eli Bachar. »Du wirst sie ihr später stellen, aber nicht, wenn ihr Bruder in der Nähe ist.«

»Warum fragst du sie nicht gleich selbst?« sagte Eli und hob großzügig den Arm.

»Denn ... das ist nicht so einfach«, rang Michael mit sich. »Ich hinterlasse dir die Fragen schriftlich, du fragst und nimmst auf.«

»Du kannst sie allein befragen«, sagte Eli, »und selbst aufnehmen. Jetzt.« Er schaute auf Ja'ir, der die Augen senkte. »Ruf sie einen Moment raus«, sagte Eli zu Ja'ir.

Nita kam schwankend aus dem Saal und schloß ihre Augen vor der Sonne. So dünn und zerbrechlich sah sie aus, als sie dort am Eingang stand. Er beeilte sich und ging auf sie zu. Hinter seinem Rücken hörte er die schleppenden Schritte Ja'irs, der es allerdings nicht wagte, sich in ihrer unmittelbaren Nähe zu postieren.

»Ich kann nicht mit dir reden«, sagte er mit erstickter Stimme, »aber ich muß dich etwas fragen.«

»Warum kannst du nicht mit mir reden?« fragte sie mit ausdrucksloser Stimme und beschattete die Augen mit ihrer großen Hand. Ihre Gesichtszüge verhärteten sich.

»Auch das kann ich dir nicht sagen, sag mir nur, ob Gabi in der letzten Zeit irgendwann einmal mit dir über ein Requiem von Vivaldi gesprochen hat.«

Sie zog die Hand von der Stirn, sah ihn an, als ob er sie aus jeder Sicht enttäuscht hätte. »Wie bitte?« fragte sie.

»Gabi, ein Requiem von Vivaldi, ob er mit dir darüber gesprochen hat«, fragte er mit erstickter Stimme und sah in ihre vergrößerten Pupillen, die beinahe die ganze Fläche der Augen einnahmen.

»Vivaldi hat kein Requiem geschrieben«, sagte Nita und wandte den Blick zur Seite, als ob es sie verlegen machte, sein Gesicht zu sehen. »Weißt du nicht, daß es kein Requiem von Vivaldi gibt?«

»Das heißt, Gabi hat dir nichts über diese Sache gesagt?«

»Wie konnte er es mir sagen, wenn es kein Requiem von Vivaldi gibt!« sagte Nita und beschattete erneut die Augen. »Ist das alles, was du wolltest?«

Er senkte den Kopf.

»Sie haben das Baby abgeholt, auch das Baby haben sie weggenommen.«

Er nickte.

Sie sah in seine Augen, als suchte sie nach Zeichen. »Und das war alles?« fragte sie mit schwacher Stimme und starrte ihn einen Moment lang an, als er dort stand und schwieg. »Dann ist alles vorbei«, murmelte sie und ging langsam zurück in den Saal. Er sah ihr nach. Ein paar Schritte weiter stand Ja'ir, und nicht weit von ihm wartete Eli Bachar, und auch er sah ihr nach.

»Diese Theorie klingt wunderbar. Nicht, daß ich ein Wort von dem verstehe, das du sagst, aber diese Theorie klingt wirklich wunderbar. Und warum muß ich alles verstehen? Es reicht, wenn du es verstehst, du kennst dich ja in diesen Dingen aus. Arie Levi hätte dir schon etwas dazu gesagt«, er sprach vom Polizeichef im Ruhestand, »aber mich, mich stört es nicht, daß du diese ganze Ausbildung hast. Ich finde es sehr schön. Aber was ist der Haken daran? Bei allem Respekt«, Balilati streckte den Arm in einer tänzelnden Bewegung aus, beschrieb einen Bogen im Stil D'Artagnans, wedelte in der Luft, »in der Zwischenzeit hängt alles in der Luft, eine Fata Morgana.«

»Darum habe ich dich um die Durchsuchungsbefehle gebeten und um die Kisten mit allen Papieren, und darum bitte ich auch um Verstärkung für die Durchsuchungen.«

»Ja, die habe ich vorbereitet«, sagte Balilati und zog einen Stapel Papiere aus der Schreibtischschublade. »Und wenn du nicht vorher bei dir zu Hause haltgemacht hättest und nicht hier dich eine halbe Stunde lang mit dieser Malka unterhalten hättest, wärst du längst fertig mit Isi Maschiach.«

»Ich war nicht zu Hause«, protestierte Michael. »Ich bin nicht einmal dort vorbeigefahren, seit ...«

»Ich dachte, du hättest die Kleider gewechselt«, entschuldigte sich Balilati. »Ich dachte, du hattest heute morgen ein anderes Hemd an.«

»Schön wäre es«, murmelte Michael. »Ich bin aus Zikhron Yaakov direkt hierhergekommen und habe Malka angetroffen. Sie hat auf dem Flur gewartet. Das hast du doch gesehen.« Er wurde still und sah zum Fenster, kämpfte mit dem aggressiven Drang, Balilatis Neugier nicht zu befriedigen. »Man hat sie gefunden«, sagte er schließlich.

»Wen?«

»Die Mutter, man hat sie gefunden. Das heißt, man hat sie nicht genau gefunden. Eine Freundin von ihr hat sie überredet, mit der Sozialarbeiterin zu sprechen, die für Neueinwanderer zuständig ist.«

»Ist sie eine Neueinwanderin?«

»Ein neunzehn Jahre altes Mädchen. Eine Russin, völlig allein auf der Welt.«

»Und, wird man ihr die Kleine zurückgeben?« fragte Balilati ungläubig und fügte sofort hinzu: »Bestimmt wird man ihr das Kind nicht mehr geben. Man wird sie vor Gericht stellen. Sie hat sich strafbar gemacht. Es ist strafbar, Kinder in fremden Bunkern zu deponieren.«

»Ich weiß nicht, was passiert«, zögerte Michael. »Ich habe verstanden, daß man die Lage berücksichtigen wird. Auf jeden Fall ist sie ganz allein ins Land gekommen, und irgendeiner hat sie reingelegt... Ich weiß nichts Genaues. Inzwischen ist die Kleine bei einer Pflegefamilie, das hat Malka gesagt, und es ist noch nicht klar, was aus ihr wird.«

»Will sie überhaupt das Kind zurück? Sie kann darauf verzichten. Wenn sie es jetzt zur Adoption freigibt, mit dieser ganzen Warteschlange, wird man sicher sofort darauf eingehen. Aber wenn sie anfängt, Schwierigkeiten zu machen... ich weiß nicht. Sicher wird die Akte geschlossen. Aber wir lassen das jetzt.«

Michael nickte.

»Du wirst eine Aussage machen müssen, wenn es zu einer Verhandlung kommt«, fiel Balilati plötzlich ein. »Bei diesem Fall bist du auch nicht nach den Vorschriften vorgegangen, was?«

»Mal sehen«, wich Michael aus. Jetzt hatte er nichts mehr, wofür und wogegen er kämpfen sollte. Er hatte nicht in Erwägung gezogen, daß man die Mutter finden könnte.

»Es wird schon alles gut werden«, versprach Balilati. »Wir werden dich nicht im Stich lassen, wir werden dir deine guten Absichten bezeugen«, kicherte er. »Willst du zuerst zum Konzertzentrum fahren oder zuerst mit Isi Maschiach sprechen? Der sitzt seit heute morgen hier.«

»Zuerst Isi Maschiach, denke ich, aber ihr könnt schon anfangen, in dem Papierkram zu suchen.«

»Das dürfte nicht so einfach sein«, sagte Balilati giftig. »Denn wer außer euer Gnaden weiß, wonach wir suchen?«

»Noten. Sucht nach Noten!«

»Aha«, stieß Balilati aus und lehnte sich zurück. Seine kleinen Augen waren von roten Adern durchzogen und verliehen seinem Gesicht den Ausdruck eines betagten Trinkers.

»Was du nicht sagst?! Nur Noten? Noten?! Hast du gesehen, wieviel Noten darunter sind? Bist du jetzt völlig durchgedreht?« Er beugte sich vor. »Du wirst«, sagte er beinahe flüsternd, »ein wenig präzisieren müssen, wenn möglich.«

»Wenn ich mit Isi Maschiach gesprochen habe«, sagte Michael beharrlich. »Alles, was ich im Moment sagen kann, ist, daß ich nicht weiß, wie sie aussehen. Nur daß sie alt sind. Wir suchen ein fast dreihundert Jahre altes Stück Papier mit Noten.«

»Keiner«, Balilati verschluckte sich und hustete ausgiebig, »keiner, hörst du? Wirklich keiner außer dir kann so etwas von mir verlangen. Vielleicht erklärst du mir ... ach, was soll's.«

»Und Expertisen«, dachte Michael laut. »Vielleicht rufst du auch jemanden vom Labor her, damit wir einen Sachverständigen für altes Papier haben.«

»Ich werde nichts und niemanden rufen, bis wir etwas gefunden haben!« schrie Balilati. »Ich ziehe keinen ab! Es kann die ganze Nacht dauern, zwei Tage, was weiß ich? Wenn überhaupt, wenn überhaupt! Zuerst findest du gefälligst etwas, dann bringen wir jemanden her!«

Er sah auf die leere Kaffeetasse, schüttelte sie und sagte leiser: »Für mich reicht es, was die junge Frau gesagt hat. Es war ganz leicht, sie zum Reden zu bringen. In zehn Minuten hatten wir aus ihr herausgeholt, daß er bei ihr sein sollte, hörst du? Er sollte! Er war mit ihr verabredet, eine Stunde hat sie gewartet, dann ist sie gegangen. Er war mit ihr in einem Café verabredet und ist nicht gekommen. Am Ende hat er bei ihr zu Hause vorbeigeschaut. Eine Viertelstunde, bevor er sowieso weg mußte. Und sie mußte auch weg, denn sie spielte ebenfalls. Sie ist die Ersatzgeige. Er bat sie, nicht zu sagen, daß er sich verspätet hatte. Er versprach ihr das Blaue vom Himmel. So ein Hornochse, warum sollte sie für ihn den Kopf hinhalten? Sobald ich ihr gesagt habe, ich würde sie wegen Falschaussage belangen, hat sie gesungen. Mir genügt es. Jetzt, wo er kein Alibi hat, können wir ihn festnehmen, ohne Probleme!«

Um ein Haar hätte er sich dazu hinreißen lassen zu sagen, »dann verhafte ihn in Gottes Namen und basta.« Aber statt dessen sagte er: »Tu mir einen Gefallen, ich weiß, daß du hier die Untersuchung leitest, aber glaube mir, wenn ich Unrecht habe, sage ich kein einziges Wort mehr. Glaube mir, auch wenn du denkst, daß ich übergeschnappt bin, was du ja ständig wiederholst, es ist besser, mit ihm zu sprechen, bevor wir ihn verhaften. Alles liegt noch zu sehr im dunkeln. Mit Rechtsanwälten, wie er sie sich nehmen wird, ist es gescheiter, wenn wir vorher eine Aussage von ihm haben. Und dann ...«

»Du willst ein Geständnis von ihm bekommen?!« kicherte Balilati. »Wenn mir hier Haare wachsen, hörst du?!« rief er und klopfte auf seine Handflächen, dann faßte er sich, und mit einer normalen Stimme fügte er hinzu: »Isi Maschiach wartet dort bei Zila.« Er stand schwerfällig auf und schob den Stuhl zurück. »Ich fahre jetzt zum Konzertzentrum. Die Noten aus seinem Haus werden in dein Büro gebracht. Die aus dem Konzertzentrum rühre ich nicht an. Der ganze Morgen ist ohnehin schon für diese Geschichte draufgegangen.« Er kehrte sein Gesicht dem Fenster zu und befühlte zerstreut seine Wange.

»Welche Geschichte?«

»Na diese Geschichte mit ... mit Dalit«, sagte er sichtbar verlegen. »Elro'i hat sich der Sache angenommen. Er hat mich schon zu sich gerufen. Sie ... Es ist eine Krankheit. Weißt du das? Sie ist krank«, sagte er verblüfft. »Woher soll einer das wissen?« seufzte er schließlich. »Sie schien kerngesund. Ich habe keine Ahnung, was sie jetzt mit ihr machen werden«, faßte er zusammen und näherte sich der Tür, wobei seine Hände tief in seinen Hosentaschen steckten.

Das Gespräch mit Isi Maschiach dauerte länger als erwartet. Obwohl es auf keinen Fall so detailliert war, wie er es sich vorgestellt hatte, als er sich dachte, daß Isi Maschiach für den Wunsch nach Nähe und Vertrauen alles preisgeben würde, was er wußte.

Michael ignorierte die leidende Miene, die völlige Erschlaffung der Glieder und die offene Angst, die aus seinen Augen schien. Ungeduldig begann er mit der Frage: »Worüber wollten Sie mit mir sprechen?«

»Es gibt etwas, das ich Ihnen verheimlicht habe«, beichtete Isi Maschiach.

»Was ist es?«

»Sie wissen längst, daß Gabi und ich in den letzten ein, zwei Monaten in einer Art ... Nun, wir hatten Schwierigkeiten. Dieser Beamte«, er nickte mit dem Kopf in Richtung Flur, »sagte mir, daß der Lügendetektor ergeben hat, daß meine Antworten nicht in Ordnung waren.«

»Sie waren durchaus in Ordnung«, sagte Michael, »aber es gibt da ein paar unklare Stellen.«

Isi Maschiach seufzte. »Vor einiger Zeit ... vielleicht vor zwei Monaten, spürte ich, daß Gabi mit etwas beschäftigt war.«

»Was soll das heißen?« fragte Michael gespannt.

»Das heißt, ich spürte, daß er nicht richtig bei mir war. Daß sein Kopf ... daß sein Herz ... daß er in irgendeine Sache vertieft war, an der er mich nicht teilhaben ließ.«

»Haben Sie mit ihm darüber gesprochen?«

»Natürlich habe ich darüber gesprochen. Und wie. Häufig! Ich habe gebettelt, gefragt, ich habe ihm gesagt: ›Wenn es um eine Kleinigkeit geht, warum machst du es mir dann nicht leichter? Und wenn es etwas Bedeutungsvolles ist, warum läßt du mich dann nicht teilhaben?‹«

»Und was hat er gesagt?«

»Er hat es abgestritten. Er sagte, vielleicht sei es der Streß mit seinem geplanten Orchester. Aber ich hatte ein ungutes Gefühl. Und vor zirka zwei Monaten ist er nach Europa gefahren und wollte nicht, daß ich ihn begleite. Ich hatte so sehr auf diese Reise gebaut.« Er verbarg sein Gesicht in den Händen.

Michael klopfte ungeduldig mit dem Bleistift auf die Tischkante. Schweigend zwang er sich zur Geduld. Isi Maschiach entblößte wieder sein Gesicht. Michael war erleichtert, als er sah, daß es trocken war.

»Seit Passah hatten wir davon gesprochen, wie wir zusammen reisen würden, und am Ende stellte es sich heraus, daß er allein fuhr. Zweimal! Er war nicht einmal bereit, mir zu sagen, warum!«

Geraume Zeit verging mit der Schilderung des Kummers, den Isi Maschiach darüber empfunden hatte. (»Ich hatte gerade verschiedene Probleme bei der Arbeit, bin verunsichert, und jedes Jahr im Frühling bekomme ich eine Depression.« Und: »Genau zu dieser Zeit habe ich ihn besonders gebraucht, und ich sagte ihm: ›Ich brauche dich. Ich hätte dich gebraucht.‹ Aber es hat ihn nur nervös gemacht.«) Dann gestand er, daß er eifersüchtig gewesen war. »Ich dachte, er hätte einen anderen«, meinte er schließlich.

Michael zündete sich eine Zigarette an. »Und was haben Sie getan, als Ihnen dieser Gedanke kam?«

»Ich begann, in seinen Papieren zu schnüffeln, ihn zu verfolgen und zu kontrollieren«, errötete Isi Maschiach. »Ich weiß, daß es schrecklich klingt. Ich weiß es, aber ich war so verzweifelt!«

»Wie genau haben Sie ihn verfolgt?« fragte Michael, zügelte seine Atemzüge und bemühte sich, gleichgültig zu klingen. »Was haben Sie herausgefunden?«

»Ich habe seinen Kalender studiert, seine Briefe, ich öffnete seine Post«, flüsterte Isi Maschiach. »Und am Ende bin ich eigens nach Holland gefahren, um zu sehen, mit wem ... Ich dachte, er hätte jemanden in Delft.«

»Warum in Delft?«

»Von dort sind zwei Briefe gekommen, in denen stand ...« Er wurde still.

»Und, hatte er jemanden?«

»Es war nicht so, wie ich dachte«, stöhnte Isi Maschiach. »Ich war mir so sicher, beinahe sicher, ich hatte solche Angst. Es kamen Telefonate aus Delft. Zwei. Und ein Fax. Und in dem Kalender stand ein Name mit Telefonnummer.«

»Was haben Sie mit dem Kalender gemacht?«

»Ich habe ihn bei mir aufbewahrt«, gestand Isi Maschiach. »Ich habe ihn versteckt zwischen den Papieren an meinem Arbeitsplatz, und er dachte, er hätte ihn verloren. Aber ich hatte kein anderes Mittel, um es zu überprüfen. Ich mußte ... ich mußte ihn regelrecht stehlen, und dann konnte ich ihn nicht mehr zurückgeben.«

»Und nachdem er tot war, haben Sie den Kalender dann bei sich behalten?«

Isi Maschiach schüttelte den Kopf. »Ich habe ihn verbrannt«, sagte er sehr schuldbewußt. »Ich hatte Angst, daß ... nach dem Lügendetektor und nachdem mich Ihr Kollege so ansah, bekam ich es plötzlich mit der Angst zu tun.«

»Verbrannt? Wo haben Sie ihn verbrannt?«

»Was spielt das für eine Rolle? Ich habe ihn verbrannt.«

»Wo genau? Wann?« insistierte Michael.

»Gut, ich habe ihn nicht wirklich verbrannt.« Isi Maschiach wurde verlegen und sah sich gehetzt um. »Es hörte sich für mich besser an zu sagen, ich hätte ihn verbrannt. Wo hätte ich ihn denn verbrennen sollen. Vielleicht in einem Ofen? Ich habe ihn zerrissen.«

»Wann?«

»Nachdem ich zum ersten Mal bei Ihnen war. Ich habe ihn in kleine Stücke gerissen und ...«

»Und ...?«

»Ins Klo geschmissen«, gestand er. Sein Gesicht glühte. »Ich weiß, daß es schrecklich klingt«, stotterte er. »Ich weiß, es sieht so aus, als ob mir die Erinnerung an Gabi egal wäre, als ob ich seine Sachen nicht in Ehren halte. Aber das stimmt nicht.« Er sah jetzt Michael in die Augen. »Es stimmt wirklich nicht. Sie müssen mir glauben, daß es nur so aussieht. Ich hatte solche Angst, und ich schämte mich. Das ist ganz und gar gegen all meine Prinzipien über die Privatsphäre. Ich habe so etwas noch nie getan, bitte glauben Sie mir.«

»Und was stand darin?«

»Es gab da diese Namen in Holland. Namen von Männern. Und sie klangen so... so... Hans und Johann, sie klangen so fremd, so deutsch oder holländisch... Ich dachte, er war meiner überdrüssig. Daß er sich verliebt hatte. Zum Schluß bin ich selbst dorthin gefahren«, seufzte er.

»Sie waren in den Niederlanden. Wir wußten davon. Sie hatten es uns auch angegeben. Direkt vor der Ermordung von Felix van Gelden.«

»Und ich war auch in Delft«, gestand Isi Maschiach, »und ich bin zu der Adresse von Hans van Gulik gefahren.«

»Van Gulik, ist das nicht der Schriftsteller, der die chinesischen Krimis geschrieben hat, die Gabi gerade las?« fragte Michael besonders freundlich.

»Es stimmt«, sagte Isi Maschiach bestürzt, »aber es ist nicht dieser Mann. Sie haben nur den gleichen Nachnamen.«

»Sie sind zu dieser Adresse gefahren«, brachte Michael die Sache wieder auf das Thema zurück.

»Es war ein Antiquitätengeschäft. Ich bin hineingegangen. Es waren zwei Frauen darin. Es war ein großer Laden.

Größer als der von Felix. Er war vollgestopft mit allen möglichen alten Möbeln, und ein sehr alter Mann, etwa in dem Alter von Felix, war darin.«

»Haben Sie mit ihm gesprochen?«

»Ich sagte zu einer der beiden Frauen, daß ich Hans van Gulik suchte«, erzählte Isi mit einer ausgetrockneten Stimme. »Und sie zeigte auf den alten Mann und sagte: ›Das ist Herr van Gulik.‹«

»Und dann?«

»Und dann verstand ich plötzlich, daß es um etwas anderes gehen mußte. Ich habe trotzdem mit ihm gesprochen. Ich fragte ihn ... ich sagte ihm, ich käme von Gabi. Er richtete sich auf und setzte einen Blick auf ... als ob ich irgendeinen Fauxpas begangen hätte. Als ob ... ich sagte ihm eilig, daß Gabi ihn mir empfohlen hatte als einen vertrauenswürdigen Antiquitätenhändler. Daß er mir empfohlen hatte, mich an ihn zu wenden, um ein altes Cembalo zu finden, das restauriert werden mußte. Ich habe viel geredet, aber ich sah, daß er sich ganz anders zu mir verhielt als im ersten Moment. Am Anfang war er sehr angespannt gewesen. Und als ich das Cembalo erwähnte, wurde er höflich, und ich verstand, daß hier etwas im Gang war, etwas ganz anderes. Nicht, daß er nicht freundlich war, er fragte mich sogar nach Felix, ob ich ihn kannte. Und nach Herzl hat er sich erkundigt, auch nach Herzl.«

»Kannte er Herzl und Felix persönlich?«

»Er sagte, er wäre ein Kindheitsfreund von Felix. Ich habe keine Ahnung, wie er Herzl kennengelernt hat. Über ihn hat er mich nur gefragt, ob ich ihn kenne. Ich wollte ihm sagen, daß ich zur Familie gehöre, daß Gabi und ich ... Aber ich habe nichts gesagt.«

»Und der zweite Mann?«

»Es stand nur ›Johann‹ im Kalender. Amsterdam und der Name eines Cafés. Ich erinnere mich nicht mehr genau.«

»Und, haben Sie Gabi davon erzählt, als Sie zurückkamen?«

»Wie konnte ich?« behauptete Isi Maschiach. »Sein Vater war inzwischen auf diese schreckliche Weise ums Leben gekommen. Und da sollte ich ihn mit meinen Ängsten belästigen? Ich war nicht einmal mit ihm zusammen in diesen Tagen. Ich kam erst in der Mitte der Trauerwoche.«

»Dann hatten Sie gar keine Konferenz?«

»Es gab natürlich eine Konferenz. Sie haben es doch überprüft ... Ich mußte der Frau alle Papiere bringen ...«

»Welcher Frau?«

»Dieser blonden mit dem kurzen Haar. Ich gab ihr alle Papiere, nachdem ... einen Tag nachdem ich Ihnen den Paß brachte. Vor der Reise in die Niederlande hatte ich eine Konferenz in Europa. Aber in die Niederlande bin ich nur wegen Gabi gefahren. Ich habe ihn aus Paris angerufen und ihm gesagt, daß ich eine kleine Reise mache, um auszuspannen. Einzelheiten über das Ziel meiner Reise habe ich verschleiert. Denn ich hatte Angst, ihm die Wahrheit zu sagen und auch ... ich wollte ihn ein wenig unter Druck setzen«, gestand er verlegen »Ich wußte nicht, daß sein Vater in diesen Tagen«, wieder verbarg er sein Gesicht in seinen Händen.

»Und wie hat er auf dieses Verschleiern reagiert? War er auch so eifersüchtig?«

»Das war der Punkt«, seufzte Isi Maschiach. »Er war nicht eifersüchtig. Es war reine Verschwendung zu versuchen, ihn eifersüchtig zu machen. Ich hatte ihm schon lange vorher einmal gesagt, daß er es sich nicht erlaubte, eifersüchtig zu sein, daß er sich davor schützte, wegen seiner Angst vor dem Schmerz. Aber er hat nur darüber gelacht. Er hatte irgendeine Sicherheit, die ich nie hatte. Er lachte mich aus und sagte: ›Ich fühle mich vollkommen sicher, daß niemand dir sein kann, was ich für dich bin.‹ Das waren seine Worte. Und er sagte auch: ›Und wenn doch – wenn du jemanden findest, der dir mehr bedeutet als ich, ist das ein Zeichen, daß es so sein mußte.‹ Ich habe ihn sehr um diese Stärke beneidet. Ich fühlte mich bei dieser Sache so schwach und verletzlich neben ihm. Ich konnte diese Sicherheit nicht in mir erzwingen oder durch Entscheidung herbeirufen. Aber heute denke ich, daß es ein Schutz war. Daß er sich nicht erlaubt hat, mich so zu lieben, wie ich ihn geliebt habe. Das denke ich.«

»In Ihren Augen ist Eifersucht ein Zeichen von Liebe«, faßte Michael zusammen. »Denken Sie das wirklich?«

Isi Maschiach nickte nach einem gewissen Zögern und sagte: »Sehen Sie, ich will es nicht so einfach sehen. Ich verstehe, daß meine Ängste nicht unweigerlich mit Liebe im Zusammenhang stehen. Meine Verletzlichkeit hängt mit mir zusammen. Besitzansprüche haben nicht unbedingt etwas mit Liebe zu tun. Aber es sind ja menschliche Gefühle. Sie gehören beinahe zur Natur des Menschen, und sie hängen mit einer tiefen Beziehung zwischen Menschen zusammen. Wenn das nicht so wäre, warum hätte man dann überhaupt Angst?«

Michael schwieg.

»Diese Rationalität von Gabi hat mich nie überzeugt. Seine Macht über mich, als ob er... Als ob er wirklich wußte, daß er für mich...«

»Haben Sie ihn gehaßt, als Sie in die Niederlande gefahren sind?«

Isi Maschiach sah ihn erschrocken an. »Wieso gehaßt, wie konnte ich ihn hassen? Ich hatte Angst. Ich sagte Ihnen bereits, daß ich Angst hatte, er würde mich verlassen. Daß er einen anderen hatte. Wissen Sie«, sagte er in einem Ton der Erkenntnis, »vielleicht habe ich ihn auch gehaßt. Ja, anscheinend habe ich ihn auch gehaßt. Auf jeden Fall habe ich furchtbar gelitten.«

»Und nachdem Sie Hans van Gulik getroffen hatten?«

»In gewisser Hinsicht war ich beruhigt. Aber nicht völlig«, gestand Isi Maschiach, »denn ich dachte, vielleicht ist er über diesen Hans mit jemand anderem in Kontakt gekommen. Und da war auch noch dieser Name ›Johann‹. Und in der Nacht, als ich nicht einschlafen konnte, dachte ich, vielleicht haben sie in einer anderen Sache miteinander zu tun. In irgendeiner wichtigen Angelegenheit. So wichtig, daß er ihn zweimal aufsuchte und mir nichts davon sagte. Und plötzlich war ich furchtbar sauer, daß er mich nicht mit einbezog. Ich wußte nicht, was ... Aber später wurde dann Felix umgebracht und dann ...«

»Hatten Sie keine Ahnung, was ihn so beschäftigte?«

»Ich wünschte, ich hätte es gewußt. Das hätte mich damals sicherlich beruhigt.«

»Sagen Sie mir«, Michael ließ den Bleistift von einer Hand in die andere gleiten, »wieviel könnte die alte Handschrift eines Musikstücks wert sein?«

»Eine bedeutende?«

»Nehmen wir an, eine bedeutende.«

»Es kommt darauf an, wie alt sie ist. Eine richtige Antiquität?«

»Sagen wir eine Handschrift aus dem Barock.«

»Es kann in die Millionen gehen. Millionen. Selbst wenn es nicht einmal ein Original ist. Selbst wenn ein Zeitgenosse die Noten kopierte. Es ist auch nicht unerheblich, von wem das Stück ist.«

»Wissen Sie«, sagte Michael ruhig, »daß der Installateur, auf den Sie angeblich gewartet haben, doch gekommen war? So gegen zwölf?«

Isi schwieg.

»Und Sie waren nicht zu Hause, als Gabriel ermordet wurde? Sie wissen, daß bei dem Lügendetektor über diesen Punkt etwas Unklares herauskam.«

»Ich habe ihn nicht umgebracht. Ich habe Gabi geliebt. Glauben Sie mir«, sagte Isi Maschiach mit matter Stimme. »Aber wenn Sie mich dennoch verdächtigen, ist es mir auch gleich. Es spielt für mich keine Rolle mehr. Ich habe nichts mehr zu verlieren. Sie können mich auf der Stelle verhaften.«

»Ich rede davon, ob Sie die Wohnung verlassen haben«, rief Michael in Erinnerung, »Sie haben angegeben, Sie hätten sich nicht entfernt. Haben Sie die Wohnung verlassen oder nicht?«

»Ich war in der Nähe des Gebäudes«, sagte Isi Maschiach flüsternd.

»In der Nähe welches Gebäudes?« fragte Michael für das Aufnahmegerät. »Vor dem Konzertzentrum.«

Michael zündete sich eine Zigarette an.

»Ich bin nicht reingegangen. Ich schwöre, daß ich nicht in dem Gebäude war.«

»Aber Sie standen davor.«

»Ich wollte wissen, ob er wirklich ... ich ... ich bin ihm gefolgt.« Isi Maschiach sprach mit gesenkten Augen. »Ich wollte sehen, ob das Auto da ist.«

»Und war es da?«

»Nein«, sagte Isi Maschiach mit offenkundiger Trauer. »Der Wagen war nicht da. Ich hatte völlig vergessen, daß Ruth vorhatte ... daß wir vereinbart hatten, daß sie ihn dort abholt. Und ich dachte, daß er nur vorgegeben hatte, zum Konzertzentrum zu fahren, und dann doch woandershin gefahren ist. Ich sah jede Menge Bilder vor mir, einen ganzen Film, bis ... bis Sie mir mitgeteilt haben, daß man ihn gefunden hat«, sagte er mit gebrochener Stimme.

»Warum haben Sie mir all diese Dinge nicht gleich erzählt?« fragte Michael mit einem barmherzigen, väterlichen Ton. »Warum nicht schon vorher? Hatten Sie Angst? Hatten Sie Angst, man könnte Sie des Mordes an ihm verdächtigen? Warum haben Sie nicht ausgesagt, daß Sie in der Nähe des Tatorts waren?«

»Nein«, flüsterte Isi Maschiach. »Es war nicht die Angst. Ganz bestimmt nicht. Ich habe keine Angst, verdächtig zu sein. Ich spüre, daß ich nichts mehr zu verlieren habe, nicht wegen der Angst, nein.«

»Warum dann?« bat Michael.

Aus der Handfläche, die wieder das Gesicht bedeckte, drangen die erstickten, schluchzenden Worte: »Aus Scham.« Jetzt weinte er laut. »Nur aus Scham. Ich schämte mich so sehr«, sagte er und zeigte sein von Tränen nasses Gesicht.

Michael wartete eine Weile, bis das Weinen sich legte. Er hatte genug Zeit, seinen Worten einen autoritären Ton zu verleihen: »Können Sie die alte Handschrift eines Musikstücks identifizieren? Aus dem Barock?«

»Was meinen Sie mit identifizieren? Sagen, wer es geschrieben hat?« fragte er verwirrt.

»Sagen wir, wenn Sie ein Stück von Vivaldi sehen, das Original, können Sie es als etwas Altes identifizieren?«

»Natürlich könnte ich das«, versicherte Isi Maschiach. »Man kann sich in solchen Dingen kaum irren. Die Noten Mozarts sind in Salzburg ausgestellt ... Ich habe in Museen schon eine Menge gesehen ...«

»Können Sie es«, unterbrach ihn Michael, »auch wenn nicht klar ist, wer der Komponist ist?«

»Ich kann sagen, ob es nach einer alten Handschrift aussieht«, präzisierte Isi Maschiach nüchtern. »Aber es gibt eine Menge Fälschungen. Man braucht wirklich einen Sachverständigen. Aber ich kann erkennen, ob es alt aussieht. Und glauben Sie mir, Sie können es auch. Das ist nicht schwierig. Es ist ein vollkommen anderes Papier.«

»Und kennen Sie die Musik von Vivaldi?«

»Jawohl, die kenne ich. Mit Vivaldi kenne ich mich gut aus.«

»Alles, was es von ihm gibt?«

»Alles?« Isi Maschiach lächelte. »›Alles‹ wäre ein wenig übertrieben. Es handelt sich um Hunderte von Stücken. Aber ich kenne mich mit Vivaldi sehr gut aus. Nicht weniger als ein seriöser Berufsmusiker.«

»Wenn das so ist«, sagte Michael, »dann kommen Sie bitte mit mir.«

Mit völliger Ergebenheit, ohne nach dem Wozu und Wohin zu fragen, nahm Isi Maschiach seine Brieftasche und seine Autoschlüssel und folgte Michael. Vor dem Eingang zum Krankenhaus bat Michael ihn, im Auto zu warten.

Nach kurzem Kampf mit der Krankenschwester (ein Polizist sei schon dort, hatte sie behauptet. Wir müssen an all unsere Kranken denken und nicht nur an Ihre Interessen), erlaubte man ihm, mit Herzl zu sprechen.

Wieder saß er sehr nah bei jemandem, der unter schwerem Einfluß von Medikamenten stand und dessen Augen geschlossen waren und der sich weigerte zu kooperieren. Nachdem er mit allgemeinen Fragen nicht weiterkam, beschloß er, die Richtung zu ändern und ohne Umschweife die Hauptsache anzusprechen. Er berührte den knochigen Arm, und Herzl beeilte sich, die Augen zu öffnen. Bevor es ihm gelang, die Hand zurückzuziehen, fragte Michael: »Wer hat diese Noten gebracht?« Herzl riß seinen zahnlosen Mund auf, befühlte die weißen Haarbüschel, die von der Kopfhaut abstanden, und seine Augen hatten etwas sehr Klares. Er sah sich um, stellte fest, daß keiner außer ihnen im Zimmer war, setzte sich auf das Bett und sah Michael an. »Haben Sie eine Zigarette?« fragte er unvermittelt, und Michael beeilte sich, ihm eine Zigarette anzubieten, beugte sich vor und zündete sie an, zündete sich auch eine an, atmete den Rauch ein und fragte erneut: »Wer hat die Noten gebracht?«

»Sie sind von der Polizei, nicht wahr?« stellte Herzl, fest.

»Ich bin von der Polizei«, stimmte Michael zu. »Und wer hat die Noten gebracht?«

»Sie wissen nicht einmal, was diese Noten sind«, murmelte Herzl mißtrauisch und abfällig.

»Sie werden es mir sagen«, sagte Michael freundlich und reichte ihm einen kleinen Plastikbecher, um die Asche darin abzustreifen.

»Man darf hier nicht rauchen«, beklagte sich Herzl, und im gleichen Atemzug fügte er eilig hinzu: »Felix wollte sie für Gabi. Er sagte, Gabi hat sie verdient. Damit wird er die Anerkennung bekommen, die ihm gebührt.«

»Hat er sie aus den Niederlanden mitgebracht?«

Herzl schüttelte den Kopf. »Nicht Felix hat sie gebracht,

ich, ich habe sie gebracht. Felix konnte nicht fahren wegen Nita. Sie war gerade niedergekommen. Er ist erst später selber hingefahren. Um die Authentizität zu bestätigen. Aber als das erste Telefonat kam, bin ich losgefahren. Felix hat mich hingeschickt. Nur mich. Felix und ich«, Herzl kreuzte die Finger, »so waren wir. Ich habe ihn verstanden. Später hat er einen Fehler gemacht.« Herzl schüttelte staunend den Kopf. »Er hat so einen großen Fehler gemacht.«

Eine ganze Weile lauschte Michael dem verworrenen Gespräch, dem Abdriften von der Hauptsache, den detailgenauen Beschreibungen, den Assoziationen und den Sprüngen in die Vergangenheit, bis er genau den Anlaß des Streites verstand. (»Ich habe ihm gesagt, warum Gabi und nicht Theo? Warum erzählst du es nicht Theo? Er hat es genauso verdient. Er war sehr zornig. Und wie zornig er war, denn ich habe ihm gesagt, wenn er es Gabi sagt, sage ich es vorher Theo. Aber ich war auch sehr böse. Am Ende wollte ich nicht mehr mit ihm sprechen. Deswegen haben wir das Geschäft geschlossen. Und später – später war er tot«, bemerkte er beinahe verwundert.) Herzls Redeschwall enthielt auch eine sehr ausführliche Beschreibung der Stadt Delft, der großen Kirche und des Kindheitsfreundes von Felix, eines Antiquars, sowie Ausführungen zu der antiken Kirchenorgel, die dieser auf Anweisung von Felix kaufte, der sie restaurieren wollte. Herzl erzählte, wie der Händler die Orgel auseinandergenommen hatte, von der doppelten Holzschicht, den Noten.

»In der Orgel? Waren die Noten in der Orgel?« fragte Michael sachlich und hielt seine zitternde Hand fest.

»Er begriff sofort, daß das eine Sache für einen Experten war. Man sieht es am Papier, das mit einer Schnur gebunden ist. Man sieht es auf der Stelle. Aber was es war – das wußte er nicht. Er kennt sich nur mit den Möbeln aus«, erklärte Herzl. »Darum hat er Felix angerufen. Felix konnte nicht fahren. Wir wußten auch nicht, wie sehr, wie sehr ...«

»Wie heißt der Holländer?«

»Namen nenne ich nicht«, bestimmte Herzl. »Sie gehören nicht zur Familie«, erklärte er freundlich. »Keine Namen.«

»Wußte Nita davon?«

»Nita haben wir nichts erzählt? Wozu?«

»Sie haben Gabi umgebracht, damit diese Noten Theo gehören«, versuchte es Michael in der großen Hoffnung, daß der Satz Herzl erschütterte und ihn dazu verleitete, noch weitere Details preiszugeben.

Herzl sah ihn erstaunt an, als wäre er der Verrückte. »Ich?« rief er erstaunt. Er sah ihn beinahe mitleidig an und wiederholte: »Ich? Warum denn das? Ich bin nicht für das Töten. Töten ist etwas Böses. Ich würde keinen Menschen töten.«

»Aber Sie hatten das Krankenhaus verlassen, als Felix umgebracht wurde?«

»Natürlich war ich weg«, sagte Herzl mit deutlichem Stolz und richtete seinen dünnen Hals auf. »Ich ... Es war doch das Konzert. Sollte ich das Konzert der Saisoneröffnung verpassen? Wo alle dort gespielt haben?«

»Sie waren im Konzert?« staunte Michael, faßte sich und fragte: »Wie sind Sie denn hineingekommen? Hatten Sie eine Karte?«

Herzl winkte ab. »Ich brauche keine Karte«, brummte er. »Ich komme von der Seite rein, wie immer.«

»Durch den Orchestereingang?«

»Über die Stufen am Ende des Gangs«, sagte er, als sei es das Selbstverständlichste von der Welt.

»Hat jemand Sie gesehen?«

»Wer denn?« fragte Herzl gleichgültig.

»Erinnern Sie sich an die Flötistin?« fragte er.

»Sie spielte Vivaldi«, fiel es Herzl ein. »Das Konzert ›La notte‹. Es war in Ordnung.«

»Nur in Ordnung?«

»Na ja, ich habe es schon ein paar Mal gehört. Sie war nicht besonders«, sagte er ungeduldig.

»Können Sie sich an ihr Kleid erinnern?«

Herzl sah ihn wieder an, als wäre er nicht ganz richtig im Kopf. »Sie sind ein seltsamer Vogel«, sagte er distanziert. »Was fragen Sie mich nach ihrem Kleid? Sie ist doch keine Schönheitskönigin.«

»Aber sie war schön«, sagte Michael und bereute es sofort. Du kannst dich nicht von dem Gefühl freimachen, daß ein psychisch Kranker eine Art Kind ist, sagte ihm seine innere Stimme. Das ist dein Problem, deshalb stellst du so ausweichende Fragen. Warum fragst du ihn nicht direkt nach Beweisen und Zeugen?

»Sie hatte ein blaues Gewand an, so glitzernd, wie ein Fisch«, er zitterte plötzlich.

»Es wurde auch im Fernsehen übertragen«, brachte Michael in Erinnerung.

»In der Klinik dürfen wir nicht fernsehen. Sie erlauben es nicht. Es ist zu spät. Daheim habe ich keinen Apparat.«

»Haben Sie dort Felix gesehen?«

»Ich habe ihn nicht gesehen«, sagte Herzl trotzig. »Und wenn ich ihn gesehen hätte. Sollte er mich suchen! Warum sollte ich ihn suchen? Er war es, der im Unrecht war.«

»Aber saß er auf seinem Platz? Er hatte doch einen festen Platz.«

»Nein. Dort saßen zwei andere Leute«, sagte Herzl gekränkt. »Man gab unsere Plätze anderen Leuten. Deshalb habe ich in Reihe siebzehn gesessen. Aber es war schon in Ordnung.«

Michael bot ihm noch eine Zigarette an, und er zog sie gierig aus dem Paket und saugte an ihr, als wäre sie eine Brustwarze. Er lehnte sich zurück, senkte sein längliches, weißes Gesicht und zupfte an der dünnen Wolldecke. »Woher sollte ich wissen, daß er sterben wird?« jammerte er. »Ich habe ein halbes Jahr nicht mit ihm gesprochen. Ich habe mir gesagt, wenn er mich braucht, soll er zu mir kommen. Als die Mutter tot war, hat sich keiner mehr um den Theo gekümmert. Nur um Gabi. Es stimmt nicht, daß Gabi die Noten verdient. Wenn es zwei Buben gibt, ist es nicht recht. Sie werden es mir sagen: War ich im Recht oder nicht?« Er hob den Kopf.

»Wir haben bei Ihnen zu Hause das Bild gefunden«, sagte Michael mit Gelassenheit.

»Was für ein Bild?« interessierte sich Herzl furchtlos. »Welches Bild?«

»Das Vanitas-Bild, das bei Felix zu Hause hing. Das holländische Bild.«

»Das mit dem Schädel? Es war bei mir? In meiner Wohnung?« staunte Herzl. Mit Neugierde und ohne den Hauch von Angst sagte er: »Wie ist es denn zu mir gekommen?«

»Wir haben es im Küchenschrank hinter dem Kakao und dem Kognak gefunden.«

»Wer hat es dorthin gelegt?« fragte Herzl interessiert.

»Ich dachte, Sie wissen es vielleicht.«

»Ich habe keine Ahnung«, sagte Herzl überrascht. »Das ist aber kein guter Ort für ein Gemälde. Bei mir ist es manchmal feucht. Und keiner kümmert sich darum.«

»Wer hatte einen Schlüssel zu Ihrer Wohnung?«

»Nur Felix«, murrte Herzl. »Ich wollte ihm den Schlüssel wegnehmen, als er so stur war, aber ich hatte beschlossen, kein Wort mehr mit ihm zu sprechen. Er hätte gemeint, ich suche einen Vorwand«, erklärte er.

Jede Minute, das wußte Michael, konnte ein unerwarteter Anfall einsetzen. Jeden Moment konnte der klare, gleichgültige Redefluß schlagartig abreißen. Als liefe er über ein Minenfeld, erwähnte Michael den Namen des Stückes nicht, und auch Herzl nannte keine Namen. Etwas wies ihn an, vorsichtig zu sein, bis er die Einzelheiten verstand.

»Gabi war bei mir«, sagte Herzl plötzlich mit großer Müdigkeit und legte wieder seinen Kopf auf das gestreifte Kissen. »Er ist zu mir in die Klinik gekommen. Deshalb war ich so böse auf den Theo. Er hat mich ... Er hat mich nicht gesucht, um mir zu sagen, daß Felix nicht mehr lebt. Nur Gabi ist gekommen. Er wollte wissen, was Sie auch wissen wollen. Felix hatte es ihm gesagt, bevor er starb. Schon vor einer Weile. Sie sind zum Rechtsanwalt Mejuchas gegangen, weil er ein Fachmann war in Urheberrechten. Ich wußte schon, daß Felix es Gabi gesagt hat«, klagte er. »Felix hat mir alles gesagt. Er hat nie gelogen.«

»Und Theo? Hat er Theo nicht informiert?«

»Ich habe es ihm gesagt«, gestand Herzl und sah erschrocken um sich.

»Wann? Wann haben Sie Theo davon erzählt?«

»Bevor ... als er zum letzten Mal bei mir war. Nachdem wir das Geschäft schon zugemacht hatten. Nachdem Felix dagegen war. Ich denke vor zwei oder drei oder vier Monaten.«

»War es, nachdem Gabi schon Bescheid wußte?«

»Ich habe es ihm erzählt, weil Felix mit Gabi zum Rechtsanwalt Mejuchas gegangen ist. Darum habe ich es gesagt.«

»Solch eine Handschrift ist Millionen wert, nicht wahr?«

Herzl zuckte mit den Schultern. »Na sicher«, sagte er gleichgültig.

»Haben Sie ihm auch gesagt, daß es um Vivaldi geht? Was haben Sie ihm genau gesagt?«

Herzl richtete sich mit einemmal auf, sah Michael an, als verstünde er erst jetzt, daß er ihn vergiftet hatte. »Mit Ihnen – rede ich jetzt nicht mehr«, verkündete er. »Sie wissen nichts, und Sie verstehen auch nichts. Mehr sage ich nicht. Nichts. Auch wenn du mich tötest. Was kannst du mir schon antun«, provozierte er.

»Wo sind die Noten jetzt?« fragte Michael.

Herzl lag mit geschlossenen Augen und zusammengekniffenen Lippen da.

Michael legte die Zigaretten neben das Bett. Herzl öffnete die Augen, sah zur Seite, schüttelte den Kopf, tat so, als ob er die Packung nicht bemerkte, und schloß die Augen erneut.

»Sie wissen, daß Gabi ermordet wurde«, versuchte es Michael erneut. Aber Herzl rührte sich nicht.

»Wollen Sie, daß man auch Theo umbringt?«

Aber Herzl kniff nur den schmalen Mund zusammen und atmete gleichmäßig.

»Haben Sie einen Kassettenrecorder?« fragte er Sipo, der im Flur stand und sorgsam die Zettel studierte, die an die Korktafel gepinnt waren, die an der Wand in der Nähe des Schwesternzimmers hing.

Sipo zuckte zusammen und befühlte seine Tasche. »Sicher, ich habe heute morgen einen mitgenommen. Ich habe immer einen parat.«

»Sie haben an seinem Bett gesessen. Spricht er mit Ihnen?«

»Sicher, die ganze Zeit.«

»Was?« staunte Michael. »Worüber unterhalten Sie sich?«

»Über alles mögliche. Über seine Kindheit in Belgien. Wußten Sie, daß er in einem Waisenhaus aufgewachsen ist, bis er sechs Jahre alt war?« Sipo schnalzte mit der Zunge. »Was für ein armer Kerl. Ein Mensch ohne irgend jemanden auf der Welt. Wir reden miteinander. Über Frauen, und warum ich ihm keine Zigaretten gebe. Er ist ein ganz netter Mensch«, bemerkte er. »Und gar nicht dumm. Er versteht alles, was man ihm sagt. Ich erzähle ihm von Jerusalem, von früher, wissen Sie, von den Tagen als ...«

»Und, haben Sie alles aufgenommen?«

»Nein«, senkte Sipo den Kopf. »Ich wußte nicht, ob es was zur Sache tut ...«

»Alles tut etwas zur Sache!« sagte Michael mit ersticktem Flüstern. »Hören Sie?! Alles tut zur Sache!«

Sipo zupfte mit sichtbarem Unbehagen an den Rändern seines Schnurrbartes und sah Michael ängstlich an. »Glauben Sie mir«, bat er, »es waren nur belanglose Gespräche.«

»Sie gehen jetzt zu ihm zurück«, wies Michael ihn schroff an.

Sipo nickte eilig.

»Sie reden weiter mit ihm. Bringen Sie ihn dazu, über die

Familie van Gelden zu sprechen, über Theo und über Gabi. Kommen Sie über seine Reise ins Ausland darauf. Fragen Sie ihn nach den Niederlanden. Waren Sie schon mal in Holland?«

»In Holland nicht«, gestand Sipo. »Vor einem Jahr war ich mit meiner Frau auf einer Pauschalreise in London und Paris. Zwei Wochen lang, es war sehr schön. Wir haben alles gesehen. Aber wir waren nicht in Holland. Wir dachten, vielleicht nächstes Jahr, wenn ...«

Michael faßte und beherrschte sich. »Schön«, sagte er freudlos. »Dann fragen Sie ihn, wo es in Holland schön ist. Wo Sie hinfahren können, solche Dinge. Er soll mit Ihnen über die Stadt Delft sprechen.«

»Delft«, prägte Sipo sich ein.

»Er soll Ihnen von seinem letzten Besuch dort erzählen. Sie müssen sehr geschickt vorgehen«, warnte Michael.

»Kein Problem«, versprach Sipo. Sein Gesicht strahlte.

»Und bringen Sie ihn dazu, Einzelheiten über die Kirche dort zu erzählen, über den Antiquitätenhändler. Einfach über alles, und nehmen Sie jedes Wort auf, verstanden?«

»Kein Problem«, sagte Sipo erneut. »Delft«, prägte er sich ein. »Was für Namen sie dort haben, Delft!«

14

Torso

Isi Maschiach folgte Michael mühsam und widerspruchslos zum Bürotrakt des Musikzentrums. Doch als sie die Fächer der Orchestermitglieder passierten, beeilte er sich, Michael zu überholen, blieb stehen und berührte das Fach, auf dem der Namen Gabriel van Gelden stand. Er schluckte und ging weiter zum Büro des Verwaltungsdirektors. Vor der Tür trat er zur Seite und ließ Michael vorbei. Im Büro wartete schon Balilati. Er saß aufrecht, wie es ganz und gar nicht seine Art war, vor dem erschrockenen Manager und studierte Tabellen und Zahlen. Computerbögen rollten sich zu seinen Füßen auf, bedeckten den grünlichen Teppich und reichten bis zur gegenüberliegenden Seite des Zimmers, wo Wachtmeister Ja'ir das Ende in Händen hielt. Er schaute auf, als Michael und Isi Maschiach das Zimmer betraten, und gab ernsthaft Erklärungen ab. »Das sind die Einnahmen und Ausgaben der letzten Saison, die Verluste, Subventionen und so weiter.«

»Was machen Sie denn hier?« fragte Michael bestürzt. »Wo ist Nita, und wo ist Theo?«

»Es ging ihr nicht gut«, erklärte Ja'ir gelassen. »Sie konnte nicht mehr bleiben. Wir mußten sie zurückbringen. Wir haben sogar an einen Krankenwagen gedacht, aber dann habe ich sie mit dem Lieferwagen gefahren.«

»Und Theo?«

»Er ist noch dort geblieben. Er ist mit diesem deutschen Sänger zusammen. Eli bringt ihn zurück – man muß ihnen einen Wagen schicken, aber«, er machte ein Zeichen in Richtung Balilati, »der Boss hat alles im Griff.«

»Und wo ist sie jetzt?«

»Frau van Gelden? Sie ist in ihrer Wohnung. Ich habe sie dort abgesetzt. Sie konnte sich kaum noch auf den Beinen halten. Zila hat in ihrer Wohnung auf sie gewartet. Die Kinderfrau ist auch noch dort. Sie ist nicht allein«, beeilte er sich hinzuzufügen, als er Michaels Blick sah. »Wir haben einen Arzt gerufen. Ich wollte sie zunächst in die Ambulanz bringen, aber sie war nicht einverstanden ...«

»Was hat sie denn?«

»Ich glaube einen Virus«, sagte Ja'ir. »Irgend so einen Virus, der umgeht. Ich habe schon öfter davon gehört. Eine Magen-Darm-Geschichte. Sie hatte plötzlich hohes Fieber und hat sich erbrochen. Sie haben ihr vorgeschlagen, daß sie sich dort ein wenig hinlegt. Aber das wollte sie auf keinen Fall. Der Arzt ...«

Balilati blickte von den Computerausdrucken auf, hob die Brauen und schob die winzige Lesebrille auf die untere Hälfte seiner Nase. »Denkst du, daß ... Gut, nicht so wichtig. Ein Arzt wird sie untersuchen. Und Zila ist bei ihr«, warf er ein. »Sie ist in guten Händen. Ja'ir sagt, ihr Bruder wollte sie nicht fahren lassen. Ich schlage vor, daß wir in seinem Büro beginnen, bevor er auftaucht, um zu vermeiden ...«

»Entschuldigen Sie bitte, ich würde gerne helfen ... Wonach suchen Sie eigentlich? Ich verstehe nicht«, wagte der Manager einzuwenden. Er stand auf, zog die Schultern hoch, versenkte seinen spitzen Kopf dazwischen und rieb sich die Hände. »Nicht, daß es mir erlaubt wäre ... Ich stelle mir vor, daß Sie es nicht dürfen und es auch nicht können. Selbstverständlich sind Sie mir keine Erklärung schuldig. Vielleicht sind Sie dazu gar nicht befugt. Aber ich möchte helfen. Wenn Sie mir sagen, wonach Sie suchen, kann ich sicherlich ...« Seine Augen glitten nacheinander über die drei Gesichter. Niemand antwortete, und er wurde still.

Balilati erhob sich mit einem tiefen Seufzer von seinem Platz, streckte mit vorsichtiger Aufmerksamkeit seine Glieder und stützte seine Hand in die Hüfte. »Im Magazin sind noch zwei Leute. Dort haben sie einen eigenen Raum nur für Noten«, sagte er zu Michael. »Aber du mußt mir eine genauere Beschreibung geben, damit ich den Leuten sagen kann, worauf sie genau achten sollen«, sagte er und zog ihn mit sich aus dem Zimmer.

Isi Maschiach folgte ihnen ohne ein Wort. Ja'ir schloß hinter ihnen die Tür des Büros. Aber der Manager eilte hinter ihnen her und öffnete die Tür erneut. Seine Hand hielt den Griff umklammert.

»Ich will Ihnen keine Vorschriften machen«, sagte er. Seine Augen hasteten hin und her und vermieden es angestrengt, ihren Augen zu begegnen. »Ich verstehe auch die Notwendigkeit. Aber das letzte Mal, als Sie hier Durchsuchungen durchgeführt haben, einen ganzen Tag lang, haben Sie ein Chaos hinterlassen. Wir haben zwei Tage lang aufgeräumt. Ich bitte, wenn es möglich ist ...«

»Es wird alles seine Ordnung haben, wir tun unser Möglichstes«, versprach Balilati und wartete, bis der Manager in seinem Büro verschwand und die Tür hinter sich schloß.

»Wie könnten Originalnoten aus der Barockzeit aussehen?« fragte Michael Isi, der sich an die Wand des Flures lehnte. Im Neonlicht nahm sein Gesicht eine gelbliche Farbe an. Er drehte an dem Ring. Der grüne Stein blitzte auf und verschwand.

»Wie ein Heft, wie ein Notenheft ...«, zögerte Isi Maschiach, »es könnten Doppelseiten sein. Normalerweise, so habe ich es jedenfalls gesehen, haben sie solch ein dickes, faseriges Papier benutzt. Sicherlich werden Rostflecken darauf sein. Sie müßten aussehen wie ein großes Notenheft.«

»Hast du gehört?« fragte Michael Balilati. »Sag ihnen, sie sollen nach so etwas suchen. Aber ich kann mir nicht vorstellen, daß die Noten einfach so im Magazin liegen ... in den Kisten«, sagte er nach kurzer Bedenkzeit. »Wir kümmern uns jetzt um sein Büro.«

»Sie«, befahl Balilati Isi Maschiach, »warten draußen!

Gibt es hier eine Bank oder einen Stuhl in der Nähe der Tür? Nein? Dann holen wir einen. Sie warten draußen. Wir rufen Sie, wenn wir etwas finden!« sagte er mit offenkundiger Skepsis.

Michael hob an, etwas zu sagen. »Diskutiere jetzt nicht mit mir«, wies ihn Balilati zurecht. »Ich kann nicht arbeiten, wenn mir irgendwelche Typen zwischen den Beinen herumlaufen. Außerdem«, fügte er hinzu, als sie in Theos Büro standen, »erklärst du mir die ganze Zeit, daß du ihm nicht sagen willst, um welche Handschrift es geht, um zu sehen, ob er sie von sich aus identifizieren kann. Wozu brauchst du ihn dann hier drinnen?«

»Du hast recht«, entschuldigte sich Michael.

»Nicht, daß ich glaube, daß wir hier etwas finden«, beklagte sich Balilati. Er steckte die Zipfel seines Hemdes in den breiten Gürtel seiner Hose und faßte sich an den Rücken. »Wir haben hier schon gesucht. Einen ganzen Tag lang.«

»Aber damals haben wir nach einer Saite gesucht«, rief Michael ihm in Erinnerung.

»Die wir nicht hier gefunden haben. Auch die Papiere haben wir schon durchgesehen«, murmelte Balilati.

»Aber wir haben nicht nach Noten gesucht. Man findet nicht, wonach man nicht sucht. Wie soll man etwas finden, von dessen Existenz man nicht einmal weiß.«

»Quatsch«, Balilati winkte ab, »das ganze Leben lang finde ich irgendwelchen Kram, nach dem ich nicht gesucht habe. Meistens genau dann, wenn ich nicht danach suche. Und du, wer hat denn ein Kind gefunden, als er nicht danach suchte?« fragte er herausfordernd und erschrak über die eigene Dreistigkeit.

»Meine Güte, wie mein Rücken verspannt ist!« Er verzog das Gesicht. »Hoffentlich geht es mir nicht wie vor einem Jahr... Warum mußt du eigentlich alles eigenhändig machen? Warum müssen wir überhaupt selbst suchen?« fragte er plötzlich verbittert. »Du hättest präzisieren können, was gesucht wird. Dann hätten wir ein paar Leute abgestellt, die das Gebäude auseinandergenommen hätten.«

»Du mußt ja nicht mitmachen. Ich kann es mit ihm durchziehen. Und du …«

»Nein, mein Freund«, Balilati kniete vor dem Bücherschrank, »das werde ich mir nicht durch die Lappen gehen lassen. Die Wahrheit ist, ich glaube nicht, daß wir etwas finden. Aber für die zweieinhalb Prozent Wahrscheinlichkeit, daß wir hier auf etwas stoßen, bin ich trotz meiner Rückenschmerzen bereit mitzumachen.«

»Es wird regnen.« Ja'ir sog die Luft ein, nachdem er das große Fenster geöffnet hatte. »Ich spüre es, noch heute, heute abend wird es regnen. Vielleicht tut Ihnen deshalb der Rücken weh. Meinem Vater schmerzt an solchen Tagen das Bein.«

Balilati sah ihn grimmig an.

»Ich liege meistens richtig. Sehen Sie die Wolken?« fragte Ja'ir standhaft.

»Weißt du«, sagte Balilati, als er einen Bücherstapel aus dem Schrank zog und auf dem Teppich vor sich verstreute, das untere Regalbrett untersuchte, mit der Zunge schnalzte und zu blättern begann, »als ich mich mit diesem Bild beschäftigt habe, habe ich eine Menge über Fälschungen erfahren. Auch wenn wir sie finden – ich halte es ja für unwahrscheinlich, aber sagen wir, wir finden sie –, wird es eine ganze Weile dauern, bis wir ein Sachverständigengutachten bekommen.«

»Ich habe den Worten von Herzl Cohen entnommen, daß eine Expertise vorhanden ist«, sagte Michael. »Sie war der Grund, weshalb Felix van Gelden zweimal nach Amsterdam geflogen ist, nachdem Herzl die Noten abgeholt hatte. Und vor nicht allzu langer Zeit ist Gabriel van Gelden zum gleichen Zweck rübergeflogen.«

Aber Balilati, der auf den Knien rutschte und mit einer Hand seinen Rücken stützte, war nicht bereit, auf die Gedanken zu verzichten, die ihm gekommen waren. Seine

Miene – eine Art demonstrativer Konzentration, Erinnerungsgrimassen, die bei ihm stets mit einer Verengung der Augen, die sich auf einen entfernten Punkt hefteten, und einem Schnalzen einhergingen – zeigte, daß er im Begriff war, einen Vortrag zu halten.

»Ich kann es noch nicht glauben, daß Sipo so einfach mit ihm geplaudert hat«, sagte Balilati. »Kannst du dir das vorstellen! Wie meine verstorbene Mutter zu sagen pflegte, findet Gott für jeden Menschen zu guter Letzt eine Verwendung. Du weißt nie, wer, was, wo einmal tun wird. Wer mit wem, wo Erfolg hat. Herrschaft, wie mein Rücken verspannt ist!«

»Es wird vorbeigehen, wenn der Regen einsetzt«, versprach Ja'ir, der noch vor dem offenen Fenster stand und mit sichtbarem Vergnügen tief einatmete. »Es ist nur noch eine Sache von Minuten, bis es regnet«, faßte er zusammen. »Wollen Sie, daß ich hier suche?« fragte er und beugte sich zu einer langen Nische in der Wand unter dem Fenster, und ohne auf eine Anwort zu warten, öffnete er die Schiebetür aus weißem, dünnem Holz und begann Partituren in schwarzen Einbänden herauszuziehen, auf deren Rücken rote Aufkleber prangten.

»Der Fall Malskat, zum Beispiel«, sagte Balilati wichtigtuerisch, »ist der interessanteste von allen. Hast du davon gehört?«

»Nein«, sagte Michael und leerte die untere Schreibtischschublade auf den Teppich. Er ging jedes Papier durch, wühlte zwischen Photographien – auf einem Photo stand Theo neben Leonard Bernstein bei einer feinen Abendgesellschaft, auf einem anderen Bild, einem alten Schwarzweißphoto, erkannte er sofort die kleine Nita, mit einem Lächeln, das Zahnlücken zwischen den Schneidezähnen bloßlegte und ein tiefes Grübchen. Sie hielt ein Cello, das so groß wie sie selbst war. Wie süß sie aussah, dachte er plötzlich voller Sympathie. Helle Locken und ein lebendiger Blick, ernst und unschuldig. Er steckte das Photo in seine Brusttasche. Zwischen Schlüsselanhänger, Streichhölzern, einer Packung Zahnstocher, Aspirin, Zetteln und Quittungen fand er Liebesbriefe, die er aufmerksam las, Beschwerdebriefe, Ausschnitte von Kritiken, alte Programme, Grußkarten und auch ein Dokument, von dem sich herausstellte, daß es die vergilbte Kopie einer Scheidungsurkunde war.

»In Deutschland hat man irgendeine alte Kirche restauriert. Ein Restaurator mit Namen Malskat war ein ganzes Jahr damit beschäftigt. Er erlaubte keinem Menschen zu sehen, wie und was er machte. Er hat auf besonderen Gerüsten gearbeitet. Man hat sie eigens für ihn konstruiert. Als er fertig war, rief er alle zusammen, damit sie sahen, was er gefunden hatte – Deckenfresken, etwas ganz Besonderes, unbeschreiblich ... aus dem 13. Jahrhundert. Das ist eine Zeit, die du liebst, nicht wahr?«

»Ja«, sagte Michael aus den Tiefen der zweiten Schublade.

»Aber was passierte? Ich habe immer gesagt, das Problem all dieser Leute, dieser Fälscher und Betrüger, auch das der kaltblütigen Mörder, ist, daß sie nicht kapieren, daß ein Mensch nicht an alles denken kann. Überhaupt«, erklärte er, als er in einem Musiklexikon blätterte, »sieh dir dieses Photo an, sieh dir das an«, er drehte das Buch zur Seite und las die Beschriftung sorgfältig, »das ist das Gesicht Beethovens. Sieh mal, wie er aussah.« Er blätterte eilig und legte das Buch beiseite, zu einem Stapel Bücher, die er schon überprüft hatte. »Überhaupt«, wiederholte und betonte er, »ist es ganz schön blöd zu denken, die ganze Welt sei zu dumm, um die Wahrheit zu erkennen. Weißt du, was ein Einfaltspinsel ist? Ein Einfaltspinsel ist einer, der denkt, er könnte alle hinters Licht führen, meinst du nicht?«

Michael stimmte zu. Aus den Augenwinkeln hatte er bemerkt, wie Wachtmeister Ja'ir behutsam die Partituren herauszog und langsam eine nach der anderen durchging.

»So war es auch mit diesem Malskat. Auf dem Gemälde waren acht Truthähne abgebildet. Aber im 13. Jahrhundert gab es in Deutschland noch gar keine Truthähne, denn Columbus hat sie erst am Ende des 15. Jahrhunderts aus Amerika eingeführt. Hast du das gewußt?«

Ein Brummen genügte. In der dritten Schublade lagen nur Zigarren, zwei benutzte Karten und alte Programme von Konzerten. Er ging zum Wandschrank.

»Und was hat sich schließlich herausgestellt? Daß dieser Malskat das Fresko selbst gemalt hatte. Und diese Geschichte hat verschiedene andere Gaunereien von ihm aufgedeckt. Zum Beispiel die Sache mit den Heiligen in einer gotischen Kirche. Hast du davon gehört?«

»Nein.«

»Nun, es war so: Als Lübeck im Zweiten Weltkrieg bombardiert wurde, wurde eine gotische Kirche getroffen, und der Putz fiel schichtweise von den Wänden. Man hat einen Restaurator bestellt, um sie zu restaurieren, und dabei ist eine ganze Wand mit mittelalterlichen Darstellungen entdeckt worden. Und 1951, nach drei Jahren Restaurierung, haben sie für diese Wand eine bombastische Zeremonie veranstaltet. Es war eine Reihe von Heiligen aus dem Neuen Testament abgebildet, jeder drei Meter hoch. Nirgendwo in Deutschland hatte man je solch große, schöne Heilige aus dem Mittelalter gesehen. Was meinst du, was für ein Theater darum gemacht wurde. Sogar die Deutsche Post hat schnell eine Reihe Briefmarken mit diesen Heiligen herausgebracht. Sicher sind sie heute ein Vermögen wert. Diese Briefmarken«, dachte er laut mit Melancholie. »Hörst du?«

Michael murmelte aus dem Wandschrank. Er zog ein Paket mit Partituren heraus und wühlte kraft Trägheitsprinzip und völliger Resignation in Mänteln und Smokingjacken und breitete sogar einen zusammengefalteten Kaschmirpullover aus, als ob man zwischen seinen dünnen Falten etwas hätte verstecken können.

»Und alle lobten und priesen den Restaurator, der die Bilder rettete und restaurierte. Und was geschah? Sein Assistent war Malskat, der mit den Puten. Und als man ihn mit den Truthähnen erwischte, gestand er, daß er eigenhändig alle einundzwanzig Heiligen gemalt hatte, die als Entdekkung gefeiert worden waren. Und daß er im Laufe der Jahre Ölbilder der großen französischen Impressionisten gefälscht hatte, eine Menge solcher Geschichten gibt es auf der Welt. Der berühmteste Sachverständige für Fälschungen war ein Holländer, van Meegeren, hast du von ihm gehört? Sogar das berühmteste Museum der Welt, die Uffizien in Florenz ... warst du mal dort?«

Wieder genügte ein Brummen von Michael, der jedes Fach in dem Kofferset, das in dem Wandschrank stand, sorgsam überprüfte, während Ja'ir den Kopf von der Nische hob und sagte: »Nein, ich war noch nie in Italien. Nur in den USA, im Schüleraustausch.«

»Sogar dieses Museum hat ein berühmtes Porträt von Leonardo da Vinci gekauft, und erst zweihundert Jahre später stellte es sich heraus, daß da Vinci es nicht gemalt haben konnte, denn durch Untersuchungen mit einer Laserkamera hat man entdeckt, daß bei jedem Pinselstrich die rechten Borsten tiefer in die Farbe gesunken waren als die linken. Verstehst du?«

»Nein«, sagte Michael, der den Kopf aus dem Wandschrank streckte und Balilati erstaunt ansah.

»Das ist es!« rief Balilati triumphierend. »Denn da Vinci war Linkshänder! Er hat gar nicht mit der rechten Hand gemalt! Das hast du nicht gewußt, was?!«

Michael bestätigte widerspruchslos. Balilati sagte zu Ja'ir: »Kommen Sie mal her, junger Mann. Sie haben keinen kranken Rücken. Heben Sie den ganzen Stapel auf, mit dem sind wir fertig. Da ist nichts, und bringen Sie mir von dort oben diesen Stapel. Dafür müssen Sie hochklettern und die Glastüren öffnen. Sehen Sie nach, ob da ein Schloß ist, denn ich, auch meine Augen ...«, seufzte er, und seine Augen folgten Ja'ir, der vorsichtig auf den Tisch kletterte.

»Es ist ein Schloß dran«, sagte Ja'ir. »Aber das ist kein Problem«, murmelte er. »Soll ich es aufmachen?« fragte er.

Und mit Balilatis Bestätigung zog er eine Nadel aus der Tasche, lehnte sich vorsichtig gegen die Glastüren, und nach Sekunden zog er mühelos die Tür auf. »Ich hole die Sachen nacheinander raus. Sie sind schwer«, warnte er.

»Was haben wir denn da?« murmelte Balilati und studierte ein großes Heft.

»Zeig mal«, bat Michael, betrachtete es und sagte: »Weitere Partituren.«

»Sieh nur, was für ein prächtiger Einband. Schwarzer Samt. Nicht mehr und nicht weniger. Was steht hier? Ich kann diese Buchstaben nicht lesen. Was ist es?« murmelte Balilati.

»›Der Freischütz‹«, sagte Michael, nachdem er die gotischen Buchstaben betrachtet hatte. »Es ist eine Oper von Weber, ich kenne sie. Hier, sieh mal, hier steht ›Oper‹.« Sein Finger schwebte über die verzierten Buchstaben.

»Weber? Wer ist das überhaupt?« Balilati befühlte den Einband. »Das ist nicht einfach ein Buch, das ist etwas Besonderes.«

»Ich sehe es«, versicherte Michael und blätterte vorsichtig in den dicken Blättern. »Es sieht wie eine Erstausgabe aus mit Abbildungen von Buhnenbildern«, sagte er wie zu sich selbst. Ja'ir stieg vom Stuhl und legte einen großen schwarzen Einband auf den Schreibtisch. »Ganz schön schwer«, seufzte er in Richtung Stapel. »Und so dick. Wie dick kann eine Oper denn sein? Es steht hier, eine Oper.«

Michael blickte über die Schulter. »Es sind ›Die Trojaner‹ von Berlioz. Ich habe davon gehört, aber ich habe die Oper noch nie gesehen. Sie wird sehr selten aufgeführt, denn schon gleich zu Beginn braucht man eine ganze Flotte auf der Bühne.«

Ja'ir öffnete das Buch und begann zu blättern. Er betrachtete die Fotos, und behutsam blätterte er eine Seite nach der anderen um. »Das ist keine Bibliothek hier«, tadelte ihn Balilati und erhob sich von seiner Knielage. Er stand neben Ja'ir und schaute ihm über die Schulter, genau in dem Moment, in dem Ja'ir noch ein paar Seiten umschlug und den Einschnitt in der Partitur sah.

Für ein paar Sekunden schwiegen alle drei. Es war fast der einzige Moment, in dem durch einen vollkommenen Zufall alle drei vor dem Tisch standen, Michael und Balilati zu beiden Seiten von Ja'ir, und sich ein Buch betrachteten. Bis Balilati laut ausatmete und sich setzte.

Michael zog ganz behutsam die Packung aus dem Hohlraum, die mit einem dünnen Papier umwickelt war, legte sie auf den Tisch und faltete das Papier auseinander, bis die dikken, fleckigen Seiten sichtbar wurden. Seine Hände zitterten. »Millionen«, flüsterte Balilati. »Ist das Millionen wert?«

Ja'ir räusperte sich. »Es ist wie in einem Roman«, staunte er. »Im Fall Arbeli haben wir nichts gefunden, außer Fasern von Kleidern im Auto, von denen ein Teil den Opfern gehörte und ein Teil nicht einmal identifiziert werden konnte. Und hier – wir suchen und suchen und schon finden wir etwas.«

»Alle Achtung«, dröhnte Balilati und klopfte kräftig auf die Schulter des Wachtmeisters. »Sehr gute Arbeit!«

Ja'ir errötete, senkte den Kopf, blieb einige Sekunden in dieser Position, richtete sich wieder auf, schnupperte, sah zum Fenster und rief aufgeregt: »Ich habe doch gesagt, daß es Regen gibt. Und, hatte ich recht? Genau vor zwei Tagen haben wir die Baumwolle eingefahren, was für ein Glück! Vor dem ersten Regen.«

Und tatsächlich fiel laut plätschernd schwerer Regen. »Das ist ein bißchen viel für den Anfang«, sagte Michael und beeilte sich, das Fenster zu schließen. »So plötzlich, ohne Warnung.«

»Sie haben es im Radio gesagt«, sagte Balilati und sah wieder die Papiere an. »Es ist immer so mit dem ersten Regen. Was willst du, wir feiern doch das Laubhüttenfest. Am Laubhüttenfest gibt es immer eine Sintflut. Ein paar Tropfen sind schon vor einer Woche gefallen. Warum rufst du ihn nicht rein, damit er es sich ansieht?«

»Ich hole ihn gleich«, sagte Michael und ließ sich auf den Stuhl fallen. »Auf einmal verstehe ich, daß sie es tatsächlich sein könnten. Großer Gott!« murmelte er und sah die erste Seite an, die Tintenkleckse über einem Wort, das er zwischen den Notenlinien nicht lesen konnte.

»Komm mal her!« schrie Balilati. »Zieh einen Handschuh an!« Er zog ein paar dünne Handschuhe aus der Hosentasche, reichte sie Michael und folgte dessen Bewegungen, als er sie anzog. »Es ist genau, wie er sagte«, meinte Balilati begeistert. »Es ist wirklich ein dickes, faseriges Papier. Fühl mal, fühl mal in der Ecke! Wir müssen die Spurensicherung alarmieren. Sieh es dir an, das Leben ist wirklich ... ich war mir sicher, daß wir hier nichts finden würden. Gehen Sie und sagen Sie den Kollegen, sie können aufhören zu suchen«, wies er Ja'ir an.

Isi Maschiach saß in der gleichen Position auf dem Stuhl, in der sie ihn verlassen hatten; sein Körper war eingefallen, sein Gesicht in seine Hände vergraben, und seine Finger waren von der Mitte der Wange bis zum Ende der Stirn gespreizt. Er zog langsam die Hände weg und sah Michael mit einem leeren Blick an.

»Es gibt etwas, von dem wir möchten, daß Sie es sich ansehen«, sagte Michael in einem gleichgültigen Ton, vermischt mit einer Prise Unwillen, als ob er von einer Nebensächlichkeit sprach, zu der ihn jemand gezwungen hatte.

Isi Maschiach stand schwerfällig auf und folgte ihm in den Raum. »Setzen Sie sich«, sagte Michael und deutete auf den schwarzen Chefsessel. »Und ziehen Sie die an.« Seine Worte überschlugen sich förmlich, als er ihm die dünnen Handschuhen reichte, die er von seinen Händen streifte.

Isi Maschiach sah sie verblüfft an.

»Um mögliche Fingerabdrücke nicht zu verwischen«, erklärte Michael, und Isi Maschiach nickte, zog den Goldring ab, legte ihn vorsichtig neben sich und streifte die Handschuhe über. Hinter sich hörte Michael, wie Balilati sich schwerfällig bewegte, und er wußte, daß er sein winziges Aufnahmegerät anstellte.

Im ersten Moment, als Michaels Hände sie vor ihn legten – mit den Fingerspitzen hob er die Bögen und legte sie mit äußerster Behutsamkeit ab –, blieb Isi Maschiachs Gesicht unbewegt. Einige Sekunden vergingen, bis er erstaunt die Brauen hob und sagte:

»Das ... das sieht aus wie ein Originalmanuskript.« Er beugte sich über die Bögen.

»Wie kann man das wissen?« fragte Balilati hinter seiner Schulter.

»Sehen Sie hier«, zeigte Isi Maschiach auf die Linien, die mit Tinte gezeichnet waren. »Sehen Sie das Papier, es ist nicht wie bei einer Partitur, vergleichen Sie es hiermit«, er blätterte in den letzten Seiten der »Trojaner«. »Sehen Sie, wie viele Linien hier gezeichnet sind? Wenn es ein altes Manuskript ist, sagen wir aus der Barockzeit, dann gibt es nicht viele Linien. Nur acht Notenlinien. Hier, der Baß, die Bratschen und die Geigen. Und hier«, er legte einen in durchsichtiges Gummi gehüllten Finger auf die Seite, »ist der Baß.« Er befühlte die Ränder des Papiers. »Es ist ziemlich dick und faserig, und hier«, sein Finger schwebte über einem Siegel, »das Siegel einer Bibliothek. Wir brauchen einen Sachverständigen, der uns genau sagen kann, um welche Bibliothek es sich handelt. Sie scheint italienisch zu sein. Vielleicht sogar venezianisch, ich brauche eine Lupe, um ... Und sehen Sie diese Flecken hier, Rost, und sogar, wenn es eine Fälschung ist ... ist es eine Fälschung?«

Keiner gab ihm eine Antwort auf diese Frage, die er hartnäckig wiederholte.

»Nehmen wir an, es ist keine Fälschung«, kam Michael seiner Frage nach.

»Haben Sie eine Lupe?«

»Wir werden sofort eine Lupe besorgen«, sagte Balilati und verließ den Raum. Die geschlossene Tür erzitterte bei seinem Laufschritt durch den Flur.

»Wenn es ist, was ich denke«, sagte Isi Maschiach mit zittriger Stimme, »und wenn das keine Fälschung ist, wenn es sich wahrhaftig um eine venezianische Bibliothek handelt, könnte es… es könnte sogar…« Er sah die Blätter ängstlich an. »Und es stammt aus dem 18. Jahrhundert, wie es scheinbar hier geschrieben steht. Es kann sogar ein…«, sagte er erneut erschrocken und hob die Augen zu Michael, der neben ihm stand und eine verschlossene Miene bewahrte. Mit großer Vorsicht blätterte Isi Maschiach. »Wenn es echt ist«, sagte er beim Blättern, »dann ist es nicht vollständig. Ein Teil vom Anfang fehlt hier, aber das ist typisch für solche Handschriften, denn sie bestehen aus mehreren Heften. Hier, sehen Sie?« Er hielt die Ecke eines Bogens, der getrennt war von dem hinteren, der noch in der Vertiefung lag, die man in die Partitur der »Trojaner« geschnitten hatte. »Auf jeden Fall bin ich kein autorisierter Sachverständiger, und alles, was ich äußere, ist unverbindlich.«

»Haben Sie diese Noten nie zuvor gesehen?«

Isi Maschiach sah ihn erstaunt an. »Diese Noten? Ich?! Wo hätte ich sie sehen sollen?«

»Was weiß ich, vielleicht bei Gabi?«

»Diese Noten waren nie in unserer Wohnung«, versicherte Isi Maschiach. »Ich hätte sie nicht vergessen«, sagte er erstickt. »Nicht, daß wir nie alte Handschriften zu Hause gehabt hätten. Einmal hat Felix sogar etwas aus dem Barock gekauft. Aber es waren nur Etüden. Und es stellte sich heraus, daß sie in einer vierten oder fünften Version kopiert waren. Viel später, schon am Ausgang des Jahrhunderts. Aber so etwas?! Wenn sie echt sind, sind sie… eines der Weltwunder. Sie sind wertvoll… sie haben gar keinen Preis«, stieß er aus, als erschrecke er vor sich selbst. »Wie sind Sie daran gekommen?« fragte er.

Michael gab keine Antwort.

»Gehören sie Theo?« fragte Isi beharrlich. »Ich will wissen, ob sie Theo gehören.«

Balilati öffnete schnell die Tür, atmete kurz und legte eine

Lupe vor Isi. »Hier haben Sie ein Vergrößerungsglas«, sagte er und ließ sich in den Stuhl fallen. Ja'ir kam in den Raum und blieb in der Ecke neben der Tür stehen, als bewache er sie, damit sie nicht plötzlich aufging.

Isi sah durch die Lupe das Siegel an. »Ja«, sagte er mit zittriger Stimme. »Hier steht der Name einer venezianischen Bibliothek und ein Datum unter diesem Rostfleck, 1725. Sie können sich selbst vergewissern.«

Er reichte Michael die Lupe, und Michael hielt den schwarzen Griff mit sicherer Hand und sah hindurch. Mit großer Andacht blätterte Isi Maschiach um, und beim dritten und vierten Heft stieß er plötzlich aus: »Ein Requiem. Aber der Anfang fehlt«, sagte er wie zu sich selbst. »Und auch der Schluß ist nicht da. Aber die Mitte, die Mitte!« Er stand auf und begann im Zimmer auf und ab zu gehen. »Wenn Gabi ... wenn Gabi das gesehen hätte!« sagte er erstickt. »Er war der Mann, den Sie jetzt bräuchten. Und es wäre auch gerecht. Es wäre nur gerecht, wenn er das sehen könnte, er wäre übergeschnappt, wenn er das gesehen hätte!«

»Es kann sein, daß er es gesehen hat«, sagte Michael ruhig.

Isi sah ihn bestürzt an. »Glauben Sie, er hätte so etwas gesehen und mir nichts davon gesagt?!« Er war erschüttert. Und mit großer Wut sagte er: »Sie verstehen gar nichts! Es ist ausgeschlossen, daß er es gesehen hat und mir nichts davon gesagt hat. Unmöglich, daß er es gesehen hat. Er hat mir alles erzählt, vor allem in diesem Bereich. Und so etwas?! So etwas. Wenn er es gesehen hätte? Und wenn es echt ist. Wenn es nicht irgendeine raffinierte Fälschung ist. Und sogar, wenn es eine Fälschung ist, von solch einem Niveau. Solch eine Musik, wie sie hier geschrieben steht, wenn er das gesehen hätte, hätte er ... hätte er nachts nicht mehr schlafen können!«

»Und, hatte er in der letzten Zeit einen ruhigen Schlaf?« fragte Balilati.

Isi schreckte zurück, erstarrte. Sein Gesicht spiegelte Verlegenheit, Verwirrung, Schrecken, plötzliche Erkenntnis und nochmals Schrecken wider. »Ist es in Delft darum gegangen?« flüsterte er Michael zu. »War es das?« verlangte er in bedrohlichem Ton zu wissen und packte den Ärmel des blauen Hemdes. »War es das, was er von dem Antiquitätenhändler in Holland wollte?«

»Wir nehmen es an«, sagte Michael.

Isi Maschiach nahm seine Hand von Michaels Arm, sah das Manuskript an, setzte sich und starrte mit verschlossenem, sehr bleichem Gesicht ins Leere. »Er hat mir nichts davon gesagt«, flüsterte er. »Nicht mal eine Andeutung, nicht ein Wort. Wie ist das möglich?«

»Wie kann man herausfinden, wer der Verfasser ist?«

Isi Maschiach schob die Partitur der »Trojaner« von sich, legte den Arm auf den Tisch und die Stirn auf den Arm. »Ich werde kollabieren«, warnte er und atmete mit großer Schwierigkeit flach und pfeifend.

Michael half ihm auf und zog ihn ans Fenster. Er öffnete das Fenster. Die Regentropfen näßten ihre Gesichter.

»Ich brauche meine Medizin«, sagte Isi Maschiach. Auf seiner Stirn sammelten sich Schweißtropfen.

»Was für eine Medizin?« rief Balilati in einer Art Bellen.

»Ein Inhaliergerät. Ich habe Asthma.«

»Haben Sie es hier?« fragte Michael.

»In der Tasche«, sagte Isi Maschiach mit erstickter Stimme, »in meiner Jackentasche.«

»Und wo ist Ihre Jacke?« fragte Balilati.

»Draußen glaube ich.«

Balilati öffnete die Tür. »Draußen hängt keine Jacke«, verkündete er vom Flur. »Wo kann sie sein?«

»Vielleicht in dem Büro«, stieß Isi Maschiach aus. Sein Kinn bebte. »Im Büro von Sisovic.«

»Welcher Sisovic?« fragte Balilati panisch.

»Der Verwaltungsdirektor«, erklärte Michael, und Balilati stürzte wie ein Wirbelwind in Richtung des Büros des

Managers und kehrte von dort mit einer hellen Jacke zurück. Ohne Hemmungen steckte er die Hand in die Seitentasche und in die Innentasche und zog eine kleine Pappschachtel heraus. »Ist es das?« fragte er Isi Maschiach und holte ein kleines Inhaliergerät hervor.

Isi Maschiach sprühte und atmete. Michael fielen Ruth Maschiachs Warnungen über sein Asthma ein. Und der Gedanke an Ruth Maschiach brachte ein kleines Gesicht mit sich und das Trampeln von Beinchen, das er hätte hören können. Und einen schmerzvollen Stich. Nichts, hämmerte die Stimme von innen. Gar nichts. Es ist vorbei. Es war einmal, und nun ist es vorbei. Sogar die Mutter haben sie gefunden. Es hat nicht einmal mehr Sinn, darüber nachzudenken. Er vertiefte sich in die Blätter.

Ganz langsam ging Isi Maschiach dazu über, regelmäßig zu atmen. Er sah sie nicht an, als er das Inhaliergerät in die Pappschachtel steckte. Er vermied den Blickkontakt, als er sich wieder auf den Stuhl setzte, sich den Partituren näherte, seine Lippen zusammenbiß und weiterblätterte. Seine Atemzüge pfiffen, wenn er Luft holte. »Der Introitus fehlt, das hier ist das ›Dies irae‹«, sagte er nüchtern, »und wenn das echt ist, ist das ein ›Dies irae‹ von Vivaldi.«

»Was ist das, ein ›Dies irae‹?« fragte Balilati, und Michael achtete darauf zu schweigen, um Balilati nicht in seiner Ehre zu kränken.

»Das ... Das ist der Tag des Zorns. Das ist die Übersetzung. Das ›Dies irae‹ ist ein fester Bestandteil des Requiems«, sagte Isi Maschiach mit zittriger verträumter Stimme. »Und es ist immer der stürmischste Teil. Man kann es auch in den Requiemvertonungen von Mozart oder Verdi hören. Aber im Barock hat man es besonders stürmisch gemocht. Man liebte es, seine Gefühle zu zeigen. Und der größte Experte für Stürme und diese Dinge – was die Italiener Temporale nannten – war Vivaldi. Jeder, der sein ›La tempesta di mare‹ gehört hat, kann sehen, daß dieses ›Dies irae‹ hier von ihm stammt.«

»Sie wissen, wie es sich anhört, allein wenn Sie die Noten sehen? Müssen Sie es nicht zuerst spielen, um das zu wissen?« zweifelte Balilati.

Isi Maschiach sah ihn erstaunt an. Sekunden vergingen, bis er die Frage verstand. »Ich lese Noten«, sagte er und hielt energisch sein weiches Kinn. »Ich begreife es nicht«, murmelte er. »Das werde ich ihm nie verzeihen«, gelobte er und brach in Tränen aus.

Balilati blähte seine Lippen und pustete laut und müde in die Welt. Er sah Michael anklagend an und blickte zur Decke, als frage er: Was machen wir jetzt?

»Wenn Sie mit der Situation nicht zurechtkommen«, sagte Michael in einem väterlichen Ton, »können wir einen Spezialisten kommen lassen. Wir haben Sachverständige, und es ist kein Problem, die Noten untersuchen zu lassen ...«

»Nicht nötig.« Isi Maschiach faßte sich. Er zog die Nase hoch, wischte sich über die Augen und hörte auf zu weinen. »Ich halte es aus. Ich kann es überprüfen und es Ihnen bestätigen.«

»Sind Sie sicher?« fragte Michael und ignorierte den warnenden Blick Balilatis, der zu sagen schien: Pokere nicht zu hoch. »Denn es ist auch kein Problem, es von einem Sachverständigen der Universität und von einem unserer Labors untersuchen zu lassen.«

»Es gibt keinen zweiten in Israel, der sich so gut im Barock auskennt wie ich«, sagte Isi Maschiach, und das Pfeifen in seinen Atemzügen war wieder zu hören. »Nachdem Gabi nicht mehr lebt, gibt es keinen zweiten, ich habe es verdient... Niemand wird diese Noten vor mir zu sehen bekommen... Ich bin mir sicher... Sie werden doch damit nicht einfach hinausgehen wollen«, rief er entsetzt, »noch dazu bei Regenwetter!«

Sie warteten ein paar Minuten. Isi Maschiach lehnte sich zurück und benutzte erneut sein Inhaliergerät. Dann blätterte er weiter behutsam in den Heften. Seine Lippen bewegten sich hin und wieder wie die Lippen eines Betenden. Er sah sich das letzte Heft an.

»Es ist ein Requiem. Und da die ersten Seiten fehlen, fehlt der ganze Teil des ›Kyrie‹. Anscheinend ist das erste Heft verlorengegangen. Das zweite ist vorhanden, das dritte ist vorhanden, und es ist noch ein Teil vom vierten da. Das letzte fehlt. Insgesamt sind drei Teile erhalten, der zweite, der dritte und ein Teil des vierten, der mit einem Offertorium beginnt und in der Mitte abreißt. Sehen Sie?« Er blätterte achtsam. »Jedes Heft enthält acht vollständige Bögen, das heißt sechzehn Seiten. Und hier haben wir zweiunddreißig Seiten von zwei Heften und vier mit dem Offertorium. Es fehlt das Eröffnungsblatt und die Signatur. Aber es gibt Anzeichen, daß es von Vivaldi sein könnte, ein Stück von Vivaldi ohne Kopf und ohne Beine«, sagte er schließlich. »Es trägt seine Handschrift und hat auch seine Schärfe. Sein ›Dies irae‹, sehen Sie«, er zeigte auf das erste Heft, »ist ein *allegro*. Er beginnt nur mit den ersten Geigen, in d-Moll, der Tonart des Requiems von Mozart.«

Seine Finger hämmerten auf den Tisch, er summte freudlos eine kurze Melodie.

»Dies ist ein aufsteigender d-Moll-Akkord als Sechzehntel-Tremolo, dann kommt ein absteigendes Motiv, und dann«, sein Finger folgte den Noten, während er erklärte, »kommt die zweite Stimme in der Geige. Nachdem auch sie das absteigende Motiv wiederholt, kommen die Bässe in der Nachahmung der Geigen – das ist ein Fugato«, sagte er und hob die Augen vom Papier zu Michael. »Ihr Einsatz ist ein Fugato, und erst nach acht Takten, die sie zusammenspielen, erfolgt die Rückkehr zur Eröffnung, dann kommt der Chor im Tutti, alle vier Stimmen bei den Worten ›Dies irae‹, die«, er rieb sein Gesicht mit den Händen, blätterte um, lächelte und murrte, als würde er auf eine sehr bekannte Geste, fast einen Zaubertrick eines alten Bekannten stoßen, »in einer überraschenden Weise komponiert sind.«

Er versank in sich selbst.

»Es ist nicht zu glauben, daß er mir das vorenthalten hat«, murmelte er. »Vielleicht hatte er die Absicht, es mir zu sagen, als er aus den Niederlanden zurückkehrte«, sagte er und sah die Noten an. »Vielleicht, wenn ich ihn am Flughafen abgeholt hätte. Vielleicht hatte er es damals vor. Aber ich bin nicht gekommen, denn ich war so gekränkt. Und das hat ihn wiederum gekränkt ...«

»Was ist überraschend an dieser Komposition?« fragte Michael und hörte, wie Balilati hinter ihm leise seufzte.

Isi Maschiach faßte sich. »Das Überraschende dabei ist, daß das ›i‹ von ›irae‹ – sehen Sie, hier die Noten«, sein behandschuhter Finger schwebte über den ersten Notenlinien, »eine lange Silbe ist. Bei Mozart ist das ›Di‹ lang und das ›irae‹ kurz. Und Vivaldi betont genau umgekehrt. Und dann kommt etwas, das für Vivaldi sehr typisch ist!« Er nickte begeistert mit dem Kopf. »Und das sind Geigenläufe im Umfang einer Oktave. Hier drückt er die Angst vor dem Fegefeuer oder so etwas aus. Wissen Sie, was das ›Dies irae‹ ist?«

»Was meinen Sie?« wich Michael aus. Balilati stand sehr nah hinter Michael, der seinen Atem spüren konnte.

»Der Text des ›Dies irae‹ handelt vom Jüngsten Gericht, vom Tag des Zorns. ›Dies irae, dies illa, solvet saeclum in favilla, teste David cum Sibylla‹ (Tag des Zornes, Tag der Sünden, wird das Weltall sich entzünden, wie Sibyll und David künden). Und wenn Sie hier schauen«, wieder schwebte der Finger, »sehen Sie, daß es bei dem Wort ›Sibylla‹ ruhig wird. Der Sturm legt sich. Und ...« Er sah das Blatt erstaunt an.

»Was ist los?« fragte Michael gespannt.

»Dieser Mann ...«, murmelte Isi Maschiach, als spreche er über einen widerspenstigen Verwandten. »Sehen Sie, sehen Sie das? Hier ist *piano* vorgeschrieben! An einer merkwürdigen Stelle. Man hätte es überhaupt nicht erwartet ...«

»Einen Moment«, sagte Michael und drehte sich unbehaglich um. »Nach dem, was ich heute von Frau Sackheim gehört habe, wenn ich es richtig verstanden habe«, entschuldigte er sich, »gab es das im Barock nicht. Sie hat mir, glaube ich, gesagt, man hat keinen Unterschied gemacht zwischen *piano* und *forte*. Wie kann das Stück dann von Vivaldi sein?«

Isi Maschiach kratzte sich an der Stirn. Seine Atemzüge waren ruhiger. »Es zeigt, daß das ein Zusatz ist, den jemand später hinzugefügt hat«, sagte er mit einem Zweifeln. »Denn Vivaldi hat wirklich keine Dynamik-Anweisungen vorgegeben. Kein *crescendo* oder *forte* oder *piano*; wenn Vivaldi eine bestimmte Dynamik wollte, hat er es ihnen gesagt.«

»Wem hat er es gesagt?«

»Seinen Musikern, bei der Probe oder bei der Aufführung.«

»Was bedeutet das?« fragte Balilati ungeduldig und setzte sich in den Chefsessel.

»Das heißt, daß vielleicht jemand das Stück für Vivaldi kopiert und präpariert hat. Oder Vivaldi selbst hat etwas hinzugefügt. Hier«, sagte er und zeigte auf verwischte Worte am unteren Teil eines der Bögen. Er schüttelte den Kopf mit begeisterter Fassungslosigkeit. »Sehen Sie«, erklärte er geduldig. »Das ist ein Requiem, und es ist klar, daß Vivaldi es nicht unterteilt hat wie Mozart, wo die einzelnen Teile arios gestaltet sind, sondern er hat die Teile verbunden und mußte ziemlich kurz sein, eine ›Missa brevis‹. Und ich wollte sehen, wie Vivaldi das ›Lacrimosa‹ komponiert hat, und was sehe ich?« sagte er und wedelte mit der Hand über den Bogen, »ich sehe noch einmal, was für ein wunderbarer Opernkomponist er war. Das ist zwar bekannt, sowohl von seiner Oper ›Armida‹ als auch von anderen vergessenen Opern. Und hier beweist er es auf eine sehr aufregende Weise. Denn sehen Sie«, sagte er und beugte sich tief über die Blätter, »das ›Lacrimosa‹ ist ein Duett für Sopran und Mezzosopran, das im Sekundkanon geschrieben ist. Das bedeutet«, er wandte sich an Balilati, der ihn mit verschlossener Miene ansah, »daß die zweite Stimme einen Ton über dem Ton der ersten Stimme einsetzt. Es ist nämlich bekannt, daß die Italiener solche Kanons liebten. Es gibt auch einen im ›Stabat mater‹ von Pergolesi. Sie haben es gehört, wissen Sie es noch?« erinnerte er Michael mit einem Ton der Vertrautheit, die Michaels Unbehagen gegenüber Balilati verstärkte.

»Die Italiener sahen in solch einem Sekundkanon etwas, das große Trauer enthielt. Bei diesem Stück, sehen Sie«, er zeigte auf die verwischten Worte am Rand des Blattes und hielt die Lupe darüber, »gibt es auch ein Solo für Oboe d'amore. Sehen Sie? Das Wort ›Oboe‹ wurde von diesem Tintenklecks überdeckt. Und das ist auch ganz typisch, denn durch die Feder, die man bei jeder Seite, die man zu schreiben begann, eintauchte, gibt es diese Tropfen. Aber das Wort ›obligato‹ ist geblieben, das heißt, daß man dieses Instrument nicht weglassen darf. Das scheint mir ein Zusatz von Vivaldi auf der Handschrift des Kopisten. Und das ist interessant, aber nicht ungewöhnlich, denn es ist bekannt, daß die Oboe ein Instrument der Trauer ist.«

»Was ist eine Oboe d'amore?« fragte Michael.

»Eine Alt-Oboe. Ein wunderbares Instrument. Und sehen Sie, es ist interessant, daß das Solo für dieses Instrument unter allen Notenlinien auftaucht, was zeigt, daß er es vielleicht separat bearbeitet hat.«

Wieder blätterte er aufgeregt vom Anfang zum Ende und vom Ende zum Anfang. »Ich sehe«, sagte er plötzlich, wischte über sein Gesicht und rieb kräftig seine Augen unter den Brillengläsern, bis sie sich röteten, »daß er nicht die ganze Komposition niedergeschrieben hat, denn Teile sind übersprungen.«

Sein Finger verweilte in der Luft, schwebte über den Blättern und landete auf dem Schreibtisch.

»Ich erkläre es mir folgendermaßen«, sagte er mit sichtbarer Erregung, »er hatte mehrere Mäzene, Vivaldi. Und es gab darunter einen Kardinal ... Ich erinnere mich nicht mehr an seinen Namen ... Aber es ist bekannt, daß es 1722 irgendeine Geschichte mit einer Messe gab ... in den Dokumenten steht, daß man ein feierliches Gebet spielte … Vielleicht war es für Ferdinand de Medici, den großen Fürsten der Toskana. Und in der Tat weiß man heute nicht, um welches Gebet es sich handelt. Anscheinend war es eine der Messen, bei denen man nicht alles auskomponiert hat. Man nannte das Insertion. Das heißt, für eine Totenmesse schrieb der Komponist das, worauf man sich für dieses Ereignis geeinigt hatte, und den Rest sang der Priester in einer alten Melodie, die in dem jeweiligen Orden üblich war. Sie können das in einer Melodie aus dem 13. bis 14. Jahrhundert, einer Monodie, hören.«

»Was ist eine Monodie?«

»Eine Melodie für eine Stimme. Sehen Sie?« Er sprach aufgeregt, sein Atem war flach und schnell. »Man sieht, daß die Eröffnung des Offertoriums nicht komponiert ist. Und er geht direkt über zum nächsten … Hier«, er klopfte auf den Tisch. »Das ist ein Sanctus. Hier, das ist ein Beweis für Sie.«

»Beweis wofür?« verlangte Balilati mit harter Stimme zu wissen.

»Daß es wirklich von Vivaldi ist. Denn dieses Sanctus ist eine regelrechte Kopie des Beginns von Vivaldis Gloria. Und es ist logisch, daß er es von dort übernimmt, denn es hat dieselbe Anzahl an Silben und dieselbe Tonart und vielleicht …« Er wurde nachdenklich und still.

»Vielleicht?« hakte Balilati nach.

»Vielleicht sehen wir nur einen Teil der Partitur, und im Original gibt es auch Pauken und Trompeten.«

»Ich verstehe nicht, wie das ein Beweis dafür sein soll«, sagte Balilati zornig, »daß Sie es von woanders kennen. So haben Sie doch gesagt, oder nicht?« Er schüttelte seine Hand.

Isi Maschiach sah durch ihn hindurch, als träume er, und plötzlich schüttelte er sich. »Was verstehen Sie denn daran nicht?«

»Na, was das beweisen soll?«

»Sie haben sich ständig selbst bestohlen, haben sich selbst zitiert. Vivaldi war schon zu Lebzeiten in ganz Europa berühmt. Kein Zeitgenosse hätte es gewagt, etwas aus dem Gloria von Vivaldi für ein anderes Stück zu verwenden. Nur der Komponist selbst, wie Bach es zu tun pflegte, bei dem Teile seiner Kantaten einen Weg fanden in seine Hohe Messe oder in die Matthäus-Passion. Solche Dinge.«

»Was ist los?« fragte Michael, als Isi Maschiach blätterte, innehielt, plötzlich lächelte, aufgeregt den Kopf schüttelte und murmelte: »Wie schön, sehen Sie nur, wie schön, wie konnte er es mir vorenthalten ... Ich sehe hier, hier ist ein Agnus Dei«, wieder wischte er sein Gesicht und atmete schnell, »es ist auf sehr aufregende Weise komponiert. Ich verstehe genau, was er hier macht. Wenn die Begleitung in einem Siciliano-Rhythmus ist, das ist der Sechsachtelrhythmus mit betontem erstem Schlag. Sie kennen das Siciliano von ... sagen wir, von Fauré?«

Michael bewegte den Kopf in einer undeutlichen Bewegung.

»Die Streicher spielen alle diesen Rhythmus, und der Chor kommt mit langen Noten dazu. Und ich kann genau sehen ... Ich kann mir genau vorstellen, daß das ... Das muß ganz außerordentlich sein. So schön ... Aber hier«, sagte er, als er zum letzten Heft kam, »wird es in der Mitte unterbrochen. Der Rest ist nicht da.«

»Wie konnte diese Handschrift nach Holland gelangen?« zweifelte Balilati. »Sie haben gesagt, er lebte in Italien.«

»Vivaldi ist sein ganzes Leben lang umhergezogen. Er reiste durch ganz Italien, aber er unternahm auch Auslandsreisen. 1740 war er in Dresden, und es ist bekannt, daß er 1738 in den Niederlanden war. Er war schon damals sehr berühmt. Und sogar Johann Sebastian Bach selbst und Carl Philipp Emanuel Bach bearbeiteten Stücke von ihm ... Und das hier«, er zeigte auf die Hefte, »da bin ich mir sicher, ging von Hand zu Hand. Ich versuche, mich zu erinnern, denn ich habe gelesen ... Es gibt eine Dokumentation über die

Aufführung eines Stückes, das es hätte sein können. Es gibt eine Dokumentation über ein Stück, das 1722 aufgeführt wurde oder 1728. Es wurde nie gefunden. Es ist eines der Rätsel. Nirgendwo steht etwas über ein Requiem.«

»Sie kennen sich wirklich gut damit aus«, sagte Balilati hinter Michaels Schulter mit einem Mißmut, der einen Teil Respekt enthielt.

»Vivaldi? Ich bin ein Kenner von Vivaldi«, sagte Isi Maschiach verbittert. »Deshalb verstehe ich nicht, wie Gabi … Mit allem, was Vivaldi betraf, kam er … Ich weiß alles, was über ihn bekannt ist. Jedes Jahr, jeder Streit, jede Frau, die er hatte …« Seine Unterlippe bebte, und er rang die Hände. »Ich kann es nicht begreifen. Und ich dachte, er hat jemand anderen. Vielleicht, als ich ihn verdächtigte … als ich böse auf ihn war, war er hiermit beschäftigt.«

Für einen Moment schwieg er und schnappte nach Luft.

»Gut, man könnte sagen, es war auch eine Art von ›jemand anderem‹, nicht weniger als …« Er wurde für einen Moment still. »Er hat mir gesagt, er geht zu seinem Vater. Ich rief dort an, aber es ging niemand an den Apparat. Ich dachte, er lügt, und machte ihm eine Szene, als er zurückkam. Vielleicht waren sie ja zusammen und haben sich informiert über … Ich hätte mir gewünscht … Wie konnte er mich bloß ausschalten!«

»Vielleicht hat er Geheimhaltung geschworen?« schlug plötzlich Ja'ir von seinem Platz neben der Tür vor.

Michael drehte sich mit einemmal um und heftete einen Blick auf ihn, der ihn zum Schweigen bringen sollte. Er befürchtete, er könnte Isi nun nicht mehr zu einem solch offenen Gespräch animieren.

»Wer?! Wer könnte ihn dazu veranlaßt haben?« begann Isi mit wachsender Kränkung laut zu denken, und plötzlich wurde er still.

»Ja?« Balilatis kleine Augen verengten sich, als er fragte: »Ja? Was wollten Sie sagen?«

»Nur Felix …«, sagte Isi Maschiach mit gesenktem Kopf.

»Nur er hatte diese Macht über Gabi, ihn schwören zu lassen, mir nichts davon zu sagen ... Ich kann einfach nicht verstehen, warum. Wozu denn? Gerade mich hätten sie darüber befragen müssen. Es kann doch nicht sein, daß Theo davon wußte und Gabi nicht. Und wenn Theo es wußte, warum hat man es denn mir nicht erzählt? Ich begreife es nicht.«

»Dann sind Sie ein Vivaldi-Experte«, lenkte Balilati ihn zurück auf das Thema. »Wir haben Glück«, sagte er ohne Begeisterung. »Sie waren mitten in Ihren Ausführungen. Sie haben gesagt«, er rollte die Augen zur Decke und sah Isi Maschiach erneut hinter Michaels Schulter an, »Sie sprachen von den Dokumenten. Daß kein Requiem erwähnt wird.«

In einer monotonen Stimme, als ob er nicht richtig bei der Sache wäre, sagte Isi Maschiach: »Die Holländer hatten bessere Druckereien als die Italiener. Es gab damals in Nordeuropa eine große Nachfrage nach italienischer Musik. Am populärsten war Vivaldi in Deutschland. Schon 1711 druckte Etienne Roger, ein holländischer Verleger, was zu den wichtigsten musikalischen Veröffentlichungen der ersten Hälfte des 18. Jahrhunderts wurde, ein Werk von Vivaldi, ›L'estro armonico‹, zwölf Konzerte für Solo-Violine, für zwei Violinen und vier Violinen.«

»Sie sind sich also vollkommen sicher, daß das Vivaldi ist?« vergewisserte sich Michael.

»Ich bin mir ziemlich sicher. Selbst wenn es nicht seine Handschrift ist, ist es mit Sicherheit ein Exemplar für ein Stück, das ein Kopist für ihn vorbereitet hatte. Es kann kein Imitat sein. Kein Mensch in Venedig hätte es sich erlaubt, in einer öffentlichen Zeremonie etwas aufzuführen, das so typisch für Vivaldi ist. Mit dem Sanctus, das er aus seinem Gloria übernahm. Und auch der Stil ... Ich wünschte, ich wäre mir nicht so sicher. Ich wünschte, es wäre kein Vivaldi ... Wie kann es nur sein, daß er kein einziges Wort ... Er hat mir nichts gesagt!« rief er wieder.

»Erklären Sie mir Vivaldis besonderen Stil«, bat Michael. »In knappen Worten.«

»Jetzt?«

Michael nickte, und Isi Maschiach lehnte sich in einer deutlichen Pose der Erschöpfung zurück. »Er hatte ein besonderes Faible für das, was man im Barock ›Bizarrerie‹ nannte«, sagte er, während er zum gegenüberliegenden Fenster sah, aus dem seine Augen die Dunkelheit aufnahmen. »Man hat es sogar in den ›Jahreszeiten‹, die an Bizarrerie alles übertreffen und voll von überraschenden Effekten sind. Er war äußerst originell, und hier, im ›Dies irae‹«, er klopfte zaghaft auf den Tisch, »wimmelt es nur so davon«.

»Und das ist alles? Das genügt?«

»Eine andere Sache«, fuhr Isi Maschiach nach einer langen Pause fort, »ist, daß hier in den Chorteilen seine Abstraktion deutlich wird. Es stimmt, wenn man normalerweise von einem lyrischen Barockmelodiker spricht, meint man Corelli, aber auch Vivaldi hat es beherrscht. Und was das besondere an ihm ist, ist, daß er in der Lage war, verschiedene Abschnitte ohne Melodie zu komponieren, nur mit wiederholten Motiven in verschiedenen harmonischen Umkehrungen, wie im Concerto ›La notte‹.«

»Und das sind genug Beweise für seinen Stil? Nach solchen Kriterien würden Musikwissenschaftler sich richten?«

Isi Maschiach seufzte. »Selbst wenn es nicht Vivaldi selbst war, auch dann ist es Millionen wert«, sagte er gleichgültig. »Aber ich bin mir sicher, es ist sehr überzeugend, daß das Vivaldi ist. Sie würden es bestätigen.«

»Und so etwas findet man plötzlich in einer alten Orgel in Delft?«

»Die Messe von Berlioz fand man in Belgien im oberen Regal des Organisten in der Kirche. Ein Bündel Papiere, mit einer Schnur umwickelt, mit Staub bedeckt, achtlos abgelegt«, erzählte Isi Maschiach. »Solche Dinge hängen mit Erbschaftsgeschichten zusammen und ähnlichen Komplikationen. Wissen Sie, Musiker bewahren die Noten an den unmöglichsten Orten auf. Warum nicht in einer alten Orgel in Delft.«

»Ich weiß nicht, ob Sie es verstanden haben«, sagte Balilati langsam, »aber wenn die Noten Gabriel van Gelden gehörten, sind Sie der Erbe, denn er hat alles Ihnen vererbt.«

Isi Maschiachs Gesicht wurde grün. Mit starren Augen sah er den Packen Hefte an und beeilte sich, die Hände vom Tisch zu ziehen. »Er hat mir nichts davon gesagt«, jammerte er erneut und warf den Kopf hin und her. »Nicht ein Wort. Er wollte nie und nimmer, daß sie mir gehören. Sie gehören nicht mir, wenn es nicht offiziell vermerkt ist. Vielleicht verdiene ich es auch wirklich nicht, denn ich habe ihm nicht vertraut, und ich habe ihn beschuldigt ...« Seine Lippen schmollten beleidigt. »Und wenn es nicht seine Absicht war, daß die Noten mir gehören, will ich sie nicht haben.«

»Wie konnte es seine Absicht sein?« sagte Balilati fast mitleidig. »Er dachte, er würde die Sache selbst herausbringen. Er wußte ja nicht, daß jemand ihn deshalb einen Kopf kürzer machen würde.«

»Das war der Grund?!« Isi Maschiach schreckte zurück, sah sich um. »Deshalb?! Wer?!«

»Theoretisch könnten Sie es gewesen sein«, rief Balilati in Erinnerung.

Isi Maschiach sah ihn mit Unverständnis an. »Ich wußte gar nichts davon ... Er hat mir gar nichts gesagt ... Ich ...«

»So etwas ist schon vorgekommen«, sagte Balilati. »Schon für viel weniger als das.«

»Aber ich wußte gar nichts davon!«

Niemand sagte ein Wort.

»Ich will sie nicht mehr sehen«, flüsterte Isi Maschiach. »Ich will sie nicht anfassen.«

Balilati legte den Kopf auf die Seite. »Sie müssen sie ja nicht zu Geld machen«, sagte er mit betonter Trockenheit. »Ich verspreche Ihnen, daß Sie später alles bekommen. Millionen sind Millionen, daran gibt es nichts zu rütteln. Auf jeden Fall, da Sie der Erbe sind, könnten Sie Ihre Äußerungen schriftlich formulieren? Ein Protokoll schreiben? Alles, was Sie hier erklärt haben, niederschreiben und unterschreiben?« fragte Balilati.

Isi Maschiach nickte unglücklich. »Ich habe Gabriel nicht getötet«, sagte er, als er an der Tür stand. »Ich wußte nichts von der Handschrift. Ich war nicht einmal in dem Gebäude.«

»Sie haben am Lügendetektor Falschaussagen gemacht«, rief Balilati in Erinnerung.

»Aber ich habe Gabi nicht umgebracht«, flehte er.

»Wenn Sie es nicht waren«, sagte Balilati und öffnete die Tür, »dann müssen Sie in unserer Nähe bleiben. Denn Ihr Leben ist nicht mehr sicher, nachdem Sie über diese Dinge Bescheid wissen.«

»Und Nita? Hat Nita etwas damit zu tun?« fragte Isi Maschiach Michael schockiert im Flur.

»Und ich will jetzt auch«, sagte Balilati, als sie schon im Auto saßen, »einen zusätzlichen Sachverständigen von der Spurensicherung verständigen. Selbst wenn wir die Expertise aus Holland finden. Lagen solche Dokumente nicht separat im Safe?«

»Man hätte sie auf einer Bank im Ausland deponieren können«, sagte Michael.

»Aber er hat das Land nicht verlassen, seit sein Vater ...«, sagte Balilati.

»Vielleicht haben sie die Papiere dort gelassen, und er hat sie noch nicht abgeholt ... Was ist denn?«

Michael drehte sich um.

Isi Maschiach sah sie an, kreidebleich, als ob er plötzlich etwas begriff, das ihn dazu brachte, mit zittriger Stimme zu sagen: »Halten Sie schnell an.« Er hielt sich beide Hände vor den Mund. Ja'ir beeilte sich die Hintertür aufzumachen und fuchtelte mit den Händen, um eine Frau zu vertreiben, die stehenblieb und entsetzt Isi Maschiach fixierte, der sich am Straßenrand der Yafo-Straße erbrach.

»Keiner von der Spurensicherung wird da rangehen wollen«, sagte Balilati und klopfte auf die Windschutzscheibe. »Sie werden Angst haben, etwas zu zerstören. Ich kenne sie. Sie werden sagen, die Untersuchungen können den Noten schaden. Es wäre schon besser, wenn wir diese Expertise hätten.«

»Sie werden jetzt gehen, sich das Gesicht waschen und etwas trinken«, sagte Michael zu Isi Maschiach, als sie den Parkplatz am Migrash Harussim erreichten. »Wir haben noch eine lange Nacht vor uns«, warnte er und stützte ihn, als die Telephonistin über das Funkgerät Bescheid gab, daß Eli Bachar sie suchte.

»Wo steckt er?« fragte Balilati.

»Auf der Ayalon. Er steckt im Stau wegen einer Demo. Er versucht, sich über den Seitenstreifen durchzuschlagen. Er hat gebeten, daß Sie ihn über sein Handy anrufen. Nicht über Funk.«

Isi Maschiach betrachtete sein Gesicht in dem gesprungenen Spiegel in den Toiletten des Präsidiums. Michael stand mit verschränkten Armen vor der Tür. »Wenn Sie Ihr Protokoll unterschrieben haben«, sagte er ihm, »werde ich Ihnen erklaren, worum wir Sie im Zusammenhang mit Theo bitten.«

Isi Maschiach brachte sein Gesicht zurück zum Wasserhahn. Das Wasser plätscherte laut. »Wird Theo hier herkommen? Wird er hier sein. Werde ich ihn sehen müssen?« flüsterte er unter dem Wasserhahn.

»Dazu ist noch ein wenig Zeit. Man wird ihn herbringen, aber es wird noch eine Weile dauern ... Bis dahin wird es Ihnen gelingen ... Werden wir ...«

Aus Isi Maschiachs Haar und Gesicht tropfte Wasser. Er strich mit den Händen darüber. »Ich kann Theo jetzt nicht sehen«, sagte er und setzte sich an der Stelle auf den Fußboden, an der er gestanden hatte. Er zog die Knie an sich und legte seinen Kopf darauf. Seine Atemzüge pfiffen. Der Wasserhahn tropfte. »Ich kann es nicht«, bettelte er.

»Sie haben Gabriel geliebt«, rief Michael ihm in Erinnerung, der sich fühlte wie in einem Gespräch mit einem Kind, als ob Isi Maschiach jeden Moment die Zusammenarbeit einstellen könnte.

»Er hat mir kein Wort davon gesagt«, jammerte Isi Maschiach zwischen seinen Knien. »Kein Wort, keine Andeutung, gar nichts.«

»Lassen Sie uns gehen«, sagte Michael sanft und zog ihn am Arm. »Wir haben Ihnen einen Tee mit Zitrone gemacht.«

15

In Sachen Dynamik

Mit großer Behutsamkeit und unter Verzicht auf seine gewohnte Bemerkung: »Hut ab, Sipo! Hut ab!« zog Balilati die Kassette aus dem kleinen Aufnahmegerät. Als die Kassette unterbrochen wurde, die Sipo von seinen Gesprächen mit Herzl Cohen mitgebracht hatte und die den Namen des belgischen Sachverständigen, den Felix in Amsterdam getroffen hatte, enthielt, versteinerte sich Balilatis Gesicht. Es nahm den verlegenen, beinahe schlafwandlerischen Ausdruck eines Menschen an, der sich nicht daran gewöhnen konnte, daß die Realität ständig die eigenen Vorurteile widerlegte. Es war an seinem Mund zu ersehen und an der Schlaffheit seiner Lippen und beherrschte auch seine Augen, die Michaels mechanischen Bewegungen folgten. Michael klopfte mit einem Bleistift auf den Tisch, während er ausgiebig mit Jean Bonaventura sprach, einem notationskundigen Musikforscher, der auf das Barock spezialisiert war und der, wie es sich herausgestellt hatte, vor mehr als sechs Monaten in Brüssel die Papiere aufgesetzt und mit seiner Unterschrift bestätigt hatte, die die Vermutungen Isi Maschiachs bekräftigten. Michael waren die musikalischen Erklärungen – auf französisch mit einem schweren belgischen Akzent – vertraut. Auch der Belgier beschrieb die Zeichen, die bewiesen, daß es sich um ein Requiem von Vivaldi handelte. Er hielt sich beim »Lacrimosa« auf, bewunderte besonders den Sekundkanon und beklagte sich über die Verzögerung bei der Veröffentlichung des Werkes. Danach erklärte er, daß er sich gegenüber Felix van Gelden zu absoluter Geheimhaltung verpflichtet und dies sogar vor einem Notar aktenkundig gemacht hatte.

Es war notwendig gewesen, den Ersten Sekretär der israelischen Botschaft in Brüssel persönlich zu bemühen (»ein Freund von mir aus der Armee«, sagte Balilati, als er versprach, »in einer Stunde das Problem zu lösen«), um Bonaventura zu überzeugen, behilflich zu sein und eine offizielle Erklärung abzugeben.

Michael, der sein Gesicht von Balilati abkehrte, um sich auf das Gespräch zu konzentrieren, spürte die Bemühungen Balilatis, seine Worte mitzuschreiben, während die Stimme im Lautsprecher des Telefons zu hören war. Er hörte Balilati die Worte wiederholen, mit denen er eilig den französischen Redeschwall übersetzte, und bemerkte jedesmal, wenn er den Kopf drehte, wie Balilati sich Mühe gab, auf dem karierten Papier in numerierten Absätzen Formulierungen wie »Papieralter«, »Alter der Tinte«, »Wasserzeichen«, »erlesenes venezianisches Papier«, »Techniken des ...« festzuhalten. Er schrieb in großen Buchstaben, und seine Zunge glitt über seine vollen Lippen. Einmal berührte Balilati Michaels Schulter: »Was war das für ein Wort? Technik von was?« verlangte er zu wissen, und Michael entschuldigte sich bei dem Sachverständigen, stellte den Lautsprecher ab und antwortete ihm: »Prägetechnik. Er sagt, es ist typisch für das Druckverfahren der damaligen Zeit. Der Druck der Notenlinien. Er sagt, es sind keine durchgehenden Linien, sondern einzelne Striche, die sich zu einer Reihe verbinden.«

Balilati nickte, und Michael ließ den Lautsprecher erneut an, und wieder füllte sich der Raum mit der heiseren, lauten Stimme eines alten Mannes, den man aus dem Schlaf gerissen hatte und der mit großer Erregung erklärte, wie er die Handschrift des neu entdeckten Requiems mit Vivaldis Handschrift verglichen hatte, und zwar anhand der vom Komponisten geschriebenen Einleitung seines c-Moll Konzertes für Streicher und Continuo. Bonaventura bestätigte, daß die Noten in ihren Händen tatsächlich aus der Feder eines Kopisten stammten, bis auf den Part der Oboe d'amore, den Vivaldi persönlich hinzugefügt hatte.

»Ich kann es immer noch nicht glauben, sieh mal einer an, was dieser Sipo aus ihm herausgeholt hat!« sagte Balilati, als er die Kassetten erneut abhörte, die Hinweise auf das Gespräch mit dem belgischen Experten und mit dem Rechtsanwalt enthielt. »Man muß irgend etwas dazu sagen, was meinst du?« sagte Balilati reumütig.

»Bist du bereit, in den Sitzungssaal zu kommen?« fragte Michael. Er war nervös, weil er den Kloß spürte, der sich in seinem Hals bildete, und weil er das Gefühl hatte, daß Katastrophen ihn erwarteten. »Seit über zwei Stunden warten sie dort auf uns.«

»Was denn, spiele ich hier etwa Bridge?« verteidigte sich Balilati zornig. »Es ist besser, wenn all diese Dinge vorher klargestellt sind.«

Im Sitzungsraum stand Eli Bachar hinter der Schulter Awrams, der schon am Tisch saß und die Papiere vor sich studierte. Zila, die nach Michael und Balilati den Saal betrat, stieß kurzatmig aus: »Ich habe sie hierhergebracht. Beide warten in separaten Büros. Nita habe ich gebeten, sich in Ihrem Büro hinzulegen. Sie weiß nicht, daß Theo schon hier ist«, sagte sie zu Schorer, der am Tischende saß. »Wegen des Sofas. Sie ist wirklich krank. Und Theo«, wandte sie sich an Michael, »wartet in deinem Büro. Wir haben ja gesagt, wir lassen ihn in einem kleinen Zimmer warten. Und wie du angeordnet hast, ist er nicht allein. Ich habe einen Beamten bei ihm gelassen. Er weiß auch noch nichts. Auch nicht, daß sie hier ist. Isi Maschiach spricht gerade mit einer Kollegin von der Spurensicherung. Wie heißt sie?«

»Sima? Ist sie es?« fragte Balilati, »die Lockige mit der großen Brille?«

»Sima«, bestätigte Zila.

»Die ist in Ordnung«, bemerkte Balilati. Er setzte sich zur rechten Seite Schorers, der sich in die Kopien des Berichts der Gerichtsmedizin vertiefte und begann, die Papiere, die vor ihm lagen, eilig durchzusehen. An der abgelegenen Seite des Tisches, den Kopf zwischen die Schultern gezogen, las auch Ja'ir konzentriert das, was aussah wie Kopien derselben Papiere. Seine Finger flatterten über die Zeilen, als hätte er Angst, auch nur ein Wort zu verpassen.

»Viel Kraft«, murmelte Schorer. »Hört ihr? Sie schreiben hier, daß man viel Kraft aufwenden mußte. Seht mal unter den Zahlen der physikalischen Berechnungen. Sie nehmen an, wenn es eine Frau gewesen wäre, hätte sie eine Riesin sein müssen. Sehen Sie«, sagte er zu einem unbestimmten jemand: »Unter den Worten ›geringe Wahrscheinlichkeit‹.« Er setzte die Lesebrille ab.

»Das schließt sie wohl endgültig aus«, bemerkte Balilati. »Und wenn es so ist ...«, dachte er nach und wurde still.

Michael sah ihn besorgt an, als würde er seine Gedanken lesen, und beeilte sich zu sagen: »Schlag es dir aus dem Kopf.«

»Was?« fragte Balilati unschuldig.

»Schlag dir diese Möglichkeit aus dem Kopf. Ich kann es selbst machen. Ich will«, betonte er das letzte Wort, »es selbst machen.«

»Hast du es geschafft, sie reinzubringen, ohne daß die Journalisten sie gesehen haben?« fragte Eli Zila.

»Nur einer hat noch gewartet. Alle anderen hatten schon aufgegeben«, flüsterte sie. »Und der nervt mich die ganze Zeit mit dem japanischen Messer.«

»Was für ein japanisches Messer?« wunderte sich Eli.

»Er hat sich in den Kopf gesetzt, daß man Gabriel van Gelden den Hals mit einem japanischen Messer durchschnitten hat. Du kennst diesen Typus. Wenn du ihnen nichts sagst, erzählen sie irgendeinen Unsinn, und dann ...«

»Du kannst so etwas nicht anordnen«, warnte Michael Balilati.

Schorer sah sie abwechselnd einige Male an, und schließlich fragte er ungeduldig, wovon sie sprachen.

»Er denkt, er weiß, was ich denke. Er kann Gedanken lesen. Jetzt beherrscht er schon die Telepathie«, sagte Balilati und rollte die Augen zur Decke.

»Wir haben keine Zeit für diese Spielchen«, sagte Schorer nervös. »Morgen früh habe ich eine Sitzung mit dem Polizeipräsidenten und dem Minister. Es ist schon ein Uhr morgens. Sie wollen den Fall der zentralen Sonderkommission für Kapitalverbrechen übertragen. Ich bitte Sie, Dani, kommen Sie zur Sache.«

»Sehen Sie«, sagte Balilati mit einem sichtbar geduldigen Ton. »Wir haben hier ein ernstes Problem, wie wir es schon öfter in der Vergangenheit hatten. Ich sage nicht, daß es nicht vorkommen kann, daß ... aber diesmal haben wir ein ganz besonderes Problem. Sie wissen es selbst, Chef«, sagte er zu Schorer. »Von Ihnen haben wir es gelernt, und auch von ihm.« Er machte ein Zeichen mit der Hand in Richtung Michael. »Die Dynamik eines Verhörs, wie es uns jetzt erwartet. In diesem Fall haben wir fast nur Indizien. Ich glaube nicht, daß Michael ihn dazu bringen kann aufzugeben.«

»Aber er hat nicht einmal ein Alibi!« rief Eli Bachar. »Was heißt hier Indizien?! Er hat gelogen, was sein Alibi anbelangt. Wir haben mit der Kanadierin gesprochen und mit der jungen Musikerin. Er war mit keiner der beiden zusammen! Und auch ein Motiv haben wir. Und eine Gelegenheit. Alles! Das ist eine lückenlose Geschichte.«

»Wir zielen auf ein Geständnis und eine genaue Rekonstruktion des Tatherganges«, bestimmte Balilati, beugte sich nach vorne und legte die Hände auf den Tisch, als hätte er vor, sich darauf zu stützen. »Wir haben hier gute Arbeit geleistet. Und sogar eine Zeugenaussage des Rechtsanwalts bekommen, über das geplante Treffen und den Besuch von Gabriel van Gelden bei ihm. Ich erwähne gar nicht erst diesen Belgier und die Kopie der Expertise, die morgen per Kurier eintreffen wird. Wirklich – ein schönes Stückchen Arbeit. Schade, alles aufs Spiel zu setzen ohne ein Geständnis, ohne den Versuch, ein Geständnis aus ihm herauszuholen. Auch so werden wir monatelang im Gericht sitzen.«

»Wo liegt unser Problem?« fragte Awram interessiert.

»Das Problem ist«, sagte Balilati mit großem Bedacht, »daß wir für den verehrten Maestro gar nicht existieren. Er hat vor uns kein Fünkchen Respekt und schon gar keine Angst.«

Nur Sipo sagte etwas: »Warum sollten wir für ihn auch existieren?« fragte er, und nicht einmal Balilatis Miene, die sich verzog, schreckte ihn ab. »Ich wüßte gerne, worum es geht«, fragte er standhaft weiter, »wie soll ich dahinterkommen, wenn ich nicht frage?«

Balilati sah sich mit einem erschöpften Ausdruck um, wie jemand, von dem man verlangt, das Selbstverständliche zu erklären. »Also«, sagte er mißmutig, »es geht um die Dynamik des Verhörs.«

»Ich verstehe nicht«, sagte Sipo mit ungewohnter Entschiedenheit, »erkläre es mir.«

»Du weißt, wie so ein Verhör abläuft«, seufzte Balilati. »Es kann Tage, zumindest Stunden dauern.«

»Ja?«

»Und du weißt, daß zwischen Vernehmer und Vernommenen irgendeine Beziehung entstehen soll, nicht wahr?«

»Und?«

»Ich verstehe nichts von dieser Musik«, wand sich Balilati, »und selbst unser Freund Ochajon, der etwas versteht, selbst wenn er viel versteht, wird er von diesem Maestro mit seinem ganzen internationalen Ruhm und allem Drum und Dran nicht für voll genommen.«

»Nein?« fragte Sipo überrascht, und Eli Bachar seufzte laut.

»Für ihn«, sagte Balilati und sah Michael an, »verzeih mir, aber für ihn sind wir nichts als Vollidioten. Auch du, stimmt's?«

Michael zündete sich eine Zigarette an. Seine Hand zitterte.

»Was tut das zur Sache?« fragte Sipo erstaunt. Er wischte über den silbernen Griff des Feuerzeugs, das er bediente, und glättete die Ränder seines Schnurrbarts. »Du hast mich auch für einen Vollidioten gehalten, und ich habe dir das Band von Herzl Cohen gebracht. Nicht wahr?«

Balilati wischte sich über die Stirn, sah Michael und Schorer mit einem Ausdruck der Ohnmacht an, und mit offenem Unbehagen räumte er ein: »Wahrhaftig, eine bemerkenswerte Errungenschaft. Aber das ist nicht zu vergleichen.«

»Wenn man mich gleich von Anfang an eingeweiht hätte«, sagte Sipo freundlich, »wenn er sich nicht dafür entschieden hätte, alles im Alleingang zu machen«, er zeigte mit dem Kopf in Richtung Michael, »hätte ich noch mehr ausrichten können.«

»Schade um die Zeit«, sagte Schorer. »Äußern Sie Ihre Meinung, und schildern Sie, warum Michael dagegen ist. Denn wie Sie sehen, können wir Ihre Gedanken nicht lesen.«

»Er will eine Gegenüberstellung mit Nita«, Michael verlor die Beherrschung. Sein Gesicht brannte. »Er will, daß sie mit Theo spricht. Wir sollen dabei hinter der Scheibe sitzen. Sie wird das nicht durchstehen. Außerdem wird sie sich weigern.«

Schorer sah Balilati mit einem fragenden Blick an, der zur Bestätigung nickte und blinzelte, als wäre er enttäuscht von Michaels richtiger Vermutung, der ihn an einer vollständigen Ausführung seines Planes hinderte.

Die Stille, die im Sitzungssaal herrschte, dauerte an. Die Stimmung war gespannt. Als ob niemand bereit war, der erste zu sein, der sie brach, der erste, der irgendeine Position bezog. Ja'ir verschränkte seine Arme und musterte mit seinen ernsten Augen und mit großem Interesse alle Anwesenden.

»Was sagen Sie dazu?« fragte Schorer schließlich und sah Zila an. »Sie waren lange genug mit ihr zusammen. Was meinen Sie? Wird sie es durchstehen?«

»Sie ist wirklich krank«, sagte Zila zweifelnd. »Sie hat fast immer hohes Fieber. Aber innerlich ist sie nicht so labil. Ihr Körper ist geschwächt, aber in ihrem Innern hat sie ... ich weiß nicht, wie ich es formulieren soll. Es ist, als ob sie irgendeine Kraft besitzt ... Ich weiß nicht, sie ist kein gewöhnlicher Mensch.«

»Was haben wir zu verlieren, wenn wir es versuchen?« fragte Balilati trotzig. »Was haben wir denn zu verlieren? Wenn alle einverstanden sind und wenn wir es ordentlich inszenieren, könnten wir in kürzester Zeit ein Geständnis aus ihm herausholen und ihn dann damit konfrontieren. Wenn nicht – wenn sie nicht einwilligt oder wenn er ihr nichts sagt, dann eben nicht. Was setzen wir schon aufs Spiel? Wir können uns jetzt nicht mit der Frage aufhalten, was für sie gut ist und was nicht.«

»Ein aufgenommenes Geständnis zählt nicht vor Gericht. Und wenn er es sich anders überlegt?« bemerkte Awram.

»Sie wird nicht einverstanden sein«, sagte Michael, der spürte, wie eine physische Angst in ihm hochstieg. Wie der Schweiß anfing, seine Achseln zu nässen.

»Wir müssen es ihr nicht so präsentieren«, protestierte Balilati scharf. »Wenn du keine besondere Beziehung zu ihr hättest ... Wenn es um jemand Fremden ginge, hättest du kein Problem damit. Wo sind wir hier? Haben wir uns etwa geschworen, immer bei der Wahrheit zu bleiben? Du weißt, daß es für die Dynamik das richtige wäre.«

»Ach die Dynamik«, murmelte Michael, »die heilige Dynamik.«

Balilati sah ihn vorwurfsvoll an. »Du hast dieses Wort von der Zentralen Sonderkommission für Kapitalverbrechen mitgebracht. Und du hattest nicht so viele Einwände, wenn es um Fremde ging«, sagte er giftig. »Aber hier. Hier geht es scheinbar um Familienangelegenheiten.«

Schorer räusperte sich. »Es reicht jetzt, Dani, wir haben verstanden«, sagte er und zerrieb das verbrannte Streichholz, das er aus dem Aschenbecher vor Michael gefischt hatte.

»Vielleicht ...«, zögerte Wachtmeister Ja'ir. Alle wandten sich ihm zu und sahen ihn überrascht an, als ob seine Anwesenheit in Vergessenheit geraten war, »... können wir einen Moment zurückkommen auf die Sache, die der Chef erwähnt hat. Was war das, die Dynamik des Verhörs? Ich war einmal in einem Vortrag von ihm«, er machte ein Zeichen in Richtung Michael, »ich verstehe nicht, warum er es nicht selbst machen kann. Wir haben doch deutlich gesehen, daß sie hohes Fieber hat und Schüttelfrost und daß sie sich erbricht. Sie ist wirklich in einem miserablen Zustand. Ich persönlich denke, daß sie zu schwach ist für so etwas.« Er heftete seine braunen Augen auf Michael, der ihn in diesem Moment zum ersten Mal wahrzunehmen schien und dem Balilatis spöttische Bemerkung einfiel, daß Ja'ir ihn an Michael erinnere, wie er vor zwanzig Jahren war.

»Sie wissen sicherlich so gut wie ich«, sagte Balilati ungeduldig, »daß es um Dutzende von Stunden geht und daß es auf die Vernehmungstechnik ankommt. Schließlich streben wir hier keine frontale Auseinandersetzung an. Man hat es Ihnen gewiß beigebracht, daß wir hier niemanden anschreien: ›Sie lügen‹, oder so etwas. Hier gibt es keine Dramen wie im Film. Es ist kein Geheimnis, daß wir sie über die Vernehmungstechnik zu Fall bringen. Diese ganze Angelegenheit erfordert ... eine Art von zwischenmenschlicher Beziehung. Solch eine Beziehung kann niemand von uns zu diesem Theo van Gelden aufbauen.«

»Ich bin nicht Ihrer Meinung«, sagte Ja'ir freundlich. »Ich denke, daß Kommissar Ochajon auch dazu in der Lage wäre.«

Schorer neigte den Kopf und schob den Papierstapel mit dem Bericht des Pathologen von sich. »Müssen wir uns gerade jetzt plötzlich mit Fragen über die Psychologie des Verhörs beschäftigen?« murrte er und faltete die Hände.

»Ich weiß nicht, ob er recht hat«, sagte Michael und deutete auf Ja'ir. »Ich weiß wirklich nicht, ob ich eine Beziehung zu ihm aufbauen könnte. Ob er das Bedürfnis hätte, sich vor mir zu rechtfertigen. Selbst wenn er nicht wirklich glaubt, daß ich ein Idiot bin. Für ihn bin ich ein Objekt. Wenn er von mir nicht etwas Bestimmtes will, bin ich beinahe Luft für ihn. Aber das ist etwas, das sich im Laufe eines Verhörs ändern kann.«

»Eine solche Situation kann zwischen euch wahrhaftig nicht entstehen. Dieser Mensch ist derart von sich selbst eingenommen. Dafür, für solche Situationen, gibt es Variationen. Es gibt Fallen«, lehnte sich Balilati auf. »Du kannst nicht bei ihm erreichen, was du bei General Bitan von der Luftwaffe erreicht hast. Dort ging es, davon abgesehen, nicht um Mord, sondern um Veruntreuung. Und dort...«, er nickte wie ungewollt begeistert mit dem Kopf, »dort hast du wirklich gute Arbeit geleistet. Aber wenn man die Verhöre liest, sieht man, in welche Richtung und wie weit du mit ihm gegangen bist. Was zwischen euch gelaufen ist. Und das basierte wirklich einzig und allein auf seinem Vertrauen in dich und darauf, wie wichtig es ihm war, was du über ihn denkst.«

»Ich kenne diese Verhöre nicht«, sagte Ja'ir unerschrokken. »Ich würde gerne wissen, was dort genau passiert ist und wie man General Bitan zu einem Geständnis gebracht hat. Ich kannte ihn und habe von diesem Verhör gehört. Und auch er war, wie mein Vater zu sagen pflegte, von der Sorte derer, die ›wie Funken hoch emporfliegen‹*.«

Balilati sah ihn mit Erstaunen an, in dem Unverständnis lag. Er lehnte sich zurück in seinem Stuhl, riß den Mund auf, machte ihn zu, rollte die Augen, richtete sich auf, neigte den Kopf, wie er es gewöhnlich tat, bevor er eine besonders giftige Bemerkung machte. Er schaffte es zu sagen »was für Funken«, und was ihn in Wahrheit quälte, war die ungewöhnliche Kombination, die auch Michael beeindruckte, sogar in diesen Minuten, in denen er so angespannt war. Die Kombination von Naivität und Entschlossenheit. Aber

Schorer beeilte sich, ihm ins Wort zu fallen. Und mit einem autoritären, zusammenfassenden Ton sagte er:

»In diesem Fall, wie soll ich sagen, ist es Kommissar Ochajon gelungen, für den Zeugen zu einer Person mit moralischer Autorität zu werden. Wie ... kurzum, eine Person, die die Macht hat, Absolution zu erteilen. Wenn man einige Jahre in unserem Beruf arbeitet«, erklärte er, »sieht man, daß jeder Mensch ein großes Bedürfnis nach allgemeiner moralischer Rechtfertigung hat. Und manchmal, mit etwas Glück, verwandelt sich der Vernehmer in den Augen des Vernommenen in jemanden, der Lossprechung, Vergebung oder eine gewisse moralische Legitimierung verspricht. Er wird zu einer Respektsperson. Nicht immer funktioniert es. In dem damaligen Fall hat es sehr gut funktioniert.«

»Manchmal muß man dafür schreckliche Dinge tun. Sie würden nicht glauben, was ich dafür schon unternommen habe. Ich selbst, ich selbst habe sogar mit Vernommenen geweint. Über ihr Leben und über das meine. Und über ihre Tat«, sagte Balilati und versank in Gedanken. »Einmal habe ich sogar einem erzählt ...« Für einen Moment durchfuhr ein Leuchten seine Augen und erlosch, als er sie senkte und sagte: »Gut, das tut jetzt nichts zur Sache.«

»Und Michael«, mischte Eli sich plötzlich ein, »bei dem Verhör von General Bitan haben sie stundenlang über Scheidung und ihre Beziehung zu den Kindern gesprochen! Ein Viertel der Gespräche hat sich damit beschäftigt! Weißt du noch?«

Michael senkte den Kopf. Noch jetzt fühlte er sich unbehaglich, wenn er an diese Gespräche dachte und daran, wie die Kollegen die Bänder später abhörten und wie sehr sie seine Offenheit genossen. Er erinnerte sich sehr wohl an die Minuten, in denen in diesen Dialogen nichts geheuchelt war, und es schien ihm jetzt, daß alle genau gespürt hatten, wann er sich dazu verleiten ließ, sich wirklich zu öffnen, daß sie es so gut wußten wie er. Und als ob er spürte, was Michael empfand, fügte Eli Bachar hinzu: »Und es ist nicht nur eine

Masche, es ist nicht nur List, es geht um Menschen, zwischen denen tatsächlich eine Beziehung entsteht.«

Michael rutschte auf seinem Stuhl hin und her. Er mußte etwas sagen, um der wachsenden Verlegenheit und Scham Einhalt zu bieten. Vor allem, weil er sich an ein Gespräch erinnerte, in dem er mit General Bitan eine Krise besprach, die er mit Juwal hatte. Deshalb beeilte er sich, die Diskussion auf die theoretische Ebene zurückzubringen: »Was Verbrecher daran hindert zu gestehen, ist nicht die Angst vor dem Gefängnis«, hörte er sich Ja'ir erklären. »Dazu haben sie nicht immer die Phantasie. Sie stellen sich nicht wirklich vor, inhaftiert zu werden. Wovor sie Angst haben, wie sehr es auch überraschen mag, ist der moralische Aspekt. Ihre Schwierigkeit, mit der moralischen Schuld zu leben, macht es möglich, mit ihnen zu kommunizieren. Sie – jedenfalls die meisten – sehnen sich nach dem Gefühl und der Bestätigung, daß sie aus moralischer Sicht richtig gehandelt haben. Und in diesem Fall jetzt geht es um moralische Unterstützung, darum, daß man ein Recht auf die Liebe des Vaters hat. Das ist es, worüber man Theo van Gelden erreichen kann. Und wenn der Vernehmer bereit ist, diese Position zu akzeptieren – ist der Verdächtige auf dem besten Weg zum Geständnis. Das heißt, wenn Theo van Gelden spürt, daß ich in moralischer Hinsicht seine Motive akzeptiere, sie verstehe, sie nahezu rechtfertige, hätten wir eine Chance bei ihm. Die Frage, die Dani beschäftigt, ist, ob Theo van Gelden mich als Person akzeptieren wird, die ihn moralisch freispricht.«

»Wir haben nicht viel Zeit«, warnte plötzlich Balilati. »Wir haben jetzt keine Zeit zum Philosophieren.«

»Solch eine Befragung«, sagte Schorer, »enthält immer den unsicheren Punkt, was für ein Mensch vor einem steht. Man redet plötzlich über sich selbst. Man sucht nach Berührungspunkten. Ich habe immer gesagt, daß Michael bei Verhören ungemein überrascht. Denn man sieht, wie er sich hingibt, wie er bereit ist, von sich selbst etwas preiszugeben und den Menschen zu verstehen, den er vor sich hat.«

»Nicht immer«, hörte Michael sich sagen. »Beispielsweise nicht bei Tuwja Schaj und auch nicht in anderen Fällen, in denen es einfach darum ging, eine Falle zu legen.«

»Einen Mörder«, sagte Schorer, »muß man verstehen, wie jeden anderen Menschen auch. Was seine Motivationen sind, wie er denkt, wie er fühlt.«

»Warum meinen Sie, daß er bei diesem Fall nicht an ihn rankommt?« fragte Ja'ir beharrlich. »Er ist doch sogar mit dieser Familie verbunden, wenn ich es richtig verstanden habe. Dann könnte er doch gerade in diesem Fall ...«

»Das ist genau der Punkt«, Balilati schlug mit der Faust auf, die den großen Tisch erbeben ließ. »Er bringt hier persönliche Rechnungen ein, die nicht zur Sache gehören. Und ich sage: Wir gehen in zwei Phasen vor. Zuerst sie.«

»Wie sind wir jetzt verblieben?« verlangte Schorer ungeduldig zu wissen. »Kannst du es ihr so schmackhaft machen, daß sie ein Interesse hat, es zu tun? Oder kannst du es nicht?«

Michael nickte und stand auf. Er konnte nicht sprechen.

»Bring Nita ins blaue Zimmer«, hörte er Balilati hinter seinem Rücken rufen. »Wir werden ihn dort auf sie warten lassen.«

Das blaue Zimmer war grau wie alle übrigen Räume. Es hatte seinen Namen – so lauteten die Gerüchte –, weil es einmal einen blauen Vorhang hatte, der die Glaswand verdeckte, hinter der die Zuschauer bei der Gegenüberstellung saßen.

Dreimal hatte Michael das starke Gefühl, aufspringen zu müssen, in den Raum zu stürmen und Nita da rauszuholen. Jedesmal setzte er sich wieder hin, zwischen Balilati und Schorer, verkrampfte seine Hände und sah sich um, ohne sich zu rühren. Von dem Moment an, als er ihren Arm berührt und sie in das blaue Zimmer geführt hatte, fühlte er sich, als ob er sie auf einen Weg gelenkt hätte, der ihr das Weiterleben unmöglich machte. Für Sekunden hatte er das Gefühl, daß eine physische Gefahr über ihr schwebte. Daß sie das blaue Zimmer nicht lebend verlassen würde. Mit völliger Selbstaufgabe hatte er ihre Vorwürfe über seine Grausamkeit hingenommen. Vorwürfe, die sie mit einer kalten, unbekannten, deutlich feindseligen Stimme in Schorers Zimmer artikuliert hatte. Er bemerkte auch jetzt, hinter der verspiegelten Scheibe, die Röte, die ihr Gesicht bedeckte, eine Farbe, die von hohem Fieber zeugte. Für einen Moment durchzuckte ihn eine alte Erinnerung. Das Bild seiner selbst, wie er erschrocken vor dem Kinderarzt stand, den vierwöchigen Juwal in den Armen. »Woher soll ich wissen, ob er Fieber hat?« hatte er gefragt, und der Arzt, ein gutmütiger Bulgare, der das Leben auf die leichte Schulter nahm, hatte ihn frotzelnd angesehen und versprochen: »Sie werden es wissen. Ich garantiere Ihnen, daß Sie es wissen werden.« »Aber wie?« hörte Michael sich jetzt, damals fragen. »Wenn sie rosa anlaufen, wenn ihre Augen glänzen und sie so schön sind, dann haben sie Fieber«, hatte der Arzt gemeint und war gegangen.

Er hatte erwartet, Nita kraftlos in Schorers Zimmer vorzufinden, zu dem er aus dem Sitzungssaal geeilt war. Das letzte, was er sich vorgestellt hatte, war dieses Gesicht, strahlend in einer Röte, die er nie darauf gesehen hatte, und die grauen Augen, die wie bei einem Malariaanfall glänzten. Sie sah ihn konzentriert an, als er ihr von dem Requiem und seiner Entdeckung erzählte, von dem Gespräch mit dem Fachmann in Brüssel und von Theos widerlegtem Alibi. »Das gibt es nicht«, sagte Nita entschlossen. »So ist es nicht, und so kann es auch nicht gewesen sein.«

Michael seufzte. Er hob den Hörer der Hausanlage ab und bat, Isi Maschiach und die Sachverständige mit dem Manuskript zu schicken.

»Stimmt es?« fragte sie Isi Maschiach, nachdem sie das Manuskript auf das Sofa gelegt hatte. »Er behauptet ...«, sagte sie mit erstickter Stimme und fuhr etwas lauter fort, «hast du es in Theos Zimmer gefunden?«

Isi senkte den Kopf.

»Er sagte, daß Theo... Gabi... und unseren Vater... Stimmt es? Weißt du etwas darüber? Glaubst du es? Glaubst du ihm, Isi?«

Isi Maschiach sah das Paket mit den Heften und dann Michael an. Seine Atemzüge wurden kürzer. »Er hat mir nichts davon erzählt. Gabi hat mich nicht eingeweiht. Aber es ist von Vivaldi. Mit Sicherheit ist es von Vivaldi. Und es lag in Theos Büro, in der Partitur der ›Trojaner‹.«

»Was ich seinen Worten entnehme«, sagte Nita beharrlich, »er sagt es nicht direkt, Isi, aber das ist es, was ich seinen Worten entnehme, daß Theo deshalb Vater und Gabi ermordet hat.« Sie ignorierte völlig die Vivaldi-Frage und nahm die Augen von Michael, über den sie voller Kälte und Verachtung sprach, als wäre er ein Todfeind.

Isi Maschiach wurde blaß. Schweißtropfen standen auf seiner Stirn. Ein schwaches Pfeifen lag nun in seinen Atemzügen.

»Was sagst du dazu, Isi? Du hast Gabi geliebt, was sagst du dazu?« Ihre Stimme war entschlossen und kühl.

»Ich habe ihm nichts Böses getan«, sagte Isi Maschiach bestürzt. »Ich hatte nicht die Absicht. Sie haben mir Vivaldi gezeigt. Wer konnte ahnen, wohin das führen würde...?«

»Er behauptet, daß Theo an dem Tag vor dem Konzert gar keine Frau getroffen hat. Er sagt, daß Theo... Die Schnur, die Saite, er behauptet...« Ihre Stimme brach. Sie sah Michael an. Schmerz und Haß mischten sich in ihren Blick.

Ich war es nicht, wollte eine Stimme in ihm ausbrechen und zu ihr sprechen, es ist ein Zufall. Aber er hielt sich zurück und schwieg.

Als ob sie seine Gedanken gehört hätte, sagte sie – ihre Augen waren zur Seite gerichtet, sie sah ihn nicht mehr an –: »Du bist nicht schuld. Nur hinterhältig... Es tut nichts mehr zur Sache«, winkte sie ab. »Du hast nur deine Arbeit getan.«

Isi Maschiach setzte sich, fiel nahezu auf den Stuhl, neben dem Michael stand. »Ich weiß nicht«, flüsterte er. »Es ist wirklich kaum zu glauben. Ich weiß gar nicht, was ich sagen soll.«

»Dafür! Dafür?« Sie zeigte auf das Manuskript. »Dafür? Theo, Gabi mit einer Cellosaite? Unseren Vater? Dafür?!«

»Nita«, flüsterte Isi Maschiach mit hektischen Atemzügen. »Das ist ein Requiem von Vivaldi!«

»Es war wirklich nicht nur deswegen«, sagte Michael.

»Er sagt«, ignorierte sie ihn, »daß Theo krankhaft eifersüchtig war auf Gabi, schon immer. Und auf mich. Und er konnte es Vater nicht verzeihen, daß er Gabi mehr liebte. Er sagt auch, Vater hätte auch mich geliebt. Und dann schwieg er. Er ließ mich allein zu der Schlußfolgerung kommen, daß Theo auch mir etwas antun könnte. Als wäre er ein gefährlicher Wahnsinniger. Oder so etwas. Eine Art Macbeth. Was meinst du, Isi? Kann das sein?«

»Es gibt nur einen einzigen Menschen, der dir das beantworten kann. Und er ist vor allem dir eine Antwort schuldig. Er schuldet dir eine Antwort. Du bist die einzige, der er eine Antwort schuldet«, sagte Isi mit einer klaren Stimme. »Und von dem Moment an, in dem der Verdacht aufkam, wirst du ohnehin keine Ruhe mehr haben, und ich auch nicht, und auch sonst keiner.«

»Ich wünschte, ich wäre tot. Ich wünschte, ich würde tot umfallen«, sagte Nita.

Isi sah Michael ratlos an, Michael machte ein Zeichen mit dem Kopf, und Isi Maschiach verließ leise das Büro.

»Behandle mich nicht, als wäre ich irgendeine Geisteskranke«, warnte ihn Nita, die den Kopf hob, als die Tür ins Schloß fiel. »Es gibt verfluchte Familien, das sind nicht die Worte einer Geisteskranken.«

»Ich glaube nicht, daß auf Familien Flüche lasten«, sagte

Michael Ochajon. »Ich berücksichtige die ganze Zeit, daß jeder zu allem fähig ist. Das habe ich im Leben oft genug erfahren. Denkst du, daß es innerhalb einer Familie keinen Haß gibt? Denk nur an die Schilderungen der Pest im Mittelalter. Wie Mütter ihre Säuglinge zurückließen und von ihnen wegliefen, sobald sie die Zeichen der Krankheit entdeckten. Liebten sie etwa ihre Kinder nicht? Ehemänner verließen ihre Frauen, Frauen die Ehemänner, Liebhaber die Geliebte, Kinder die Eltern, sie liefen weg, um zu überleben. Selbst wenn sie ohnehin keine Überlebenschance mehr hatten. Alles brach auseinander, weil etwas so Grauenvolles sie bedrohte. Schlimmer als jede Liebe oder Hingabe oder Verantwortung. Nichts auf der Welt ist sicher. Man kann nicht wirklich meinen, etwas wäre für die Ewigkeit. Es tut mir sehr leid, daß ich es bin, der diese Nachricht überbringt. Aber glaube mir – du kannst nicht leben, ohne die Wahrheit zu kennen.«

»Ich wünschte, ich hätte dich nie kennengelernt«, sagte sie plötzlich und schlug einen klagenden Ton an. »Ich wünschte, ich wäre tot.«

Er schwieg.

»Du willst nur … Ordnung schaffen. Für Recht sorgen.«

Er schwieg.

»Ich habe keine Wahl«, sagte sie plötzlich in einer Stimme, aus der für einen Augenblick der Haß verschwunden war. »Ich muß mit ihm sprechen, aber allein. Und vor dir. Bevor du mit ihm sprichst. Du wirst nicht dabeisein, wenn ich mit ihm spreche«, drohte sie.

Er nickte.

»Ich will allein mit ihm sein. Mit meinem Bruder«, betonte sie. »Sogar … sogar, wenn … ist und bleibt er mein Bruder. Er hört nicht auf, mein Bruder zu sein. Und wenn du recht hast, wenn ein Fünkchen wahr ist, an dem, was du sagst, bleibt er dennoch mein Bruder. Und du darfst nichts zu tun haben mit der Schwester eines … eines Mörders. Das ist das Ende für uns. Wenn du recht hast, und auch wenn du nicht recht hast. Denn du hast mich bei dieser Sache im Stich gelassen und hast dich auf ihre Seite geschlagen.«

Er spürte, wie er bleich wurde und wie kurz und flach seine Atemzüge waren. Mit jedem ihrer Worte schien es ihm, als ob sie ihn mit dicken Steinen bewarf. Direkt auf seine Brust, direkt in sein Gehirn.

»Wenn ich mit ihm gesprochen habe, auch wenn du recht hattest, will ich dich nie wieder sehen. Sogar wenn du im Recht bist. Jetzt kann ich dich nicht einmal fragen, ob du willst, daß ich mit ihm spreche. Denn ich muß mit ihm sprechen. Das hast du angerichtet. Selbst wenn du es nicht angerichtet hast, so haben sich die Dinge nun mal entwickelt.«

Er wollte sie fragen, ob die Dinge anderes wären, wenn er es ihr nicht erzählt hätte, wenn er selbst Theo vernommen hätte, wenn er sie erst später vor eine Tatsache gestellt hätte, wenn er es ihr erspart hätte. Er wollte sie berühren und ihr sagen, wie sehr er die ganze Zeit an ihrer Seite war, und daß es einfach keinen anderen Weg gab. Er wollte ihr erklären, daß nicht die Art und Weise hier eine Rolle spielte, sondern die Tatsache. Aber noch als die Gedanken sich zu Worten formten, wußte er, daß er nichts sagen würde. Denn in diesem Moment, in dem es nur um sie ging, durfte er das Thema nicht auf sich lenken. Sie ist die Hauptsache, sagte er sich. Sie ist die Hauptsache, sie und das Verhör. Und weil es keinen Sinn hatte, ihr etwas zu sagen, da man die Tatsachen nicht ändern konnte. Wenn sie sich dafür entschieden hatte, in ihm den Hauptverantwortlichen zu sehen für die Notwendigkeit, den Tatsachen jetzt ins Auge zu blicken, gab es nichts, was er tun konnte. Jetzt, ermutigte ihn eine andere, neue Stimme, die plötzlich in ihm auftauchte. So sieht sie es jetzt.

»Du hättest uns helfen können«, sagte sie plötzlich mit dem verzweifelten Ton eines kleinen Mädchens. »Du hättest ...«, und sie wurde still.

Er breitete die Arme mit der Bewegung der Machtlosigkeit aus, die er so haßte.

»Deine Arbeit und deine Erfolge sind es, was dir wichtig ist«, sagte sie verbittert. »Du hast dich entschieden.«

Er wollte protestieren, wollte ihr sagen, daß es keinen anderen Weg gab, aber es hatte keinen Sinn. Mit gesenktem Kopf sah er, wie sie das Thema von der Hauptsache ablenkte. Sie versuchte, die Hauptsache zu umgehen, ihr auszuweichen, als ob sie einen Feuerring umkreiste. Ihre Lippen waren nach innen gesogen, ihre Zähne gruben sich in die Unterlippe, schließlich erschlafften die Gesichtsmuskeln und ihr Körper, und sie lehnte sich mit geschlossenen Augen zurück. Ihre Lippen bewegten sich und formulierten immer wieder, ohne Stimme, wie bei einem Gebet, die Worte: »Ich wünschte, ich wäre tot.« Bis sie schließlich ganz plötzlich, völlig unvermittelt, die Sofalehne losließ, sich aufrichtete und mit ihrer leeren Stimme, der Stimme, die sie nach dem Tod ihres Vaters hatte und auch nach dem Tod Gabriels, sagte: »Ich habe keine Wahl. Ich muß es wissen. So kann ich nicht weiterleben. Nachdem ich die Wahrheit von Theo und nur von Theo erfahre, wird es sich zeigen, ob ich überhaupt noch weiterleben kann. Ob überhaupt noch etwas übrigbleibt.«

Beim ersten Mal wollte er in das blaue Zimmer stürzen, als Theo seine Hände auf ihre Schultern legte. Denn in diesem Moment erschrak er plötzlich aufgrund einer Wahnvorstellung von diesen Händen, wie er sie ihr um den Hals schlang und mit aller Kraft zudrückte. Aber Theo sah nur in ihre Augen – wieder war Michael verblüfft über die Diskrepanz zwischen dem identischen Augenaufbau und dem Ausdruck, in dem keine Ähnlichkeit war. Theos Gesichtszüge vermittelten Kälte und Distanz, und nicht einmal Angst stand in ihnen, während Nitas Gesicht voller Verzweiflung und Schmerz war, was selbst hinter dem Glas schwer auszuhalten war. Theo nahm die Hände wieder von ihren Schultern. Für einen Moment schloß Michael die Augen. Als er sie aufschlug, hörte er sie sagen: »Sie haben das Requiem gefunden.«

Er sah, wie Theo zurückschreckte und sich gehetzt umsah.

»Wir sind allein hier«, sagte Nita, »du brauchst keine Angst zu haben, Theo. Sie haben es bei dir im Büro gefunden.«

Theo ließ sich auf den Stuhl fallen, neben dem er stand.

»Du hast mir kein Wort über diese Sache gesagt«, sagte Nita mit frostiger Stimme. »Jetzt mußt du mir alles sagen.«

Theo schüttelte den Kopf, hob sein Gesicht, glitt mit der Hand durch seine silbrigen Haare und sagte ihr mit erstickter Stimme: »Sie hören jedes Wort mit.«

»Hier ist kein Mensch«, sagte Nita. »Er hat es mir versprochen.«

»Er hat gelogen. Alle hier lügen«, sagte Theo. »Du warst schon immer einfältig.«

Michael stand auf und ging auf die Scheibe zu, bis sein Atem sie vernebelte. Er sah, wie ihre Augen sich für einen Moment verengten und wieder weiteten.

»Vielleicht war ich das einmal«, hörte er sie einfach sagen und sah, wie die roten Flecken auf ihren Wangenknochen dunkel wurden. »Aber jetzt bin ich es nicht mehr. Ich kann es mir nicht mehr leisten.«

Theo ließ einen undefinierbaren Laut hören und sah sie schweigend an.

»Du wirst ihnen sagen, was du willst«, sagte Nita und legte ihre Hand auf seinen Arm. Sie saßen einander gegenüber, sehr nah beieinander; nur noch zwei Stühle und ein grünlicher Metalltisch standen in dem blauen Zimmer. »Ihnen kannst du sagen, was du willst, aber mir«, betonte sie, »mir mußt du die Wahrheit sagen.«

Theos Augen rasten von Ecke zu Ecke. Er hob den Blick, als suche er nach Mikrophonen, Vorhängen, versteckten Zeugen. Schließlich stand er auf, sah hin und her, als ob er beabsichtige, von einem Ende zum anderen zu marschieren. Aber als er die winzigen Dimensionen des Zimmers sah, setzte er sich erneut.

»Alles. Du mußt. Auch über Vater mußt du mir alles sagen.«

»Nita«, sagte Theo zornig. »Was habe ich dir über Vater zu erzählen? Schließlich hast du selbst gehört, daß ich mit … an jenem Tag mit einer Frau, mit zwei Frauen zusammen war. Es ist mir nicht angenehm, mit dir über diese Dinge zu reden.«

Ihr Gesicht wurde mit einem Schlag bleich, als ob das Blut aus ihm wich. Für einen Moment befürchtete Michael, sie könnte ohnmächtig werden, vom Stuhl fallen und sich den Kopf auf den verstaubten Fliesen aufschlagen. Aber sie richtete sich auf und sagte mit erstickter Stimme: »Hör mal, Theo, hör mir gut zu. Als erstes, wie du bereits verstanden haben dürftest, bin ich keine Jungfrau mehr. Deine Frauengeschichten sind kein Geheimnis. Zweitens bin ich auch schon lange kein Kind mehr. Und wenn ich es noch vor einiger Zeit war, dann bin ich es jetzt nicht mehr, denn ich habe keine Wahl mehr, als auf einmal erwachsen zu werden. Und drittens, die Kanadierin, mit der du im Hilton warst oder wo auch immer, behauptet, daß sie nicht mit dir zusammen war.«

Theo lächelte. Für einen Moment schien er sogar angefeuert: »Natürlich leugnet sie das«, sagte er beinahe erleichtert. »Was hast du erwartet? Sie ist eine verheiratete Frau. Eine Spießerin. Sehr engagiert in ihrer Gemeinde. Sie hat vier Kinder. Du mußt wissen …«

»Rede nicht so mit mir«, sagte Nita plötzlich entschieden. »Ich bin deine Schwester und nicht irgendein Polizist. Ich spreche mit dir, weil ich deine Schwester bin! Wann kapierst du das endlich? Du bist alles, was mir geblieben ist. Selbst wenn du … Selbst wenn du ein Mörder bist«, fügte sie flüsternd hinzu. »Hier, ich habe es ausgesprochen«, murmelte sie ungläubig. »Ich liebe dich, sogar wenn … bedingungslos. Aber die Wahrheit mußt du mir sagen. Und erzähl mir keine Lügenmärchen mehr. Diese Frau sagte, sie war in der besagten Zeit mit einem anderen Mann zusammen. Sie hat seinen Namen genannt, der hat es bestätigt, sie haben eine Aufnahme von ihr und eine unterschriebene Aussage. Und auch Drora Jafa, die Geigerin, die angeblich danach mit dir zusammen war, ist umgefallen. Sie sagte, daß sie auf dich gewartet hat und daß du nicht gekommen bist. Hör also auf mit deinen Märchen!«

»Was für ein anderer Mann?« fragte Theo, und seine Augen fuhren hin und her. »Was für einen anderen Mann soll sie gehabt haben? Sie ist nicht mal hübsch, diese Kanadierin.«

»Ist es das, was dich jetzt interessiert?«

»Warum haben sie mich dann nicht längst verhaftet?«

»Ich weiß nicht«, gab Nita zu. »Vielleicht bist du schon verhaftet. Ich denke, sie werden es noch tun. Aber ich habe darum gebeten, mit dir zu reden, und sie ließen es zu. Denn für mich, nicht nur für mich, auch für dich, muß ich es wissen. Von dir und nicht erst im Gericht und in ihren Verhören. Ich muß es aus deinem Mund hören.«

»Du hast darum gebeten, mit mir zu sprechen? Sie haben dich nicht beauftragt?« Überraschung und Erleichterung lagen in seiner Stimme. »Bist du sicher?«

»Ich habe darum gebeten. Niemand hat mich geschickt«, sagte sie mit gebrochener Stimme. »Verstehst du nicht, daß du mir eine ehrliche Antwort schuldig bist? Verstehst du nicht, daß du es mir sagen mußt?«

Theo schwieg.

»Denn nur, wenn du es mir sagst, kann ich vielleicht zu dir stehen. Sogar trotz Vater und Gabi, ich werde es können. Ich weiß nicht, wie, aber du weißt, daß ich dich nicht anlüge. Wenn du mir nah sein willst, diesmal, wenn du es mir sagst, wenn du mir vertraust.«

»Was spielt es noch für eine Rolle«, murmelte Theo. »Nichts ist mehr wichtig. Glaube mir. Nicht, wenn sie das Requiem gefunden haben. Hat Herzl ihnen davon erzählt? Wissen sie es von ihm?«

»Ich weiß nicht. Sie haben es in deinem Büro gefunden.

In der Partitur der ›Trojaner‹, diese Partitur in schwarzem Samt, die du geschenkt bekommen hast. Die Mutter dir mitgebracht hat. Die im Glasschrank oben war. Die, deren Bilder du mir gezeigt hast, als ich klein war ...« Ihre Stimme versagte. Sie schluckte mit sichtbarer Mühe.

Theo schwieg.

»Ich frage dich nicht, warum, Theo. Ich frage dich jetzt nicht, warum, ich frage dich nur, ob ja oder nein und auf welche Weise. Das ist, was ich frage. Das Warum verstehe ich von allein. Falls man es überhaupt verstehen kann. Das Warum wird bis später warten.«

»Du verstehst es von allein?! Wie kannst du es von allein verstehen?!« schrie Theo und erhob sich. Es war das dritte Mal, an dem Michael schien, daß er kurz davor war, sich auf sie zu stürzen und sie totzuschlagen. Er stand über ihr und schrie vollkommen unbeherrscht, und an seinem Hals, der so lang war wie der ihre, stachen dicke Adern hervor. »Wie kannst du es verstehen, wo du das ganze Leben lang der Liebling von allen warst. Dir hat man alles gegeben, was du nur ... Du, die du Vaters und Gabis Augapfel warst. Wie kannst du verstehen, was es für mich bedeutet hat, von Herzl und dann von Vater von diesem Requiem zu hören und zu wissen, daß ich es nicht anfassen durfte? Daß es der Schlüssel für den berechtigten Ruhm war. Hörst du? Den berechtigten Ruhm? Das waren Vaters Worte. Nichts, was ich getan habe, mein ganzes Leben, alle Bemühungen, alle Berühmtheit, alle neuen Theorien, all diese phantastischen Symphonien – nichts änderte etwas an der Verachtung, die Vater mir entgegenbrachte. Und diese Bevorzugung von Gabi. Was immer ich auch getan habe, alles, was ich nicht getan habe – von vornherein war alles umsonst. Und da spricht er mit mir über den berechtigten Ruhm. Über das, was Gabi gebührt. Über seine Ernsthaftigkeit als Musiker. Und mir – mir hat er niemals auch nur ein Wort gesagt! Kein Wort! Und beim ersten Mal, als ich mit den New Yorker Philharmonikern auftrat, weißt du noch? Mutter kam allein. Er konnte den Laden nicht allein lassen! Und nicht einmal ein Anruf kam von ihm danach. Und das kannst du verstehen?! Mit deiner Naivität und mit der netten Familie, die du hartnäckig in deinem Kopf konstruiert hast. Du bist überhaupt ... du bist überhaupt beinahe kitschig!«

Nita saß erstarrt da. Ihre Arme, wie die Arme Michaels, waren auf die Stuhlränder gestützt, gestreckt, als ruhe ihr ganzer Körper auf den Handflächen.

»Nie hat er mir auch nur ein gutes Wort gesagt. Nie etwas über mein Talent. Immer nur Gabi und Gabi und wieder Gabi. Und ich«, seine Stimme erlosch plötzlich, wurde trocken und gleichgültig, »ich wollte so sehr, daß Vater, daß er mich auch ein wenig schätzt.«

Nita rührte sich nicht.

»Nachdem Mutter starb, war keiner mehr in der Familie, der ein gutes Wort für mich gehabt hätte. Herzl hat mir von dem Requiem erzählt, nicht Vater.«

Wieder sah Michael zu seinem großen Staunen, wie ein Mann über fünfzig, ein renommierter Dirigent in Anzug und Krawatte, sich vor seinen Augen in ein dreijähriges Kind verwandelte. Wie er schmollte, als hätte man ihn beleidigt. Eine Beleidigung, von der man sich nicht mehr erholen konnte. Als ob man ihn benachteiligt hätte und ihm ein nicht wiedergutzumachendes Unrecht angetan hätte.

»Hast du je über dieses Unrecht nachgedacht?« schrie Theo, »daß dieser erbärmliche Angestellte Vaters der einzige war, der sich für mich eingesetzt hat?! Was hast du dazu zu sagen, daß dein Vater nicht die Absicht hatte, mir davon zu erzählen?!«

»Du hattest die Absicht, Vater zu töten«, sagte Nita mit einer hohlen, aber bestimmten Stimme. »So sehr hast du ihn gehaßt? So sehr, daß du es planen konntest?«

»Ich? Ihn gehaßt?! Wie kommst du darauf, daß ich ihn gehaßt habe? Ich habe mir so gewünscht ... so sehr ...«, seine Stimme erstarb. Sekunden später faßte er sich. »Reime dir hier kein Melodrama zusammen«, sagte er unnachgiebig.

»Ich habe es nicht geplant. Ich bin zu ihm gegangen, um mit ihm zu reden. Er war so… so eiskalt. Und voller Verachtung. Die ganze Zeit konnte er sich nicht beruhigen, daß Herzl mir von der Vivaldi-Handschrift erzählt hat und daß ich nicht in der Lage sein würde, darüber zu schweigen. Die ganze Zeit dachte er nur an Gabi und daran, daß Gabi es verdient hatte. Und da, ganz plötzlich, wurde mir schwarz vor den Augen. Das Blut stieg mir in den Kopf, und ich hob die Hand gegen ihn. Er lag auf dem Bett. Ich sah, daß er nicht verstand, wie ich mich fühlte. Was es für mich bedeutete. Und ich nahm das Kissen, um es gegen die Wand zu werfen. Ich hatte es nicht vor. Ich habe dabei nicht gedacht… Und dann sah sein Gesicht plötzlich wie das Gesicht eines Monstrums aus, wie… Vater… so wie Kafka von seinem Vater sprach. So war er. Mit diesem klappernden Gebiß und dieser Überzeugung, daß ich eine Null bin. Ich hatte nicht die Absicht. Wie könnte man so etwas planen? Ich wollte es, sehr oft habe ich gespürt, daß ich ihn umbringen könnte, daß ich ihn mit aller Kraft schütteln würde, aber ich hatte es nicht kaltblütig geplant.«

Jetzt war Nitas Gesicht von Tränen naß. Zum ersten Mal hörte Michael, wie Balilati sich die Hände rieb, seufzte und aufatmete.

»Ich hatte nicht die Absicht.« Theo beugte sich über sie und faßte nach ihren Händen. »Ich weiß nicht mal, wie das Kissen statt gegen die Wand zu fallen… Ich habe keine Erinnerung, wie es auf seinem Gesicht landete… Ich wollte ihn nur nicht mehr sehen. Mit dieser Verachtung, mit dieser Unnahbarkeit, wie er nicht mal einen Moment an mich dachte. Ich wollte sein Gesicht nicht sehen. Es zudecken. Es nicht mehr sehen müssen. Ich legte das Kissen darauf. Ich weiß nicht, wie lange es dauerte, bis ich verstand, was ich da tat. Ich kann dir nicht einmal sagen, wie mir bewußt wurde, daß er tot war. Er war anscheinend viel schwächer, als ich dachte. Ich hatte es nicht geplant, Nita. Auch ich… auch ich… ich habe ihn auch geliebt. Ich wollte… ich konnte nicht verzichten ... was immer ich getan habe, hat vor seinen Augen nicht bestanden. Verstehe doch. Du hast gesagt, du willst es verstehen.«

»Und alles ... das Bild ... und dann Gabi.«

»Später bin ich in Panik geraten. Ich weiß nicht, wie mir die Idee mit dem Bild kam. Auch das hatte ich nicht geplant. Glaube mir. Alles geschah in einer Art dichtem Nebel. Ich dachte nicht daran, was später passieren würde. Ich kann dir selbst nicht sagen, wie und warum ich ihn in den Sessel setzte und ihm den Mund verklebte, und das Bild, wie ich es herausnahm. Ich habe den Rahmen auseinandergenommen. Ich habe die Leinwand in Herzls Wohnung gebracht. Ich habe nicht weit gedacht. Ich dachte gar nichts. Es war ... wie in einem Traum.«

»Und das Konzert, du hast ausgesehen, wie immer ... und wir haben auf Vater gewartet.«

»Ich ... als ob ... als ob es jemand anderes wäre, nicht ich«, sagte Theo abwesend. »Man kann es nicht erklären, und ich bitte dich nicht um Vergebung. Das ganze Leben war ich gehetzt. Erst in diesem Moment rede ich mit jemandem darüber. Über diese unausgesetzten Kränkungen. Über die Verzweiflung, wenn du verstehst, daß nichts etwas nutzt, was immer du auch tust.«

»Und Gabi.«

»Und Gabi.« Theo senkte den Kopf.

»Alles war geplant.«

»Auch das kann man so nicht sagen«, wand sich Theo.

»Was redest du Theo, was redest du da?« Sie verbarg ihr Gesicht mit den Händen. »Du hast das Paket mit den Saiten aus meinem Wandschrank geholt. Im voraus. Und die Handschuhe, sie haben es mir gesagt, hast du aus dem Fach geholt. Du hast die Saiten geholt, an die ich gar nicht mehr gedacht habe ... Und du wußtest, daß das Konzertsaiten waren. Und daß kein anderer solche Saiten benutzt. Als ob du wolltest, daß man denkt, ich hätte es getan ... Ich war dabei, und du hast dafür gesorgt, daß ich ihn fand!« sagte sie weinend. »Ich weiß nicht, ob du ihn danach noch gesehen hast. Wieviel Haß du dafür gebraucht hast! Wieviel Haß für diese Kraft!«

»Ich hatte keine Wahl«, sagte Theo mit schmollenden Lippen. »Er hätte herausgefunden, daß ich ... er hätte herausgefunden, was ich getan habe ... er hätte die Sache mit Vater herausgefunden. Er wäre nicht bereit gewesen zu verzichten. Es war ein heiliges Prinzip für ihn geworden, Vaters Testament zu vollstrecken. Ich konnte nicht mehr zurück. Ich konnte nicht mehr.«

Hinter der Scheibe übertrugen die Lautsprecher nur ihr Weinen. »Was machen wir jetzt?« fragte Theo mit dünner Stimme.

Nita wischte über ihr Gesicht. Sie zog die Nase hoch. »Als erstes werden wir einen Rechtsanwalt anrufen«, sagte sie mit heiserer Stimme.

»Kein Anwalt wird mich aus dieser Sache rausholen«, sagte Theo. »Das ganze Leben, alles, was davon übrig ist, werde ich irgendwo eingesperrt sein. Verstehst du, daß das nichts für mich ist?«

Nita sah ihn schweigend an.

»Du hast gesagt, daß du zu mir halten wirst«, rief ihr Theo in Erinnerung, wie ein Kind, das seine Mutter ermahnt. »Du hast gesagt, du würdest mir helfen.« In seiner Stimme lag etwas Arglistiges. Diese Stimme war es anscheinend, die sie veranlaßte, zittrig aufzustehen und ihre Hand auf seinen Arm zu legen, als ob er wirklich ein kleines Kind wäre. »Ich muß darüber nachdenken«! sagte Nita. »Ich habe noch keine Ahnung, wie es weitergehen soll.«

»Frag deinen Freund«, flüsterte Theo und hob die Augen zu der Decke.

»Jetzt«, sagte Balilati und zog Michael am Ärmel. »Jetzt gehst du rein.«

Sie stand gegenüber der Tür. Ihre Arme hingen schlaff an ihrem Körper herab. »Er sagt dir, was du willst«, sagte Nita, als sie hinausging. »Besorge ihm einen Rechtsanwalt und alles, was notwendig ist«, stieß sie aus und brach zusammen. Wenn er sich nicht mit aller Kraft gegen die Tür gelehnt hätte, hätte er sie nicht halten können. Dani Balilati trug sie in Schorers Zimmer. Er rief einen Krankenwagen.

Fünf Tage dauerten die Verhöre von Theo van Gelden. In dieser Zeit verließ er das Gebäude nicht. Die ganze Welt hörte auf zu existieren. Manchmal gesellten sich Balilati und Eli Bachar zu den Verhören. »Damit er weiß, was er an dir hat«, versuchte Balilati witzig zu sein. An diesen Tagen – in dem kleinen, nackten, fensterlosen Raum im vierten Stock – spürte er hin und wieder, wie die Grenze zwischen ihm und seinem Gegenüber schwand. An diesen Tagen, wenn er sich für wenige Ruhestunden in Schorers Zimmer zurückzog, dachte er häufig, daß er sich selbst und sein eigenes Leben verloren hatte, als ob er wahrhaftig in das Bewußtsein Theo van Geldens eingedrungen wäre, der immer abhängiger von ihm wurde.

Auch wenn er seine Augen in Schorers dunklem Zimmer schloß, hörte er unentwegt die Stimmen. Die Dinge vermischten sich. Jeden Tag schimpfte Balilati über die Presse und machte Bemerkungen darüber, wann der richtige Moment für die Rekonstruktion des Tathergangs gekommen war (»morgen, morgen werden wir ihn zur Nachstellung holen, es ist so weit«, sagte er am fünften Tag). Bei diesen Gelegenheiten ließ er auch etwas über Nitas Zustand wissen. Darüber, daß man sie nicht allein ließ. Über Isi Maschiach, der neben ihrem Bett saß, über die Krankenschwester, die man engagiert hatte, und die Kinderfrau, die Ruth Maschiach besorgt hatte. Einmal bemerkte er auch etwas über Ido, als er sagte: »Der Junge ist heute von selbst gestanden, er weiß nicht, wie er sich setzen soll, er weint sehr viel.«

Auch Theo ließen sie keine Minute allein. Obwohl es keine Anzeichen dafür gab, war Michael ständig auf der

Hut, und Balilati achtete darauf, das Gebäude nicht zu verlassen, ohne sicherzustellen, daß jemand vor der Tür stand, wenn man Theo ausruhen ließ, und daß sich nichts Scharfes oder Stumpfes in seiner Nähe befand. »Keine Krawatte und keine Schuhe«, wiederholte Balilati den Polizisten, die Wache hielten, »keine Gabel, nur ein Löffel.«

Ja'ir ging vor ihm, als sie von der improvisierten Gefängniszelle im zweiten Stockwerk zu dem Raum, in dem die Verhöre stattfanden, im Nebentrakt des vierten Stockes stiegen. Und Michael ging ein paar Schritte hinter Theo, der mit eingefallenen Schultern wie ein altes, gleichgültiges Pferd auf das Ende des Flurs zuging. Und sein langsamer und ergebener Gang durch den schmalen Flur war der Grund, daß beide – Michael und Ja'ir – die Möglichkeit, die die ganzen Tage über im Raum schwebte, außer acht ließen, und darum für ein, zwei Sekunden erstarrten, als Theo sprang und seinen Körper mit unvorstellbarer Flinkheit und Leichtigkeit über das Geländer in die schwarze Leere zwischen den Stufen schwang.

Den Schrei, den Michael ausstieß, hörte man im ganzen Gebäude, und Dutzende von Polizisten waren schon im Kellergeschoß, als sie dort eintrafen. Sie machten ihm den Weg frei, damit er mit eigenen Augen den zerschmetterten Körper mit dem gebrochenen Genick sehen konnte.

Wochen vergingen, bis man ihn Nita sehen ließ. In diesen Wochen klopfte Ruth Maschiach täglich an seine Tür, wenn sie das Wohnhaus verließ. Ihr kleines, zerknittertes Gesicht wurde ihm zum kostbarsten Anblick. Sie pflegte täglich ein paar Worte über Nita und Ido zu sagen. Das Kind sah er manchmal aus dem Küchenfenster, wenn die Kinderfrau den Wagen vor sich her schob. Er wagte es nicht, zu dem Jungen zu gehen. Ruth Maschiach hatte ihm klargemacht, daß er Nita erst dann sehen durfte, wenn sie damit einverstanden war.

»Bis jetzt«, sagte sie liebevoll, »darf man in ihrer Anwesenheit nicht einmal Ihren Namen erwähnen. Aber ich glaube«, sagte sie einmal, und Mitleid lag in ihrer Stimme, »wenn der Tag kommt, mit viel Geduld ...« Sie hatte ihren Satz nicht beendet, aber Michael klammerte sich wochenlang an ihn. Bei Tag und bei Nacht.

Anmerkungen

Bar-Mizwa: Akt der Einführung des dreizehnjährigen Jungen in die Glaubensgemeinschaft
Challa: Hefezopf zum Sabbat
Chamsin: trockener, heißer Wüstenwind
Gusch Emunim: religiöse nationale Siedlungsbewegung mit dem Ziel einer radikalen Besiedlung der besetzten Gebiete
Jecke: Spitzname der aus Deutschland stammenden Juden
Jom Kippur: Versöhnungstag am 10. Tischri (September/Oktober), höchster jüdischer Feiertag
Migrash Harussim: Ein Platz im Zentrum von Jerusalem, an dem sich das Polizeipräsidium befindet
Morendo cantabile: musikalische Vortragsanweisung; verhauchende Art des Spiels, gesangartig, ausdrucksvoll
Moschaw: kooperative landwirtschaftliche Siedlung
Sabre: Bezeichnung für im Land geborene Israelis, wörtl. Übersetzung: Kaktusfeige
Schabak: Israelischer Nachrichtendienst
Schiw'a: Sieben Trauertage
Seder: Feier am 14./15. Nisan (März/April), am Vorabend des Passahfestes, das sieben Tage dauert und zur Erinnerung an den Auszug Israels aus Ägypten gefeiert wird; der Sederabend ist die größte Familienfeier in Israel
›was unterscheidet diese Nacht von anderen Nächten‹: Ein Satz aus der Haggada, des Berichts vom Exodus der Juden aus Ägypten, der am Sederabend vorgelesen wird
›wie Funken hoch emporfliegen‹: »… sondern der Mensch erzeugt nicht selbst das Unheil, wie Funken hoch emporfliegen« (Hiob 5, 7)

(Der Vortrag von Theo van Gelden im 13. Kapitel basiert auf einem Vortrag von Ariel Hirschfeld, der im Juli 1995 im Musikzentrum von Mishkenot Sha'ananim gehalten wurde.)

BATYA GUR

Du sollst nicht begehren

Roman

Aus dem Hebräischen
von Mirjam Pressler
506 Seiten · Gebunden

Als Osnat Harel in die Krankenstation des Kibbuz eingeliefert wird, sieht alles nach einer schweren Lungenentzündung aus. Zwei Stunden später ist die schöne Kibbuz-Sekretärin tot – Opfer eines Penicillin-Schocks, wie es scheint. Doch die Obduktion fördert Spuren eines tödlichen Pflanzenschutzmittels im Körper der Toten zutage. Das Unvorstellbare scheint Realität geworden zu sein: ein Mord im Kibbuz, jenem scheinbar so friedlichen Modell einer besseren Welt. Inspektor Michael Ochajon soll Licht in den Fall bringen. Bei seinen Ermittlungen dringt er als Außenstehender Stück für Stück in den abgeschotteten Kosmos des Kibbuz ein. Und schon bald wird offenkundig, daß hinter der Fassade von Harmonie und Solidarität tödliche Konflikte lauern.

»Ein außergewöhnlicher und facettenreicher Roman.
Batya Gur ist auf dem Höhepunkt ihres Schaffens.«
Booklist